Melissa Foster

Eine unerwartete Liebe

Die Bradens & Montgomerys

DIE AUTORIN

Melissa Foster ist eine preisgekrönte *New-York-Times-* und *USA-Today*-Bestsellerautorin. Ihre Bücher werden vom *USA-Today-Bücherblog*, vom *Hagerstown Magazin*, von *The Patriot* und vielen anderen Printmedien empfohlen. Melissa hat mehrere Wandgemälde für das *Hospital for Sick Children*, eine Kinderklinik in Washington, D. C., gemalt.

Besuchen Sie Melissa auf ihrer Website oder chatten Sie mit ihr in den sozialen Netzwerken. Sie diskutiert gern mit Lesezirkeln und Bücherclubs über ihre Romane und freut sich über Einladungen. Melissas Bücher sind bei den meisten Online-Buchhändlern als Taschenbuch und E-Book erhältlich.

www.MelissaFoster.com

Melissa Foster

Eine unerwartete Liebe

Die Bradens & Montgomerys

Love in Bloom – Herzen im Aufbruch

Aus dem Amerikanischen von Janet König

Vorwort

Jillian Braden hat lange auf ihre große Liebe gewartet, und ich wusste, sie braucht einen starken Helden, der ihren kreativen Kopf ebenso wie ihre starke Persönlichkeit zu schätzen weiß und der nicht versuchen würde, sie zu ändern. Johnny Bad hat mich nicht enttäuscht. Er ist ebenso stark wie großherzig, und er hat eine geheime Schwäche für Romantik, von der er wahrscheinlich selbst nicht einmal wusste. Ich will nicht zu viel verraten, daher sage ich nur, dass ich mir nicht sicher bin, ob irgendjemand mit den Herausforderungen gerechnet hat, denen die beiden gegenüberstehen, und ich freue mich unendlich darüber, ihnen ihr Happy End zu schenken. Ich liebe ihre Geschichte, und ich hoffe, dass Sie sich ebenso unsterblich in sie verlieben werden wie ich.

Meinen Fans, die nach mehr Geschichten über die Bads (*Bad Boys After Dark*) gefragt haben, kann ich die brennende Frage beantworten: Ja, alle Geschwister von Johnny werden ihre eigene Geschichte bekommen! Am Ende dieses Buches haben Sie die Möglichkeit, das Buch über Johnnys Bruder Kane und Sable Montgomery – *Verliebt in Mr. Bad* – vorzubestellen. Die Geschichten von Aria und Harlow werden folgen.

Wenn dies Ihr erstes Buch aus der Reihe »Love in Bloom – Herzen im Aufbruch« ist, sollten Sie wissen, dass all meine Geschichte für sich allein gelesen werden können, also tauchen Sie einfach ein und freuen Sie sich auf ein unterhaltsames, leidenschaftliches Abenteuer. Einen Stammbaum der Familie Braden finden Sie vorne in diesem Buch.

Wer auf dem Laufenden bleiben möchte über Neuerscheinungen, Aktionen und exklusive Informationen, abonniert am besten meinen Newsletter abonnieren und tritt meinem Fanclub auf Facebook bei, wo ich täglich mit meinen Leserinnen chatte.

www.MelissaFoster.com/Newsletter_German

www.Facebook.com/groups/MelissaFosterFans

Die Reihe »Love in Bloom – Herzen im Aufbruch«

Die Bradens & Montgomerys ist nur eine der vielen Serien aus der weitverzweigten Sammlung von Liebesromanen »Love in Bloom – Herzen im Aufbruch«. Jedes Buch kann für sich oder als Teil der jeweiligen Serie gelesen werden. Sie werden allen Figuren in späteren Geschichten immer wieder begegnen, sodass Sie keine Verlobung, Hochzeit oder Geburt verpassen. Eine vollständige Liste aller Serientitel sowie eine Vorschau auf kommende Veröffentlichungen finden Sie am Ende dieses Buches und unter:

MelissaFoster.com/Herzen-im-Aufbruch

Besuchen Sie auch Melissas Seite mit »Reader Goodies«! Dort gibt es – zum Teil auf Deutsch, zumeist aber in englischer Sprache – Serienübersichten, Checklisten, Stammbäume und vieles mehr zum Download:

www.MelissaFoster.com/Checklisten_und_Stammbaume

»Willst du mich verdammt noch mal veräppeln? Er sagt unseren Termin schon *wieder* ab? Den Termin, der in *zwanzig Minuten* stattfinden soll? Unten steht mein Taxi bereit!«, brüllte Jillian Braden ins Telefon. Adressatin ihrer Wut war ihre Cousine Victoria, in der Unterhaltungsbranche auch bekannt unter dem Namen Victory. Victoria war Eigentümerin von Blank Space Entertainment, und sie war die Agentin, die den Rockstar Johnny Bad und seine Band Bad Intentions vertrat. »Hat Johnny auch nur die geringste Ahnung, wie schwer es für mich war, mir kurzfristig zwei Wochen freizuschaufeln und nach New York zu kommen? Dick hat mich vor drei Tagen angerufen und gesagt, dies wäre der einzige Zeitpunkt, zu dem Johnny mit mir arbeiten könnte.« Dick Waller war Johnnys Manager. Er hatte Jillian – eine gefragte Modedesignerin, deren Entwürfe es in die bekanntesten Modezeitschriften geschafft hatten, auf roten Teppichen weltweit zu sehen waren und von den wohlhabendsten Frauen getragen wurden – gebeten, die Kostüme für die Tour der Band zu designen, mit der sie ihr neuestes Album *Brutally Bad* promoten wollten. »Warum überbringt mir Dick nicht selbst diese Hiobsbotschaft? Warum lässt er die Drecksarbeit immer von dir erledigen? Gibt es in eurer Branche nicht irgendeine Regel, dass man die Familie für so etwas nicht missbrauchen sollte? Er arbeitet nicht mal für Blank Space.«

»Hör mir auf mit Dick!«, antwortete Victoria aufgebracht. »Es tut mir leid, dass es schon wieder passiert, und Johnny ist sich vollkommen im Klaren darüber, wie beschäftigt du bist. Glaub mir, wenn es irgendeine andere Möglichkeit gäbe, würde er weder die Tour noch den Termin mit dir absagen.«

Jillian schnaubte verächtlich. »Tut mir leid, Vic, aber das nehme ich dir nicht ab. Johnny ist ein arroganter, selbstherrlicher Arsch, und ich habe keine Ahnung, warum ich mir diesen Mist die ganze Zeit angetan habe.« Sich von einem arroganten Rockstar herumkommandieren zu lassen, darauf hätte sie gut verzichten können, aber die Kleidung für einen berühmten Musiker und seine Band zu entwerfen, wäre ein Segen für ihr Unternehmen. Außerdem war es immer schon ihr Traum gewesen, mit Rockstars zu arbeiten. Ein Traum, den sie nun bereute. »Du weißt genau, dass ich die Einführung meiner neuen Kollektion ›Wanderlust‹ im letzten Jahr aufgeschoben habe, um diese Gelegenheit zu ergreifen. *Drei Mal* hat er die Tour verschoben und mich versetzt. Mir ist klar, dass es idiotisch von mir war, diese Aufträge überhaupt anzunehmen, aber ich wollte dir wirklich jedes Mal glauben, wenn du mir versichert hast, dass er sein Leben jetzt im Griff hat.« Es hatte auch nicht geschadet, dass Dick mit einem höheren Honorar angekrochen gekommen war und geschwafelt hatte, dass Johnny seine Kostüme *nur von ihr* entwerfen lassen wollte. Es war vollkommen unlogisch gewesen, da sie als Designerin für Damenmode bekannt war, aber sie hatte sich nur allzu gern an dem Gedanken festgehalten.

»Er *hatte* sein Leben auch im Griff. Es entgleitet ihm nur

immer wieder.«

Jillian verdrehte die Augen. »Was hat er denn dieses Mal für eine Entschuldigung? Amüsiert er sich zu gut mit seinen *Baddies* und hat keine Lust, dass der Spaß aufhört?« Johnnys weibliche Fans nannten sich Baddies. Jillian hatte gehört, dass er seine langjährige Model-Freundin im letzten Jahr abserviert hatte. Wahrscheinlich holte er die verlorene Zeit jetzt mit ein paar Groupies auf.

»Du weißt, dass ich dir nichts über seine Gründe sagen kann, aber für so etwas würde er das alles mit Sicherheit nicht canceln.«

»Für jemanden mit einem so großen Team hat er ziemlich viele Probleme. Ich hätte schon das Weite suchen sollen, als er das erste Mal abgesagt hat.« Sie hatte bereits gehört, dass es nicht leicht war, mit Johnny zu arbeiten, aber sie war mit fünf lauten, eigensinnigen Brüdern aufgewachsen und bisher noch nie einem Mann begegnet, den sie nicht im Griff gehabt hatte.

»Ich weiß, dass es ein Riesenmist ist, Jilly, und ich werde dafür sorgen, dass du entschädigt wirst.«

»Oh ja, das wird ihn teuer zu stehen kommen, so viel ist sicher. Aber ich will ihm in die Augen schauen und ihm *ganz genau* sagen, was ich von ihm halte und von der Art, wie er meine Zeit vergeudet. Und *dann* werde ich ihm sagen, dass er sich seine Tour-Kostüme sonst wohin stecken kann.« Sie schnappte sich ihren Zimmerschlüssel und ihre Handtasche und marschierte zur Tür.

»Jillian, ich weiß, du bist sauer, und du hast auch jedes Recht dazu. Aber er hat eine Menge am Hals. Gib ihm zumindest die Zeit, dass er sein Team über die Absage informieren kann.«

Ein Grinsen stahl sich auf ihre Lippen. »Ich werde ihm das

gleiche Entgegenkommen erweisen wie er mir. Danke für den Anruf, Vic, und dass du mir Bescheid gegeben hast.« Sie beendete das Gespräch und ging hinaus auf den Flur. Wenn sie mit dem verdammten Johnny *Arschgesicht* fertig war, würde er es sich gut überlegen, ob er jemals wieder so rücksichtslos mit anderen umging. Sie verließ das Hotel und stieg in das wartende Taxi. Je schneller sie das hier hinter sich gebracht hatte, umso schneller konnte sie nach Maryland und in ihr eigenes Leben zurückkehren.

Jillian stieg vor dem Gebäude, in dem Johnny wohnte, aus dem Auto und hoffte, dass Mr. Arschgesicht dem Pförtner noch nicht mitgeteilt hatte, dass der Termin mit ihr abgesagt worden war. »Jillian Braden. Ich habe eine Besprechung mit Johnny Bad.«

»Ja, Madam.« Der Pförtner wies ihr den Weg zu dem Aufzug, der zur Penthouse-Wohnung fuhr.

»Danke.« Erleichtert atmete sie durch und ging zum Aufzug, obwohl die Wahrscheinlichkeit groß war, dass der Bodyguard, von dem Johnnys Manager erwähnt hatte, dass er den Lift bewachte, über die Absage des Termins informiert worden war.

Der massige Mann hatte kalte schwarze Augen und sah aus, als wäre mit ihm nicht gut Kirschen essen, aber sein ausdrucksloser Blick glitt dennoch über ihr seidig glänzendes und figurumschmeichelndes trägerloses Etuikleid. Es war ein Stück aus ihrer Kollektion ›Facettenreich‹, mit einem abstrakten schwarzen Muster und Farbtupfern in kräftigem Blau, Gelb und

Pink knapp unterhalb der Hüfte. Es war ausgefallen, stilvoll und gerade sexy genug, um zu zeigen, dass sie um ihre Vorzüge wusste, sie aber nicht zur Schau zu stellen brauchte. Gemessen an dem Interesse, das in den Augen dieses Herrn Möchtegern Unbeeindruckt aufflackerte, hatte sie eine sehr gute Wahl getroffen.

»Guten Morgen. Ich bin Jillian Braden. Mr. Bad erwartet mich.«

»Ja, Madam. Ich muss Sie leider bitten, sich auszuweisen.«

»Sehe ich aus wie ein Groupie?« Sie holte ihr Portemonnaie hervor.

»Groupies gibt es in allen Varianten.«

Sie gab ihm ihren Führerschein. »Ich wette, die tauchen nicht in Fünfhundert-Dollar-Kleidern auf, die sie selbst entworfen haben.«

»Sie wären überrascht.« Er warf einen Blick auf ihren Führerschein, den er ihr anschließend zurückgab, und trat dann beiseite, um sie in den Aufzug zu lassen.

»Schwarze Anzüge für Bodyguards sind übertrieben«, bemerkte sie spitz, da sie ihre Verärgerung nicht im Zaum halten konnte. »Sagen Sie ihrem Boss, dass er es besser wissen sollte.«

Sie fuhr allein und mit heftig hämmerndem Herzschlag ins Penthouse hinauf. Die Türen gingen direkt in der Suite auf, und da, mitten in dem riesigen Wohnzimmer, tigerte dieser berühmte Rockstar mit seinen dunklen verstrubbelten Haaren, in einer tief sitzenden Jeans und einem engen T-Shirt, auf und ab und brüllte in sein Handy.

Mach dich auf was gefasst, Bad Boy. Gleich bist du derjenige, der hier angebrüllt wird. Jillian straffte die Schultern und marschierte auf den Mann zu, der ihr schon viel zu viel ihrer Zeit gestohlen hatte.

»Kane kümmert sich darum und meldet sich.« Johnny beendete die Telefonkonferenz mit seinen Bandmitgliedern und drehte sich genau in dem Moment um, als eine heiße Braut mit roten Haaren in High Heels und mit einem Killerausdruck in den Augen fast in ihn hineingerannt wäre.

»Für wen halten Sie sich eigentlich, dass Sie mich kurzfristig für zwei Wochen nach New York beordern, damit ich Ihre Kostüme entwerfe, nur um mich dann zum dritten Mal zu versetzen?«, fauchte sie ihn an. »Nur damit Sie es wissen, Sie ungehobelter Mistkerl: Ich habe Ihr arrogantes, selbstherrliches Geschäftsgebaren satt! Es ist mir egal, mit wie vielen Scheinen Ihr Manager vor meinem Gesicht herumwedelt oder ob ich mich durch die Arbeit mit Ihnen an die Spitze der Musikmodebranche bringen könnte. Nichts auf der Welt ist es wert, mich und meine Zeit von Ihnen permanent missachten und herabwürdigen zu lassen.«

Johnnys Gedanken rasten. Vor zwei Stunden hatte er seinen räuberischen und verlogenen Manager Dick gefeuert, nachdem dessen Machenschaften sein Leben auf den Kopf gestellt hatten. »Wer zum Teufel sind Sie?«

Sie sah ihn mit einem vernichtenden Blick an. »Sind Sie taub? Ich rede vom Entwerfen Ihrer Kostüme! Sagt Ihnen der Name *Jillian Braden* vielleicht etwas?«

»Oh, Mann! Victory sollte Sie eigentlich anrufen. Tut mir leid, aber ich habe dafür jetzt keine Zeit.«

»Sie haben keine Zeit, mir eine Erklärung zu geben, nachdem Sie meine Zeit ein ganzes *Jahr* lang verschwendet haben?«

Die Tür zum Bad ging auf und sein Blick schoss zu Zoey,

der missmutigen Teenagerin, die ihn mit dem Handy in der Hand wütend ansah. »Das war ganz schön anstrengend. Machst du mir jetzt *zumindest* etwas zu essen?«

Jillian stand mit offenem Mund da, und wenn er dachte, sie hätte vorhin Giftpfeile mit ihren Blicken abgeschossen, dann spuckte sie jetzt regelrecht Feuer. »Ist das Ihr Ernst? Die ist doch kaum älter als vierzehn! Sie sind nicht nur ein Arschloch, Sie sind ein Widerling!«

Zoey verschränkte grinsend die Arme und schien sich köstlich zu amüsieren.

Himmelherrgott! Konnte es überhaupt noch schlimmer kommen? Er zeigte auf Zoey. »Kein Wort mehr!« Er packte die feuerspeiende Drachen-Lady am Arm und zog sie zur Seite. Leiser sprach er weiter: »Sie müssen eine neue Vertraulichkeitsvereinbarung unterschreiben.«

»Nichts dergleichen werde ich tun«, zischte sie ihn an. »Ihre kranke Vorliebe für junge Mädchen werde ich ganz sicher nicht decken.«

»Ich habe, verdammt noch mal, keine Vorliebe für junge Mädchen«, fuhr er sie an, als gerade die Aufzugtüren wieder aufgingen und sein Bruder Kane den Raum betrat. Kanes pechschwarze Haare waren streng nach hinten frisiert, sein Bart gestutzt und Tattoos schauten am Kragen seines Hemdes hervor. »Es könnte sein, dass sie meine Tochter ist, und ich kann es mir nicht leisten, dass die Presse Wind davon bekommt. Sie werden also nicht gehen, bevor Sie nicht eine neue Vertraulichkeitsvereinbarung unterschrieben haben.«

»Dafür ist es zu spät, kleiner Bruder. Dein Gebäude ist bereits von Paparazzi umzingelt.« Kane war der Erste gewesen, den Johnny angerufen hatte, nachdem er Dick gefeuert hatte. Kane war ein Selfmade-Milliardär. Er besaß Unternehmen und

Immobilien überall an der Ostküste der USA und hatte sich einverstanden erklärt, Johnny den Arsch zu retten und als sein Manager einzuspringen. »Die Schlagzeile auf dem Promiportal TMZ lautet: *Johnny Bads Kind aus heimlicher Liebschaft aufgetaucht.* Die haben Kopien von einer DNA-Analyse, die gemacht wurde, als Zoey Elizabeth Conrad vier Tage alt war. Mick überprüft das gerade.« Ihr Cousin Mick Bad war Johnnys Anwalt. Sie hatten schon eine Reihe von ungerechtfertigten Vaterschaftsklagen hinter sich.

Meine Tochter. Heilige Scheiße. Johnny hatte schon Probleme, sein eigenes Leben auf die Reihe zu kriegen. Wie sollte er da ein Vater sein? Und wie sollte er das seinen eigenen Eltern beibringen? Sie konnten noch mehr Stress in ihrem Leben absolut nicht gebrauchen, und was zum Teufel sollte er mit einer Tochter im Teenageralter anstellen? Er wusste nichts über Mädchen in dem Alter, außer dass sie hinter ihm her gewesen waren, als er selbst Teenager gewesen war.

Johnny und eine gleichermaßen schockierte Jillian schauten Zoey vorwurfsvoll an.

Zoey verdrehte die Augen. »Mich braucht ihr gar nicht so anzusehen. Ich wusste bis vor ein paar Stunden nicht einmal, dass du mein Vater bist. Wahrscheinlich war das meine Mutter, und ich wette, sie hat eine Menge Geld dafür eingesackt, dass sie die Bombe über die Tochter hat platzen lassen, die sie nie haben wollte. Viel Glück bei der Suche nach ihr. Ich bin sicher, die ist schon lange über alle Berge. Die gehört nicht zu der Sorte, die lange irgendwo bleibt. Sie verbringt ihre ganze Zeit damit, irgendwelchen Bands durch Land zu folgen.«

»Ich hab ein paar Leute darauf angesetzt. Die finden sie«, erklärte Kane.

»Gib mir einfach ein bisschen Geld und dann bist du mich

los«, sagte Zoey fordernd.

»Und wohin gehst du dann?«, fragte Jillian, als Johnnys Handy klingelte.

Zoey zuckte nur mit den Schultern. »Egal, Hauptsache weg von hier.«

»Du gehst nirgendwohin.« Johnny zog sein Handy heraus und sah den Namen seiner PR-Agentin Shea Steele auf dem Bildschirm. Er nahm das Gespräch an. »Ja?«

»Du musst die Stadt verlassen. Jemand hat TMZ einen Tipp gegeben. Auf Social Media ist die Hölle los.«

»Hab ich schon gehört, aber was soll ich mit dem Kind machen? Wo, verfickte Scheiße noch mal, soll ich denn hin?«

Während Shea ihm sagte, er solle Zoey mitnehmen, zischte Jillian ihm wütend zu: »So was sagt man nicht! Hier ist eine Teenagerin anwesend.«

»Genau, so was Verficktes sagt man nicht«, sagte Zoey.

»Hey«, fuhr Jillian nun sie mit wütendem Blick an, was jedoch nur mit einem weiteren genervten Blick von Zoey quittiert wurde.

Shea sprach von einem Statement, in dem er die Öffentlichkeit darum bitten sollte, ihre Privatsphäre zu respektieren, aber Johnny hatte nicht gehört, was sie sonst noch vorgeschlagen hatte. »Die Erklärung geht in Ordnung so.«

»Johnny, ich will dir ja nicht noch mehr Druck machen, aber die Preisverleihung der Music Awards ist schon in zwei Monaten. Da *Brutally Bad* für das Beste Album des Jahres nominiert ist, kann sich diese Art von medialer Aufmerksamkeit sowohl positiv als auch negativ auswirken«, warnte Shea.

»Jaja, ich kümmere mich drum. Ich melde mich, sobald ich weiß, wohin wir gehen.« Er beendete das Gespräch, und die Tatsache, dass er für eine Jugendliche verantwortlich sein sollte, beunruhigte ihn nicht wenig. Er brauchte Hilfe, aber die naheliegenden Lösungen kamen nicht infrage. Seine Schwester Harlow, Schauspielerin in Los Angeles, würde nur noch mehr Aufmerksamkeit auf sie lenken, seine jüngste Schwester Aria litt unter einer Angststörung und stieg in kein Flugzeug, und seine Eltern hatten mit der Krebserkrankung seiner Mutter schon genug um die Ohren. Er saß in der Patsche.

Er drehte sich zu Kane um und wünschte, er könnte ihn dazu bringen, sie zu begleiten, aber Kane musste Dicks Rausschmiss abfangen. »Ich muss sie von hier wegbringen. Können wir deinen Hubschrauber und vielleicht auch dein Flugzeug benutzen?«

»Klar. Der Hubschrauber kann auf dem Dach landen, und ich lenke die Presseleute ab, während ihr abhebt.« Kane griff nach seinem Handy.

»Von hier wegzukommen, klingt nach einer großartigen Idee.« Jillian drehte sich zur Tür um.

»Sie können mich doch nicht mit *dem da* allein lassen«, meldete sich Zoey jammernd zu Wort. Sie marschierte zu Jillian und hakte sich bei ihr unter. »Ich gehe nirgendwohin, wenn sie nicht mitkommt.«

»Was?« Jillian riss die Augen auf und befreite sich aus Zoeys Griff. »Warum? Du kennst mich doch überhaupt nicht.«

»*Die* kenne ich auch nicht, und Sie sind zumindest eine Frau.« Zoey blieb beharrlich.

Jillian sah sie nun etwas mitfühlender an. »Hast du keine Verwandten, bei denen du bleiben kannst?«

Zoey antwortete nicht, aber die Traurigkeit in ihren Augen traf ihn mitten ins Herz. *Verdammt! Sie hat schon genug durchgemacht.* Das Letzte, wonach ihm der Sinn stand, war, zwei Weiber an der Backe zu haben, die überall, nur nicht bei ihm sein wollten, aber hier ging es nicht um ihn.

Er packte Jillian am Arm. »Sie kommen mit uns mit.« Problem gelöst. Er brauchte einen Prellbock, und sie schien zu wissen, wie man mit Zoey umzugehen hatte, das war besser als nichts.

»Von wegen!« Jillian entriss ihm ihren Arm.

»Sie müssen mitkommen«, flehte Zoey sie an. »Wie würde es Ihnen denn gefallen, mit dem allein gelassen zu werden?«

»Überhaupt nicht!« Jillian funkelte Johnny wütend an.

»Eben, und *mir* auch nicht!« Zoey ließ nicht locker.

»Er kann seinen Bodyguard mitnehmen und der sorgt dann für deine Sicherheit«, schlug Jillian vor.

»Noch ein Kerl?«, fauchte Zoey. »Auf keinen Fall, verfi–«

»So was sagt man nicht!«

»Ruhe jetzt! Ich muss nachdenken!« Johnnys Gedanken rasten, und sein Handy vibrierte pausenlos, da ständig irgendwelche Nachrichten eingingen. Dann kam noch ein Anruf und Harlows Name tauchte auf dem Bildschirm auf. Sie hatte die Neuigkeit sicher schon gehört.

Er nahm das Gespräch an, doch noch bevor er etwas sagen konnte, fragte Harlow: »Stimmt das?«

»Sieht so aus. Ich kann im Moment nicht reden. Ich rufe später alle an. Kannst du bei Mom und Dad Schadensbegrenzung betreiben?«

»Ich hab auf dem Weg hierher schon mit Dad gesprochen«, warf Kane ein. »Und ich habe ein Team darauf angesetzt, alles zu überprüfen, was Dick je in deinem Namen oder im Namen der Band angerichtet hat.«

»Danke, Mann!« An Harlow gewandt sagte Johnny: »Kane hat schon mit Mom und Dad gesprochen, aber ich bezweifle, dass Aria es schon gehört hat. Kannst du mit ihr reden, damit sie vorgewarnt ist?« Dass Aria diese Geschichte zu schaffen machen würde, machte Johnnys Liste von Problemen noch länger.

»Meine Güte, Johnny«, sagte Harlow. »Geht's dir gut?«

Er schaute zu Zoey, die von ihrer Mutter verlassen worden war und nun bei ihm, einem Fremden, festsaß. Trotz all seiner Wut zog sich ihm die Brust schmerzhaft zusammen. »Was glaubst du wohl?«

»Blöde Frage, tut mir leid. Ich spreche mit Aria, aber ruf uns später an, ja? Hab dich lieb«, sagte Harlow.

»Ich dich auch.« Er beendete das Gespräch und war noch gestresster als vorher. Kane telefonierte, und Jillian versuchte, Zoey davon zu überzeugen, dass es nicht notwendig war, sie zu begleiten. Doch so verfahren das Ganze war, Johnny brauchte sie auch. »Ihr habt beide keine Ahnung, wie dieses Leben hier läuft. Die Presse wird uns *alle* zerfleischen. Ich muss Zoey an einen sicheren Ort bringen, und ich habe noch keine Ahnung, wo das sein könnte. Also, *bitte*, Schluss mit der Streiterei, ich muss nachdenken!«

»Kann ich nicht einfach mit ihr mitgehen?« Zoey zeigte auf Jillian.

»Äh, nee«, sagte Jillian. »Nimm's mir nicht übel oder so, aber ich bin wirklich nicht der mütterliche Typ.«

»Egal. Meine eigene Mutter war kein mütterlicher Typ, und Sie sind so schon zehn Mal besser als die«, behauptete Zoey.

Jillian zog die Augenbrauen zusammen. »Tut mir leid, aber ich habe meine Arbeit, um die ich mich wieder kümmern muss.«

»Also, um genau zu sein … haben Sie einen zweiwöchigen Vertrag mit mir«, erinnerte Johnny sie. »Wie gesagt, Sie kommen mit.«

Jillian sah ihn wütend an. »Falls Sie es vergessen haben sollten: Sie gehen nicht auf Tour und Sie haben meinen Vertrag gekündigt.«

»Nicht schriftlich. Formal gesehen sind Sie nach wie vor dazu verpflichtet, zwei Wochen lang für mich zu arbeiten.«

»Zu arbeiten, nicht herumzusitzen, während Sie versuchen, Ihr Privatleben in den Griff zu kriegen«, erwiderte Jillian.

»Dann entwerfen Sie eben meine verf–« Er schaute kurz zu Zoey. »… dämlichen Kostüme.«

Jillian verschränkte die Arme vor der Brust. »Wenn Sie glauben, dass ich Ihnen wie einer Ihrer Groupies hinterherlaufe, dann irren Sie sich gewaltig. Ich werde Ihnen das Leben zur Hölle machen, wenn Sie mich zwingen mitzukommen.«

»Und ich mach dir dein Leben zur Hölle, wenn sie nicht mitkommt.« Zoey sah ihn unerbittlich an.

Kane musste ein Grinsen unterdrücken.

Johnny presste die Kiefer aufeinander und versuchte, nicht die Jugendliche anzufahren, die laut ihrer Mutter – mit der Johnny anscheinend ein paar *vergessliche* Stunden verbracht hatte – niemand anderen als ihn hatte. Und diesen unverschämt schönen Drachen neben ihr. Es war nicht ihre Schuld, dass sein Leben plötzlich so beschissen aus dem Ruder lief, also zwang er sich, ruhig zu bleiben. »Ich bin es gewohnt, dass mir Leute das Leben zur Hölle machen, ihr befindet euch also in guter Gesellschaft.«

Jillian zog die Augenbrauen zusammen, als würde sie etwas aushecken. Wahrscheinlich wie sie ihn zur Strecke bringen konnte. Sie verschränkte die Arme und hob das Kinn. »Ich komme mit – unter einer Bedingung.«

»Wollen Sie mich verarschen? Was verlangen Sie?«

»Falls und wenn Sie die *Brutally Bad*-Tour machen, werden

Sie Sable Montgomery und ihre Band Surge als Vorband spielen lassen.«

»Wen?« *Was soll das denn jetzt?*

»Sable Montgomery. Ihre Band ist großartig. Aber wenn Sie lieber nicht wollen …« Sie ging Richtung Tür.

Er hatte weder die Zeit noch die Energie, um sich wegen diesem Mist zu streiten. Es war ihm so was von egal, ob die Band gut war oder nicht. »In Ordnung. Sie kann spielen.«

Sie riss die Augen auf, als könnte sie es gar nicht glauben, doch schon in der nächsten Sekunde sah sie ihn wieder voller Entschlossenheit an. »Ich will es schriftlich haben.«

Wutschnaubend marschierte er zu dem Sekretär, riss eine Schublade auf und holte einen Block und einen Stift heraus. Er kritzelte *Surge kann als Vorband bei meiner nächsten Tour auftreten* auf das Blatt, unterschrieb es, riss den Zettel aus dem Block und gab ihn ihr. Ihr Grinsen ignorierte er, als er sich zu seinem Bruder umdrehte. »Irgendeine Idee, wohin wir gehen könnten?«

Kane schüttelte den Kopf. »Die Presse kennt all meine Immobilien.«

»*Omeingott!*« Jillian sah Kane entnervt an. »Sind Sie nicht dieser *Big Daddy Kane?* Da bekomm ich doch glatt nen Würgereiz. Dieser millionenschwere Geschäftsmann mit seinen eigenen Groupies?«

Kane zeigte sein Lächeln, bei dem – so wusste Johnny – die Ladys weltweit schon die Hüllen fallen gelassen hatten. »Glaub mir, Süße. Ich bin gut verdaulich. Da würgt niemand.«

Dein Ernst?

Jillian verdrehte die Augen. »Müssten Sie nicht genau für solche Gelegenheiten überall auf der Welt versteckte Immobilien haben?«

»Müssten Sie das nicht selbst, Miss Braden?«, fragte Kane amüsiert. »Ich hätte gedacht, dass das It-Girl der Modebranche genau darauf stehen würde.«

Johnny sah ihn zornig an. »Kane! Hör auf mit dem Mist.«

»Nur zu Ihrer Information: Ich brauche keine versteckte Immobilie.« Jillians Tonfall war trotzig. »Ich habe im Gegensatz zu Johnny keine Probleme mit Paparazzi, aber wenn ich mal abtauchen will, verschwinde ich auf den Gasthof meines Bruders und seiner Frau in den Bergen von Colorado. Sie haben schon Berühmtheiten beherbergt und wissen, wie man Aufsehen vermeidet. Sie haben sogar eine private Landebahn.«

»Dann gehen wir da hin«, sagte Johnny. »Rufen Sie Ihren Bruder an und bereiten Sie alles vor.«

»Wie bitte?« Jillian straffte die Schultern. »Ich bin nicht Ihre Angestellte und werde mich auch nicht so herumkommandieren lassen.«

Mist. Er war es gewohnt, dass die Leute widerspruchslos taten, was er wollte, und nicht jedes Wort hinterfragten. Aber wenn er das Gefühl hatte, sein Leben stand plötzlich Kopf, dann war es nichts im Vergleich zu dem, was das vierzehnjährige Mädchen durchmachte, das die Großmutter verloren hatte, von der Mutter verlassen worden war und nun bei ihm festsaß.

Er bemühte sich, seinen Ärger tief in seinem Innersten zu verstauen, und beschloss, dieser Jillian Braden in ihren wunderschönen Hintern zu kriechen, indem er ihr so ruhig wie möglich antwortete: »Jillian, Zoey hat für einen Tag schon genug durchgemacht. Wir brauchen einen Ort, an dem wir untertauchen können, bis wir herausgefunden haben, wie wir weiter vorgehen. Falls Sie vermeiden wollen, dass die Presse über sie herfällt und auch Ihren Ruf in den Dreck zieht, weil Sie hier bei uns sind, würden Sie dann bitte Ihren Bruder fragen, ob wir in seinem Gasthof Unterschlupf finden könnten?«

Sie schnaubte so verärgert, dass der gesamte Raum bebte, doch der wache Blick ihrer grünbraunen Augen landete auf Zoey, wurde wärmer, und sie holte ihr Handy heraus.

Zwei

Jillian sah zum Fenster von Kanes Privatjet hinaus und fragte sich, wie sie in diesen Schlamassel nur hineingeraten war. Es war kaum zu glauben, dass Johnny zugestimmt hatte, Sables Band als Vorgruppe bei seiner Tour auftreten zu lassen. Falls er überhaupt irgendwann noch mal touren sollte. Sie war sich nicht einmal sicher, ob Sable überhaupt zustimmen würde. Surge trat auf Musikfestivals und dergleichen auf, aber Sables Bruder Axsel war selbst ein Rockstar, und Sable hatte nie versucht, es ihm gleichzutun. Jillian war sich sicher gewesen, dass Johnny es ablehnen würde, und das wäre ihr Fluchtweg gewesen. Aber wäre sie wirklich gegangen, wenn er ihr die Gelegenheit dazu gegeben hätte? Gewollt hätte sie es sicherlich, aber unabhängig davon, ob er der Vorband zugestimmt hätte oder nicht, tief in ihrem Herzen wusste Jillian, dass sie nicht gegangen wäre. Sie hätte nicht einem Mädchen den Rücken kehren können, das so sehr versuchte, seine Angst hinter einem biestigen Verhalten zu verbergen. Jillian hatte versucht, herauszufinden, wie es dazu gekommen war, dass Zoey sich nun in Johnnys Obhut befand, und warum keiner von beiden bis zu dem Morgen gewusst hatte, dass er ihr Vater war. Aber sie hatte nicht in Zoeys Gegenwart fragen wollen, da die Jugendliche schon verschreckt genug war.

Sie betrachtete das junge Mädchen auf der anderen Seite des Ganges.

Zoey hatte keine zwei Worte von sich gegeben, seit sie das Penthouse verlassen hatten. Nach einer Stunde ihres vier Stunden dauernden Flugs war sie mit ihren Ohrstöpseln eingeschlafen. Mit ihren glänzenden braunen Haaren, die ihr über die Schulter fielen, sah sie so jung aus. Sie hatte noch diesen kindlichen Ausdruck im Gesicht, aber sie meisterte ihr Auftreten gekonnt wie eine Achtzehnjährige und zog sich an wie Johnnys Groupies, samt übertriebenem Make-up, einem engen bauchfreien schwarzen Top mit Totenschädel-Aufdrucken, das um einiges zu klein zu sein schien, hautengen Hüftjeans, einer Jeansjacke und schwarzen Sneakern. Ein dünnes Lederband zierte ihren Hals, einige billige Plastikarmbänder klapperten an ihren Handgelenken und an ihren Ohren hingen unechte Perlenohrringe. Unter diesem ganzen Panzer war sie ein hübsches Mädchen. Was hatten ihre argwöhnischen Augen in diesen jungen Jahren schon alles gesehen?

Jillian schaute zu Johnny, der auf der Couch lag, die Beine an den Knöcheln übergeschlagen, eine Hand hinter den Kopf gelegt und den Blick seiner dunklen Augen an die Decke gerichtet, und zwar schon seit sie abgehoben hatten. Es war unbestritten, dass er unverschämt gut aussah mit seinem markanten Kinn, dem dunklen Bartschatten, einem Mund, mit dem er sicherlich für alle möglichen unanständigen Freuden sorgen konnte, wenn er nicht gerade arrogante Bemerkungen von sich gab, und einem Körper, der für sündige Abenteuer wie geschaffen war. Aber sein Verhalten war nicht minder aggressiv als das von Zoey. Zwanzig Minuten lang hatte er seinen Assistenten und seine PR-Agentin mit Anweisungen angeblafft, bevor der Hubschrauber eingetroffen war, und in den vergangenen zwei Stunden hatte er die Zähne so zusammengebissen, dass sein Mund fester verschlossen war als jeder Tresor. Wie sollte ein Typ wie er eine widerborstige Jugendliche erziehen, wenn sie nicht einmal miteinander reden konnten? Als er auf seine unmögliche Art mit Zoey gesprochen hatte, hätte sie ihm am liebsten eine gescheuert. Das war einer der Gründe, warum sie sich nicht mehr dagegen gewehrt hatte, die beiden zu begleiten.

Sie stand auf, und seine dunklen Augen richteten sich auf sie und beobachteten sie mit dem Blick eines Rottweilers, der zu überlegen schien, ob er zubeißen oder bellen sollte. Warum war das so heiß? Verärgert über sich selbst schubste sie seine Füße, die immer noch in den Stiefeln steckten, von der Couch und zwang ihn so, sich aufzusetzen.

Sie ließ sich neben ihm nieder und forderte leise: »Ich habe mich für Sie bei meiner Familie ziemlich weit aus dem Fenster gelehnt. Sie schulden mir eine Erklärung.«

»Wofür?«, fragte er missmutig.

Sie sah ihn ausdruckslos an. »Erzählen Sie mir die ganze Geschichte, oder ich hau ab, sobald wir am Boden sind.«

Er schaute zu Zoey und stützte dann die Ellbogen auf seinen Beinen ab. »Sie haben doch gehört, was Kane gesagt hat. Sie ist höchstwahrscheinlich meine Tochter.«

»Ja, aber es klang so, als hätten weder Sie noch die Kleine das bis zum heutigen Tag gewusst. Haben Sie das nur so gesagt? Wo ist ihre Mutter? Wo hat das Mädchen bisher gelebt?«

Er schüttelte den Kopf und rieb die Hände unruhig aneinander. »Ich versuche selbst immer noch, die ganzen Puzzleteile zusammenzufügen. Offensichtlich hatte ich wohl mal was mit ihrer Mutter nach einem Auftritt, als ich neunzehn oder zwanzig war. Wahrscheinlich war ich völlig zugedröhnt. Ich weiß nicht einmal, wer ihre Mutter ist. Mein Manager ist heute Morgen mit Zoey aufgetaucht, hat gesagt, dass sie meine Tochter ist und ihre Mutter nichts mit ihr zu tun haben will.« Seine Kiefermuskeln zuckten und er sprach voller Zorn weiter: »Dann hat er mir erzählt, dass er ihre Mutter all die Jahre bezahlt hat, damit sie den Mund hält, weil er dachte, es würde meine Karriere zerstören, wenn das herauskäme.« Er drehte den Kopf zu ihr, sein Gesicht war wutverzerrt. »Ich habe nie die Chance bekommen, selbst zu entscheiden, wie ich damit umgehen will. Ich habe zwar keine Ahnung, was ich gemacht hätte, aber mit Sicherheit wäre ich *nicht* diesen Weg gegangen.«

Allmächtiger! Kein Wunder, dass er am liebsten jemandem den Hals umgedreht hätte. »Das ist schrecklich! Wie kann eine Mutter einfach ihr Kind verlassen, nachdem sie es vierzehn Jahre lang großgezogen hat?«

»Sie hat sie nicht großgezogen.« Er ballte eine Hand zur Faust und rieb mit der anderen darüber. »Sie hat das Geld eingesackt, das Dick ihr jeden Monat geschickt hat, und Zoey bei ihrer Oma gelassen. Ihre Großmutter ist vor drei Wochen gestorben, und danach hatte ihre Mutter wohl keine andere Wahl, als sich um sie zu kümmern. Und ich nehme an, genau aus diesem Grund hat sie sie jetzt bei mir abgeladen.«

»Und wie es aussieht, hat sie sich auch von der Klatschpresse gut bezahlen lassen«, fügte Jillian hinzu. »Kein Wunder, dass Zoey so sauer ist. Das arme Mädchen hat so viel durchgemacht, und Sie sind offensichtlich auch nicht glücklich darüber, dass sie hier ist. Wenn ihr das nicht vollends den Boden unter den Füßen wegreißt ...«

»Glauben Sie etwa, dass mir das Ganze gefällt?«, schnaubte er. »Dass mein Leben auf den Kopf gestellt wird? Dass ich meine Band hängen lasse, wenn wir eigentlich im Tonstudio sein sollten? Von dem Typen hintergangen zu werden, dem ich mein ganzes Leben anvertraut habe, seit ich fünfzehn Jahre alt war?« Er fluchte. »Glauben Sie etwa, es ist schön zu wissen, dass ihr wehgetan wird? Ich will sie nicht anschnauzen. Sie ist noch ein Kind. Aber wie würden Sie denn reagieren, wenn jemand sie vor Ihnen abstellen und sagen würde: ›Sie gehört dir, rund um die Uhr, vermassele es nicht‹?«

»Ich könnte es nicht. Ich arbeite die ganze Nacht durch, und es fällt mir schon schwer genug, daran zu denken, dass ich essen muss, und mich um mich selbst zu kümmern. Die Anforderungen an eine Mutter könnte ich niemals erfüllen, und mir gefällt mein Leben, so wie es ist.«

Er hob die Hände und warf ihr einen *Ach-was*-Blick zu. »Dann verstehen Sie ja, warum ich mich ebenso verloren fühle wie sie.«

»Ja, aber Sie sind für ihre Existenz verantwortlich. Das ist der Grund dafür, warum die Leute Kondome benutzen.«

»Die benutze ich, seit ich *fünfzehn* war«, zischte er. »Bin ja nicht blöd.«

»Durchs Gummi wird man nur schwer schwanger, aber Mädels, die es darauf abgesehen haben, einen Rockstar für den Rest ihres Lebens blechen zu lassen, sind einfallsreich. Wenn Sie ihre Kondome benutzt haben, könnte sie Löcher reingemacht haben.«

Er fluchte leise.

»Hören Sie, das Wie und Warum ist jetzt egal. Tatsache ist, dass sie Ihre Tochter ist, und ich nehme an, Sie werden ihren Lebensstil ändern müssen. Mit einem Teenager im Haus können Sie wirklich keine Groupies empfangen.«

Er sah sie finster an. »Denken Sie wirklich, dass es darum geht? Glauben Sie, mir wären Bettgeschichten wichtiger als das

Leben eines anderen Menschen? Vor allem das eines Mädchens?«

»Um ehrlich zu sein, weiß ich nicht, was ich denken soll. Ich weiß nur, was ich erlebt habe, und das ist Ihre vollkommene Geringschätzung meiner Zeit und Ihr Ärger darüber, dass Sie sich um Zoey kümmern müssen.«

Seine Kiefermuskeln zuckten wieder, und er sah sie einen Moment lang wortlos an, als bemühte er sich um Beherrschung. »Was Sie erlebt haben, ist nicht Geringschätzung Ihrer Zeit. Die Absage hatte nichts mit Ihnen zu tun. Es gab wichtigere Dinge, wichtigere *Menschen*, um die ich mich kümmern musste, als eine verdammte Tour für meine Fans. Sie sind einfach nur in die Schusslinie geraten und das tut mir leid. Wirklich. Es ist beschissen, und was Sie heute gesehen haben, das ist ein Typ, der einfach zu geschockt ist, um einen klaren Gedanken zu fassen.« Er sprach noch leiser weiter: »Ich weiß absolut nichts über das Mädchen, und schon gar nicht, wie ich mich um sie kümmern soll. In welche Schule soll sie gehen? Braucht sie eine Therapie? Nimmt sie Drogen?«

»Sie ist vierzehn – selbstverständlich müssen Sie eine Schule für sie finden.« Sie fragte sich, welche Dinge und welche Menschen wichtiger als seine Tour waren, aber sie beließ es erst einmal dabei und versuchte, die Stimmung etwas zu entspannen. »Sie wird mit Sicherheit auch eine Therapie brauchen. Ebenso wie Sie, und wenn ich zu lange bei Ihnen bleibe, benötige ich wahrscheinlich auch eine.« Sein Gesichtsausdruck blieb ernst und wütend, womit er sie an ihren älteren Bruder Nick erinnerte. Sie wusste meist, wie sie Nicks Anspannung lösen konnte, und ihr tat Johnny verdammt noch mal leid, also versuchte sie ihm auf die gleiche Art zu helfen, indem sie mit einem sanfteren Tonfall weitersprach. »Wie wär's, wenn Sie einfach versuchen, sie kennenzulernen und ihr das Gefühl zu nehmen, dass sie eine Last ist? Es ist verständlich, dass Sie sauer sind, weil Ihr Leben auf den Kopf gestellt wurde, aber finden Sie sich damit ab. Nichts davon ist Zoeys Schuld. Sie hat nicht darum gebeten, von einer Mutter auf die Welt gebracht zu werden, die sie nicht wollte. Und Sie sagten, sie hat die Großmutter verloren, die sie aufgezogen hat. Ist sie deswegen traurig? War ihre Großmutter gut zu ihr?«

»Ich weiß es nicht. Ich weiß nur, dass ihre Großmutter an einer Hirnblutung gestorben ist, während sie in der Schule war, und dass sie diejenige war, die sie gefunden hat.«

Du meine Güte! Sie schaute zu Zoey und ein dicker Kloß bildete sich in ihrem Hals. Sie atmete tief durch, schob – wie immer – den Kummer beiseite und suchte lieber nach einer Lösung. »Tja, dann ist dies wohl der Zeitpunkt, es herauszufinden. Ob es Ihnen gefällt oder nicht, Sie halten die Zügel in der Hand und können versuchen, den Karren in die richtige Richtung zu lenken und Einfluss darauf zu nehmen, wie sie über Sie *und* sich selbst denkt. Oder Sie können sie endgültig zugrunde richten, indem Sie ihr das Gefühl geben, auch hier ungewollt zu sein.«

Er lehnte sich zurück und fuhr sich durch die Haare, wobei er so heftig ausatmete, als wäre er gerade einen Marathon gelaufen. »Ich dachte, Sie wären nicht der mütterliche Typ.«

»Bin ich auch nicht. Aber ich war mal vierzehn Jahre alt, und ich weiß, wie sehr meine Beziehung zu meinem Vater mein Leben geprägt hat. Sie haben doch zwei jüngere Schwestern, oder?«

Er nickte.

»Wenn sie in dieser Situation wären, was würden Sie sich von dem Typen wünschen, der gerade herausgefunden hat, dass er ihr Vater ist? Wie sollte er sie behandeln?«

Er musste schlucken, und sein Blick wanderte zu Zoey, bevor er wieder – fast flehentlich – zu Jillian zurückkehrte. »Sie werden mir helfen, stimmt's?«

»Tut mir leid, aber ich werde mit Ihren Kostümen viel um die Ohren haben.« Sie stand auf, doch er ergriff ihre Hand und ihre Blicke trafen mit unerwarteter Wucht aufeinander. Es war weder Hitze noch Hass, sondern irgendetwas Seltsames dazwischen, wie bei zwei Menschen, die sich an dasselbe Rettungsboot klammerten.

»Danke.« Er drückte ihre Hand und hielt sie so lang, dass ihr Herz unvermittelt schneller schlug.

Sie entzog sich ihm, ging zurück zu ihrem Platz und fragte sich, was zum Teufel da gerade geschehen war.

Drei

Jillian sammelte ihre Sachen zusammen und schaute zum Fenster hinaus. Sofort ließ die Verspannung in Nacken und Schultern nach. Die Berge von Colorado hatten schon immer eine beruhigende Wirkung auf sie gehabt. Sie entdeckte ihren ältesten Bruder Beau mit seinen kurzen braunen Haaren und den ernsten dunklen Augen und seine Frau Charlotte, eine warmherzige, spleenige Brünette, und noch mehr Anspannung fiel von ihr ab. Bevor sie in New York gestartet waren, hatte Jillian Beau und Char eine kurze Zusammenfassung der Geschichte von Johnny und Zoey gegeben. Wenn irgendjemand verstehen konnte, was Zoey durchmachte, dann die beiden. Beau hatte einen großen Teil seiner selbst verloren, als seine erste große Liebe vor weit über zehn Jahren gestorben war, aber er hatte mit Charlotte einen noch schöneren Teil von sich gefunden. Und auch Charlotte hatte den Verlust ihrer Eltern und des Großvaters, der sie aufgezogen hatte, überwinden müssen.

»Wo sind wir?«, wollte Zoey wissen, die sich an ihrem Handy wie an einem Schmusetuch festkrallte. »Ich dachte, wir gehen in einen Gasthof.«

»Gehen wir auch. Das hier ist nur die Landebahn. Der

Gasthof ist seit Ewigkeiten im Besitz der Familie meiner Schwägerin. Warte, bis du ihn siehst. Er ist wunderschön, und er ist umgeben von Wildblumen, meinen Lieblingsblumen. Es gibt dort einen See in Herzform, und der Gasthof mit seiner ganzen Umgebung hat etwas Magisches an sich.«

Zoey verdrehte die Augen.

Johnny schüttelte den Kopf.

»Im Ernst«, sagte Jillian. »Wenn du erst einmal von der Magie des Gasthofes erfasst wurdest, so erzählt man sich, kann der Bann von niemandem gebrochen werden. Wenn ihr zwei Glück habt, bekommt ihr vielleicht auch ein wenig von dieser Magie ab und findet euer Glück.« Das wurde mit einem weiteren ungläubig genervten Gesichtsausdruck quittiert, aber Jillian ließ sich davon nicht beeindrucken. Sie glaubte an die Magie des Gasthofes und hoffte, dass sie den beiden helfen würde. Sie zeigte zum Fenster hinaus. »Siehst du den Mann dort? Das ist mein Bruder Beau. Er hat den Gasthof und all die Nebengebäude auf dem Grundstück für seine Frau Char renoviert. Das dort ist sie, mit den pinken Cowboystiefeln, die gerade ihren Hund Bandit streichelt. Vor Bandit musst du dich in Acht nehmen. Er ist ein Dieb, und es gibt nichts, was ihn nicht interessiert, also pass auf deine Sachen auf.«

»Ich mag keine Hunde«, sagte Zoey. »Gibt es hier irgendetwas, was man tun kann?«

»Jede Menge, und nicht allzu weit entfernt ist auch ein süßes Städtchen.«

»Wir sind hier, um unterzutauchen«, erinnerte Johnny sie. »Wenn die Presse Wind davon bekommt, wo wir sind, stecken wir in der Scheiße.«

Jillian warf ihm einen finsteren Blick zu.

»In der Tinte, meine ich«, korrigierte er sich. »Tschuldigung.«

»Ja, und? Wäre es nicht besser, das hinter uns zu bringen, anstatt sich wie Verbrecher zu verstecken?«, fragte Zoey.

»Nein.« Wieder presste Johnny die Kiefer aufeinander. »In den Medien kursieren wahrscheinlich so schon die übelsten Verleumdungen über mich.«

»Warum macht es dann noch einen Unterschied, wenn die wissen, wo du bist?«, hakte Zoey nach. »Versteckst du noch mehr Kinder irgendwo?«

»Jetzt hör aber mal zu!«, fuhr Johnny sie an. »Ich hab k–«

»Er will nicht noch mehr Öl ins Feuer gießen«, unterbrach Jillian ihn. Sie griff nach Zoeys Hand und zog sie zum Ausgang, damit sich die Wogen nicht noch mehr aufschaukelten. »Er hat recht. Das Ganze kann dein Leben noch schwieriger machen, wenn man nicht die richtigen Maßnahmen ergreift.«

»Kann mir doch egal sein«, brummte Zoey. »Mein Leben ist sowieso schon ein einziger Albtraum.«

Es tat Jillian in der Seele weh, so etwas zu hören. »Ich weiß, dass es sich so anfühlt, und es tut mir leid. Richten wir uns hier erst einmal ein, damit Johnny und sein Team überlegen können, wie sie weiter vorgehen. Ich verspreche dir, dass ich alles tun werde, was in meiner Macht steht, damit du dich nicht langweilst, während du hier bist.«

Sie stiegen die Stufen hinunter, und Jillian lief Beau entgegen, wobei sie nur kurz langsamer wurde, um Bandit zu streicheln. »Hey, Bandit. Du siehst mit deinem gelben Halstuch wirklich total süß aus.«

»Das dient nur dazu, dass wir wissen, wo er nachts herumstreunert.« Beau zog sie in eine feste Umarmung und fragte dann leise: »In was bist du denn da hineingeraten?«

»Keine Ahnung, Boo.« Er hielt sie noch fester, als er seinen

Spitznamen aus Kindheitstagen hörte. »Aber ich konnte sie nicht mit ihm alleinlassen.«

»Dieses große Braden-Herz bringt uns immer wieder in Schwierigkeiten.«

Lächelnd löste sie sich aus seiner Umarmung. »Wie ging es Jax und Jordan, bevor sie abgefahren sind? Wie geht's Sully?« Jordan, die Verlobte von Jillians Zwillingsbruder Jax, hatte erst kürzlich ihre seit Langem vermisste Schwester Casey wiedergefunden, die sich jetzt Sully nannte. Sully wohnte nicht weit entfernt von dem Gasthof auf der Redemption Ranch, wo sie therapeutische Hilfe in Anspruch nahm, während sie versuchte, ihr Leben wieder in den Griff zu bekommen, und Jax und Jordan hatten die letzten Wochen dort bei ihr verbracht.

»Ihnen allen geht es gut und sie machen Fortschritte«, sagte Beau. »Jax und Jordan haben vor, bald wieder herzukommen.«

»Schön. Danke, dass wir kommen durften«, sagte sie.

»Red keinen Quatsch! Wir tun alles, was wir können, um zu helfen.« Charlotte, wie immer unglaublich süß in ihren Shorts und einem Pullover, zog sie in ihre Arme und flüsterte ihr zu: »Was für ein Schlamassel! Aber Johnny ist echt heiß! Ich muss ihn unbedingt als Inspiration für einen meiner Helden benutzen. Seid ihr beide …?«

»Nein! Er ist ein heißer Mistkerl, dessen Leben ein einziges Chaos ist«, flüsterte Jillian zurück. »Ich mach das hier für Zoey.«

Sie schaute zu Zoey, die auf ihrem Handy herumtippte, während der Steward ihr Gepäck und Johnnys Gitarre herausbrachte. Johnny war mit seinen fast eins neunzig mit Beau auf Augenhöhe. Die beiden begrüßten sich mit Handschlag, und ihr Bruder taxierte ihn.

»Danke, dass wir uns hier bei Ihnen verstecken können.« Johnny streichelte Bandit. »Sie werden angemessen bezahlt werden.«

»Das ist nicht nötig«, versicherte Beau ihm. »Angesichts der Umstände hielten wir es für besser, wenn Sie in unserem Haus wohnen. Wir sind in den Gasthof gezogen, damit Sie mehr Privatsphäre haben. Sie können Chars Wagen benutzen.«

Johnny nickte und sah ihn ernst an. »Ich vertreibe Sie nur ungern, aber für die Privatsphäre bin ich Ihnen wirklich dankbar.«

»Kein Problem«, sagte Beau. »Sollten wir mit Assistenten, Bodyguards oder so rechnen, die Sie hier suchen könnten?«

»Nein. Die Frau meines Assistenten Jerry hat gerade ein Baby bekommen, und je weniger Leute bei uns sind, umso besser. Ich möchte keine Aufmerksamkeit auf den Gasthof lenken.«

»Das kommt uns sehr gelegen«, versicherte Beau ihm.

»Johnny, das hier ist Char, Beaus Frau«, sagte Jillian. »Sie ist eine Bestsellerautorin und schreibt Liebesromane. Mir fällt es jetzt erst ein, aber Ihre Schwester Harlow hat die Hauptrolle in der Adaption des *MeTime*-Senders von Chars Buch *Alles für die Liebe* gespielt.«

Ein Lächeln brachte Johnnys Augen zum Strahlen und nahm ihm seinen schroffen Gesichtsausdruck. Jillian hatte gedacht, dass er gar nicht noch heißer werden könnte, aber *wow*! Es prickelte in ihrem ganzen Oberkörper. *Oh nein! Kein Prickeln!* Sie konnte es sich nicht erlauben, in Schwärmereien für einen Mistkerl zu verfallen.

»Schön, Sie kennenzulernen, Char.« Er schüttelte ihre Hand. »Harlow hat die Arbeit an dem Projekt mit Duncan Raz wirklich viel Spaß gemacht. Unsere ganze Familie hat sich bei meinen Eltern getroffen, um dort zusammen die Erstausstrahlung zu sehen. Das war eine tolle Story.«

»Freut mich sehr, dass es Ihnen gefallen hat. Harlow hat die Rolle perfekt gespielt. Ich bin froh, dass Beau und ich die Gelegenheit hatten, sie kennenzulernen. Sie ist total nett«, sagte Charlotte.

»Ja, sie ist ziemlich toll«, sagte er. »Es tut mir leid, dass ich Sie und Beau aus Ihrem Haus vertreibe. Ich bin Ihnen wirklich dankbar, dass Sie uns hier für eine Weile ein Obdach gewähren.«

»Sie haben mir meine Lieblingsschwägerin vorbeigebracht, also sollte ich mich bei Ihnen bedanken«, erwiderte Charlotte. »Und da wir hier wohl eine gewisse Zeit gemeinsam verbringen werden, schlage ich vor, dass wir mal alle ganz schnell zum Du übergehen.« Als wollte sie ein Geheimnis verraten, fügte sie leiser hinzu: »Aber ich muss euch warnen. Alles, was in meiner Gegenwart gesagt oder getan wird, könnte in einem meiner Bücher auftauchen. Doch keine Sorge: Ich werde nicht eure echten Namen verwenden.«

»Großartig«, sagte Johnny mit einem Anflug von Sarkasmus in der Stimme.

Jillian wartete einen Moment lang darauf, dass Johnny Zoey vorstellen würde, doch als er es nicht tat, sagte sie: »In Ordnung, dann übernehme ich das wohl. Zoey, komm her, ich möchte dich mit Beau und Char bekannt machen.«

Bandit lief zu Zoey und kam mit ihr herüber, während er immer wieder die Schnauze an ihre Hand stieß. Zoeys Gesichtsausdruck blieb mürrisch, der Blick war auf den Boden gerichtet. Johnny beobachtete sie mit zusammengezogenen Augenbrauen und die Anspannung war ihm deutlich anzumerken. Störte es ihn, dass sie den Hund ignorierte und Beau und Char nicht ansah, oder machte er sich tatsächlich Sorgen um Zoey?

Vielleicht schätzte Jillian die Situation vollkommen falsch

ein und er versuchte, einen Fluchtweg heraus aus dieser Entwicklung zu finden, die sein Leben in den vergangenen Stunden eingeschlagen hatte. *Es gibt hier kein Rettungsboot, mein Lieber. Bitte tu das, was für sie richtig ist.*

Sie schob diese Gedanken beiseite. »Zoey, dies sind mein Bruder Beau und seine Frau Char. Leute, das hier ist Zoey, und ich freue mich darauf, sie kennenzulernen.« Johnnys Blick huschte zu ihr, als schockierte ihn das, was sie gesagt hatte. *Irgendjemand muss ihr ja das Gefühl geben, willkommen zu sein.*

»Hallo, Liebes«, begrüßte Charlotte sie herzlich. »Es ist wirklich nett, dich kennenzulernen.«

»Hallo«, sagte Zoey leise und kurz angebunden.

»Wir sind froh, dass du hier bist, und wir freuen uns darauf, Zeit mit dir zu verbringen«, sagte Beau.

Jillian hätte die beiden für ihre Herzlichkeit am liebsten umarmt. Sie stieß Johnny mit dem Ellbogen an und warf ihm einen Blick zu, der eindeutig *Von ihnen kannst du noch was lernen* bedeutete, und sein Gesichtsausdruck wurde noch verschlossener.

Als Johnny und Beau das Gepäck und seine Gitarre auf Beaus Pick-up luden, machte ihn der Anblick von Zoeys einzigem Koffer wieder betroffen. Er war stinksauer, dass sein Manager ihn hintergangen hatte, aber ihm wurde übel bei dem Gedanken daran, dass sein eigenes Kind den Preis dafür gezahlt hatte. Wie konnte eine Vierzehnjährige nicht mehr besitzen als einen einzigen Koffer? Vor allem wenn er ihrer Mutter ohne sein Wissen Tausende Dollar pro Monat gezahlt hatte. Er konnte gar nicht an Dicks Betrug denken, ohne seine Faust in irgendetwas versenken zu wollen.

»Hey, Mann, nach dem, was ich von Jilly gehört habe, hast du einen höllischen Vormittag hinter dir. Alles in Ordnung mit dir?«, fragte Beau.

»So in Ordnung, wie man es wohl erwarten kann.« Johnny schaute zu Zoey hinüber, die in der Nähe von Jillian und Charlotte mit dem Fuß im Gras herumstocherte, während die beiden sich unterhielten. Jillian sah mit besorgtem Blick zu dem Teenager, und als Zoey aufschaute, lächelte Jillian sie an. Zoey wirkte, als überlegte sie, ob sie auch lächeln sollte, doch dann wandte sie den Blick ab. »Ich bin froh, dass deine Schwester einverstanden war, mitzukommen.«

»Jilly sagte, sie würde an den Entwürfen für deine Tour-Kostüme arbeiten, während du hier bist.«

Mist. Das hatte er vergessen. »Stimmt.«

Beau sah ihn skeptisch an. »Sie ist eine hervorragende Designerin, aber sie hat auch erwähnt, dass du deine Tour abgesagt hast.«

Verdammt. »Habe ich«, gab er zu.

»Was genau hat dann meine Schwester wirklich mit dir zu tun?«

Johnny erwiderte seinen Blick. Als älterer Bruder wusste er genau, was in Beau vorging. »Nicht das, was du denkst. Hast du Kinder?«

»Noch nicht, aber ich hoffe bald.«

»Tja, ich hatte diese Hoffnung nicht, und jetzt wird von mir erwartet, dass ich von null auf hundert ein Dad bin, obwohl ich nicht die geringste Ahnung habe, was es bedeutet, Vater zu sein. Ich brauchte Hilfe, und Jillian schien irgendwie mit Zoey umgehen zu können. Zoey hat sie angefleht, mit uns zu kommen, weil sie nicht mit mir allein sein wollte. Also habe ich meinen Vertrag mit Jillian als Druckmittel eingesetzt, damit sie uns begleitet. Sie wird die Kostüme entwerfen, aber bei all dem, was gerade passiert, habe ich keine Ahnung, wann ich wieder auf Tour gehen werde.«

»Das verstehe ich, aber du kennst Jilly offensichtlich nicht. Sie hat nicht viel Erfahrung mit Kindern. Sie und meine Frau haben einiges gemeinsam, weil sich beide gern mehr auf ihre Arbeit als auf die Welt um sie herum konzentrieren. Wenn du also denkst, dass Jilly als eine Art Mutterersatz für deine Tochter einspringen wird, dann täuschst du dich. Sie hat ein großes Herz, aber sie hat auch ein loses Mundwerk, unglaublichen beruflichen Erfolg und einen eisernen Willen.«

»Ihr loses Mundwerk und ihren eisernen Willen habe ich schon am eigenen Leib erfahren. Sie soll auch nicht den Mutterersatz spielen, Beau. Ich brauche sie als Puffer, damit Zoey und ich uns nicht gegenseitig an die Gurgel gehen.«

Beau schmunzelte. »In dem Fall hast du eine gute Wahl getroffen. Jilly hat ihr ganzes Leben lang fünf dickköpfige Brüder in Schach gehalten. Ich glaube, sie wird mit dir und Zoey zurechtkommen. Schade, dass ihr nicht schon gestern gekommen seid. Dann hättest du Jillys Zwillingsbruder Jax kennenlernen können. Er und seine Verlobte Jordan sind heute zurück nach Maryland gereist.«

»Ich glaube nicht, dass ich mit zweien von der Sorte zurechtkommen würde.«

Amüsiert antwortete Beau: »Jax und Jilly sind sich überhaupt nicht ähnlich, abgesehen von ihrem Beruf. Jax hat ein sehr ruhiges Gemüt. Er entwirft Hochzeitskleider. Komm, wir bringen dich und Zoey zu unserem Haus, damit ihr euch da einrichten könnt.«

Kurz darauf fuhr Beau eine von Bäumen gesäumte Straße entlang, und als sie unter dem Dach aus Ästen hervorkamen, tauchte ein wunderschönes zweistöckiges Gebäude aus Glas, Stein und Zedernholz vor ihnen auf, dessen große Terrassen den Blick auf einen See, weitläufige Wiesen und die malerischen Berge in der Ferne boten.

»Wow!«, staunte Zoey. »*Das* ist der Gasthof?«

»Ist der nicht schön?«, sagte Jillian, während Beau an dem Gebäude vorbei und über eine unbefestigte Straße weiterfuhr.

»Wohin fährst du?« Zoey schaute über die Schulter zurück zum Gasthof. »Wohnen wir nicht da?«

»Wir wohnen im Haus von Beau und Char, da haben wir mehr Privatsphäre«, sagte Johnny.

Zoey rutschte schmollend noch tiefer in ihren Sitz.

»Ich glaube, dir wird unser kleines Haus gefallen«, sagte Charlotte.

Johnny wusste nicht, was er erwartet hatte, aber als sie zu einem rustikalen Haus mit zwei Spitzdächern kamen, die so steil abfielen, wie kein Dach es je sollte, und fast bis zum Boden reichten, als wären sie unter der Sonne geschmolzen, war er sich sicher, dass es sich um einen Scherz handeln musste. Nichts war auch nur annähernd rechtwinklig oder gerade. Die Ecken des Hauses und des Daches waren abgerundet und ungleichmäßig, die Dachziegel waren unregelmäßig geformt und nicht in einer Linie ausgerichtet. Zwischen den zwei großen Dachspitzen befanden sich Gauben, ebenfalls mit geschwungenen Dächern, und genau darunter befand sich ein weiteres kleines Dach, das einem Erkerfenster und einer hölzernen Haustür mit Rundbogen Schutz bot. Johnny rechnete fast damit, dass die sieben Zwerge jeden Moment pfeifend aus dem Haus kamen.

Beau hielt an, Bandit sprang aus dem Pick-up und spurtete

seitlich am Haus vorbei. Sie stiegen aus, und Johnnys Blick wanderte über den zur Haustür führenden Weg aus unterschiedlich geformten rötlich-braunen, grünen und pfirsichfarbenen Natursteinen, die mit beigem Beton verbunden waren.

»Was zum Teufel ist das denn?«, fragte Zoey.

»Hey!«, fuhr Johnny sie streng an. »Etwas mehr Respekt, bitte!«

»Das ist unser Zuhause«, erklärte Charlotte freudig. »Es ist eine exakte Nachbildung von Schneewittchens Häuschen. Meine Urgroßmutter liebte Märchen, also hat mein Urgroßvater die Hütte, die auf dem Grundstück stand, für sie dementsprechend umgebaut, und jetzt hat Beau das Haus wieder instand gesetzt, damit wir es bewohnen können. Magst du Märchen?«

»Die sind beschissen«, sagte Zoey.

»Zoey!«, ermahnte Jillian sie. »Das ist nicht nett.«

»Wäre es dir lieber, wenn ich sie anlügen würde?«

Meine Herren! Dieses Kind hat keine Manieren. »Tut mir leid, Charlotte. Es war ein anstrengender Tag.« Johnny schaute zu Zoey. »Wenn du nichts Nettes zu sagen hast, behalte es bitte für dich.«

Sie verdrehte die Augen. »Wenn du meinst.«

»*Das* ebenfalls.« Wenn er noch einmal verdrehte Augen sah oder die Worte *Wenn du meinst* hörte, würde er durchdrehen.

Zoey wandte ihm den Rücken zu.

Johnny war vollkommen überfordert. Er glaubte nicht an Wunder, aber er hoffte inständig auf eines, denn sonst säßen sie beide vollkommen in der Patsche.

»Schon gut«, beruhigte Beau ihn. »Wir wissen, dass unser Haus ungewöhnlich ist, aber das Gute ist, dass niemand hierherkommt. Ihr habt die Privatsphäre, die ihr braucht.«

»Können wir nicht einfach im Gasthof wohnen?«, flehte Zoey. »Ich verspreche, dass ich immer in meinem Zimmer bleibe.«

»Wir werden hier wohnen«, sagte Johnny. »Ich will nicht das Risiko eingehen, dass die Meute von der Presse dich aufspürt.«

»Lasst uns doch reingehen und ihr schaut euch alles an«, schlug Jillian vor. »Es ist nämlich ziemlich cool, wirklich einzigartig.«

Charlotte zog einen Schlüssel mit blauen und gelben Pünktchen aus ihrer Tasche und gab ihn Zoey. »Möchtest du?«

Zoey hätte nicht lustloser aussehen können, als sie zum Haus schlenderte und die Tür aufschloss.

»Es sieht wirklich großartig aus«, sagte Johnny. »Tut mir wirklich leid, wie Zoey sich aufführt.«

»Muss es nicht«, sagte Beau.

»Er ist launische Mädchen gewohnt«, erklärte Jillian und folgte Zoey und Charlotte ins Haus.

Beau schmunzelte und begleitete Johnny hinein.

Im Haus roch es nach warmem Zedernholz und glücklicher Familie. Der vertraute Duft ließ Johnny fast innehalten, denn er erinnerte ihn an seine Kindheit auf Cape Cod. Er betrachtete die unebene Decke und die schiefen freiliegenden Balken, die weiß verputzten steinernen Wände und die offenbar handgehobelte hölzerne Abdeckung der halbhohen Wand, die das Wohnzimmer von einer gemütlichen Essecke abtrennte. Sie gingen durch einen Bogengang, der in einen riesigen Holzstamm gefräst worden war, in eine geräumige Küche, deren Wände ebenfalls gekrümmt waren. Voller Bewunderung betrachtete er die Küchenschränke aus Pinie mit kunstvoll geschnitzten abgerundeten Türen, drei kleine bogenförmige Fächer zwischen der Arbeitsplatte und den Schränken darüber, und den altmodischen Gussherd mit einem Ofenrohr, das sich nach oben schlängelte und in einer Steinmauer verschwand, in die ein abgerundeter Ziegelofen eingelassen war.

»Das ist unglaublich«, sagte Johnny. »Genau wie auf den Bildern von der Geschichte.«

»Du kennst die Geschichte von Schneewittchen?«, fragte Jillian überrascht.

»Ja. Harlow und meine andere Schwester Aria sind sechs und sieben Jahre jünger als ich. Ich hab sie ihnen unendlich oft vorgelesen, als sie klein waren. Sie haben sie geliebt.« Er schaute zu Zoey, die auf den Boden starrte, und eine Welle der Traurigkeit erfasste ihn. Hasste sie Märchen, weil ihr Leben einer Hölle glich oder weil es nicht cool war, sie zu mögen? Er hoffte auf Letzteres, aber sein Bauchgefühl war anderer Meinung.

»Wollt ihr euch den oberen Stock mal ansehen?« Beau deutete auf eine Treppe neben dem bogenförmigen Durchgang im Baumstamm. Jede Stufe war unterschiedlich groß und anders geformt. »Die Stufen wurden aus Baumstämmen vom Grundstück gemacht.«

»Die Details hier sind einfach unglaublich«, sagte Johnny, als sie nach oben gingen.

»Jedes Stück Holz wurde von Hand bearbeitet«, erklärte Beau, als er sie durch die einzigartigen Schlafzimmer und Bäder führte. Im großen Schlafzimmer befand sich ein Steinkamin, der aussah, als wäre er mit einem Bergrutsch in den Raum gelangt. Zwei unebene, handgeschnitzte Simse ließen ihn noch uriger wirken. Die Wände liefen schräg aufwärts wie unter einem Satteldach, trafen sich aber nicht zu einer Spitze. Die

Decke war flach und zwei große Panoramafenster boten einen herrlichen Ausblick auf das Grundstück.

»Ist es nicht schön?«, fragte Jillian, als sie wieder nach unten gingen.

»Es ist umwerfend. Da steckt sicher viel Arbeit drin«, sagte Johnny und wandte sich Richtung Tür, um ihr Gepäck zu holen.

»Viel Liebe«, korrigierte ihn Charlotte und folgte ihm mit den anderen hinaus.

»Ja, das auch.« Johnny griff nach den Koffern von Jillian und Zoey.

»Meinen kannst du im Pick-up lassen«, sagte Jillian. »Ich wohne im Gasthof.«

»Was?« Zoey riss den Kopf herum, als wäre ihr Leben in Gefahr. »Warum darfst du im Gasthof schlafen?«

»Weil ich nicht so berühmt bin wie dein Vater, also falle ich nicht auf«, antwortete Jillian.

»Warum kann ich denn nicht bei dir bleiben? Die Leute werden denken, ich wäre deine Tochter.«

»Aber das bist du nicht«, sagte Jillian.

»Du kannst mich nicht mit ihm alleinlassen. Ich kenn ihn nicht. Er könnte ein Mörder sein«, behauptete Zoey wütend.

»Das ist ja wohl etwas zu dramatisch«, meinte Jillian unbeeindruckt. »Er ist vieles, Zoey, aber ich glaube nicht, dass er ein Mörder ist. Und es ist wichtig, dass ihr beide etwas Zeit zusammen verbringt, damit ihr euch kennenlernt.«

»Warum müssen wir das allein machen? Bitte, bleib bei uns!«, flehte Zoey. »Bitte!«

Ihr Betteln ließ in Johnny die Sorge aufkommen, dass irgendein Mistkerl ihr in der Vergangenheit wehgetan haben könnte. Er hatte mit seinen Cousins Brett und Carson, den

Brüdern von Mick, gesprochen. Sie waren Inhaber des Sicherheitsdienstes Elite Security und versuchten gerade, alles über Zoeys Leben herauszufinden. Jillian hatte recht. Johnny konnte Zoey vollends und langfristig Schaden zufügen, und das war das Letzte, was er wollte. Er musste herausfinden, wie er mit ihr reden sollte, wie er eine gemeinsame Basis schaffen und Vertrauen zwischen ihnen aufbauen konnte. Es schien unmöglich, aber er würde irgendwie einen Weg finden und alles dafür geben. Aber im Moment hielt er lieber den Mund und hoffte das Beste, denn er war auch nicht angetan von dem Gedanken, allein mit ihr hier zu wohnen, und er hatte das Gefühl, dass Zoeys Flehen wesentlich mehr ausrichten würde als seine Forderungen.

Jillian ließ die Schultern etwas sacken, und er wusste, dass Zoey gewonnen hatte, noch bevor Jillian sagte: »In Ordnung, aber ich bekomme das große Schlafzimmer.«

Vier

Johnny konnte Klatsch und Tratsch nicht ausstehen, und er hatte schon lange aufgehört, zu lesen, was die Boulevardpresse über ihn schrieb. Aber hier ging es nicht um ihn. Es ging um das junge Mädchen, das sich vor Stunden in ihrem Zimmer eingeschlossen hatte und nicht mehr herausgekommen war. Es ging um seine Tochter, eine Tatsache, die Mick bestätigt hatte. Deshalb hatte Johnny sich gezwungen, die Lügen zu lesen, die die Pressemeute veröffentlichte, und die deckten die ganze Bandbreite ab – von Zoey als seinem »geheimen Kind aus einer Liebschaft« bis hin zu seinem »kleinen schmutzigen Geheimnis«. Sie beschrieben sie als ein Mädchen, das sich an den falschen Orten herumtrieb und stets Ärger hatte, und vielleicht lagen sie damit gar nicht so falsch. Er las etwas über den unsteten Lebenswandel ihrer Mutter, über die Großmutter, die sie großgezogen hatte, und unzählige Theorien darüber, warum er Dick gefeuert hatte. Als er sein Handy schließlich beiseitelegte, war er wütend und gleichzeitig so verdammt traurig wegen allem, was Zoey durchmachen musste, dass er erst einmal joggen ging, um sich zu beruhigen. Dann endlich rief er seine Familie an, um mit ihnen zu besprechen, was alles passiert war.

Er schaute in die Gesichter seiner Eltern auf seinem Laptopbildschirm, während sie darauf warteten, dass seine Geschwister zu dem Videoanruf hinzukamen. Sein Vater trug seine silbrigen Haare noch kürzer, seit seine Frau ihre durch die Chemotherapie verloren hatte. Ihre Haare wuchsen nun wieder nach, sie hatte jetzt einen weichen Flaum aus blond-grauen Wellen, die nicht viel länger als die Haare seines Vaters waren. Sie sahen beide gut aus, wenn man die Umstände bedachte. Aber sie klammerten sich auch in den schlimmsten Zeiten immer an jeden noch so kleinen strahlenden Strohhalm in der Dunkelheit und dieses Licht ließ sie von innen heraus kraftvoll leuchten. Johnny fragte sich, wie es ihnen gelang, eine so positive Haltung zu bewahren, egal wie verfahren die Situation war. Seine Mutter hatte im vergangenen Jahr zwei verschiedene Arten von Krebs durchgemacht. Sie hatte die erste Erkrankung überstanden und kämpfte zurzeit mit einer Chemotherapie gegen die zweite an. Es sah gut aus, aber Johnny lebte jeden Tag mit der Angst, dass die Krankheit wieder ihre hässliche Fratze hervorstrecken und sie ihnen wegnehmen konnte.

Eine überraschend aufgetauchte Enkelin im Teenageralter würde den Stress für seine Eltern nur noch vergrößern, und doch saßen sie da, fast Wange an Wange, ohne jegliche Andeutung von Missbilligung oder Unzufriedenheit in ihren Gesichtern. Die Sorge, die sie erfüllte, ließ sich allerdings an den Schatten unter ihren Augen erkennen.

»Wie geht es dir, Mom?«

»Mir geht es gut, mein Schatz. Mach dir um mich keine Sorgen. Mein Tumor wird kleiner und ich gönne mir viel Ruhe. Hier ist alles in Ordnung. Wir machen uns nur Sorgen um dich.«

»Das alles tut mir wirklich leid.«

»Dafür gibt es keinen Grund«, sagte seine Mutter. »Wir

lieben dich und wir werden deine Tochter lieben.«

Der Kloß in seinem Hals wurde immer größer. Er hätte alles dafür gegeben, dass Zoey diese Art von Liebe von ihrer verdammten Mutter bekommen hätte, damit sie sich nicht so fühlte, wie es jetzt der Fall war.

»Wie hältst du dich, Junge?«, fragte sein Vater. Er war der Fels in der Brandung in ihrer Familie, fest und unerschütterlich auch in den schlimmsten Zeiten, und Kane glich ihm darin sehr.

»Frag mich das in einer Woche noch einmal«, sagte Johnny. »Im Moment stehe ich noch unter Schock.«

»Das ist verständlich, Schatz«, sagte seine Mutter gerade, als nach und nach auch die Gesichter seiner Geschwister auf dem Bildschirm auftauchten. »Wie geht es Zoey? Sie muss ja so verängstigt sein. Wenn sie ein Handy hat, hoffe ich, dass du es ihr weggenommen hast. Weder über sie noch über ihre Mutter wird besonders nett geschrieben.«

Verdammt. An Zoeys Handy hatte er nicht gedacht. Sie hatte wahrscheinlich schon alles gesehen, was es zu sehen gab. »Es geht ihr nicht besonders gut, aber hoffentlich beruhigt sich alles ein bisschen, nachdem wir jetzt einen sicheren Ort für uns gefunden haben.«

»Heißt das, sie bleibt bei dir?«, fragte sein Vater.

»Sie ist mein Kind. Natürlich bleibt sie bei mir.«

Kane nickte Johnny unterstützend zu. Als biologische Geschwister hatten sie die dunklen Haare des Vaters aus jüngeren Jahren und seine dunklen Augen geerbt, während Harlow und Aria adoptiert worden waren und hellere Haare hatten.

»Ich wusste, dass du das Richtige machst«, sagte Harlow mit ihrem typischen Enthusiasmus. Ihr schwarzer Rollkragenpullover betonte ihre knapp schulterlangen blonden Haare, die sie mit einem Seitenscheitel trug. »Ihr beide füllt alle Nachrichtenkanäle, und es wird viel spekuliert, warum du Dick gefeuert hast.«

»Ich weiß, hab ich gelesen.« Dick hatte Johnny entdeckt, als der ein fünfzehnjähriger Youtube-Star war, und er hatte ihn in den vergangenen neunzehn Jahren vertreten. Von ihm dermaßen hintergangen worden zu sein, tat unglaublich weh, aber wenn er zu viel darüber nachdachte, würde es ihm seine Kraft rauben. Und die brauchte er, um sich um Zoey zu kümmern.

»Johnny, kommst du zurecht? Ein Mädchen im Teenageralter ist nicht ohne.« Aria schob sich ihre langen dunkelblonden Haare über die Schulter, sodass das kurzärmelige T-Shirt den Blick auf ihre bunten Tattoos auf den Armen freigab. »Brauchst du Hilfe? Soll ich kommen? Sag mir einfach, wo ihr jetzt seid.«

Er wusste, wie großherzig dieses Angebot von Aria war, die nicht gern reiste und auch nicht gern unter Leuten war, die sie nicht kannte, doch noch bevor er antworten konnte, sagte Harlow: »Ich kann auch helfen, aber nur für ein paar Tage, bis ich wieder auf dem Set sein muss.«

»Das ist lieb von euch, aber ihr wisst, dass ihr nichts machen könnt, ohne dass die Presse davon Wind bekommt«, sagte ihre Mutter.

»Sie hat recht«, pflichtete Johnny ihr bei. »Ihr müsst bleiben, wo ihr seid, und so tun, als hättet ihr keine Ahnung, wo wir sind. Es tut mir wirklich leid, dass alles so an die Öffentlichkeit gekommen ist. Ich wünschte, ich hätte Zoey nach Hause zu Mom und Dad bringen können, damit sie Familienmitglieder um sich hat, aber das ist im Moment noch keine Option. Da die nach uns suchen, werden sie euch wahrscheinlich alle im Auge behalten.« Das war auch der Grund dafür gewesen, Stillschweigen über die Krankheiten seiner Mutter zu bewahren. Damit die Aasgeier nicht über sie herfielen und grauenhaften Mist veröffentlichten, den keiner lesen wollte. »Ich habe mit Brett und Carson geredet. Sie schicken für jeden von euch Sicherheitsleute, bis all das vorüber ist.«

»Meiner ist schon aufgetaucht und der ist echt heiß«, sagte Harlow.

»Oh nee, musst du wirklich jemanden herschicken? Du weißt, dass ich es nicht mag, wenn mich Leute beobachten«, beschwerte sich Aria. »Mir passiert nichts. Zeke steht mit seinem Auto gerade direkt vor meinem Haus. Er und Tank werden keinen Fotografen in meine Nähe lassen.«

Aria war Tätowiererin im Wicked Inn auf Cape Cod, einem Tattoo-Studio, das Tank Wicked gehörte. Sein Cousin Zeke hatte ihr Nachhilfe gegeben, als sie klein gewesen war, und passte seitdem immer auf sie auf. Mit seinen eins neunzig, den Tattoos und Piercings war Tank einer der furchteinflößendsten Männer, die Johnny kannte, und Zeke war ebenso tough, auch wenn er eher einem giftigen Tier glich – nett anzuschauen, aber unter Umständen lebensgefährlich. Ihre Väter hatten das Bayside-Chapter der Dark Knights gegründet, und sie und ihre Brüder gehörten alle diesem Motorradclub an. Johnny wusste, ein Anruf bei Zeke oder Tank genügte und Aria würde rund um die Uhr von einer Reihe von harten Bikern bewacht werden. Aber das gefiel seiner Schwester sicher ebenso wenig wie das, was er organisiert hatte.

Für Johnny war es unerträglich, dass sein Leben solche Auswirkungen auf seine Familie hatte, aber das war der Preis des Ruhmes. »Ich weiß, dass sie für deine Sicherheit sorgen werden, aber ich habe ein besseres Gefühl, wenn auch noch ein Profi auf dich aufpasst.«

»In Ordnung«, gab Aria nach. »Aber wo bist du eigentlich?«

»In Colorado. Harlow, rate mal, in wessen Haus wir wohnen? In dem von Beau und Char Braden. Ihr Haus ist eine exakte Nachbildung von Schneewittchens Hütte. Der Hammer!«

»Wirklich? Die beiden sind unglaublich nett«, freute sich Harlow. »Charlotte hat mir von ihrem Haus und dem Gasthof erzählt. Sie ist unglaublich. Ich schwöre, sie ernährt sich nur von Schokoriegeln und Energydrinks. Beau ist so ein lieber Kerl und er ist verrückt nach ihr. Wie bist du da gelandet?«

»Ich habe seine Schwester Jillian verärgert, indem ich unsere Besprechung heute Morgen abgesagt habe. Sie sollte meine Kostüme für die Tour entwerfen und ist bei mir aufgetaucht, um mir den Kopf abzureißen, als das Ganze über mich hereinbrach. Zoey hat gesagt, sie würde ohne sie nirgends hingehen, also hatte ich keine andere Wahl, als Jillian davon zu überzeugen, mit uns zu kommen.«

»Überrascht mich nicht, dass sie sauer war, weil du schon wieder abgesagt hast«, sagte Harlow. »Du hast sie schon zwei Mal versetzt.«

»Aber es ist nett von ihr, dass sie euch hilft«, fügte Aria hinzu.

»Das ist es auf alle Fälle«, sagte sein Vater. »John, was ist das wirklich für eine Geschichte mit dir und Zoeys Mutter?«

»Da gibt es keine Geschichte. Sie ist nur jemand, mit der ich nach einer Show wohl mal was hatte. Sie hat Zoey heute Morgen Dick übergeben und sich dann aus dem Staub gemacht. Kane hat herausgefunden, dass sie diejenige war, die dem Promiportal TMZ einen Tipp gegeben hat. Klingt für mich so, als ginge es ihr nur ums Geld.«

»Darüber müssen wir reden«, sagte Kane. »Laut Dick will sie nichts mit Zoey zu tun haben, und wenn du das so möchtest, dann müssen wir Papiere aufsetzen und von ihr unterschreiben lassen, damit sie nicht zurückkommen und sie wieder als Waffe benutzen kann. Und da wir gerade bei den juristischen Dingen sind … Das Team hat schon jetzt massive Veruntreuungen von Geldern aufgedeckt, die Dick abgezogen hat, ganz zu schweigen von zerstörten Geschäftsbeziehungen, über die ich dich und deine Bandmitglieder irgendwann informieren muss. Ich hab das Gefühl, dass wir monatelang damit zu tun haben werden, aber wir können jetzt schon einiges unternehmen.«

»Über Dick kann ich mir im Moment keine Gedanken machen. Ich muss mich auf Zoey konzentrieren. Aber er soll dafür büßen, also sprich bitte mit den Jungs und mach, was immer nötig ist, um ihn zur Strecke zu bringen. Was Zoeys Mutter angeht, so muss ich mit Zoey reden und herausfinden, was sie will. Aber seien wir ehrlich, ich habe nicht die geringste Ahnung, was es heißt, Vater zu sein. Mom, Dad, ich brauche euren Rat. Soweit ich weiß, hat ihre Mutter das ganze Geld eingesackt, das Dick ihr gegeben hat, und Zoey und ihre Großmutter haben keinen Cent davon gesehen. Die Frau ist offensichtlich eine Schlange, aber richte ich nicht noch mehr Schaden an, wenn ich diese Tür für Zoey endgültig zuschlage?«

»Schatz, es gibt viele Eltern, die ihre Kinder nicht großziehen können und es Verwandten überlassen«, sagte seine Mutter. »Aber eine Mutter, die ihre Tochter grundlos weggibt, sie einfach bei einem Fremden absetzt und dann sofort auf Kosten ihrer Tochter Geld einsteckt, schadet ihr. Ich finde nicht, dass diese Frau je wieder in ihre Nähe gelassen werden dürfte.«

»Da stimme ich deiner Mutter zu«, meinte sein Vater. »Aber ich weiß ehrlich gesagt nicht, welche Auswirkungen das Ganze langfristig auf Zoey haben wird. Vielleicht solltest du diese Entscheidung treffen, nachdem du mit einem Experten gesprochen hast, der Erfahrung mit solchen Problemen hat.«

»Ja, das ist eine gute Idee. Leute, das hier ist wirklich der reinste Blindflug für mich. Hoffentlich mach ich ihr das Leben nicht noch schwerer.«

»Ach, Schatz, selbst wenn du es wolltest, könntest du ihr nicht schaden. Du hast einfach ein zu großes Herz, als dass das passieren könnte«, sagte seine Mutter.

»Du hast mir und Aria das Leben auch nicht schwer gemacht, dabei hattest du weiß Gott genug Gelegenheiten«, warf Harlow ein.

»Aber ihr hattet Mom und Dad. Sie hat niemanden außer mir.«

»Wir sind mit unseren Problemen nicht immer zu Mom und Dad gegangen«, sagte Aria. »Wir sind auch zu dir gegangen, und selbst wenn du auf Tour warst, hast du dir Zeit für uns genommen und *immer* die richtigen Worte gefunden. Das ist heute noch so.«

Johnny stand all seinen Geschwistern nah, aber mit Aria verband ihn etwas Besonderes. Alle sorgten sich wegen ihrer Angststörung um sie, aber manchmal machten diese Sorgen ihre Ängste nur noch schlimmer. In diesen Zeiten und zu anderen Gelegenheiten wandte sie sich gern an Johnny. Es war nicht ungewöhnlich, dass er nach Hause flog, um nach ihr zu sehen, und dann wenige Stunden später zurückflog, wenn er auf Tour war.

»Hm, mag sein. Aber ich kenne euch eben, wir sind zusammen aufgewachsen. Das hier ist ganz anders, und ich habe nicht einmal meinen eigenen Mist im Griff, wie die Situation mit Dick eindeutig beweist.«

»Ach, Quatsch!«, sagte Kane. »Du beschäftigst Buchhalter und mehrere Manager, und keiner von denen hatte eine

Ahnung, was er da abgezogen hat. Das ist nicht deine Schuld, Johnny. Du hast einem Mann vertraut, der uns alle hinters Licht geführt hat.«

»Ja, das verstehe ich ja, und ich werde alles in meiner Macht Stehende tun, um Zoey gerecht zu werden, aber mal ehrlich, Kane. Was ist, wenn ich das nicht schaffe?«

»Du hast bisher alles in deinem Leben geschafft.«

»Das stimmt«, pflichtete sein Vater ihm bei. »Eines musst du in Bezug auf Kinder wissen, John. Selbst Kinder, die unter den allerbesten Umständen aufwachsen, testen ihre Eltern bei jeder sich bietenden Gelegenheit aus. Manche sagen, es gehört quasi zum Erwachsenwerden dazu. Ich glaube, sie machen es auch aus einer Art Angst heraus. Die Kinder werden älter und sehen das Licht am Ende des Tunnels. Diese trügerische Freiheit, von der Teenager träumen. Einige laufen ihr entgegen, andere laufen vor ihr davon, und viele wissen nicht, was sie davon halten sollen. Nur sehr wenige versuchen, zu begreifen, was sie fühlen, weil die meisten Teenager nicht das Werkzeug oder das Wissen haben, um überhaupt zu verstehen, dass sie sich seltsam fühlen. Dann drehen sie durch. Sie schreien, fluchen und machen sich sonst wohin aus dem Staub.«

»Das alles hab ich auch gemacht«, sagte Johnny.

»Das habt ihr alle gemacht«, erwiderte sein Vater. »Wenn du mich fragst … Kinder müssen wissen, dass sie geliebt werden, und sie brauchen das Vertrauen, dass du nicht weggehst, nur weil sie gelegentlich zu kleinen Idioten werden, und ja, ich habe Idioten gesagt. Denn Kinder sind nicht immer nur niedlich.«

»Hey, ich war ein Engel.« Harlow klimperte mit den Wimpern.

»Gib's auf, Harlow. So gut schauspielerst du nun auch wieder nicht«, meinte Kane. »Wie oft hat Dad mich angerufen, damit ich dich von Konzerten in Boston oder New York wieder nach Hause schleppe?«

»Ich habe nie behauptet, dass ich nicht ein ungezogener Engel war.«

»Tja, es ist egal, was für ein Mädchen Zoey ist«, sagte seine Mutter. »Sie ist der neue Engel in unserer Familie, und ich kann es kaum abwarten, sie kennenzulernen.«

Sein Vater nickte. »Das sehe ich genauso, mein Sohn. Ihr steht eine harte Zeit bevor, und sie muss wissen, dass sie eine Familie hat, die sich darauf freut, sie kennenzulernen.«

»Unbedingt«, stimmte Harlow zu. »Sie hat die coolste Tante auf Erden.«

»Na schönen Dank!«, scherzte Aria. »Aber im Ernst, schau einfach, dass es ihr gut geht. Wir wollen sie nicht überfordern.«

»Dafür ist es zu spät. Sie ist überfordert, und sie ist stinksauer, aber Johnny wird die Wogen glätten und ihr das Gefühl geben, dass sie in Sicherheit ist.« Kane sah ihn prüfend an. »Stimmt's?«

»Ja, natürlich.« Johnny versuchte, gegen die Gefühle anzukämpfen, die in ihm tobten.

»Ich will ja nicht herunterspielen, wie wichtig das ist, was mit Zoey passiert und was Dick verbrochen hat, aber sollen wir alle so tun, als wäre es nicht seltsam, dass unser Bruder eine sehr schöne Frau mit nach Colorado genommen hat?« Harlow hielt ihr Handy in die Kamera, auf dem ein unfassbar heißes Foto von Jillian zu sehen war. Die Haare waren zur Seite frisiert und sie trug ein schulterfreies dunkelrotes Minikleid mit Puffärmeln, die vom Ellbogen bis zum Handgelenk eng anlagen. »Das hier ist Jillian Braden. Können wir uns nicht kurz darüber austauschen, wie wunderbar die beiden zusammenpassen würden?«

Allmächtiger! Ihm war bereits aufgefallen, wie umwerfend

Jillian aussah, aber in diesem Kleid hätte sie Beton in Brand setzen können.

»Sie ist wunderschön«, sagte seine Mutter mit einem Funken Hoffnung in den Augen. »Läuft da etwas zwischen euch beiden?«

Er sah Harlow finster an, die jedoch nur grinste, und sagte dann: »Nein, Mom, und ich verabschiede mich jetzt lieber mal.«

»Warte, ich wollte noch etwas fragen«, meldete sich Harlow zu Wort.

»Tschüss, Harlow. Hab euch alle lieb.« Ein allgemeines *Wir dich auch* kam zurück, bevor er den Anruf beendete und nicht nur mit dem Gefühl zurückblieb, dass ihm ein wenig Last von den Schultern genommen wurde, sondern auch mit den Gedanken an Jillian in diesem roten Kleid.

Kurz nach sechs Uhr stand Johnny vor Zoeys geschlossener Tür und überlegte, wie er das Eis brechen konnte. Charlotte hatte Sandwiches und Cola light zum Mittagessen vorbeigebracht, aber Zoey hatte behauptet, keinen Appetit zu haben. Mittlerweile musste sie einen Riesenhunger haben.

Er klopfte, und als sie nicht antwortete, sagte er: »Hey, Zoey, ich bin's.« *Ach was.* Jetzt kam er sich lächerlich vor. »Ich koche jetzt. Gibt es irgendetwas, das du nicht isst?«

Wer auch immer mal gesagt hatte *Schweigen ist Gold*, irrte sich gewaltig. Zoeys Schweigen machte ihn nur noch trauriger. Er wusste vielleicht nicht viel über das Elterndasein, aber er wusste, dass sie litt, und sein Bauchgefühl sagte ihm, dass sie in den Arm genommen werden musste. Aber von einem Kerl in den Arm genommen zu werden, den sie als ihren Feind ansah, war keine Lösung. Er wusste nicht einmal, was ihr von ihrer Mutter oder Großmutter über ihn erzählt worden war, und schon gar nicht, was sie im Internet gelesen hatte – und das war auch etwas, das er mit ihr besprechen musste. Er wollte die Tür öffnen und zumindest reinen Tisch machen, aber in ihr Zimmer zu stürmen, würde nur Schaden anrichten.

Alles an dieser Situation ging ihm gegen den Strich. *Nein.* Das stimmte nicht. Es ging ihm nicht gegen den Strich, dass es Zoey gab, auch wenn er nicht geplant hatte, Vater zu sein. Aber es ging ihm gegen den Strich, dass er erst jetzt von ihr erfahren hatte. Er legte die Hand flach an die Tür und wünschte sich einfach, er hätte alle Antworten, bis er schließlich sagte: »Ich bin unten, wenn du etwas brauchst.«

Er ging hinunter in die Küche und traf dort Jillian an, die in den Kühlschrank starrte. Sie trug schwarze Leggings und einen bauchfreien cremefarbenen Pullover, der ihm einen unglaublichen Blick auf ihren sensationellen Hintern erlaubte. Sein Blick wanderte über die Kurven ihrer Hüften hinauf bis hin zu der schmalen Taille, und vor lauter Verlangen, sie zu berühren, ballte er die Hände zu Fäusten.

Verdammt.

Er zwang sich wegzuschauen. Das sah ihm überhaupt nicht ähnlich, auch wenn sie höllisch sexy war. Er stand nicht auf zierliche Frauen mit frechem Mundwerk. Langbeinige mit willigen Mündern, die gern Lust bereiteten und nicht provozierten, waren ihm lieber. Er wappnete sich gegen ihren Zorn, als sie den Kühlschrank schloss.

Sie drehte sich mit einer Cola in der Hand um. »Oh, hallo.«

»Zumindest redet eine Frau in diesem Haus mit mir.«

Sie sah ihn forschend an. »Hunger?«

»Warum? Willst du mich vergiften?«

»Dafür lohnt es sich nicht, ins Gefängnis zu gehen. Ich muss mich schließlich um mein Mode-Imperium kümmern.«

Sie war wortgewandt *und* sexy, was unter allen anderen Umständen eine gefährliche Kombination gewesen wäre.

Sie trank einen Schluck. »Hör zu, ich sitze hier fest und bin außerdem nicht besonders gut darin, nachtragend zu sein, also schlage ich einen zeitweiligen Waffenstillstand vor. Ich kann auf einen Mann in deiner Lage nicht sauer sein, egal wie selbstsüchtig du vielleicht bist. Aber ich werde sauer, wenn man mich nervt, also lass es nicht darauf ankommen.«

Kapitulierend hob er die Hände. »Ich werde mein Bestes geben.«

»Also, hast du Hunger?«

»Ja. Aber ich mache mir Sorgen um Zoey. Sie ist den ganzen Tag in ihrem Zimmer geblieben, und sie hat mir nicht einmal geantwortet, als ich an die Tür geklopft habe.«

»Sie hat eine Menge durchgemacht. Ich kann mir vorstellen, dass sie etwas Zeit braucht, um runterzukommen.«

»Irgendetwas muss ich doch tun. Was ist, wenn sie überlegt, wie sie abhauen könnte?«

»Wahrscheinlich überlegt sie genau das. Aber sie wird nicht aus dem ersten Stock springen.«

»Sicher? Ich hab das in ihrem Alter gemacht.«

»Sie ist aber nicht *du*. Sie ist traurig und wütend, und ich glaube, sie braucht einfach etwas Zeit, um das alles zu verdauen. Wenn du sie zwingst, herunterzukommen, ist sie noch wütender. Aber wenn sie morgen früh nicht herauskommt, kannst du ja vielleicht mal vorsichtig hineingehen.«

»In Ordnung. Wahrscheinlich hast du recht.«

»Normalerweise schon.« Sie grinste. »Können wir jetzt übers

Essen reden? Hier gibt es nichts, aber wir können etwas im Gasthof bestellen und ich hole es.«

»Lass mich mal gucken, was da ist. Ich bin sicher, ich kann etwas daraus machen.« Er ging zum Kühlschrank.

»Du kannst kochen?«

»Natürlich.« Er hob eine Augenbraue. »Du nicht?«

»Du brauchst gar nicht so vorwurfsvoll zu fragen. Ich hab mich nie für diesen ganzen Hype ums Kochen interessiert.« Sie zuckte mit den Schultern. »Ich bin auch nicht so eine Feinschmeckerin. Wenn ich Hunger habe, nehme ich mir eine Schale Müsli oder hole mir etwas von einem Restaurant in der Nähe. Oder ich esse bei meinen Eltern oder einem meiner Brüder. Sie kochen alle großartig. Es gibt viele Möglichkeiten, nicht kochen zu müssen.«

»Klingt fast so, als hältst du dich für was Besseres«, scherzte er und nahm den Inhalt des Kühlschranks in Augenschein.

»Das ist eine sexistische Bemerkung. Nicht jede Frau kocht. Abgesehen davon kannst du vielleicht kochen, aber ich wette, zu Hause hast du deinen persönlichen Koch, der dir dabei hilft, dieses Sixpack in Form zu halten.«

Er grinste verwegen. »Stellst du dir vor, wie ich nackt aussehe, Miss Braden?«

»Träum weiter. Auf der Bühne läufst du die meiste Zeit mit freiem Oberkörper herum.«

»Nur zu deiner Information: Da oben ist es heiß und ich tue einiges für meine Bauchmuskeln. Einen persönlichen Koch habe ich nicht. Ich mag es nicht, bei mir zu Hause Leute um mich herum zu haben.« Er wandte sich wieder dem Kühlschrank zu. »Hier ist jede Menge frisches Gemüse.«

»Ja, aber kein Dip.« Sie trank von ihrer Cola.

Kopfschüttelnd, aber mit einem Schmunzeln im Gesicht

öffnete er die Tiefkühltruhe. Er warf eine Packung Hähnchenfleisch auf die Arbeitsplatte und ging zur Vorratskammer, aus der er mit einer Schachtel Pasta wieder herauskam. »Du isst nicht glutenfrei, oder?«

»Nein. Aber Zoey vielleicht?«

»Mist. Ich hab keine Ahnung.« Er musste daran denken, Zoey zu fragen, ob sie irgendwelche Allergien hatte, von denen er wissen sollte. Die Nudeln tauschte er gegen einen Beutel Reis aus. »Irgendwelche Einwände gegen eine Gemüsepfanne?«

»Ich habe gegen nichts Einwände, solange ich es nicht machen muss.«

»Das ist Pech, denn du wirst mir helfen. Es ist an der Zeit, dass du lernst, dir etwas zu essen zu machen. Hilf mir doch mal, die Schneidbretter zu finden, ja?« Er machte sich daran, die Schränke zu durchsuchen.

Sie stemmte die Hand in die Hüfte. »Ich bin vollkommen in der Lage, mir etwas zu essen zu machen, vielen Dank. Ich koche nur eben nicht das, was ich esse.«

»Ja, schon verstanden. Du bist erwachsen, hast dein Leben im Griff und gehst noch immer zum Essen zu Mommy.« Warum nur fand er das so verdammt süß? Er lachte, als er zwei Schneidbretter auf die Arbeitsfläche legte.

»Das ist …« Sie hob das Kinn und lächelte. »Zutreffend, und ich habe kein Problem damit.«

Verdammt, dieses verspielte Lächeln stand ihr so gut. Viel besser als das Grinsen und die vernichtenden Blicke, die er bisher abbekommen hatte. »Was soll's? Wir haben alle unsere Marotten.« Er stellte das Hähnchenfleisch zum Auftauen in die Mikrowelle und nahm das Gemüse aus dem Kühlschrank.

Während er es wusch, fragte sie: »Und was sind *deine* Marotten?«

»Ich mag meine Privatsphäre.« Er legte drei Paprika auf ein Schneidebrett und gab ihr ein Messer. »Du weißt aber schon, wie man Gemüse schnippelt, oder?«

Sie verdrehte die Augen und nahm ihm das Messer ab, das sie allerdings auf die Arbeitsfläche legte. »Wenn ich koche, brauche ich Wein.« Sie nahm eine Flasche aus dem Regal. »Du auch? Der ist vom Weingut meiner Familie.«

»Klar. Deine Familie hat ein Weingut?«

»Mhm.« Sie schenkte zwei Gläser ein und gab ihm eines. »Das Gut Hilltop Vineyards in Pleasant Hill, Maryland, wo ich auch lebe. Es ist schon seit Ewigkeiten im Besitz der Familie meiner Mom. Meine Eltern haben sich dort kennengelernt.«

»Irgendwie romantisch.«

»Besser, als seinen Kindern zu erzählen, dass man sich über eine Dating-App kennengelernt hat.« Beide lächelten. »Mein Vater sagt, es war Liebe auf den ersten Blick, aber meine Mom schwört, dass es pure Lust war und sich erst in Liebe gewandelt hat, nachdem mein Vater ihr unermüdlich nachgestellt hat. *Das ist das Romantische an der Sache*, finde ich, dass mein Vater sich geweigert hat, sie davonkommen zu lassen.«

Ein Anflug von Sehnsucht klang darin mit, und er fragte sich, ob sie eine dieser Frauen war, die darauf warteten, sich Hals über Kopf zu verlieben. »Glaubst du an die Liebe auf den ersten Blick?«

»Daran habe ich nie geglaubt. Schon eher an die *Lust* auf den ersten Blick. Aber dann haben sich drei meiner Brüder – Beau, Graham und Jax – in rasender Geschwindigkeit verliebt, und mir wurde klar, dass sich meine beiden anderen Brüder Nick und Zev wahrscheinlich in ihre ersten Freundinnen auch auf den ersten Blick verliebt haben, und das war im Fall von Zev bereits auf der Mittelschule. Jetzt bin ich in der Hinsicht also unschlüssig.«

»Klingt so, als würden die Braden-Männer nicht lange zaudern.«

»Ja, und wenn Jax jetzt noch heiratet, habe ich fünf wunderbare Schwägerinnen.«

»Beau erwähnte, dass Jax dein Zwillingsbruder ist. An welcher Stelle stehst du denn in der geschwisterlichen Reihenfolge?«

»Was hat er dir sonst noch so erzählt?«

»Nichts, was ich nicht bereits wusste. Erzähl mir von deinen Brüdern.«

»Sie spielen sich zu sehr als Beschützer auf und sind fantastisch. Beau ist der Älteste. Dann kommt Nick. Er ist ein Freestyle-Pferdetrainer, tritt als Trickreiter auf und ist der größte Dickkopf, den man sich vorstellen kann. Er und seine Frau Trixie, die eine meiner besten Freundinnen ist, leben in der Nähe von mir. Nach Nick kommt Zev, und er ist mit seiner großen Liebe aus Kindheitstagen, Carly, verheiratet. Pass gut auf, Rocker Boy, denn später werde ich alle Namen noch mal abfragen.«

Rocker Boy? »Bisher komme ich noch mit. Erzähl weiter.«

»Zev ist Schatzjäger, und Carly hat ein Schokoladengeschäft, geht aber auch auf Schatzsuche. Schon als Kinder waren sie die reinsten Abenteurer, haben immer die Gegend erkundet und nach Schätzen gesucht. Sie leben zeitweise in Colorado und auf Silver Island, wo sie den Schatz von einem versunkenen Schiff bergen.«

»Echt jetzt?«

»Ja. Was soll ich sagen? Wir sind eben alle ziemlich cool.« Sie zuckte unglaublich süß mit den Schultern.

»Sind sie gerade in Colorado? Ich würde gern hören, was sie so zu erzählen haben.«

»Nein, sie sind noch auf Silver Island. Sie kommen Ende Oktober wieder her, glaube ich.«

»Schade. Und wer kommt dann nach Zev?«

»Ich und Jax. Jax lebt auch in Maryland und er ist mit einer tollen Freundin von mir verlobt. Jordan hat erst vor Kurzem ihre Schwester wiedergefunden, die vor zwanzig Jahren verschwunden ist, als sie vier Jahre alt war. Das ist eine lange Geschichte, aber ihre Schwester wohnt im Moment hier in der Nähe auf einer Ranch, wo sie eine Therapie macht und versucht, ihr Leben wieder in den Griff zu bekommen.« Nachdenklich nippte sie an ihrem Wein.

»Sie war zwanzig Jahre lang vermisst? Ich mag mir gar nicht vorstellen, was ihre Familie durchgemacht hat.«

»Es ist wirklich eine schreckliche Geschichte. Sie hat ihre Eltern auch verloren. Ich kann es mir ebenso wenig vorstellen, obwohl wir Beau und Zev einige Jahre auch selten gesehen haben, aber die Geschichte kann ich ein anderes Mal erzählen.«

»Warum? Wir haben Zeit und ich würde sie gern hören. Du und Beau, ihr scheint euch sehr nahe zu stehen.«

»So ist es auch. Ich gebe dir die kurze Version, weil ich im Moment keine Lust darauf habe, traurig zu werden. Beau hat seine erste große Liebe durch einen Autounfall verloren, als sie am College war. Seine Freundin Tori Raznick, die Schwester von Duncan Raz, war wie eine Schwester für uns, weil wir alle in derselben Kleinstadt groß geworden sind. Sie war auch Carlys beste Freundin. Alle dachten, Beau und Tori würden – ebenso wie Zev und Carly – eines Tages heiraten. Aber als Tori ums Leben kam, haben Beau und Zev sich die Schuld dafür gegeben. Beau ist abgehauen, Zev hat das College abgebrochen und ist herumgereist, und beide kamen nur wenige Male im Jahr nach Hause.«

»Das ist schrecklich. Wenn man Beau so sieht, käme man nicht auf den Gedanken, dass er so einen Verlust erlitten hat.«

»Bevor Char in sein Leben getreten ist, hat man es ihm sehr wohl angesehen. Ein Jahrzehnt lang war er ein gebrochener Mann, und ich war mir nicht sicher, ob wir ihn je wieder zurückbekommen würden. Aber Chars Liebe hat ihn geheilt, und irgendwann traf Zev auf einer Hochzeit wieder auf Carly, und dann hat er um sie gekämpft.« Tränen stiegen ihr in die Augen, sie blinzelte einige Male und nahm einen Schluck von ihrem Wein. »Auf alle Fälle wurden sie beide von der Magie des Gasthofes verzaubert und jetzt leben sie ihr Happy End.«

Ihre Emotionen in diesem Moment waren ebenso unverfälscht, wie als sie wutentbrannt in sein Penthouse gestürmt war. Er bedauerte unendlich, dass sie und ihre Familie solch eine Tragödie durchlebt hatten, aber es war schön zu sehen, dass ihre Leidenschaft entfacht wurde, wenn es um ihre Familie ging. »Das freut mich, und es tut mir leid, was deine Familie durchmachen musste.«

»Ja, na ja, danke. Jetzt aber zurück zur Abfolge meiner Geschwister. Mein jüngster Bruder Graham ist Ingenieur, wie unser Vater, aber er hat eine Investmentfirma und hat sich mit seinem Partner Knox auf ökologische Projekte spezialisiert. Graham und seine Frau Morgyn – ein Modefreak auf ihre ganz eigene tolle Art – haben gerade in Seattle eine nachhaltige Tiny-House-Siedlung gebaut. Morgyn funktioniert gebrauchte Gegenstände um und macht unglaubliche Kleidungsstücke, Schmuck und Wohnaccessoires daraus. Sie sind permanent auf Reisen und bewohnen in Virginia ein Tiny House und in Maryland ein Baumhaus.«

»Ein *Baumhaus*?«

»Das klingt merkwürdig, ich weiß, aber Graham liebt die

Natur, und sein Baumhaus ist grandios.«

»Du hast eine beeindruckende Familie. Und außer dir und Jax sind alle verheiratet?«

»Ja, aber er ist verlobt, und er hat sich eindeutig auf den ersten Blick verliebt. Jax designt Hochzeitskleider und Jordan kam als Kundin zu ihm.« Sie nippte an ihrem Wein und schnippelte dann weiter die Paprika. »Vielleicht liege ich auch vollkommen falsch, was die Liebe auf den ersten Blick angeht, und für mich funktioniert es eben einfach nicht so.«

Ihre Fähigkeit, das Thema zu wechseln, hätte bei jedem anderen ein Schleudertrauma auslösen können, aber ihm machte es nichts aus. Viele Leute schwafelten langatmig über irgendwelche Dinge, doch Jillians nüchterne Art war erfrischend. »Stört dich das?«

»Nein. Die Lust auf den ersten Blick tut's für mich auch.« Sie nahm noch einen Schluck und sah ihn an. »Es geht doch nichts über diese Aufregung dabei. Wenn man jemanden auf der anderen Seite des Raumes sieht und diese unvermittelte Anziehungskraft spürt, die so ganz anders ist. Wie ein loderndes Feuer in deinem Bauch, das heißer wird, je öfter man an diese Person denkt.« Mit leiser, verführerischer Stimme sprach sie weiter: »Und wenn man diesen Menschen dann sieht, jagt es durch einen hindurch und brennt so heiß, dass man das Gefühl hat, in Flammen zu stehen.«

Verdammt, ja!

Sie fuhr sich mit der Zunge über die Lippen und stellte ihr Glas ab. »Und wie sieht's bei dir aus?«, fragte sie so beiläufig, als hätte sie gerade das Alphabet aufgesagt. »Glaubst du an die Liebe auf den ersten Blick?«

Er war immer noch bei ihrem Körper, der vor Begehren in Flammen stand. »Ich bin Team Lust, durch und durch. Wenn meine Eltern nicht so wären, wie sie sind, würde ich vielleicht gar nicht an die Liebe glauben.« Er nahm einen Schluck und versuchte, sich wieder auf das Gemüse zu konzentrieren, bevor er noch mehr in Schwierigkeiten geriet. Er musste von diesem Liebe-Lust-Gespräch wegkommen, das noch nie ein angenehmes Thema für ihn gewesen war. »Etwas interessiert mich. Du bist eine erfolgreiche Designerin und kannst dir offensichtlich einen eigenen Koch leisten. Warum hast du keinen?«

»Sagen wir einfach, es gibt einen Grund dafür, dass ich allein lebe.«

Mit sanftem Blick schaute sie zu ihm auf, und das Licht des frühen Abends, das durch das Fenster schien, ließ die goldenen und grünen Sprenkel in ihren Augen funkeln, die zu bezaubernd waren, als dass er seinen Blick hätte abwenden können. Auch ihr Ausdruck war nun weicher und offenbarte ihre feinen Gesichtszüge. Ihr Kinn war schmal, und das ließ sie jugendlich wirken und passte nicht so recht zu ihren sexy geschwungenen Lippen, machte sie aber irgendwie noch anziehender. Ihn überkam der überwältigende Drang, dieses entzückende Kinn zwischen Daumen und Zeigefinger zu nehmen und ihr Gesicht anzuheben, damit er sich vorbeugen und sie kosten konnte.

»Ich habe auch nicht so gern Leute um mich herum«, sagte sie und riss ihn aus seinen Gedanken.

Er musste kurz überlegen, bis ihm klar wurde, dass sie noch auf seine Frage antwortete und nicht darauf reagierte, wie nah sie beide sich im Moment waren. Als sie sich wieder ihren Paprikaschoten zuwendete, verfluchte er sich insgeheim. Was zum Teufel war denn mit ihm los? Er war seit Jahren nicht mehr als Frauenheld unterwegs und verzweifelt auf der Suche war er mit Sicherheit auch nicht. Wenn er Sex haben wollte, konnte er es. Na ja, in seiner gegenwärtigen Situation nicht gerade, aber das spielte keine Rolle. Er war wählerisch, was die Frauen anging, mit denen er schlief. Aber selbst als er jung, dumm und nicht so zurückhaltend gewesen war, hatte er seine Gefühle immer unter Kontrolle behalten. Mit seiner letzten festen Freundin war er ein Jahr lang zusammen gewesen und er hatte sich nie so richtig in ihr verloren.

Warum also verlor er sich in Gedanken darüber, wie es wohl war, wenn er Jillian küsste?

Sie biss in ein Stück Paprika. »Die würden mit einem Dip besser schmecken.«

Er schaute auf ihr Schneidbrett, auf dem ein Durcheinander von Kernen und schiefen Paprikastücken herumlag, als hätte sie das Gemüse gerade geschlachtet. »Müsstest du als Modedesignerin nicht eine Ahnung von Symmetrie haben?«

»Ist doch egal, wie sie aussehen. Die kommen ja nur in meinen Mund.« Sie nahm noch einen Happen.

Er hob eine Augenbraue.

»Du meine Güte!« Sie verdrehte die Augen. »Dein Ernst?«

»Hey, du bist hier diejenige mit den schmutzigen Gedanken. Ich habe nichts gesagt.«

»Brauchtest du auch gar nicht.« Sie nahm ein großes Stück Paprika und biss theatralisch hinein.

»Je größer, umso besser, wie? Die Größe ist also nicht egal.« Sie lachte.

»Das nehme ich mal als ein Ja.« Er wusste nicht, warum er dem Gespräch diese Wendung gab, aber er konnte nicht anders.

Sie grinste. »Angst, dass du nicht mithalten kannst?«

»Warum? Hast du vor, mir an die Wäsche zu gehen?«

»Nein!«

»Ah, du bist eingeschüchtert. Verständlich.«

Sie gab ihm einen Klaps auf den Arm. »Du bist echt der

Hammer.«

»Das sagen alle. Aber entspann dich, dann bekommst du nicht alles in den falschen Hals.«

»*Omeingott!* Du bist echt versaut.«

Er prustete, was sie zum Lachen brachte, und ihr Lachen war so süß, dass auch er nicht mehr an sich halten konnte. Nach dem Tag, der hinter ihnen lag, fühlte sich das einfach nur gut an.

»Ich habe Fotos von dir in Unterwäsche gesehen«, piesackte sie ihn. »Erstickungsgefahr geht davon wirklich nicht aus.«

»Willst du darauf wetten?«

»Nein.« Sie steckte sich noch ein Stück Paprika in den Mund und stieß ihn mit der Hüfte an. »Jetzt halt den Mund und schnippel das Gemüse.«

Zwanzig Minuten später scherzten sie noch immer herum, während der Reis kochte und Johnny in der Pfanne umrührte.

»Du stellst dich in der Küche gar nicht so blöd an«, sagte sie und stibitzte sich noch ein Stück Hähnchenfleisch aus der Pfanne.

»Ich stelle mich in allen Räumlichkeiten ziemlich gut an. Du allerdings hast mehr gegessen als geholfen und bist nicht besonders gut in der Küche.«

Sie kicherte. »Du hast ja keine Ahnung, wie *besonders* ich in allen Räumlichkeiten bin.« Sie nahm sich ein Brokkoliröschen, pustete, damit es nicht so heiß war, und steckte es sich in den Mund.

»Du bläst und bist unersättlich? Keine schlechte Kombi.«

Sie zeigte auf ihn und sah ihn mit leicht zusammengekniffenen Augen an. »Hör auf, solchen Gedanken über mich nachzuhängen.« Sie nahm sich noch ein Stück Hähnchen und pustete mit verführerisch hochgezogenen Brauen darauf.

»Ich bin mir nicht sicher, ob ich das kann, nachdem wir das Thema nun auf dem Tisch haben.« Ihre Blicke trafen sich und verwandelten ihr Geplänkel in etwas viel Verführerischeres. *Verdammt.* Diese Frau war nicht nur verlockend. Sie war gefährlich. Wie ein perfekter Refrain, der mit unerwarteten Tönen faszinierte, bis man schon bald hoffte, dass es nie enden würde. Er hatte nicht die geringste Ahnung, was da gerade passierte, aber ganz sicher waren sie nicht deshalb hier. Er schnappte ihr das Stück Hähnchenfleisch aus der Hand und steckte es sich in den Mund, um so ihre Verbindung zu kappen und seine Aufmerksamkeit wieder auf das junge Mädchen im oberen Stockwerk richten zu können. »Mhm, das ist durch. Findest du, ich sollte Zoey runterkommen lassen oder ihr einen Teller bringen?«

»Ich weiß nicht, ob du sie drängen solltest oder nicht«, sagte Jillian sachlich. »Aber ich finde, sie muss wissen, dass du Zeit mit ihr verbringen möchtest.«

Er wusste nicht, was mit seinem Gehirn los war, aber es wollte diese Bemerkung so verstehen, dass Jillian ihm eine Botschaft sendete, die er auf sie beziehen sollte, obwohl er doch genau wusste, dass dies nicht der Fall war. Er schob dieses lächerliche Gedankenkarussell beiseite und sagte: »Natürlich möchte ich Zeit mit ihr verbringen. Ich will es nur nicht noch schwerer für sie machen.« Er füllte Reis und etwas von der Gemüsepfanne auf einen Teller. »Ich bringe ihr das nach oben und schaue mal, ob sie mit mir redet.«

»Warte. Sie braucht Besteck und etwas zu trinken.« Sie sammelte eine Cola, Messer und Gabel und eine Serviette zusammen und holte ein Tablett aus einem Unterschrank. »Nimm das hier.«

Klar, du bist überhaupt nicht der mütterliche Typ. Er stellte alles auf das Tablett.

»Viel Glück, Daddy Bad.«

Er warf ihr einen Seitenblick zu und ging dann nach oben. Nachdem er an Zoeys Tür geklopft hatte, wartete er nicht erst auf eine Antwort, die er sicher nicht bekommen würde, sondern sagte: »Ich habe gekocht und würde gern mit dir essen.«

»Hab keinen Hunger«, kam es aus dem Zimmer.

Er legte die Stirn an die Tür und wünschte, er wüsste, was er sagen könnte, um es ihr leichter zu machen. »Ich weiß, dass das hier schlimm für dich ist, Zoey, und es tut mir alles sehr leid. Aber es tut mir nicht leid, dass ich die Gelegenheit habe, dich kennenzulernen. Ich bin froh, dass du hier bist, und ich hoffe, dass du mir die Gelegenheit gibst, mehr über dich zu erfahren.« Er stellte das Tablett auf den Boden. »Ich lasse dein Essen hier draußen stehen. Wenn du dich zu mir setzen willst oder irgendetwas anderes brauchst, dann findest du mich unten.«

Ein leises »Danke« war zu hören, und er sah es als ein gutes Zeichen.

Zwölf Stunden sind geschafft, der Rest meines Lebens liegt noch vor mir.

Fünf

Johnny tigerte am nächsten Morgen im Garten hin und her, während er mit seiner Mutter telefonierte. Er war so gestresst, dass er kaum einen klaren Gedanken fassen konnte. Die halbe Nacht war er wach gewesen, um mit Kane und seinen Bandkollegen über das Chaos zu reden, das Dick hinterlassen hatte, und die andere Hälfte hatte er sich um Zoey Sorgen gemacht. Dann war da auch noch die verdammt noch mal zu aufreizende Lady mit dem losen Mundwerk, die unerwartet frech und unterhaltsam war. Er hatte sie um drei Uhr morgens unten gehört und wäre fast hinunter gegangen, um sich von seinem eigenen Schlamassel abzulenken. Doch angesichts der Tatsache, wie er beim Kochen auf sie reagiert hatte, war er lieber oben geblieben.

»Wie läuft's?«, fragte seine Mutter.

»Ich gebe mein Bestes, aber ich habe keine Ahnung. Seit gestern Nachmittag, als sie sich in ihrem Zimmer eingeschlossen hat, habe ich Zoey nicht mehr gesehen.« Er hatte ihren Teller gestern Abend vor ihrer Tür gefunden. Außer dem Gemüse hatte sie alles gegessen, also war sie zumindest nicht verhungert. »Ich hab heute Morgen an ihre Tür geklopft, aber sie hat mich weggeschickt. Wie soll ich darauf reagieren?«

»Lass sie einfach wissen, dass du für sie da bist«, sagte seine

Mutter.

»Habe ich ja, aber es ist fast zehn Uhr, und weder sie noch Jillian sind nach unten gekommen. Entgeht mir hier irgendwas? Läuft da irgend so ein Aufstand der Frauen gegen mich?«

»Ach, Schatz, ich weiß, dass es nicht leicht ist, aber das Schlafzimmer ist ein sicherer Raum, und Zoey braucht das jetzt. Teenager verkriechen sich oft in ihrem Zimmer. Du warst viel unterwegs, als die Mädchen Teenager waren, also hast du es nicht mitbekommen, wie oft sie sich in ihrem Zimmer zurückgezogen haben. Und was Jillian angeht ... Wahrscheinlich arbeitet sie. Du darfst nicht vergessen, dass du auch ihr Leben durcheinandergebracht hast.«

Mist. Er war so mit seinem eigenen Chaos beschäftigt gewesen, dass er das vergessen hatte. Aus dem Haus drangen Geräusche, die seine Aufmerksamkeit erregten. »Ich glaube, ich höre die beiden. Ich muss Schluss machen, Mom. Ich melde mich. Hab dich lieb.«

Auf dem Weg hinein steckte er sein Handy in die Hosentasche und sah Zoey, die gerade die Küche betrat. Er wollte zu ihr gehen, blieb aber abrupt stehen, als Jillian nach unten kam. Ihre Haare waren zerzaust, ihr Gesicht ungeschminkt, und sie trug ein enges graues Tanktop mit ihren Initialen auf der linken Brust, keinen BH, und passende knappe Schlafshorts mit einem schmalen Spitzensaum.

Sie lächelte ihn verschlafen an und ging in die Küche, während er versuchte, seine ziemlich interessierte Männlichkeit zu beruhigen. Konnte der Tag noch schlimmer werden? Er nahm seine fünf Sinne zusammen, hoffte, dass das als Schutzschild ausreichen würde, und folgte ihr hinein – fest entschlossen, nicht in ihre Richtung zu schauen.

Zoey saß am Tisch und tippte auf ihrem Handy herum.

»Guten Morgen, Zoey«, sagte er. »Möchtest du frühstücken?«

Sie schüttelte den Kopf, sah aber nicht auf.

Er drehte sich zum Kühlschrank um, aber als wollte sich das Universum mit ihm anlegen, wühlte darin gerade Jillian mit ausgestrecktem Hintern herum. Sie brachte eine Cola light zum Vorschein und richtete sich auf. Ihre Nippel drückten gegen den dünnen Stoff ihres Tanktops, als sie die Kühlschranktür mit dem Hintern zustieß.

»Jillia–«

Sie hielt einen Finger in die Höhe, um ihn zum Schweigen zu bringen, machte gemächlich die Coladose auf und trank genüsslich. Nach einem langen Seufzer breitete sich ein Lächeln auf ihrem Gesicht aus. »Gut, jetzt kannst du was sagen.«

»Cola? Dein Ernst?«

»Vergiss es. Bitte sag lieber doch nichts.« Sie setzte sich an den Tisch.

Warum hatte er das Gefühl, es mit zwei Teenagern zu tun zu haben?

Zoeys Mundwinkel zuckten nach oben, aber sie schaute nicht von ihrem Handy auf.

Er setzte sich an den Tisch und konzentrierte sich auf Zoey, die wieder ein bauchfreies T-Shirt trug, das viel zu klein wirkte. Irgendwann würde er ihren Kleidungsstil mal ansprechen, aber das war das geringste seiner Probleme. »Hast du gut geschlafen?«

Sie zuckte nur mit den Schultern.

»Brauchst du irgendetwas, damit du dich wohler fühlst?«

Keine Antwort.

»Hör zu, ich weiß, dass das alles schwierig ist, und es tut mir leid, aber wir werden eine Zeit lang hier sein, und wir sollten uns kennenlernen. Erzähl mir doch einfach mal etwas von dir.

Ich weiß, dass du mit deiner Großmutter in New Jersey gewohnt hast und in Pennsylvania mit deiner Mutter. Hast du Freunde?«

»Natürlich nicht. Bin *gerade erst* nach Pennsylvania gezogen.«

»Und in New Jersey?«

Sie zuckte mit den Schultern.

»Hast du Sport oder Cheerleading gemacht?«

»Ekelhaft«, sagte Zoey, den Blick immer noch auf das Handy gerichtet.

»Was ist ekelhaft? Sport oder Cheerleading?«

»Cheerleading.«

»Okay, dann melden wir dich da schon mal nicht an. Was machst du sonst gern?« Er spürte, dass Jillian sie beide beobachtete.

Zoey zuckte mit den Schultern.

»Hast du einen Mannschaftssport gemacht?«

Sie antwortete nicht.

»Magst du Musik?«

Sie verdrehte die Augen.

»Wem schreibst du da?«

»Niemandem.« Ihre Finger huschten über die Tastatur.

»Sicher hast du den ganzen Müll gelesen, der über uns geschrieben wird. Möchtest du darüber reden?«

Sie schüttelte den Kopf.

Er atmete hörbar aus und versuchte, ruhig zu bleiben und ihr nicht das Handy wegzureißen, damit sie mit ihm sprach. »Ist es so schlimm, dass ich dich kennenlernen will?«

Wütend funkelte sie ihn an. »Ich kenne *dich* auch nicht und stelle trotzdem keine Fragen.«

»Dann frag. Ich erzähl dir alles. Was willst du wissen?«

Sie presste die Lippen zu einer schmalen Linie zusammen und schaute wieder auf ihr Handy.

Als er etwas sagen wollte, stieß Jillian unter dem Tisch gegen sein Bein und schüttelte mit zusammengezogenen Augenbrauen den Kopf. Sie atmete tief ein und sagte: »Ich lass euch gleich allein, damit ihr euch in Ruhe unterhalten könnt. Nach meiner Dusche treffe ich mich dann mit Channing Tatum.«

Ein Leuchten trat in Zoeys Augen. »Wirklich? Er ist *hier*?«

»Ja. Er ist ständig hier«, sagte Jillian beiläufig.

»Echt jetzt? Kann ich mitkommen?«, fragte Zoey. »Bitte!«

Jillian trank ihre Cola aus. »Klar.«

»Ich muss mich fertigmachen.« Zoey sprang auf und rannte nach oben.

Jillian tänzelte in ihrem dürftigen Outfit zum Mülleimer, und Johnnys verräterischer bester Freund machte Anstalten, sich zu ihrer Begrüßung zu erheben. Johnny zwang sich, sie anzuschauen. »Wir sollten uns bedeckt halten. Wenn Tatum in der Stadt ist, wird es da einen richtigen Presserummel geben.«

»Keine Sorge. Keiner wird erfahren, dass wir hier sind. Versprochen.«

»Jillian!«, warnte er sie.

»Entspann dich, es ist nicht das, was du denkst. Ich würde sie nie einer Gefahr aussetzen. Wir werden das Grundstück gar nicht verlassen.«

Sie ging in Richtung Treppe, doch er hielt sie an der Hand zurück. Ihre Blicke trafen wie heiße Blitze aufeinander, so wie er es zuvor schon im Flugzeug und in der Küche erlebt hatte. Bei ihr hätte es Ärger gewesen sein können. Lust und Ärger konnten sich sehr ähneln, und in diesem Moment traute er es sich nicht zu, das auseinanderzuhalten. »Ich meine es ernst. Wenn die

Presse herausfindet, dass wir hier sind, wird ihr Leben noch viel komplizierter.«

Sie legte den Kopf zur Seite und gab sich unschuldiger, als sie war. »Zieh deine Daddy-Klauen ein und vertrau mir.«

»Das ist nicht so leicht nach all dem, was diesem jungen Mädchen gerade widerfahren ist.«

»Und dir«, erinnerte sie ihn und drückte seine Hand. »Ich würde weder ihr noch dir das Leben absichtlich schwerer machen. In Ordnung?«

Er nickte, obwohl er nicht wusste, warum er das Gefühl hatte, ihr vertrauen zu können.

»Übrigens habe ich mir den Tratsch im Internet angeguckt. Dein Bruder ist ein Meister darin, falsche Fährten zu legen, denn du und Zoey seid in Großbritannien gesehen worden, auf einem Boot in Indien, in der Karibik, in Florida und an gut zehn anderen Orten.«

»Ja, er ist gut in allem, was er tut.«

»Hm ... Ich frage mich, ob das in der Familie liegt.« In ihrer Stimme lag ein leicht verführerischer Ton und in ihren Augen ein herausfordernder Blick.

Er wusste, dass er nicht darauf reagieren sollte, aber er musste einfach kontern. An ihrer Hand, die er immer noch hielt, zog er sie näher heran und sofort kam diese vibrierende Hitze zurück. Sein Gesicht war jetzt nur noch Millimeter von ihrem entfernt. »Wie ich sehe, denkst du noch immer an meine Erstickungsgefahr.«

»Wohl kaum.«

»Deine Augen sagen etwas anderes.«

Sie hob ihr entzückendes Kinn an. »Träum weiter, Rocker Boy. Kann ich jetzt bitte meine Hand wiederhaben, damit ich duschen gehen kann?«

Er ließ ihre Hand los, doch als sie wegging, sagte er noch: »Ruf mich, wenn du jemanden brauchst, der dir den Rücken wäscht.«

Mit einem anzüglichen Grinsen schaute sie über die Schulter. »Ich bin sehr beweglich. Das schaffe ich schon. Danke.«

Bilder von ihr in kompromittierenden Positionen unter der Dusche tauchten vor seinem geistigen Auge auf. Schnell fuhr er sich mit der Hand über das Gesicht.

Ich bin so dermaßen am Arsch.

Laub raschelte und Äste knackten unter den Absätzen von Jillians Wildlederstiefeln, als sie durch den Wald gingen. Wenn sie gewusst hätte, dass sie nach Colorado reisen und nicht in New York bleiben würde, hätte sie andere Schuhe eingepackt. Wenn sie gewusst hätte, dass sie unter dem gleichen Dach wie Johnny schlafen würde, hätte sie ihren kleinen batteriebetriebenen Freund mitgebracht. Zumindest hatte sie ihre rostbraune Lieblingsleggings und den ebenso geliebten schwarz-hellbraunen Pullover dabei, auch wenn sie nicht wie geplant in Greenwich Village shoppen gehen würde. Und was das andere anging, so musste ihre Hand wohl genügen.

»Ist es nicht schön hier draußen?«, fragte sie und stieg über einen Holzstamm.

Zoey antwortete nicht.

Zumindest war sie nicht mit ihrem Handy beschäftigt. Das hielt Jillian schon mal für einen Fortschritt. Sie schaute kurz zu Johnny, der hinter ihnen lief und in einem blauen Henley-Shirt, mit Jeans und den schwarzen Stiefeln saumäßig sexy aussah. Er nickte ihr zu, und wieder schien dieser Muskel in seinem Kiefer im Rhythmus seines Herzschlages zu zucken wie schon die meiste Zeit in den vergangenen vierundzwanzig Stunden. Er hatte so viel am Hals, dass sie sich gar nicht vorstellen konnte, was in ihm vorging. Genauso wenig wusste sie, was in ihr vorgegangen war, als sie an diesem Morgen mit ihm geflirtet hatte. Es war verrückt, aber nach ihrem scherzhaften Geplänkel und den heißen Zweideutigkeiten am Abend zuvor konnte sie gar nicht anders. Sie hatte sich gefragt, ob diese humorvolle Seite an ihm eine einmalige Sache gewesen war. Aber er erwies sich nicht als der arrogante Mistkerl, für den sie ihn gehalten hatte. Ihre witzigen Wortgefechte machten Spaß, aber die Wogen unerwarteter Hitze, die jedes Mal tief in ihr tobten, wenn er sie nur ansah, waren noch verlockender. Seit so Langem hatte sie so etwas nicht mehr empfunden, dass sie sich schon fast danach sehnte. Wenn sie schon zwei Wochen miteinander verbringen mussten, dann konnte sie sich ebenso gut etwas prickelnden Spaß gönnen.

»Ich fasse es nicht, dass wir Channing Tatum sehen werden. Wo treffen wir ihn?«, fragte Zoey, als Jillian einen Ast hochhielt, damit das Mädchen darunter hindurchgehen konnte.

»Auf einer Lichtung. Nur noch ein kleines Stück weiter.«

»Du bist bestimmt richtig berühmt, wenn er hierherkommt, um dich zu treffen«, meinte Zoey bewundernd.

»Ich bin nicht so berühmt wie dein Vater, aber Channing macht sich nichts aus Ruhm.«

»Das sagen alle berühmten Leute. Sehe ich gut aus?« Zoey warf sich die Haare über die Schulter.

Jillian musterte sie. Sie hätte gern Zoeys T-Shirt weiter nach unten gezogen und etwas von ihrem Eyeliner weggewischt, aber sie war nicht *ihre* Tochter. Außerdem hatte sie das Mädchen nicht nur dazu gebracht, einen Toast mit Erdnussbutter zu essen, bevor sie das Haus verlassen hatten, sondern sie kommunizierte endlich auch, anstatt so geizig mit den Worten umzugehen, als hätte sie nur wenige zur Verfügung. Jillian wollte nicht für mehr Ärger sorgen. »Du siehst großartig aus.«

Zoey nickte und lächelte fast, was schon viel netter aussah als ihr üblicher mürrischer Gesichtsausdruck.

Als sie zu dem dichten Gebüsch kamen, das die Lichtung umgab, drückte Jillian die stacheligen Zweige beiseite und jagte sich einen Dorn in den Daumen. »Aua!« Sie nahm den Finger in den Mund, um die Blutung zu stoppen.

»Alles in Ordnung?« Johnny eilte herbei, um die Äste zurückzuhalten, während der Blick seiner dunklen Augen direkt zu dem Finger in ihrem Mund schoss und dort verharrte.

»Mhm.« *Das gefällt dir, wie?* Ihr wären Dutzende Spiele mit ihm eingefallen, wenn sie nicht unter der Beobachtung von Teenager-Augen gestanden hätten. Mit einem verwegenen Lächeln zog sie den Finger aus dem Mund, aber als sein hungriger Blick auf ihren traf, setzte sein heißes Schmunzeln ihr Inneres in Brand.

Verdammt. Er war besser darin als sie.

»Okay, Süße. Lass uns gehen.« Sie zog Zoey eilig mit sich durch die Büsche und versuchte, Johnnys Grinsen zu ignorieren.

Bandit sauste an ihnen vorbei, als sie auf die Lichtung kamen. Charlotte kam in roten Gummistiefeln, Shorts und Sweatshirt und mit fliegenden Haaren aus Richtung des Hühnerstalls auf sie zugerannt. »Duncan!«, rief sie. »Es tut mir leid! Bitte komm zurück!« Außer Atem blieb sie vor Jillian stehen. »Habt ihr gesehen, wo Duncan Raz hin ist?«

»Nein, aber Bandit ist dahin verschwunden.« Jillian zeigte in die Richtung, in die der Hund gerannt war, als Beau gerade rechts von ihnen aus dem Gebüsch trat und mit ernstem Blick die Situation erfasste.

»Duncan Raz ist auch hier?«, fragte Zoey aufgeregt.

»Natürlich! Aber wir müssen uns beeilen, wenn wir ihn schnappen wollen«, rief Charlotte.

Jillian stieß Zoey an. »Du kannst mit ihr gehen.«

Als Charlotte und Zoey losflitzten, sah Johnny Jillian wütend an. »Dein Ernst?« Er fluchte und spurtete hinter den anderen her. »Zoey, warte!«

Als Beau sich zu Jillian stellte, sagte sie: »Irgendwie habe ich ein schlechtes Gewissen, weil ich ihnen nicht gesagt habe, dass Channing und Duncan Hühner sind.« Charlotte nannte ihre Hühner Chickendales und hatte sie nach den Darstellern des Films *Magic Mike* und ihrem Lieblingsschauspieler Duncan Raz benannt.

»Jilly!«, schimpfte Beau kopfschüttelnd.

»Sie mussten beide mal aus ihrem eigenen Gedankenkarussell herauskommen, also hab ich gesagt, wir würden uns mit Channing Tatum treffen, und Zoey strahlte plötzlich wie ein Honigkuchenpferd.«

Beau schaute sie immer noch ernst an. »Ich weiß nicht, ob das brillant oder grausam ist.«

»Einigen wir uns auf brillant, bis sie mich deswegen zur Schnecke machen.« Sie hörte Bandit bellen und wusste, dass die anderen nicht weit weg waren.

Schließlich lächelte er. »Nick hat heute Morgen angerufen. Wollte wissen, wie es dir geht.«

»Warum? Ich hab doch ihn und alle anderen gestern Abend ins Bild gesetzt.« Sie hatte ihre Familie informiert und auch Victoria angerufen, um ihr zu erzählen, dass sie Johnny nicht umgebracht hatte und dass sie verstand, warum Victoria sie nicht hatte einweihen können. Auch wenn Jillians Familie Mitgefühl gezeigt hatte, so waren doch alle froh, dass sie in der Nähe von Beau war, da sie Johnny nicht kannten. Sie hatte auch etliche Nachrichten an ihre engsten Freunde geschickt, die von der geplanten Besprechung mit Johnny gewusst hatten. Sie hatten von Zoey gehört und wollten wissen, was wirklich los war, aber Jillian hatte Johnnys Wunsch nach Privatsphäre entsprochen und nur gesagt, dass er untergetaucht war und sie nicht mehr wüsste als das, was die Boulevardpresse geschrieben hatte. Außerdem hatte sie ihnen erzählt, dass sie in New York bleiben, von ihrem Hotel aus arbeiten, sich um ihre Kunden kümmern und sich mit Shopping verwöhnen würde.

»Du kennst doch Nick. Er musste einfach sichergehen, dass es dir wirklich gut geht.«

»Ich bin dreißig. Man sollte denken, er würde mal lockerer werden.« Noch während sie das aussprach, musste sie an Zoey denken, und eine Traurigkeit verscheuchte ihren Ärger. »Weißt du was? Ich nehme das zurück. Ich bin dankbar für Nick und dich und alle, die mich liebhaben.«

»Die Situation von Johnny und Zoey rückt einiges in ein anderes Licht, oder?«

Sie nickte. »Für sie beide ist es Freud und Leid zugleich. Zoey hat es so hart getroffen. Vierzehn ist ein schwieriges Alter, und sie hat die Frau verloren, die sie großgezogen hat. Ich kann mir kaum vorstellen, wie schwer das sein muss. Und dann noch von der eigenen Mutter verlassen zu werden? Und Johnnys Manager hat seit Ewigkeiten für ihn gearbeitet und hat sie beide in den Schlamassel geritten. So hintergangen zu werden, wie von ihrer Mutter oder von seinem Manager, will ich mir gar nicht ausmalen.«

»Ein Kind aufzunehmen ist eine große Verantwortung, aber er ist Milliardär und umgeben von unzähligen Leuten, die für ihn springen. Ich denke, das kriegt er auf die Reihe.«

»Siehst du diese unzähligen Leute? Oder auch nur einen Bodyguard?«, erwiderte sie abwehrend, was sie selbst überraschte. »Im Hotel war ein Bodyguard, den er hätte mitnehmen können, aber er wollte nicht, dass Zoey sich durch einen weiteren unbekannten Mann noch unwohler fühlt. Er ist nicht so schlimm, wie ich dachte. Er versucht wirklich, alles richtig zu machen.«

Beau sah sie prüfend an. »Gut zu wissen, aber du wirkst angespannt. Alles in Ordnung mit dir?«

»Mir geht es gut. Es ist einfach nur hart, sie so kämpfen zu sehen. Sie haben keine Ahnung, wie sie miteinander kommunizieren sollen. Ich würde sie am liebsten in einen Raum einsperren, um sie zum Reden zu bringen.«

»Das lass mal lieber sein, Jilly. Sie ist seine Tochter, und er muss die Dinge auf seine Weise regeln.«

»Ich *weiß*«, sagte sie. »Ich habe nur das Gefühl, etwas Nettes zu unternehmen würde helfen, aber er kann nirgendwo hingehen.«

»Ihr seid sicher nicht darauf erpicht, euch in der Gegend herumzutreiben, aber im Spieleschuppen haben wir Rasenspiele. Die kannst du ausprobieren.«

»Das mache ich vielleicht, aber was ist ein Spieleschuppen?«

»Ein Schuppen für Spiele natürlich. Den habe ich im letzten Frühjahr gebaut. Du kannst ihn nicht übersehen, er steht hinter dem Haus.«

Charlotte kam mit einem großen Huhn auf dem Arm über den Hügel. Zoey und Johnny, beide mit dem gleichen finsteren Blick, trotteten hinter ihr her.

»Weißt du was? Bis zu diesem Moment hatte ich die Ähnlichkeit von Johnny und Zoey noch nicht bemerkt.« Bandit lief neben Zoey und stupste ihre Hand immer mal wieder mit der Schnauze an. Jillian erinnerte sich an etwas, das Nick ihr mal über Tiere erzählt hatte, die genau wussten, wer sie am meisten brauchte. Nun verstand sie, was er meinte.

»Du solltest dich auf was gefasst machen«, riet ihr Beau. »Sieht so aus, als käme zweifacher Ärger auf dich zu.«

»Ich hab ihn!«, verkündete Charlotte stolz.

»Ich wusste, du schaffst das, Shortcake.« Beau ging zu seiner Frau, legte einen Arm um ihre Schulter und gemeinsam gingen sie in Richtung Hühnerstall.

»Hühner? Dein Ernst?«, maulte Zoey verächtlich.

»Tja, das sind ihre geliebten Chickendales«, sagte Jillian mit einem Lächeln.

»Das haben wir mitbekommen.« Johnny schüttelte den Kopf und dann platzte ein Lachen aus ihm heraus.

»Und frag mich nicht, ob ich Jason Momoa kennenlernen will. Ich weiß, dass das ein Hahn ist«, schimpfte Zoey, während Bandit ihre Hand wieder mit der Schnauze anstieß. »*Warum* lässt mich dieses Tier nicht mal in Ruhe?«

»Vielleicht findet er dich cool?«, sagte Jillian.

Bandit bellte und sie und Johnny lächelten sich an.

»Dämlicher Hund.« Zoey ging rückwärts, während Bandit versuchte, ihre Aufmerksamkeit zu erregen, indem er ihr folgte und mit der Schnauze an ihre Hand stupste, an ihr Bein und wo immer er hinkam. Sie stolperte, fiel auf ihren Hintern und Bandit leckte ihr übers Gesicht. »Iieeh! Hör auf! Hilfe!« Sie legte die Hände vors Gesicht, rollte sich auf den Bauch und lachte. »Er soll aufhören!«

Sie lachten mit ihr, und die Erleichterung stand Johnny ins

Gesicht geschrieben, als er den Hund am Halsband wegzog. »Schluss jetzt, Bandit, lass sie in Ruhe!« Er bot Zoey eine Hand an, doch sie stand allein auf. »Alles in Ordnung?«

»Alles gut.« Zoey wischte Schmutz von der Hose.

»Willst du Charlottes Vorschlag annehmen und ihr beim Einsammeln der Eier helfen?«, fragte er.

»Iieeh«, lautete Zoeys Antwort. »Berühmte Leute werden wir ja wohl nicht mehr sehen, können wir dann zurück zum Haus?«

Johnny breitete die Arme aus. »Hey, und ich zähle nicht, oder wie?«

Zoey verdrehte die Augen. »Ich meinte, *richtig* berühmte Leute.«

»Viel berühmter, als ich es bin, geht es kaum, Sunshine. Ich wette, viele Teenager wären jetzt liebend gern hier.«

»Wenn du meinst.« Zoey stapfte mit Bandit im Gefolge davon.

Johnny seufzte. »Ich habe das Gefühl, alles falsch zu machen.«

»Du hast es ziemlich gut gemacht, bis dir dein Ego in den Weg kam«, sagte Jillian.

»Jetzt mach mal halblang! Für mich ist das alles Neuland.«

»Du hast Glück, denn ich hab noch ein paar Ideen, um ihre Stimmung aufzubessern.«

»Nachdem wir ein Huhn übers ganze Gelände gejagt haben, glaube ich nicht, dass ich deinen Ideen noch vertrauen kann«, scherzte er, als sie Zoey folgten und sich auf den Rückweg machten.

Sechs

»Wieso dauert das denn so lange?«, fragte Zoey, nachdem sie bereits eine Weile auf dem schmalen Pfad durch den Wald gegangen waren.

»Wir sind fast da.« Jillian hatte beschlossen, sie auf einem anderen Weg zurück zum Haus zu führen, damit sie am Bach vorbeikamen, den Zoey hoffentlich cool finden würde. Oder zumindest nicht langweilig.

»Ich komme mir vor wie einer von den sieben Zwergen, die dir durch den Wald folgen«, sagte Johnny.

»Hey, sag nichts gegen Märchen.« Jillian duckte sich unter einem Ast hindurch. »Beau und Char haben jedem Zimmer im Gasthof ein Märchenmotto gegeben, und was die Magie des Gasthofes angeht, meinte ich es durchaus ernst. Es gibt sie wirklich, und das Märchenmotto hat diesen Zauber nur noch stärker gemacht. Char hat mir erzählt, dass sich allein in diesem Jahr drei verschiedene Paare – vollkommen Fremde, die für unterschiedliche Events im Gasthof waren – hier verliebt haben.«

»Ich glaube nicht an Märchen oder Magie«, sagte Zoey. Sie marschierten jetzt einen Hügel hinunter.

»Das ist schade, denn der Zauber des Gasthofes ist in diesem Moment überall um dich herum. Du kannst ihn nicht fühlen oder sehen, aber er ist da. Frag meine Brüder.«

»Warum deine Brüder?«, fragte Zoey.

»Weil drei von ihnen hier die Liebe gefunden haben. Beau hat vor langer Zeit jemanden verloren, den er sehr geliebt hat, und er wurde zu einem vollkommen anderen Menschen. Er war traurig und wütend, und er hat sich so viel Arbeit aufgehalst, dass er nur selten zu uns nach Hause kam, und Char hat ihre ganze Familie verloren und wurde hier von ihrem Großvater aufgezogen. Mir wird gerade bewusst, dass ihr beide das gemeinsam habt.«

»Ich habe meinen Großvater nie kennengelernt«, sagte Zoey.

»Aber du wurdest von einem Großelternteil aufgezogen. Das meinte ich. Als Char ihren Großvater verloren hat, verkroch sie sich im Gasthof, schrieb Tag und Nacht und ging nur selten raus. Dann hat ein Verwandter von uns Beau engagiert, um einige Reparaturen am Gasthof vorzunehmen, nachdem bei einer Hochzeit, die dort stattgefunden hatte, einiges in Mitleidenschaft gezogen worden war. Und als Beau auftauchte, hat die Magie des Gasthofs zugeschlagen. Er und Char haben gemeinsam das Leben wiederentdeckt und sich ineinander verliebt.« Der Bach war nun am Fuße des Hügels zu sehen und Jillian erhöhte das Tempo.

»Das ist doch nur Zufall«, erwiderte Zoey.

»Würde ich auch sagen, wenn sich nicht mein Bruder Zev und seine erste große Liebe Carly hier wieder aufs Neue ineinander verliebt hätten, und wenn der Zauber des Gasthofs nicht an einem ganz besonderen Abend meinen Bruder Nick und meine Freundin Trixie erfasst hätte und ihnen bis nach Maryland gefolgt wäre.«

»Wenn du meinst. Ich glaub trotzdem nicht daran.«

»Also ich schon«, sagte Jillian, als sie den Bach erreichten. »Ich hoffe weiterhin, dass ich nur oft genug herkommen muss, damit der Zauber dann auch irgendwann mich erfasst und vielleicht etwas Wunderbares passiert.«

»Das ist idiotisch.«

Johnny hielt einen Ast zur Seite, damit Zoey vorbeilaufen konnte. »Das ist nicht nett, was du da sagst.«

»Sie glaubt an *Magie*«, sagte Zoey, als wäre es das Lächerlichste, was sie je gehört hatte.

Johnny hob einen Stein auf und drehte ihn in der Hand herum. »Meine Schwestern haben an Magie geglaubt, als sie klein waren, und viele ihrer Träume sind wahr geworden.«

Zoey stieß gelangweilt mit dem Fuß auf dem Waldboden herum.

»Wirklich? Was für eine Art von Magie?«, fragte Jillian.

Nachdenklich schaute er zum Bach und warf den Stein ins Wasser. »Ich weiß nicht, wie ich es erklären soll.«

»Versuch es«, ermutigte ihn Jillian, der dieser wärmere Ausdruck in seinen Augen gefiel und die hoffte, dass das, was er zu erzählen hatte, Zoey irgendwie helfen würde.

»Ich kann euch ein Beispiel geben. Meine jüngste Schwester, Aria, war vier Jahre alt, als meine Eltern sie adoptiert haben, und sie hatte schwere Zeiten in Pflegefamilien hinter sich. Sie hatte oft Albträume und war dann immer vollkommen verängstigt. Das ging monatelang so. Ich war in etwa in Zoeys Alter, und es machte mich fertig, dass sie so verstört war. Ich wollte das irgendwie hinbiegen und dafür sorgen, dass sie sich besser fühlte. Da habe ich mich daran erinnert, was mein Vater immer für mich getan hatte, als ich kleiner war. Wenn ich wegen irgendetwas durcheinander war, hat er mich mit nach draußen genommen und Bälle für mich geworfen, die ich mit dem Baseballschläger treffen sollte. Er hat gesagt, dass ich meine ganzen negativen Gefühle in den Schlag stecken soll. Wie du, Zoey, hatte Aria nichts mit Sport am Hut, aber sie liebte Märchen, und sie liebte es, wenn man ihr vorlas. Also hab ich die Idee von meinem Vater, negative Energie zu bündeln, in etwas verwandelt, von dem ich dachte, dass es ihr vielleicht gefällt. Eines Morgens bin ich dann mit ihr zu dem Bach bei uns in der Nähe gelaufen, der dem hier ziemlich ähnlich war, und hab sie aufgefordert, einen glatten Stein zu finden, einen, der nicht zu groß war.«

Zoey hörte ebenso gebannt zu wie Jillian.

Er hob noch einen Stein auf und drehte ihn in der Hand herum. »So einen.« Er zeigte ihnen den Stein. »Dann habe ich eine Geschichte von einer Zauberfee erfunden, die im Bach lebt, und Aria erzählt, dass sie ihre Albträume dem Stein geben kann und ihn ins Wasser werfen soll. Die Wasserfee würde dann, wenn man sie höflich darum bat, die Albträume fortwaschen und ihr einen Wunsch erfüllen. Ich musste etwas Überzeugungsarbeit leisten, weil sie nicht an die Albträume denken wollte, aber nach einer Weile hat sie die Augen geschlossen und ganz fest überlegt. Als sie die Augen aufmachte und den Stein ins Wasser warf, war ihr Gesicht so voller Hoffnung! Ich erinnere mich noch, dass ich dachte, ich würde alles dafür tun, dass es funktionierte.« Er glitt mit dem Daumen über den Stein und warf ihn dann ins Wasser.

»Verschwanden ihre Albträume?«, fragte Zoey, die an seinen Lippen gehangen hatte.

Er nickte und hob die Augenbrauen, als er sie ansah, als wäre er auch überrascht. »Die Albträume, die sie dem Stein gegeben hatte, kamen nie wieder.«

»Hatte sie danach andere Albträume?«, fragte Zoey.

»Manchmal, aber dann sind wir immer hinunter zum Bach gegangen und haben die auch fortgeschickt, und irgendwann hat das mit ihren Albträumen nachgelassen.«

Jillian war von ihm ebenso in den Bann gezogen wie von der Geschichte. Sie hatte das Gefühl, dass er diese Seite von sich nicht sehr oft zeigte. Es war schön, zu hören, wie sehr er sich ins Zeug gelegt hatte, um seiner Schwester zu helfen, und zu wissen, dass er ihr und Zoey genug vertraute, um ihnen diese Geschichte erzählen zu können. Aber sie stellte auch erstaunt fest, dass Zoey gar nicht nach Arias Wünschen gefragt hatte. Sie war nur darauf konzentriert gewesen, dass sie die Albträume weggeworfen hatte.

»Heißt das, du glaubst an ein klein wenig Magie?«, wollte Jillian von Johnny wissen.

Er schaute Zoey an. »Ich habe eine Tochter getroffen, von der ich nichts wusste, und sie hätte genauso gut irgendwo anders auf der Welt landen können. Also ja, ich nehme an, ich glaube an so etwas.«

Zoeys Unterlippe zitterte, doch sie sagte kein Wort und starrte auf den Boden.

Johnny sah zu Jillian, und er schien erfüllt zu sein von einer Mischung aus Hoffnung und Mitgefühl. Sie wollte ihn umarmen und ihm sagen, wie gut es war, dass er diese persönlichen Dinge erzählt hatte und Zoey zeigte, dass sie in seinem Herzen war. Aber etwas an der Art, wie er ihren Blick erwiderte, verriet ihr, dass sie nichts sagen musste. Irgendwie fühlte er, was sie nicht sagte.

»Können wir jetzt gehen?«, fragte Zoey unvermittelt.

Johnny riss seinen Blick von Jillian los und räusperte sich. »Ja, lasst uns aufbrechen.«

Sie aßen spät zu Mittag, und Zoey stocherte nur in ihrem Essen herum, aber sie hatte mit ihnen am Tisch gesessen, auch wenn sie kein Wort gesagt hatte und gleich anschließend nach oben auf ihr Zimmer geflüchtet war. Johnny ergriff auch schnell die Flucht und ging mit seiner Gitarre nach draußen. Jillian hatte mit ihm über den Vormittag reden wollen, aber er brauchte eindeutig etwas Abstand, also nutzte sie die Zeit und richtete sich im Wohnzimmer ein, um etwas Arbeit nachzuholen. Wenn Zoey nach unten kam, konnte sie so zumindest mit ihr in Kontakt treten. Sie wusste vielleicht nicht viel über das Mädchen, aber ihr war klar, dass es ein übliches Verhalten von Teenagern war, anderen aus dem Weg zu gehen. Doch wenn sie in die Küche oder zur Haustür wollte, musste sie durchs Wohnzimmer.

Als Jillian endlich eine Pause einlegte, war es schon später Nachmittag. Sie verband ihr Handy zum Aufladen mit dem Laptop und ließ beides auf dem Couchtisch. Zoey war noch nicht nach unten gekommen, also machte Jillian sich auf die Suche nach Johnny. Er telefonierte und rieb sich dabei den Nacken, als würde das Gespräch ihm körperliche Schmerzen bereiten. Sie war froh, nicht am anderen Ende der Leitung zu sein, und ließ ihn allein, um auf der anderen Seite des Hauses nach dem Spieleschuppen zu suchen.

Beau hatte recht. Das drollige Häuschen, das mit horizontalen Holzpaneelen vertäfelt und in Regenbogenfarben angestrichen war, konnte man nicht übersehen. Die Zierleisten waren strahlend weiß und die Tür orange. Die bunten Bretter über der Tür verliefen vertikal bis zum Giebel des absichtlich schiefen Daches, das dem des Haupthauses nachempfunden war. Vorne und an der Seite befanden sich weiße Sprossenfenster mit Blumenkästen voller üppig wachsender hübscher Herbstblumen.

Sie machte die Tür auf und schaltete das Licht ein. Regale voller Spiele breiteten sich vor ihr aus und waren so sorgfältig sortiert, dass sie das Gefühl hatte, in einem Geschäft für Outdoorspiele zu stehen. Sie sah Hufeisen, Frisbees, ein Krocketspiel, Volleyball- und Badmintonsets und alles zum Baseballspielen. Auf dem Boden standen ein überdimensionales Vier-Gewinnt-Spiel, zwei Sacklochbretter und der größte Jenga-Turm, den sie je gesehen hatte. Sie war nicht die geborene Athletin. Jenga und Vier Gewinnt entsprachen in etwa ihrem Tempo, aber sie hatte das Gefühl, diese Spiele könnten Zoey langweilen.

Während sie ihre Optionen durchging, dachte sie an Zoey und wie ihr die Kontrolle über ihr Leben völlig entglitten war. Vielleicht bekam sie wieder ein Gefühl der Stärke, wenn sie ein Spiel gewann.

Und es könnte Spaß machen, sich gegen Johnny zusammenzutun.

Mit einem durchtriebenen Lächeln griff sie nach dem Badminton-Set und verließ das Häuschen, um das Netz aufzubauen. Sie rollte es aus und steckte die Stangen zusammen, aber immer, wenn sie eine Seite im Rasen zum Stehen gebracht hatte, fiel die andere Seite um. Sie wollte gerade aufgeben, als ein Schatten auf sie fiel.

Sie blickte auf und – *Himmel, heißer geht's wohl kaum!* Der Rockstar-Gott persönlich schaute auf sie herab. Aus dieser Perspektive, mit der Nachmittagssonne im Rücken, wirkte er noch größer, und seine vergnüglich funkelnden Augen verliehen ihm einen irritierend sexy Look. »Du könntest mir auch helfen.«

»Aber es sieht so witzig aus.« Er schmunzelte. »Was ist das alles hier?«

»Badminton. Zoey ist auf ihrem Zimmer, seit wir zurückgekommen sind, und bei dir hörte es sich so an, als würdest du jemanden übers Handy auseinandernehmen, also dachte ich, wir könnten etwas Spaß gebrauchen. Alles in Ordnung?«

»Ja«, lautete die kurzangebundene Antwort. »Du wirkst auf mich nicht so wie eine passionierte Badmintonspielerin.«

»Bin ich auch nicht, aber Zoey hoffentlich. Du hast sie heute Morgen gesehen. Sie hat gelacht. Irgendwo in ihr steckt ein glücklicheres Mädchen und das möchte ich finden. Oder ihr zumindest klarmachen, dass unsere Zeit hier nicht so schlimm sein muss.«

Sein Gesichtsausdruck wurde ernst, und sie fragte sich, ob sie das Falsche gesagt hatte.

Er schaute sie eine Weile eingehend an, bevor er wieder etwas sagte. »Warum bist du nicht sauer, weil ich dich hierhergeschleppt habe?«

»Weil ich deine Kostüme designen werde und das ist ein großer Segen für mein Label. Außerdem muss ja jemand dafür sorgen, dass du dich Zoey gegenüber nicht total danebenbenimmst.«

Seine Kiefermuskeln zuckten. »Dafür ist sie dir bestimmt sehr dankbar.«

»Das ist ja dann zumindest einer hier.« Sie stand auf und warf sich die Haare über die Schulter. »Hilfst du mir jetzt oder wie?«

Er beäugte ihre hochhackigen Stiefel. »Hast du schon mal Badminton gespielt?«

»Nein, aber so schwer wird's wohl nicht sein.«

Sein Blick wurde sanftmütiger. »Willst du vielleicht lieber Sportschuhe anziehen?«

»Ich habe keine Sportschuhe mitgebracht. Ich war eigentlich auf New York eingerichtet, falls du dich erinnerst.«

»Du wirst dir in diesen Stiefeln die Knöchel brechen.«

»Ich kann in High Heels schneller laufen als die meisten Frauen in Sportschuhen.« Sie gab ihm eine Stange. »Und jetzt mach dich bitte mal nützlich und hilf mir, das hier aufzustellen.«

Er schaute sich um. »Wo sind die Metallspitzen?«

»Metallspitzen?«

»Ja, in die man die Stangen steckt. Hast du die Anleitung nicht gelesen?«

Peinlich. »Ich hab's nicht so mit Anleitungen.«

»Das wird amüsant. Dann lass uns mal die Dinger finden, du improvisierendes Unikum.«

Er ging Richtung Spieleschuppen und sie eilte hinter ihm her. »Improvisierendes Unikum?«

»Ja, du improvisierst doch gern und du bist echt einzigartig.«

»Ach, Klappe. Man braucht nicht für alles Anleitungen.«

Wieder schaute er sie amüsiert an.

»*Wenn du meinst.*«

»Pass auf! Du übernimmst den Wortschatz einer Vierzehnjährigen.«

Sie verdrehte die Augen.

»Augen verdrehen, *wenn du meinst* ...«, sagte er. »Ich frage mich, wie du in der Erwachsenenwelt zurechtkommst.«

Sie gab ihm einen verspielten Schubser, als sie am Schuppen ankamen, und ihre Blicke trafen sich mit der Hitze eines Südstaatensommers, die jegliche Verspieltheit auslöschte.

Seine Augen wurden zu schmalen Schlitzen. »Was sollte das denn?«

»Ich wollte, dass du den Mund hältst.«

Er trat einen Schritt vor, ganz nah an sie heran, und hielt sie mit seinen dunklen Augen in seinem Bann. Er war so groß und breit und stand so dicht vor ihr, dass ihre Brüste seinen Körper leicht berührten. Ihre Nippel wurden durch den Kontakt fest, doch der Hunger in seinem Blick, der hinab zu ihrem Mund wanderte, raubte ihr fast den Atem.

»Wenn du das nächste Mal willst, dass ich den Mund halte«, sagte er leise und verführerisch, »benutze doch *deinen.*«

Die Unverfrorenheit in seiner Stimme nahm ihr die Luft. Sie war gerade noch imstande, zur Seite zu treten und ihn in den Schuppen zu lassen, während sie mit offenem Mund und heißem Körper zurückblieb.

Sie stand noch immer da, als er mit vollen Händen und einem Hammer, den er durch die Gürtelschlaufe gesteckt hatte, herauskam. »Willst du den ganzen Tag da herumstehen, Impro-Künstlerin, oder hilfst du mir, das hier aufzustellen?«

Seine dreiste Art befreite sie aus ihrer Starre.

Frech grinste er sie an. »Komm mit. Ich zeig dir, wie das geht.«

Verdammt. Wie konnte ein einziger Mann sie so wütend machen und sie gleichzeitig so antörnen?

Der Mistkerl baute das Netz auf, ohne die Anleitung zu lesen, und zehn Minuten später ging er ins Haus, um Zoey zu holen. Jillian stand unten an der Treppe und hörte zu, während Johnny versuchte, sie mit der Aussicht auf jede Menge Spaß aus ihrem Zimmer zu locken. Das musste sie ihm lassen – er klang aufrichtig, als er erklärte, dass er Zeit mit ihr verbringen wollte, und er war unglaublich geduldig. Zoeys Antworten konnte sie nicht hören, aber nach seinem dritten Versuch ging sie nach oben, um ihm zu helfen.

Er hob ergeben die Hände.

»Ich regel das«, sagte sie leise, und dann lauter: »Zoey, mach die Tür auf und beweg deinen Hintern nach draußen. Und zwar sofort!«

»Was machst du da?«, flüsterte Johnny barsch.

Die Tür ging auf und Zoey sah sie wütend an, aber sie stapfte missmutig nach unten.

Jillian grinste Johnny an. »Gern geschehen.«

Jillian rannte, schwang den Schläger und stöhnte verzweifelt auf. Der Ball segelte übers Netz.

»Netter Schlag, Unikum«, sagte Johnny und pfefferte den Ball zurück.

»Hör auf, mich so zu nennen!« Jillian rannte hinter Zoey, um den Ball zu erwischen, verfehlte ihn aber. »Verdammt!«

»Wie redest du denn?«, ärgerte Johnny sie.

»Dir zeig ich's!«, keuchte sie lachend.

Sie spielten gefühlt seit Stunden, in Wirklichkeit wahrscheinlich aber weniger als eine Stunde, und Zoey hatte sich überhaupt noch nicht bewegt. Mit dem Schläger schlaff an der Seite hängend, in den Rasen tretend oder abwesend in die andere Richtung schauend, stand sie einfach nur da. Johnny spielte vergnüglich und völlig unangestrengt, während Jillian außer Atem und verschwitzt hin- und herhechtete, um diesen verdammten Federball zu treffen. Es war nicht ihr größter Auftritt.

Warum tat sie sich das überhaupt an? *Wahrscheinlich habe ich eine masochistische Ader.* Aber sie gab nicht auf. Sie war entschlossen, Zoey *irgendwie* ein Lächeln zu entlocken. Sie hielt ihr den Ball hin. »Willst du aufschlagen?«

»Nein danke.«

»Komm schon, Zoey. Du könntest vielleicht sogar Spaß haben, wenn du spielst.«

»Das bezweifle ich.«

Es war an der Zeit, größere Geschütze aufzufahren. »Wir *könnten* ihn schlagen …«, raunte sie ihr zu.

Zoey zuckte mit den Schultern.

»Gibt es nicht irgendeinen Teil in dir, der ihm zeigen will, aus welchem Holz du geschnitzt bist?«

»Ist mir egal, was er von mir denkt.«

Traurigkeit erfasste Jillian. »Das meinst du nicht wirklich. Er strengt sich so sehr an, es leichter für dich zu machen, und ich weiß, dass es durch nichts *leicht* wird, aber zumindest bist du ihm so wichtig, dass er es versucht.«

Zoey senkte den Blick.

»Er ist nicht der Mistkerl, für den ich ihn gehalten habe«, redete Jillian weiter auf sie ein. »Wenn du ihm eine Chance gibst, erkennst du das vielleicht auch.«

»Wenn ich spiele, hörst du dann auf, mich zu nerven?«, fragte Zoey unverblümt.

Das tat weh, und das wiederum überraschte Jillian. Sie war nicht dünnhäutig, und es war ja auch nicht so, dass sie selbst sich nie kratzbürstig zeigte. Aber wenn diese Bemerkung ihr wehtat, wie oft hatte Zoey dann Johnny wehgetan? »Klar, aber tu mir den Gefallen und bleib höflich, denn ich strenge mich auch sehr an, es zu bleiben.«

Ein Ausdruck des Bedauerns huschte über Zoeys Gesicht,

aber sie sagte nichts. Sie nahm einfach den Federball und schlug ihn auf die andere Seite des Netzes in die Ecke, in der Johnny nicht stand.

Gut gemacht.

Johnny erwischte ihn trotzdem und schlug ihn über Jillians Kopf. Sie rannte los, doch Zoey war zuerst dort und ließ den Ball hoch übers Netz fliegen. Johnny donnerte ihn mit aller Wucht zurück, und Zoey sprang hoch, um ihn zurück zu ihm zu schmettern. Johnny hechtete dem Ball nach, erwischte ihn aber nicht und fluchte leise.

»Ja!«, jubelte Jillian. Sie wollte Zoey abschlagen, aber das Mädchen stand nur ausdruckslos da.

»Netter Schlag, Sunshine«, sagte Johnny.

Zoeys Mundwinkel zuckten, als wollte ihr Gesicht lächeln und ihr Gehirn ließe es nicht zu.

Johnny schlug auf, Jillian rannte und schickte den Ball hoch, aber zu kurz, zurück. Zoey erwischte ihn gerade noch, bevor er auf dem Boden landete, und schlug ihn zurück zu Johnny. Er feuerte ihn zurück, und Jillian spurtete los, um den Ball anzunehmen, doch sie blieb mit dem Fuß in einer Unebenheit im Rasen hängen. Mit einem Aufschrei fiel sie hin.

»Alles in Ordnung?«, rief Johnny.

»Ja, bin nur gestolpert.« Sie versuchte, aufzustehen, zuckte jedoch zusammen, als ihr ein heftiger Schmerz durch den Knöchel fuhr.

»Nicht bewegen.« Johnny kam zu ihr herüber.

»Damit ist das Spiel wohl beendet.« Zoey ließ den Schläger fallen und ging Richtung Haus.

»Nein, mir geht's gut. Ich kann weiterspielen«, rief Jillian ihr hinterher und versuchte mit schmerzverzerrtem Gesicht erneut, aufzustehen.

»Lass sie gehen«, sagte Johnny. »Sie hat sich gut geschlagen und hat es länger mit uns ausgehalten, als ich zu hoffen gewagt hätte. Und bei dir ist überhaupt nicht *alles in Ordnung.*« Er nahm sie auf die Arme und stand auf.

»Johnny!«, rief sie überrumpelt. »Ich kann laufen.«

»Nicht, bis wir uns deinen Knöchel angesehen haben.«

»Sei nicht albern. Mir geht es gut.« Sie versuchte, sich aus seinen Armen zu winden.

»Hältst du jetzt mal still?« Er hielt sie noch fester und trug sie zum Haus. »Du bist wie ein kleiner wütender Vogel.«

»Hast du mich gerade nach einem Videospiel benannt?«, fragte sie lachend und legte ihm die Arme um den Hals.

»Angry Birds? Ja, sieht so aus.« Er hob vielsagend eine Augenbraue. »Lust auf ein paar Spielchen?«

Sie fing an zu lachen, aber als sie das Gesicht zu ihm drehte, schaute er mit seinen dunklen Augen in ihre, erstickte ihr Lachen mit seiner Glut, und plötzlich nahm sie sich selbst und seinen Körper ganz anders wahr. Sie versuchte, zu ignorieren, wie unglaublich sich seine angespannten Muskeln anfühlten und wie unfassbar männlich er roch. Ihre Gedanken schlichen verstohlen einen dunklen Pfad entlang, und sie fragte sich, wie gut er sich ohne all diese Klamotten anfühlen würde. Würden seine Brusthaare kitzeln? Wie gut würden sich seine Bartstoppeln an ihren Oberschenkeln anfühlen?

Er zog die Haustür auf und riss sie damit aus ihren Gedanken. Es war viel zu lange her, dass sie mit einem Mann zusammen gewesen war.

Er trug sie ins Wohnzimmer, und sie hörte Zoeys Tür oben zuknallen, als er sie auf das Sofa setzte. Sein Gesicht war *direkt* vor ihr und sein durchdringender Blick setzte ihre Nerven in Brand. Er war nah genug für einen Kuss und er regte sich nicht.

Ganz tief schaute er ihr in die Augen, während er ihr mit den Fingerspitzen Haare aus dem Gesicht und hinter das Ohr strich. Ihr Puls raste.

»Geht es dir gut?«, fragte er fürsorglich.

Besser, wenn du mich küssen würdest. Woher war dieser fürsorgliche Mensch plötzlich gekommen? Er war so anders als dieser arrogante Rockstar oder der großspurige Scherzbold, den sie bisher kennengelernt hatte. Sie brachte ein Nicken zustande und wusste, dass sie nicht auf diese Art an ihn denken sollte, aber welche alleinstehende Frau würde das nicht tun? Er sah nicht nur umwerfend gut aus, sondern hatte sie gerade wie ein ritterlicher Retter ins Haus getragen.

»Also, jetzt ziehen wir dir mal diese Stiefel aus und schauen uns deinen Knöchel an.«

Müssen wir es bei den Stiefeln belassen?

Vorsichtig zog er ihr den Stiefel vom Fuß und sie zuckte zusammen. »Zu rabiat?«

»Ich mag es rabiat«, platzte es aus ihr heraus, bevor sie es verhindern konnte.

Er lachte.

»*Omeingott.* Vergiss, dass ich das gesagt habe.« Ihre Wangen glühten. Was machte er nur mit ihr? Sie wurde nie rot.

»Klar doch. Das werde ich im Leben nicht vergessen.« Er deutete mit dem Daumen über die Schulter und stand auf. »Ich hole lieber mal etwas Eis.«

»Ja, Eis! Jede Menge, bitte.« Sie ließ sich zurück auf das Sofa sinken und kniff die Augen zusammen, als er in die Küche ging. *Ich mag es rabiat? Was ist bloß mit mir los?* Ihr Handy auf dem Couchtisch vibrierte. Sie nahm das Ladekabel heraus und überflog die entgangenen Nachrichten von ihrer Mutter, Jax, Trixie und ihrer Assistentin Liza.

Gott sei Dank, sie konnte einen Austausch unter Frauen gerade gut gebrauchen. Schnell öffnete sie Trixies Nachricht. *Tut mir leid wegen Nick. Ich hab ihm gesagt, er soll Beau nicht nerven, aber du weißt ja, wie er ist. Wie geht es DIR?*

Jillian tippte drauflos. *Könnte nicht besser sein. Hab mir gerade den Knöchel beim Badminton verknackst, wurde von dem heißesten Rockstar weit und breit ins Haus getragen und hab ihm gesagt, dass ich es gern rabiat habe.* Sie fügte ein schockiertes Emoji und ein Hand-vors-Gesicht-Emoji hinzu. Trixies Antwort kam sofort: Drei lachende Emojis, eine Aubergine, ein Pfirsich und *Was ist daran falsch? Rabiat macht Spaß!* Dann kam gleich noch eine Nachricht. *Augenblick mal! Du bist allergisch gegen Sport. War es Nackt-Badminton? Was ist mit seiner Tochter?*

Jillian tippte erneut. *Ich habe nur gespielt, um Zoey dazu zu bringen, sich etwas zu amüsieren. Zwischen den beiden ist es stressig. Er versucht's, aber sie macht dicht. Ich hoffe, sie schaffen es, besser zu kommunizieren, als ich es im Moment kann. Wahrscheinlich denkt er, dass ich durch alle Betten hüpfe. Was soll ich machen?*

Nur eine Sekunde später kam Trixies Antwort. *Unanständige Sachen – mit IHM!*

Vielleicht, wenn die Umstände anders wären, schrieb Jillian zurück. *Aber er hat eine Tochter, und du weißt, dass ich nicht das Mama-Gen habe.*

Eine weitere Nachricht poppte auf. *Nick hatte nichts mit Beziehungen am Hut und wo stehen wir jetzt?* Sie fügte einen Diamantring und ein Herz-Emoji hinzu. Jillians Antwort darauf lautete: *So sieht meine Zukunft mit Johnny Köstlich aber nicht aus.*

Trixies nächste Nachricht ließ das Handy wieder vibrieren. *Sieh mal einer an, wie sich die Dinge so ändern! War er nicht vor wenigen Tagen noch Johnny Arschgesicht?*

Jillian hörte, dass die Kühltruhentür geschlossen wurde, und schrieb: *Muss Schluss machen. Er bringt mir Eis für den Knöchel.* Sie fügte ein Kuss-Emoji an und schickte die Nachricht ab. Ihr Handy vibrierte noch einmal und schnell las sie Trixies Antwort. *Süß und heiß? Mädchen, du verdienst ein bisschen Spaß. Hinein ins Vergnügen!*

»Alles in Ordnung?«, fragte Johnny und erschreckte sie.

Sie schob das Handy unter ihr Bein und wusste, dass sie wahrscheinlich schuldig wirkte. »Ja, hab mich nur mal bei einer Freundin gemeldet.«

Wieder zuckten seine Kiefermuskeln. »Ich hab dir eine Cola Light und Ibuprofen mitgebracht.« Er gab ihr ein Glas und die Tabletten und legte einen Beutel gefrorener Erbsen auf den Couchtisch.

Sie nahm eine Tablette mit einem Schluck Cola. »Danke.« Die Überraschung konnte sie nicht verbergen. Diese fürsorgliche Seite an ihm weckte ihre Neugier. In allen sozialen Netzwerken war er jahrelang mit wunderhübschen Frauen zu sehen gewesen, nachdem er entdeckt worden war, aber während er weiterhin mit seiner Musik Schlagzeilen machte, war es in letzter Zeit still um sein Privatleben geworden.

»Ich bin nicht nur ein Idiot.« Er packte ein Kissen auf den Couchtisch und klopfte darauf. »Leg deinen Fuß hoch.« Sie kam seiner Aufforderung nach und er legte den Beutel mit den gefrorenen Erbsen darauf. »Gut so?«

»Ja, danke. Ich hab ihn nur etwas verknackst. Das wird schon wieder.«

»Trotzdem gut, wenn man Eis drauflegt.« Er setzte sich neben sie und atmete hörbar aus.

»Tut mir leid, dass ich umgeknickt bin und deine Zeit mit Zoey vermasselt hab.«

Er zog die Augenbrauen zusammen. »Unsinn! Wenn du

nicht wärst, würde ich gar keine Zeit mit ihr verbringen. Du warst diejenige, die sie aus dem Haus geholt hat. Ich muss zugeben, ich habe mir ein wenig Sorgen gemacht, als du sie aus ihrem Zimmer beordert hast. Aber es hat funktioniert.«

»Das nennt man liebevolle Strenge«, sagte sie lächelnd. »Ich verstehe, warum du behutsam mit ihr umgehst, aber manchmal muss man Teenagern sagen, was sie machen sollen. Da ich nicht ihre Mutter bin, war das Schlimmste, was passieren konnte, nur ein Nein von ihr. Ich bin froh, dass sie so reagiert hat.«

»Ich auch. Danke für deine Bemühungen. Ich weiß das wirklich zu schätzen.«

»Es hat Spaß gemacht. War die Geschichte, die du uns von Aria erzählt hast, wahr?«

»Ja, leider. Sie hatte als Kind sehr daran zu knabbern. Sie leidet immer noch unter sozialen Ängsten, aber es geht ihr schon viel besser.«

»Es muss schwer für sie sein.«

»Manchmal, aber sie hat Strategien entwickelt, um zurechtzukommen, und sie hat gute Freunde, die ihre Einschränkungen verstehen.«

»Das ist gut. Arbeitet sie?«

»Ja. Sie ist Tätowiererin und eine unglaubliche Künstlerin.« Er schob seinen Ärmel hoch und zeigte ihr das BAD INTENTIONS-Tattoo auf seinem rechten Unterarm. »Die Arbeit ist gut für sie. Sie kann sich auf ihre Kunst konzentrieren und hat nicht den Druck, mit den Kunden reden zu müssen.«

»Niemand will wohl seine Tätowiererin ablenken«, sagte Jillian. »Hört sich so an, als hätte sie Glück gehabt, dass du für sie da gewesen bist, als sie klein war.«

»Ich bin immer noch für sie und auch für meine anderen Geschwister da, ebenso wie sie für mich. Keine Ahnung, wie oft

Aria angerufen und sich schlecht drauf angehört hat oder mir gesagt hat, dass sie mich braucht, und ich dann für ein paar Stunden zu ihr geflogen bin, um sicher zu sein, dass es ihr gut ging. Ein paar Mal hab ich das auch während einer Tour gemacht, und ich war mir sicher, dass ich am nächsten Tag auf der Bühne schlafwandeln würde, aber Adrenalin ist der reinste Lebensretter. Allerdings bin ich derjenige, der Glück hat. Meine Familie bedeutet mir alles. Sie sorgen dafür, dass ich die Bodenhaftung nicht verliere. Kane und meine Eltern waren meine ersten richtigen Fans und Harlow und Aria meine ersten Groupies. Als sie klein waren, haben sie mitgesungen und mir zugejubelt. Ich bin froh, dass Aria sich immer noch regelmäßig bei mir meldet, wenn es ihr nicht gut geht.«

Das hatte Jillian nicht erwartet und es machte ihn in ihren Augen noch sympathischer. »Dann haben wir das gemeinsam. Meine Familie bedeutet mir auch alles.«

Er erwiderte ihren Blick und betrachtete sie eingehend. »Das dachte ich mir, so wie du von deinen Brüdern erzählt hast.«

»Seid ihr anderen auch adoptiert worden?«

»Nein, nur Harlow und Aria. Meine Eltern wollten eine große Familie haben. Sie brauchten vier Jahre, bis ich nach Kane auf die Welt kam, und sie versuchten es weitere sieben Jahre, bevor sie Harlow adoptiert haben. Sie war erst ein Jahr alt, und ich war zwar noch klein, aber ich erinnere mich an den Tag, an dem sie sie nach Hause holten, als wäre es gestern gewesen. Auch als sie Aria vier Jahre später holten.« Er klopfte sich auf die Brust. »Ich war noch so jung, aber ich erinnere mich an diesen Druck in der Brust und wie ich zu meinem Vater gesagt hab, dass ich dachte, mein Herz wäre gewachsen, nachdem sie die beiden nach Hause geholt hatten.«

Hilfe! Du bist gerade noch anziehender geworden. »Das ist ja süß. Was hat er gesagt?«

»Er meinte, ich hätte ein großes Herz, und das wäre nur die Liebe, die sich jetzt zeigen würde, und dass ich mich daran gewöhnen sollte, weil Herzen zum Lieben da sind.«

»Klingt so, als sei er ein guter Vater. Es geht mich nichts an, aber empfindest du irgendetwas in der Art für Zoey?«

Es dauerte eine Weile, bevor er antwortete: »Ich empfinde so viel, ich weiß nur nicht so richtig, wie ich das deuten soll.«

»Heißt das, dass auch negative Gefühle dabei sind?«

»Nicht in Bezug auf sie. Sie hat sich weder ihre Eltern ausgesucht noch darum gebeten, hier zu sein.«

Sie merkte, dass mehr dahintersteckte, und fragte vorsichtig: »Negative Gefühle in Bezug auf dich?«

Wieder schwieg er kurz, was sie noch neugieriger machte. Sein Handy klingelte und er sagte: »Das rettet mich.« Er holte es heraus und zog beim Anblick des Namens auf dem Bildschirm die Augenbrauen zusammen. Als er aufstand, zeigte er auf ihren Knöchel. »Lass die Erbsen noch drauf.«

Jillian wackelte mit den Zehen. »Tut nicht mehr weh.«

»Schon witzig, was eine Tablette und Eis ausmachen. Lass es trotzdem noch ein paar Minuten drauf, bevor du auf deinen Absätzen herumstiefelst und es wieder schlimmer machst.«

»Ja, *Dad*.«

Er funkelte sie genervt an.

»Gewöhn dich lieber dran.« Sie ließ sich wieder zurück ins Sofa sinken, während er das Handy ans Ohr hob und zur Haustür hinausging.

Johnny Bad hatte offenbar wesentlich mehr gute Seiten an sich, als sie gedacht hatte.

Sieben

Kurz nach Mitternacht lag Johnny auf dem Bett, starrte an die Decke und war so frustriert, dass er wünschte, er könnte sich beim Joggen auspowern. In Anbetracht von Zoeys Verhalten, der Funken, die zwischen Jillian und ihm sprühten, und des Eiertanzes, den er permanent vollführen musste, stand er kurz davor, den Verstand zu verlieren.

Jillians Knöchel ging es bald schon besser, daher war sie vor dem Abendessen noch in die Stadt gefahren, um ein paar Sachen zu besorgen. Johnny hatte ihr eine Einkaufsliste mitgegeben, damit er die Käse-Makkaroni mit Kroketten nach dem Rezept seiner Mutter machen konnte, denn das war eines seiner Lieblingsessen als Kind gewesen. Er hatte gehofft, Zoey würde es mögen und es könnte helfen, das Eis zu brechen. Aber sie hatte nur darin herumgestochert und kaum etwas gegessen. Jillians und seine Versuche, Unterhaltungen zu führen, erwiderte Zoey nur mit Schweigen oder Ein-Wort-Sätzen. Jillian tat, was sie konnte, um ihnen zu helfen, und hatte sogar angeboten, Zoey etwas anderes zum Abendessen zu machen. Die angriffslustige Schönheit konnte ja nicht einmal kochen, aber es war ohnehin egal gewesen. Zoey hatte behauptet, keinen Hunger zu haben, und war wieder in ihrem Zimmer verschwunden. Jillian und Zoey taten ihm leid. Er hatte Jillian in diese Sache hineingezogen, und es gefiel ihm nicht, dass Zoey ihre Bemühungen nicht anerkannte, aber er konnte Zoey ihre Gefühle und ihr Verhalten auch nicht übelnehmen.

Er hatte sich bei Jillian entschuldigt, aber sie schien gut damit klarzukommen und hatte den restlichen Abend damit verbracht, ihn danach auszufragen, wie er sich seine Kostüme und die seiner Bandkollegen für die Tour vorstellte. Wie zum Teufel sollte er mit einem Kind im Schlepptau auf Tour gehen?

Einem Kind, das noch nicht einmal mit ihm sprach.

Wenn er es nicht schaffte, sein Gedankenkarussell abzustellen, würde er nie in den Schlaf finden. Er stand auf und lief hin und her, wobei er sich wie ein Löwe im Käfig vorkam. Nach dem Abendessen hatte er versucht, Gitarre zu spielen, um irgendwie abschalten zu können, aber nicht einmal damit war es ihm gelungen. Musik war immer seine Zuflucht gewesen, das, was ihm inneren Frieden verschafft hatte, aber in den letzten Jahren – und insbesondere nach dem ersten Kampf seiner Mutter gegen den Krebs – besaß auch die Musik einfach nicht mehr diese magische Kraft.

Diese dämliche Magie!

Er konnte es selbst nicht fassen, dass er Jillian und Zoey die Geschichte von Aria und der Wasserfee erzählt hatte. Seit Jahren hatte er nicht mehr an diese Zeit gedacht, und er war sich nicht einmal sicher, ob seine Familie diese Geschichte kannte. Aber Jillian hatte gar nicht mehr aufgehört, von dem Zauber des Gasthofes zu reden, und aus irgendeinem Grund war es ihm wichtig gewesen, ihr zu zeigen, dass er auch an Magie glaubte. Wie dämlich war das denn? Doch ihm war auch aufgefallen, dass Zoey ihm ganz gebannt zugehört hatte, und er hoffte, dass es vielleicht dabei half, ihre Mauern einzureißen. Aber *dazu* bräuchte er etwas mehr als ein wenig Magie.

Egal, er gab nicht auf.

Er zog sich eine Jogginghose an, hoffte, dass frische Luft ihm einen klaren Kopf verschaffen würde, und verließ sein Schlafzimmer. Beim Anblick von Zoeys verschlossener Tür wünschte er sich, er könnte es ihr leichter machen. Er ging nach unten und – *Wow!* Jillian kniete vor dem Couchtisch auf dem Boden und beugte sich über ihre Entwürfe. Sie trug die gleiche Art von hautengem Tanktop und sexy Schlafshorts wie am Morgen, nur dass dieses Ensemble schwarz war. Aus ihrem Handy war leise Musik zu hören, zu der sie ihren Hintern hin- und herschwang und mit den Schultern wackelte. Er presste die Kiefer aufeinander. *Meine Güte!* Sie war der Traum eines jeden Mannes und sie würde ihn ins Verderben stürzen.

Er zwang sich, wegzuschauen, und bemerkte gut ein Dutzend leere Verpackungen von Minischokoriegeln, die auf dem Boden herumlagen, zwei leere umgekippte Cola-Dosen und einige zerknüllte Blätter. Er ging einen Schritt auf die Tür zu und unter seinem Fuß knisterte etwas. Jillian drehte sich mit einem Schokoriegel im Mundwinkel herum. Ihr Blick wanderte über seine nackte Brust hinunter zu seinen Bauchmuskeln und verharrte nicht dort.

Nicht dein verdammter Ernst, oder? Was für eine Folter. Sein bester Kumpel zuckte unter ihrem heißen Blick und Johnny räusperte sich vernehmlich.

Sie schaute mit großen, unschuldigen Augen zu ihm auf und blinzelte hektisch, als hätte sie gerade gemerkt, dass sie ihn angestarrt hatte. »Oh, hey, hallo«, stammelte sie. »Kannst du nicht schlafen?«

»Nein. Du anscheinend auch nicht?«

Sie schüttelte den Kopf. »Ich schlafe nachts nie. Meine

Muse ist dann am lautesten.«

»Witzig. Meine auch.«

»Dann haben wir das wohl gemeinsam.« Sie stand auf und ihre Nippel zeichneten sich unter ihrem Top ab. Sie sah aus wie die süße Unschuld und die sündige Versuchung vereint in einem unwiderstehlichen sexy Päckchen.

Er verkniff sich einen Fluch. »Ist das der einzige Schlafanzug, den du mitgebracht hast?«

»Ja, in mehreren Farben. Das ist aus meiner Kollektion. Warum?« Sie sah an sich hinunter.

»Da ist nicht viel dran. Vielleicht ziehst du lieber einen Jogginganzug drüber.«

Sie verdrehte die Augen. »Passt schon, danke.«

»Allerdings«, murmelte er in sich hinein.

»Was hast du gesagt?« Sie schaute auf und biss von ihrem Schokoriegel ab.

»Nichts. Gibst du davon etwas ab, oder wie sieht's aus?«

Der Rest der Schokolade wanderte umstandslos in ihren Mund und sie grinste ihn mampfend an.

Du kleines sexy Biest. »Das war grausam.« *Und so verdammt süß.* »Ich fasse es nicht, dass du hier Schokolade hortest.«

»Hab ich gar nicht.« Sie schluckte alles hinunter. »Ich habe Chars Geheimvorrat gefunden.«

Er deutete auf ihre Entwürfe. »Woran arbeitest du?«

»Ich hatte ein paar Ideen für deine Tour-Kostüme, aber bevor ich sie dir zeige … Ich habe über Zoey nachgedacht.« Sie nahm seine Hand, führte ihn zum Sofa und setzte sich mit angezogenen Beinen neben ihn, als wären sie alte Freunde. Die Haare fielen bis über ihre Brüste und ihre Augen funkelten begeistert – so vollkommen anders als die des feuerspeienden Drachens, der in sein Penthouse gestürmt war, oder die der lusterfüllten Frau, die ihn gerade mit ihrem Blick ausgezogen hatte. »Heute Nachmittag, als du uns von Aria erzählt hast, war es Zoey, die das Gespräch in Gang gebracht hat. Sie hat Fragen gestellt, und das bedeutet, dass du zu ihr durchgedrungen bist. Das hat mich daran erinnert, wie viel es mir als Teenager bedeutet hat, wenn mein Dad etwas mit mir unternommen hat, wir also nur unter uns waren. Er hat es immer gemerkt, wenn mich etwas beschäftigt hat, und dann hat er immer so um das Thema herumgeredet, verstehst du? Er war nie zu direkt, aber irgendwann hab ich verstanden, was er sagen wollte, und hab mich besser gefühlt. Ich weiß, dass du im Moment nirgends mit Zoey hinfahren kannst, aber ihr fällt es vielleicht leichter, draußen zu reden, wo sie nicht das Gefühl hat, in einer Falle zu sitzen. Ihr könntet auf dem Grundstück spazieren gehen, oder du bittest sie, dir bei einem Projekt zu helfen? Das ist auch etwas, das mein Vater immer gemacht hat.«

»Ein Projekt?«

»Ja. Er hat mich vielleicht mal gefragt, ob ich ihm helfe, den Schuppen zu streichen, sein Auto zu waschen oder Holz für die Feuerstelle zu sammeln. Eine große Hilfe war ich ihm nicht, aber so hat er mich dazu gebracht, aus dem Haus zu kommen und zu reden.«

Wer war diese Frau, und wieso hatte er so ein Glück, dass sie genau zum richtigen Zeitpunkt in sein Leben getreten war? »Das sind gute Ideen. Ich habe mir auch den Kopf zerbrochen, wie ich zu ihr durchdringen könnte. Das ist der reinste Eiertanz, weil ich immer Angst habe, das Falsche zu sagen oder zu tun. Ich weiß, wie es ist, wenn man unter Leuten ist und sich trotzdem einsam fühlt.«

»Was meinst du?«

»Auf Tour, zum Beispiel. Du erlebst dieses Hochgefühl und

bist umgeben von Leuten, die dich toll finden und alles für dich tun. Letztendlich lieben sie jedoch deine Musik und den, für den sie dich halten. Aber sie kennen dich nicht. Zoey hat uns, und ich weiß, dass ich alles für sie tun würde, und ich denke, du hast auch gezeigt, dass du helfen willst, aber trotzdem sind wir Fremde für sie. Der Unterschied besteht darin, dass diese Leute nach einem Konzert nach Hause gehen und sich dem zuwenden, was als Nächstes auf ihrer Spaßliste steht. Aber ich gehe nirgendwohin, und egal, ob ich dazu bereit bin oder nicht, ich bin ihr Vater, und ich muss lernen, mich so zu verhalten, damit sie weiß, dass sie sich auf mich verlassen kann. Auch wenn sie mich vorerst nicht ausstehen kann. Und das bedeutet, dass ich keinen Eiertanz vollführen sollte.«

Sie sah ihn ernst an. »Es ist traurig, dass es dir auf Tour so geht, aber ich verstehe, was du meinst. Ich glaube, das ist einer der Gründe dafür, dass ich in meiner kleinen Heimatstadt bei meiner Familie geblieben bin, anstatt in eine der großen Modemetropolen wie New York oder Los Angeles zu ziehen. Denn außerhalb des ganzen Rummels sind wir mehr als das, was wir beruflich tun, und die Familie und die Leute, mit denen wir aufgewachsen sind, wissen das.«

»Du kannst von Glück sagen, dass dir das von vornherein bewusst war. Es erklärt auch, warum du so bodenständig geblieben bist.«

Sie lächelte. »Wahrscheinlich. Ich glaube, du hast recht, was den Eiertanz angeht, aber du solltest trotzdem vorsichtig mit ihren Gefühlen umgehen, und wenn du mich fragst, dann ist es auch nicht so, dass Zoey dich nicht ausstehen kann. Ich denke, sie leidet ganz einfach. Sie hat den einen Menschen verloren, bei dem sie sich immer sicher gefühlt hat, und ihre Mutter hat sich vielleicht nicht oft blicken lassen, doch jetzt hat sie sich vollkommen von ihr abgewendet. Für Zoey steht fest, dass du sie auch verlassen wirst.«

»Ich würde sie niemals im Stich lassen. Ich bin alles, was sie hat, und sie ist meine Tochter. Mein Blut. Ich bin jetzt ihr sicherer Hafen, egal, ob ich so weit bin oder nicht. Ich habe gestern Morgen mit Sicherheit ein paar miese Dinge gesagt. Ich war sauer und hatte Angst, aber ich werde einen Weg finden, es geradezubiegen und wiedergutzumachen.«

»Das wirst du, da bin ich mir sicher. Denk nur daran, dass Teenager immer einen von drei möglichen Wegen einschlagen: Sie geben sich als Engel, sie gehen uns aus dem Weg oder sie greifen an. Ich bezweifle, dass du Gefahr läufst, Zoey könnte den Engel spielen, um ihre Ziele zu erreichen. Die Aus-dem-Weg-gehen-Taktik hat sie schon bestens drauf. Das führt mich zu der Annahme, der Angriff könnte als Nächstes auf ihrer Liste stehen.«

»Sie kann mich nicht in die Flucht schlagen, indem sie wütend wird, falls du das meinst. Denn was immer sie austeilt, wird nicht halb so schlimm sein wie das, was sie in sich hineinfrisst.«

Jillian legte den Kopf zur Seite und lächelte ihn süß an. »Du bist wesentlich klüger, als ich es dir zugetraut hätte.«

»Ich bin mir nicht sicher, ob das ein Kompliment ist, aber ich weiß auch nicht, ob es stimmt. Ich habe dem falschen Menschen vertraut und er hat mich richtig verarscht. Und damit meine ich nicht nur die verlorene Zeit mit Zoey. Das ist natürlich das Schlimmste, doch Kane hat herausgefunden, dass Dick nicht nur Geld unterschlagen hat. Er hat auch ohne mein Wissen jede Menge Brücken eingerissen. Der Kerl hat Leute herumkommandiert und mich als Vorwand dafür benutzt. Anscheinend glauben alle, dass *ich* als Geschäftspartner das allergrößte Arschloch bin.«

»Äh … ja. Das hatte ich schon gehört, bevor deine Tour überhaupt für mich zum Thema wurde. Ich kann mir gar nicht vorstellen, wie sich das allein schon auf deine Geschäfte ausgewirkt hat. Mit Sicherheit hast du deswegen jede Menge draufgezahlt. Wirst du ihn verklagen?«

»Und ob! Kane kümmert sich darum, aber in dem Dreck von Dick Waller herumzuwühlen, wird ein Albtraum werden.« Mit dem Blick zur Treppe gewandt, dachte er an Zoey. »Einiges wird sich nie wieder geradebiegen lassen.«

Sie legte ihre Hand auf seine. »Vielleicht wird einiges am Ende aber auch besser sein, als es gewesen wäre, wenn du versucht hättest, gleichzeitig deine Karriere zu verfolgen und ein Vater zu sein. Du darfst nicht auf die Dinge zurückschauen, auf die du keinen Einfluss hattest, und du weißt nicht, was gewesen wäre, wenn … Wie es scheint, weiß ihre Mutter genau, wie man andere manipuliert. Ich weiß ja nur wenig über sie, aber möglicherweise haben Dicks dreiste Manöver sie davon abgehalten, dir auf noch ganz andere Art und Weise zu schaden. Man kann nie wissen, wozu die Menschen fähig sind.«

»Wie hätte es noch schlimmer kommen können, als es nun ohnehin schon ist?«

»Sie hätte dich davon überzeugen können, sie zu heiraten, als sie schwanger war, hätte dann ein paar Jahre mit dir verbracht, und dann hättest du die Hälfte von dem verloren, was du dir erarbeitet hast, und wer weiß, was noch alles.«

»Mist.« Er fuhr sich durchs Haar. »Daran hab ich nicht gedacht. Aber sie wollte Zoey nicht. Sie wollte das Geld, ohne sich mit einem Kind herumschlagen zu müssen.«

»So sieht es aus, aber wer weiß das schon? Es hätte auch ganz anders laufen können. Zumindest hast du jetzt Zoey, und ob du bereit bist oder nicht, ich glaube, das nennt man den Silberstreif am Horizont.«

»Du klingst wie meine Eltern. Die finden in jeder Situation einen Silberstreif. Ich wünschte nur, ich hätte mich von Dick nicht so zum Narren halten lassen.«

»Du kannst die Uhr nicht zurückdrehen, warum sich also darüber ärgern? Wir alle haben irgendwann einmal der falschen Person vertraut. Ich weiß, es ist nicht das Gleiche wie das, was du durchmachst, aber ich habe einen Typen gedatet, als ich auf der Modeschule war, und der hat kurz vor einer wichtigen Präsentation meine Entwürfe gestohlen.«

»Was hast du gemacht?«

»Viel konnte ich nicht machen. Sein Wort stand gegen meines. Aber ich hatte mein ganzes Leben lang darauf hingearbeitet, Modedesignerin zu werden. Das wollte ich nicht vermasseln, also hab ich es dabei belassen und etwas Besseres entworfen. Als wir unsere Präsentationen gehalten haben, konnte ich auf alle Mängel seiner Entwürfe hinweisen. Ich habe die Bestnote bekommen und er nur die zweitbeste. Und es *könnte* sein, dass er auch irgendwann mal eine Cola-Dusche abgekriegt hat.«

»Cola-Dusche? Von dir?«, fragte er gespielt ungläubig nach. »Von der Frau, die mir praktisch vorgeworfen hat, dass ich mich an junge Mädchen heranmache?«

Sie kräuselte die Nase. »Tut mir leid.«

»Schon gut. Du hättest wahrscheinlich dafür sorgen können, dass der Typ von der Schule fliegt.«

»Vielleicht, aber das hätte einen Großteil der Energie geschluckt, und ich wollte lieber mein Ziel im Blick behalten. Und außerdem dachte ich mir, dass so ein Kerl sowieso nicht lange in der Branche überlebt. Die Sache hat mich letztlich nur angetrieben, eine bessere Modedesignerin zu sein, und er hat sein Studium tatsächlich kurz darauf aufgegeben. Die Menschen können ihr wahres Ich nicht ewig verbergen, und was Dick angeht, so hat er deine Forderungen zumindest in einer Hinsicht erfüllt.«

»Und die wäre?«

»Er hat *mich* engagiert. Er hat mir erzählt, wie sehr du mit mir zusammenarbeiten wolltest.«

»*Was* hat er?« *Konnte es noch schlimmer kommen?*

»Oh je. Sollte ich das nicht wissen? Tut mir leid, aber ich bin froh, dass er es mir gesagt hat. Es hat mir unglaublich viel bedeutet, dass dir meine Arbeiten aufgefallen waren, und das war ausschlaggebend dafür, dass ich den Vertrag akzeptiert habe.«

Dick, dieses verdammte Arschloch. Er überlegte, ob er Dicks Lügen so stehen lassen sollte, aber er konnte Jillian nicht anschwindeln. Nicht nach allem, was sie schon getan hatte, um ihnen zu helfen. Doch noch wichtiger war, dass er niemanden anlügen konnte, den er mochte, mit dem er gern Zeit verbrachte und sich unterhielt. Abgesehen davon, dass sie wunderschön war, sprühte sie vor Witz und Verstand, und sie behandelte ihn wie einen ganz normalen Mann. Sie sagte, was sie dachte, und auch wenn das mitunter nervte, war es eine erfrischende Abwechslung zu den Frauen, die er normalerweise kennenlernte. Und von denen die meisten versuchten, ihn bei jeder sich bietenden Gelegenheit zu verführen. Jillian entwarf seine Kostüme, aber ansonsten tat sie, als könnte es ihr nicht gleichgültiger sein, dass er ein Rockstar war, und ihm war gar nicht klar gewesen, wie sehr er das vermisst hatte. Sie hatte die Wahrheit verdient, auch wenn es schmerzte, sie zu hören.

»Jillian, es tut mir leid, aber ich weiß nicht, wovon du redest. Ich hatte keine Ahnung, welchen Designer oder welche Designerin er engagiert hatte. In die Entscheidung war ich gar nicht einbezogen.«

»Oh.« Vor Enttäuschung erlosch das Leuchten in ihren Augen, und er wünschte, er könnte seine Worte zurücknehmen. Doch sie straffte die Schultern und ihre Widerstandsfähigkeit wurde sichtbar. »Natürlich hast nicht du die Entscheidung getroffen. Du hattest wichtigere Dinge zu tun, als dir darum Sorgen zu machen, was du trägst, wenn dich Millionen Leute auf der Bühne sehen.« In ihrem Tonfall schwang Schärfe mit. »Du hast hier ja alles unter Kontrolle. Ich denke, ich werde dann morgen zurück nach Maryland reisen.« Sie stand auf und machte sich daran, ihre Entwürfe zusammenzusammeln.

Panik machte sich in ihm breit. Er konnte sie nicht gehen lassen. Er *wollte* nicht, dass sie ging, und zwar nicht nur wegen Zoey. Er griff nach ihrer Hand. »Jillian, warte!« Er zog sie zurück auf das Sofa. »Es tut mir leid. Ich wollte dich nicht anlügen. Ich kann nichts dafür, dass ich nichts mit der Entscheidung zu tun hatte, und ich weiß nicht, wann meine Tour stattfinden wird, aber ich bin froh, dass du die Kostüme entwirfst. Bitte bleib.«

»Du hast einfach nur Angst, mit Zoey allein zu sein. Du kommst schon klar.« Sie entzog ihm ihre Hand und sammelte weiter ihre Sachen zusammen.

»Nein, ich will nicht nur deswegen, dass du bleibst.«

Sie sah ihn ausdruckslos an, was ihm ebenso einen Stich versetzte wie ihre Worte. »Tja, wegen meiner Entwürfe jedenfalls nicht. Du weißt wahrscheinlich nicht einmal, wie meine Arbeiten aussehen, und ehrlich gesagt weiß ich auch gar nicht, was ich überhaupt hier mache, nachdem du zwei Mal aus persönlichen Gründen abgesagt hast. Was immer das auch heißen mag. Ich fasse es nicht, dass ich die Einführung einer neuen Kollektion um ein ganzes Jahr verschoben hab, nur um mit dir zu arbeiten. Nie wieder werde ich mich so von meiner Eitelkeit überrumpeln lassen.«

»Ich hatte gute Gründe dafür«, murmelte er.

»Anscheinend nicht gut genug, um sie den Leuten mitzuteilen, die andere Arbeit aufgeschoben haben, damit du auf der Bühne gut aussiehst. Das sind dann wohl die berüchtigten Rockstar-Allüren, oder? Alle anderen sind egal, nur der König muss glänzen. Aber weißt du was? Meine Zeit ist *ebenso* wichtig wie deine.« Die Emotionen brachen in aller Heftigkeit aus ihr heraus. Wütend packte sie ihre Unterlagen packte und marschierte Richtung Treppe.

Mist. Er hatte keine andere Wahl, als ihr die Wahrheit zu sagen, wenn er nicht wollte, dass sie ging. Er stand auf und wappnete sich gegen seinen inneren Schmerz, der es so schwer machte, das Geheimnis preiszugeben, das er gehütet hatte, um seine Familie zu schützen. »Ich habe abgesagt, weil meine Mutter Krebs hatte.«

Jillian blieb abrupt stehen, als ihre eigenen verletzten Gefühle von dem Schmerz in Johnnys Stimme überlagert wurden.

»Niemand weiß davon.« Er klang schroff. »Wir konnten es für uns behalten, und mir wäre es lieb, wenn es auch so bleibt.«

Sie drehte sich um, und die Traurigkeit, die sich in ihr ausbreitete, spiegelte sich in seinen Augen wider. »Ich würde niemals etwas sagen. Geht es ihr gut?«

»Im Moment ja, beziehungsweise es geht ihr besser. Sie

hatte eine zweite Erkrankung und wird noch immer behandelt.«

»Oh, Johnny. Es tut mir so leid.« Sie legte die Entwürfe wieder auf den Couchtisch und trat zu ihm. »Wie geht es dir? Ich wäre vollkommen durch den Wind, wenn das meiner Mom passieren würde.«

»Dann ist das wohl noch etwas, das wir gemeinsam haben.« Sie setzten sich beide wieder, und er stützte sich mit den Ellbogen auf seinen Knien ab, wie er es im Flugzeug getan hatte, und rang die Hände. »Wenn ich sage, ich war vollkommen durch den Wind, ist das eine Untertreibung.«

»Verständlich. Du hast gesagt, es geht ihr im Moment gut. Was bedeutet das?«

Ein tiefer Seufzer entwich ihm. »Es bedeutet genau das: *im Moment.* Beim ersten Mal hatte sie einen neuroendokrinen Tumor, der recht selten ist und unentdeckt bleiben kann, bis es zu spät ist. Er kann überall im Körper auftreten, und er wird für gewöhnlich nur durch Zufall gefunden. Bei meiner Mutter war es so. Sie hatte Magenprobleme und hat abgenommen, hat sich aber nichts dabei gedacht. Bis zu dem Zeitpunkt, als sie in der Küche umgekippt ist. Dann wurde eine Reihe von Untersuchungen gemacht und in ihrem unteren Darmbereich ein Tumor gefunden.«

Jillian spürte den Kloß in ihrem Hals. »Du hattest bestimmt entsetzliche Angst.«

»Noch nie im Leben hatte ich so eine Angst.« Er schwieg kurz, die Zähne fest aufeinandergepresst. »Ständig hört man von Leuten, die Krebs haben, aber wenn es jemanden trifft, den man liebt, dann nimmt es einen ganz anders mit. Wir haben das schon einmal mitgemacht. Wir haben unsere Cousine durch Leukämie verloren, als sie erst acht Jahre alt war, und diese grauenhafte Erfahrung brach mit der Diagnose meiner Mom wieder über uns herein. Plötzlich stand es im Raum: Mom könnte *sterben*.« Seine Stimme versagte.

Sie legte ihre Hand auf seine und spürte seinen Schmerz. »Ich kann mir nicht vorstellen, was das für ein Gefühl sein muss, aber ich habe gehört, was mit Lorelei passiert ist. Ich kenne deinen Cousin Brett. Seine Frau Sophie ist mit Grahams Frau Morgyn und ihren Schwestern in Oak Falls aufgewachsen. Ich habe sie ein paar Mal getroffen, und Sophie hat mir erzählt, was Brett mit seiner Schwester durchgemacht hat. Es ist schrecklich. Sie war noch so klein.«

Er räusperte sich und nickte. »Die ganze Sichtweise aufs Leben und das, was wirklich wichtig ist, ändert sich, wenn man jemanden verliert, und wenn jemand, den du liebst, die Diagnose einer möglicherweise tödlichen Krankheit erhält, dann trifft es dich wieder knallhart. Bisher hatten wir bei meiner Mutter Glück. Beim ersten Mal wurde sie operiert und der Krebs konnte vollständig entfernt werden. Alles sah gut aus. Sie hat die Chemo über sich ergehen lassen und das war ziemlich hart. Ihr sind die Haare ausgefallen, und sie hat sich nicht gut gefühlt, aber sie blieb immer optimistisch, zumindest in unserem Beisein. Ihre erste Untersuchung danach war ohne Befund und ihr ging es gut. Sie hat mich ermutigt, neue Termine für die Tour zu machen, und Dick saß mir im Nacken, um meine Fans zufriedenzustellen, also haben wir ein neues Datum für den Tour-Beginn festgelegt. Doch wenige Monate später wurde wieder ein Tumor gefunden, da habe ich die Tour ein zweites Mal abgesagt. Die Tumorzellen befanden sich in ihrem Darm. Bei der Biopsie stellte sich heraus, dass es dieses Mal kein neuroendokriner Tumor war, aber sie hatte Darmkrebs.«

»Ach, du meine Güte«, sagte sie leise. »Das ist grauenhaft.«

»Ja, es ist mies«, brummte er. »Aber er wurde früh entdeckt und Darmkrebs ist heilbar. Sie macht wieder eine Chemo und der Tumor wird kleiner. Wenn es gut läuft, ist für Januar eine Operation geplant, und ihre Ärzte sind zuversichtlich, dass sie wieder krebsfrei sein wird. Deshalb hat sie mich gedrängt, die Tour nicht weiter aufzuschieben. Ich wollte nicht, aber ich hab auch gesehen, dass ich sie einem enormen Stress aussetze, wenn ich die Tour weiter aufschiebe. Deshalb haben wir für nächsten Sommer, nach ihrer Operation, neue Termine festgelegt.«

»Wenn die Ärzte zuversichtlich sind und deine Mom dich ermutigt, dich wieder um deine Karriere zu kümmern, dann sind das doch gute Zeichen, oder?«

»Ja. Aber neuroendokrine Tumore können überall und jederzeit wieder auftauchen, ohne jegliche Vorwarnung, wie ich schon sagte. Also auch wenn die Operation gut verläuft, wird sie weiterhin ständig Untersuchungen machen lassen und jedes Mal voller Angst die Ergebnisse abwarten müssen. Wir alle.«

Sein Schmerz war so greifbar, dass Jillian seine Hand drückte und das Gefühl hatte, endlich dem wahren Johnny Bad zu begegnen. Dem, der als herzensguter Junge aufgewachsen war, der sich liebevoll um seine Schwester kümmerte, der zur Musik-Ikone geworden war, zwei Mal fast seine Mutter verloren hatte, und der gerade in einer Phase war, in der er nicht wusste, ob sie gesund werden würde. Und dann hatte auch noch Zoey plötzlich vor seiner Tür gestanden.

Und ich bin im vollen Zicken-Modus in dein Leben gestürmt.

»Das mit deiner Mom tut mir leid, und auch das, was ich über deine Rockstar-Allüren gesagt habe. Bei allem, was du für Zoey tust, war es nicht fair, so etwas zu sagen, unabhängig von dem, was du mir über deine Mutter erzählt hast. Aber ich war verletzt und hab mich voll danebenbenommen. Das hast du nicht verdient. Entschuldige bitte.«

»Jillian, du solltest dich nicht bei mir entschuldigen. Du bist hier, weil ich dich dazu gezwungen habe. Du hast jedes Recht, sauer zu sein, und was meine Allüren angeht, hattest du auch irgendwie recht. Es gibt verschiedene Arten von Ruhm. Im Rampenlicht zu stehen, ändert alles, und ich wurde berühmt, als ich nur ein Jahr älter war als Zoey jetzt.« Er atmete laut aus. »Kommt mir vor, als wäre das eine Ewigkeit her. Ich hatte das Gefühl, erwachsen zu sein und so viel mehr zu wissen als alle anderen, dabei war ich nur ein dummer Junge mit guten Genen und ein bisschen Talent. Ich hatte keine Ahnung, wie ich mit beidem umzugehen hatte. Schon als Teenager musste ich nur mit den Fingern schnipsen, und überall auf der Welt machten die Leute, was ich wollte, und schöne Mädchen schmissen sich mir an den Hals. Ich war lange Zeit ein richtiges Arschloch, das sich selbst und seine Karriere über alle anderen gestellt hat.«

Seine Emotionen waren so unverstellt und ehrlich, dass sie am liebsten in die Vergangenheit gereist und ihn vorgewarnt hätte. »Einschließlich deiner Familie?«

Reue war in seinem Gesicht zu erkennen, aber er wandte den Blick nicht ab. »Kaum zu glauben, dass ich dir das erzähle, aber ja. Manchmal. Allerdings wird es irgendwann langweilig, die Hauptattraktion zu sein, und kurz vor meinem dreißigsten Geburtstag hatte ich die Clubs, die Paparazzi und die Erwartungen, die alle an mich stellten, so satt, dass ich mir sagte, zur Hölle damit, und ich habe aufgehört, so ein öffentliches Leben zu führen. Viereinhalb Jahre später bin ich froh darüber. Ich kann mir nicht vorstellen, wie es wäre, wenn all das, was meine Familie mit meiner Mutter durchstehen muss, im Internet breitgetreten werden würde. Wir haben Glück gehabt und meine Trennung war auch hilfreich.«

»Deine Trennung von Ramona Sisco, dem Model? Warst du nicht ein Jahr oder so mit ihr zusammen?«

»So in etwa, aber durch unseren vollen Terminkalender war es eher eine Fernbeziehung. Ich hab nicht einmal das Gefühl, sie so gut gekannt zu haben.«

»Habt ihr euch deswegen getrennt?«

»Nein. Klingt wie eine Ironie des Schicksals, aber sie wollte sesshaft werden und eine Familie gründen, und ich nicht.«

Fast hätte sie darauf nichts erwidert, aber sie fühlte sich so zu ihm hingezogen, dass sie wissen wollte, wie er zu Ramona stand. »Wenn du alles mit Zoey in die richtigen Bahnen gelenkt hast, kannst du diese Beziehung ja noch mal überdenken.«

»Nein danke. Sie war großartig, aber nicht der Mensch, neben dem ich den Rest meines Lebens aufwachen möchte.«

Wahrscheinlich hätte sie sich nicht darüber freuen sollen, doch sie tat es dennoch. »Du hast gesagt, eure Trennung war hilfreich. Inwiefern?«

»Wir haben die Sache ein paar Wochen vor der ersten Absage meiner Tour beendet, und damit war es einfacher, die Presse glauben zu lassen, ich hätte private Probleme. Die gingen davon aus, dass ich an gebrochenem Herzen leide, und haben nicht nach anderen Gründen gesucht, während ich in Wahrheit einfach nur bei meiner Mutter sein wollte. Ich wusste nicht, wie viel Zeit mir noch mit ihr blieb, und sie hatte den schwersten Kampf ihres Lebens vor sich.«

»Aber ihre Krankheit macht dir noch immer zu schaffen, und es klingt nicht so, als hättest du mal Zeit zum Durchatmen gehabt. Warum warst du einverstanden, die Tour wieder zu planen, anstatt dir noch mehr Zeit zu geben? Nur weil deine Mom es wollte?«

»Besitzt du einen Röntgenblick oder so? Die meisten Leute

würden meinen Vorwand für bare Münze nehmen.«

»Tut mir leid. Wahrscheinlich hätte ich Detektivin werden sollen, mein Hirn funktioniert einfach so.«

Er lachte leise. »Ich bin froh, dass du keine Detektivin bist, denn dann hätte ich dich niemals kennengelernt.«

Sein Blick tauchte tief in ihren ein, und sie hätte schwören können, dass sie spürte, wie sich die Fäden seiner Offenbarungen um sie beide legte und sie aneinanderband.

»Ehrlich gesagt, ich hab mich schuldig gefühlt, weil ich meine Bandkollegen im Stich gelassen hab, aber das war nichts im Vergleich zu dem Druck, den Dick mir gemacht hat. Rund um die Uhr hat er mir damit in den Ohren gelegen, dass ich die Tour machen soll. Jetzt weiß ich, dass er das gemacht hat, weil er Versprechen gegeben hatte, die er nicht halten konnte, und er wollte noch mehr Geld rausholen.« Sein Gesichtsausdruck wurde sanfter. »Es tut mir wirklich leid, dass ich deinen Terminplan über den Haufen geworfen hab, Jillian. Irgendwie bin ich ein Arschloch, aber ich würde gern behaupten, dass ich nicht *so* ein großes bin.«

»Schon gut. Du hast so viel durchgemacht. Ich habe ein schlechtes Gewissen, dass ich dich das ganze letzte Jahr Johnny Arschgesicht genannt hab.«

Er lachte leise auf. »Im Ernst?«

»*Vielleicht.*« Sie griff nach dem letzten Schokoriegel, nahm einen Bissen und dachte über das nach, was er ihr gebeichtet hatte. »Ich bin wirklich froh, dass du mir genug vertraust, um mir die Wahrheit zu erzählen. Das erklärt vieles und ich danke dir für deine Ehrlichkeit.«

»Ich weiß nicht, was du an dir hast.« Er strich mit dem Zeigefinger über ihre Hand und die intime Berührung sorgte sofort für eine Gänsehaut. »Normalerweise ist es mir egal, was die Leute von mir denken, aber bei dir ist es irgendwie anders. Ich will nicht, dass du mich für einen Mistkerl hältst.«

Die Art, mit der er sie ansah, als hätten seine Worte eine tiefere Bedeutung, und das sanfte Streicheln seines Fingers verursachte ein Kribbeln in all den vereinsamten Regionen ihres Körpers. So wie in dem Moment, als er nach unten gekommen war und sie überrascht hatte. Ihn mit freiem Oberkörper zu sehen, mit der tiefsitzenden Jogginghose, die diese verlockenden Muskeln betonte, die unter dem Bund verschwanden und wie ein Pfeil auf sein … *Omeingott! Was stimmt denn mit mir nicht?* Er hatte ihr gerade seine persönlichsten Geheimnisse anvertraut und was machte sie? Sie interpretierte seine Handlungen falsch und dachte an unanständige Dinge, die sie gern mit ihm tun würde, anstatt ihn zu trösten.

Er schaute sie an, als warte er auf eine Antwort, doch sie war jetzt einfach nur verwirrt. »Ich halte dich nicht für einen Mistkerl, und ich bin nicht gut im Trösten, aber nach allem, was du gesagt hast, hab ich das Gefühl, ich sollte dich in den Arm nehmen oder so.«

»Du bist einfach zu süß.« Er breitete die Arme aus. »Lass dich nicht aufhalten.«

Sie umarmte ihn, atmete ihn ein und wollte einfach nur noch mehr von dem Mann, der ihr gerade sein Innerstes offenbart hatte. Und zum ersten Mal überhaupt wünschte sie sich, sie hätte mehr Talent für dieses Herzliche, Wohlige in einer Beziehung.

Er drückte sie noch fester an sich. »Unterschätz dich nicht. Du bist genau das, was ich brauche. Du hörst zu, machst Vorschläge und kriechst mir nicht in den Arsch.«

»Ich habe ein Händchen dafür, brutal ehrlich zu sein.« Sie löste sich von ihm und schob sich den Rest des Schokoriegels in den Mund, bevor so etwas wie *Und im Moment möchte ich dich wirklich gern küssen* aus ihr herausplatzte.

»Wie wär's, wenn du mal etwas von der Schokolade abgeben würdest? Ich hätte große Lust, ein wenig zu *naschen*.«

Das *Naschen* kam so leise und verführerisch und glich einer Einladung. Er legte die Hand an ihre Wange und strich mit dem Daumen über ihren Mundwinkel. Seine Hand war heiß, in seinen Augen loderten die Flammen. Ihre Nerven fingen Feuer. Bildete sie sich das alles ein oder hatte sie sein Verhalten doch nicht falsch gedeutet? Sie wappnete sich für einen Kuss, doch gerade als sie die Augen schließen wollte, hielt er den Daumen in die Höhe und zeigte ihr die Schokolade, die er abgewischt hatte. Verlegenheit packte sie, während er sich genüsslich die Schokolade vom Daumen leckte. Sie atmete langsam aus. Noch nie war sie sich so albern vorgekommen.

Sie stand auf, um ihn nicht ansehen zu müssen, und plapperte nervös drauflos. »Ich hole dir einen Riegel. Auch wenn ich so das Gefühl habe, dass du keine Probleme damit hast, deine Naschsucht zu befriedigen.« Sie ging zum Kamin, und als sie in das Glas auf dem Sims griff, nahm sie ihn hinter sich wahr, spürte seine Körperwärme schon, bevor sich seine Arme um ihre Taille legten, seine Bartstoppeln über ihre Wange strichen und er ein Kribbeln durch ihren ganzen Körper jagte.

»Mit einem so klugen Mund«, raunte er ihr ins Ohr, »und einem wie für die Lust geschaffenen Körper …« Eine heiße Hand glitt an ihrem Bauch hinauf und hielt kurz vor ihren Brüsten inne, als die andere sich auf ihren unteren Bauch legte. »Kann ich mir nicht vorstellen, dass du Probleme hast, deine zu befriedigen.«

Sie schloss die Augen, während ihr Körper nach mehr bettelte und ihr Verstand kaum noch funktionierte. »Woher willst du wissen, wofür mein Körper geschaffen ist?«, hauchte sie.

»Eine Frau, die so selbstbewusst ist, dass sie in einem solchen aufreizenden Outfit herumrennt, weiß ganz genau, wozu sie fähig ist.« Seine Fingerspitzen strichen über ihre Brust und ihr stockte der Atem. Er küsste ihren Hals. Seine Lippen waren weich, verführerisch warm und entlockten ihr ein Stöhnen. Er küsste sie weiter, seine Zunge glitt über ihre Haut und löste einen pulsierenden Schmerz zwischen ihren Beinen aus. »Sag mir, dass ich dich falsch verstanden habe, Jilly, und ich höre auf.«

Seine Bartstoppeln kratzten an ihrer Wange, während seine Hände besitzergreifend auf ihrem Bauch lagen und sie fest an seinen harten Körper drückten. Sie spürte jeden einzelnen göttlichen Zentimeter von ihm. Sein Herzschlag an ihrem Rücken und sein heißer Atem, der über ihren Hals strich, zogen sie noch mehr in seinen Bann. Das hier war verrückt. Noch nie hatten Worte und Küsse sie so erregt. Sie war mit genügend Männern zusammen gewesen, um zu wissen, dass sie nie das bieten konnten, was sie im Schlafzimmer erleben wollte. Sie wollte glühende Leidenschaft, eine gewisse Derbheit, Humor und jede Menge unanständige Worte. So sehr sie hoffte, dass er sie nicht enttäuschte, so wusste sie doch, dass es wahrscheinlich so kommen würde. Aber sie fühlte sich so zu ihm hingezogen, dass sie nicht aufhören wollte, und als diese warmen, perfekten Lippen wieder ihren Hals streichelten und seine Hände nur Zentimeter von ihren bedürftigsten Stellen entfernt waren, spürte sie, dass sie feucht wurde, und konnte sich nicht zurückhalten. »Jetzt berühr mich endlich.«

Es kam einem Flehen ebenso gleich wie einer Forderung, und er vergeudete keine Zeit. Seine Zähne gruben sich in ihren Hals, während eine Hand unter ihr Top glitt und die andere in ihre Shorts und unter ihren Tanga. Er reizte ihren Nippel und ihre Perle so berauschend perfekt, dass sie kaum mehr tun konnte, als sich an ihm festzuklammern, während die Wogen der Lust über sie hereinbrachen.

»Oh, oh …«, keuchte sie. »Hör nicht auf.«

»Wir fangen gerade erst an.« Er stöhnte knurrend an ihrem Hals, und seine Hand schob sich tiefer, bis seine Finger in ihre feuchte Mitte drückten. »Ah … du bist so feucht für mich. Gib mir deinen sexy Mund.«

Sie drehte ihr Gesicht zu ihm und sein Mund prallte auf ihren, küsste sie grob und gierig, während er ihren Nippel knetete und mit den Fingern tief in sie eindrang. Sein Mund war gnadenlos, seine Berührungen gekonnt. Überwältigende Empfindungen loderten in ihrem Innersten, breiteten sich wie ein Flammenmeer über ihre Brust und in ihren Gliedmaßen aus – heiß, stechend und durchdringend. Der in ihr steigende Druck ließ sie kaum atmen. Sie ging auf Zehenspitzen und packte ihn an den Schultern, um irgendwie eine Kontrolle zu erlangen, bis sie schließlich die Hände in seine Haare krallte und mit dem leidenschaftlichsten Stöhnen belohnt wurde, das sie je gehört hatte.

»Ich kann es nicht abwarten, in dir zu sein«, knurrte er.

Sein Daumen massierte ihre empfindlichsten Nerven mit hypnotisierenden Kreisen, während seine langen Finger über den versteckten Punkt in ihr strichen, sodass sie nur noch zu hektischen Atemzügen imstande war.

»Genau so, Baby. Komm nur.« Er legte seinen Mund auf ihren Hals und saugte so fest, dass ihr fast schwarz vor Augen wurde und sie von einer Woge der Lust erfasst wurde. Die Welt um sie herum verschwand und ihre Schreie waren nicht aufzuhalten. Wieder eroberte er ihren Mund. Er zauberte so gekonnt, dass sie sich in den prickelnden Empfindungen verlor, die in ihr wüteten und sich zu einem ekstatischen Blitz erhoben, bis sie in einem Crescendo heftigster Explosionen mündeten.

Ihr Körper zog sich zusammen und bebte und Johnny schluckte ihre lustvollen Laute. Als die Welt um sie herum wieder Konturen annahm, zog er seine Finger zurück und drehte sie in seinem Arm herum, während die wohligen Schauer noch in Wellen durch sie hindurchflossen.

»Das war …« Sie rang nach Luft und suchte in ihrem von der Lust benebelten Hirn nach den richtigen Worten.

»Unglaublich. *Du* bist verdammt noch mal unglaublich.«

Er küsste sie noch einmal, qualvoll langsam und unmöglich intensiv, sodass ihre ohnehin bereits weichen Knie vollends nachgaben. Er lächelte an ihren Lippen, als er sie hochhob und ihre Beine um seine Taille legte. Die Hand glitt unter ihre Shorts, hin zu ihrem nackten Hintern, und ein tiefes Knurren entwich ihm. Dieser Laut, die Hitze seiner Hände, seine Fingerspitzen, die über ihre nasse Mitte strichen … Sie wollte unbedingt mehr. Es war ihr egal, wie verrückt das hier war und dass sie sich kaum kannten. Sie war noch nie so erfüllt gewesen von einem Verlangen, das förmlich aus allen Poren triefte.

Er wich mit dem Kopf etwas zurück und seine Augen waren dunkel wie die Nacht. »Ich muss dich mit meinem Mund lieben.«

»Oh, ja! Aber nicht hier unten.«

»Das war auch mein Gedanke, Baby.« Er trug sie nach oben und hielt nach wenigen Stufen immer wieder an, um köstliche Küsse einzufordern. »Du machst auf gefährliche Art süchtig.«

Seine Worte brannten sich durch sie hindurch. Oben angekommen, wurden ihre Küsse ungestüm und drängend. »Mein Zimmer, das ist weiter von Zoeys entfernt«, stieß sie hervor und beide schauten den Flur entlang zu Zoeys Schlafzimmer. Die Tür stand auf und beide erstarrten. Er zog die Augenbrauen zusammen, setzte Jillian ab und nahm – auf mittlerweile vertraute Art – ihre Hand, um nach Zoey zu schauen.

Zoeys Zimmer war leer. »Sie ist wahrscheinlich im Bad«, sagte Jillian, bevor sie den Flur entlang auf die geschlossene Badezimmertür zugingen.

»Zoey?«, fragte Johnny. Nichts. Er klopfte. »Zoey? Alles in Ordnung?« Voller Sorge sah er Jillian an.

»Zoey? Geht es dir gut, mein Schatz?« Als sie nicht antwortete, geriet Jillians Herz ins Schlingern. Sie drehte am Türknauf. »Abgeschlossen.«

»Geh zur Seite.« Johnny drehte sich herum, um seine Schulter zum Einsatz zu bringen.

»Nein, warte! Beau hat immer einen Schlüssel auf dem Türrahmen.«

Er fand den Schlüssel über der Tür und öffnete sie. Das Bad war leer und das Fenster stand offen. »Mist.«

Außen an der Hauswand unterhalb des Fensters befand sich ein Spalier. Jillians Magen spielte verrückt.

»Verdammt!« Die Sorge in seiner Stimme war stärker als die Wut. »Ich muss sie finden.«

»Ich zieh mich an und ruf Beau an. Er wird uns beim Suchen helfen.«

Acht

»Zoey!«, brüllte Johnny, während er mit der Taschenlampe hin- und herleuchtete und den Wald absuchte. Das Herz schlug ihm bis zum Hals und die grauenhaftesten Gedanken schossen ihm durch den Kopf. Wenn ihr irgendetwas zustieß, würde er es sich nie verzeihen.

In der Ferne hörte er, wie Jillian und Charlotte nach Zoey riefen. Beau suchte mit dem Pick-up auf der Hauptstraße. Die Wälder und Wiesen dehnten sich kilometerlang aus und sie konnte in alle Richtungen gelaufen sein. Johnny hatte versucht, Zoeys Handy anzurufen und Nachrichten zu schreiben, doch eine Computerstimme hatte ihm mitgeteilt, dass die Nummer nicht mehr vergeben war. Ihre verdammte Mutter musste sie abgemeldet haben. Er fragte sich, wann sie das wohl getan hatte, und ihm fiel ein, dass er Zoey am Nachmittag gar nicht mit ihrem Handy gesehen hatte.

War sie deshalb weggerannt? Ihr ganzes verfluchtes Leben war ihr genommen worden. Das genügte als Grund. Wer weiß? Vielleicht hatte sie jemanden bestellt, der sie abholen sollte, bevor das Handy abgeschaltet worden war. Das war ziemlich weit hergeholt, zumal sie keine Kreditkarte hatte, um eine Fahrt zu bezahlen, und keine Menschenseele in Colorado kannte.

Doch was wusste er denn schon wirklich über sie, außer dem, was Dick ihm erzählt hatte und was er in den letzten achtundvierzig Stunden von Kane erfahren hatte? Kane hatte mit ihren Lehrern und Nachbarn gesprochen, und wie es schien, war Zoey ein toughes, aber gutmütiges Mädchen, das von seiner Großmutter über alles geliebt worden war. Allerdings war sie eher eine Einzelgängerin und hatte nur wenige Freunde, und genau deshalb war die Gefahr noch größer, dass sie eine Dummheit beging.

Wie zum Beispiel, sich zu einem Fremden ins Auto zu setzen.

Mist. Er ballte die Hände zu Fäusten. Eine Dreiviertelstunde suchten sie jetzt schon, also machte er sich auf den Rückweg zum Haus, da sie vereinbart hatten, sich nach einer Stunde miteinander zu besprechen.

Als er aus dem Wald kam, sah er, wie Beau aus dem Pick-up stieg und Charlotte in seine Arme zog. Jillian rannte Johnny entgegen und mit ihr kam eine Woge des schlechten Gewissens – Hatte Zoey gesehen, wie sie herumgemacht hatten? War sie deshalb abgehauen? – und unendliche Dankbarkeit dafür, dass Jillian hier bei ihm war.

»Wir haben nirgends eine Spur von ihr gefunden«, sagte sie besorgt. »Bandit ist losgerannt, und wir dachten, er hätte sie vielleicht gewittert, aber er war so schnell, dass wir ihn verloren haben. Char glaubt, dass er eher einem Fuchs oder so hinterhergejagt ist. Hast du irgendetwas entdeckt?«

»Nein.«

»Sollten wir die Polizei anrufen?« Tränen stiegen ihr in die Augen. »Ich weiß, dass damit deine Deckung auffliegt, aber es geht um Zoey.«

»Mir ist scheißegal, was mit mir passiert«, fuhr er sie an und bereute es augenblicklich. »Tut mir leid, ich bin nur … Sie ist vierzehn, und sie ist ganz allein da draußen. Wenn es sein muss, ruf ich die verdammte Nationalgarde, um sie zu finden, aber lass uns erst mal sehen, was Beau sagt.« Er schaute zu ihrem Bruder, der zu ihnen kam. »Irgendwas Neues?«

»Nein, und wir sind so weit abgelegen, da ist nicht viel Verkehr auf den Straßen. Wenn sie da draußen wäre, hätte ich sie gefunden«, sagte Beau.

»Es sei denn, jemand anderes hat sie zuerst gefunden«, murmelte Johnny, den der Gedanke ganz krank machte. Seine Hände waren noch immer verkrampft zu Fäusten geballt. »Wenn sich jemand an ihr vergriffen hat, bring ich den verdammt noch mal um.«

»Das ist hoffentlich nicht der Fall«, sagte Beau ernst. »Wir haben hier ein riesiges Gelände abzusuchen, bevor wir irgend-welche anderen Schlüsse ziehen. Außerdem haben wir Freunde auf der Redemption Ranch, denen wir vertrauen können, und die haben ein Auge auf alle unschönen Dinge, die hier in der Gegend passieren. Wir können sie bitten, auch nach ihr zu suchen. Wenn sie jemand mitgenommen hat, dann finden sie sie.«

»Gute Idee! Nur für den Fall«, stimmte Jillian ihm zu.

»Was ist die Redemption Ranch?«, fragte Johnny.

»Dort ist jetzt auch Jordans Schwester Sully«, sagte Jillian.

»Es ist nicht weit weg von hier. Sie retten Pferde und geben ihnen – und auch einigen Menschen – eine zweite Chance«, erklärte Charlotte. »Sie stellen entlassene Häftlinge und ehemalige Drogenabhängige ein, denen eine Reihe von Therapeuten helfen, einen Weg in ein besseres Leben zu finden.«

»Und noch wichtiger ist«, fügte Beau hinzu, »dass es von

einer Familie geführt wird, die Mitglied im Dark Knights Motorradclub ist. Den Club gibt es im ganzen Land und das Hope Valley Chapter sorgt seit Jahrzehnten für Sicherheit hier in der Gegend. Sie arbeiten effizient und diskret.«

»Sully wurde mithilfe des Netzwerks der Dark Knights gefunden«, erklärte Jillian.

Zwanzig Jahre war sie wie vom Erdboden verschluckt gewesen. Johnny konnte sich nicht vorstellen, dass Zoey einfach so verschwinden würde. Sorge übermannte ihn und er fasste sich mit beiden Händen an den Kopf. »Wie kann das sein?« Er ließ die Hände fallen und tigerte auf und ab. »Ich hatte eine einzige Aufgabe. Aufzupassen, dass sie in Sicherheit ist. Und ich hab's vermasselt. Ich hätte Bodyguards mitnehmen sollen. Ich hätte jede Sekunde bei ihr bleiben müssen, egal wie sehr sie sich dagegen gesträubt hätte.«

Jillian nahm seine Hand. »Johnny, es ist nicht deine Schuld. Du kannst nicht bei ihr sein, wenn sie eigentlich schlafen sollte. Wir werden sie finden.«

»Ich glaube nicht, dass sie das Grundstück verlassen hat«, sagte Charlotte. »Das macht einem jungen Mädchen Angst. Als ich in ihrem Alter war, habe ich mich immer in der Scheune oder einem anderen Nebengebäude versteckt. Zur Hauptstraße zu gelangen, hätte ich gar nicht versucht. Das ist wirklich ein weiter Weg, noch dazu im Dunkeln. Habt ihr beim Hühnerstall und in den anderen Nebengebäuden gesucht?«

»Ja.« Johnny ging immer noch auf und ab. »Da habe ich zuerst geguckt.«

»Ich wünschte, wir würden sie besser kennen, um einschätzen zu können, wie sie denkt«, sagte Jillian.

»Ich auch.« Als Johnny das aussprach, fiel ihm ein, was Jillian darüber gesagt hatte, dass er am Bach endlich zu Zoey durchgedrungen war. »Wartet mal! Der Bach! Vielleicht ist sie dorthin gegangen, um sich etwas zu wünschen. Ziemlich weit hergeholt, und ich weiß nicht einmal, ob sie ihn im Dunkeln finden würde, aber es ist einen Versuch wert.« Er sah Jillian an. »Glaubst du, du könntest mich dort hinbringen?«

»Ja. So schwer ist es nicht, wenn man weiß, wo man hin-will«, sagte Jillian.

»Beau, kannst du mit Char hierbleiben, für den Fall, dass Zoey zurückkommt?«

»Na klar«, sagte er.

»Danke. Wenn wir sie nicht finden, sollten wir wohl deine Freunde anrufen.« Johnny drückte Jillians Hand. »Lass uns direkt aufbrechen.«

Der Lichtstrahl ihrer Taschenlampen erleuchtete den Wald, während Jillian durchs Gebüsch rannte und vor sich hin sprach: »Dicker Baum, großer Busch, Felsbrocken …« Johnny erinnerte sich daran, dass sie das auch gemacht hatte, als sie am Tag zurück zum Haus gegangen waren, und ihm wurde klar, dass sie Orientierungspunkte am Weg benannte. Eine Hoffnung keimte in ihm auf, dass Zoey es vielleicht ebenfalls bemerkt und sich daran erinnert hatte, aber gleichzeitig überkam ihn wieder die Angst, dass sie sie nicht finden würden.

Als sie schon tief in den Wald vorgedrungen waren, wurde Jillian langsamer und richtete den Lichtstrahl ihrer Taschen-lampe auf den Boden. Sie legte die Hand auf Johnnys Lampe und drückte sie auch hinunter.

»Was ist los?«, er sah sich um. All seine Sinne waren ge-schärft.

»Wir sind fast am Bach«, flüsterte sie. »Wenn sie dort ist, wollen wir ja nicht, dass sie Angst bekommt oder wegrennt.«

»Guter Gedanke.« Er knipste seine Taschenlampe aus und

nahm ihre Hand. So vieles gab es darüber zu sagen, was zwischen ihnen passiert war, doch das musste warten. »Du gehst vor.«

Sie hielt seine Hand ganz fest, und mit ihrer auf den Boden gerichteten Lampe näherten sie sich dem Bach. *Bitte sei dort. Sei bitte verdammt noch mal dort.* Sobald der Bach in Sichtweite war, glitt sein Blick über das Ufer, voller Hoffnung, dass er sie entdecken würde. Sein Herz hämmerte heftig, als er in die vom Mond schwach beleuchtete Dunkelheit spähte, den steinigen Boden absuchte und zwischen Bäumen und Büschen hindurchsah, doch je länger er sich umschaute, umso lauter wurde die Furcht.

Er kämpfte gegen die Emotionen an, die ihm den Hals zuzuschnüren schienen, und sagte: »Sie ist nicht hier. Wo zum Teufel steckt sie nur?«

»Lass uns weitergehen.« Jillian drückte seine Hand, ging noch tiefer in den Wald hinein, parallel zum Bachlauf. Sie marschierten lange, und plötzlich blieb sie stehen und drehte sich herum. Tränen glitzerten in ihren Augen, als sie vor sich nach rechts deutete.

Etwas entfernt waren zwei Silhouetten auszumachen. Ein Hund und ein Mädchen, das auf einem Felsbrocken saß. Die Knie hatte sie an die Brust gezogen, die Arme darum geschlungen und die Stirn auf die Knie gelegt. Der Mondschein schimmerte auf der Kapuze ihres Sweatshirts, die sie sich über den Kopf gezogen hatte, aber Johnny wusste auch so, dass es Zoey war. Er fühlte es tief in seinem Herzen und die Erleichterung überkam ihn mit aller Wucht. Er schaute zum Himmel auf, und die Tränen brannten ihm in den Augen, als er Jillian in seine Arme zog, sie ganz fest hielt und sich die Erlösung wie ein Mantel um sie beide legte.

Er schaute zu ihr hinab und flüsterte: »Macht es dir etwas aus, wenn ich diesen Teil allein übernehme?«

»Natürlich nicht. Findest du den Weg zurück?«

»Ich denke schon. Ich schreib dir, wenn wir uns verirren.« Er dachte nicht darüber nach, was er tat, als er seine Lippen auf ihre drückte und sich einem Kuss voller Erleichterung, Dankbarkeit und anderer Gefühle hingab, deren Bandbreite er noch gar nicht entschlüsseln konnte. »Danke.«

Er atmete tief durch und ging so vorsichtig wie möglich auf Zoey zu, wobei die Äste und das Laub unter seinen Füßen dennoch knackten und raschelten. Bandit stellte die Ohren auf und Zoey hob den Kopf, um mit aufgerissenen Augen den Wald abzusuchen.

»Ich bin's, Johnny«, rief er. »*Bitte* lauf nicht weg. Ich will nur reden.«

Bandit bellte und hielt neben dem Felsbrocken Wache, doch Zoey regte sich nicht. Auch wenn jede Faser seines Ichs losrennen und sie in seine Arme reißen wollte, um sie so lange zu halten, bis sie sich so sicher fühlte, dass sie nie wieder weglaufen wollte, so schritt er doch langsam voran, um sie nicht zu verängstigen. Als er den Felsblock erreichte, wedelte Bandit mit dem Schwanz und Zoey wischte sich über die Augen, was für Johnny erneut einem Schlag in die Magengrube gleichkam.

»Hey, Sunshine«, sagte er leise, während er Bandit streichelte und den Blick rasch einmal über Zoey schweifen ließ, um sicher zu sein, dass sie nicht verletzt war. Sie war ausreichend bekleidet mit den zerrissenen Jeans, die sie am Tag schon angehabt hatte, dem Hoodie und Sneakern. Sie schien unversehrt zu sein. »Du hast mir eine Heidenangst eingejagt. Alles in Ordnung?«

Sie nickte fast unmerklich, die Kiefer fest aufeinandergepresst.

»Ist es okay, wenn ich mich zu dir setze?«

Sie zuckte mit den Schultern.

Er kletterte auf den Felsbrocken und achtete darauf, ihr ihren Raum zu lassen, als er sich setzte. Bandit bezog wieder neben ihr Stellung und legte sich mit dem Körper an ihr Bein gedrückt hin. Es widerstrebte Johnnys Grundinstinkten, nicht gleich zur Sache zu kommen, aber er erinnerte sich an Jillians Rat, nicht zu direkt zu sein. Das Problem war, dass er nicht wusste, wie er nicht direkt sein sollte. Im Smalltalk war er nicht besonders talentiert. Kurz schoss ihm durch den Kopf, dass Jillian und er auch das wahrscheinlich gemeinsam hatten.

Er zog ein Knie an, legte den Arm darauf und hoffte, lässig zu wirken und nicht, als würde ihm das Herz bis zum Hals schlagen. »Bist du schon lange hier draußen?«

Sie klopfte mit einem winzigen Stein auf den Felsen, und er bemerkte einen Haufen kleiner Steine neben ihr. Er wusste nicht, ob sie sie gesammelt hatte, um sich etwas zu wünschen, aber das war auch egal. Allein den Haufen zu sehen, versetzte ihm einen weiteren Stich.

»Meine Schwestern hätten allein hier draußen eine Heidenangst.«

»Ich hab keine Angst«, erwiderte sie heftig.

»Das sehe ich. Ich glaube, dein Mut würde sie ganz schön beeindrucken. Mich beeindruckt er auf alle Fälle.« Er schaute zum Bach. »Hab ich dir erzählt, dass ich zwei Schwestern habe?«

Sie schüttelte den Kopf.

»Harlow ist jünger als ich und älter als Aria.«

»Die *Schauspielerin*?«

»Ja, aber für mich ist sie nur meine Schwester. Klar, ich bin stolz auf sie, aber weißt du … Ich erinnere mich noch daran, als sie unausstehlich war.« Er versuchte, zu lächeln, doch es funktionierte nicht. »Sie ist die toughere von den beiden. War sie schon immer. Sie ist ein paar Mal weggelaufen.«

Zoeys Hand verharrte, und ihr Blick huschte zu ihm, ohne dass sie den Kopf bewegte.

»Wirklich. Sie hat unseren Eltern einen riesigen Schrecken eingejagt. Ich erinnere mich noch an das eine Mal, als sie ungefähr elf Jahre alt war. Sie ist nur um die Ecke zum Haus ihrer Freundin gelaufen, aber sie hat sich auf der Rückbank des Geländewagens der Eltern versteckt und ist dort eingeschlafen. Alle aus der Nachbarschaft haben die ganze Nacht über nach ihr gesucht, und erst am Morgen hat sie jemand aus dem Auto klettern sehen und nach Hause gebracht. Noch nie habe ich meine Eltern so weinen sehen.«

Sie senkte wieder den Blick.

»Ich hab nie verstanden, warum sie geweint haben, anstatt sie anzuschreien, weil sie ihnen eine solche Angst eingejagt hat. Bis heute.« Er schwieg und ließ das Gesagte sacken. Sie stocherte wieder mit dem Stein auf dem Felsen herum. »Wenn du mir gesagt hättest, dass du dich an den Bach setzen willst, wäre ich mitgekommen.«

Sie schaute ihn nur eine Sekunde lang an, als wollte sie überprüfen, ob er ehrlich war, dann klopfte sie weiter mit dem Stein auf den Felsen. »Ich wollte allein sein.«

»Das verstehe ich. Ich brauche auch meinen Freiraum.«

»Ich *weiß*«, sagte sie wütend. »Das hast du gestern ziemlich deutlich gemacht.«

Mist. »Ich werde nicht versuchen, mich vor dir als jemand zu geben, der ich nicht bin. Wir werden das hier nicht durchstehen können, wenn wir nicht ehrlich zueinander sind, und ich will auch nicht, dass du das Gefühl hast, mir etwas vorspielen zu müssen.«

Sie schaute auf und in ihren Augen standen wieder Tränen. »Doch, genau das willst du!«

»Wie kommst du darauf?«

»Du hast mich hierhergeschleppt, ohne mir eine Wahl zu lassen. Dir ist es egal, was ich will.«

»Ich musste dich in Sicherheit bringen. Überall im Internet als meine Tochter präsentiert zu werden, wäre sicher unheimlich cool, oder vielleicht glaubst du auch, dass es gar nicht so schlimm werden würde, aber glaub mir – es würde *richtig* heftig für dich werden.«

»Glaubst du, es ist jetzt nicht *heftig* für mich?« Tränen liefen ihr über die Wangen. »Ich *will* nicht hier sein, mich vor der Welt verstecken, und das auch noch mit einem Typen, der mich gar nicht in seiner Nähe haben will.«

Die Worte trafen ihn mitten ins Herz. Er zwang sich, tief durchzuatmen, bevor er antwortete: »Es tut mir leid. Ich hab viele Sachen gesagt, als du aufgetaucht bist, die ich wahrscheinlich nicht hätte sagen sollen, aber ich war so überrumpelt wie du auch. Ich hatte keine Ahnung, dass es dich überhaupt gibt, und plötzlich sollte ich dein Vater sein. Man braucht Zeit, um so etwas zu verarbeiten.«

»Was glaubst du, wie *ich* mich fühle?«, sagte sie unter Tränen. »Ich wurde gezwungen, bei meiner Mutter zu sein, die fast nie in meinem Leben aufgetaucht ist, als ich klein war, und die mich nie wollte. Sie hat mich aus dem einzigen Zuhause gezerrt, das ich je hatte, und mich dann von einer heruntergekommenen Wohnung irgendeines Typen in die nächste geschleppt, nur damit sie einen draufmachen konnte, und dann hat sie mich bei dir abgeladen. Ich hoffe, dass ich sie *nie* wiedersehen muss.« Ein Schluchzer brach aus ihr heraus.

Er rieb die Zähne knirschend aufeinander, um gegen die aufsteigende Wut anzukämpfen, und streckte die Arme nach ihr aus, doch sie wich ihm aus. Ergeben hob er die Hände. »Ich wollte dich nur umarmen.«

»Ich brauch keine dämliche Umarmung.«

»Dann sag mir bitte, was du brauchst, denn was immer es auch ist, wenn ich es irgendwie wahr machen kann, werde ich es tun.«

»Das *kannst* du nicht. Niemand kann das.« Weitere Schluchzer entwichen ihr und sie wischte sich die Tränen mit dem Unterarm aus dem Gesicht.

»Ich würde es gern versuchen, Zoey. Bitte gib mir eine Chance. Ich weiß, dass ich bei unserer ersten Begegnung Mist gebaut hab, aber nachdem ich den ersten Schock überwunden hatte, wurde mir klar, dass mir die Möglichkeit *geraubt* worden war, irgendeine Art Beziehung zu dir aufzubauen. Das ist für dich vielleicht in Ordnung, aber mich macht es sauer, dass wir jetzt damit anfangen und nicht vor vierzehn Jahren. Wahrscheinlich hätte ich als Vater eine schlechte Figur abgegeben, als ich jünger war, aber ich verspreche dir, dass ich von nun an alles tun werde, um keine schlechte Figur als dein Vater abzugeben. Weil ich es *will*, Zoey. Ich will dich in meinem Leben haben, und ich will da sein, bei allem, was auf uns zukommt. Aber das funktioniert nur, wenn du es auch willst und wenn wir im gleichen Team spielen.«

Sie wischte sich über die Augen. »Ich will mich nicht mein Leben lang verstecken. Ich will zur Schule gehen wie normale Teenager. Nicht auf irgendeine Privatschule für Reiche, wo die Kinder alle Arschlöcher sind.«

»Dann wirst du das auch. Möglichst bald, aber dabei gibt es einiges zu bedenken. Ob es dir gefällt oder nicht, wir müssen dich vor seltsamen Gestalten beschützen, denn dein Alter ist ziemlich berühmt.«

Ihr Blick senkte sich wieder und ihr Kinn zitterte. »Ich wünschte, meine Grandma wäre nicht gestorben, dann hätte all das hier nicht sein müssen. Ich konnte mich nicht einmal von ihr verabschieden.« Sie wischte die Tränen fort. »Meine Mutter hat sie einäschern lassen und ihre Überreste nie abgeholt. Wer macht denn so was?«

Der Schmerz in seiner Brust wurde noch stärker. Er hatte so viele Fragen dazu, wie sich das alles abgespielt hatte. Hatte jemand sie getröstet oder hatte sie all das allein bewältigen und selbst herausfinden müssen, wen sie anrufen sollte? Wer hatte ihre Mutter angerufen, um ihr mitzuteilen, dass Zoey allein war? Zoey war die Einzige, die Antworten darauf hatte, aber er war nicht sicher, ob dies der richtige Zeitpunkt war, um die Antworten von ihr einzufordern. »Es tut mir leid, dass sie gestorben ist. Ich weiß, dass du sie gefunden hast, und ich kann mir gar nicht vorstellen, wie schrecklich das gewesen sein muss. Möchtest du darüber reden?«

Sie schüttelte den Kopf.

»Gut, aber wenn du es je willst, dann bin ich genau dafür da. Ich bin dankbar, dass sie dich großziehen konnte, und ich hoffe, dass du mir eines Tages von ihr erzählst. Ich wette, sie war dem Schicksal unglaublich dankbar dafür, dass sie dich in ihrem Leben hatte.«

Sie nickte, während ihr neue Tränen über die Wangen liefen.

»Niemand kann sie ersetzen, und ich weiß, wie schwierig und beängstigend das alles für dich ist. Ich habe auch Angst.«

Sie zog die Augenbrauen zusammen, als überraschte sie das, was er sagte.

»Du sollst wissen, dass ich nie vor etwas zurückgeschreckt bin, weil es beängstigend oder schwierig war, und ich werde mit Sicherheit auch jetzt nicht wegrennen oder dich allein lassen«, versicherte er ihr. »Ich habe eine große, liebevolle Familie, und das heißt, dass auch du sie hast. Sie freuen sich alle darauf, dich kennenzulernen. Meine Eltern sind deine Großeltern, und sie sind wirklich toll.« Er dachte kurz daran, dass seine Mutter an Krebs erkrankt war und dass Zoey schon genügend Verluste erlebt hatte. Aber so durfte er nicht denken. Egal, wie lange seine Mutter in Zoeys Leben sein würde, er wusste, dass sie einen positiven, liebevollen Einfluss auf sie haben würde, und wenn der richtige Zeitpunkt kam, würde er Zoey von der Krankheit erzählen. »Ich weiß, dass du Kane unter ungünstigen Umständen kennengelernt hast, aber ich verspreche dir, dass er der coolste Onkel sein wird, den du dir wünschen kannst. Er ist immer für mich da gewesen, und ich weiß, dass er und meine Schwestern immer für dich da sein werden, egal, ob du sie dahaben willst oder nicht, denn *so* muss es in einer Familie sein.«

Sie sagte lange Zeit nichts, und er ließ das Schweigen zu, denn er wusste, dass er ihr viel zum Nachdenken gegeben hatte. Als sie schließlich wieder sprach, zitterte ihr Kinn erneut. »Und wenn ich sie nicht ausstehen kann?«

»Ich glaube, das ist überhaupt nicht möglich. Aber wenn es so ist, dann kümmern wir uns darum, wenn es so weit ist, und wir kümmern uns *gemeinsam* darum. *Du* bist jetzt meine Familie, Zoey, meine oberste Priorität. Du wirst nie wieder irgendetwas allein durchstehen müssen.«

Wieder brach ein Schluchzer aus ihr heraus und sie verbarg ihr Gesicht hinter den Händen. »Bist du *sicher*, dass du mich willst?«

»Ja! Und du kannst mir glauben, wenn ich sage, dass das niemanden mehr überrascht als mich.«

Sie lachte kurz auf und es klang wie Musik in seinen Ohren.

»Ich weiß, dass du das Gefühl hast, bei mir festzusitzen, aber ich hoffe, dass du eines Tages froh darüber bist, mich in deinem Leben zu haben. Es spielt keine Rolle, wie oft du wegläufst oder versuchst, mich loszuwerden. Ich werde immer da sein und Umarmungen anbieten, die du nicht haben willst, ich werde dir sagen, dass du irgendwas lieber nicht tun sollst, damit du dir nicht wehtust, und ich werde dir sagen, wie stolz ich auf dich bin, wenn du etwas Tolles machst, denn das machen Väter nun einmal. Und ich weiß auch, dass ich Fehler machen werde und du sauer sein wirst. Du wirst auch Fehler machen und ich werde sauer sein, weil wir eben nur Menschen sind und wir nun mal auf diese Weise lernen. Hoffentlich wirst du lernen, mir meine Schwächen zu vergeben, denn ich habe einige. Aber ich glaube, wenn wir lernen können, uns zu vertrauen und darüber zu reden, warum wir wütend oder sauer oder traurig sind, dann kriegen wir diese Vater-Tochter-Geschichte am Ende hin. Zumindest hoffe ich das, denn ob es dir gefällt oder nicht, von nun an gibt es uns nur im Zweierpack.«

Als sie ihn endlich ansah, war die Traurigkeit in ihren Augen von einem Schimmer Hoffnung begleitet. »Du bist ein Rockstar. Du hast keine Zeit für mich.«

»Ich habe meine Tour in der Sekunde abgesagt, in der ich herausgefunden habe, dass du meine Tochter bist. Ich werde mir *immer* Zeit für dich nehmen. Das ist ein Versprechen.«

»Ich mag deine Musik nicht«, maulte sie.

»Das ist in Ordnung. Das musst du auch nicht. Was für Musik gefällt dir?«

»Pop, Rap und anderes Zeugs.« Sie zog die Augenbrauen

zusammen. »Deine Makkaroni mit Käse sind echt schlecht.«

»Das überrascht mich nicht. Ich bin in einigen Dingen schlecht. Vielleicht kannst du mir zeigen, wie du sie magst.«

»Du bist nicht sauer?«

»Weil du meine Musik und meine Kochkünste nicht magst?«

Sie nickte.

»Nein, Zoey. Du bist ein eigenständiger Mensch, und du hattest vierzehn Jahre Zeit, zu entscheiden, wer das ist. Ich werde nicht versuchen, deine Vorlieben und Abneigungen zu verändern. Ich will dich kennenlernen, und es gefällt dir vielleicht nicht, aber ich werde weiterhin alles tun, was nötig ist, um für deine Sicherheit zu sorgen, und im Moment bedeutet das, dass wir uns in einem Märchenhaus verstecken müssen.«

Nach einer kurzen Stille sagte sie: »Es ist eigentlich nicht ganz so, dass ich deine Musik nicht ausstehen kann.«

»Gut, denn wahrscheinlich wirst du eine Menge davon hören.« Er war erleichtert, dass sie sich endlich miteinander unterhielten.

»Und es ist nicht so, dass ich Märchen nicht ausstehen kann. Sie erinnern mich nur an Grandma.« Ihr versagte fast die Stimme. »Und das macht mich traurig.«

»Es tut mir so leid, Sunshine. Wir können nicht in den Gasthof umziehen. Das ist zu riskant. Aber es tut mir leid.«

»Schon okay«, sagte sie leise.

»Hör zu, ich hab vorhin versucht, dich anzurufen, und da lief nur die Ansage, dass deine Nummer nicht mehr vergeben ist. Entschuldige, ich hätte daran denken müssen, dir eine neue Karte zu besorgen, bevor deine Mutter die alte kündigt.«

»Das macht nichts. Ich habe niemanden, dem ich schreiben könnte. Von den wenigen Freunden, die ich in New Jersey hatte, hab ich die Nummern gar nicht.«

»Warum nicht?«

»Meine Grandma konnte es sich nicht leisten, mir ein Handy zu kaufen.«

»Das tut mir leid.« Es war mehr als bitter, so etwas zu hören, wenn er an seinen Reichtum und an all das Geld dachte, das er ihrer Mutter gezahlt hatte. »Du vermisst deine Freunde bestimmt.«

Sie zuckte mit den Schultern.

»Du hast viel Zeit am Handy verbracht, als ich gearbeitet habe. Hast du sie auf Social Media gesucht?«

»Warum sollte ich? Ich wohne ja nicht mehr da.«

Der Schmerz in ihm wurde größer und größer. »Na ja, hoffentlich lernst du ein paar neue Freunde kennen, wenn wir nach Hause gehen. Was hast du am Handy gemacht, wenn du keine Nachrichten geschrieben hast?«

»Hab mir Videos und so angeguckt. Meine Mutter hat mir nur ein Handy gegeben, damit sie mich irgendwo absetzen und anrufen konnte, wenn sie mich abholen wollte, damit ich dann bereitstand.«

Unwillkürlich ballte er die Hände zu Fäusten. »Was meinst du mit *irgendwo absetzen*? Wo zum Beispiel?«

»Sie hat mich bei McDonald's abgesetzt und mir Geld gegeben oder mich bei ihren seltsamen Freunden gelassen, ist dann mit irgendeinem ekligen Typ losgezogen und ein paar Stunden später zurückgekommen.«

Seine Fäuste verkrampften sich noch mehr, als die Galle in ihm hochzusteigen drohte. »Haben diese Freunde ... dich angefasst?«

»*Iiih!* Nein.«

»Gut. Sie wird dir nie wieder wehtun oder dich in Gefahr

bringen können. Es tut mir leid, dass sie das getan hat, aber ich verspreche dir, dass ich dir so etwas *nie* antun werde. Schlimmstenfalls wirst du es satthaben, dass ich immer da bin.«

»Na, großartig«, erwiderte sie sarkastisch.

»Zoey«, sagte er sanft. »Ich habe keine Übung darin, Vater zu sein, aber ich hatte den besten Lehrmeister. Mein Vater hat unsere Familie immer an erste Stelle gestellt, und das mache ich auch. Jetzt werde ich mich auf das besinnen, was er sonst noch so für uns getan hat. Und wir beide müssen uns nicht die ganze Zeit streiten. Du kannst mir sagen, wenn ich etwas tue oder sage, das dich nervt. Vielleicht gefällt es mir nicht und ich bin anderer Meinung, aber ich werde nicht sauer sein. In Ordnung?«

Sie nickte. »Ich bin froh, dass du dich Jillian gegenüber nicht mehr so mies verhältst. Ich mag sie, und ich hab sie gegoogelt, bevor mein Handy abgestellt wurde. Sie macht coole Klamotten.«

»Sie ist cool, und ich habe das Gefühl, dass du es auch bist.« Dafür wurde er mit einem kleinen Lächeln belohnt. »Was meinst du, Zo? Versuchen wir es mal mit Dad Bad und Mini Bad?«

Sie zog die Augenbrauen zusammen. »Dad Bad?«

»Ach, komm schon, ich übe noch.«

Wieder wurden ihre Gesichtszüge dank eines kleinen Lächelns weicher. »Ich werde dich nicht Dad nennen.«

»Das ist in Ordnung. Du kannst mich Johnny nennen.«

Sie nickte.

»Heißt das, du bist dazu bereit, dass wir beide es miteinander versuchen?«

»Denke schon.«

»Kein Weglaufen mehr?«

Sie schüttelte den Kopf. »Keine ekligen Makkaroni mit Käse mehr?«

»Hey, ich mag sie so, aber dann mache ich sie eben nicht mehr für dich.«

»Okay.«

»Einen Gefallen musst du mir allerdings tun«, sagte er vorsichtig. »Ich möchte, dass du dich bei Jillian, Beau und Char entschuldigst. Du hast ihnen auch Angst eingejagt und sie haben dich überall gesucht.«

Sie nickte betrübt. »Mach ich.«

Er war froh, dass sie sich nicht dagegen sträubte. »Was hältst du davon, wenn wir zurückgehen?«

Bandit sprang hinunter, als Zoey und er von dem Felsbrocken kletterten, und von da an klebte der Hund praktisch an Zoeys Seite und schob seinen Kopf immer wieder unter ihre Hand.

»Warum macht er das?«, fragte sie verärgert.

»Scheint ein Fan von dir zu sein.«

»Ich kann Hunde nicht ausstehen.«

»Warum?«

Sie antwortete nicht, und Johnnys Gedanken sprangen zurück in die Zeit, als er siebzehn gewesen war. Damals hatte er ein Angebot für einen großen Auftritt im Ausland bekommen, doch sein Ego hatte ihm einen Strich durch die Rechnung gemacht. Er hatte hanebüchene Forderungen gestellt und so letztendlich seine Gelegenheit verspielt. Die verpasste Chance hatte ihm sehr zugesetzt, und seine Mutter hatte ihn gefragt, ob er alles, was er verlangte, wirklich brauchte, um glücklich zu sein. Johnny hatte es verneint, aber gesagt, dass er es alles wollte. Seine Mutter hatte erwidert: *Im Leben hat man viele Kämpfe zu bestreiten, aber du kannst sie nicht alle gewinnen. Also entscheide dich für die, die am wichtigsten sind, und denk daran, dass Brauchen und Wollen zwei unterschiedliche Dinge sind. Das eine kann zum Glücklichsein führen, das andere kann es kaputtmachen.*

Johnny wusste, dass Zoey vielleicht ihr Leben lang unter der Angst, verlassen zu werden, und dem Gefühl, nicht zu genügen, leiden würde. Wahrscheinlich auch unter irgendwelchen anderen Problemen, die durch die bisherigen Erfahrungen in ihrem kurzen Leben verursacht wurden. Er schwor sich, dass er alles tun würde, um ihr zu helfen, und als sie zurück zum Haus gingen, bestand er nicht auf einer Antwort darauf, warum sie Hunde nicht mochte. Stattdessen hoffte er, dass sie gemeinsam den Weg zum Glücklichsein finden und die holprige Reise dorthin zusammen meistern würden.

»Gute Nacht, Sunshine. Ich bin wirklich froh, dass du in Sicherheit und hier bei mir bist.«

»Bitte nimm ihn mit.« Zoey schaute zu Bandit, der nicht von ihrer Seite gewichen war und nun an ihrem Bettende lag.

»Komm mit, Kumpel.« Johnny führte den Hund aus dem Zimmer und zog die Tür mit dem Gefühl zu, seit Tagen nicht geschlafen zu haben. Er war wie gerädert.

Als sie zum Haus zurückgekommen waren, hatte Jillian Zoey in die Arme geschlossen und ihren Ängsten auf die für sie typische Art Ausdruck verliehen. *Gott sei Dank geht es dir gut! Wenn du das jemals wieder tun solltest, werde ich dich mit einem GPS-Sender ausstatten und dich einen Monat lang in deinem Zimmer einsperren.* Johnny hatte den Hauch eines Lächelns auf Zoeys Gesicht entdeckt, und er fragte sich, wie eine Frau, die von sich behauptete, nicht der mütterliche Typ zu sein, immer das Richtige zu tun vermochte. Zoey hatte sich bei allen entschuldigt, und nach Jillians Ausbruch von liebevoller Strenge hatten sich Beau und Charlotte so gütig gezeigt, wie er es erwartet hatte. Sie hatten sie umarmt, und obwohl Zoey es wie auch bei Jillian mit herunterhängenden Armen hingenommen hatte, hatten sie sich nicht davon abbringen lassen. Sie hatten ihr gesagt, wie froh sie waren, dass sie unversehrt wieder bei ihnen war.

Johnny ging nach unten, um sich ein Glas Eiswasser zu holen.

»Johnny!« Jillian stand vom Sofa auf und eilte zu ihm. Ihre Haare waren strubbelig, die Augen müde, und doch war sie unfassbar schön.

Sie war für ihn wachgeblieben? Wenn das nicht einige der Knoten in seiner Brust löste.

»Geht es Zoey gut?«, fragte sie.

»Es scheint so.« Er zog sie in seine Arme, wie er es schon im Wald getan hatte, und mit einem Seufzer strömte noch mehr Erleichterung aus ihm heraus. Er machte sich nicht die Mühe, das zu interpretieren.

»Aha, okay«, sagte sie etwas verlegen und neckend. »Dann sind wir jetzt wohl im Stadium Umarmung angelangt.«

Ja, ich bin auch völlig durcheinander. »Setzt du dich noch kurz zu mir?« Sie ließen sich auf dem Sofa nieder, und er zog sie näher an sich, da er ein Bedürfnis nach Nähe verspürte. »Das Elterndasein ist ganz schön hart.«

»Kann man wohl sagen.« Sie gähnte.

Er hatte keine Ahnung, wie sie es schaffte, noch wach zu sein. Sie hatte noch weniger Schlaf gehabt als er. Er ließ den Kopf zurück aufs Polster fallen. »Tut mir leid, dass diese Nacht so chaotisch war.«

»Ich bin nur froh, dass sie in Sicherheit ist. Mit dir alles in Ordnung?«

»Ja. Sie hat mir eine Heidenangst eingejagt. Ich kann es kaum glauben, wie schnell diese Gefühle da waren.«

Sie legte den Kopf an seine Schulter und zog die Beine an. »Du bist im Kreis der Väter angekommen.«

»Es geht doch nichts über einen Sprung ins kalte Wasser.«

»Manchmal ist das der einzige Weg, um Schwimmen zu lernen. Du versuchst es und lernst, und ihr beiden schafft das irgendwann. Es wird etwas dauern.«

»Ja, ich weiß. Ich hab ihr gesagt, dass ich nicht abhaue, und das hab ich auch so gemeint.«

»Weil du ein guter Mensch bist.«

»Danke.« Er schloss die Augen und strich ihr geistesabwesend mit den Fingern durchs Haar, während seine Gedanken zurück zu dem Moment wanderten, als sie einander nähergekommen waren. Sie hatte sich unglaublich in seinen Armen angefühlt, so ungeduldig und hungrig nach ihm, so wie er nach ihr, und das hatte seinen Appetit nur noch gesteigert. Doch da war noch etwas Größeres als nur Lust, etwas, das eine Sehnsucht nach viel mehr auslöste. Da war ein Pulsieren, eine vibrierende Spannung zwischen ihnen, jedes Mal, wenn sie sich berührten, und es fühlte sich intensiv und unbeschreiblich an. Selbst jetzt, bei all ihrer Erschöpfung, spürte er diese Verbindung. Er konnte sich nicht daran erinnern, jemals so etwas empfunden zu haben. »Wir sollten darüber reden, was zwischen uns passiert ist.«

»Nein, sollten wir nicht. Du hast Wichtigeres, um das du dir Sorgen machen musst.«

Sein Herz zog sich zusammen. »Du hast recht. Aber ich bereue es nicht. Du?«

Sie schüttelte den Kopf und gähnte erneut. »Es führt nur zu nichts.«

Er küsste sie auf die Schläfe und wollte ihr erzählen, dass er mehr als nur Lust empfunden hatte, und er hatte das Gefühl, dass auch sie ihre Verbindung gespürt hatte. Aber er behielt es für sich und sagte stattdessen: »Würde es dir etwas ausmachen, noch ein wenig hier bei mir zu bleiben, oder möchtest du ins Bett?«

»Ich bin nicht müde«, flüsterte sie schläfrig.

Er schloss die Augen, dachte an Zoey und Jillian und daran, was seine Mutter über das Brauchen und Wollen gesagt hatte, während die Grenzen dazwischen verschwammen und er in den Schlaf glitt.

Neun

Jillian wachte durch ein Klappern in der Küche auf, während sie Johnnys feste Brust unter ihrer Wange und seine große Hand auf ihrem Hintern spürte. Sie brauchte eine Minute, bis ihr klar wurde, dass sie auf dem Sofa lagen. Wenn er hier bei ihr war, wer war dann in der Küche? *Oh, mein Gott!* Zoey hatte sie zusammen schlafen gesehen? »Johnny!«, flüsterte sie und stupste gegen seine Brust.

»Hm?« Er drückte ihren Hintern.

»Steh auf. Zoey hat uns gesehen«, flüsterte sie. Die Tatsache, dass Zoey unaufgefordert nach unten gekommen war, bedeutete, dass sie sich Mühe geben wollte, und das war ein großer Schritt. Sie wollte es nicht vermasseln.

Er machte die Augen auf und ein viel zu sexy Lächeln trat in sein Gesicht. »Wir sind vollständig bekleidet. Ich glaube, das ist in Ordnung.« Er schaute zur Küche.

»Ist es das? Keine Ahnung. Wer weiß denn schon, was sie denkt, und du musst aufpassen, dass du nicht —« Sie wurde durch einen tiefen köstlichen Kuss zum Schweigen gebracht, der verlockende Erinnerungen an seine Hände auf ihr – *in* ihr – wachrief. *Was machen wir hier nur?* Sie wich abrupt zurück.

Seine Augen funkelten amüsiert. »Tja, wenn sie *das* gesehen hätte, wäre es vielleicht ein Problem. Hat sie aber nicht, also entspann dich.«

»Sag mir nicht, dass ich mich *entspannen* soll, und küss mich nicht so.« Sie sprach entschieden, aber leise. »Wir werden das nicht noch mal machen.«

Er sah sie verwegen an. »Doch, werden wir.«

»Nein, werden wir *nicht*. Deshalb bin ich nicht hier. Ich bin kein Groupie, das du zu deinem Vergnügen benutzen kannst, und du sollst eigentlich lernen, was es heißt, Vater zu sein.«

»Ich schlafe nicht mit Groupies, und das ist auch nicht der Grund, aus dem ich dich hierhaben will.«

»Was ist, wenn sie denkt, dass wir Sex hatten?« Sie flüsterte das Wort *Sex*.

»Dann würde ich sagen, wir *sollten* Sex haben, weil sie ohnehin schon denkt, dass wir ihn hatten.«

»Du meine Güte! Komm hoch.« Sie stand auf.

Er hob eine Augenbraue. »Schon passiert.«

Sie folgte seinem Blick zu der beeindruckenden Beule hinter seinem Reißverschluss und ihr dämlicher Körper jubelte. Warum musste sie ihn nur so sehr mögen? Sie wandte sich ab, damit er nicht sah, wie ihr die Hitze ins Gesicht stieg, zupfte hektisch ihren Pullover zurecht und fuhr sich mit der Hand durch die Haare. *Sei stark, sei stark, sei stark!*

Er stand ebenfalls auf, lehnte sich über ihre Schulter und flüsterte rau: »Diese Unterhaltung ist noch *nicht* beendet.« Er gab ihr einen Klaps auf den Po und schlenderte lässig und pfeifend Richtung Küche.

Wütend starrte sie ihm hinterher, während ihr Körper nach mehr bettelte. *Grr! Dämlicher Körper!* Sie marschierte an ihm vorbei und noch vor ihm in die Küche, wo Zoey in Pyjamashorts und T-Shirt am Herd stand. Bandit lag schwanzwedelnd zu ihren Füßen.

»Morgen, Zoey. Hast du gut geschlafen?« Jillian nahm sich eine Cola Light aus dem Kühlschrank und streichelte Bandit.

»Mhm«, gab Zoey von sich.

Johnny kam hereingeschlendert und fuhr sich mit einer Hand durch die dichten dunklen Haare. »Irgendetwas riecht hier gut.«

»French Toast.« Zoey legte eine Scheibe auf einen Teller und stellte ihn für Bandit auf den Boden.

Jillian und Johnny sahen sich überrascht an, während sie zwei weitere Scheiben auf einen anderen Teller legte und ihnen hinhielt.

Johnny nahm ihn. »Danke.« Er stellte die Kaffeemaschine an und streichelte Bandit, der emsig an seinem Frühstück schnüffelte. »Du weißt also, wie man Frühstück macht.«

»Ist ja nicht schwer.« Zoey trug ihren Teller zum Tisch.

»Stimmt. Entschuldige. Hör zu … Wegen Jillian und mir, wir sind auf dem Sofa eingeschlafen und …«

»Schon gut«, sagte Zoey. »Ist mir egal, was ihr macht, und es ist ja nicht so, als wärt ihr nackt oder so.«

»Okay …« Er zog die Augenbrauen zusammen. »Augenblick mal. Hast du deine Mutter nackt mit irgendwelchen Typen gesehen?«

Zoey verzog angewidert das Gesicht. »Iiiih! Nein!«

Erleichtert atmete er aus. »Gut. Will nur sichergehen, dass ich die richtigen Fragen stelle.«

»Keine Sorge. Sie hat nie so etwas vor meinen Augen gemacht«, sagte Zoey bissig. »Sie war einfach nicht oft da, und wenn, dann hat sie kaum mit mir geredet.«

»Ich bin froh, dass sie zumindest dafür gesorgt hat, dass du körperlich unverletzt geblieben bist«, sagte Johnny. »Aber der

Rest ist mies. Hat deine Großmutter mit dir geredet?«

Sie nickte. »Die ganze Zeit.«

»Hat sie dir auch das Kochen beigebracht?«, fragte Jillian.

»Mhm.« Zoey nahm noch einen Bissen von ihrem Toast. »Können wir über etwas anderes reden?«

»Klar«, sagte Johnny. »Hey, du Colaholic, willst du auch einen French Toast?«

Jillian nahm einen Schluck. »Nein danke.«

»Gibt es etwas, das du heute machen möchtest, Zoey?«, erkundigte sich Johnny.

»Wäsche.« Zoey aß weiter.

»Das können wir machen«, sagte er. »Hast du keine sauberen Sachen mehr?«

Sie schüttelte den Kopf. »So viele Klamotten habe ich nicht, und ich hatte keine Gelegenheit zu waschen, bevor ich im Büro deines Managers abgeladen wurde.«

Jillian sah besorgt zu Johnny, in dessen Augen Verärgerung und Empathie miteinander kämpften.

»Was hältst du davon, wenn wir dir heute ein paar neue Klamotten besorgen?«, bot er an.

»Ich dachte, wir sind im Lockdown«, sagte Zoey.

»Ich kann mit dir shoppen gehen«, schlug Jillian vor. »Nach mir sucht niemand, und du kannst deine Haare zu einem Pferdeschwanz binden und eine von Beaus Basecaps aufsetzen. Ich kann dich sogar mit einem anderen Namen ansprechen, für den Fall, dass jemand Verdacht schöpft. In der Stadt gibt es ein paar richtig nette Läden. Wir hätten bestimmt viel Spaß.«

»Ihr Foto ist überall im Internet zu sehen gewesen«, erinnerte Johnny sie.

»Ach, stimmt. Und wenn sie eine von Chars blonden Perücken aufsetzt?«

Die aufkommende Neugier war ihm anzusehen. »Char hat blonde Perücken? Egal, ich will's gar nicht wissen.«

»Die braucht sie für ihre Romane«, erklärte Jillian. »Sie spielt bestimmte Szenen gern durch.«

Er grinste. »Kann mir vorstellen, dass Beau seinen Spaß dabei hat.«

»Ich finde es merkwürdig«, sagte Zoey.

»Vielleicht, aber sie schreibt richtig gute Bücher«, sagte Jillian. »Was meinst du, Johnny? Eine blonde Perücke und eine Basecap, und ich verspreche, sofort wieder zu gehen, wenn uns jemand komisch anguckt?«

Seine Kiefermuskeln zuckten. »Das wäre schon besser, aber warum können wir ihren Kram nicht einfach im Internet bestellen?«

Zoey verdrehte die Augen. »Langweilig.«

»Es ist schwer, übers Internet die richtige Größe zu finden. Wäre es dir lieber, wenn Beau uns begleiten würde?«

»Mir wäre es lieber, wenn schon ein paar Monate vergangen wären«, sagte er grimmig, und dann schaute er zu Zoey, die ihr Essen auf dem Teller hin- und herschob. »Möchtest du das wirklich machen, Zoey? Es ist ziemlich riskant.«

Ein Strahlen trat in ihr Gesicht und sie nickte. »Ich verspreche, dass ich mit niemandem rede, und ich gucke nur nach unten, trag die Perücke und die Cap. Ich laufe nicht weg und ich höre immer auf Jillian. *Bitte!*«

Sein ernster Blick wanderte zu Jillian. »Wenn Beau mitkommt, könnte es mehr Aufmerksamkeit erregen, weil er hier lebt.«

»Dann nehmen wir ihn nicht mit«, sagte Jillian.

»Du passt unbedingt auf, sie nicht Zoey zu nennen und sie in deiner Nähe zu behalten?«

»Natürlich, und es ist ja nicht so, als wären wir in L. A., wo überall in den Straßen Paparazzi lauern.«

Wieder schaute er zu Zoey. »Du bist sicher, dass du das riskieren willst?«

»Ja! Aber mir ist gerade eingefallen, dass ich kein Geld habe, also vergiss es«, sagte Zoey leise.

»Wie viel brauchst du?« Johnny zog sein Portemonnaie heraus und fing an, Hundert-Dollar-Scheine auf den Tisch zu legen.

Zoeys Augen wurden immer größer, bis er den neunten Schein hinlegte. »Viel weniger. Ich kauf meine Sachen immer im Secondhandladen.«

»Jetzt nicht mehr.« Er nahm das Geld und hielt es ihr hin.

Zoey lehnte sich zurück, als wäre das Geld giftig. »Das kann ich nicht nehmen. Das ist zu viel.«

»Aber ich kann.« Jillian grinste und schnappte sich das Geld. »Damit können wir zumindest schon mal anfangen.«

»Anfangen?«, fragte Zoey erstaunt. »So viel könnte ich nicht einmal in einem Jahr ausgeben.«

Jillian steckte sich das Geld in die Gesäßtasche. »Keine Sorge. Ich zeig dir, wie das geht.«

»Wie wär's damit?« Jillian hielt ein süßes T-Shirt hoch.

Mit der blonden Perücke und der Basecap sah Zoey wie ein ganz anderes Mädchen aus. Sie schüttelte den Kopf, wie auch schon zuvor bei all den anderen Kleidungsstücken, die Jillian vorgeschlagen hatte. Man musste ihr zugutehalten, dass die Auswahl für eine Vierzehnjährige nicht allzu groß war. Die meisten Outfits waren entweder zu sexy oder zu kindlich.

Jillian legte das T-Shirt zurück ins Regal. »Hast du Angst, Johnnys Geld auszugeben?«, fragte sie leise.

»Es fühlt sich komisch an, aber nein. Ich habe einfach noch nichts gesehen, was mir gefällt.«

»Was trägst du außer Crop Tops gern?«

Sie zuckte mit den Schultern.

»Was für ein Look gefällt dir?«

»Keine Ahnung. Ausgefallen und bequem.«

»Gut, das ist doch schon mal was. Was würdest du von Crop Tops halten, die etwas länger sind, und von Jeans, die nicht ganz so eng sind?«

Zoey blickte auf ihr T-Shirt hinunter. »Normalerweise kaufe ich sie nicht so klein.«

»Aha. Hat deine Großmutter die gekauft?«

Sie schüttelte den Kopf. »Alles, was mir von meiner Grandma geblieben ist, sind ein Paar Shorts und ein Tanktop.«

»Wie meinst du das … *alles, was dir geblieben ist?*«

»Meine Mom hatte es eilig, als sie mich geholt hat, nachdem meine Grandma gestorben ist, und sie hat mir keine Zeit gelassen, irgendetwas zu packen. Wir sind Ewigkeiten gefahren, um zu einem Freund von ihr zu kommen, und am nächsten Tag hat sie mir fünfzig Dollar gegeben und mich an einem Secondhandladen abgesetzt. Aber der Laden war richtig klein und die hatten nicht viel in meiner Größe.«

Es brach Jillian das Herz, aber sie war auch stinksauer auf diese gierige, herzlose Mutter. »Was ist mit dem Rest deiner Sachen passiert?«

»Ich habe keine Ahnung. Ich habe immer mal gefragt, ob wir sie holen können, aber sie sagte nur, dass sie mir nicht mehr gehören.«

»Du hast *alles* verloren?«

Zoey nickte. »Meine ganzen Klamotten, meine Schuhe, Hefte. All meine Sachen. Die Nähmaschine meiner Großmutter, auf der sie mir das Nähen beigebracht hat, und meinen Schmuckkasten, den sie mir geschenkt hat, als ich sieben war. Da war so eine kleine Ballerina drin, und wenn man das Kästchen aufgemacht hat, spielte es so eine Melodie. Darin habe ich meine Fotos von uns aufbewahrt.« Sie zog eine Kette unter ihrem T-Shirt hervor und berührte den Herzanhänger. »Das ist alles, was ich noch habe. Das Medaillon, das sie mir zu meinem dreizehnten Geburtstag geschenkt hat, und dieses eine Foto von ihr.« Sie öffnete den Anhänger und zeigte Jillian ein Foto von einer freundlich aussehenden Frau mit kurzen braunen Haaren, die Ende fünfzig oder Anfang sechzig gewesen sein mochte.

»Mit deiner Mutter würde ich gern mal ein Wörtchen reden.« Jillian schäumte. »Weiß sie denn nicht, dass die Erinnerungsstücke eines Mädchens heilig sind? Wenn du mich fragst, rechtfertigt das einen Aufstand.«

»Das war ihr egal. Sie hat jemanden bezahlt, damit er das alles bei einer Haushaltsauflösung verkauft.«

»Du meine Güte! Das ist ja das Letzte! Und so verdammt traurig. Das tut mir leid, Zoey.«

Sie zuckte mit den Schultern. »Danke, aber was soll's.«

»Weiß sie denn nicht, wie wichtig Kleidung für uns ist? Damit zeigen wir der Welt, wie wir uns sehen, und Klamotten haben die Macht, dass wir uns hübsch oder tough oder auch schlapp fühlen.«

»Darüber habe ich noch nie nachgedacht, aber es stimmt«, sagte Zoey überrascht.

»Und ob das stimmt! In vielen Dingen kenne ich mich vielleicht nicht aus, aber mit Mode auf alle Fälle. Erzähl mir, was für eine Art von Klamotten du hattest, und wir werden sie finden.«

»Im Ernst?« Die aufkommende Freude war ihr anzusehen.

»Ja, im Ernst. Wenn es um Mode geht, mache ich keine Witze. Erinnerst du dich an die Marken?«

»Nein, aber ich kann dir sagen, wie sie ausgesehen haben.«

Jillian holte ihr Handy hervor. »Gut, und dann sehen wir, ob wir etwas Ähnliches finden. Sollen wir uns die Suche mit einem Eisbecher versüßen?«

Zoeys Augen leuchteten. »Bei Eis sage ich nie Nein.«

Die nächste Stunde verbrachten sie im Eiscafé und mit der Suche nach Kleidungsstücken im Internet. Und dann schauten sie auf den Websites von Läden in der Nähe nach solchen Teilen. Während sie von einem Geschäft zum nächsten fuhren und Klamotten kauften, als machten sie eine Schnitzeljagd, bröckelten Zoeys Mauern.

Nach zweieinhalb Stunden, einem Imbiss und viel Reden und Lachen, bei dem Jillian *fast* hatte ausblenden können, was Zoey alles durchgemacht hatte, betraten sie das letzte Geschäft auf ihrer Liste.

»Ich kann es gar nicht fassen, dass wir so viele Teile gefunden haben, die so sind wie meine alten. Du bist eine richtige Modedetektivin. Meine Grandma hätte dich gemocht«, sagte Zoey und ging schnurstracks auf die Hoodies zu.

»Die Mode hat schon viele Frauen zusammengebracht. Aber warum glaubst du, dass sie mich gemocht hätte?«

»Weil du keine Zeit verlierst oder lange überlegst. Du machst einen Plan und ziehst ihn durch. So war sie auch.«

»Ich hätte sie wahrscheinlich auch gemocht.« Sie zog einen grauen bauchfreien Kapuzenpulli mit blauen Sternen aus dem Regal. »Gefunden!«

»Ja, genau das ist er! Danke. Das war einer meiner Lieblingspullover.« Zoey nahm ihn ihr ab und hielt ihn hoch. »Ich habe einen V-Ausschnitt hineingemacht und dann auch an diesen Nähten entlanggeschnitten.« Sie deutete auf die Nähte an den Bündchen. »Die Kordel hab ich aus der Kapuze rausgenommen und durch eine schwarze und blaue Schnur ersetzt, die ich geflochten hab. An den Enden habe ich silbernen Faden drumgewickelt, damit sie nicht aufgeht, und hab dann das letzte Stück ausgefranst. Das sah cool aus.«

»Du bist echt kreativ.«

»Meine Grandma hat mir gezeigt, wie man coole Sachen machen kann. Ich hab die meisten meiner Klamotten mit Nieten oder Aufnähern aufgemotzt, und sie hat mir gezeigt, wie man den Destroyed-Look bei Jeans hinkriegt und Risse hineinmacht, auch in Sweatshirts, ohne sie vollkommen kaputtzumachen. Ich hab bei fast allen Sachen den Saum ausgefranst. Mir gefällt dieser Stil.«

»Jetzt bin ich mir sicher, dass ich sie gemocht hätte.«

»Sie war toll«, sagte sie etwas traurig. »Sie war Schneiderin, als sie jünger war. Da hat sie das alles gelernt.«

»Ich bin froh, dass sie dir das alles gezeigt hat. Jetzt hast du für immer einen Teil von ihr, den du weitertragen und später deinen Kindern beibringen kannst. Weißt du was, Zo? Ich glaube, wir müssen ein Stoffgeschäft finden, denn diese Art von Kreativität sollte nicht unterdrückt werden.«

»Wirklich?«, fragte sie aufgeregt.

»Unbedingt. Ich geb dir ein paar Profitipps und sag dir, welche Materialien vielleicht besser funktionieren als einfacher Faden und herkömmliche Stoffe.« Sie wurde mit einem begeisterten Lächeln belohnt.

»Das ist klasse. Meinst du, Johnny könnte etwas dagegen

haben?«

Jillian winkte ab. »Er soll nur mal versuchen, diese Fashionista von etwas abzuhalten. Den überzeugen wir schon.« Sie nahm ihre Hand und zog sie zu den Jeans. »Komm, wir suchen die Jeans, die dir so gefällt.«

Sie fanden mehrere Jeanshosen, und während Zoey sie anprobierte, suchte Jillian noch ein paar andere Teile heraus, von denen sie dachte, dass sie großartig an ihr aussehen würden.

»Was meinst du?« Zoey kam aus der Umkleidekabine und trug eine Boyfriend-Jeans, die sie etwas hochgekrempelt hatte, und drehte sich einmal im Kreis.

»Sieht aus, als würden die dir richtig gut passen. Nicht zu eng, aber doch so, als wären sie perfekt auf dich zugeschnitten. Wie fühlt es sich an?«

»Richtig gut. Ich mag sie.«

»Dann nehmen wir sie. Tu mir doch den Gefallen und probier die hier mal an.« Sie gab ihr einen Stapel Klamotten.

Zoey beäugte die gelb-schwarz karierte Hose skeptisch. »Ich hab's nicht so mit Karos.«

»Ich weiß, aber zieh sie mal mit diesem Top an.« Sie schnappte sich das schulterfreie, langärmelige schwarze Oberteil, das am Saum der Ärmel schwarze Spitze hatte und am unteren Saum, der wahrscheinlich kurz über Zoeys Taille endete, einen Gummibund. »Ich glaube, das sieht hammermäßig aus, und guck dir das hier mal an.« Sie hob die erste Lage des Oberteils an und zeigte ihr das darunterliegende Bustier. »Das ist alles in einem. Total bequem.«

Zoey verdrehte die Augen.

Jillian drehte sie an den Schultern herum und schob sie zurück in die Umkleidekabine. »Rein mit dir. Und der schwarze Rock gehört zu dem Oversize-Pullover mit dem Zopfmuster.«

»Ein *Rock*?«

»Ja. Das hier ist das, was ich am besten kann.« Insbesondere, nachdem sie nun eine bessere Vorstellung von Zoey und ihrem Geschmack hatte. »Vertrau mir.«

Wenige Minuten später kam Zoey in der karierten Hose und dem schwarzen Oberteil heraus. Die Ärmel reichten ihr bis halb über die Hand, und das Oberteil ließ einen schmalen Streifen Haut oberhalb ihrer Taille frei, womit es den Touch jugendlicher Rebellion vermittelte, den Zoey – wie Jillian wusste – brauchte.

»*Wow!* Du siehst unglaublich aus!«, sagte Jillian und merkte sofort, dass sie sich abgeklärter geben musste. »Also ... was meinst du?«

»Irgendwie mag ich es total«, sagte sie vorsichtig und strich dabei über die Hose, während sie sich zum Spiegel umdrehte.

»Das hatte ich gehofft. Es sieht so süß aus und passt perfekt zu dir. Es ist etwas provokant und anders, und das ist in der Mode immer gut. Ist es bequem? Das würde gut zu deinen schwarzen Sneakern passen, aber wir können dir auch schwarze Stiefeletten kaufen, wenn du willst.«

»Die Hose ist weich und dehnbar, fast wie eine Pyjamahose, nur hübscher.« Sie drehte sich weiter vor dem Spiegel. »So etwas hab ich noch nie getragen. Bist du sicher, dass ich nicht dämlich aussehe?«

Jillian sah sie im Spiegel an. »Kleidung kann dich nie dämlich aussehen lassen. Aber sie kann dich stark wirken lassen, und das ist bei dir der Fall. In allem, was du heute ausgesucht hast, siehst du gut aus, wie ein Mädchen, dem es nicht egal ist, was es trägt. Ich weiß, dass dieses Outfit nicht dem entspricht, was du gewöhnt bist, aber dein Modegeschmack wird sich mit der Zeit verändern, und es ist in Ordnung, wenn man mal ein paar andere Teile ausprobiert. Vielleicht gefallen dir nicht alle, wenn du sie anprobierst, aber du musst sie ja auch nicht kaufen. Doch vielleicht hast du auch Glück und findest ein paar andere Sachen, die du haben willst. Einige davon werden vielleicht sogar zu deinen Lieblingsstücken, und andere ziehst du nur gelegentlich an, aber jede Frau sollte eine Auswahl haben, um zu ihrer jeweiligen Stimmung etwas Passendes anziehen zu können.«

Zoey fummelte an dem Saum der Ärmel herum. »Ich liebe dieses Oberteil. Und es passt auch zu meinen Jeans.«

»Absolut.«

»Bist du sicher, dass ich nicht zu viel kaufe?«

»Schatz, dein Dad möchte das hier für dich tun. Er will, dass du das hast, was du brauchst, und etwas, in dem du dich wohl und glücklich fühlst.«

»Ja, wahrscheinlich.«

»Ich würde sagen, wir nehmen die beiden Teile und du probierst noch den Rock und den Pullover an. Ich habe das Gefühl, du wirst sie mögen.«

»Freu dich nicht zu früh. Ich mag keine Röcke.«

»Ich weiß.« Jillian sah ihr nach, als sie hinter dem Vorhang verschwand und musste sich beherrschen, um nicht vor Begeisterung zu kreischen.

»In den Rock sind Shorts eingearbeitet«, sagte Zoey hinter dem Vorhang. »Und der Pullover ist total weich.«

Sie kam in dem Outfit heraus und sah entzückend – und etwas verlegen – aus.

»Und? Was sagst du?«, fragte Jillian.

»Dass du dich vielleicht doch freuen kannst.«

Jillian kreischte nun doch auf und umarmte sie.

Zoey lachte. »Das sind doch nur Klamotten.«

»Das sind nie nur Klamotten.« Sie nahm Zoeys Hand und lächelte das Mädchen an, das direkt vor ihren Augen aufblühte. »Du bist so süß. Johnny wird dich einsperren müssen, um die Jungs auf Abstand zu halten. Oder die Mädchen. Beides ist okay, und du musst mir nicht sagen, auf was du stehst.«

Zoey lachte. »Jungs.«

»Ich auch. Na ja, auf Männer.« Sie grinste. »Ich glaube, wir müssen im Baumarkt noch einen Bolzenschneider kaufen, damit du notfalls die Schlösser knacken kannst.«

»Du bist schon so komisch, dass du witzig bist.« Zoey betrachtete sich im Spiegel.

»Lieber bin ich witzig, als dass ich witzig aussehe, so wie dein Vater, wenn er überlegt.« Sie zog die Augenbrauen zusammen und presste die Kiefer aufeinander.

Zoey kicherte. »Oder wenn er versucht, nicht zu fluchen, und leise etwas vor sich hin brummelt. Dann guckt er immer ganz schnell zu mir hin, um zu sehen, ob ich ihn gehört habe.«

»Und dann flucht er noch mal und sagt: ›Sorry, so hab ich das nicht gemeint.‹ Mit diesem flehenden Blick.« Beide lachten laut los. »Also gut, Mini-Fashionista, lass uns alles bezahlen und dann gehen wir in den Stoffladen und den Baumarkt.«

»Wir kaufen aber keinen Bolzenschneider.«

Im Stoffgeschäft hatten sie viel Spaß, und auf dem Weg nach draußen entdeckten sie einen Flyer für eine Kirmes, die bald stattfinden sollte, und über die Zoey auf dem gesamten Heimweg redete.

Johnny kam zur Tür heraus, als sie aus dem SUV ausstiegen. »Ich hab mir schon Sorgen gemacht.«

»Tut mir leid, dass wir so lange gebraucht haben«, sagte Jillian, während Zoey ihre Einkaufstaschen aus dem Auto holte. »Wir sind zu guter Letzt in zwei benachbarten Orten gelandet, aber wir haben tolle Outfits für Zoey gefunden, ein paar Sachen, mit denen sie ihre Klamotten aufmotzen kann, rote Chucks und flache schwarze Stiefeletten.«

»Danke für alles«, sagte Zoey. »Ich habe noch nie so viel auf einmal bekommen.«

Johnny lächelte. »Ich bin froh, dass du eine tolle Zeit hattest. Und ich bin gespannt, was du gekauft hast.«

»Okay …« Zoey wirkte nachdenklich. »Ich weiß, dass du mir gerade viel gekauft hast, und ich verspreche, dass ich nicht um mehr betteln werde, aber wir haben eine Werbung für eine Herbstkirmes gesehen, die nächstes Wochenende im Ort stattfindet, und ich hab mich gefragt, ob wir dort hingehen könnten. Niemand hat mich erkannt, als wir unterwegs waren, und ich trage auch die Perücke und die Basecap oder was immer du willst.«

»Ich weiß nicht, Zoey.« Er schaute zu Jillian.

Jillian wusste, wie riskant es für ihn war, sich in der Öffentlichkeit zu bewegen, und sie hatte Zoey gewarnt. Aber Zoey hatte die letzte halbe Stunde ohne Unterbrechung von dieser Kirmes geredet, und sie wollte es zumindest versuchen. »Du könntest dir einen richtigen Bart wachsen lassen und dir von Beau einen Hut, ein Flanellhemd und Stiefel leihen. Wir könnten sogar deinen Bauch ausstaffieren, damit du wie ein gut beleibter Papa aussiehst«, schlug Jillian vor.

Johnny sah sie an, als hätte sie den Verstand verloren.

»Bitte!«, flehte Zoey ihn an. »Du könntest vielleicht eine Vokuhila-Perücke tragen oder sonst irgendetwas, mit dem du anders aussiehst, und du und Jillian könntet euch als ein altes verheiratetes Paar ausgeben und ich wäre eure Tochter.«

»Hey, ich bin nicht *alt*«, warf Jillian ein.

»Und du *bist* meine Tochter«, erinnerte Johnny sie. »Ich

weiß nicht, Sunshine. Das ist wirklich riskant. Lass mich darüber nachdenken.«

»Na gut«, sagte Zoey matt. »Ich bring den Kram hier mal rein.«

Als die Tür hinter ihr ins Schloss fiel, sagte Johnny: »Verdammt, wahrscheinlich hält sie mich jetzt für einen blöden Spielverderber.«

»Sie ist einfach nur enttäuscht und das ist in Ordnung. Eltern müssen ihren Kindern nicht immer das geben, was sie wollen. Wir haben im Auto darüber geredet. Sie weiß, dass du für ihre Sicherheit sorgen musst. Hast du mit Kane oder deiner PR-Agentin gesprochen? Wie ist die Lage?«

»Wir überlegen, wann es strategisch am besten ist, eine Erklärung abzugeben, aber ich will nichts unternehmen, bevor ich nicht die Dinge mit Dick und Zoeys Mutter geregelt habe.«

»Das ist vernünftig. Ich muss dir etwas sagen.« Sie nahm seine Hand und zog ihn hinter den SUV.

»Das fängt vielversprechend an.« Er zog sie in seine Arme.

»Würdest du bitte damit aufhören?« Sie sah ihn verschmitzt an. »Oder es zumindest auf später vertagen. Es ist wichtig.«

»*Das* hier auch. Ich hab mich noch nicht bei dir dafür bedankt, dass du mit meiner Tochter shoppen warst.«

Sein Mund näherte sich ihrem auf eine verführerische Art. Seine Zunge strich über ihre Lippen, sie öffnete den Mund für ihn und sehnte sich nach den Küssen, die sie in der vergangenen Nacht hatten abheben lassen. Und – *oh ja!* – er enttäuschte sie nicht. Er zog sie fester an sich und vertiefte den Kuss. Sie ging auf Zehenspitzen, verlangte nach mehr. Seine Hände wanderten hinunter zu ihrem Hintern, drückten sie gegen seine Erektion und beide stöhnten auf. Er fühlte sich so gut an, dass sie *fast* vergaß, wo sie waren. Nur mit Mühe stieß sie sich von ihm ab und bemühte sich, Luft *und* Verstand wiederzuerlangen. »Johnny, wir wissen beide, dass das hier nichts werden kann.«

»Es kann jede Menge werden.« Er zog sie wieder an sich.

Sie versuchte, die Schmetterlinge in ihrem Bauch zu ignorieren. »Du weißt, was ich meine.«

»Ich weiß, dass das Timing ziemlich mies ist. Keiner von uns beiden war auf so etwas aus, aber schau mir in die Augen und sag mir, dass du nichts empfindest, wenn wir zusammen sind.«

Sie konnte seinen Blick nicht erwidern, denn sie wusste, was das mit ihr anstellen würde, und so schaute sie auf diesen sexy Mund, der genau wusste, was er sagen musste, und der ihren Slip mühelos feucht werden ließ.

Großer Fehler.

»Sag mir, dass es dir nicht gefällt, wenn wir uns küssen.« Er beugte sich noch weiter vor und flüsterte: »Und dass du nicht da weitermachen willst, wo wir gestern aufgehört haben, und dass du nicht meinen Mund zwischen deinen Beinen spüren willst.«

Das Verlangen in ihr kam einem Wirbelsturm gleich. Allmählich glaubte sie, dass er sie im Schlafzimmer vielleicht doch nicht enttäuschen würde.

»Du kannst es nicht sagen, stimmt's? Da ist etwas zwischen uns und du weißt es, Jilly.« Er senkte den Kopf und raunte ihr ins Ohr: »Keiner von uns beiden ist auf der Suche nach komplizierten Beziehungen, warum haben wir dann nicht einfach unseren Spaß miteinander, solange wir hier sind?«

»Weil du« – *mich verrückt machst, und ich ständig daran denken muss, mit dir herumzumachen* – »der Inbegriff einer unvernünftigen Entscheidung bist.«

Er lächelte sie frech an. »Ist das ein Ja? Denn wir beide wissen, wie gern du unvernünftig bist.«

»Nein, das ist kein Ja.« Sie lachte, denn was blieb ihr auch sonst übrig? So tun, als wollte sie ihn nicht, wäre lächerlich. Natürlich wollte sie ihm die Kleider vom Leib reißen und unanständige Dinge mit ihm anstellen. *Warum mache ich es denn nicht?*

Das brachte sie ins Grübeln.

»Was sagst du, Jilly?«

»Ich denke drüber nach.« *Herrje, was tue ich hier?* »Und hörst du mir jetzt zu, bevor Zoey aus dem Haus kommt?«

»Sie wird nicht herauskommen. Sie ist sauer auf mich oder enttäuscht oder vielleicht auch beides. Aber natürlich kann ich dir zuhören.« Er legte die Hände flach auf ihren Hintern.

»*Ohne* meinen Allerwertesten festzuhalten.« Sie schob seine Hände auf ihre Taille, doch er sah sie immer noch so an, als würde er am liebsten gleich an Ort und Stelle über sie herfallen. »Und hör auf, mich so anzusehen, bevor du uns beide in Schwierigkeiten bringst.«

»Ich kann nichts dafür, dass ich dich so ansehe. Und es ist nicht meine Schuld, dass du eine schmutzige Fantasie hast.«

Sie verdrehte die Augen. »Zoey hat mir etwas absolut Verstörendes erzählt.«

Sein Blick wurde ernst. »Schieß los.«

»Als ihre Mutter sie nach dem Tod ihrer Großmutter abgeholt hat, durfte sie nichts von ihren Sachen mitnehmen, und sie hat sie auch nie mehr wiederbekommen. Ihre Mutter hat alles bei einer Haushaltsauflösung verkauft. Das, was Zoey im Moment bei sich hat, ist alles, was sie besitzt, und sie hat ein paar wirklich wichtige Dinge verloren.«

Sie berichtete ihm alles, was Zoey ihr erzählt hatte, und die Wut brach aus ihm heraus.

»Dieses widerliche Weib wird dafür bezahlen.« Er zog sein

Handy aus der Tasche.

»Wen rufst du an?«

»Kane, damit er sie sich mal so richtig vorknöpft.«

Zehn

Am Donnerstagnachmittag joggte Johnny die Fünf-Meilen-Runde, die Beau ihm am Tag zuvor gezeigt hatte. Sie führte um das Grundstück herum – weit genug von dem Gasthof entfernt, um nicht den Gästen zu begegnen – und durch unebenes Gelände hindurch, was er gut gebrauchen konnte, um einen klaren Kopf zu bekommen. Er war es gewohnt, die Tage für sich zu haben, ins Fitnessstudio zu gehen, zu joggen, an seiner Musik zu arbeiten oder mit seiner Band zu jammen, und einfach Zeit für sich zu haben. Doch diese Zeiten waren vorbei. Noch vor wenigen Tagen hätte diese Erkenntnis eine Vielfalt von negativen Gefühlen mit sich gebracht, doch mit nur einem Satz hatte Jillian alles verändert. *Sie halten die Zügel in der Hand und können versuchen, den Karren in die richtige Richtung zu lenken, und Einfluss darauf zu nehmen, wie sie über Sie und sich selbst denkt, oder Sie können sie endgültig zugrunde richten, indem Sie ihr das Gefühl geben, auch hier ungewollt zu sein.* Die Wahrheit, die in ihren Worten lag, hatte ihn innehalten lassen – und das schaffte sie auch auf andere Art.

Zum Glück lief es mit Zoey seit ihrem Gespräch vorgestern Nacht nun besser. Sie war noch immer skeptisch und verhalten, aber die Unterhaltungen bestanden mittlerweile aus mehr als nur ein paar Worten, und er hatte ihr sogar ein paar Mal ein Lächeln und ein Lachen entlockt. Doch während die Spannung zwischen ihm und ihr nachließ, baute sich eine andere Art von Spannung bei ihm und Jillian auf. Die temperamentvolle Designerin machte ihm *richtig* zu schaffen. Mit aufreizenden zufälligen Berührungen, flüchtigen Blicken und prickelnden Zweideutigkeiten führte sie ihn an den Rand des Wahnsinns, nur um dann mit betont schwingenden hinreißenden Hüften davonzuschlendern, als hätte sie nicht gerade ein qualvolles Verlangen in ihm ausgelöst. Sie genoss anscheinend jeden einzelnen dieser Momente, und aus irgendeinem Grund erregte ihn das gleich noch mehr.

Sie war der Grund dafür, dass er heute schon zum zweiten Mal joggte. Wenn er sie noch einmal in diesem spärlichen Outfit sah, in dem sie immer schlief, dann bestand die große Gefahr, dass er es ihr vom Leib riss und sie über den Küchentisch legte. Heute Abend wollten sie mit Beau und Charlotte ein Lagerfeuer machen, und wenn er bis dahin nicht seine aufgestaute sexuelle Spannung abbaute, war es sehr gut möglich, dass er spontan in Flammen aufging.

Er rannte schneller, spurtete den Hügel hinauf und seine Gedanken wanderten zu Zoey. Ein schlechtes Gewissen machte sich breit, weil er ebenso oft an Jillian dachte wie an Zoey. Aber sein Verlangen nach ihr und seine Sorge um seine Tochter standen nicht in Konkurrenz zueinander. Sie existierten nebeneinander. Seine Gedanken bezüglich Jillian waren nicht nur sexueller Art. Er genoss ihre Neckereien und ihr humorvolles Geplänkel ebenso sehr, wie er es schätzte, mit ihr reden zu können, wenn er sich nicht sicher war, wie er mit Zoey umgehen sollte. Ihr lag Zoey offensichtlich am Herzen, und wenn sie der Meinung war, er hätte etwas Falsches gesagt oder getan, gab sie ihm durchdachte Ratschläge, ohne ihn mit Samthandschuhen anzufassen – was ihn bis zu einem gewissen Grade verärgern sollte, doch sie wurde in seinen Augen dadurch nur noch faszinierender. Ihr war es wichtiger, dafür zu sorgen, dass Zoey das Beste von ihm bekam, als sich auf ein Abenteuer mit ihm einzulassen. Er hatte das Gefühl, dass Jillian Braden wirklich ein Unikat war.

Er rannte weiter den Hügel hinauf, bis das Haus in Sichtweite war. Es war seltsam, aber die unebenen Decken und den Baumstamm, durch den man in die Küche ging, nahm er gar nicht mehr wahr. Vielleicht lag es daran, dass sein Leben nun so ganz anders aussah als bisher und dass so das Sonderbare daran, in einem Märchenhaus zu wohnen, ausgeblendet wurde. Oder es lag daran, dass die Umgebung nicht so wichtig war wie das Miteinander der Menschen darin.

Er ging den restlichen Weg Richtung Haus und zog sich dabei sein T-Shirt aus, um sich damit den Schweiß aus dem Gesicht zu wischen. Zoey saß mit dem Rücken an einen Baum gelehnt und las. Jillian hatte sie mit in den Gasthof genommen, damit sie sich in der Bibliothek dort etwas aussuchen konnte, und sie war mit ein paar Büchern und einer vollkommen neuen Erkenntnis zurückgekehrt. Es stellte sich heraus, dass Lesen eines von Zoeys Hobbys war. Bandit lag neben ihr im Rasen. Sie verdrehte immer noch die Augen angesichts der Aufmerksamkeit, die ihr neuer ständiger Begleiter ihr zukommen ließ, aber gestern hatte sie Beau gebeten, Futter für ihn vorbeizubringen. Heute hatte sie Bandit gefüttert und ihm zwei Mal frisches Wasser gegeben. Vielleicht hegte sie doch nicht so eine große Abneigung gegen Hunde.

Sie schaute auf, als Johnny näherkam, und rümpfte die Nase. »Ordentlich geschwitzt?«

»Das tut gut. Du solltest mal mit mir joggen gehen.«

»Nein danke.« Sie sah süß aus in einem ihrer neuen Outfits. Der bauchfreie schwarz-weiße Pulli war weder zu eng noch zu kurz, und er hatte vorher schon bemerkt, dass ihre Jeans auch nicht wie eine zweite Haut an ihr klebten, was ihm wesentlich besser gefiel.

»Hast du dein T-Shirt wiedergefunden?« Sie hatte erwähnt, dass ihr beim Wäsche waschen ein T-Shirt und ein paar Socken abhandengekommen waren.

Sie schüttelte den Kopf.

»Das taucht schon wieder auf. Bleibt's beim Lagerfeuer heute Abend?«

»Ja.« Ihre Augen strahlten. Sie hatte ihnen erzählt, dass sie noch nie bei einem gewesen war. »Jillian hat gesagt, wir können Marshmallows rösten.«

»Dafür sind Lagerfeuer da. Ich geh duschen. Brauchst du irgendetwas?«

»Nein danke«, sagte sie und vertiefte sich wieder ins Buch.

Er streichelte Bandit kurz und ging hinein. Nach einem kurzen Stopp in der Küche, um ein Glas Eiswasser zu trinken, machte er sich auf den Weg nach oben. Jillian kam am Ende des Flurs gerade aus ihrem Zimmer und sah in dem cremefarbenen schulterfreien Pullover und den schwarzen Leggings, mit denen sie ihn schon den ganzen Tag gequält hatte, mehr als sexy aus. Hitzewellen strömten zwischen ihnen hin und her, und das freche Lächeln, das ihre so sinnlichen Lippen zeigten, verriet ihm, dass sie sie auch spürte.

»Mr. Bad«, sagte sie kokett. »Bist du heute nicht schon einmal gelaufen?«

»Ja.« *Und jetzt könnte ich gleich noch eine Runde vertragen.*

Sie trat an ihn heran, sodass ihre Brust fast seine Haut berührte. »Bisschen Spannung abbauen?«

Jetzt war er derjenige, der noch weiter vortrat und sie gegen die Wand drückte, um sie dafür zu bestrafen, dass sie so mit ihm spielte. »Warum fragst du? Möchtest du mir dabei helfen?«

Sie hob die Augenbrauen. »Ich denke nicht.«

»Die Lust in deinem Blick sagt etwas anderes.«

»Ich bin nur eine heißblütige Frau, die den männlichen Körper bewundert.« Langsam und sinnlich leckte sie sich über die Lippen. »Zwei Mal am Tag zu joggen, ist wahrscheinlich dein Geheimnis, um ihn so straff zu halten.«

Heißblütig ist das richtige Wort. »Apropos straff.« Er drückte seine Hüfte vor und packte sie an den Hüften. »Was ist dein Geheimnis?«

Sie legte die Finger auf seine Brust, ging auf Zehenspitzen und ihr Blick sagte: *Ich zeig's dir.* Doch sie antwortete: »Das würdest du wohl gern wissen.« Dann befreite sie sich geschickt aus seinem Griff und marschierte davon, als hätte sie nicht gerade sein Innerstes in Brand gesetzt.

Im Badezimmer stieg er unter die kalte Dusche und kämpfte gegen den Schmerz in seinem Schritt an. Er konnte sich nicht daran erinnern, wann eine Frau das letzte Mal eine solche Wirkung auf ihn ausgeübt hatte. Er verlor nie die Kontrolle, war stets in der Lage, seine Bedürfnisse im Keim zu ersticken, indem er einfach an etwas anderes dachte. Warum sie? Ein märchenhaftes Wesen, das alles verkörperte, was er nie gewollt hatte? Warum jetzt, wo sein Leben ohnehin schon ein einziges Chaos war? Das musste doch reichen, um seine Gedanken in eine andere Richtung zu lenken, doch nichts schien zu helfen. Es spielte keine Rolle, dass er sich darauf konzentrieren wollte, dass es Zoey gut ging, und so viel Zeit mit ihr verbringen wollte, wie sie es zuließ. Gestern Abend hatten sie zu dritt

Spaghetti mit Fleischklößchen gekocht. Beziehungsweise Zoey und er hatten gekocht, während Jillian ihre Hände in die rohe Fleischmischung gesteckt hatte, um Klößchen zu formen, nur um dann auf Zehenspitzen herumzuhüpfen, Grimassen zu schneiden und Witze über Hirnmasse zu machen. Sie hatten Spaß gehabt, aber das hatte ihn nicht vor dem Verlangen bewahrt, Jillian am liebsten in seine Arme zu ziehen, wenn sie ihn nur ansah, und sie um den Verstand zu lieben, wenn sie mit ihrem heißen kleinen Körper an seinen stieß.

Dem Bedürfnis, das in seinen Adern brannte, konnte er nicht entkommen, und es gab nur eine Möglichkeit, wie er den Abend überstehen konnte. Er umfasste seine Härte, schloss die Augen und musste nicht einmal versuchen, ein Bild von Jillian heraufzubeschwören. Sie war allgegenwärtig mit ihren verführerischen Augen, die ihn in den Bann zogen, diesen entzückenden Brüsten, die danach bettelten, von ihm in den Mund genommen zu werden, und dieser engen Mitte, die von ihm erobert werden wollte. Er rieb sich schneller, härter und gab sich den dunklen Fantasien hin, die er letzte Nacht durchlebt hatte. Sie auf seinem Bett, die Handgelenke gefesselt und die Beine gespreizt, während er sich an ihr labte. Der Druck in ihm wurde stärker, seine Bewegungen wurden schneller bei der Vorstellung, wie sie sich unter ihm wand, ihn anflehte, sie zu nehmen, und wie er in sie stieß, heftig und tief, bis das Feuer in seine Lenden schoss und sein Orgasmus ihn überwältigte. Er fluchte mit aufeinandergepressten Zähnen, presste eine Hand gegen die Wand und ergab sich seiner Erlösung.

Sein Kopf sank nach vorne. »Oh, Jilly!«, platzte es nur aus ihm heraus. *Was zum Teufel machst du mit mir?*

Johnny zog sich an und griff nach seinem Handy, als gerade ein Anruf von Kane kam. Bei ihrem letzten Gespräch darüber, das alleinige Sorgerecht von Zoeys Mutter einzufordern, hatte Kane ihm erzählt, dass sie sich heute Dick vornehmen würden. Der Mistkerl hatte über eine Million Dollar veruntreut, was auf den Straftatbestand des besonders schweren Diebstahls hinauslief. Dafür würde er auf lange Zeit hinter Gittern landen. Fassungslosigkeit versetzte Johnny einen Stich. Wie hatte der Mentor, der ihn entdeckt und auf den Erfolg vorbereitet hatte, solch einen miesen Weg einschlagen können?

»Hey, Kane. Wie ist es gelaufen?«

»Wie zu erwarten. Dick wurde vor einer Stunde verhaftet, und das Ganze hat in den sozialen Medien schon die Runde gemacht.«

»Dieser verdammte Arsch verdient alles, was da jetzt kommt.« Johnny rieb sich den Nacken und ging in seinem Zimmer auf und ab.

»Und ob! Er wusste, was er tat, bevor er dich überhaupt unter Vertrag genommen hat. Deshalb ist deinem Team nie etwas aufgefallen. Er hat Zahlungen an Scheinfirmen getätigt, die er unter einem anderen Namen gegründet hatte, von Reisebüros bis hin zu Werbeagenturen, und unsere Vermutung ist, dass er das schon mit anderen Kunden abgezogen hat, bevor er dich entdeckt hat. Wir haben seine früheren Kunden benachrichtigt, und ich bin fest davon überzeugt, dass auch sie tätig werden. Es ist eine riesige, verdammte Scheiße, aber wir haben ihn. Ich erzähl dir mehr, sobald sich der Rauch etwas gelegt hat.«

»Danke, Mann. Ich habe keine Ahnung, was ich ohne dich tun würde.« Kane hatte seit Jahren darauf gedrängt, das Management für Johnny zu übernehmen, doch Johnny hatte Geschäft und Familie voneinander trennen wollen. Außerdem hatte er sich Dick gegenüber verpflichtet gefühlt, da er ihn entdeckt hatte. Er hatte ihm vertraut, obwohl Kane immer skeptisch geblieben war. Für diesen großen Fehler musste er jetzt büßen. »Ich hätte dir das Ganze schon vor Jahren übergeben sollen.«

»Hätte, hätte … Lohnt sich nicht. Konzentrier dich auf das, was vor dir liegt, nicht auf das Vergangene.«

»Versuche ich ja. Was Neues über Zoeys Mutter?«

»Ja, sie ist irgendeiner zweitklassigen Band nach L. A. gefolgt. Ich habe heute die Sorgerechtspapiere abgeholt und fliege morgen hin, um sie unterschreiben zu lassen. Keine Sorge, ich behalte sie bis dahin im Auge. Wie läuft's mit Zoey?«

Johnny hatte ihm bereits erzählt, dass Zoey weggelaufen war und dass Jillian sie zum Shoppen begleitet hatte. »Es wird. Wir haben noch einen langen Weg vor uns, aber ich glaube, wir haben die richtige Richtung eingeschlagen. Eines kann ich dir sagen: Durch die Sache hat meine Dankbarkeit für Mom und Dad ganz andere Dimensionen angenommen. Ich hab ein schlechtes Gewissen, wegen all dem, was wir als Teenager angestellt haben.«

»Das kannst du laut sagen. Wie geht's dir mit dem Ganzen?«

»Ganz okay.«

»Bist du sicher? Du bist Vater, Johnny, für den Rest deines Lebens. Plötzlich Papa, und das nicht auf die nette Art.«

»Was du nicht sagst!«

Kane lachte. »Ich versuche nur, die Stimmung aufzubessern.

Bist du sicher, dass Mom oder Harlow nicht kommen und dir helfen sollen? Ich würde ja Aria vorschlagen. Wenn jemand weiß, wie es ist, von einem Haus zum nächsten geschubst zu werden, dann sie, aber es ist eine elendig lange Fahrt vom Cape Cod bis Colorado.«

»Witzig, dass du das sagst. Aria hat heute Morgen angerufen und gefragt, wie es läuft, und sie hat tatsächlich angeboten, mit Zeke herzukommen.«

»Wirklich?«

»Ja, und es bedeutet mir viel, aber wir kommen zurecht. Jillian ist wirklich gut im Umgang mit Zoey. Sie setzt ihr Grenzen und weiß, wie sie sie zum Reden bringt. Manchmal schafft sie es sogar, sie zum Lächeln zu bringen. Meistens auf meine Kosten, aber immer im Spaß. Zoey vertraut ihr, und das ist das Wichtigste, oder?«

»Das ist eine Menge wert. Und was ist mit dir? Traust du dieser heißen kleinen Maus?«

»Ja, Mann, absolut, auch wenn sie mich verrückt macht. Sie hat ein loses Mundwerk und hält mir ständig vor, wenn ich Mist baue.«

»Du könntest sie wegschicken, nachdem ihr euch da jetzt eingerichtet habt.«

»Nee, ich will nicht, dass sie geht. Ich bin froh, dass sie hier ist.«

»Oh, Mann, Johnny! Was höre ich da raus?«, fragte Kane streng. »Du willst sie flachlegen, stimmt's?«

Johnny zwang sich, nicht zu antworten, um seinem Bruder nicht die Genugtuung zu geben.

»Hast du vergessen, wie du in diesen Schlamassel hineingeraten bist? Indem du der falschen Frau vertraut hast!«

»Schwachsinn! Ich bin in diesen Schlamassel geraten, weil

ich ein lüsterner Achtzehnjähriger war, dem es total egal war, wen er vögelte. Da war nichts mit Vertrauen oder Misstrauen. Wahrscheinlich war ich besoffen. Es hätte jede sein können. Der einzige falsche Mensch, dem ich vertraut habe, war Dick. Er hat mir das hier eingebrockt und du weißt das. Wenn er mich nicht hintergangen hätte, dann hätten wir das hier von Anfang an richtig regeln können. Nicht, dass ich wüsste, was *richtig* bedeutet hätte, aber es wäre verdammt noch mal besser gewesen als so, wie es jetzt gelaufen ist.«

»Sei einfach nur vorsichtig«, warnte ihn Kane. »Du kennst Jillian nicht.«

»Ich bin vorsichtig und ich lerne sie gerade kennen. Außerdem hast du gesagt, dass du sie überprüft und nichts gefunden hast, was mich beunruhigen sollte.«

»Stimmt, aber ich bin davon ausgegangen, dass sie geht, nachdem du dich da eingerichtet hast. Jede Frau würde sich verbiegen, um mit dir zusammen zu sein, und das Letzte, was du jetzt gebrauchen kannst, ist, gleichzeitig eine neue Freundin zufriedenzustellen und eine Beziehung zu deiner Tochter aufzubauen.«

»Also, Jilly macht garantiert keinerlei Verrenkungen für mich, und glaub mir, mir wäre nichts lieber.«

Kane lachte. »Jetzt kapier ich's. Du willst, was du nicht haben kannst.«

»Ach, halt doch die Klappe. So ist es nicht. Okay, vielleicht irgendwie schon auch. Klar, Jagen macht immer Spaß, aber ich mag sie wirklich. Sie wollte nicht hier sein, aber anstatt zu meckern, hat sie alles getan, um die Kluft zwischen mir und Zoey zu überbrücken. Du hättest sehen sollen, wie sie mit uns Badminton gespielt hat.«

»Seit wann spielst du Badminton?«

»Überhaupt nicht, aber Jillian bemüht sich, Zoey aus ihrem Loch herauszulocken, und das war einer ihrer Versuche. Es funktioniert, aber Jilly hat sich dabei blöderweise den Knöchel verknackst. Ist zum Glück schon wieder okay, aber die Frau ist *total* unsportlich und auch vom Kochen hat sie keine Ahnung. Sie ernährt sich von Cola Light und Schokoriegeln, und ich bin mir ziemlich sicher, dass sie nie schläft. Aber sie arbeitet wie vereinbart an den Kostümen. Ein paar von ihren Entwürfen hat sie mir schon gezeigt, und die waren wirklich gut.« Er merkte, dass er lächelte, als er sich daran erinnerte, mit welcher Leidenschaft sie ihre Skizzen durchgegangen war, ihm verschiedene Stilrichtungen für ihn und seine Bandmitglieder gezeigt hatte. Sie hatte wirklich jede ihrer Persönlichkeiten erfasst, was ziemlich überraschend war, da er kaum etwas dazu beigetragen hatte.

»Sie *arbeitet* also tatsächlich?«

»Ja. Sie ist keine, die nur rumhängt, Kane. Sie kommt mir vor wie ein Duracell-Häschen auf Absätzen. Lässt sich nichts bieten, schafft es aber, mir mit nur einem Blick richtig unter die Haut zu gehen. Bodenständig, aber mit Klasse. Nicht so arrogant wie irgendein Model oder eine Schauspielerin, sondern eher so, als hätte sie sich den Weg an die Spitze erkämpft und wüsste, dass sie dort hingehört. Und diese Art von Selbstbewusstsein gefällt mir, verdammt.«

»Du hast dir wirklich viele Gedanken um sie gemacht. Ich glaube nicht, dass ich dich jemals so über eine Frau habe sprechen hören.«

»Sie ist anders als alle Frauen, die ich kenne. Sie ist tough, und du weißt ja, dass sie kein Blatt vor den Mund nimmt, aber etwas an ihr macht mich verrückt.«

»Ich kann mich nur wiederholen, Johnny. Sei vorsichtig.

Dein Leben gehört nicht mehr dir allein, und du kannst es dir nicht leisten, in weitere Katastrophen verwickelt zu werden.«

»Was du nicht sagst.« Ihm fielen schon noch ein paar vergnügliche Verwicklungen mit Jillian ein, aber die würden seidene Schals beinhalten und wären kein Thema für ihn und seinen Bruder. »Ich hab sie gerne um mich. Und wir sind ohnehin nicht mehr so lange hier. Vorhin hab ich mit Shea gesprochen. Sie organisiert für Anfang nächster Woche ein paar Interviews, damit ich mein Gesicht in die Kameras halten und ein Statement über Dick und Zoey abgeben kann. Aber sie wollte erst wissen, wie es mit Dick läuft, und ich will nichts unternehmen, bis der ganze Kram mit Zoeys Mutter geregelt ist.«

»Ich ruf sie an.«

»Sehr gut. Nachdem ich eine Erklärung abgegeben habe, können Zoey und ich zurück nach New York und unser Leben in Angriff nehmen.« Selbst nach diesen wenigen Tagen kam es ihm seltsam vor, von Zoey und sich zu sprechen, ohne Jillian miteinzubeziehen. »Jerry hat sich ein paar Schulen angesehen, aber Zoey will auf eine staatliche Schule.«

»Das ist in New York keine gute Idee. Das macht sie, und damit auch dich, zu angreifbar.«

»Ich weiß. Aber eines nach dem anderen. Hör zu, du müsstest mir ein paar Gefallen tun.« Er und Kane besprachen noch einige geschäftliche Dinge. »Danke, Bruderherz. Ich muss mich beeilen und das Essen fertigkriegen. Wir machen heute Abend ein Lagerfeuer mit Jillians Bruder und seiner Frau, und ich will, dass die Mädels etwas Richtiges in den Bauch bekommen, bevor sie sich auf die Marshmallows stürzen.«

»Nur damit ich das richtig verstehe: Du spielst die Glucke für Zoey *und* Jillian? Dann ist Jillian wohl wesentlich klüger als du. Musst du bei ihr auch eine Schürze tragen?«

»Halt bloß deine Klappe.« Johnny lachte.

»Warte nur, bis ich das Harlow erzählt habe.«

»Tschüss, du Vollpfosten.«

Johnny hatte an keinem Lagerfeuer mehr gesessen, seit er bei seinen Eltern ausgezogen war. Er hatte vergessen, wie entspannend und unterhaltsam es sein konnte. Ach was, er hatte vergessen, wie herrlich es war, nicht jede Minute in einer Betonwüste zu verbringen. Er saß neben Zoey, die S'mores röstete. Während sie die gegrillten Marshmallows und etwas Schokolade zwischen zwei Cracker legte, fütterte sie Bandit immer mal wieder mit zerbrochenen Keksen. Beau und Charlotte saßen ihnen gegenüber und erzählten von einem Lagerfeuer, das sie nach ihrer Hochzeit beim Gasthof gemacht hatten. Jillian saß auf Zoeys anderer Seite, leckte sich Schokolade von den Fingern und sah Johnny mit ihren grünbraunen Augen unverwandt an. Er hatte gedacht, es wäre sicherer, nicht neben ihr zu sitzen, da es anscheinend zu ihrer Lieblingsbeschäftigung geworden war, ihn zu reizen. Und vor Publikum einen Ständer zu bekommen, konnte er wirklich nicht gebrauchen. Doch ihre verführerischen Blicke waren hier beim Feuer sogar noch wirksamer und ihr Körper noch verlockender, während die Flammen sich in ihren Augen spiegelten und ihre nackten Schultern im Mondschein schimmerten. Es hatte mit Sicherheit etwas Sündhaftes an sich, eine Frau in Gegenwart ihres Bruders und seiner eigenen Tochter zu begehren, aber er war machtlos. Und so, wie Jillian ihn beobachtete, war die

Unterhaltung am Lagerfeuer auch für sie zu einem bloßen Hintergrundgeräusch geworden.

»Dann hat Bandit Brindles Milchpumpe geklaut und das totale Chaos ist ausgebrochen«, sagte Charlotte.

»Das war saukomisch«, stimmte Beau zu. »Wenn unser Baby auf der Welt ist, müssen wir dafür sorgen, dass Bandit nicht auf blöde Ideen kommt und damit abhaut.«

Charlotte atmete hörbar ein, Jillian schreckte auf und schaute ruckartig von Johnny zu ihrem Bruder und seiner Frau. »*Was?* Hast du *euer* Baby gesagt? Bist du schwanger?«

Charlotte blickte nervös zu Beau. »Wir wollten doch bis zu Ambers Hochzeit, wenn die ganze Familie beieinander ist, nichts sagen.«

Beau verzog das Gesicht. »Tut mir leid, ist mir so rausgerutscht.«

»Ihr bekommt ein Baby?«, rief Jillian.

Beaus und Charlottes Lächeln reichte als Bestätigung, sodass Jillian kreischend aufsprang, ums Feuer herumlief und die beiden umarmte. »Glückwunsch! Ich werde Tante!«

»Herzlichen Glückwunsch«, sagte Johnny mit einem Hauch von schlechtem Gewissen, denn wenn er vor ihrer Geburt von Zoey erfahren hätte, wäre seine Reaktion nicht so freudestrahlend gewesen wie die von Beau. Wieder schwor er sich, alles in seiner Macht Stehende zu tun, damit sie sich nie wieder ungewollt fühlte.

»Glückwunsch«, sagte Zoey und nahm noch einen Bissen. »Unsere Nachbarn in New Jersey hatten auch ein Baby. Das war süß, hat aber ständig geschrien. Ich hoffe, das macht eures nicht.«

»Das hoffe ich auch«, sagte Charlotte. »Aber wenn doch, lieben wir es trotzdem.«

Johnny bemerkte, dass Zoey die Augenbrauen zusammenzog. Überlegte sie, warum ihre Mutter sie nicht so liebte?

»Ich kann es kaum abwarten, eine Babyparty für euch zu organisieren«, sagte Jillian. »Das wird ein Riesenspaß! Aber keine Sorge, ich erzähle niemandem irgendwas, bevor ihr es nicht allen sagt.«

»Du magst Babys also doch?«, fragte Johnny. »Den Eindruck hatte ich nicht.«

»Jillian liebt Babys, solange sie sie zurückgeben kann«, sagte Beau.

»Genau.« Jillian wich Johnnys Blick nicht aus. »Ich hab's nicht so mit dieser Spuckerei und den Windeln und so, aber ich bin gern die aufopferungsvolle Tante, die dafür sorgt, dass das Baby modetechnisch immer auf dem neuesten Stand ist, und die es abgöttisch liebt.«

»Bis die Windel voll ist«, scherzte Johnny.

Jillians Mundwinkel zuckten und sie straffte die Schultern. »Ganz genau.«

»Das sehe ich genauso«, sagte Zoey.

Johnny stupste Zoey mit der Schulter an. »Tja, zum Glück brauchen wir uns keine Sorgen darüber machen, dass du ein Baby bekommen könntest, bevor du dreißig bist, denn bis dahin wirst du kein Date haben.«

»Wenn du meinst«, maulte Zoey.

»Keine Sorge, Zoey«, sagte Jillian. »Mein Vater und meine Brüder haben mir das auch immer gesagt. Ich bin mir sicher, du darfst es, wenn du etwas älter bist. Vielleicht fünfzehn oder sechzehn.«

»Was? Das ist viel zu jung«, meinte Johnny.

»Zwanzig, frühestens«, fügte Beau hinzu.

Er und Johnny nickten sich zu, während die Mädels nur die

Augen verdrehten.

»Um ehrlich zu sein«, sagte Beau, »hatten wir mit Jilly wirklich Glück. Sie interessierte sich immer mehr für Mode als für Jungs.«

Das weckte Johnnys Interesse. »Tatsächlich? Ich hätte gedacht, sie wäre die beliebteste Cheerleaderin gewesen, die den Quarterback der Highschool gedatet hat.«

Beau winkte ab. »Für so einen Unsinn hatte Jilly keine Zeit. Quasi seit sie sprechen konnte, hat sie sich praktisch immer nur mit Mode beschäftigt. Sie und Jax haben ihre erste Modenschau bei uns im Garten gemacht, als sie vier Jahre alt waren.«

»Vier? Das ist ja süß.« Johnny beäugte Jillian und versuchte sich vorzustellen, wie sie als rechthaberische kleine Göre über den Laufsteg marschiert war.

Sie schaute zu ihm und ihr stolzes Strahlen wurde zu einem verführerischen Lächeln.

Du ungezogenes Mädchen! Du versuchst, mich vor den Augen deines Bruders anzutörnen.

»Jax wollte ein Kleid für Jilly entwerfen, als sie vier waren. Unsere Mutter hat ihn mit einer Schneiderin bekanntgemacht und unser Vater hat den beiden einen Laufsteg gebaut«, erklärte Beau. »Danach waren Jilly und Jax nicht mehr aufzuhalten. Während andere Kids Sport gemacht, Freunde getroffen oder Nachhilfe gehabt haben, waren die beiden bei der Schneiderin und haben alles gelernt, was sie nur konnten. Sie haben immer die Kostüme fürs Schultheater gemacht, und selbst als Teenager sind immer alle, die irgendeinen Anlass hatten, Monate vorher zu Jilly und Jax gekommen, um von ihnen etwas entwerfen zu lassen. Ihr sitzt neben dem Inbegriff der Powerfrau.«

»Das ist *echt* cool«, sagte Zoey.

»Du solltest mal die Teile sehen, die sie mit Jace Stone designt hat, einem der Eigentümer von Silver-Stone Cycles. Sie haben eine ganze ›Leder und Spitze‹-Kollektion für Bikerinnen entworfen.« Charlotte beschrieb die Modekollektion im Detail.

Er stellte sich Jillian in der sexy Unterwäsche und den anderen Outfits vor, von denen Charlotte sprach. *Mein Mädchen mag Leder und Spitze.* Der Gedanke schreckte ihn auf, und schnell korrigierte er sich. *Vorübergehend mein Mädchen.*

In Jillians Augen glühte ein Feuer, als könnte sie seine Gedanken lesen – die ihr offenbar *gefielen*. Doch plötzlich zerriss sie das unsichtbare Band zwischen ihnen, als wäre ihr mit einem Mal bewusst geworden, dass sie nicht allein waren. Das Verlangen in ihm wurde noch größer.

»Genug von mir«, sagte Jillian etwas hektisch. »Das ist Zoeys erstes Lagerfeuer. Wie findest du es bisher?«

»Toll, und die S'mores sind so lecker«, sagte Zoey. »Kann ich noch einen haben?«

»Einen noch. Ich will nicht, dass du die ganze Nacht mit Bauchschmerzen wachliegst.« Johnny merkte, dass er sich schon wie ein Vater anhörte, und das war ein gutes Gefühl. Jillians zustimmendes Lächeln machte es gleich noch besser.

»Super!«, triumphierte Zoey leise und griff nach den Marshmallows.

»Ich bin auf Cape Cod aufgewachsen, und als ich ein Kind war, haben wir in unserem Garten und am Strand ständig Lagerfeuer gemacht«, sagte Johnny. »Alle, die vorbeikamen, konnten sich dazugesellen.«

»Hört sich so an, als wäre deine Familie so wie die Bradens«, sagte Charlotte. »Sie haben auch so eine Art an sich, die jedem das Gefühl gibt, willkommen zu sein, und immer wenn sie zusammen sind, gibt es ein großes Essen, einen Grillabend oder ein Lagerfeuer.«

Ihm fiel ein, wie Jillian Zoey vom ersten Moment an, seit sie aus dem Flugzeug gestiegen waren, behandelt hatte, und Charlottes Bemerkung schien zuzutreffen.

»Ich liebe unsere Lagerfeuer und Grillabende«, sagte Jillian.

»Du liebst es, wenn andere für dich kochen«, neckte Beau sie.

»Ja, stimmt. Es hat Vorteile, in der Nähe der Familie zu wohnen.«

»Wo wohnst du denn?«, fragte Zoey.

Ein Strahlen trat in Jillians Augen. »In Pleasant Hill, Maryland. Ich wette, du wusstest nicht, dass Duncan Raz von dort stammt.«

»Der Mensch oder das Huhn?«, fragte Zoey.

Johnny musste schmunzeln.

»Der Mensch«, sagte Jillian.

»Nicht dein Ernst! Du kennst ihn?«

»Ziemlich gut sogar.« Jillian schaute mitfühlend zu Beau. »Er lebt jetzt woanders. Aber weißt du was? Deinem Dad wird das gefallen. Wenn Duncan zu Besuch nach Hause kommt, muss er sich wegen Paparazzi keine Sorgen machen, weil es dort keine gibt. Und die Menschen, die dort wohnen, respektieren Duncan und seine Familie, er wird also nicht von Fans belagert, die Autogramme wollen.«

»Klingt zu schön, um wahr zu sein«, sagte Johnny.

»Jilly hat recht«, sagte Beau. »Es ist eine kleine, aber unaufdringliche Gemeinschaft dort. Ein großartiger Ort zum Leben. Als Char und ich geheiratet haben, haben wir mein Haus in Pleasant Hill behalten, damit wir unsere Zeit zwischen hier und dort aufteilen können.«

»Wir mögen das Kleinstadtleben«, sagte Charlotte.

»Wie klein ist die Stadt?«, fragte Zoey.

»So klein, dass die Leute in einem Buchgeschäft oder einem Café dich beim Namen kennen, wenn du mehr als zwei, drei Mal bei ihnen warst. Aber so groß, dass du nicht jeden kennst, wenn du abends ausgehst. Und es gibt immer etwas zu tun.« Jillian konzentrierte sich auf Zoey. »Diese Kirmes, auf die du gehen wolltest … Pleasant Hill hat Feste und Paraden zu jeder Jahreszeit, dann wird immer die ganze Stadt geschmückt.«

»Das Kürbisfest findet am Halloween-Wochenende wieder statt«, erinnerte Beau sie.

»Was macht ihr beim Kürbisfest?«, fragte Zoey.

»Wir haben eine Menge Spaß«, sagte Jillian. »Es findet ein Festumzug statt und die Cafés und Bäckereien verkaufen leckere Kürbisprodukte. Auf einer Farm gibt es Heuwagenfahrten und alle Geschäfte haben Stände entlang der Straße. Von überall her kommen Künstler, die ihre handgefertigten Werke im Park verkaufen. Morgyn, die Frau von meinem Bruder, hat dieses Jahr auch einen Stand.«

»Was macht sie?«, fragte Zoey.

»Unglaublich viele coole Sachen. Sie fertigt Neues aus gebrauchten Klamotten, Schmuckstücken, Möbeln und allem, was du dir nur vorstellen kannst, an. Ihre Kleidung würde dir gefallen und sie macht alles selbst.«

»Das klingt toll«, sagte Zoey.

»Ist es auch«, bestätigte Charlotte. »Es tut mir leid, dass wir das in diesem Jahr verpassen werden.«

»Stimmt. Wir werden euch vermissen. Alle anderen kommen für das Wochenende zu Nicks und Trixies Halloween-Party nach Hause«, sagte Jillian. »Das ist übrigens noch ein Grund dafür, warum ich gern dort lebe, Zoey. Unsere Eltern und unsere Brüder Nick und Jax leben dort, und unsere anderen Brüder Graham und Zev verbringen mit ihren Frauen auch oft Zeit dort, und unsere Cousins wohnen im Nachbarort.«

»Du hast aber eine riesige Familie«, sagte Zoey. »Bist du die einzige Tochter?«

»Das bin ich, und das ist wahrscheinlich auch gut so. Ich weiß nicht, ob ich eine Schwester wie mich ertragen könnte.«

Alle lachten, sogar Zoey, die heute Abend besonders munter war.

»Ich dachte, du lebst in New York«, sagte Zoey.

»Da bin ich gern zu Besuch, aber das eigentliche Leben gefällt mir in Maryland besser«, sagte Jillian.

»Warum? Also … abgesehen von der Familie«, wollte Zoey wissen, während sie ein Marshmallow grillte.

Es überraschte Johnny, wie interessiert Zoey an Jillians Leben war, aber er war froh, dass die beiden sich so gut verstanden, und er erfuhr gern mehr über die temperamentvolle Designerin.

»Maryland ist nicht so chaotisch wie der Big Apple«, sagte Jillian nachdenklich. »Aber das Besondere daran ist für mich, dass ich zehn Minuten in eine Richtung fahren und Zeit in der Stadt mit all ihren Geschäften und Restaurants verbringen kann, aber wenn ich in die entgegengesetzte Richtung fahre, sehe ich Farmen und Pferde, so weit das Auge reicht.«

»Ich hätte echt gern Pferde in der Nähe«, sagte Zoey.

Johnny machte sich im Geiste eine Notiz.

»Du musst mich unbedingt besuchen.« Jillian warf ihm einen kurzen Blick zu. Er zwinkerte, doch sie schaute rasch wieder weg. »Nick hat Pferde. Er ist Freestyle-Pferdetrainer und macht professionelles Trickreiten, das heißt, er macht die verrücktesten Stunts auf den Pferden. Und seine Frau Trixie führt ein Unternehmen mit Minipferden, die sie in Therapien einsetzt. Sie hat unglaublich süße Miniature Horses.«

»Wirklich? Ich hab noch nie Minipferde gesehen«, sagte Zoey und legte das Marshmallow auf ihren Cracker.

»Wie gesagt, du kannst jederzeit zu Besuch kommen, aber Beau und Char haben auch Pferde«, sagte Jillian.

»Hier?«, fragte Zoey hoffnungsvoll.

»Ja, wir haben vier Pferde. Sie waren ein Hochzeitsgeschenk eines Verwandten von Beau und Jilly, der hier in Colorado lebt«, sagte Charlotte. »Kannst du reiten?«

»Meine Grandma hat mich ein paar Mal zum Reiten gebracht, und ich war wirklich gut, aber Reitstunden konnten wir uns nicht leisten.«

»Ich wette, du bist gut genug für einen Ausritt«, sagte Beau. »Jillian kennt die besten Pfade.«

»Gute Idee.« Jillians Blick huschte zu Johnny. »Ich liebe es zu reiten.«

Das glaube ich.

»*Du* kannst reiten?«, fragte Zoey ungläubig.

»Warum überrascht dich das?«, fragte Jillian.

»Keine Ahnung«, sagte Zoey. »Weil du immer hohe Absätze und schicke Klamotten trägst. Ich kann mir nicht vorstellen, dass du dich schmutzig machst.«

»Klamotten kann man waschen, und mal richtig schmutzig sein, kann Spaß machen.« Sie grinste neckisch in Johnnys Richtung und er musste schmunzeln.

»Können wir mal ausreiten?«, fragte Zoey ihn.

Er hatte seit seiner Kindheit auf keinem Pferd mehr gesessen, aber er würde so ziemlich alles tun, um dieses Lächeln in Zoeys Gesicht zu bewahren. »Klar doch.«

»Klasse! Danke!«, rief Zoey, doch ihr Lächeln verschwand, als sie sich wieder zu Beau umdrehte. »Was ist, wenn ich das

Reiten verlernt habe?«

»Char muss morgen schreiben, aber ich könnte dir Unterricht geben«, bot Beau an.

»Das würde dir nichts ausmachen?«, fragte Zoey.

»Ganz und gar nicht«, sagte Beau. »Ich komme gegen zehn rüber. Wenn wir fertig sind, weißt du alles, was nötig ist.«

Ein seltsamer Anflug von Eifersucht überkam Johnny, denn er wäre selbst gerne derjenige, der ihr das Reiten beibrachte.

»Danke«, sagte Zoey. »Wie sind eure Pferde so? Brauch ich Reitstiefel? Ich hab nur Sneaker.«

Wieder hätte er sich gern angeboten, um ihr Stiefel zu kaufen, doch er konnte nicht einmal in das verdammte Geschäft gehen.

»Welche Größe hast du?«, fragte Charlotte.

»Siebeneinhalb«, antwortete Zoey.

»Perfekt, du und Jilly könnt Stiefel von mir ausleihen«, sagte Charlotte. »Und unsere Pferde wirst du lieben. Sie kennen die Pfade hier auswendig, und sie sind die reinsten Schätze, wirklich leicht zu reiten.«

Zoey zeigte sich weiter interessiert, als sie über die Pferde sprachen, die Wanderpfade und die anderen Dinge, die Beau und Charlotte gern in der Gegend unternahmen. Sie unterhielten sich über Musik und fragten Johnny, wie er angefangen hatte. Auch dafür schien Zoey sich zu interessieren, und so stellte sie ihm einige Fragen. Er fing an, zu überlegen, warum er es so eilig hatte, zurück nach New York zu gehen, wo sie sich doch gerade erst öffnete und sie langsam eine Verbindung knüpften. Zoeys Glück war alles. Das wollte er fördern, nicht verkürzen.

Als er sein Handy hervorholte, um Shea zu schreiben, schaute er zu Jillian und erwischte sie dabei, wie sie ihn wieder beobachtete. Dieses Mal schaute sie nicht weg, und ihr Lächeln war eher verführerisch als verspielt, was ihn in seiner Entscheidung, zu bleiben, bestätigte. Er tippte eine Nachricht an Shea. *Lass dir Zeit mit dem Statement. Ich will so lange wie möglich hierbleiben. Es tut Zoey gut. Danke.*

Je später es wurde, umso intensiver wurde das Knistern zwischen ihm und Jillian. Er befürchtete, dass es den anderen auffallen könnte, und daher versuchte er, sie nicht dauernd anzuschauen, doch er war zu sehr in den Bann ihres leicht verruchten Blickes und ihres sexy, herausfordernden Lächelns gezogen. Die Flammen, die zwischen ihnen loderten, waren nicht zu löschen, aber falls die anderen es mitbekamen, ließen sie es sich nicht anmerken.

Die Unterhaltung ebbte langsam ab und Zoey und Charlotte ging die Puste aus. Beau küsste Charlotte auf die Schläfe. »Ich glaube, es wird Zeit, dass ich meinen Shortcake nach Hause bringe.«

Charlotte sah ihn liebevoll an und stand auf. Jillian tat es ihr gleich. Nicht zum ersten Mal bemerkte er, dass Jillian ihren Bruder und Charlotte mit einem sehnsuchtsvollen Blick beobachtete, den er auch schon bei ihr gesehen hatte, wenn die beiden Händchen hielten, sich küssten oder sich etwas zuflüsterten.

»Das war ein schöner Abend«, sagte Jillian und riss ihn aus seinen Gedanken, als sie Charlotte umarmte. »Das wird ein Spaß, wenn wir deinen Schrank nach Reitstiefeln durchstöbern.«

»Hast du den nicht immer, wenn du Schränke durchstöberst?«, neckte Charlotte sie.

»Danke, dass ihr den Abend mit uns verbracht habt«, sagte Johnny und legte die Abdeckung über die Feuerstelle. »War schön, euch näher kennenzulernen.«

»Wir fanden es auch schön. Ich werde die Pferde morgen für euch satteln«, sagte Beau.

»Kann ich dabei helfen?« Zoey schaute zu Johnny, als sie aufstand. Neben ihr erhob sich auch Bandit.

»Ich wollte gerade vorschlagen, dass wir ihn am Stall treffen und nicht bei uns, damit du ihm helfen kannst«, sagte Johnny. »Wäre das in Ordnung, Beau?«

»Das wäre mir sehr lieb«, sagte Beau.

Zoeys Lächeln reichte von einem Ohr zum anderen.

»Glückwunsch noch einmal zu deiner Schwangerschaft«, sagte Johnny.

»Danke.« Charlotte lächelte Zoey an. »Es war toll, dich besser kennenzulernen.« Sie umarmte sie, und zu Johnnys Überraschung erwiderte sie die Umarmung. »Keine mitternächtlichen Ausflüge mehr, okay? Ich könnte es nicht ertragen, wenn dir etwas zustoßen würde.«

Johnny bereitete sich darauf vor, dass Zoey dichtmachte, doch sie lächelte etwas verlegen und schüttelte den Kopf.

»Okay. Mach ich nicht mehr.« Zoey wandte sich zum Gehen.

»Ich bring dich zum Haus«, bot Johnny an.

Zoey sah ihn genervt an. »Ich bin vierzehn. Ich muss nicht mehr ins Bett gebracht werden, und ich habe gerade gesagt, dass ich nicht mehr wegrenne.« Schnell fügte sie hinzu: »Aber trotzdem danke.«

»Okay, 'tschuldigung. Nacht.« Er schaute Zoey und Bandit hinterher, die im Haus verschwanden, und drehte sich dann zu Beau um. »Ist es in Ordnung, dass Bandit die ganze Zeit bei ihr ist?«

»Mehr als in Ordnung.« Beau legte den Arm um Charlotte.

»Sie braucht ihn im Moment mehr als wir.«

»Ich könnte eine Gebrauchsanweisung für die Erziehung eines Teenagers gebrauchen.«

Beau lachte. »Du und alle anderen Eltern auch. Gute Nacht.«

Jillians Herzschlag wurde immer schneller, als Beau und Charlotte auf dem Weg verschwanden und sie nun mit Johnny allein zurückblieb. Die lustvollen Gedanken, mit denen sie sich schon seit zwei Tagen herumschlug, knisterten wie spannungsgeladene Drähte zwischen ihnen, während die nächtlichen Geräusche in der Stille lauter zu werden schienen. Sie wollte ihre Gefühle für ihn nicht leugnen, auch wenn sie wusste, dass es besser wäre. Sie hatten eine Grenze schon überschritten und das war nicht mehr ungeschehen zu machen, doch sie konnte nicht aufhören, an die Nacht neulich zu denken, und sie wollte mehr. Mehr von seinen Händen und diesem verheißungsvollen Mund. Sie wollte ihn, und diese Lust war unaufhaltsam und glich einem gefährlichen Katz-und-Maus-Spiel. Sie sollte sich vor derart intensiven lustvollen Gedanken in Acht nehmen, doch stattdessen genoss sie jede Sekunde davon. Sie schaute noch geistesabwesend in die Richtung, in die Beau und Charlotte gegangen waren, aber gleichzeitig spürte sie seine Hitze um sich herum, so heiß, so nah, so prickelnd.

Er stellte sich neben sie und brachte diese spannungsgeladenen Drähte zum Glühen. »Was geht in diesem entzückenden Kopf vor?«

Ein heftiges Ringen. »Die Überlegung, dass ich auch zu Bett gehen sollte«, sagte sie wenig überzeugend, als er vor sie trat. Sie hielt ihren Blick auf seine Brust gerichtet, um ihm nicht in die Augen zu schauen – aus Angst, ihre Kleidung würde sonst schmelzend von ihrem Körper fließen. Alles auf einmal mit einem einzigen *Wusch*.

Er umfasste ihr Kinn mit Finger und Daumen und hob ihr Gesicht an, sodass sie keine andere Wahl hatte, als in diese verheerenden dunklen Augen zu blicken. »Das klingt gut.«

»Johnny!« Das Wort klang ebenso verwirrt, wie sie sich fühlte. »Ich arbeite für dich, und ich kann es nicht gebrauchen, die Designerin zu sein, von der alle denken, sie hat den Job bekommen, weil sie mit dem Rockstar in die Kiste gestiegen ist.«

»Das würde ich nie zulassen.«

»Du weißt, dass du die Medien nicht kontrollieren kannst.«

»Aber ich kann kontrollieren, wer für mich arbeitet.« Seine Mundwinkel zuckten. »Du bist gefeuert, bis wir von hier wegfahren.«

Sie lachte leise und er zog sie in seine Arme. Mit ihrem ganzen Körper nahm sie seine muskulöse Gestalt wahr, und ihr Verlangen wurde nur noch größer.

Er ließ die Finger durch ihre Haare gleiten. »Sag mir, dass du nicht an mich gedacht hast.« Seine Lippen strichen über ihre Wange. »Sag mir, dass du mich nicht willst, und ich lasse dich in Ruhe.«

Seine Hand glitt an ihrer Seite aufwärts, löste heiße Schauer aus und berührte leicht ihre Brust. Sie kämpfte gegen die Lust an, die in ihr vibrierte. »Das wäre eine Lüge.«

»Gut.« Er küsste ihren Mundwinkel. »Denn ich kann auch nicht aufhören, an dich zu denken.« Er zog ihren Kopf an den Haaren zurück und jagte damit ein Prickeln bis tief in ihr

Innerstes. Sein Mund war nur einen Hauch von ihrem entfernt und sein warmer Atem huschte über ihre Lippen. »Wie oft hast du dir meinen Mund auf deinem Körper ausgemalt?« Er fuhr mit der Zunge über ihre Unterlippe und sie atmete hörbar aus. »Wie oft hast du dir vorgestellt, dass ich dich nehme?«

Sie spürte, dass sie feucht wurde, und konnte ein Wimmern nicht unterdrücken. So war sie *nie*. Mit niemandem, doch sie wollte nicht dagegen ankämpfen. Er leckte über ihre Ohrmuschel, jagte kribbelnde Wogen durch sie hindurch, und sie schloss die Augen, um das köstliche Gefühl unaufhaltsamer Lust zu genießen.

»Ich fühle mich so zu dir hingezogen, dass ich keinen klaren Gedanken mehr fassen kann«, flüsterte er und knabberte an ihrem Ohrläppchen. Ihr stockte der Atem, und er hielt sie so an sich gedrückt, mit seinem Mund an ihrem Ohr, während er leise und mit rauer Stimme weitersprach. »Es geht nicht nur darum, dass ich meinen Spaß haben will, Jilly. Du hast etwas an dir, das mich um den Verstand bringt. Ich bin seit Ramona mit keiner Frau zusammen gewesen, und ich hatte jede Menge Gelegenheiten, aber ich will *dich*, Jilly, und ich weiß, dass du mich willst.«

Sie versuchte, seine Worte gedanklich zu verarbeiten, und sie wusste, dass er vielleicht log, doch als er ihr Gesicht mit den Händen umfasste und ihr tief in die Augen schaute, konnte sie der Aufrichtigkeit, mit der er sie ansah, nicht entkommen.

»Wenn ich einfach nur Johnny wäre und du einfach nur Jilly, wenn mein Leben nicht gerade Kopf stehen und uns niemand kennen würde, was würdest du in diesem Moment tun?«

Ihre Entschlossenheit verpuffte, und noch bevor sie überlegen konnte, sagte sie: »Dich in den Schuppen zerren und *dich* nehmen.«

Nur eine Sekunde lang sah sie sein Lächeln, bevor er ihren Mund mit einem feurigen Kuss eroberte, der alles in ihr löste, was sie zurückgehalten hatte. Sie zog an seinem T-Shirt, während sie Richtung Schuppen stolperten, und war vollkommen eingenommen von seinen Küssen, von seiner Zunge, die sie erforschte, als könnte er nicht genug bekommen. Rasch glitten seine Hände über sie, packten ihre Brüste, ihren Hintern, vergruben sich in ihre Haare und ballten sich zur Faust, als sie mit dem Rücken gegen den Schuppen prallte. Er hielt inne, das Feuer loderte in seinen Augen, doch Sorge mischte sich in seine Lust. »Tut mir leid.«

»Grob gefällt mir«, erinnerte sie ihn und zog seinen Mund wieder an ihren.

Er drückte die Tür auf, ohne ihren Kuss zu unterbrechen, und sie stolperten hinein, stießen gegen die Regale, während er die Tür mit dem Fuß schloss. Der Mond schien durch die Fenster, erhellte die Bälle und Schläger, die auf den Boden fielen und Jillian und Johnny zum Lachen brachten, während sie sich gegenseitig die T-Shirts vom Leib rissen. Geschickt öffnete er ihren BH und warf ihn beiseite. Er riss den Mund von ihrem los, knabberte und saugte sich an ihrem Hals hinab und löste mit seinen Zähnen eine herrliche Mischung aus Lust und Schmerz aus.

Er lehnte sich zurück und ließ den Blick über ihre Brüste gleiten. »Du bist so verdammt sexy.«

Jillian packte seine Haare, als er ihren Nippel in den Mund saugte, die Zunge kreisen ließ und mit den Zähnen über ihre sensible Haut fuhr. Sehnsüchtige Laute entwichen ihr, aber sie war so in der Lust verloren, dass es sie nicht kümmerte. Als er die andere Hand in ihre Leggings schob und ihre Perle mit unaufhaltsamer Zielstrebigkeit fand, keuchte sie auf – »Johnny …« – und ging auf Zehenspitzen, während er sie an den Rand des Wahnsinns trieb. Sie wand sich und wimmerte, flehte nach mehr. Dann küsste er sie wieder in einen Rausch, während er mit den Fingern in sie eindrang, und sein Daumen kreiste dort, wo seine Finger gewesen waren, so schnell und so perfekt, dass er sie ohne Umwege in die Ekstase katapultierte. Sie schrie in ihre Küsse, als die heißen Blitze der Lust in ihr explodierten. Er berührte sie weiter so aufreizend, während sie ihre lustvollen Momente genoss, dann küsste er sie sanfter und flüsterte: »Ich kann es nicht abwarten, dich mit dem Mund zu nehmen.«

»Ja!«, keuchte sie.

Er kostete und knabberte sich an ihrem Körper hinab, zog ihr – inmitten von Küssen und Berührungen – die Stiefel und alles andere aus. Er umfasste ihre Hüften, küsste sie oberhalb von ihrer Mitte und fuhr dann mit der Zunge über ihre feuchte Hitze. *Halleluja!* Sie packte ihn an den Schultern und war schon wieder dem Zerbersten nah.

»Verdammt, du schmeckst so süß.«

Seine unanständigen Worte lösten ein wohliges Gefühl in ihr aus. *Endlich* ein Mann, bei dem sie sich nicht zurückhalten musste. »Mach einfach«, sagte sie lachend und nach mehr lechzend.

Er leckte sie erneut. Ein langsames Gleiten seiner Zunge und ihr Kopf fiel mit einem Seufzer zurück an die Wand.

»Oh, nein, kommt gar nicht infrage«, knurrte er. »Sieh mir zu, Jilly. Sieh mir zu, wie ich dich kommen lasse.«

Dass er sie enttäuschte, davon konnte wirklich nicht die Rede sein. Sie schaute auf ihn hinab, als er ihr Bein über seine Schulter legte und mit der Zunge spielte, als wäre er dazu geboren, ihr Lust zu bereiten. Dann verfolgte er mit seinen dunklen Augen, wie seine Finger wieder in sie eindrangen. *Himmel!* Sie musste all ihre Beherrschung aufbringen, um die Augen offen zu halten, aber als er so gekonnt über diesen versteckten Punkt strich, war die Lust so intensiv, dass sie die Augen schloss.

»Sieh mich an, meine Schöne«, forderte er.

Sie öffnete die Augen. »Ganz schön anspruchsvoll, wie?«

»Du meinst wahrscheinlich *lustvoll*.« Er liebkoste sie weiter mit dem Mund, bis sie sich wand und stöhnte und die Finger in seine Haare krallte. Er schaute mit einem verwegenen Lächeln zu ihr auf und seine Lippen waren feucht von ihr. »Wenn du in deinem Bett liegst, an *mich* denkst und dir zwischen die Beine greifst, um Druck abzulassen, dann sollst du *mein* Gesicht vor dir sehen, *meinen* Mund, der dich kommen lässt.«

Seine Worte erregten sie ebenso wie seine Berührung. Aber sie würde ihm das niemals gestehen, wenn es doch so einen Spaß machte, ihn zu triezen. »Woher willst du wissen, dass ich nicht jemand anderen vor Augen habe, während du das gerade machst?«

Sein Blick wurde hart. »Selbst wenn. Du wirst niemand anderen mehr vor Augen haben, wenn ich mit dir fertig bin.«

Sie fügte Selbstvertrauen und Beherrschung zu der Liste seiner sexy Eigenschaften hinzu, während er sich an ihr labte, sie reizte und erregte, ihr die Fähigkeit zu denken raubte. Mit beiden Händen packte sie seinen Schopf, genoss seinen Mund auf sich, während er sie mit jeder Zungenbewegung, jedem Saugen und jedem Knabbern weiter in Brand setzte. Irgendetwas stellte er mit seinen Fingern und seinem Mund an, das sie an den Rand des Irrsinns trieb. Ihr ganzer Körper zitterte und bebte, während ihr Bewusstsein schwand.

»Johnny ...« Wieder und wieder entwichen ihr flehende

Laute, doch er zeigte keine Gnade. Ihre Beine zitterten, mit jeder Berührung entzündete er weitere Feuer, sodass sie nach Atem rang, bis er plötzlich aufstand. »Warum …«

»Wir beenden das *zusammen*«, knurrte er.

»Beeil dich!« Sie konnte nicht mehr warten und zerrte an seinem Hosenbund.

Er schob die Jeans hinunter und sein harter Schaft bekam den Raum, den er brauchte. Sie wollte nach Johnnys beeindruckender Länge greifen, doch er hob Jillian hoch und senkte sie dann auf seine Härte. Das köstliche Eindringen ließ sie aufschreien, und ihr Körper dehnte sich, als er sie erfüllte. Pure, kehlige Laute drangen aus ihm heraus, sie spürte seine angespannten Muskeln an ihrer Haut, und unweigerlich krallte sie sich an seinen Schultern fest und verlangte nach mehr. »So eng«, stieß er hervor. »Genau so, Baby, drück meinen Schwanz ganz fest.« Mit einem heftigen, besitzergreifenden Kuss eroberte Johnny erneut ihren Mund. Es war befreiend, endlich mit einem Mann zusammen zu sein, der sich nicht zurückhielt. Sie gab sich ihrer Lust hin, als ihre Körper die Kontrolle übernahmen, drängten und stießen, so sehr sie nur konnten. Sie verschlangen sich, gruben die Fingernägel in die Haut und mit jedem Stoß seiner Hüften loderten die Flammen auf. Noch nie hatte sie sich so animalisch gefühlt. Sie spürte ihn *überall*. In der Luft, die um sie herumwirbelte, in dem Schweiß, der auf ihrer Haut perlte, und immer wenn sie lustvoll aufschrie: »Härter … Ja … Hör nicht auf!«

Er war bei ihr, knurrte in ihren Mund. »So gut, so … Verdammt!« Heftig stieß er diesen Fluch aus und erstarrte. »Wir haben kein Kondom.«

Ihr von Lust vernebeltes Hirn versuchte, zu funktionieren, aber sie war zu weit weg. »Wir hören *nicht* auf. Du musst rechtzeitig rausziehen.«

»Nimmst du nicht die Pille?«

»Nein! Ich hab mit niemandem Sex. Warum sollte ich die Pille nehmen?«

Er sah auf ihre vereinten Körper hinab und beide lachten. Sein Mund prallte auf ihren, hart und fordernd, während sie sich auf ihm bewegte, als hätte sie ihr ganzes Leben nur darauf gewartet. Wie konnte er sich nur so gut anfühlen? Sie wollte nicht aufhören. Mit einem Stöhnen riss er seinen Mund von ihrem los. »Verdammt, Jilly! Verdammt!« Mit dem nächsten Atemzug hob er sie hoch, stellte sie auf den Boden und drehte sie herum. Sie stemmte sich gegen die Wand, als er von hinten in sie eindrang und sie beide vor unbändiger Lust aufschrien. Hart und schnell stieß er immer wieder in sie, nahm sie auf köstliche Weise, sodass sie kaum Luft bekam.

»Ah, Jilly!« Ihr Name klang derb, wie ein Fluch. »Du fühlst dich so gut an. Ich bin kurz davor.«

»Ich auch. Hör nicht auf!«

Er stöhnte. »Du bringst mich um.« Seine Hüfte schnellte wieder und wieder vor, während er die Hand um sie herumschob und sie genau dort berührte, wo sie es brauchte, um endgültig in andere Sphären abzuheben. Ihre inneren Muskeln zogen sich um seine Härte zusammen und sie zuckte wild.

»Mist! Mist!« Er zog sich heraus und sie spürte ihn warm an ihrem Hintern, seine Fingerknöchel an ihrer Haut, während er über seinen Schaft strich. Er prallte gegen sie und stieß ein langes, tiefes *Aah!* aus, als er sich über ihren Rücken ergoss. »Was machst du mit mir?«, keuchte er. »Ich habe noch nie ein Kondom vergessen.«

Ihr Verstand war zu vernebelt, ihr Körper vibrierte mit einer solch intensiven Lust, dass sie nur lächeln konnte.

»Himmel, Jilly! Wir sind eine gefährliche Mischung.« Er biss sie in die Schulter und wieder entwich ihr ein sehnsüchtiger Laut. »Habe ich dir wehgetan?«

»Nein«, keuchte sie. »Kann noch nicht reden.«

Er küsste sie dort, wo er sie gebissen hatte, und ließ sie erschaudern, bevor er sie festhielt, bis ihre Beine nicht mehr zitterten. »Ich hol nur mein T-Shirt und mach dich sauber.«

Sanft wischte er sie trocken, und die Geste war so intim, dass es sie überraschte. Sie hatte erwartet, dass der Sex mit Johnny gut sein würde. *Großartig* sogar. Aber nicht so überwältigend, dass sie seine Berührungen, seine geknurrten Forderungen und das Gefühl von ihm in sich gewiss noch Wochen im Geiste durchleben würde.

Als er sie gesäubert hatte, nahm er sie in den Arm und zog sie an seinen nackten Körper. Er fühlte sich seltsam vertraut und irrsinnig gut an – wie ein Déjà-vu.

»Wo bleiben deine frechen Kommentare?«, flüsterte er. »Alles in Ordnung?«

»Mhm. Muss mich erholen. Ist eine Weile her.«

»Wie lang ist eine Weile?«

»Sagen wir einfach, dass deine Auszeit nicht mit meiner mithalten kann.«

Er zog die Augenbrauen zusammen. »So, wie du mit mir gespielt hast, hätte ich das nicht gedacht.«

»Ist auch lange her, dass ich so geflirtet hab.«

»Ach, komm …«

»Was? Ich hab normalerweise keinen Sex mit Typen, die ich nicht sehr gut kenne.«

»Du weißt mehr über mich als die meisten anderen Menschen.« Er küsste sie auf die Lippen. »Ich fühle mich geehrt, dass ich deine Sex-Fastenzeit mit dir brechen durfte.«

»Halt den Mund.« Sie lachte und legte die Stirn an seine Brust.

Er hob ihr Gesicht an und schaute ihr tief in die Augen. »Ich bin noch nicht fertig mit deinem frechen Mundwerk.«

Noch einmal küsste er sie, langsam, süß und so unfassbar zärtlich, dass die Schmetterlinge in ihrem Bauch Freudentänze aufführten. *Neinneinnein! Vergiss die Schmetterlinge!* Ihre Leben liefen in zwei vollkommen verschiedene Richtungen und spielten sich viel zu weit entfernt voneinander ab, als dass sie sich auf ihn einlassen sollte.

Er berührte ihre Nase mit seiner und flüsterte: »Wir sind in einem *Schuppen*.«

Sie lachte. »Das beantwortet dann wohl die Frage nach dem seltsamsten Ort, an dem ich jemals Sex hatte. Und nein, *deine* Antwort darauf will ich nicht hören.«

Sein Gesichtsausdruck wurde ernst. »Es ist nicht so, wie du denkst.«

»Du weißt ja gar nicht, was ich denke.«

»Du denkst, dass ich mich mit mehreren Frauen gleichzeitig in der Badewanne, Backstage oder in einer Stretchlimo amüsiere.«

»An das alles hab ich nicht gedacht, aber danke für die Bilder. Ich hab doch gesagt, ich will es gar nicht wissen.« Sie versuchte, sich aus seiner Umarmung zu lösen, doch er hielt sie fest.

»Es war in einem Schuppen hinter Schneewittchens Haus mit einer umwerfenden Designerin, die mich um den Verstand bringt.«

Sie verdrehte die Augen, konnte aber nicht verhindern, dass ihr fast ein wenig schwindelig wurde.

»Im Ernst«, sagte er. »Ich hab viel Sex gehabt, aber nicht an ausgefallenen Orten.«

»Ich will es nicht wissen.« Sie befreite sich aus seiner Umarmung. Er beobachtete, wie sie ihren Tanga wieder anzog, und wurde wieder hart. Ihr Körper jubilierte sofort!

Er musste es in ihren Augen gesehen haben, denn er hob eine Augenbraue und fragte: »Was hältst du davon, wenn wir uns eine Liste mit den ausgefallensten Orten anlegen? Ich wette, wir können eine Reihe von einzigartigen Plätzen hier in der Gegend finden.«

Himmel, er machte regelrecht süchtig. Sie musste versuchen, einen klaren Kopf zu behalten. »Sei dir meiner lieber nicht so sicher«, sagte sie in dem Versuch, eher sich selbst als ihn zu überzeugen.

Er zog sie wieder in seine Arme und ihr gesamter Körper loderte. »Heißt das, dass du wieder versuchen wirst, mir zu widerstehen? Denn irgendwie macht es mich an, wenn ich dich rumkriege.«

Er war etwas zu gut darin, sie herumzukriegen, aber es gefiel ihr, dass es ihn antörnte.

»Du könntest zumindest mal zugeben, dass du mich magst«, sagte er, während seine Hand hinunter auf ihren Hintern wanderte.

»Ich habe nie gesagt, dass das nicht so ist.«

Er senkte seinen Mund auf ihren und küsste sie so intensiv, dass jede Faser ihres Körpers nach mehr flehte. Er strich sanft mit den Lippen über ihre und flüsterte: »Und dir gefällt der Sex mit mir.«

Sie zwang sich, ihm nicht zuzustimmen, und brachte ihre ganze Willenskraft auf, um ihre freche Art zurückzuerlangen, als sie sich aus seiner Umarmung löste. »Das war ziemlich gut.« Sie nahm ihren Pullover. »Jetzt pack diese Schlange wieder ein, bevor ich das für dich erledige.«

Er zuckte vielsagend mit den Augenbrauen. »Ich würde sie gern in deiner Höhle vergraben, Baby.«

Sie lachte. »Zieh dich an. Du hast genug vergraben für heute. Wir müssen das hier aufräumen, sonst bringt Beau mich um.« Sie hob einen Krocketball auf. »Ab jetzt werde ich Rasenspiele immer mit anderen Augen sehen.«

Er schmunzelte, und als sie sich anzogen, sagte er: »Ich frage dich das nur ungern, aber glaubst du, du könntest morgen in die Stadt fahren und Kondome kaufen? Magnum XL.«

»Du hast keine mitgenommen?« Es gelang ihr nicht, die Überraschung zu verbergen.

»Ich war etwas abgelenkt, als ich gepackt habe. Und außerdem … Solltest du nicht eher gekränkt sein, wenn ich welche mitgenommen hätte?«

»Hm … ja.« Sie lachte und zog sich fertig an.

Nachdem sie den Schuppen aufgeräumt hatten, holten sie die Marshmallows und alles andere von der Feuerstelle und gingen zum Haus, um alles zu verstauen. Als sie nach oben gingen, legte Johnny eine Hand auf ihren unteren Rücken. Warum nur musste ihr diese besitzergreifende Geste so gefallen? Beide schauten zu Zoeys geschlossener Tür.

»Ich glaube, wir hatten alle einen schönen Abend«, flüsterte er.

Sie nickte. »Sie wird entspannter, vertraut dir mehr.«

»Sie vertraut *dir*.« Er zog sie noch einmal in seine Arme. »Das scheint ansteckend zu sein.«

Ihr Herz machte einen Sprung, und sie dachte an das Geheimnis in Bezug auf seine Mutter, das er so lange für sich behalten hatte, und an sein Geständnis, wie lange sein letzter Sex zurücklag. Und sie dachte daran, dass sie gerade Sex im

Schuppen ihres Bruders gehabt hatten und sie *ihm* vertraut hatte, dass er sich rechtzeitig zurückzog. Sie erkannte die unverfrorene Frau, die sie heute Abend geworden war, kaum wieder. *Ja, das mit dem Vertrauen ist tatsächlich ansteckend.*

»Morgen Abend. Mitternacht. Du und ich in der Scheune, und versuch erst gar nicht, so zu tun, als würdest du dich nicht dort mit mir treffen wollen.« Ein verheißungsvolles Funkeln lag in seinen Augen. »Mach dich auf etwas gefasst.«

Er senkte seine Lippen auf ihre und küsste sie so leidenschaftlich, dass sie spürte, wie sie sich wieder in ihm verlor. Als sich ihre Lippen voneinander lösten, schlenderte er in sein Zimmer, ohne sich noch einmal umzuschauen, und schloss die Tür hinter sich. Derweil versuchte sie sich daran zu erinnern, wie man atmete.

Elf

Zoey strahlte über das ganze Gesicht, als sie auf der Fuchsstute Ginger über die Wiese auf Beau zuritt. Bandit trottete neben ihr her. Beau hatte ihr gezeigt, auf was sie achten musste, wie sie das Pferd führen und lenken sollte und wie sie im Trab ritt. Fast eine Stunde trainierte sie nun schon, und angesichts ihres Lächelns wünschte Johnny sich, er hätte auch Pferde. Zoey war heute Morgen wie ausgewechselt nach unten gestürmt und hatte beim Frühstück die ganze Zeit darüber geredet, wie sehr sie sich auf das Reiten freute. Ihre gute Stimmung hatte eine Last von Johnnys Schultern genommen. Er wusste, dass sie vielleicht nicht den ganzen Tag über anhalten würde, aber er genoss jede einzelne Sekunde davon.

Jillian schlenderte herüber. In ihrem engen schwarzen Pullover und den Skinny Jeans, die sie in die Reitstiefel gesteckt hatte, sah sie einfach hinreißend aus. Er dachte, der letzte Abend hätte die Intensität seines Begehrens etwas gelindert, aber letztendlich wollte er sie jetzt nur noch mehr. Nachdem er ins Bett gegangen war, hatte er sie unten noch gehört, und er hatte all seine Beherrschung aufbringen müssen, um nicht nach unten zu gehen und sie wieder in seine Arme zu schließen. Als sie an diesem Morgen endlich nach unten gestolpert war, mit zerzausten Haaren, den spärlichen pinken Schlafshorts und einem passenden Tanktop, hätte er schwören können, dass sie sich ein kleines bisschen mehr als nötig vornübergebeugt hatte, um ihre Cola Light aus dem Kühlschrank zu nehmen, nur um ihn rasend zu machen. Vielleicht bildete er sich das alles nur ein, aber dann hatte sie gesagt, sie wollte kein Frühstück, und aß anschließend doch etwas von seinem Teller, als wären sie ein Paar, das sich alles teilte. Der Blick in ihren Augen war aber nicht wie bei einem Paar. Es war der Blick einer herausfordernden Verführerin, und die anzüglichen Anspielungen, die sie den ganzen Morgen machte, bildete er sich definitiv nicht ein. Sie ließ ihn nicht zur Ruhe kommen und wusste ganz genau, dass er sich beherrschen musste, wenn Zoey in der Nähe war. Doch der Balanceakt machte ihm nichts aus. Er war ebenso entschlossen, Zoey das Gefühl zu geben, dass sie in Sicherheit war und zu keinem Zeitpunkt störte, wie er mehr Zeit mit Jillian verbringen wollte.

Zoey zu helfen, kam einem schweren Kampf gleich, aber er würde dafür sorgen, dass sie ihn gemeinsam gewannen. Deshalb wollte er seine Gitarre zu dem Ausritt mitnehmen. Er brauchte etwas, das ihn von Jillians spitzen Bemerkungen ablenkte, und er hoffte, dass die Musik Zoey und ihn einander näherbrachte.

»Sie würde wahrscheinlich gern Reitunterricht nehmen, wenn ihr zu Hause seid«, sagte Jillian, als sie neben ihn trat.

»Das habe ich mir auch schon überlegt. Es gibt bestimmt eine Menge Dinge, die sie tun möchte, und ich freue mich darauf, herauszufinden, welche, und dann zu versuchen, ihre Wünsche wahr werden zu lassen.«

»Für einen Typen, der kein Dad sein wollte, lernst du ziemlich schnell. Hast du deshalb alles für ein Picknick eingepackt? Weil sie beim Lagerfeuer gesagt hat, dass sie noch nie ein

Picknick gemacht hat?«

»Du warst so damit beschäftigt, mich verrückt zu machen, dass ich nicht gedacht hätte, dass du das Gespräch mitbekommen hast.«

»Ich bekomme immer alles mit«, sagte sie mit einem frechen Lächeln. »Ich hätte dir dabei geholfen, das Essen vorzubereiten, wenn du mich gefragt hättest.«

Er grinste sie an. »Ich bin mir nicht sicher, ob Schokoriegel und Cola Light für das leibliche Wohl von irgendeinem von uns ausreichen.«

Sie lachte und sah dabei so süß und glücklich aus, dass er den Drang verspürte, den Arm um sie zu legen und sie zu einem Kuss an sich zu ziehen. Das Seltsame daran war, dass es ihm ganz natürlich vorkam, dabei war es das absolut nicht. Seit Langem hatte er den Arm um niemanden mehr legen wollen. Seine Beziehung mit Ramona war okay gewesen, aber er hatte nie das Gefühl gehabt, sie wären ein richtiges Paar gewesen. Beide waren in ihrem Hamsterrad unterwegs gewesen und hatten sich gesehen, wenn es sich ergeben hatte. Ramona war in gewisser Weise *sicher* gewesen. Sie war nicht wegen seines Ansehens mit ihm zusammen gewesen, und er hatte sich keine Sorgen machen müssen, dass sie durch diverse Betten hüpfte oder unnötiges Drama veranstalten würde. Er hatte ihre Gesellschaft genossen und der Sex war nicht schlecht gewesen – wenn auch etwas zu nullachtfuffzehn für seinen Geschmack. Aber er hatte nie an sie gedacht, wenn sie nicht zusammen gewesen waren, wie es bei Jillian der Fall war.

»Warum siehst du mich so an?«, fragte sie.

»Weil ich dich jetzt küssen will und es nicht kann.« Er hatte sich in der Scheune umgesehen und schmiedete schon Pläne für ihr mitternächtliches Stelldichein.

Sie riss die Augen auf und das Feuer darin war unübersehbar. »Absolut korrekt! Sag so was nicht. Jemand könnte dich hören und den falschen Eindruck bekommen.«

Er schaute sich betont aufmerksam um. »Wer sollte mich hören? Die sieben Zwerge? Der Hirsch?«

»Behalte es einfach für dich, bitte.«

»Das wolltest du gestern Abend aber nicht.«

Sie funkelte ihn wütend an. »Das kannst du einer momentanen geistigen Umnachtung zuschreiben, und jetzt hör auf, mich so anzusehen.«

»Dann solltest du vielleicht aufhören, so schön zu sein, und lächele gefälligst nicht, leck dir nicht über die Lippen und atme nicht, verdammt noch mal.«

Sie lachte. »Das könnte schwierig werden, nicht zu atmen, während ich auf einem Pferd sitze.«

»Und noch schwieriger, wenn du später auf mir sitzt.«

Sie riss die Augen auf. »Ich hab dir gesagt, du sollst dir meiner lieber *nicht* so sicher sein, Mr. Bad.«

»Aber du wärst gern meine.«

Vergeblich versuchte sie, ihr Lächeln zu verbergen, und so verschränkte sie die Arme, streckte dieses entzückende Kinn vor und wandte ihre Aufmerksamkeit Zoey zu, was jedoch nicht dafür sorgte, dass die Funken zwischen ihnen nicht mehr sprühten.

Er fragte sich allmählich, ob die sich überhaupt aufhalten ließen.

Johnny war zwar viel auf Reisen gewesen, hatte sich aber überall auf der Welt eher in fantastischen Hotels verkrochen, ohne sich je allzu weit vorzuwagen. Das war einer der Nachteile, wenn man berühmt war. Privatsphäre gab es nicht, es sei denn, sie wurde eingefordert und bewacht wie in einem Hochsicherheitsgefängnis. Er hatte nie das Gefühl gehabt, etwas zu verpassen, wenn er die Gegenden, in denen er auftrat, nicht erkundete. Aber während er auf einem Schimmel namens Sugar auf einem steinigen Pfad hinter Jillian und Zoey herritt und die Ruhe der Umgebung – wilde Wiesen, stattliche Bäume und knorrige Büsche – auf sich wirken ließ, während die kühle Herbstluft über seine Haut streichelte und der klare blaue Himmel auf sie herablächelte, fragte er sich, wie viel er verpasst hatte. Diese Überlegung führte ihn zu dem Gedanken an die Zeit, die er mit Zoey verpasst hatte. War sie früher als kleines Kind einmal glücklich gewesen, wie sie es heute war, oder hatte sie es immer schwer gehabt?

Sie und Jillian unterhielten sich laut, als sie über eine Wiese ritten. Jillian machte sie auf verschiedene Dinge in der Nähe des Pfades aufmerksam, zum Beispiel auf die Stelle, an der Beau ihr einmal einen Fuchsbau gezeigt hatte, oder einen anderen Pfad, der durch ein dichtes Waldstück führte. Zoey schaute über die Schulter zu Johnny und strahlte nur so vor Glück. Die Wärme, die sich in seiner Brust ausbreitete, musste diese unvergleichbare Liebe sein, von der seine Bandkollegen Dion und Chad in Bezug auf ihre eigenen Kinder geredet hatten. Sie waren beide geschieden und vermissten ihre Kinder an jedem einzelnen Tag, den sie nicht mit ihnen verbrachten. Johnny hatte nie allzu viel darüber nachgedacht. Ständig ließen sich Menschen scheiden, aber selbst nach nur wenigen Tagen mit Zoey konnte er sich nicht vorstellen, sie nicht ständig zu sehen.

Sie und Jillian unterhielten sich nun über Zoeys neue Kleidungsstücke, an denen sie leichte Veränderungen vorgenommen hatte. Zum Beispiel hatte sie ihre Skinny Jeans gekürzt und am Saum ausgefranst und in den Pullover irgendwie kleine Löcher gemacht, damit er ausgefallener aussah. Er hatte gedacht, dass sie die Kleidungsstücke so gekauft hatte, und war froh, dass sie einen Weg gefunden hatte, ihre Kreativität auszudrücken.

Kurze Zeit später gab er sich dem Rhythmus des Pferdes hin, als sie durch einen Bach ritten. Zoey kreischte vor Vergnügen und hielt sich an den Zügeln fest, während Jillian sich mit einem wissenden Blick zu ihm umschaute. Er nickte ihr zu und war froh, dass sie das Haus von Beau und Char an dem Morgen, an dem sie sich kennengelernt hatten, inmitten des ganzen Chaos erwähnt hatte. Wäre ihr dieser Ort nicht eingefallen, hätte er Zoey wahrscheinlich außer Landes gebracht und wäre mit ihr in irgendeinem Hotel untergetaucht, wo sie sich derart gelangweilt hätte, dass sie vermutlich jeden verdammten Tag abgehauen wäre. Hier zu sein, noch dazu mit Jillian bei ihnen, war ein großer Glücksfall. Größer, als ihr wohl bewusst war.

Sie ritten über eine Weide und hinauf auf einen Hügel, von dem aus sie einen herrlichen Blick auf Wiesen, Bäume und Berge in der Ferne hatten. Jillian sah die beiden an. »Das ist doch ein schönes Fleckchen für unseren Lunch, was meint ihr?«

»Sieht gut aus«, sagte Johnny.

Er und Jillian stiegen ab, und während sie ihre Pferde an einen Baum band, nahm er seine Gitarre herunter und half Zoey beim Absteigen. »Wie findest du es, Sunshine?«

»Es ist so friedlich. Ich wünschte, ich könnte jeden Tag reiten gehen«, antwortete sie.

»Das kannst du wahrscheinlich, solange wir hier sind«, sagte er, während er ihr Pferd an einen Baum anband.

»Wirklich?« Zoeys Augen leuchteten.

»Wir müssen es mit Beau und Char besprechen und du müsstest mit einem von uns zusammenbleiben. Ich will nicht, dass du allein mit einem Pferd losziehst.«

»Das mache ich nicht. Versprochen!«

»Und wenn wir jeden Tag reiten, dann sollten wir Beau wahrscheinlich auch mit den Pferden helfen, während wir hier sind. Füttern, ausmisten, was so gemacht werden muss.«

»Okay! Das mache ich! Jilly!«, rief sie. »Johnny hat gesagt, ich kann jeden Tag reiten, solange wir hier sind!«

»Das ist großartig.« Ihr boshaft-erotischer Blick wanderte zu ihm. »Ich hätte eigentlich auch nichts gegen tägliche Ritte einzuwenden.«

Sie genoss es viel zu sehr, ihn zu quälen. *Pass auf, meine Liebe. Dieses Spiel beherrsche ich auch.*

»Wirklich?«, fragte Zoey aufgeregt.

Johnny erwiderte Jillians Blick, ohne mit der Wimper zu zucken. »Hört sich für mich so an, als könnten wir uns ihrer sicher sein.«

Jillian schalt sich selbst, weil sie ihm diesen Ball zugespielt hatte. Immer wieder vergaß sie, dass Johnny diese Zweideutigkeiten viel besser beherrschte als sie. Sie versuchte es mit einem Themenwechsel. »Mann, hab ich Hunger! Was gibt's zu essen?«

»Für eine gute Mahlzeit bin ich immer zu haben.« Grinsend fügte er hinzu: »Oder für einen Mitternachtssnack.«

Das Bild von ihm auf den Knien, wie er knurrend etwas einforderte, tauchte vor Jillians geistigem Auge auf, und schon spürte sie ihre glühenden Wangen. Warum musste ihr seine schmutzige Seite nur so gefallen? Gar nicht zu reden von seinem Verhältnis zu Zoey, das aufblühte und bei dem ihr ganz warm und wohlig zumute wurde. Sie hatte keine Ahnung, wie sie mit *warm* und *wohlig* umgehen sollte. Das war ebenso faszinierend wie die glühende Lust, die sie miteinander verband.

Er schenkte ihr ein anzügliches Lächeln und holte dann ihre Lunchpakete aus den Satteltaschen.

Sie setzten sich ins Gras und aßen Hühnchen-Sandwiches, Chips und Apfel- und Karottenstücke. Jillian war beeindruckt, dass Johnny kleine Dosen mit Erdnussbutter als Dip eingepackt hatte, und er hatte sogar an Servietten und Getränke gedacht.

»Ich komme mir vor wie in der Grundschule. Du hast ja ein wunderbar gesundes Essen vorbereitet. In deinem früheren Leben warst du bestimmt mal eine Mutter«, scherzte Jillian.

»Meine Mom hat mir nie etwas zu essen eingepackt. Die hat nicht mal für mich gekocht«, sagte Zoey ausdruckslos.

»Es tut mir leid, ich wollte das Thema nicht aufbringen«, sagte Jillian mit schlechtem Gewissen. Sie fragte sich, wie oft Zoey in der Schule oder sonst in ihrem Umfeld Leute gehört hatte, die positiv von ihren Müttern erzählten, und ob sie denen gegenüber Bemerkungen gemacht oder diesen Schmerz für sich behalten hatte. Wenn sie es für sich behalten hatte, bedeutete es, dass sie Jillian und Johnny genug Vertrauen entgegenbrachte, um ihnen mitzuteilen, wie sie sich wirklich fühlte, und das war doch schon etwas wert, oder?

»Schon gut. Meine Mom war zu nichts nutze, aber meine Großmutter war toll.« Zoey biss in ihr Sandwich. »Vielleicht war Johnny in seinem früheren Leben eine Großmutter.«

Johnny stieß Zoeys Fuß mit seinem an. »Heißt das, ich mach mich ganz gut als dein Vater?«

Zoey sah ihn lange an und ihr Gesichtsausdruck verriet nichts. Jillian hoffte, dass sie etwas Nettes sagen würde. War es für alle Eltern so? Waren sie den Launen ihrer Kinder ausgeliefert? Hofften sie auf freundliche Worte und wurden stattdessen angemotzt? Sie dachte an ihre eigenen Eltern, die eine masochistische Ader haben mussten, so viele Kinder, wie sie in so kurzem Abstand bekommen hatten.

»Denke, so mies machst du das gar nicht«, sagte Zoey schließlich.

Erleichtert atmete Jillian aus.

»Damit kann ich leben.« Johnny aß sein Sandwich auf und griff nach seiner Gitarre. »Stört es euch, wenn ich ein bisschen spiele?«

Zoey schüttelte den Kopf und aß ein Stück Apfel. »Du benimmst dich gar nicht wie ein Rockstar.«

»Nein? Inwiefern?« Er strich über die Saiten.

»Keine Ahnung«, sagte Zoey und nahm sich ein paar Chips. »Ich dachte, Rockstars machen die ganze Zeit Party und nehmen Drogen.«

»Ich hab früher viel Party gemacht, jetzt aber nicht mehr. Damals habe ich auch mehr getrunken, als gut für mich war, aber mit Drogen hatte ich nie etwas am Hut. Alles, was mir den Kopf vernebelt, vermeide ich.« Johnny zog die Augenbrauen zusammen. »Hast du mal Drogen genommen?«

Zoey schüttelte den Kopf. »In der Schule kannte ich welche, die gekifft haben, und die waren dann immer irgendwie weggetreten.« Sie sah Jillian an. »Hast du mal Drogen genommen?«

»Nein. Einmal habe ich Gras geraucht, aber ich mochte nicht, wie ich mich damit gefühlt habe. Es hat mich zu langsam gemacht«, sagte Jillian und war froh, dass Johnny ehrlich zu

Zoey war.

»Und wie sieht's mit deiner Band aus?«, fragte Zoey. »Machen die oft Party?«

Er strich weiter über die Saiten und sah ihr in die Augen. »Fragst du, weil du hoffst, mit ihnen zusammen Party machen zu können, oder bist du einfach nur neugierig?« Er klang sehr väterlich.

Zoeys Gesichtsausdruck zeigte nun Abscheu. »Ich will doch nicht mit einem Haufen alter Typen feiern.«

Jillian unterdrückte ein Kichern.

»Verständlich«, sagte Johnny.

»Und? Machen sie?«, fragte Zoey nach.

»Adrian, unser Schlagzeuger, hat eine Zeit lang Drogen genommen und die haben ihn fast das Leben gekostet. Vor ein paar Jahren wurde er clean und hat seitdem nichts mehr angerührt. Chad, unser Gitarrist, raucht Gras, nimmt sonst aber keine anderen Drogen. Er ist geschieden, und normalerweise raucht er was, wenn ihm seine Kinder fehlen. Und Dion, unser Keyboarder, trinkt jeden unter den Tisch, rührt aber keine Drogen an. Er ist auch geschieden, aber er trinkt eher nicht, wenn ihm seine Kinder fehlen.«

Zoey schien darüber nachzudenken, während sie ihr Sandwich weiter aß. »Wie hast du sie kennengelernt?«

»Adrian und ich sind seit Kindertagen miteinander befreundet. Mein Manager wollte, dass ich in einer Boy Band mitmache, nachdem er mich schon ein paar Jahre gemanagt hatte, und Dion war auch in dieser Band. Wir haben uns toll verstanden, und ich hab es mit dieser Boy Band versucht, aber ich fand's schrecklich. Ich wollte weiter mein eigenes Ding machen. Dion und ich blieben Freunde, ich habe ihn Adrian vorgestellt, und dann haben wir angefangen, zusammen zu spielen. Wir haben dann die Bad Intentions gegründet und wenige Monate später haben wir Chad in einer Bar spielen hören. Wir haben uns alle super verstanden und eine tolle Jamsession hingelegt. Nicht viel später ist er dann Mitglied der Band geworden. Das sind gute Kerle. Wie Familie. Du lernst sie alle kennen, wenn wir nach Hause fahren.«

Zoey senkte den Blick und zog die Knie an. »Und wenn deine Freunde mich nicht mögen?«

»Dann verpassen sie ihre Chance, ein tolles Mädchen kennenzulernen«, sagte er ernst. »Aber das wird rein gar nichts zwischen dir und mir verändern, und das ist ein Versprechen.«

»Aber du *brauchst* deine Band«, sagte Zoey leise und mit einem Blick, der von Sorge getränkt war. »*Mich* brauchst du nicht.«

»Nein, Sunshine, ich brauche meine Band nicht. Ich brauche in meinem Leben einzig und allein meine Familie, und dazu gehörst du.«

»Aber du hast gerade gesagt, dass sie wie eine Familie sind.«

»Ja, sie sind wie eine Familie. Das heißt, ich liebe sie, als wären sie Teil meiner Familie, aber das ist etwas anderes als das, was ich für dich, meine Eltern oder meine Geschwister empfinde. Es ist schwer zu erklären. Weißt du, was du für deine Großmutter empfunden hast?«

Sie nickte.

»Genau das empfinde ich für dich«, sagte er mit sanftem, aber entschiedenem Tonfall. »Wie stark ich das fühle, wurde mir in der Nacht bewusst, als du weggerannt bist, und da wusste ich, dass ich keinen einzigen Tag in meinem Leben ohne dich verbringen will. Ich weiß, dass du Zeit brauchst, um darauf zu vertrauen, dass ich mein Wort immer halte, aber wie ich schon gesagt habe: Du bist meine Tochter. Meine Familie. Wir sind jetzt ein Team und ich werde dich nie alleinlassen. Weder jetzt noch in zehn Jahren noch sonst irgendwann, und ich hoffe, dass dir eines Tages klar wird, dass du dir darüber keine Sorgen mehr machen musst.«

»Aber du hast mich *gerade erst* kennengelernt«, sagte sie eindringlich.

»Stimmt. Auch für mich ist das schwer zu begreifen, aber was ich fühle, ist real. Ich fühle es hier drinnen.« Er klopfte sich auf die Brust. »Du hast schon jetzt einen Platz in meinem Herzen eingenommen, der immer deiner bleiben wird. Und wenn ich das Gefühl hätte, dass du es zulässt, würde ich dich jetzt so blöd umarmen, denn ich möchte nicht, dass du traurig bist oder dir darüber Sorgen machst, wo du hingehörst. Du sollst wissen, dass du zu mir gehörst, egal wo ich bin.«

Zoeys Sorgen schwebten über ihnen wie eine dunkle Wolke, doch Johnnys Aufrichtigkeit war in seinen Augen, seinem Gesicht, seiner *Energie* zu sehen.

Zoey atmete tief durch und wischte sich über die Augen. »Jetzt komme ich mir blöd vor.«

»Warum?«, fragten Jillian und Johnny gleichzeitig.

»Weil ich dir vertrauen will«, sagte sie zu Johnny. »Aber ich habe Angst.«

Dieses Mal zögerte Johnny nicht, sondern rutschte zu ihr hinüber und schlang die Arme um seine Tochter. »Es ist in Ordnung, Angst zu haben. Das ist nicht blöd. Es ist normal, nach allem, was du durchgemacht hast. Aber ich gehe nirgendwohin.«

Während er Zoey in den Armen hielt, sah Jillian ihn an und nickte aufmunternd. Sie spürte den Schmerz der beiden und wusste, dass sie genau das brauchten. Zoey musste sich sicher genug fühlen, um ihre tiefsten Sorgen mitzuteilen, und Johnny musste aussprechen, was seine Wahrheit geworden war. Für sie war es eindeutig, dass er bis ans Ende der Welt gehen würde, wenn es nötig wäre, um Zoey klarzumachen, dass sie sich nie wieder fragen musste, wohin sie gehörte.

Etwas später, als Zoey zu den Pferden ging, setzte sich Johnny auf eine kleine Felszunge und spielte Gitarre. Eines der Pferde drückte die Schnauze an Zoeys Brust. Zoey lächelte und kraulte den großen Kopf des Pferdes.

»Sie liebt Pferde«, sagte Jillian, als sie sich neben Johnny setzte.

»Ja. Ich muss ihr eins kaufen.«

»Immer mit der Ruhe, du ach so reicher Daddy. Wo würdest du es halten? Du wohnst in einem Penthouse. Vielleicht solltet ihr erst mal mit Reitunterricht anfangen.«

»Ich mache keine halben Sachen.« Er zwinkerte ihr zu. »Glaubst du, es geht ihr gut?«

»Ich glaube, alle möglichen Gefühle wechseln sich in ihr ab, und das ist nur allzu verständlich. Sie muss das Vertrauen aufbauen, dass du nicht so bist wie ihre Mutter und dass du sie nicht im Stich lassen wirst. Sie wird es schaffen, aber es könnte lange dauern. Jahre sogar, bis sie vollkommen vertrauen kann. Was ihre Mutter getan hat, wird wahrscheinlich jede Beziehung beeinflussen, die sie je haben wird.«

Mit zusammengezogenen Augenbrauen schaute er zu Zoey. »Es ist grauenhaft, dass ihre Mutter ihr das Gefühl gegeben hat, so ungewollt zu sein. In der Kindheit soll es darum gehen, Spaß mit Freunden und Familie zu haben und herauszufinden, wer man ist. Nicht darum, sich mit einer Mutter abzugeben, die nach Belieben in deinem Leben auftaucht, als wärst du vollkommen unwichtig, und die dich dann bei Fremden ablädt, während sie Party macht. Zumindest hatte sie ihre Großmutter, das ist das einzig Gute. Was Liebe und Stabilität bedeutet, hat sie wahrscheinlich von ihrer Großmutter gelernt. Aber ich gebe dir recht, Vertrauen wird vielleicht immer ein Problem bleiben.«

»Ich habe heute Morgen mit Jax geredet, und er schlug vor, mit einem Therapeuten zu sprechen.«

»Darüber habe ich auch nachgedacht. Beau hat mir ein paar Telefonnummern gegeben, auch die von Dare Whiskey auf der Redemption Ranch. Er hat gesagt, Dare arbeitet viel mit Teenagern.«

»Jax hat ihn auch erwähnt. Er meinte, alle Therapeuten auf der Ranch sind gut.«

»Beau meinte das auch. Ich werde Dare anrufen.«

Zoey schaute zu ihnen herüber und Johnny rief: »Alles in Ordnung?«

»Mhm.« Sie streichelte Spice, ein wunderschönes dunkelbraunes Pferd. »Was ist, wenn du deine Meinung änderst? Wohin gehe ich dann?«

Jillian spürte einen Kloß im Hals.

»Das werde ich dir niemals antun«, versicherte er ihr.

»Vielleicht denkst du das, weil wir hier sind, aber wenn du mit deiner Band zusammen bist, willst du kein Kind mehr haben«, sagte Zoey auf eine sehr erwachsene Art, als hätte sie genau darüber nachgedacht und wäre zu diesem Schluss gekommen.

»Ich denke das nicht, weil wir hier sind«, versicherte er ihr erneut. »Du kannst es mich hundert Mal auf hundert verschiedene Arten und Weisen fragen. Hier, in New York oder sonstwo, die Antwort wird immer die gleiche sein. Wir beide gehören zusammen, Kleine. Für immer.« Er stimmte das Lied der Serie *Friends* an.

Zoey lächelte. »Du bist so ein Blödmann.«

»Aber er ist dein Blödmann«, sagte Jillian, während er weitersang.

»Kommt schon, singt mit«, drängte er.

Johnny zwinkerte Jillian zu. Sie sprang auf und fing an, so zu tanzen, wie sie es am Anfang einer Folge taten, und den Refrain mit Johnny zu singen. Er stand auf, sang lauter und spielte Gitarre dazu.

»Komm schon, Zo!« Jillian rannte zu ihr, nahm sie an der Hand und zog sie von den Pferden fort, um mit ihr zu tanzen.

Zoey errötete, und Johnny kam zu ihnen und sang Zoey zu, dass er immer für sie da sein würde. Sie hielt die Hände vors Gesicht, drehte sich weg, doch er folgte ihr und brachte sie zum Lachen.

»Was ist los? Gefällt dir mein Lied nicht?«, fragte er.

»Das ist uralt«, beschwerte sich Zoey, doch sie grinste von einem Ohr zum anderen.

»Sieht so aus, als müsste ich dir Gitarre beibringen, damit du mir beibringen kannst, wie man jung und hip ist. Denn du weißt ja, ich bin nur ein alter Rockstar.«

Johnny spielte dann eines seiner Rockstücke und sang noch lauter, während Jillian Zoeys Hand nahm und tanzte, bis Zoey schließlich nachgab und mittanzte. Sie lachten, bewegten sich albern, schnitten Grimassen, und Johnny spielte ein Lied nach dem anderen, bis Jillian und Zoey sich schließlich lachend und außer Atem in die Arme fielen.

Zoeys gute Laune hielt den Tag über an, und später am Abend, nach dem Essen, arbeitete Jillian an Entwürfen und tauschte Nachrichten mit Trixie aus, als Johnny zur Haustür hereinkam und nach seiner Joggingrunde unfassbar sexy aussah. Die verschwitzten Haare hatte er sich anscheinend mit den Fingern zurückgestrichen, und sein T-Shirt klebte ihm am Körper, womit nur sehr wenig der Fantasie überlassen wurde.

»Wo ist Zoey?«, fragte er.

»In der Küche mit Bandit. Sie isst Eis.«

Sein Blick wurde verwegen, und er schlenderte zu ihr herüber, stützte sich mit einer Hand neben ihrem Kopf an der Rückenlehne des Sofas ab und beugte sich so weit hinunter, dass sich ihre Lippen fast berührten.

Jillians Herz raste. »Was machst du?«

Mit der anderen Hand fasste er ihre Haare zusammen. »Einen Vorgeschmack auf das bekommen, was später mir gehören wird.« Er zog ihren Kopf nach hinten, presste seinen Mund zu einem tiefen Kuss auf ihren und setzte ihren ganzen Körper in Flammen. Er riss sich von ihr los – sein Blick war voller unanständiger Versprechen, als er sich aufrichtete – und sagte: »Wir sehen uns um Mitternacht.« Dann schlenderte er Richtung Küche.

Ein erwartungsvoller Schauer rann Jillian über den Rücken. Sie schloss die Augen und versuchte, ihr rasendes Herz zu beruhigen. Sie hörte, wie Zoey ihn fragte, ob er es ernst gemeint hatte, als er davon geredet hatte, ihr Gitarre beizubringen. Sie öffnete die Augen und wartete Johnnys Reaktion ab.

»Natürlich«, antwortete er. »Das würde mir Spaß machen. Wir können gleich nach meiner Dusche anfangen, wenn du willst.«

»Okay, danke.«

Das Lächeln in Zoeys Stimme verriet Jillian, dass sie eine weitere Hürde genommen hatten, und sie war von Freude für den Mann und das Mädchen erfüllt, die sich ihren Weg immer tiefer in ihr Herz stahlen.

Zwölf

Johnny war auf einer Mission. Er wollte den heutigen Abend zu etwas Besonderem für Jillian machen und hatte den ganzen Tag über schon heimlich Vorbereitungen getroffen. Er hatte Beau gefragt, ob er sich ein paar Sachen aus seiner Werkstatt ausleihen konnte, die er gesehen hatte, als sie neulich in der Nacht Zoey gesucht hatten, und Beau hatte gesagt, er sollte sich ruhig nehmen, was er brauchte. Nach ihrem Ausritt, als Zoey auf ihr Zimmer gegangen und Jillian in die Stadt gefahren war, hatte er einiges zusammengetragen und hinunter zur Scheune gebracht.

Kurz vor Mitternacht sah er noch ein letztes Mal nach Zoey. Mit Bandit am Fußende ihres Bettes schlief sie tief und fest. Er hatte das Gefühl, sie müsste einen Monat schlafloser Nächte wiedergutmachen. Ihr die Grundlagen im Gitarrespielen beizubringen, hatte ihm Freude bereitet. Er hatte damit gerechnet, dass sie vielleicht ungeduldig werden würde, aber sie hatte konzentriert mitgemacht und dabei eine erstaunliche Entschlossenheit an den Tag gelegt. Immer wieder hatte sie Details nachgefragt und ihn sogar gebeten, ihr das Notenlesen beizubringen. Am Ende hatten sie fast zwei Stunden lang geübt. Sie wollte gern am nächsten Tag gleich weitermachen, und als er gesagt hatte, dass ihm das auch gefallen würde, hätte sie ihn offensichtlich gern umarmt, hielt sich aber zurück. Er hatte sie nicht gedrängt.

Er schaute den Flur entlang zu Jillians geschlossener Tür und hörte sie reden. Ob sie mit sich selbst redete oder am Telefon war, wusste er nicht, und er wartete nicht ab, um es herauszufinden. Unten öffnete er eine Flasche Wein, lieh sich einen der Flaschenaufsätze, die er gefunden hatte, füllte den Eiskübel und stellte den Wein im Hinausgehen hinein. Gerade wollte er die Treppe von der Veranda hinabsteigen, als ihn der Gedanke an Zoey innehalten ließ. Er ging wieder ins Haus und schrieb eine Notiz, für den Fall, dass sie aufwachen sollte.

Zoey, Jilly und ich machen einen Spaziergang. Jillys Nummer ist in meinem Handy eingespeichert. Wenn du schreibst, sind wir sofort wieder da. Er überlegte, wie er es unterschreiben sollte. *XO? Liebe Grüße?* Er ging den sicheren Weg und schrieb einfach seinen Namen darunter. Die Notiz und sein Handy legte er auf den Küchentisch und dann ging er wieder hinaus.

Auf seiner Joggingrunde hatte er zuvor einige batteriebetriebene Leuchten aus Beaus Werkstatt mitgenommen und sie entlang der dunkelsten Abschnitte des Weges zur Scheune verteilt. Jetzt schaltete er sie für Jillian ein.

Er lief zwischen den Bäumen hindurch und trat auf die Lichtung, wo er vom Geräusch des plätschernden Bächleins begrüßt wurde, der sich links der Scheune entlangwand. Der Mondschein funkelte wie Diamanten in dem Bach, in dem Charlottes Großvater kleine Wasserfälle mit Felsbrocken geschaffen hatte. Am Ufer lugten Wildblumen zwischen langen Grashalmen hervor. Dieser Ort war in der Tat magisch. Einfach nur hier zu sein, fernab der neugierigen Augen und des hektischen Rhythmus im Big Apple, hatte die Situation entspannter gemacht und es Johnny ermöglicht, sich auf das verängstigte Mädchen zu konzentrieren, das ihn brauchte. Und auf dieses feurige rothaarige Biest, das so tat, als gäbe es nichts, womit es nicht zurechtkam.

Abgesehen von Rezepten, Windeln und Erbrochenem, überlegte er.

Jillian brauchte ihn vielleicht insofern nicht, als dass sie Essen auftreiben und sich um sich selbst kümmern konnte, aber er hatte das Gefühl, dass unter der toughen Schale eine Frau steckte, die es vielleicht genießen würde, wenn sich jemand um sie kümmerte, sollte sie je jemandem die Gelegenheit dazu geben.

Am Ufer pflückte er einige von Jillians Lieblingsblumen und dann machte er sich in der Scheune ans Werk. Heuballen reihte er so nebeneinander auf, dass sie ein Bett ergaben, und darauf breitete er die Decken und Kissen aus, die er vorher schon hergebracht hatte. Die Blumen legte er auf die Decke. Er wünschte, er könnte Jillian auf ein richtiges Date einladen. Noch ein ungewohntes Verlangen. Er verdrängte das Unmögliche und fegte den Betonboden um die Heuballen herum. Den Weinkübel stellte er neben das improvisierte Bett, und die Kerzen, die er im Haus gefunden hatte, steckte er in Metalleimer. Nachdem er die Kerzen angezündet hatte, hängte er die Eimer an Haken in die Dachsparren, um das Feuer vom Heu fernzuhalten.

Als er fertig war, trat er zurück und ließ alles auf sich wirken. Noch nie hatte er so etwas gemacht. Er hatte Geld gehabt, seit er alt genug war, um es ausgeben zu wollen, und er hatte noch nie eine Frau beeindrucken oder sich einschmeicheln müssen. Nachdem er entdeckt worden war, hatten sich ihm Mädchen und Frauen jeglichen Alters an den Hals geworfen. Es fühlte sich gut an, sich für Jillian ins Zeug zu legen, und mit den Blumen und Kerzen sah es hier irgendwie romantisch aus, was ihn ein wenig nervös machte. *Meine Güte!* Er konnte sich nicht daran erinnern, jemals wegen einer Frau nervös gewesen zu sein. Selbst bei seinem ersten Mal hatte er das getan, was er immer getan hatte: Er hatte sich mit der Gewissheit hineingestürzt, dass er das Ding schon wuppen würde.

Hatte er nicht.

Er war viel zu schnell gekommen, aber das hatte ihn nur noch mehr angetrieben, seine Fähigkeiten in dem Bereich auszubauen und der bestmögliche Lover zu werden.

Er wollte sein Handy aus der Tasche ziehen, um nach der Uhrzeit zu sehen, erinnerte sich dann aber daran, dass er es für Zoey im Haus gelassen hatte. Er atmete tief durch, um sich zu beruhigen, und ging dabei auf und ab, während der Geruch der Pferde Erinnerungen an ihren Nachmittag aufkommen ließ. Es war schön gewesen und morgen würde er Dare anrufen. Er wollte für Zoey unbedingt alles richtig machen, und gleichzeitig wusste er, dass er es nie ganz schaffen würde, wie sehr er es auch versuchte. Aber vielleicht war es wichtiger, sie zu lieben, als immer das Richtige zu sagen und zu tun.

Ein Pferd machte ein Geräusch und riss ihn aus seinen Gedanken. Es musste fast Mitternacht sein. Wo blieb Jillian? Er ging hinaus und tigerte auf dem Rasen auf und ab. Warum fühlten sich Minuten wie Stunden an, wenn er auf etwas wartete? Die Zeit verging, er bekam ein ungutes Gefühl in der Magengegend und fragte sich, ob sie ihn versetzte.

Eigentlich dachte er, sie wäre ebenso an ihm interessiert wie er an ihr. Hatte er ihre Sticheleien vollkommen falsch interpretiert? Hatte sie geflirtet, ohne überhaupt die Absicht zu haben, das fortzuführen, was sie angefangen hatten?

Zurück in der Scheune betrachtete er all das, was er vorbereitet hatte, und plötzlich kam er sich wie ein Idiot vor. Sie hatten *gevögelt*, das war alles. Hatte sie das nicht auch gesagt? Warum also verrannte er sich so? Wahrscheinlich war sie im Haus, arbeitete wie üblich in ihrem spärlichen Outfit und dachte nicht einmal an ihn. Oder schlimmer noch, sie freute sich darüber, wie sie ihn ausgetrickst hatte.

Innerlich verfluchte er sich, als er die Eimer herunternahm und die Kerzen ausblies.

»Hey, danke für die Laternen am Weg.«

Sein Herz stolperte, als er Jillians Stimme hörte. Er drehte sich herum und dieses ungute Gefühl in der Magengegend schwand beim Anblick ihres süßen Lächelns. In Jeans und Sweatshirt sah sie einfach wunderschön aus. »Hallo.«

»Tut mir leid, dass ich so spät dran bin. Ich hab wegen der Hochzeit meiner Freundin mit meinen Schwägerinnen gesprochen, und jedes Mal, wenn ich auflegen wollte, hatte noch jemand etwas zu klären.«

»Und ich dachte, du kämst nicht.«

»Hast du meine Nachricht nicht bekommen?«

Er schüttelte den Kopf. »Ich hab mein Handy zusammen mit einer Notiz für Zoey in der Küche gelassen. Nur für den Fall, dass sie aufwacht.«

»Das war schlau.« Sie schaute an ihm vorbei und zog die Augenbrauen zusammen. »Was ist das alles?«

»Nichts«, brummte er und kam sich albern vor.

Sie spähte in die Eimer, die er noch in der Hand hielt. »Sind das *Kerzen*? Hast du sie für uns angezündet?«

»Ja, okay?« Er stellte die Eimer ab. »Ich habe Kerzen angemacht, Wein besorgt, ein Bett gebaut, Blumen gepflückt und ja, ich bin ein verdammter Idiot. Mach nur, sag, was du denkst.

Ich wollte etwas Besonderes für dich machen, weil du eine hinreißende, tolle Frau bist, und weil du mehr verdient hast als nur eine unanständige Nummer in der Scheune.«

Sie sah ihn mit verträumten Augen an. »Das ist vielleicht das Süßeste, was je ein Mann für mich getan hat.« Sie trat einen Schritt vor, hakte einen Finger in seinen Hosenbund und von *verträumt* war schon nichts mehr zu sehen, sondern stattdessen nur noch ein unfassbar sündhafter Blick. »Aber ich hatte mich irgendwie auf eine unanständige Nummer in der Scheune gefreut.« Sie hob die andere Hand und ließ eine Reihe von Kondompäckchen vor ihm baumeln.

»Baby, dafür kann ich sorgen.« Derb drückte er seinen Mund auf ihren und holte sich den Kuss, auf den er den ganzen Tag gewartet hatte. Sie schmeckte süß und küsste ihn, als hätte auch sie sich den ganzen Tag lang danach gesehnt. Sie ging auf Zehenspitzen, stöhnte in ihre Küsse und setzte das unaufhörliche Begehren frei, mit dem er gerungen hatte. Sie verschlangen sich, drängend und gierig, während sie sich auf das Deckenlager zubewegten. Er zog ihr das Sweatshirt aus und sah bloße Haut und feste Nippel. »Du *unanständiges* Mädchen. Deine Brüste sind der Wahnsinn.« Er legte den Mund auf eine harte Spitze, reizte und saugte und genoss die sehnsuchtsvollen Laute, die ihr über die Lippen kamen.

»Himmel, Johnny … So gut.« Sie schob sein T-Shirt hoch und er riss es sich über den Kopf.

Flammen loderten in ihren Augen, und dann leckte sie über seinen Nippel, bevor sie fest zubiss.

»Fuck!« Die Hitze schoss direkt in seine Länge. »Ich brauche diesen sexy Mund auf mir.«

Schon fummelte sie am Knopf seiner Jeans. Er schob die Hose hinunter, sie umfasste ihn und ließ einmal fest die Hand auf- und abgleiten. Kurz schaute sie zu ihm auf, bevor sie sich hinunterbeugte und die Zunge um die Spitze kreisen ließ. Sie leckte über die gesamte Länge, hielt inne, um ihn zu reizen, kitzeln und zu küssen, während sie ihm die ganze Zeit in die Augen schaute. Sie war sein unanständiges Mädchen und er konnte nicht genug von ihr bekommen.

»Saug, Baby. Lass mich deinen Mund vögeln.«

Sie nahm ihn tief in sich auf, und er stöhnte, als er ihren heißen, nassen Mund spürte und seine Hüften vorstießen. Sie streichelte und saugte weiter so perfekt, er schob die Finger in ihre Haare und wappnete sich gegen den Druck, der sich in ihm aufbaute. Ihr Blick bohrte sich noch immer in seinen. Ihr dabei zuzusehen, wie sie ihn so tief in sich aufnahm, war *so* sexy. Aber er wollte mehr. Er musste sie *besitzen*, ihr seinen Stempel aufdrücken, und er wusste, dass sein unanständiges Mädchen zu allem bereit wäre. »Du bist so verdammt schön. Ich will dich nackt sehen, auf den Knien.«

Ihr laszives Lächeln brachte ihn fast um. »Ach ja?« Sie ließ die Zunge um die Spitze seiner Länge kreisen, während sie ihn weiter mit der Hand streichelte. »Und was wäre, wenn ich *dich* nackt und auf den Knien sehen will?«

Er packte sie fester an den Haaren und zog sie zu sich hoch. »Wir wissen beide ganz genau, dass es kein Was-wäre-wenn gibt.« Seine Lippen prallten auf ihre, und er drang mit der Zunge so fest in ihren Mund ein, wie er es zuvor mit seiner Härte getan hatte. Beide wurden ungestüm, zogen sich die Stiefel aus, zerrten an Hosen, bis sie nackt waren. Wieder eroberte er ihren Mund, während er sie zwischen den Beinen mit den Fingern reizte. »Du bist so bereit für mich. Ich kann es nicht abwarten, wieder in dir zu sein, aber zuerst …« Er streichelte ihr über die Wange und strich mit dem Daumen über ihre Unterlippe. »Ich brauche diesen Mund. Auf die Knie, du sexy Lady, und komm mir nicht frech. Ich geh schon noch früh genug auf die Knie.«

Sie hockte sich hin, und er umfasste seine Härte, um sie an ihren Lippen entlangzuziehen. »Leck mich.« Ihre Zunge glitt über seine ungeduldige Länge. »Genau. Streichel dich selbst dabei.«

Die Flammen loderten in ihren Augen. »Das törnt dich an, wenn du die Kontrolle hast, wie?«

»Tu nicht so, als wäre es für dich anders.«

Mit halb geschlossenen Augen ließ sie mehrmals die Zunge über seine Härte gleiten und stöhnte mit jedem Mal auf. Er schob nur die Spitze in ihren Mund, und als sie die Lippen darum schloss, sagte er: »Mach den Mund auf.« Sie machte ihn weit auf, die Hand noch immer an ihrer Mitte. »Genau. Ich will sehen, wie du ihn leckst.« Er zog sich zurück, schob dann wieder nur die Spitze hinein und fing an, die Hüften zu bewegen, ohne tiefer in sie zu gehen, während sie leckte, sich *und* ihn streichelte und ihr Blick nach mehr flehte. *Sie ist so verdammt umwerfend.*

Sie zog den Kopf zurück und blickte ihn feurig an. »Hör auf mit den Spielchen und mach einfach, sonst hast du mich das letzte Mal auf Knien gesehen.«

»Da hat aber jemand schnell gelernt.« Er stieß in ihren Mund, und sie packte ihn an den Hüften, um ihn noch tiefer zu ziehen. »Aah! Das ist so gut!«, stieß er hervor. Er drängte immer wieder nach vorne, während sie saugte und strich und *Heiliger …* Lange konnte er nicht mehr an sich halten. »Ich will in deinem Mund kommen, Baby.«

Sie zog sich zurück und sah ihn herausfordernd an. »Nur, wenn ich in deinem kommen kann.«

»Und ob!« Er zog sie zu sich hoch, küsste sie derb und tief, sodass sie beide kaum noch Luft bekamen. »Jetzt setz dich mit deinem hübschen kleinen Hintern an den Rand der Decke.« Er gab ihr einen Klaps und wurde mit einem verführerischen Blick belohnt, als sie sich auf das Heubett setzte.

Er warf die Kondome neben sie und stellte sich zwischen ihre Beine. Sie legte die Finger um seine Länge, nahm ihn in den Mund und trieb ihn weiter in den Wahnsinn. »Genau, Baby. Himmel! So verdammt gut.« Er schob die Finger in ihre Haare und verlor sich in ihr. »Dein Mund gehört mir«, knurrte er. Sie wurde schneller in ihren Bewegungen, und er war da, stieß heftiger, konnte die Flut von Flüchen und Forderungen nicht zurückhalten. »Saug stärker. Drück … Ah, fuck!« Die Kiefermuskeln zuckten, die Beine waren angespannt, der Druck stieg wie eine tosende Welle an, donnerte seinen Rücken hinab und explodierte mit heftigen Stößen und lauten Flüchen. Sie wich nicht zurück, versuchte nicht, dem Strom seines Begehrens zu entkommen, und als sie seine Hoden streichelte, stöhnte er auf und gab sich der intensiven Lust, die in ihm tobte, hin.

Nachdem das letzte Beben durch ihn hindurchgeschossen war und sie seinen Schaft losließ, schloss er die Hände um ihr Gesicht und versuchte, wieder zu Atem zu kommen. Er schaute auf die unglaubliche Frau hinab, die ihn zu unvorstellbaren Höhen trieb. Ihr Blick war weich und verschleiert, so als wäre sie ebenso trunken von ihm wie er von ihr, und sie traf mit diesem Blick irgendetwas tief in ihm. Er streichelte ihr über das Kinn und wollte einen Monat allein damit verbringen, jede Furche und Kurve ihres Körpers kennenzulernen, all ihre erogenen Zonen zu erforschen und diese oft übersehenen Stellen finden, die sie zum Keuchen oder Kichern brachten. Er wollte sie in ihrem eigenen Revier sehen, zu ihren Bedingungen, und herausfinden, wie sie in ihrer geliebten Kleinstadt war, mit der

Familie und den Freunden um sich herum, die sie sicher alle liebten.

Er hatte keine Ahnung, woher das kam. Er war zuvor noch nie einer Frau begegnet, die ihn besitzen konnte, aber er wusste, dass er sich um den Zauber des Gasthofes keine Sorgen machen musste. Jillian Braden hatte ihren eigenen Zauber. Er versuchte, gegen diese Wucht von Emotionen anzukämpfen, indem er wieder die Kontrolle übernahm.

»Spreiz die Beine, sexy Lady. Du bist dran.«

Jillian war noch nie zum Höhepunkt gekommen, wenn sie jemandem einen Blowjob gab, aber mit Johnnys schmutzigen Forderungen und dem Wissen, dass *sie* ihm die Beherrschung raubte, war sie schon kurz vorm Orgasmus, *bevor* er überhaupt auf die Knie ging und all seine sündigen Versprechen einlöste. Sie versuchte, ihre Gefühle unter Kontrolle zu behalten und nicht über seine Bemühungen nachzudenken, den heutigen Abend zu etwas Besonderem zu machen, doch den Ausdruck in seinen Augen, als er ihr erzählt hatte, was er vorbereitet hatte, hatte sie so verinnerlicht wie seinen Blick, mit dem er auf die Knie gesunken war.

Sie schloss die Augen, während er sich ihr meisterhaft widmete. Wenn man an Lust versterben könnte, wäre ihr Leben mit Sicherheit in Gefahr. Mit den Zähnen reizte er ihre Perle, und sie verlor die Kontrolle wie ein wildes Tier, krallte sich in seine Schultern und flehte ihn an, nicht aufzuhören. Er schob seine Finger in sie, alle Gedanken verschwanden, wurden verdrängt von den herrlich qualvollen Empfindungen und dem bloßen Verlangen, das sie packte. »Johnny!«, flehte sie, und er wurde schneller und jagte sie gekonnt in den Wirbelsturm der Ekstase. Er blieb ganz bei ihr und labte sich an ihr, als sie ihren Höhepunkt gemeinsam bis ans Ende genossen.

Dann hauchte er leichte Küsse auf die Innenseiten ihrer Oberschenkel und liebkoste sich an ihrem Körper hinauf, bis sein wundervolles Gesicht über ihr auftauchte.

Sie streichelte über sein stoppeliges Kinn und keuchte: »Bin ich tot? Ist das hier der Himmel?«

Er lächelte. »Falls ja, dann möchte ich tausend Tode sterben.«

Himmel! Sogar was er sagte, haute sie um.

Seinen Geschmack hatte sie noch immer im Mund, als er seine Lippen auf ihre senkte. Ihr eigener Geschmack war ebenso intensiv, als sich ihre Zungen trafen und sie aufs Neue erregten.

»Bist du immer noch für eine unanständige Nummer zu haben?« Er küsste ihren Mundwinkel. »Oder hab ich dich fertiggemacht?«

Bei der Aussicht darauf wurde ihr schwindelig. »Soll das heißen, du kannst noch?«

»Baby, wir fangen gerade erst an.« Er bewegte die Hüften, rieb seine harte Länge an ihr und jagte lustvolle Schauer durch ihren gesamten Körper. »Rutsch hoch, Baby. Dieser Bad Boy ist bereit für die nächste Runde.«

Sie legte sich auf das improvisierte Bett, und ihr Herz klopfte erwartungsvoll, als er ein Kondompäckchen mit den Zähnen aufriss und sich das Gummi überstreifte. Noch nie war sie so fasziniert von einem Mann gewesen, und von Johnny konnte sie gar nicht genug bekommen. Ihr Körper prickelte, als er über sie kam und seine dunklen Augen alle möglichen unanständigen Gedanken aufkommen ließen.

Seine Härte stieß verheißungsvoll an ihre Pforte. »Den ganzen Tag habe ich daran gedacht.«

Seine Stimme klang rau und so voller Emotionen, dass die Wahrheit wie von selbst aus ihr herausbrach: »Ich auch.«

Sein Mund traf auf ihren, als sich ihre Körper vereinten. Mit seinem Gewicht auf ihr war es noch intensiver, noch erfüllender als am Abend zuvor, was sie nicht für möglich gehalten hätte.

»Mein Gott, Jilly! Noch *nie* hat sich etwas so gut angefühlt.«

Für mich auch nicht.

Sein Mund eroberte ihren, fordernd und derb, und wie berauschend das war! In perfekter Harmonie bewegten sie sich. Er hob ihre Beine an, hielt ihre Knie an seine Hüften und drang so tief in sie ein, dass ihr ganzer Körper erschauderte. Woher wusste er, was sie mochte? Was sie brauchte?

»So eng!«, knurrte er. »So verdammt gut.« Er fand einen Winkel, mit dem er scharfe, qualvolle Lust wie Blitze durch sie hindurchjagte. Die Intensität ließ sie aufschreien, sodass er den Kuss unterbrach und sie mit besorgtem Blick durchbohrte. »Zu fest?«

»Niemals!«

Ein raues Lachen entwich ihm, bevor er wieder ihren Mund eroberte und ihre Körper sich aneinander rieben. Sie klammerte sich an ihn, grub die Nägel in seine Haut, und er schob die Hände unter sie und packte ihren Hintern, um in sie zu stoßen, als bekäme er nie wieder die Gelegenheit dazu. Danach hatte sie sich immer gesehnt. Nach einem Mann, der keine Angst hatte, sich das zu nehmen, was er wollte, aber der ihr dennoch gab, was sie brauchte.

»Halt dich fest, Baby.« Er drückte sie fest an sich, während er sich auf den Rücken drehte, ohne ihre Verbindung zu unterbrechen.

Sie wusste sofort, was er wollte, und ritt ihn, wie sie es sich in ihrer Fantasie ausgemalt hatte. Er umfasste ihre Brüste, drückte ihre Nippel so fest zwischen Daumen und Zeigefinger, dass der Schmerz zu Lust wurde. Ihrer beider Stöhnen und Flehen erfüllte die Scheune, und ihre Körper wurden trotz der kühlen Luft feucht vor Schweiß. Das Begehren brannte unter ihrer Haut, pulsierte und bauschte sich immer mehr auf, bis sie das Gefühl hatte, zu explodieren. Seine Hand fand zielstrebig die empfindlichen Nervenenden ihrer Mitte und sie schloss die Augen. Ihr Verstand hing nur noch an einem seidenen Faden, doch sie wollte – *sie brauchte es* –, dass er mit ihr kam. Sie griff hinter sich, umfasste seine Hoden, und er stieß einen Fluch aus, seine Hüfte schoss nach oben und löste Wellen der Lust aus, die über ihr zusammenschlugen. »Johnny!«, stieß sie aus, als er sich seiner eigenen kraftvollen Erlösung hingab und ihren Namen wie ein Gebet schrie.

Sie genossen ihre Leidenschaft, bis sie sich kraftlos und zufrieden auf seine Brust sinken ließ. Er legte die Arme um sie, fuhr mit den Fingern durch ihre Haare und küsste sie auf die Wange, während sein Herz an ihrem hämmerte. Sie wollte dort bleiben, die Augen schließen und in seinen Armen schlafen, und genau deshalb ließ sie sich schnell auf den Rücken neben ihm fallen.

»Wow! Das war …« Besser als jeder Sex, den sie je gehabt hatte, aber das behielt sie für sich. Solche Dinge gestanden sich Paare, und ein Paar waren sie nicht. Sie hatten nur ihren Spaß, das durfte sie nicht vergessen. Außerdem ärgerte sie ihn wirklich sehr gern.

»Spektakulär?«, half er ihr aus. »Heiß? Überwältigend?«

Ja, ja und ja. »Sagen wir, *nicht so schlecht wie das letzte Mal.*«

Er lachte, stützte sich auf einem Ellbogen ab und lächelte auf sie hinab. Seine Fingerspitzen glitten über ihren Bauch, ganz leicht wie eine Feder, und bescherten ihr eine Gänsehaut. »Wir sind brandheiß, und das weißt du.«

»Ach ja?«, neckte sie ihn und genoss es, wie seine Finger über ihre Oberschenkel huschten.

»Ist es jemals so mit einem anderen gewesen?«

»Stell mir nicht so eine Frage.«

»Warum nicht? Ich habe dir die Wahrheit erzählt, als ich dir gesagt habe, dass sich noch nie etwas so gut angefühlt hat. Sei einfach ehrlich zu mir.«

Seine Finger wanderten hinauf zu ihren Brüsten, umkreisten ihre Nippel, und gleich regten sich ihre Hüften bedürftig, als hätte sie nicht gerade mehrere der besten Höhepunkte ihres Lebens gehabt.

Er legte den Kopf zur Seite und wartete auf eine Antwort.

»Nein. Zufrieden? Es ist noch nie so gewesen. Aber im Gegensatz zu dir hatte ich vorher nicht hundert andere Typen.«

»Ich hatte bisher keinen einzigen Typen.«

Sie stieß ihn gegen die Brust und er schmunzelte erneut. Er sah ihr weiter in die Augen, als er mit dem Finger an ihrem Schlüsselbein entlangfuhr, über die Schulter und den Arm hinunter, und so jede einzelne Nervenfaser in Brand setzte. Sie brauchte eine Ablenkung, bevor sie sich auf diesem Heubett ein weiteres Mal mit ihm vergnügte. Nur um etwas zu sagen, fragte sie: »Glaubst du, dass es Beau etwas ausmacht, wenn wir seine Nebengebäude besudeln?«

»Nach den beiden vergangenen Nächten haben sie wohl eher den Namen Lustgebäude verdient.«

Sie lachte, und er beugte sich hinunter, um sie kurz und süß zu küssen. »Ich mag dich, Jilly Braden.« Er hob die Augenbrauen, als wollte er sagen: *So, jetzt ist es raus*, um sich dann aufzusetzen und sich um das Kondom zu kümmern.

Wie konnte ein einziger Satz ihr das Gefühl geben, so gewollt und so besonders zu sein?

Die Blumen, mit denen er das Bett geschmückt hatte, waren zerdrückt und auf der gesamten Decke verstreut, und mehrere Blütenblätter klebten an seinem breiten Rücken. »Wir haben die Blumen zerdrückt, die du gepflückt hast«, sagte sie mit Bedauern, als sie sich aufsetzte, um sie von seinem Körper zu wischen.

»Dann müssen wir wohl noch mehr pflücken.« Er legte das zugeknotete Kondom auf den Boden und sah sie dann mit einem sexy Lächeln wieder an. »Dreh dich um und zeig mir deinen Rücken.«

Er schob ihre Haare auf eine Seite und küsste sie auf die Schulter, die er entblößt hatte. Sie schloss die Augen und genoss die vertraute Berührung.

»Ich liebe deine Haare.« Er zupfte Teile der Blumen aus ihrem Haar.

»Alle, nehme ich an?« Sie blickte über die Schulter und er ließ mit seinem anzüglichen Lächeln ihren Bauch Purzelbäume schlagen. »Ich glaube, ich brauche etwas von dem Wein, den du erwähnt hast.« Sie lehnte sich an ihm vorbei, um nach der Flasche zu greifen, und er streichelte ihren Hintern, bevor er sich hinunterbeugte und hineinbiss. »Hey!« Sie versuchte vergeblich, ihn böse anzufunkeln, aber dieser Biss hatte ihr einen verlockenden Schauer über den Rücken gejagt.

»Was soll ich sagen? Ich mag deinen Hintern eben auch.«

»Ich hoffe, du wirst nicht jeden Teil von mir beißen, den du magst.« Sie zog einen Teil der Decke über ihren Schoß.

Er beugte sich vor. »Woher willst du wissen, dass es dir

nicht gefällt?« Er drückte die Lippen auf ihre und zog sich dann mit einem selbstgefälligen Grinsen zurück.

Sie verdrehte die Augen, doch jetzt musste sie auch noch daran denken. Sie hielt die Flasche hoch. »Hast du Gläser mitgebracht?«

»Mist! Ich wusste, ich hab etwas vergessen.«

»Schon gut. Wir brauchen keine.« Sie zog den Flaschenaufsatz ab, führte die Flasche an ihre Lippen, um einen großen Schluck zu nehmen, und gab sie dann ihm. Während er trank, schaute sie sich um. Er hatte nicht nur ihre Lieblingsblumen gepflückt und ihnen ein Bett gebaut, sondern auch noch mehrere Decken auf das Heu gelegt. Er hatte sicherstellen wollen, dass sie es bequem hatte. Die anderen Ballen hatte er an der Wand gestapelt und den Boden gefegt. Sie schaute zu den ausgeblasenen Kerzen und den Eimern und ihr Herz tat erneut einen Sprung. »Danke, dass du dir für heute Abend so viel Mühe gemacht hast. Ich will nicht undankbar klingen, aber warum hast du es gemacht?«

»Weil ich dich mag.« Er gab ihr die Flasche.

Seine Worte trafen sie mit der gleichen Wucht wie beim ersten Mal. Sie versuchte, die Schmetterlinge in ihrem Bauch mit einem Schluck Wein zu bändigen. »Du magst den Sex mit mir.«

»Offensichtlich! Aber ich mag auch deine Gesellschaft und die Gespräche mit dir. Ich mag deinen Sinn für Humor und wie du dich immer um Zoey kümmerst und versuchst, uns zu helfen.«

Sie freute sich etwas zu sehr und nahm noch einen Schluck. Er machte es ihr schwer, ihre Gefühle unter Kontrolle zu behalten. »Na ja, ich bin ja nun mal hier. Da kann ich genauso gut helfen.«

»Deshalb tust du es nicht. Sondern weil du eben so bist. Wenn du kein fürsorglicher Mensch wärst, hättest du dich gar nicht erst darauf eingelassen, mitzukommen.« Er griff nach der Flasche.

»Eine Wahl hatte ich ja wohl nicht.«

»Ich bezweifle, dass es irgendjemanden auf der Welt gibt, der dich zu irgendetwas zwingen kann. Ich überlege nur die ganze Zeit, warum du noch Single bist.«

»Nicht jede Frau verzehrt sich nach einem Mann.«

»Stimmt, aber du bist zu leidenschaftlich, als dass du nicht mehr als eine unanständige Nummer in der Scheune möchtest, und so, wie du Beau und Char ansiehst, sehnst du dich auch nach einer solchen Liebe.«

Sie hätte nicht gedacht, dass er so genau auf irgendetwas anderes geachtet hatte als auf ihr Äußeres. Noch nie hatte sie sich so *erkannt* gefühlt. »Ich habe wohl nur noch nicht den richtigen Mann getroffen. Es ist nicht leicht, eine Beziehung mit mir zu führen. Falls du es noch nicht bemerkt haben solltest, ich bin dickköpfig und rechthaberisch, und mein Erfolg kann einschüchternd für manche Kerle sein.«

»Es gibt eine gewisse Untergruppe von Männern, die durch starke Frauen eingeschüchtert sind. Das verstehe ich.«

»Es ist nicht nur, dass ich stark bin. Ich arbeite viel. Es ist nicht ungewöhnlich, dass ich bis acht oder zehn Uhr abends in meinem Büro arbeite, dann nach Hause gehe und die ganze Nacht über arbeite, bis ich dann morgens ein paar Stunden schlafe.«

»Dein Tagesablauf kommt meinem sehr nah. Wenn ich an neuen Songs arbeite, kann es vorkommen, dass ich tagelang nur ein oder zwei Stunden Schlaf bekomme, weil ich mich richtig reinhänge.«

»Das hab ich mir auch schon überlegt. Mit Zoey zu leben, wird eine große Umstellung sein.«

»Ja, das kannst du laut sagen. Das ist einer der Gründe dafür, dass diese ganze Sache mit Familiengründung und so nicht auf meinem Plan stand.«

»Verstehe ich vollkommen, aber so viele kapieren das nicht. Das ist ein Stolperstein für die meisten Männer in meinem Alter. Normalerweise sind sie darauf aus, dass man sich um sie kümmert und eine Familie gründet, und ich bin nicht gerade die geborene Ehefrau. Ich kann Großartiges in der Küche vollbringen.« Sie zuckte mit den Schultern. »Nur eben nicht beim Kochen, und Gott sei Dank habe ich eine Haushälterin, sonst müsste ich jedes Mal umziehen, sobald meine Wohnung dreckig ist. Selbst wenn ich putzen und kochen würde, habe ich doch beruflich so viele Pläne, dass ich in nächster Zeit keinen Kopf für eine Familie hätte.«

»Bei dir klingt es so, als hättest du den Gedanken an eine Beziehung aufgegeben. Die meisten Frauen wollen eine, auch wenn damit Bedingungen verbunden sind.«

»Ich will eine Beziehung, aber ich werde mich nicht verändern oder weniger arbeiten, um eine zu suchen.«

»Wenn das jemand versteht, dann ich. Was ist dir sonst noch wichtig?«

Sie nahm noch einen Schluck Wein. »Warum willst du das wissen?«

»Weil ich wissen will, wie du tickst. Komm schon, Jilly. Keine Spielchen. Du kennst meine Geheimnisse. Du hast mir erzählt, warum Beziehungen schwierig für dich sind, aber was erwartest du von einer? Was erwartest du von einem Partner?«

Er war ehrlich zu ihr gewesen, also war sie es ebenfalls, auch auf die Gefahr hin, dass sie egoistisch oder unrealistisch klang.

»Wenn du es genau wissen willst: In Bezug auf Liebe bin ich unersättlich. Ich will den Zauber des Gasthofes, der ewig andauert und noch einen draufsetzt. Ich will mich nicht mit einem Mann zufriedengeben, der meine arbeitsreichen Nächte hinnimmt. Ich will jemanden, der mich anfeuert, und ich würde das Gleiche für ihn tun. Jemanden, der mich motiviert, wenn ich mich selbst nicht genug motiviere, weil er weiß, dass ich es besser kann, der aber auch weiß, wann er sich raushalten muss. Und ich will Funken, die ewig sprühen. Ich will Liebe *und* Lust in den Augen meines Ehemannes sehen und wissen, dass beides auch in fünfzig Jahren noch da sein wird, dass er mich noch immer in eine Kammer zerren und herummachen will, wenn wir auf einer Party sind oder unsere Familien zu Thanksgiving zu Besuch da sind. Ich will keinen einzigen Tag seine Liebe zu mir infrage stellen müssen. Ich will sie rund um die Uhr und jeden Tag fühlen.«

»Menschen streiten sich, Jilly. Ich bin mir ziemlich sicher, dass du in diesen Augen auch mal Wut sehen willst, egal, mit wem du am Ende zusammen bist.«

»Natürlich. Aber ich denke, wenn du jemanden aufrichtig liebst, dann solltest du ihn glücklich und erfüllt sehen wollen. Man wird und sollte sich mit jemandem und für jemanden streiten. Aber ein Streit sollte nicht dazu führen, dass man sich fragt, ob man wirklich geliebt wird. Ich will, dass das eine gegebene Tatsache ist. Ich finde, Paare sollten sich ihr wahres Ich zeigen. Das Gute, das Schlechte und das Hässliche, damit der andere weiß, worauf er sich einlässt, denn genau so wie die richtige Kleidung, die Frisur oder das Make-up irgendwann unordentlich werden, so lässt auch dieses Funkeln, das viele frische Beziehungen haben, oft nach. Darum ist es so wichtig, zu sagen, was man denkt. Ich halte es nicht mit einem Kerl aus, der einen Eiertanz aufführt, wenn ich wütend oder dickköpfig bin, oder der von mir erwartet, dass ich *immer* stark bin, oder mich verurteilt, weil ich verletzlich bin. Ich will einen Mann, der genug Selbstvertrauen hat, um für das, woran er glaubt, zu kämpfen, aber er sollte auch so klug sein und wissen, dass er nicht immer die richtigen Antworten hat und manchmal Kompromisse eingehen muss. Einen Mann, der es zugeben kann, wenn er sich irrt, auch wenn er sich diebisch darüber freut, wenn er recht hat. Und er sollte sich auch diebisch freuen, wenn er recht hat, weil ich es ebenso würde.«

Johnny lachte. »Du liebst Herausforderungen tatsächlich.«

»Ja, und ich liebe kluge, geistreiche Wortwechsel und unanständiges, sinnliches Geplänkel. Ich will alles.«

»Klingt nicht so, als wolltest du viel. Einen Mann, der verrückt nach dir ist, der deine kreativen Unterfangen unterstützt und dich an seiner Schulter weinen lässt, wenn du einen miesen Tag hast.«

»Ja, und ich weiß, dass ich ihn ohne Ende meckern lasse, wenn er schlechte Tage hat, ohne dass ich es persönlich nehme.«

»Richtig, aber du brauchst auch einen Kerl, der dir die Meinung sagt, wenn du zu weit gehst.«

»Ganz genau«, sagte sie staunend. »Ich fasse es nicht, dass ich das nicht erwähnt habe. Woher wusstest du das?«

»Weil du die Beziehung meiner Eltern beschreibst. Falls ich mich zu einem gesetzteren Leben entschließen sollte, würde ich all das auch haben wollen.«

Das kam so unerwartet, dass sie eine Minute brauchte, um zu begreifen, wie verlockend das klang. »Machst du so etwas wie das hier für alle Frauen, die du magst?« Sie wollte nicht, dass es ihr wichtig war, aber sie wartete seine Antwort mit angehaltenem Atem ab.

»Eher nicht.« Er nahm einen Schluck. »Ich habe noch nie ein Date geplant.«

»Ach, komm. Was ist mit Ramona?«

»Ihr gefielen die Orte nicht, die ich vorgeschlagen habe. Wenn wir ausgegangen sind, hat sie daher immer alles geplant. Das klingt jetzt sicher blöd, aber die Frauen haben sich mir immer an den Hals geworfen. Es bestand für mich nie ein Grund, ein Date oder irgendetwas zu organisieren. Sie wollten einfach alle ein Stück von mir, und für eine lange Zeit habe ich das allzu gern mitgespielt.« Er nahm noch einen Schluck. »Aber wie gesagt, ich habe vor Jahren damit aufgehört. Ich bin nicht stolz darauf, wie ich war, aber es hat mir dabei geholfen, der Mann zu werden, der ich jetzt bin. Und zum Glück habe ich mir die Hörner abgestoßen, bevor Zoey aufgetaucht ist. Wenn ich nicht erwachsen geworden wäre, hätte sie eine ziemliche Pfeife als Dad.«

»Und jetzt habe ich dich wieder zurück in dieses Lotterleben gezerrt«, sagte sie in einem lockeren Ton, den sie gar nicht fühlte.

»Von wegen.« Er stellte die Flasche auf den Boden und kam zu ihr hinüber, um sie wieder zurück auf die Decke zu drücken. »Hast du den Teil überhört, in dem ich sagte, dass ich nicht mehr so bin und dich wirklich *mag*?«

Sie lächelte verschmitzt. »Das habe ich gehört, und ich mag dich auch.«

»Gut.« Er knabberte an ihrer Unterlippe. »Denn ich kann gar nicht genug von dir bekommen, Jilly, und mir fallen sicher noch jede Menge andere kreative Orte ein, die wir einweihen und auf unsere Liste setzen könnten.«

Ein erwartungsvolles Prickeln rann über ihre Haut, als er einen Kuss neben den anderen auf ihren Kiefer hauchte.

»Was für andere unanständige Listen könnten wir denn noch erstellen?«, fragte er mit rauer Stimme.

Ihre Gedanken rasten in die Richtung all der schmutzigen Dinge, die sie schon immer hatte tun wollen, und die Vorstellung, sie mit Johnny zu tun, war berauschend. Sie konnte es nicht fassen, dass sie sich sicher genug fühlte, dieser Vorstellung überhaupt nachzuhängen, aber sie konnte dieses Gefühl der Sicherheit ebenso wenig leugnen wie das Begehren nach ihm, das sich so tief in ihr festgesetzt hatte, dass sie sicher war, es hätte dort Wurzeln geschlagen. »Ich hätte da *vielleicht* so eine kleine Liste mit Fantasien, der wir uns widmen könnten.«

Das Feuer in seinen Augen loderte auf. »Baby, du könntest vielleicht die perfekte Frau für mich sein.«

Während er einen Pfad von Küssen auf ihren Hals hauchte, wollte sich das vor Freude ganz taumelige Mädchen in ihr ganz fest an diese Bemerkung klammern und auf mehr hoffen. Doch die vernünftige Erwachsene in ihr wusste es besser. Auf etwas Wahres mit einem Mann zu hoffen, dessen Leben alles andere als förderlich für ihr eigenes war, würde nur zu Liebeskummer führen. Also zwang sie sich zu einer Ermahnung für sie beide. »Pass auf, dass du nicht vollends meinem Charme erliegst, Johnny. Du fährst auf der Familienschiene, und so sehr ich Zoey auch mag, die Richtung kann ich nur schwer einschlagen.«

»Keine Sorge, meine Süße. Ich laufe nicht Gefahr, irgendjemandem zu erliegen. Ich bin nur für die Zugabe hier, und du bist noch nicht annähernd oft genug gekommen.«

Dreizehn

Jillian reckte sich ausgiebig und hatte das Gefühl, tagelang geschlafen zu haben, als sie nach dem Handy griff, um nach der Uhrzeit zu sehen. *Halb zehn. Nee, nicht tagelang.* Aber immerhin vier Stunden, was viel für sie war, *und* sie hatte eine Nachricht von Johnny verpasst. Ihr Herz schlug gleich ein bisschen schneller. Gestern Morgen nach ihrem mitternächtlichen Rendezvous in der Scheune hatte sie eine heiße Nachricht von ihm empfangen, in der er ihr mitteilte, dass er es nicht abwarten konnte, sie wieder allein zu erwischen, gefolgt von einer Reihe von unanständigen Dingen, die er dann mit ihr anstellen wollte. Und die hatte sie ihn nur zu gern am vergangenen Abend tun lassen, als sie einen weiteren kreativen Ort ihrer Liste hinzugefügt und Beaus Werkstatt für ihr mitternächtliches Stelldichein genutzt hatten.

Sie öffnete seine Nachricht, die er um 6:02 Uhr geschickt hatte. *Ich habe immer noch deinen Geschmack im Mund.*

Diese wenigen Worte reichten aus, um Flammen unter ihrer Haut zu entzünden. Mit einem albernen Lächeln im Gesicht stand sie auf, um sich die Zähne zu putzen, und hoffte auf einen weiteren guten Tag mit ihm und Zoey. Der gestrige Tag hatte mit einem Ausritt begonnen, und um die unbeschwerte Energie in Gang zu halten, hatte Jillian die beiden zu weiteren Rasenspielen überredet, bei denen sie noch immer keine gute Figur abgab. Gemeinsam hatten sie viel über ihre Unsportlichkeit gelacht, und ihr unanständiger Rockstar nahm den ganzen Tag über jede Gelegenheit wahr, um sie in den Wahnsinn zu treiben, indem er sich heimliche Küsse abholte, sobald sie allein waren, und ihr verruchte Zweideutigkeiten zuflüsterte. Am Abend hatte er sie erneut überrascht, als sie nach dem Essen zum Duschen nach oben gegangen war und eine Wildblume auf ihrem Kissen vorgefunden hatte. Wie es schien, hatte ihr Bad Boy eine romantische Seite.

Es war an der Zeit, etwas Spaß zu haben und den Spieß umzudrehen.

Bekleidet mit ihrem Lieblingsschlafoutfit – Tanktop und Shorts – verließ sie ihr Schlafzimmer. Auf dem Weg nach unten hörte sie Johnny reden, und er klang so ernst, dass sie innehielt und den beiden etwas Zeit ließ.

»Ich hab heute keine Lust zu reiten.« Zoey klang traurig. »Ich denke, ich gehe einfach hoch in mein Zimmer.«

Ein sorgenvoller Schmerz breitete sich in Jillians Brust aus. Letzte Woche auf dem Flug hierher hatte sie das Gefühl gehabt, Zoey und Johnny säßen mit angehaltenem Atem auf dem Grund eines Schwimmbeckens und warteten darauf, dass sie jemand rettete. Doch seit der Nacht, in der Zoey weggelaufen war, hatte Johnny sich der Herausforderung gestellt und war Zoeys Held geworden – zumindest in den Augen von Jillian. Er hatte sich das verängstigte Mädchen geschnappt und sie nicht nur an die Oberfläche geholt, sondern sie auch gezwungen, dortzubleiben, indem er ihr Gründe fürs Atmen gegeben hatte. Und jedes Mal, wenn Zoey wieder unterzugehen drohte, war er da, um sie aufzufangen und sie daran zu erinnern, dass sie nicht mehr allein war und es auch nie wieder sein würde. Noch unerwarteter war, dass jedes Mal, wenn Zoey ins Straucheln geriet, auch Jillian den Atem anhielt und hineinspringen wollte, um sie beide zu retten.

Zoey kam mit Bandit an ihrer Seite aus der Küche. Ihr Blick blieb auf den Boden gerichtet, als sie auf der Treppe an Jillian vorbeiging.

»Guten Morgen«, sagte Jillian und fragte sich, was passiert war, doch ihre Begrüßung wurde nicht erwidert. In der Küche traf sie Johnny am Tisch sitzend an, die Ellbogen abgestützt und die Stirn in die Hand gelehnt. Sie berührte seine Schulter. »Alles in Ordnung? Zoey schien ziemlich niedergeschlagen zu sein.«

Mit gequältem Gesichtsausdruck schaute er auf. »Ich habe ihr gesagt, dass ihre Mutter mir das Sorgerecht übertragen hat.« Er schüttelte den Kopf. »Ich dachte, das wäre, was sie wollte, aber sie scheint am Boden zerstört zu sein.«

Jillian fühlte den Schmerz von beiden mit. »Ich bin sicher, dass sie es auch so gemeint hat, und wahrscheinlich will sie es immer noch. Doch auch wenn ihre Mutter ihr immer nur wehgetan hat, ist es jetzt für sie ein Schock, wenn sie hört, dass ihre Mutter das Sorgerecht kampflos aufgegeben hat – das wäre es für jeden, und sie ist noch ein Kind.« Sie stellte sich zwischen seine Beine, um ihn zu umarmen. Seine Arme legten sich um sie, zogen sie an ihn, und dann legte er den Kopf an ihre Brust und atmete tief durch, sodass die Last seines Schmerzes auch für sie spürbar wurde.

»Alles wird gut«, sagte sie und hoffte, dass sie recht hatte. »Du hast das Richtige getan. Sie braucht Ehrlichkeit und sie braucht ein beschütztes Umfeld.«

»Ich hoffe nur, dass ich es nicht vermasselt habe.«

»Bestimmt nicht. Was hältst du davon, wenn ich mal mit

ihr rede?«

Er zog sie auf seinen Schoß. »Es tut mir leid, dass du hier mit uns in diesem Schlamassel feststeckst.«

»Ich stecke nicht fest. Ich kann jederzeit gehen.« Noch während sie es sagte, wurde ihr klar, wie zutreffend das war und dass sie überhaupt kein Verlangen danach hatte. »Wir finden einen Weg.« Sie gab ihm einen Kuss. »Bin gleich zurück.«

Er hielt sie einen Moment lang fest, sagte kein Wort, und sie wusste, dass er mit zu vielen Gefühlen zu kämpfen hatte. Schließlich löste sie sich aus seiner Umarmung, küsste ihn noch einmal und stand auf. Sie nahm sich eine Cola Light aus dem Kühlschrank, und als sie Richtung Treppe ging, griff er nach ihrer Hand, drückte sie sanft – eine mittlerweile vertraute Geste – und sagte: »Danke.«

Sie lächelte und ging nach oben, um nach Zoey zu schauen. Sie klopfte an die geschlossene Tür. »Zoey, kann ich hereinkommen?« Als keine Antwort kam, öffnete Jillian die Tür. Zoey saß mit angezogenen Beinen am Kopfende ihres Bettes, das Gesicht voller Schmerz. Bandit lag pflichtbewusst neben ihr.

Jillian bat nicht um Erlaubnis, als sie das Zimmer betrat und die Tür wieder schloss. »Ich habe gehört, was passiert ist.« Sie setzte sich auf die Bettkante und streichelte Bandit. »Es ist in Ordnung, traurig zu sein.«

»Ich bin *nicht* traurig. Ich bin froh«, erwiderte sie heftig. »Jetzt kann sie mich nie wieder nerven.«

»Stimmt, aber sie bleibt immer noch deine Mutter, und das tut sicher weh.«

Zoey wandte den Blick ab, ihr Kinn zitterte.

»Willst du darüber reden?«

»Nein!« Zoey verließ das Bett und Bandit sprang hinter ihr ebenfalls herunter. Sie verschränkte die Arme, ließ sie dann wieder hängen, und der Schmerz umgab sie wie eine Wolke. »Warum hat sie mich überhaupt bekommen, wenn sie mich dann einfach nur wegwirft?«

Jillian ging zu ihr. »Das kann ich dir nicht sagen, aber das ist ihr Pech, Zoey. Denn du bist ein wundervoller Mensch.«

»Aber ich kann es dir sagen«, brauste sie auf. »Geld! Nur darum geht es ihr. Sie hat mich nie geliebt.«

Tränen brannten in Jillians Augen. »Aber deine Grandma hat dich geliebt, und Johnny liebt dich, ebenso wie ich.«

»Aber warum?« Sie ließ die Schultern sacken, die Arme hingen schlaff herunter und Tränen liefen ihr über die Wangen.

Jillian hörte praktisch, wie ihr Herz zerbrach, und sie wusste, dass Zoey nicht fragte, warum sie sie liebten, sondern warum ihre Mutter es nicht tat. »Weil etwas mit *ihr* nicht stimmt.« Sie zog Zoey in die Arme und ihre eigenen Tränen rannen ihr übers Gesicht. »Das ist *nicht* deine Schuld.«

Zoey schluchzte.

»Du bist gut, freundlich und liebenswert, Zoey.« Das ließ sie noch heftiger schluchzen, doch Jillian wollte sicher sein, dass sie es gehört hatte. »Es ist *nicht* deine Schuld. Du bist liebenswert.«

Sie hielt sie ganz fest, weinte mit ihr, *um* sie, *um* Johnny und alles, was ihnen bevorstand. Sie umarmte sie, bis Zoey keine Tränen mehr hatte, und dann hielt sie sie noch länger und flüsterte ihr immer wieder zu, dass sie geliebt wurde und etwas ganz Besonderes war.

Viel später saßen sie auf Zoeys Bett und unterhielten sich, während Bandit ausgestreckt zwischen ihnen lag. »Ich bin froh, dass sie nicht zurückkommt«, sagte Zoey. »Aber es tut weh.«

»Ich weiß, Schatz, und es tut mir leid.«

»Wenn meine Mutter zu uns kam, hat sie über sich selbst

geredet und kaum zwei Worte zu mir gesagt, und am nächsten Morgen war sie wieder weg. Zuerst war ich traurig, aber als ich älter wurde, hat es mich einfach nur wütend gemacht. Meine Grandma hat mir auch immer gesagt, dass es nicht meine Schuld war. Zu ihr war meine Mutter auch nicht sehr nett, aber zumindest hat sie mich von ihr großziehen lassen.«

»Einige Menschen sind nicht dafür gemacht, Eltern zu sein. Aber das heißt nicht, dass du nicht dafür gemacht bist, geliebt zu werden und eines Tages selbst Mutter zu sein. Du bist nicht deine Mutter. Du wurdest von einer Frau aufgezogen, die dich sehr geliebt hat.«

»Das hat meine Grandma auch zu mir gesagt.« Sie schwieg ein paar Minuten und streichelte Bandit. »Ich will jetzt eigentlich nicht mehr darüber reden. Ich hab Hunger. Du nicht?«

»Doch, schon. Ich hatte überlegt, zum Gasthof zu gehen und dort über den Kuchen herzufallen. Willst du mit?«

Zoey nickte und ihr Gesicht erhellte sich ein wenig. »Ich hole die Basecap und die Perücke.«

»Ich muss erst noch duschen. Gibst du mir eine Viertelstunde?«

»Okay.«

Jillian umarmte sie und ging in ihr Schlafzimmer. Bevor sie unter die Dusche stieg, schrieb sie Johnny noch eine Nachricht: *Ich glaube, es geht ihr wieder besser, aber du solltest Dare wahrscheinlich nach einem Therapeuten für sie in New York fragen.* Seine Antwort kam sofort. *Hab ihn schon angerufen. Er sucht mir jemanden. Danke.*

Jillian und Zoey fanden und vertilgten Schoko-Croissants im Gasthof und statteten dann Charlotte einen Besuch ab. Sie starrte gerade aus dem Fenster ihres sonnendurchfluteten pinken und weißen Büros und sah Beau beim Holzhacken zu.

»Begaffst du meinen Bruder schon wieder?«, fragte Jillian, als sie und Zoey mit Bandit im Schlepptau das Zimmer betraten.

Charlotte in ihren Shorts, dem Sweatshirt und den violetten Fellstiefeln drehte sich mit großen Augen und glücklichem Blick um und begrüßte Bandit mit Streicheleinheiten. »Ich brauche dringend Inspiration.«

»Dir gefällt einfach nur der Hintern meines Bruders.« Jillian klopfte an das Fenster und winkte Beau zu. Er nickte zurück.

»Ihr seid echt seltsam«, sagte Zoey.

»Und du siehst als Blondine hinreißend aus«, erwiderte Charlotte. »Ich mag diese coole Basecap. Die werde ich für meine Heldin nutzen.«

»Okee …«, sagte Zoey, als wäre das noch seltsamer, und betrachtete dann die Wand mit den eingerahmten Buchcover von Charlottes Romanen, auf denen *Nr. 1 New York Times Bestseller* hervorgehoben war, und die Titelseiten der Literaturzeitschriften, die sie geziert hatten.

Während Zoey zu den Bücherregalen schlenderte, sagte Charlotte: »Ich bin so froh, dass du hier bist. Ich bin gerade bei dieser einen Szene und bräuchte deine Hilfe.«

»*Meine* Hilfe?«, fragte Jillian.

Charlotte schaute kurz zu Zoey. »Ja, du weißt doch, wie wir manchmal zusammen brainstormen? Ich dachte, wir könnten vielleicht an ein oder zwei Szenen basteln.«

Ihr flehender Blick verriet Jillian, dass sie irgendetwas ausheckte. »In Ordnung.«

»Die Heldin, über die ich schreibe, hat gerade erfahren, dass sie ihre Nichte großziehen muss, und sie hat keine Zeit für eine Beziehung, und der Held ist Inhaber einer Galerie weiter weg in einem anderen Bundesstaat. Er ist der totale Workaholic, und sie treffen unerwartet aufeinander bei … ?« Charlotte zog die Augenbrauen zusammen.

»Einer Geschäftsreise?«, schlug Jillian vor.

»Ja, genau, gute Idee. Eine Konferenz in einer dieser Hotelanlagen mit einzelnen Hütten. Ich hab eine tolle Szene am Lagerfeuer geschrieben und die Funken flogen nur so zwischen den beiden. Jetzt bin ich total gespannt, was sie als Nächstes tun, aber da sie zusammen arbeiten, bin ich mir nicht sicher, ob sie was miteinander anfangen sollten. Was meinst du?«

»Bist du nicht die Schriftstellerin?«, fragte Zoey mit dem Rücken zu ihnen.

Jillian merkte, dass ihre gewiefte Freundin herauszufinden versuchte, was zwischen ihr und Johnny lief, und schaute Charlotte amüsiert an.

»Ja, aber ich habe so viele Bücher geschrieben, da brauche ich manchmal neue Ideen«, sagte Charlotte.

»Klingt hart.« Zoey inspizierte weiter die Regale.

»Was meinst du, Jilly?«, fragte Charlotte.

»Oh, ja, ziemlich *hart*.« Jillian musste das einfach sagen und Charlotte verkniff sich ein Lachen. »Wenn die Chemie stimmt, können sie wahrscheinlich nicht die Finger voneinander lassen.«

»Genau *das* dachte ich mir auch.« Charlottes Augen funkelten erfreut. »Meine Heldin manifestiert alles, was sie in ihrem Leben erreichen will, das heißt, sie visualisiert es und sorgt so dafür, dass es geschieht. Das hat sie mit ihrem Beruf gemacht, ihren Freunden, und sie hat Jahre damit verbracht, von einem großartigen Partner zu träumen. Als ich angefangen habe, diese

Geschichte zu schreiben, und den Helden getroffen habe, da dachte ich: *Das ist er.* Es war ein spontanes Bauchgefühl, auch wenn sie selbst noch nichts davon wusste.«

Nein, davon wusste ich mit Sicherheit nichts. »Char, man kann nicht alles manifestieren«, sagte Jillian.

»Doch, kann man. Gerade du müsstest das wissen.«

»Wozu hast du die hier?« Zoey stand vor den Bücherregalen und hielt rosa Plüschhandschellen in die Höhe.

Charlotte nahm ihr die Handschellen weg. »Die brauche ich, wenn ich mir … Verbrechen ausdenke.«

»Benutzt die Polizei in deinen Büchern Plüschhandschellen?«, fragte Zoey.

»Nein, aber Char wollte, dass sie farblich zu ihrem Büro passen«, sagte Jillian.

Perplex wandte Zoey sich wieder den Büchern zu.

»Also gut, die beiden fangen was miteinander an!« Charlotte klatschte in die Hände. »Aber wo? Es ist kalt. Draußen können sie sich nicht ausziehen, und sie wollen nicht, dass ihre Nichte etwas davon erfährt.«

Jillian konnte ihr Lächeln nicht unterdrücken. »Haben die ein Gerätehäuschen oder so? Irgendwo müssen sie ja ihre Snowboards und Schlitten aufbewahren.«

»Aaah!« Charlotte hob die Augenbrauen.

»Ekelhaft. Lass die nicht in 'nem Schuppen rummachen«, sagte Zoey. »Haben die kein Auto?«

»Der Schuppen ist sauber«, rutschte es Jillian heraus.

»Sie haben kein eigenes Auto«, sagte Charlotte.

»Ja, und? Warum nicht in 'nem Mietwagen?« Zoey zog gerade eine Zeitschrift aus dem Regal und blätterte sie durch.

»Ja, das könnte gehen«, sagte Charlotte.

Jillian fragte sich, ob Charlotte klar war, dass es in diesem

Szenario bedeuten würde, dass sie ihren SUV benutzten. »Du solltest einen Romantiker aus ihm machen. Lass ihn Blumen pflücken, die er auf ihr Kissen legt.«

Charlotte riss die Augen auf. »Das finde ich wunderbar!«

Ich auch.

»Bei einer Sache brauche ich noch Hilfe«, sagte Charlotte. »Wenn ich über die beiden schreibe, spüre ich, wie sehr der Held sie mag, und ich glaube, die Heldin entwickelt Gefühle für ihn, aber bei ihr ist es etwas schwieriger zu erkennen.«

»Bei ihr wäre ich vorsichtig«, warnte Jillian. »Gefühle können gefährlich sein, besonders für einen alleinerziehenden Elternteil. Sie muss das tun, was für ihre Nichte richtig ist, und wenn ihre Leben so weit entfernt voneinander stattfinden, weiß ich nicht, wie mehr aus der Sache werden könnte. Du solltest da lieber ein bisschen Magie walten lassen.«

»Sieh dich doch um.« Charlotte machte eine ausladende Geste. »Die Magie ist überall.«

Zoey legte die Zeitschrift weg und zog ein Buch aus dem Regal. »*Nice Girls?* Worum geht es in dieser Reihe? Um nette Mädels?«

Jillian nahm es ihr weg. »Um Mädels, die nicht auf die Art *nett* sind, wie du es lesen solltest.«

»Und warum heißen die so?«, fragte Zoey.

»Das ist so eine Werbestrategie«, antwortete Jillian. »Ich denke, wir sollten gehen. Wir gucken auf dem Weg hinaus noch mal in der Bibliothek des Gasthofs nach geeigneteren Büchern für dich.« Sie schob Zoey zur Tür und zwinkerte Charlotte kurz zu, während Bandit hinter ihnen hertrottete.

»Viel Glück mit deinem Buch«, sagte Zoey.

»Ich brauche kein Glück«, rief Charlotte ihnen hinterher. »Ich manifestiere!«

Was für ein Tag!

Johnny hatte einen Großteil davon damit verbracht, sich mit Kane und Mick um seinen beruflichen Albtraum zu kümmern und sich um Zoey Sorgen zu machen. Sie war in besserer Stimmung vom Gasthof zurückgekommen, hatte sich aber den ganzen Nachmittag zurückgezogen und die meiste Zeit mit Bandit auf ihrem Zimmer verbracht. Jillian hatte ihm alles berichtet, und es hatte ihn erschüttert, dass seine Tochter einen solchen Zusammenbruch erlitten hatte, aber er war froh, dass Jillian für sie dagewesen war. Er fragte sich, ob ihr klar war, wie sehr sie ihnen dabei half, den Weg hin zu einem besseren Leben zu bereiten, und wie sehr sie ihm bei der Wandlung von einem ungebundenen Rockstar hin zu einem verantwortungsvollen Vater half. Er hatte noch eine weite Strecke vor sich, aber sie hatte ihn eindeutig dabei unterstützt, so weit zu kommen.

Er war erleichtert gewesen, als Zoey später heruntergekommen war und ihm ihre Hilfe beim Kochen angeboten hatte. Seine Frage, ob sie über ihre Mutter oder ihre Gefühle reden wollte, hatte sie verneint, also hatte er nicht darauf beharrt. Beim Kochen war sie wieder mehr sie selbst gewesen, und beim Essen war sie auch redseliger geworden. Er hatte sich gefreut, als sie ihn dann gefragt hatte, ob sie wieder Gitarre üben konnten.

Ihr das Spielen beizubringen, wurde zu einer seiner Lieblingsbeschäftigungen. Sie saßen auf den Stufen vor der Haustür und hatten bereits eine Dreiviertelstunde lang geübt. Da sie die Akkorde schon kannte, übte sie jetzt »Love Me Do« von den Beatles, ein einfaches Lied für Anfänger. »Die offenen Akkorde hast du wirklich schon gut drauf.«

»Danke.« Sie ließ das Griffbrett nicht aus den Augen. »Beim Umgreifen komme ich manchmal noch durcheinander.«

»Das passiert jedem.«

»Wie hast du Gitarre spielen gelernt?«

»Meine Mutter hat's mir beigebracht. Sie hat viel gespielt, als ich ein Kind war, und ich habe ihr gern zugehört. Ihr Vater hat es ihr beigebracht, als sie acht Jahre alt war, und das Lied, das du gerade spielst, ist das erste, das sie auch mir gezeigt hat. Sie ist ein riesiger Beatles-Fan.«

»Wirklich?« Zoey lächelte. »Wie alt warst du da?«

»Sieben, und sie wird dir erzählen, dass ich sie damit genervt habe, es mir beizubringen, seit ich überhaupt reden konnte.«

»Warst du gut?«

»Mir fiel es schwer, die Akkorde zu wechseln, wie dir auch manchmal, und C-Dur war die Hölle.«

»Das kannst du laut sagen.«

Er schmunzelte. »Du machst das toll. Übe einfach weiter, und dann kannst du alles spielen, was du willst. Was ist dein Lieblingslied?«

Sie zuckte mit den Schultern und hörte auf zu spielen. »Ich habe eigentlich keins.«

»Eines Tages wirst du ganz viele haben, und wir sorgen dafür, dass du sie auch spielen kannst.«

»Glaubst du, dass ich je so gut werde wie du?«

»Ich glaube, dass du sehr gut in allem sein kannst, was du dir in den Kopf setzt. Gibt es sonst noch etwas, das du schon immer lernen wolltest?«

»Ich wollte reiten, ich verändere gern meine Klamotten und Gitarre spielen macht mir Spaß. Aber sonst fällt mir nichts ein.«

»In Ordnung. Aber du sollst wissen, dass ich gern alles unterstütze, was du lernen willst, und ich bin mir sicher, dass du im Laufe der Zeit noch Unmengen von Dingen interessant finden wirst.«

Die Gitarre lag auf ihrem Schoß und sie fuhr mit den Fingern über die Kante. »Wolltest du schon immer Rockstar werden?«

»Ich habe schon immer die Musik geliebt, aber als ich klein war, wollte ich eigentlich nur das Lieblingslied meiner Mutter spielen lernen. Nachdem ich das konnte, gab es immer ein neues Lied, das ich lernen wollte, und irgendwann reichte es nicht mehr, die Musik von anderen zu spielen. Also, ja, ich nehme an, ich wollte Musiker werden, bevor es mir überhaupt bewusst war.«

»Was ist das Lieblingslied deiner Mutter?«

»›I Want to Hold Your Hand‹ von den Beatles.« Als er das sagte, fiel ihm auch ein, warum es ihr Lieblingslied war. »Sie hat immer gesagt, sich an den Händen zu halten, ist die einfachste, reinste Art der Verbindung, und mit dem richtigen Menschen ist es eine, die nie schwindet.«

Sie sagte eine Weile nichts und schien über das nachzudenken, was er gesagt hatte. »Kannst du es mir beibringen, bevor ich sie kennenlerne?«

»Wir können es versuchen, aber es ist nicht so einfach.«

»Das ist in Ordnung. Meine Grandma hat immer gesagt, wenn alles einfach wäre, wäre das Leben langweilig.« Sie gab ihm die Gitarre. »Können wir das morgen versuchen? Ich bin irgendwie müde und würde lieber was lesen.«

»Na klar.« Er berührte ihre Hand und ihm wurde bewusst, dass seine Mutter recht hatte. »Es tut mir leid, dass es heute so ein schwerer Tag für dich war.«

Sie nickte und ging Richtung Tür. Doch dann blieb sie mit dem Rücken zu ihm gewandt stehen. Als sie sich umdrehte, sah er, dass sie etwas sagen wollte.

»Was ist, Sunshine?«

»Ich bin froh, dass sie mich nicht mehr zurückholen kann, auch wenn es wehtut. Danke, dass du das gemacht hast.«

»Ich werde immer hinter dir stehen. Darauf kannst du dich verlassen.«

Sie nickte und ging ins Haus.

Johnny atmete lange aus, nachdem er gar nicht gemerkt hatte, dass er den Atem angehalten hatte, und sah auf den Garten hinaus. Als die Tür wieder aufging, drehte er sich um und erwartete Zoey, doch es war Jillian – so schön wie immer in einem Sweatshirt, in Skinny Jeans, hochhackigen Stiefeln und mit einem herzlichen Lächeln.

»Sie hat heute nicht so abgehackt gespielt«, sagte sie und setzte sich neben ihn.

»Hast du wieder heimlich gelauscht?«, fragte er scherzhaft. Er wusste, dass sie zuhörte, wenn Zoey übte, weil sie das Fenster öffnete, während sie im Wohnzimmer arbeitete, und später merkte sie dann immer an, wie gut Zoey sich machte oder wie geduldig er mit ihr war.

»Ich lausche nicht heimlich, wenn du mich durch das Fenster sehen kannst. Ich höre gern, wie sie spielt und wie du sie ermutigst. Aber ich habe meine Sachen nach oben gebracht, als sie aufgehört hatte zu spielen, und als ich wieder nach unten ging, kam sie mir entgegen und hat mich umarmt. Ist alles in Ordnung?«

»Ja. Ich glaube, wir sind auf einem guten Weg. Sie hat sich dafür bedankt, dass ich ihre Mutter aus ihrem Leben befördert habe.«

»Oh, Johnny!«, sagte sie nachdenklich. »Das ist ein großer Schritt.«

»Ja. Jetzt sind wir wirklich *wir beide*. Sie gehört offiziell zu mir, und das hätte mir noch vor einer Woche eine Heidenangst eingejagt. Aber es fühlt sich richtig gut an. Es fühlt sich *richtig* an, als sollte es so sein.« Er legte die Gitarre auf seinem Bein ab. »Sie hat mich gefragt, ob ich schon immer Musiker sein wollte. Das war mir nie bewusst, bis ich ihr geantwortet habe.«

»Wie meinst du das?«

»Es war nicht wie bei dir. So wie Beau es beschrieben hat, wolltest du in die Modewelt, seit du vier Jahre alt warst. Musik war immer ein Teil meines Lebens, weil meine Mom immer Gitarre gespielt hat und es mir beigebracht hat, als ich sieben Jahre alt war. Aber es war nicht so, dass ich von dem Moment an wusste, dass ich es mein Leben lang tun wollte. Ich habe einfach nur immer weiter darauf aufgebaut. Ich wollte mehr Lieder spielen können, dann wollte ich Songs schreiben, und dann konnte ich praktisch nicht mehr damit aufhören, sie zu schreiben. Sie sprudelten aus mir heraus. Mit dreizehn oder vierzehn war ich mir erst sicher, dass es genau das war, was ich machen wollte. Aber in den letzten Jahren fehlte irgendetwas, und ich hab nicht mehr die Energie gespürt wie früher.«

»Du hast in diesem letzten Jahr viel durchgemacht.«

Er nickte. »Das kannst du wohl sagen. Ist es bei dir und deinen Entwürfen auch so? Dass du so motiviert bist, dass du gar nicht aufhören könntest, wenn du es wolltest?«

»So ziemlich. Als würde ich verhungern und die Arbeit an den Entwürfen würde meine Seele ernähren.«

»Also kannst du sehr wohl für dich kochen.« Er wurde mit einem leisen Lachen belohnt. »Es tut mir wirklich leid, dass du die Präsentation deiner neuen Kollektion wegen mir verschieben musstest. Was ist das für eine Kollektion?«

»›Wanderlust‹?« Ihr Lächeln ließ den Abend gleich viel heller erscheinen. »Bei ›Wanderlust‹ geht es darum, das wahre Ich der Frauen durchscheinen zu lassen. Die Kollektion ist ausgefallen, schmeichelnd und fließend. Die Teile sind romantisch, aber nicht um zu verführen oder der Gesellschaft zu gefallen. Das Design soll die Frauen bestärken, sie selbst zu sein und sich um ihrer selbst willen gut zu fühlen. Und die Stücke sind für die meisten Frauen erschwinglich. Ich bin wirklich stolz auf die Kollektion.«

»Das klingt beeindruckend. Was hat dich dazu inspiriert?«

»Vor allem meine Schwägerinnen und meine Mutter. Sie sind eine Mischung all dieser Eigenschaften. Sie sind widerstandsfähig und verletzlich, mit einem Touch von Feminismus und Hippiekultur. Sie sind tough, aber auch süß und romantisch.«

»Das klingt sehr nach dir, abgesehen von dem Hippie-Aspekt.«

»Du lernst mich gerade erst kennen. Woher willst du wissen, dass ich nicht insgeheim ein Hippie-Mädchen bin?«

Er lachte. »Vielleicht irre ich mich total, aber irgendetwas sagt mir, dass du an einem Leben im Bus oder an einer Art Woodstock-Konzert keinen Spaß hättest.«

Sie kräuselte die Nase. »Vielleicht weißt du doch schon ein wenig über mich.«

»Du musst die Kollektion rausbringen.«

»Das mache ich, wenn die Zeit dafür da ist.« Sie stieß ihn mit der Schulter an. »Zuerst muss ich die Tour-Kostüme für vier wilde Musiker entwerfen.«

»Dieser eine Musiker hier ist dir dafür sehr dankbar.« Er hatte es nicht eilig, Colorado zu verlassen, denn das bedeutete, auch Jillian zu verlassen, aber der Tag rückte näher, und er musste sich um ein paar Dinge kümmern. Er lehnte sich zu ihr hinüber und fragte leiser: »Ich nehme nicht an, dass ich unverschämt sein und dich bitten darf, noch etwas zu deinen vielen Aufgaben hinzuzufügen, während wir hier sind?«

»Kommt drauf an.« Ein heißes Funkeln trat in ihre Augen. »Ist es etwas, das mir Spaß machen würde?«

»Ich glaube ja, aber wenn ich mich irre, kannst du mich anschließend bestrafen.« Er zuckte vielsagend mit den Augenbrauen. »Wir können nächsten Sonntag nach Hause fahren, aber Zoeys Zimmer ist noch nicht fertig. Glaubst du, du könntest mir dabei helfen, ein paar Sachen auszusuchen?«

»Dir dabei helfen, Geld für ein Mädchen auszugeben, das es verdient hat? Also, *das* ist eine Aufgabe, mit der ich mich sehr gut anfreunden kann.«

»Das habe ich mir gedacht.« Er nahm ihre Hand, und als er mit dem Daumen darüberstrich, wurde ihm bewusst, wie viel er jedes Mal empfand, wenn sie ihre Hände hielten, und wie stark diese Verbindung vom ersten Tag an gewesen war – schon im Flugzeug, als er das erste Mal ihre Hand genommen hatte. Seine Mutter hatte offenbar recht. Er nahm seine Gitarre wieder hoch. »Macht es dir etwas aus, wenn ich das Lieblingslied meiner Mutter für dich spiele?«

»Warum das deiner Mutter?«

»Das wirst du sicher merken.« Er schaute ihr in die Augen, als er zu spielen anfing, und ein Anflug von etwas, das einer Verlegenheit gleichkam, huschte über ihr Gesicht. Das war neu und – *Wow!* – es gefiel ihm. Als er davon sang, dass er ihre Hand halten und ihr Mann sein wollte, wiegte sie sich im Rhythmus und dieses verlegene Lächeln zog ihn in ihren Bann.

Den Refrain sang sie mit ihm, lachte verhalten, und als er den letzten Akkord anschlug, stieß sie ihn mit der Schulter wieder an und sagte: »Pass auf, Rocker Boy! In einen Typen wie dich könnte sich ein Mädchen leicht verlieben.«

Er verschränkte ihre Hände. »Mein Plan geht auf.«

Sie verengte die Augen. »Ich sagte, *ein Mädchen*, nicht ich.«

Die Emotionen in ihren Augen hintergingen ihre entschiedene Antwort. Er hob ihre Hand an seine Lippen und küsste sie. »Keine Sorge, Unikum. Ich weiß, dass du nur meine mitternächtliche Spielgefährtin bist.«

Vierzehn

Die Tage vergingen mit Ausritten und Picknicks im Sonnenschein, mit Rasenspielen, Grillabenden mit Charlotte und Beau, Gitarrenunterricht und dem Füttern und Pflegen der Pferde, was Zoey liebte. Die kühlen Abende endeten in mitternächtlichen Rendezvous von Jillian und Johnny, die in ihrer Leidenschaft verbunden waren. Er verpasste keine einzige Gelegenheit, Jillian nahe zu sein, ob er sie nun während des Kochens in der Vorratskammer an sich zog oder nach ihrem morgendlichen Ausritt zu einer kurzen und unanständigen Fummelei in der Scheune verführte, sobald Zoey Richtung Haus verschwunden war. Jillian freute sich mittlerweile ungeduldig auf seine heißen Küsse und verführerischen Blicke und fand immer Gründe, um in die Küche zu kommen, wenn er kochte, oder ihn ausfindig zu machen, wenn er telefonierte, nur um sie beide verrückt zu machen. All das war neu für sie – das unaufhörliche Begehren, die Neckereien, sogar, dass sie so viel Freizeit hatte, und ganz zu schweigen davon, dass sie Spiele spielen oder die ganze Nacht Sex haben wollte, anstatt zu arbeiten. Nicht, dass ihr Leben zu Hause oder ihr üblicher Terminplan langweilig gewesen wäre. Sie verbrachte die Tage damit, Entwürfe anzufertigen und sich mit Freunden per

Nachrichten oder beim Essen auszutauschen, und in den meisten Nächten arbeitete sie bis in die frühen Morgenstunden.

Okay, vielleicht war ihr Tagesablauf *ein wenig* öde, zumal die meisten ihrer Freunde nun Partner hatten und sie selten Zeit hatte, abends auszugehen. Trotzdem war sie überrascht, wie viel Spaß es ihr machte, die Zeit mit Johnny und Zoey zu verbringen, anstatt zu arbeiten, und wie viel größer ihre Inspiration war, wenn sie dann an ihren Entwürfen saß, ohne sich ausschließlich konzentriert zu haben. Es ergab für sie keinen Sinn, aber sie liebte die Veränderung.

Die Spannung zwischen Johnny und Zoey ließ nach und dadurch kamen bei ihnen allen andere Seiten zum Vorschein. Er und Zoey waren jeden Morgen früh und gut gelaunt wach, machten gemeinsam Frühstück, packten Lunchpakete und lernten sich besser kennen. Wenn Jillian nach unten kam, waren die Pferde schon gesattelt und standen bereit, und Bandit, Zoeys vierbeinige Wache, war ebenfalls zur Stelle. Nachmittags verkrümelte Zoey sich, um zu lesen, entweder vor dem Haus oder in ihrem Zimmer, Johnny verbrachte Stunden damit, die Folgen von Dicks Vergehen zu beheben, und Jillian tauschte sich mit ihren Freundinnen aus und arbeitete. Auch wenn sie ihre gemeinsamen Tage genoss, so kamen mit den Abenden doch ihre Lieblingsmomente. Normalerweise kochte Johnny, und Zoey tauchte irgendwann auf, um ihm zu helfen. Nach dem Essen arbeitete Jillian, während Johnny und Zoey Gitarre übten. Sie liebte es, den beiden zuzuhören. Er war so geduldig mit Zoey, und selbst wenn Zoey maulig war, lag jetzt in ihrer Stimme ein Lächeln. Das hieß nicht, dass alles perfekt war. Sie beide mussten viele Dinge verarbeiten, und es gab Augenblicke, in denen sie aneinandergerieten. Aber sie lernten, solche Konflikte zu überwinden, und Johnny sprach mit Dare, bat seine Eltern um Rat und tat alles, um ihr gerecht zu werden. Oft kam er zu Jillian, um Dinge zu bereden, und jedes Mal war der Schmerz oder auch die Freude in seiner Stimme unüberhörbar. Sie wusste, dass er stolz auf die Fortschritte war, die sie machten.

Doch all dieses Miteinander brachte Jillian in eine Zwickmühle. Sie wusste ebenso wenig, was sie mit ihren Gefühlen für Zoey anstellen sollte, wie sie wusste, was sie von ihren wachsenden Gefühlen für den Mann, der sie immer wieder überraschte, halten sollte. Mehr als einmal hatte sie Wildblumen auf ihrem Kissen gefunden und gestern hatte sie eine zwischen den Seiten ihres Skizzenbuchs entdeckt. Johnny schickte ihr weiterhin unanständig heiße Nachrichten, aber er war auch dazu übergegangen, ihr süße Nachrichten zu schreiben. Als sie Zoey zum Beispiel die Entwürfe für seine Tour gezeigt hatte, an denen sie gerade arbeitete, hatte er geschrieben: *Ihr beide zusammen seid mittlerweile mein Lieblingsanblick.*

Nach beiden Sorten von Textnachrichten hatte sie Probleme, sich zu konzentrieren. Die eine ließ sie nach ihren leidenschaftlichen Rendezvous lechzen und die andere verstärkte ihre Sehnsucht nach mehr.

Die Zeit, die sie zu zweit verbrachten, hatte sich auch in eine überraschende Richtung entwickelt. Jeden Abend, nachdem sie sich gegenseitig erschöpft hatten, lagen sie beisammen und redeten und küssten sich, bis sie schließlich widerwillig hineingingen, und Jillian zufrieden und gleichzeitig ungeduldig die Minuten bis zum Wiedersehen zählte. Sie hatten ihre Liste mit *kreativen Orten, an denen sie Sex gehabt hatten,* erweitert, was auch eines von diesen Dingen war, die sie nicht von sich erwartet hätte. Sex in einer Scheune? Ihre Freundinnen würden das niemals glauben. Aber abgesehen von ihrer kurzen verschlüsselten Unterhaltung mit Charlotte hatte sie die Einzelheiten ihrer Beziehung zu Johnny für sich behalten, und das gefiel ihr auch so. Während seiner Joggingrunden hatte er nach möglichen Treffpunkten Ausschau gehalten, und er war sehr aufmerksam bei der Auswahl dieser Orte, auch wenn sie es an manchen Nächten nicht abwarten konnten. Dann hatten sie Sex auf der Rückbank von Charlottes SUV – *Sorry, Char* –, an der Wand von Beaus Werkstatt und an einem Abend außen an der Hauswand. Aber die Nächte, an denen sie es bis zu dem von ihm auserwählten Ort schafften, waren unvergesslich. Am Sonntagabend hatte er sie an eine abgelegene Stelle entführt, umgeben von Wildblumen, nicht weit vom Haus entfernt, und sie hatte danach in seinen Armen gelegen und den Geschichten von seinen Tourneen und seiner Familie gelauscht. Und gestern Abend hatte er sie zu einem Bach mitgenommen, den er auf der anderen Seite des Gasthofes entdeckt hatte. Nachdem er dafür gesorgt hatte, dass sie sich nur noch kraftlos an ihn schmiegen wollte, hatte er ihr einen Stein gegeben, damit sie sich etwas wünschen konnte. Tief in ihrem Herzen wünschte sie sich, dass sie für immer in Colorado bleiben könnten und nie ins reale Leben zurückkehren müssten. Wer würde nicht ewig die Tage mit Ausritten und Picknicken mit den zwei Menschen verbringen wollen, die rasch zu ihren Lieblingsmenschen wurden, und die Nächte in den Armen eines heißen, gut aussehenden Mannes mit einem heimlichen Hang zur Romantik?

Doch das war nicht der Wunsch, den sie mit dem Stein ins Wasser geworfen hatte.

Sie hatte sich gewünscht, dass die Beziehung zwischen ihm und Zoey weiter gedieh, auch auf dem steinigen Weg, den sie sicher vor sich hatten, wenn sie nach New York zurückkehrten. Dass sie dann getrennte Wege gehen würden, hatte sie einen

Moment lang traurig gestimmt, aber diesen Gedanken hatte sie wie ein großes, tapferes Mädchen rasch weit beiseitegeschoben.

Es war Donnerstagnachmittag und Johnny übte vor dem Haus mit Zoey Gitarre. Jillian hatte das Wohnzimmer in Beschlag genommen, um an Ideen für eine Kollektion für junge Teenager zu arbeiten, mit der sie liebäugelte, seit sie Zoey zum Shoppen ausgeführt hatte. Nach etwa einer Stunde hörte sie, dass die beiden sich über die Schule stritten. Am Abend zuvor hatte Johnny Jillian mitgeteilt, dass er es für das Beste hielt, wenn Zoey auf eine Privatschule ging, zumindest eine Zeit lang, und er war darauf gefasst gewesen, bei Zoey auf Widerstand zu stoßen.

»Das ist nicht fair.« Zoey stapfte ins Wohnzimmer, dicht gefolgt von Johnny und Bandit, und ließ sich mit verschränkten Armen auf das Sofa plumpsen. Bandit bezog Stellung neben ihren Füßen. »Wie würde es dir gefallen, wenn du sechs Stunden am Tag mit Leuten verbringen musst, die vollkommen anders sind als du?«

»Woher willst du wissen, dass sie anders sind als du, wenn du sie noch gar nicht kennengelernt hast?«, fragte Johnny.

»Dein Ernst?« Zoey war entsetzt. »Guck dir mein Leben an und dann das von *allen* anderen. Glaubst du, irgendein Kind auf einer Privatschule musste jemals all seine Klamotten für fünfzig Dollar kaufen? Glaubst du, welche von denen haben Eltern, die sie nicht gewollt haben?«

»*Mütter*, nicht Eltern«, korrigierte er sie, und der Schmerz in seiner Stimme war greifbar.

»Das meinte ich ja. Sorry.« Zoeys Entschuldigung war aufrichtig.

Jillian klinkte sich ein, um die Spannung aus dem Gespräch zu nehmen. »Zoey, viele Kinder von berühmten Leuten haben ihre Probleme, und zwar nicht nur mit ihren Eltern, sondern auch mit Drogen, Unsicherheiten, Freunden und was weiß ich, was sonst noch.« Sie sah, dass Zoey ihr nicht glaubte, und fügte hinzu: »Du kennst doch Drew Barrymore, oder?«

»Ja«, antwortete sie kurz angebunden.

»Sie hat ihrer Mutter das Sorgerecht entziehen lassen, als sie vierzehn war, und ich denke, sie ging auf eine Privatschule.«

»Die ist *uralt*«, entgegnete Zoey unwirsch.

»Vielleicht in deinen Augen, aber sie war in deinem Alter, als das passiert ist«, sagte Jillian sanft. »Was ich damit sagen will, ist, dass jeder Mensch irgendetwas hat, das ihm zu schaffen macht und das ihm das Gefühl gibt, anders zu sein als die anderen in seinem Alter. Ich könnte wetten, dass jedes Kind, egal auf welcher Schule, etwas durchmacht, von dem es glaubt, dass kein anderer es verstehen könnte. Das ändert nichts daran, wie schwer und herzzerreißend es für dich gewesen ist, aber was du durchgemacht hast, muss *nicht* bestimmen, wer du bist – es sei denn, du lässt es zu. *Du selbst* hast die Macht, dich zu definieren, indem du den Menschen mit deinem Verhalten zeigst, wer du bist.«

Zoey verschränkte wieder die Arme und senkte den Blick.

Jillian rückte auf dem Sofa näher an sie heran und sprach sanft weiter: »Wird das alles dir Angst machen? Und wie. Aber du hattest eine Großmutter, die dich abgöttisch geliebt hat, und du hast einen Vater, der dich liebt und alles für dich tun würde.«

Die Wut in Zoeys Blick ließ nach, wandelte sich aber in Sorge. »Die anderen Jugendlichen mögen mich mit Sicherheit nicht.«

»Manche vielleicht nicht, aber andere werden dich mögen«, sagte Jillian. »Niemand wird von allen gemocht. Ich wurde nicht von allen gemocht, als ich in deinem Alter war. Ich war herrisch und hatte nichts für Jungs übrig, hab nur daran gedacht, eine große Modemacherin zu werden. Viele haben mich ausgelacht, und einige hielten mich – weil ihnen kein besseres Wort einfiel – für zickig oder versnobt. Das hat mehr wehgetan, als ich es mir habe anmerken lassen. Aber so hab ich gelernt, darauf zu achten, wie ich mich gegeben und wie ich andere behandelt habe. Ziemlich schnell wurde mir klar, dass es einen Unterschied macht, ob man selbstbewusst oder arrogant ist.« Sie nahm Zoeys Hand. »Ich bin mir sicher, dass es beängstigend sein wird, dich schon wieder Veränderungen zu stellen, aber auch wenn ich dich erst seit Kurzem kenne, so kann ich doch schon jetzt sehen, wie widerstandsfähig du bist. Du kannst alles überstehen.«

Zoey antwortete nicht.

»Aber es ist anstrengend, stark zu sein, stimmt's, Zoey?«, fragte Johnny.

Die Bemerkung überraschte Jillian, aber er hatte ihr erzählt, dass er vor dem Essen mit Dare gesprochen hatte, und sie nahm an, dass er daher diese Erkenntnis hatte. *Danke, Dare!*

Zoey senkte den Blick.

Johnny hockte sich zu Zoey. Sein Dreitagebart war mittlerweile dichter geworden, und das verlieh ihm ein herberes – in ihren Augen noch attraktiveres – Aussehen. Doch es war die Liebe zu Zoey in seinem Blick, die Jillian den Atem raubte, als er seine Tochter anschaute. »Das verstehe ich, denn ich musste jahrelang der sein, den andere in mir sahen, und das war definitiv anstrengend. Ich möchte nicht, dass du das durchmachen musst, aber ich bin nicht bereit, deine Sicherheit zu riskieren. Also, was hältst du von einem Deal?«

»Was für ein Deal?«, fragte Zoey skeptisch.

»Versuch es einen Monat lang auf einer Privatschule. Wenn du es nicht magst, überlegen wir uns etwas anderes. Ich kann dir nicht garantieren, dass ich dich auf eine staatliche Schule schicken werde, aber wenn du es versuchst, können wir zumindest herausfinden, was dir gefällt und was nicht, und dann überlegen wir uns gemeinsam unsere nächsten Schritte.«

Zoey schwieg einen kurzen Moment und schien darüber nachzudenken. »Gemeinsam?«

»Ja«, sagte er entschieden. »Wie alles andere, was wir besprochen haben. Du und ich, wir unterhalten uns und treffen eine Entscheidung, die für uns beide in Ordnung ist.«

Wieder schwieg sie, und als sie ihn schließlich ansah, sagte sie: »Okay.«

Er streckte ihr die Hand entgegen und sie verdrehte die Augen. »Schlag ein, Mädchen. Ich habe dein Wort, aber ich will es mit einem Handschlag besiegeln.«

»Du bist so seltsam.« Doch sie lächelte und gab ihm die Hand.

Dieses Lächeln nahm die Spannung aus der Luft.

»Seltsam, aber cool.« Er zwinkerte ihr zu. »Ich geh nach oben, zieh mich um und geh dann joggen. Hast du Lust, dieses Mal mitzukommen?«

Zoey sah ihn an, als hätte er den Verstand verloren.

»Das heißt dann wohl nein.« Johnny sah Jillian mit hochgezogener Augenbraue an.

»Guck mich nicht an«, sagte Jillian. »Ich bin allergisch gegen Sport. Außerdem möchte ich Zoeys Meinung zu ein paar Ideen hören.« Sie deutete auf die Skizzenblöcke.

»Meine Meinung?«, fragte Zoey und auch Johnny sah sie verwirrt an.

»Ja, deine. Ich war nicht gerade begeistert von der Klamottenauswahl für Mädchen in deinem Alter, und wenn ich mir ansehe, wie du deine Sachen abgeändert hast, bist du es wohl auch nicht.« Sie war beeindruckt von dem, was Zoey aus ihren Kleidungsstücken gemacht hatte. Ihre Änderungen waren weder geschmacklos noch kindlich, sondern gut durchdacht und umgesetzt, auch mit eingeschränkten Mitteln. »Ich hab ein wenig mit Ideen für eine Kollektion für junge Teenager herumgespielt, und ich würde gern deine Meinung dazu hören. Denn auch wenn ich eine großartige Designerin bin, so ist es doch ein paar Jahre her, dass ich vierzehn war.«

Ein Strahlen trat in Zoeys Augen. »Echt jetzt?«

»Ja, dreißig ist ziemlich weit entfernt von vierzehn.«

»Ich meine das mit der Kollektion.«

Johnny zog die Augenbrauen zusammen. »Ist das dein Ernst, Jilly?«

»Ja, ich nehme Mode sehr ernst, für jedes Alter. Hast du nicht eine Joggingrunde zu drehen?«, neckte sie ihn. »Wir haben hier etwas zu besprechen – unter Frauen.«

Er fuhr sich durch die Haare und schüttelte den Kopf. »Du bist echt 'ne Nummer.«

»Und du bist echt 'ne Ablenkung.« Sie schob ihn Richtung Treppe und wurde mit einem Lächeln von Zoey belohnt.

Jillian sammelte ihre Skizzen zusammen und setzte sich neben Zoey auf das Sofa. »Also gut, wir wollen etwas Ausgefallenes und Cooles, aber es soll auch Klasse haben.«

»Ich weiß nicht so recht, was das bedeuten soll.«

»Es bedeutet, dass die Mädchen gut aussehen sollen, ohne zu viel Haut zu zeigen. Wenn Leute Mädchen in diesen Outfits sehen, sollen sie denken: *Wow, die weiß, wie man sich cool anzieht, ohne zu viel preiszugeben*, und nicht *Oh Mann, die hätte genauso gut Frischhaltefolie anziehen können*.«

Zoey lachte leise und betrachtete dann die Entwürfe. »Ich liebe die grauen Jeans mit den Reißverschlusstaschen und die schwarzen Jeans mit dem Spitzenstoff in den Löchern. Das T-Shirt mit den Reißverschlüssen an den Seiten ist auch cool.« Sie machte weitere Bemerkungen zu den Crop Tops, Pullovern und den unterschiedlichen Hosen. »Ich trag ja keine Kleider, aber das hier finde ich toll.« Sie zeigte auf ein waldgrünes Minikleid mit schwarzen Steppnähten. Das Oberteil war eng anliegend und der Rock weit, und Jillian hatte dazu klobige schwarze Schuhe skizziert.

»Gut. Ich dachte, das könnte man damit tragen.« Sie blätterte durch die Entwürfe und zog das Bild einer kurzen Jeansjacke hervor, deren Rücken mit einem flippigen dunklen Blumendesign verziert war.

»Die gefällt mir, aber kannst du die aus schwarzem Jeansstoff machen? Und dann gehört ein schwarzer Choker dazu.«

»Das könnte man sich überlegen, aber wir wollen nicht, dass das Outfit zu hart wirkt. Wie wäre es mit einem hellbraunen Choker oder einer goldenen Chokerkette mit einem kleinen Herzanhänger?«

»Das wäre cool.« Zoey betrachtete die nächste Skizze eingehend und sah sich ganz genau den schwarz-weißen Minirock im Colorblocking-Design an, dazu das weiße Oversize-Sweatshirt mit dem ausgefransten Saum und einer großen Brusttasche, ergänzt durch bunte Armreifen und schwarze High-Top-Sneaker. »Das hier ist der Hammer. Kannst du beim Sweater am Saum entlang Totenköpfe hinmachen?«

»Hm, vielleicht. Was gefällt dir an Totenköpfen?«

»Die sind eben cool, und die zeigen, dass du vor nichts Angst hast. Du kannst sie ja ganz klein machen und bunt, damit sie nicht so gruselig wirken. So weiß das Mädchen, das es trägt, was es ist, aber von weiter weg sieht man nur etwas Farbiges.«

»Das Mädchen selbstbewusst auftreten lassen, ohne zu protzig zu werden«, sagte Jillian nachdenklich. »Das gefällt mir. Wie findest du Boyfriend-Jeans?« Sie blätterte die Seiten um und zeigte ihr mehrere Entwürfe von Boyfriend-Jeans, von denen einige lang waren, andere hochgekrempelt, kombiniert mit weiten, bauchfreien Pullovern und Shirts oder mit eng anliegenden Tops und breiten Gürteln.

»Ich würde die alle anziehen, aber kannst du noch ein paar Risse in die Jeans machen?« Zoey machte noch weitere Vorschläge, bevor sie noch andere Outfits durchsprachen.

Was sie vorschlug, war frisch, und mit ihrer Begeisterung wurde sie zu einem vollkommen anderen Menschen.

Zoey blätterte zu einem von Jillians Lieblingsoutfits um, das von Zoeys Liebe zu Pferden inspiriert war. Schmale schwarze Strickhosen und ein weitärmeliges graues Crop Top mit Fischgrätmuster, dazu schwarze flache Stiefel im Reiterlook. Sie hatte es einmal mit und einmal ohne ein Pferd am Ende des linken Ärmels gezeichnet.

»Ich liebe das Pferd und die Hose *und* die Stiefel.« Zoey klang ganz aufgeregt. »Kannst du mir zeigen, wie man dieses Outfit macht?«

Ein Glücksgefühl machte sich in ihr breit. »Hättest du Lust darauf, es mit mir zusammen zu machen?«

»Das wäre super.«

»Während wir hier sind, geht das nicht, aber wir können uns bestimmt überlegen, wie wir es anstellen, nachdem du dich in New York mit der Schule und allem eingerichtet hast.« Jillian wusste, dass sie und Johnny niemals irgendetwas Langfristiges miteinander hinkriegen könnten, aber das bedeutete ja nicht, dass sie nicht Freunde bleiben konnten.

»Danke!« Zoey umarmte sie stürmisch, als Johnny gerade die Treppe hinunterkam.

Er erstarrte und die Zuneigung in seinen Augen spiegelte die Wärme in Jillians Herz wider. Warum also hatte sie ein Gefühl, als stünde sie nackt auf einem Laufsteg?

»Johnny!«, rief Zoey aufgeregt. »Guck dir das hier mal an!«

»Ach ja? Taugen die Entwürfe was?«, fragte er scherzend, und sein Blick lag auf Jillian, während er durch das Zimmer ging.

»Die sind genial!« Zoey zeigte ihm die Entwürfe und erklärte die Änderungen, über die sie gesprochen hatten.

Als er die Skizzen betrachtete, ertappte Jillian sich bei der Hoffnung, dass sie ihm gefielen.

»Hast du daran die ganze Woche gearbeitet?«, fragte er.

»Zum Teil. Ich habe auch an deinen Kostümen gearbeitet und an ein paar Sachen für andere Kunden«, sagte Jillian. »Aber es macht mir wirklich Spaß, für ein jüngeres Klientel zu designen.«

»Die sind großartig, Jilly. Ich würde Zoey unglaublich gern darin sehen. Glaubst du, du könntest eine Kollektion für meine Baddies entwerfen, die ich dann auf meinen Konzerten verkaufen kann?«

»Das ist eine coole Idee«, sagte Zoey.

Jillian sah ihn prüfend an. »Meinst du das ernst?«

»Ja, absolut. Wir haben zwar T-Shirts und Sweatshirts, aber nichts wirklich Originelles. Du kannst es die Bad-Intentions-Kollektion nennen.«

»Das passt, aber wenn *das* einem Mädchen keinen Stempel verpasst, dann weiß ich nicht«, merkte Jillian an.

»Mir gefällt's.« Er hielt die Entwürfe hoch. »Und die hier kannst du Mini-Baddy-Kleidung nennen«, schlug er vor.

»Ich glaube kaum, dass es Eltern gefallen würde, wenn man ihre Teenager-Töchter Mini Baddies nennt. Ich dachte eher an etwas Allgemeineres, das aber auf dich und Zoey anspielt, weil ich ohne euch beide wahrscheinlich nicht die Idee zu so einer Kollektion gehabt hätte. Was haltet ihr von Rocker Girls, aber mit einem *z* für Zoey anstatt des *s* am Ende?«

Zoey riss die Augen auf. »Echt?«

»Gefällt es dir?«, fragte Jillian.

»Ich liebe es!« Wieder umarmte sie Jillian.

Johnny beobachtete sie mit einem solch offensichtlichen Glücksgefühl, dass Jillians Herz ins Stolpern geriet und die Realität über sie hereinbrach. Sie entzog sich Zoeys Umarmung. »So, genug der Rührseligkeiten. Wir haben zu tun.« Sie zeigte auf Johnny, ohne ihn anzuschauen, denn sie konnte es sich nicht leisten, sich von einem Mann mitreißen zu lassen, der zeitlich befristet bleiben musste. »Und du hast eine Joggingrunde zu drehen.«

Jillian und Zoey arbeiteten zusammen an neuen Ideen und recherchierten im Internet, um sicherzugehen, dass noch niemand etwas allzu Ähnliches designt hatte, während Johnny laufen ging und dann duschte. Sie hatten gerade alles aufgeräumt, als er in Jeans und einem schwarzen Henley-Shirt und mit noch nassen, aus dem Gesicht gestrichenen Haaren nach unten kam. Er sah himmlisch aus.

»Ich bin bereit, meinen Mädels Essen zu kochen. Wer hilft mir dabei?« Erwartungsvoll schaute er sie an.

Meinen Mädels? Jillians Magen schlug Purzelbäume.

»Hast du noch mal über die Kirmes nachgedacht?«, fragte Zoey hoffnungsvoll. »Die fängt morgen Abend an.«

Jillian war davon ausgegangen, dass sie den Gedanken daran schon aufgegeben hatte.

»Tut mir leid, Sunshine, aber ich halte das nicht für eine gute Idee«, sagte er sanft. »Es ist zu riskant.«

Zoeys Lächeln schwand. »Versteh schon. Ich geh was lesen.« Sie verzog sich nach oben. Ihre Finger strichen durch Bandits Fell, der neben ihr hertapste.

Johnny wartete, bis sie in ihrem Zimmer war. »Es ist schrecklich, wenn ich sie enttäuschen muss.«

Er sah Jillian mit einem so großen Bedauern an, dass sie den Schmerz der beiden gut nachempfinden konnte. »Ich weiß, aber sie hat verstanden, warum du Nein gesagt hast.«

»Das hoffe ich.« Er nahm ihre Hand. »Wie es aussieht, bist du heute Abend meine Hilfsköchin.«

»Wenn ich mich recht entsinne, warst du von meiner Hilfe die letzten beiden Male nicht so begeistert. Du hast gesagt, ich wäre nicht besonders gut in der Küche, weißt du noch?«

Mit einem verwegenen Lächeln zog er sie in seine Arme. Seine verschmitzt blickenden Augen machten sie ganz kribbelig. »Aber in der Vorratskammer bist du phänomenal«, sagte er, bevor er seinen Mund auf ihren senkte und sie daran erinnerte, wie sehr ihm das gefallen hatte.

Fünfzehn

Jillian ging um Mitternacht auf Zehenspitzen nach unten und lugte kurz in die Küche, um – wie sie es sich mittlerweile angewöhnt hatte – sicherzugehen, dass Johnny nicht vergessen hatte, eine Notiz für Zoey zu hinterlassen. Bisher hatte er das immer getan und auch heute Abend war es nicht anders. Wieder einmal überkam sie ein warmes Gefühl bei dem Wissen, dass er immer an Zoey dachte. Sie versicherte sich, dass die Hintertür verschlossen war, und huschte zur Vordertür hinaus. Als sie sich umdrehte, um die Tür abzuschließen, legten sich von hinten starke Arme um sie.

»Wohin schleichst du dich denn mitten in der Nacht?« Johnnys Stimme war Verführung pur.

»Zu meinem heimlichen Liebhaber.« Sie erschauderte voller freudiger Erwartung, als er sie in seinen Armen herumdrehte und mit seinem starken Körper an der Tür gefangen hielt. Er verschränkte seine Hände mit ihren und führte sie über ihren Kopf, während sich sein Blick in sie bohrte.

»Ich bin so verdammt süchtig nach dir.« Voller Leidenschaft fand sein Mund den ihren, und sie drückte sich von der Tür ab, wollte ihn nur noch berühren. Er vertiefte den Kuss, rieb seinen Körper an ihr und steigerte ihr Verlangen nur noch mehr. Doch mit einem Stöhnen riss er sich von ihr los, ließ sie atemlos zurück, und strich mit der Nase über ihre Wange. »Himmel, Jilly, ich könnte dich *stundenlang* küssen.«

»Dann tu es.« Sie versuchte, ihre Hände aus seinem Griff zu lösen, doch er hielt sie zu fest. Noch einmal küsste er sie, tief und voller Lust. Sie ging auf die Zehenspitzen, doch wieder unterbrach er ihren Kuss und fluchte. »Lass mich dich berühren«, flehte sie.

»Ich kann nicht.« Er ließ den Kopf neben ihrem sinken und atmete tief ein. »Du riechst immer so verdammt gut.«

Sie lächelte. »Spielen wir hier irgend so ein neues Spiel, bei dem du die absolute Kontrolle hast und ich versuche, dich in die Knie zu zwingen?«

»Verdammt! Sag bitte kurz mal nichts.«

Sie kicherte und drückte sich an ihn. »Ich sollte wohl lieber nicht erwähnen, dass ich mich darauf gefreut habe, heute Abend auf die Knie zu gehen.«

»Himmelherrgott!« Er ließ ihre Hände los, wandte sich ab und fuhr sich im Weggehen durch die Haare.

»John–«

Er hob eine Hand. »Gib mir einen Moment. Ich habe andere Pläne für uns heute Abend und so kann ich nicht gehen.« Er griff sich in den Schritt. »Verdammt! Ich sollte doch wissen, dass ich gar nicht erst mit dir anfangen sollte, wenn ich es nicht durchziehen kann.«

Sie war verwirrt. »Gehört *es* denn nicht zu unseren Plänen?«

»Nicht heute Abend, Baby.« Er kam wieder zu ihr – die Zurückhaltung war in jeder seiner Bewegungen zu erkennen – und strich sanft mit seinen Lippen über ihre. »Aber du sollst wissen, dass ich es nachholen werde.« Er griff nach einer Tasche, die sie bisher nicht gesehen hatte, und holte zwei Kapuzenpullover heraus, von denen er ihr einen gab. »Zieh den an.«

»Solltest du mir nicht meine Klamotten *aus*ziehen?«

»Erinnere mich nicht daran. Bitte zieh ihn an.«

Sie hielt den Hoodie hoch, auf dem vorne COLORADO aufgedruckt war, und als sie ihn angezogen hatte, sah sie, dass er den gleichen Pullover trug. »Machen wir Rollenspiele? Das wollte ich schon immer mal ausprobieren.«

»Hör bloß auf damit und komm!« Er nahm ihre Hand, führte sie ins Haus und nach oben.

Sie flüsterte. »Wir können nicht in ein Schlafzimmer. Zoey könnte uns hören.«

Er gab ihr einen zärtlichen Kuss und blieb vor Zoeys Tür stehen. Dort legte er einen Finger auf die Lippen, damit sie leise war, als er die Tür öffnete. Jillian öffnete den Mund, um zu fragen, was er vorhatte, aber wieder ermahnte er sie, still zu sein. Zoey schlief neben Bandit, den Arm auf seinen Bauch gelegt. Bandit hob den Kopf, als Johnny das Zimmer betrat.

»Alles gut, Kumpel«, sagte Johnny leise und küsste Zoey auf den Kopf. »Wach auf, Sunshine.«

»Was machst du da?«, fragte Jillian. »Es ist nach Mitternacht.«

Ohne zu antworten, rüttelte er sanft an Zoeys Schulter. »Süße, wach auf.«

Schläfrig öffnete sie die Augen. »Was …?«

»Ich möchte, dass du aufstehst, Zo.« Er half ihr, sich hinzusetzen. »Zieh das hier an.« Er gab ihr den gleichen Hoodie, den auch sie trugen.

Sie zog ihn über. »Stimmt was nicht? Haben die Paparazzi uns gefunden?«, fragte sie nervös, als sie und Bandit aus dem Bett stiegen.

»Nein, aber wir müssen wohin.«

»Jetzt?«, fragten Jillian und Zoey gleichzeitig.

»Ja. Tut mir leid, mehr kann ich noch nicht sagen. Zieh einfach Jeans und Schuhe an, und dann gehen wir.«

Sie ließen Zoey allein, damit sie sich umziehen konnte, und als sie die Tür schlossen, fing Jillian an, sich Sorgen zu machen. »Sollte ich Beau anrufen?«

»Nein. Er weiß Bescheid, und wir kommen schon zurecht. Wir müssen jetzt aber los«, sagte er gerade, als Zoey aus ihrem Zimmer kam.

Vor dem Haus öffnete er die Beifahrertür für Jillian und die hintere Tür für Zoey. Bandit sprang neben Zoey in den SUV.

»Bandit, raus!«, sagte Jillian, doch Bandit rührte sich nicht.

»Kann er nicht mit?«, fragte Zoey mit Panik in der Stimme und legte spontan den Arm um den Hund.

Beau hatte Johnny gewarnt, dass Bandit ihr nicht von der Seite weichen würde. »Tut mir leid, Sunshine, aber wir müssen ihn am Gasthof absetzen.«

Er fuhr hinunter zum Gasthof, wo Beau schon wartete. Beau öffnete die Autotür und beruhigte sogleich Zoey, die Bandit streichelte. »Keine Sorge, Kleine. Er wartet hier auf dich. Komm mit, Junge.« Er klopfte sich ans Bein und Bandit sprang aus dem Auto. Er schaute noch einmal zu Jillian und Zoey. »Ihr seid in guten Händen. Johnny hat nur euer Bestes im Sinn.«

Jillian warf Johnny einen neugierigen Blick zu, als sie davonfuhren, und er fühlte sich sehr unwohl dabei, dass sie sich Sorgen machten, aber manche Dinge behielt man lieber für sich.

Er fuhr den Berg hinab und durch die Stadt. Als sie sich dem dunklen Festgelände näherten, schaute Zoey sehnsüchtig zu den Zelten, dem beeindruckenden Riesenrad und den verschwommenen Umrissen der anderen Fahrgeschäfte, die sich vor dem Nachthimmel abzeichneten.

»Ich muss kurz halten und etwas aus dem Kofferraum holen.« Er bog in die Straße ab, die zum Festgelände führte.

»Da würde ich nicht entlangfahren«, sagte Jillian. »Beau meinte, dass alle Straßen um das Gelände herum bis Freitag gesperrt sind, damit die Gerätschaften getestet werden können, ohne dass die Leute über die Zäune klettern.«

Danke, Beau.

»Siehst du, da kommen wir nicht weiter.«

Tatsächlich, vor ihnen tauchte eine Straßensperre auf, aber die hatte Johnny organisiert, ebenso wie die Absperrungen auf all den anderen Straßen rund ums Festgelände. Was Jillian und Zoey nicht sehen konnten, das waren die Mitarbeiter von Elite Security, die an den Zäunen Wache hielten, und die zivilgekleideten Wachmänner, die für den Fall in ihrer Nähe bleiben würden, dass etwas schieflaufen sollte.

Der Wachmann an der Straßensperre winkte ihn durch, und als Johnny kurz zu Jillian hinüberschaute, sah er, wie sich auf ihrem Gesicht ein Lächeln ausbreitete und ein neugieriges Funkeln in ihre schlauen grünbraunen Augen trat. Er zwinkerte ihr zu und wandte seine Aufmerksamkeit wieder der Straße zu.

»Warum haben die uns durchgelassen?«, fragte Zoey.

»Wer weiß?«, sagte er beiläufig und fuhr durch das Haupttor, vorbei an den Security-Mitarbeitern. Er hielt in der Nähe des Eingangs an, stieg aus und ging auf die Beifahrerseite, um Jillian behilflich zu sein.

»Was hast du vor, Daddy Bad?«, fragte sie leise und mit

versonnenem Blick, als sie ausstieg.

»Die Träume meines kleinen Mädchens wahr werden lassen. Ich bin durch meine Bekanntheit vielleicht etwas lahmgelegt, aber ich möchte nicht, dass Zoey darunter leidet, also habe ich ein paar Beziehungen spielen lassen.« Mit der Hilfe von Beau und Dare, die anscheinend jeden einflussreichen Menschen in der Stadt kannten, und mit der Unterstützung des Security-Teams seines Cousins hatte Johnny eine magische Nacht für das Mädchen organisiert, das unendlich viele solcher Nächte verdient hatte.

Er öffnete Zoeys Tür und streckte ihr die Hand entgegen. »Komm, Sunshine. Du wolltest auf den Jahrmarkt. Dann lass uns den mal unter die Lupe nehmen.«

Sie schaute auf das dunkle Festgelände, ergriff seine Hand und stieg aus. »Aber er ist ja gar nicht geöffnet.«

Er behielt ihre Hand auf dem Weg zum Eingang weiter in seiner. »Für dich schon.«

Als hätte er einen Zauberspruch von sich gegeben, leuchteten mit einem Mal bunte Neonlichter auf, die die Karusselle, die Zelte und Stände erhellten und das gesamte Festgelände erstrahlen ließen. Zoey stand mit offenem Mund da. Tränen traten ihr in die Augen, als sie sich zu ihm umdrehte. Mit zitternden Lippen schien sie etwas sagen zu wollen, doch sie brachte keine Worte heraus.

»Musik bekommen wir leider keine. Die Beleuchtung ist schon ein Risiko, aber ich wollte —«

Sie warf sich ihm in die Arme, lachend und weinend zugleich. »Danke! Ich kann gar nicht glauben, dass du das gemacht hast. Vielen, vielen Dank!«

Er umarmte sie, während ihm ein Kloß in der Kehle zu schaffen machte. »Ich will keiner von diesen Vätern sein, der ein verwöhntes Kind großzieht, aber ich habe das Gefühl, ich könnte dir die Welt zu Füßen legen und du würdest es dennoch nie als selbstverständlich ansehen.«

Sie wischte sich die Tränen fort. »Das werde ich nicht. Versprochen.« Sie wandte sich Jillian zu, die ebenfalls ihre Tränen fortwischte, und fragte: »Wusstest du davon?«

Jillian schüttelte den Kopf und sah ganz verzaubert aus. »Das hat Johnny ganz allein organisiert. Ich bin ebenso überrascht wie du.«

Wenn er irgendwelche Zweifel gehegt hatte, ob so eine große Geste für Zoey angebracht war, so war das Strahlen in ihren und Jillians Augen jeden Ärger wert, der vielleicht auf ihn zukommen würde.

»Ich hatte ein wenig Hilfe dabei, aber genug davon. Der Funnel Cake wartet.« Er legte ihnen beiden die Arme um die Schultern und marschierte auf die Stände zu.

Sie ließen sich treiben, aßen Funnel Cake und Zuckerwatte, spielten Spiele und fuhren Achterbahn. Sie rasten die Riesenrutsche hinunter, ließen im Autoscooter unbekümmert ihre Wagen aneinanderkrachen, drehten Runden im Karussell, setzten sich in Riesenschaukeln und sogar in einen Free-Fall-Tower. Johnny war sich sicher, dass ihm sein Magen unterwegs abhandengekommen war, und Jillian behauptete, sich fast erbrochen zu haben. Zoey war jedoch ebenso furchtlos wie er, nahm es ohne Zögern mit jeder Achterbahn auf und kreischte freudig im Breakdancer, in den sie Jillian mit hineinzerrte, obwohl die um ihr Leben flehte.

Nach einer Fahrt in der Raketenbahn umklammerte Zoey den riesigen Plüschbären, den Johnny für sie gewonnen hatte, und zeigte auf die Wasserpistolen-Bude. Rote, blaue und gelbe Flaggen wehten über dem Schild und an den Wänden hingen

Plüschtiere und andere Preise. »Können wir das machen?«

»Nur wenn du Lust hast zu verlieren«, scherzte Johnny.

»Ich wette, du hast seit zwanzig Jahren keine Wasserpistole in der Hand gehabt«, sagte Jillian. »Komm, Zoey!« Sie und Zoey rannten kichernd voraus.

Wenige Minuten später standen sie mit Wasserpistolen bewaffnet an der Bude, zielten auf ihre jeweilige Zielscheibe und piesackten sich gegenseitig, während ihre Pferde über die Bahn wackelten. Zoeys und Johnnys Pferde lagen Kopf an Kopf, Jillians lag chancenlos zurück.

»Du wirst verlieren, Sunshine«, sagte Johnny.

»Träum weiter«, erwiderte Zoey mit konzentriertem Blick.

»Los, Zoey! Zeig ihm, wer hier der Boss ist«, feuerte Jillian sie an.

Johnny schaute kurz zu Jillian und nahm sich den Bruchteil einer Sekunde, um zu bewundern, wie süß sie in dem weiten Hoodie und mit dem verkniffen konzentrierten Gesichtsausdruck war. Er riss den Blick von ihr los und sein Wasserstrahl schoss am Ziel vorbei. »Scheiße!«

»Sagt man nicht!«, brüllten Jillian und Zoey und lachten.

»Los, Zoey! Los!«, rief Jillian, als sich Zoeys Pferd der Ziellinie näherte.

Johnnys Pferd rückte näher, war fast auf Schulterhöhe mit Zoeys. Beinahe überholte es ihres, doch dann schoss Zoeys Pferd mit einem Mal über die Ziellinie. Der Buzzer ertönte, und sie und Jillian ließen ihre Wasserpistolen fallen, hüpften herum, kreischten und umarmten sich. Es war der verdammt beste Anblick, den er je gesehen hatte.

Zoey führte einen Freudentanz auf, als sie ihren Riesenbären wieder auf den Arm nahm. »Ich kann es nicht glauben, dass ich gewonnen habe!«

»Tja, du bist eben eine richtige Mini-Bad.« Er wuschelte ihr durchs Haar. »Gut gemacht, meine Kleine. Such dir einen Gewinn aus.«

Zoey strahlte, und während sie sich die Preise anschaute, stellte sich Jillian mit einem Strahlen so hell wie die Sommersonne neben ihn. »Und? Wie fühlt es sich an, wenn man gegen eine Vierzehnjährige verliert?«

Er lehnte sich zu ihr und flüsterte ihr ins Ohr. »Ich würde noch weitere hunderte Male verlieren, wenn ich so mit ihrem Lächeln belohnt werde.«

»Tu nicht so, als hättest du sie gewinnen lassen«, sagte sie leise.

»Hab ich nicht, aber ich war *abgelenkt*.« Er schob die Hand hinter ihren Rücken und drückte ihren Hintern.

Jillian funkelte ihn finster an und sah dabei so süß aus, dass er sie fast geküsst hätte.

»Das hätte ich gern, bitte.« Zoey zeigte auf ein Plüscheinhorn mit Regenbogenflügeln. Der Angestellte gab es ihr und sie drehte sich zu Jillian um. »Das ist für dich.«

»*Für mich?* Warum? Du hast es doch gewonnen. Du solltest es behalten!«

»Ich habe ihn hier.« Sie drückte ihren Riesenbären. »Und ich möchte, dass du es bekommst. Ich hatte noch nie so eine Freundin wie dich, und das macht dich irgendwie so einzigartig wie dieses Einhorn. Außerdem nennt Johnny dich manchmal Unikum, und deshalb passt es auch.«

Sie gab Jillian das Einhorn und Jillian umarmte sie. »Ich hatte auch noch nie so eine Freundin wie dich. Danke.«

Johnny kämpfte gegen den Drang an, um beide die Arme zu legen, und räusperte sich, damit seine Gefühle nicht die Oberhand gewannen. »Und was machen wir jetzt?«

»Spiegellabyrinth!«, rief Zoey und zog sie weiter.

Sie amüsierten sich im Labyrinth und mit noch einem halben Dutzend Fahrgeschäften. Als sie aus dem Tassenkarussell ausstiegen, sagte Zoey: »Lasst uns mit dem Riesenrad fahren!« Schon rannte sie los.

»Sie hat wirklich Spaß, oder?« Johnny konnte sich nicht daran erinnern, jemals so glücklich gewesen zu sein wie in diesem Moment. Er legte den Arm um Jillian, zog sie an sich und drückte seine Lippen auf ihre.

Sie erstarrte und ihr Blick schoss zu Zoey.

Er brauchte eine Sekunde, bis ihm bewusst wurde, was er getan hatte. *Verdammt.* Sie löste sich aus seiner Umarmung und mit jeder Faser seines Körpers wollte er sie zurückzerren. »Mist. Tut mir leid. Ich hab wohl kurz den Verstand verloren.«

»Dann finde ihn mal schnell wieder«, erwiderte sie frech grinsend.

Als sie Zoey zum Riesenrad folgten, wurde ihm klar, dass es ihm nicht leidtat. Er *wollte* mit Jillian zusammen sein, ihre Hand halten und mit ihr lachen, sie küssen, wann immer ihm danach war, und sie lieben, bis sie sich ineinander verloren. Aber Zoey würde noch mehr Veränderungen durchmachen müssen, sobald sie Colorado verließen, und es wäre nicht fair von ihm, wenn er seine Aufmerksamkeit zwischen ihr und Jillian aufteilen müsste.

»Beeilt euch, ihr lahmen Enten!« Zoey drehte sich zu ihnen um und winkte sie herbei.

»Wer zuerst da ist, Rocker Boy!« Jillian rannte los und dann lachten beide wieder. Mit drei Schritten hatte er sie schon eingeholt, schlang den Arm um ihre zierliche Taille und rannte den restlichen Weg mit ihr wie mit einem Football, während sie zappelte und Zoey sich vor Lachen krümmte.

»Sollen wir alle in einer Gondel fahren?«, fragte Johnny, als er Jillian absetzte.

»Ich will allein fahren«, sagte Zoey.

»Ist es dir peinlich, mit deinem alten Herrn gesehen zu werden?«, scherzte er.

»Nein!«, sagte sie in typischer Teenagermanier. »Hier sieht uns ja niemand. Ich will einfach nur allein fahren.«

»Also gut. Dann nach dir, Sunshine.« Er geleitete sie zu ihrem Platz.

Während sie sich setzte und der Angestellte die Stange vor ihr verriegelte, stieß Jillian Johnny mit der Hüfte an. »Tja, dann musst du wohl mit mir vorliebnehmen. Kommst du damit zurecht?« Sie schenkte ihm dieses geheime Lächeln, von dem sie *wusste*, dass es ihn verrückt machte.

Er beugte sich zu ihr, um ihr mit leiser und sinnlicher Stimme zuzuraunen: »Baby, wenn meine Tochter nicht hier wäre, dann würde ich dort ganz oben dafür sorgen, dass du *kommst.*«

Flammen loderten in ihren Augen auf. »Du könntest nicht vielleicht noch einmal eine Kirmes nur für uns zwei mieten?«

Der Angestellte winkte sie zu ihrer Gondel und Jillian schlenderte beschwingt an ihm vorbei – jedoch nicht ohne ihm einen vielsagenden Blick zuzuwerfen. *Himmel!* Sie wusste ganz genau, wie sie ihm unter die Haut gehen konnte.

Als die Fahrt begann, legte Johnny den Arm um Jillian, zog sie näher an sich und schaute ihr mit diesem verschmitzten Blick in die Augen, den sie so liebte. »Hast du schon mal einen Typen auf dem Riesenrad geküsst?«

»Vielleicht«, antwortete sie kokett.

»Im Ernst? Ich dachte, du warst zu sehr mit Mode beschäftigt, um dich mit Jungs abzugeben, als du jünger warst.«

»War ich auch, aber ich habe ja nicht in einer Blase gelebt. Ich musste meine heimlichen Flirts nur vor meinen Brüdern verbergen. Mit dreizehn bin ich mit meinen Freundinnen zu einem Jahrmarkt gegangen und Ronnie Templeton war auch dort. Er war im selben Jahrgang wie ich und alle Mädchen standen auf ihn. Er hatte verstrubbelte braune Haare und unglaublich süße Grübchen. Er hat mich gefragt, ob ich mit ihm fahren will, und als er mich dann geküsst hat, hat er mir mit seiner Zahnspange die Lippe aufgerissen. Als ich nach Hause kam, musste ich meine Eltern anlügen und ihnen erzählen, dass ich hingefallen bin.«

»Und was ist aus Ronnie geworden?«

»Ich hab ihm gesagt, dass ich mich fortan von Jungs mit Zahnspange fernhalte, und dass ich vielleicht mit ihm gehen würde, wenn er seine Zahnspange los ist.«

»Und? Bist du?«

Sie schüttelte den Kopf. »Zu dem Zeitpunkt hatte er dann eine Freundin, und ich hatte Größeres im Sinn. Hast du je ein Mädchen auf dem Riesenrad geküsst?«

»Nein, aber ich würde es gern. Möchtest du meine Erste sein?«

Bei der Aussicht darauf wurde ihr leicht schwindelig, und sie dachte: *Nein, ich möchte deine Erste und Letzte sein.* Doch das lag fern jeglicher Realität, deshalb würde sie sich nehmen, was sie bekommen konnte. »Was ist mit Zoey?«

»Sie kann uns nicht sehen, solange wir nach oben fahren und unterhalb von ihr sind.«

»Du hast das wirklich gut durchdacht.«

»Ich hatte tagelang Zeit, um über all die Orte nachzudenken, an denen ich mir Küsse von dir stehlen kann.«

So, wie er es sagte, leise und voller Begehren, wollte sie es nur noch mehr. Mit angehaltenem Atem wartete sie, während er sie enger an sich zog, ihre Hand in seine nahm und die Gondel ganz oben ankam. Die Fahrt nach unten schien ewig zu dauern. Sobald sie hinter Zoey waren, legte er die großen Hände um ihr Gesicht, doch er beeilte sich nicht. Sein Daumen glitt über ihre Lippen und er sagte: »Ich möchte diesen Moment in Erinnerung behalten.«

Ihr Herzschlag setzte kurz aus, als sein Blick über ihr Gesicht glitt, bevor dann seine warmen Lippen ihre berührten. Er küsste sie langsam und tief, als hätten sie alle Zeit der Welt, und als er die Finger in ihre Haare schob und den Kuss vertiefte, verschwand alles um sie herum, und sie fühlte nur noch ihren Kuss, seine Hände und die Hitze seines Körpers an ihr. Es war, als schwebte sie auf einer Wolke, von der sie nie wieder hinabsteigen wollte.

Als er sich zurückzog, rissen die Geräusche des Riesenrads und Zoey, die »Juhuu!« rief, sie zurück in die Realität. Aber sie rührte sich nicht und konnte kaum atmen, während Johnny sie ansah, als wäre sie etwas Wertvolles, etwas, das er sorgsam behandeln wollte.

»Der beste Kuss überhaupt«, sagte er und holte dann sein Handy hervor, legte den Arm um sie, zog sie an sich und küsste sie, während er ein Selfie machte. Dann machte er noch ein Foto, auf dem sie beide lachten, und eines, auf dem er ihre Schläfe küsste. »Komm, wir machen noch eines für Zoey.« Sie schnitten Grimassen, während er noch ein paar Bilder schoss. Er steckte das Handy weg und nahm ihre Hand, als ihre Gondel wieder nach oben fuhr. Dann küsste er sie erneut, ungestüm und gierig und so … wie Johnny eben.

Als sie alle Fahrgeschäfte ausprobiert hatten und Richtung Ausgang unterwegs waren, fragte Zoey, ob sie noch ein letztes Spiel spielen konnten. Sie gingen zu einem Stand, bei dem man einen Basketball in ein Netz werfen sollte. Zoey versuchte es zuerst und traf mit einem von vier Würfen. Johnny, großspurig wie gehabt, landete mit den ersten beiden Versuchen Treffer, doch der dritte und vierte Ball prallte ab.

»Ich zeig euch jetzt mal, wie das geht.« Jillian gab Johnny ihr Plüscheinhorn und trat an die Bude.

»Ich dachte, du wärst allergisch gegen Sport«, sagte Johnny.

»Bin ich auch, aber es macht trotzdem Spaß, es auszuprobieren.«

»Soll ich dir eine Leiter holen?«, scherzte er und zwinkerte Zoey zu.

»Das wirst du schon noch zurücknehmen, Mr. Bad.« Jillian visierte den Korb an, so wie ihr Vater es ihr gezeigt hatte. Sie hatte seit Jahren keinen Ball mehr geworfen, aber sie hatte ein gutes Gedächtnis. Der erste Ball rollte auf dem Ring. »Geh rein, geh rein, geh rein!« Er fiel nach außen herunter. »Verdammt.«

»Macht nichts. Dieses Mal schaffst du's«, rief Zoey.

»Komm schon, Jilly.« Johnny klatschte in die Hände. »Zeig Zoey, dass es nichts gibt, was du nicht kannst.«

Jillian genoss es, so von ihnen angefeuert zu werden. Als sie zu ihrem Wurf ansetzte, hatte sie die Stimme ihres Vaters im Ohr. *Finger Richtung Korb, Hände nicht zu eng.* Sie warf. *Gerade Linie zum Korb, Bewegung aus dem Ellbogen heraus, Handgelenk klappt nach vorne.* Der Ball flog zum Korb, fiel hinein und prallte auf den Boden.

Sie kreischte und hüpfte umher, während Zoey sie umarmte.

»Gut gemacht!« Johnny umarmte sie kurz und flüsterte ihr zu: »Das ist mein Mädchen!«

Wusste er, was er in ihr auslöste, wenn er sie so nannte? Auch wenn es nur für diesen Moment war?

»Noch zwei!« Zoey feuerte sie an, als sich Jillian wieder einen Ball nahm.

»Komm, Jilly«, ermutigte Johnny sie.

Mit kribbelnd angespannten Nerven machte sie sich bereit. Sie atmete ein, dann langsam wieder aus und warf. In hohem Bogen flog der Ball Richtung Korb und dann glatt durchs Netz. Wieder wurde gekreischt und gejubelt. Sie konnte es gar nicht glauben. Noch nie hatte sie zwei Würfe nacheinander versenkt. Ihre Hände schwitzten, während Johnny und Zoey sie anfeuerten und sie sich auf den letzten Wurf vorbereitete.

»Ich bin so nervös, ich glaub, ich muss kotzen.«

»Ekelhaft«, meinte Zoey.

Johnny lachte. »Du schaffst das, Baby.«

Jillian wusste nicht, ob ihm bewusst war, dass er sie Baby genannt hatte, aber Zoey hatte überhaupt nicht darauf reagiert, also hatte sie wohl nur gedacht, er wäre einfach aufgeregt. Jillian schickte ein Stoßgebet ins Universum, warf und schloss die Augen.

»Ja! Du hast es geschafft!«, rief Zoey und umarmte sie.

Johnny schlang die Arme um sie beide und sagte: »Ich glaube, wir haben hier eine heimliche Profi-Basketballerin unter uns.«

»Ich fasse es nicht, dass ich das geschafft habe!« Erfreut hüpfte Jillian auf und ab. »Und was hab ich jetzt gewonnen?«

Der Angestellte gab ihr einen Plastikbeutel mit zwei Goldfischen darin. Sie starrte darauf. »Einen *Fisch*?«

»Zwei«, antwortete der Typ.

»Ähm … Danke?« Kichernd entfernten sie sich von der Bude. »Wenn diese Fische nicht gerade Todessehnsüchte haben, solltest du dich lieber um sie kümmern.« Sie gab Zoey den Beutel.

»Vielleicht vergesse ich, die zu füttern.« Zoey gab ihn ihr zurück.

»Also, ich schaffe es ja nicht mal, mich selbst regelmäßig zu füttern.« Jillian wandte sich an Johnny. »Du kümmerst dich doch so toll um uns. Würdest du bitte Unikum und Rocker Boy adoptieren?«

Johnny nahm den Beutel mit den Fischen und hob eine Augenbraue. »Unikum und Rocker Boy? Wie soll ich die denn auseinanderhalten?«

»Natürlich ist Unikum der süße, schicke Goldfisch mit den funkelnden Schuppen, und Rocker Boy ist der große, grübelnde Fisch, der sich so cool gibt.«

Zoey lachte.

Es war nach drei Uhr, als sie schließlich das Festgelände verließen, und Zoey konnte gar nicht mehr aufhören, sich darüber auszulassen, wie viel Spaß sie gehabt hatte. Mit dem riesigen Bären im Arm strahlte sie über das ganze Gesicht und in ihren Augen funkelte ein ganz neues Licht.

»Was hat dir auf der Kirmes am besten gefallen?«, wollte Johnny wissen.

»Alles! Die Fahrten, die Spiele, das Essen. Funnel Cake ist mein neues Lieblingsessen, aber den Corn Dog mochte ich nicht. Schmeckte wie Gummi.«

»Schlimmer als meine Makkaroni mit Käse?«, fragte er.

»Viel schlimmer«, antwortete Zoey mit einem Lächeln. »Aber ich glaube, am allerbesten hat mir gefallen, dass ich mit euch da war. Ihr seid so witzig, auch wie ihr euch immer ärgert. Es wirkt so, als würdet ihr euch schon ewig kennen, und dadurch wurde es noch viel schöner. Das war die beste Nacht meines Lebens. Vielen Dank!« Sie schlang die Arme um Johnny, und der große Bär wurde wie ein Dritter in ihre Umarmung gezwängt.

In Jillians Brust keimte eine Sehnsucht. Sie wollte mit ihnen in diesem Kreis sein. Wie, um Himmels willen, sollte sie die beiden am Ende der Woche verlassen und in ihr normales Leben zurückkehren?

»Es freut mich, dass es dir Spaß gemacht hat, Sunshine. Das war auch eine meiner schönsten Nächte.« Mit einem Blick voller Zuneigung schaute er zu Jillian. »Was ist mit dir, Jilly? Schafft es die heutige Nacht in deine Top Ten?«

Sie hatte gedacht, dass nichts den Tag übertreffen konnte, an dem sie ihre Entwürfe das erste Mal an einem Star gesehen hatte, an dem sie ihre erste Boutique eröffnet hatte oder an dem sie ihre erste Fashion Week begonnen hatte. Aber ihre heißen Nächte mit Johnny hatten all das übertroffen, und die heutige Nacht übertrumpfte sogar noch die.

Sie sah die beiden Menschen an, die unglaublich wichtig für sie geworden waren, und hieß diese warmen, wohligen Gefühle willkommen, die sie so vermissen würde, wenn sie getrennte Wege gingen. Sie wollte sich in diesen Gefühlen aalen, sie in sich aufsaugen, bis sie ein Teil von ihr wurden. Ihr Herz war voller, als es je gewesen war, und sie wusste, dass sie die Erinnerungen an ihre gemeinsame Zeit für immer in sich tragen würde. Doch mehr würde es nie sein können: die besten Erinnerungen ihres Lebens, mit einem Mann, der sie verrückt machte, und einem mürrischen Mädchen, das ganz nach seinem Vater kam.

Die beiden sahen sie erwartungsvoll an, und sie *wollte* nicht antworten. Sobald sie es getan hätte, würden sie ins Auto steigen und zurückfahren, dann würde der nächste Morgen kommen und sie wären dem Abschied wieder einen Tag näher.

Johnny hob eine Augenbraue, und sie tat, was sie zu tun hatte. Sie verstaute diese Gefühle ganz tief in sich, und wenn sie an die Oberfläche drängten, tat sie so, als fühlte sie sie nicht. »Die Nacht heute steht jetzt ganz oben auf meiner Liste. Einfach unvergesslich.«

Sechzehn

Jillian krallte sich in ihre Laken, wand sich unter der Berührung von Johnnys dichten Bartstoppeln an den Innenseiten ihrer Oberschenkel und seinen geschickten Fingern, die mit ihr spielten, als wäre sie seine Lieblingsgitarre. Er sollte nicht in ihrem Schlafzimmer sein. Es war zu riskant. Zoey konnte sie hören, aber seine begabte Zunge ließ alle Sorgen so unwichtig werden. »Oh Gott! Ja! Hör nicht auf!« Sie stemmte die Fersen in die Matratze, während das Feuer tief in ihr loderte, wie eine aufgehende Sonne durch sie hindurchdrang, sie gänzlich in Brand setzte und all ihre Gedanken auslöschte, bis es kein Richtig und Falsch mehr gab. »Ich bin so nah dran! Gleich kom–«

Das schrille Klingeln ihres Handys riss sie aus ihrer Träumerei, sie setzte sich erschrocken auf und deckte sich hektisch zu, während ihr bewusst wurde, dass sie allein war. Sie zitterte, war außer Atem und kurz vor einem Orgasmus und versuchte, ihr sexgeladenes Hirn zu entwirren. *Verdammt. Verdammtverdammt.* Wie konnte ein Traum so etwas mit ihr anstellen?

Sie griff nach ihrem Handy, sah Beaus Namen auf dem Bildschirm und versuchte, sich zusammenzureißen. »Hallo?«

»Hi. Alles in Ordnung? Du hörst dich so an, als würdest du

joggen.«

»Ja. Joggen. Auf der Stelle. In meinem Zimmer.« *Omeingott! Echt jetzt?*

»Dein Ernst? Johnny scheint ja eine ziemliche Wirkung auf dich zu haben.«

Sie presste ihre Oberschenkel zusammen und schloss die Augen. »Das kannst du laut sagen. Was gibt's?«

»Ich bin heute Vormittag bei Cutter und helfe ihm bei Renovierungsarbeiten, aber ich hab gerade mit Char telefoniert. Sie ist mit Übelkeit aufgewacht und ich hänge hier noch für ein paar Stunden fest. Würde es dir etwas ausmachen, die Eier einzusammeln und sie zum Gasthof zu bringen?«

»Nein, kein Problem. Kann ich sonst noch irgendwie helfen? Geht es ihr sonst gut?«

»Ja, alles in Ordnung. Das ist nur die Schwangerschaftsübelkeit. Das kommt und geht. Es passt ihr überhaupt nicht in den Kram, weil es ihren Schreibplan durcheinanderbringt, aber hoffentlich hält es nicht zu lange an.«

»Ach je, ich will mir gar nicht ausmalen, wie frustrierend das ist. Ich würde verrückt werden, wenn ich nicht arbeiten könnte, wenn sich meine Muse meldet.«

»Es ist nicht ideal, aber das ist es wert.«

»Ich kann es immer noch kaum glauben, dass ihr Eltern werdet. Mom und Dad werden außer sich sein vor Freude. Und alle anderen auch. Du bist bestimmt vollkommen aus dem Häuschen vor Freude, oder?«

»Ja, und gleichzeitig macht es mir Angst, aber das wird schon.«

»Auf Zoey hast du einen guten Eindruck gemacht. Sie genießt es wirklich, dir mit den Pferden zu helfen, und sie mag dich und Char sehr. Ich weiß, dass du ein großartiger Vater wirst, genauso wie sich jemand anderes auch gerade zu einem tollen Dad mausert. Aber das weißt du ja, und diesbezüglich hab ich noch ein Hühnchen mit dir zu rupfen. Seit wann hast du so große Geheimnisse vor mir?«

»Seit ich weiß, dass du ums Verrecken deinen Mund nicht halten kannst, und Johnny wollte nicht, dass Zoey etwas von der Kirmes erfährt.«

Sie verdrehte die Augen.

Als hätte er sie gesehen, sagte er: »Du brauchst gar nicht so die Augen zu verdrehen. Du weißt ganz genau, dass du nicht besonders gut darin bist, Geheimnisse für dich zu behalten.«

Er hatte ja keine Ahnung, dass sie gerade das größte Geheimnis überhaupt für sich behielt.

»Bandit gefiel es gar nicht, dass er hierbleiben musste. Hatte Zoey Spaß?«

»Danke, dass du ihn an der Haustür hast warten lassen. Zoey hat sich so gefreut, ihn zu sehen, als wir nach Hause gekommen sind, und auf der Kirmes hat ihr *alles* Spaß gemacht. Sie hat geweint, als ihr klar wurde, was Johnny organisiert hatte, und sie hat jedes einzelne Fahrgeschäft und Spiel mitgenommen. Sie wird die Nacht für immer in Erinnerung behalten, und du hättest Johnny sehen sollen. Er war wie ein stolzer Pfau, weil er sie so glücklich gemacht hat.«

»Du magst die beiden sehr, oder?«, fragte Beau.

»So, wie man einen großspurigen Rockstar und einen komplizierten Teenager nun mal mögen kann.« Sie wusste nicht, warum sie das Bedürfnis verspürte, ihre Gefühle mit einer patzigen Bemerkung kaschieren zu müssen, aber es platzte so aus ihr heraus.

»Das klingt für mich nach ganz schön viel. Trotz all dem Chaos, mit dem sie zurechtkommen müssen, wirkst du auf mich weniger angespannt als sonst. Du scheinst glücklicher zu sein.«

»Ich habe gerade zwei Wochen Urlaub, werde bezahlt, während ich reite, Grillabende genieße und am Lagerfeuer sitze.«

»Und Rasenspiele spielst?«

Sie hörte den wissenden Unterton bei ihm heraus und versuchte, es als unbedeutend abzutun. »Ich versuch einfach nur, es für Zoey einfacher zu machen.«

»Klar.« Er nahm es ihr ebenso wenig ab wie sie sich selbst. »Willst du über den Elefanten im Raum reden?«

»Nein.« Sie seufzte. »Der wird mich wahrscheinlich zertrampeln. Ich will duschen und dann nach diesen hübschen Hühnern sehen. Mach dir um Char keine Sorgen. Ich bleibe bei ihr, nachdem ich die Eier eingesammelt habe, falls es ihr nicht gut geht.«

»Danke, Jilly, und wenn du mich fragst … Ich finde, Johnny ist ein guter Typ.«

Bei mehreren Gelegenheiten hatte sie bemerkt, dass Beau und Johnny sich anfreundeten, zum Beispiel als Johnny geholfen hatte, Beaus Gerätschaften von der Werkstatt dorthin zu tragen, wo er arbeiten wollte, oder wenn sie zusammen joggen gingen, als sie neulich Abend gemeinsam am Grill gestanden und auch als sie Holz für das Lagerfeuer gehackt hatten. Mittlerweile verstand sie auch, warum Charlotte Beau so gern beim Holzhacken zusah. Dabei hätte Jillian auch Johnny *tagelang* zusehen können.

»Ich behalte das im Hinterkopf und versuche, ihn nicht umzubringen, wenn er mich auf die Palme bringt. Und danke, dass du uns die Sweatshirts geliehen hast.«

»Hab ich nicht. Johnny hat sie bestellt, zusammen mit einem neuen Koffer für Zoey und einem gigantischen Korb mit

Babysachen und Schokoriegeln für mich und Charlotte. Der Mann hat ein riesiges Herz und er hat richtig Stil.«

Johnnys Fürsorglichkeit verschlug ihr kurz den Atem. *Großherzig, fürsorglich und fordert mich permanent heraus.* Der Mann war nahezu perfekt. *Perfekt für eine Frau, die bereit ist, Mutter zu sein.* Der Gedanke versetzte ihr einen schmerzhaften Stich.

»Noch da?«, fragte Beau und riss sie aus ihren Gedanken.

»Ja, 'tschuldigung. Ich muss unter die Dusche. Channing Tatum wartet auf mich.«

Kurz darauf stand sie unter dem warmen Duschstrahl und versuchte, den Traum zu Ende zu bringen, in dem Johnny die Hauptrolle gespielt hatte. Aber immer, wenn sie die Augen schloss, erinnerte sie sich daran, dass sie am Sonntag abreisten, und damit verpufften diese heißen Gedanken.

Nach der Dusche trocknete sie sich die Haare, legte etwas Make-up auf und zog schwarze Skinny-Jeans mit einem engen beigen Top an. Sie warf einen Blick auf ihre für New York statt Colorado eingepackten Designerstiefel. Hühnermist und Isabel-Marant-Schuhe passten nicht so gut zusammen. Sie trat in den begehbaren Schrank, um sich von Charlotte ein paar Gummistiefel auszuleihen. Die Auswahl war riesig: rot oder blau mit Blumenmuster, grün mit Marienkäfern, gelb mit winzigen grünen Regenschirmen oder in Regenbogenfarben. Sie nahm sich die roten Stiefel, und als sie sie anzog, überlegte sie, ob ihr Top so passend war. Also schnappte sie sich eines von Beaus Flanellhemden. Auch er hatte eine große Auswahl, und sie freute sich, dass sie ein hellbraun-weiß-schwarzes Hemd fand, das gut zu ihrem Outfit passte.

Auf dem Weg nach unten krempelte sie die Ärmel hoch.

Das Klappern von Geschirr hallte ihr aus der Küche entgegen, zusammen mit Johnnys und Zoeys glücklichen Stimmen, die sie wie ein Magnet anzogen. Am Durchgang durch den Baumstamm hielt sie kurz inne, um den Anblick in sich aufzusaugen. Die beiden standen am Herd, Bandit zu ihren Füßen. Zoey hatte Jillian den Rücken zugekehrt. Sie trug das Sweatshirt, das Johnny ihr letzte Nacht gegeben hatte, und eine der Boyfriend-Jeans, die sie gekauft hatten und die sie ein wenig hochgekrempelt hatte. Die Haare hatte sie zu einem Pferdeschwanz zurückgebunden, und sie machte sich gerade über Johnny lustig, der Pfannkuchen in Gitarrenform zubereitete. Johnny sah in dem grauen Henley-Shirt und den Jeans zum Anbeißen aus. Er war – wie auch Zoey – barfuß. Jillian wurde von der Sehnsucht erfasst, Teil ihrer kleinen Familie zu sein, Zoey einen Kuss auf die Wange zu geben und ihnen einen Guten Morgen zu wünschen, während Johnny ihr einen Kuss auf die Wange gab.

Oh je! Woher war denn *dieser* Gedanke gekommen? Das klang alles viel zu heimelig.

Sie und Johnny funktionierten hier in Colorado gut zusammen, aber alles andere war ein Hirngespinst. Sie war nicht das, was die beiden langfristig brauchten. Doch genau so glücklich wie jetzt wollte sie sich an sie erinnern, auch wenn sie wusste, dass Zoeys Stimmung in den nächsten Jahren wechselhaft sein würde und sich wie ein heftiger Sturm mit sonnigen Tagen bekriegen würde, und Johnny wäre permanent bemüht, mit allem Schritt zu halten, ohne es noch schlimmer zu machen. Würde Zoey am Ende auf eine private oder auf eine staatliche Schule gehen? Würde ihr das Leben in New York gefallen und würde sie Freunde finden, die einen guten Einfluss auf sie hatten? Würde Johnny je wieder auf Tour gehen? Wie würde er mit all den Höhen und Tiefen zurechtkommen, die vor ihm lagen? Würde er sich doch noch wieder bei Ramona melden und der Mann werden, den sie sich erhofft hatte?

Jillians Magen zog sich vor Eifersucht zusammen.

Sie verdrängte diese Gedanken, denn sie wollte einfach nicht, dass sie einen Schatten auf ihre letzten gemeinsamen Tage warfen. Schnell nahm sie ihr Handy und fotografierte die beiden, als Johnnys Stimme in ihrem Kopf auftauchte. *Ich möchte diesen Moment in Erinnerung behalten.* Ihr Magen zog sich noch schmerzhafter zusammen. Wie war sie da nur so tief hineingeraten?

Johnny entdeckte sie, und ein Lächeln, das ihr schon so vertraut war, trat in sein Gesicht, als er Zoey mit dem Ellbogen anstieß. »Wer ist das denn?«, fragte er und deutete in Jillians Richtung.

»Vielleicht schlafwandelt sie«, sagte Zoey verschwörerisch.

»Sehr witzig«, erwiderte Jillian und ging in die Küche. »Char fühlt sich nicht so gut, deshalb werde ich heute Morgen die Eier einsammeln.«

»Sie hat vor zehn Uhr einen vollständigen Satz gebildet«, flüsterte Johnny. »Das ist eindeutig eine Doppelgängerin.« Er gab Zoey den Pfannenwender und schlich mit finsterem Blick wie ein Raubtier auf Jillian zu.

»Johnny!«, warnte Jillian ihn und ging mit pochendem Herz ein paar Schritte zurück. »Was hast du vor?«

Er sprang vor, packte sie an der Hüfte, und sie kreischte um ihr Leben, als er sie wie ein Kind, das Fliegen spielte, über den Kopf hob. »Wer bist du? Was hast du mit unserer Jilly gemacht?«

Sie und Zoey lachten, doch sie versuchte, sich zu beherrschen und sagte streng: »Du solltest mich lieber absetzen.«

Er tat so, als würde er sie absetzen, doch er hielt mitten in der Bewegung inne und drückte sie mit dem Rücken gegen die

Wand. Ihre Füße hingen in der Luft und er hielt sie mit seinem Körper an Ort und Stelle, während sein Blick ebenso verspielt wie lustvoll auf ihr lag.

»Johnny!«, warnte sie ihn noch einmal. Warum musste er sich nur so gut anfühlen?

»Was meinst du, Zoey? Sollen wir sie fesseln?«

Zoey lachte und stapelte die Pfannkuchen auf Teller, nicht ohne einen für Bandit auf den Boden zu legen.

»Wag es ja nicht!« Jillian wollte, dass es bedrohlich klang, aber ihre Gedanken kreisten darum, wie ungemein verlockend es wäre, von ihm gefesselt zu werden, wenn die Umstände andere wären, und so konnte sie ihr Lächeln nicht unterdrücken.

»Beweise, dass du *unsere* Jilly bist, sonst wirst du was erleben«, forderte er sie auf.

Sie konnte sich einiges vorstellen, das sie gern mit ihm erleben würde. »Erzähl mir mehr darüber, was ich sonst erleben werde.«

Zoey prustete vor Lachen, und Johnny schüttelte den Kopf. Als er sie absetzte, drückte er sie noch kurz an die Wand und knurrte ihr ins Ohr: »Glaub nicht, dass ich davor zurückschrecke, dir den Hintern zu versohlen.«

»Versprich nichts, was du nicht halten kannst«, flüsterte sie zurück. Sein Blick loderte auf und sie stieß gegen seine Brust. »Aus dem Weg, Rocker Boy. Ich brauche einen Drink.«

Zoey holte schon eine Cola Light aus dem Kühlschrank und gab sie ihr. »Ich mag dein Hemd.«

»Danke. Das gehört Beau.«

»Die Stiefel könnten cooler sein«, sagte Zoey.

Jillian lachte. »Die gehören Char.«

»Scheint, als müsstest du noch Stiefel in deine Rocker-Girlz-

Kollektion aufnehmen«, sagte Johnny.

»Das wäre super«, rief Zoey. »Können wir, Jilly?«

»Das wäre sicher eine Überlegung wert. Jace Stone und ich haben Lederstiefel für unsere Kollektion ›Leder und Spitze‹ entworfen, also weiß ich schon, worauf man achten muss.«

Johnny hob eine Augenbraue. »Gut, dann können wir sie für die Baddies ja auch machen.«

Sie war sich nicht sicher gewesen, ob er das ernst gemeint hatte. »Willst du wirklich eine Modekollektion ›Bad Intentions‹ haben? So was schafft man nicht einfach so über Nacht. Man kann nicht einfach ein paar Ideen zusammenbasteln und sie dann einfach so dem Publikum vorwerfen. Ich hab hoffentlich nicht diesen Eindruck erweckt, denn es gehört eine Menge Planung, Strategie, Marketing, Design-Arbeit und unzählige andere Dinge dazu, um eine Kollektion auf den Markt zu bringen.«

»Er will es wirklich«, sagte Zoey. »Das hat er mir erzählt.«

Sie hatten darüber geredet? Hatten sie auch über sie geredet?

»Ich halte es für eine gute Geschäftsidee, und es gibt niemanden, mit dem ich dabei lieber unter einer Decke stecken würde.« Er grinste. »Es sei denn, du würdest dich lieber nicht auf etwas mit mir einlassen.«

Die Doppeldeutigkeit ließ sie an ihren Traum denken, daher setzte sie sich lieber und presste die Oberschenkel aneinander. Wollte sie sich auf so etwas mit ihm einlassen? Käme sie damit zurecht, wenn sie nicht heimlich etwas miteinander hätten? Wenn er sein Leben weiterführen würde und mit Ramona oder sonst jemandem zusammen wäre?

Der Gedanke tat weh.

»Ich halte die Kollektion für eine gute Idee, aber dein Argument ist berechtigt.« Sie hoffte, dass sie geschäftsmäßig klang und nicht so innerlich zerrissen, wie sie sich fühlte. »Wir sollten die Entscheidung darüber, ob wir uns aufeinander einlassen wollen, besser verschieben, bis wir sehen, wie sich die Dinge nach unserer Abreise entwickeln.«

Johnnys Kiefermuskeln zuckten.

»Heißt das, dass wir erst mal nicht an dem Outfit arbeiten können?«, fragte Zoey. Sie trug die Teller zum Tisch. Auf Johnnys befand sich ein großer Berg Pfannkuchen.

Wieder verspürte Jillian ein schmerzhaftes Verlangen. Sie konnte sich nicht daran erinnern, wann Zoey damit angefangen hatte, ihm mehr Essen aufzufüllen, weil Jillian sich immer von seinem Teller etwas nahm. »Nein, ich meinte eine Entscheidung über eine Bad-Intentions-Kollektion. Wir können unser Outfit machen, wann immer dein Vater der Meinung ist, dass du dich genügend eingelebt hast.« Sie versuchte, zu ignorieren, wie sehr das Gespräch ihr das Gefühl gab, eine Außenseiterin zu sein, auch wenn sie genau das war.

Obwohl sie ihn gerade vertröstet hatte, deutete Johnny auf seine Pfannkuchen und hielt ihr seine Gabel entgegen. Sie schüttelte den Kopf, und ihr wurde klar, wie sehr sie auch das vermissen würde.

»Darüber muss ich mit euch reden.« Johnnys Stimme hatte etwas Bedauerndes an sich. »Nicht über die Klamotten, sondern über das Einleben. Shea hat mich heute Morgen angerufen. Sie hat mehrere Interviewtermine am Montag in New York für mich angesetzt, damit ich den Gerüchten entgegenwirken kann. Zoey, ich möchte dich nicht in der Nähe des Chaos haben, also kommt Kane, um bei dir zu bleiben, während ich arbeite. Er schickt uns morgen sein Flugzeug, so haben wir Zeit, um uns einzurichten, und ich werde nur ein paar Stunden für die Interviews weg sein.«

Jillian wurde von einer Woge der Traurigkeit überrollt. *Wir reisen morgen ab?*

Der Gedanke hatte sich kaum festgesetzt, da sagte Zoey: »Ich dachte, wir sind zwei Wochen lang hier. Es ist doch erst Freitag.«

»Ich weiß, Sunshine. Ich bin auch nicht begeistert davon, früher abzureisen, aber es ist wichtig, dass ich mit der Wahrheit an die Öffentlichkeit gehe, und wir sind abhängig von den möglichen Terminen in den Sendungen.«

Panisch sah sie Jillian an. »Kommst du mit uns?«

Die Traurigkeit setzte sich in ihr fest, als die Realität ihre Klauen in sie bohrte. Die flehenden Blicke von Zoey und Johnny fochten einen Kampf aus, aber sie wusste, dass er nur das Beste für Zoey wollte. »Nein, Schatz, ich muss auch zurück an die Arbeit, aber du kannst mir jederzeit Nachrichten schreiben. Dein Dad hat meine Nummer.«

Tränen stiegen Zoey in die Augen. »Können wir nicht einfach bis Sonntag bleiben? Ich muss mich nicht in der Wohnung *einrichten*.«

»Das halte ich nicht für eine gute Idee«, sagte Johnny. »Ich möchte sicher sein, dass du dich wohlfühlst, bevor ich zu den Interviews fahre.«

»Dann kannst du Kane absagen. Ich bin vierzehn! Ich brauche keinen Babysitter.« Sie wischte sich die Tränen weg.

»Ich weiß, dass du dich um dich selbst kümmern kannst«, sagte Johnny in einem Tonfall, der deutlich machte, dass er sie nicht beschwichtigen wollte. »Aber ich würde mich besser fühlen, wenn jemand bei dir wäre, dem ich vertraue. Nur für den Fall, dass du etwas brauchst. Es tut mir leid, Zoey, aber Kane kommt für die Stunden, in denen ich fort bin.«

Sie stand abrupt auf und ihr Kinn zitterte. »Wenn du

meinst. Ich bin draußen.« Sie stürmte hinaus und Bandit flitzte hinter ihr her.

»Verdammt!« Johnnys Ellbogen knallten auf den Tisch und er massierte sich den Nacken mit beiden Händen. Dann atmete er langsam aus und lehnte sich zurück, wobei er gleichermaßen frustriert und niedergeschlagen aussah.

»Du machst das Richtige«, brachte Jillian mühsam hervor, weil sie wusste, dass er es hören musste. Aber es klang halbherzig, denn sie empfand das Gleiche wie Zoey. Nur zu gern hätte sie mit den Füßen auf den Boden gestampft und gebettelt, dass sie das Wochenende über noch blieben, aber das würde es nicht einfacher machen. Es war besser, das Pflaster mit einem Ruck abzureißen. »Veränderungen sind schwer, aber eines Tages wird ihr bewusst werden, dass es die richtige Entscheidung war.«

»Das hoffe ich«, murmelte er. »Ich will ebenso wenig wie sie früher abreisen. Shea wollte schon letzten Montag, dass ich zurückkomme, um ein Statement abzugeben, aber ich konnte Zoey nicht zurücklassen, als sie sich endlich mir gegenüber geöffnet hatte, und wir beide fingen gerade erst an, uns besser kennenzulernen. Ich habe auch versucht, Shea auszureden, dass wir morgen abreisen. Auf keinen Fall will ich Zoey durcheinanderbringen, denn ich habe das Gefühl, dass sie endlich aufblüht. Und Jilly, ich will dich nicht verlassen! Aber Shea hat gesagt, dass ich schon zu lange geschwiegen habe, und wenn ich jetzt nicht an die Öffentlichkeit gehe, wird es für Zoey nur noch schwieriger, sobald sie zur Schule geht.«

Jillian nickte schwach. Er tat das Richtige für Zoey. Sie drei kannten sich noch nicht einmal zwei Wochen. Sie hatte manche Männer länger gedatet und keinen Gedanken an sie verschwendet, wenn sie sich nicht mehr gesehen hatten. Das hier sollte nicht mehr als ein kleiner Leuchtpunkt auf ihrem Radarschirm sein.

Warum also fühlte es sich so an, als kollabierte ihre Lunge?

Er stand auf. »Ich suche Zoey lieber mal.«

Sie wollte ihm vorschlagen, ihn zu begleiten, aber warum das Unvermeidliche hinauszögern? Stattdessen stand auch sie auf und ging Richtung Bad, weil sie einen Moment für sich brauchte, um ihre Fassung wiederzufinden.

Er hielt sie an der Hand fest und zog sie in die Arme. »Unser Timing ist miserabel. Ich muss mich jetzt auf Zoey konzentrieren, aber wenn wir von hier abreisen, muss es nicht das Ende für uns bedeuten.«

Sie schloss die Augen, atmete seinen Duft ein und gestattete sich einen Moment lang die Überlegung, ob sie sich irrte und sie vielleicht doch das war, was die beiden brauchten. Zoey war ja kein Kleinkind, das gewickelt, gefüttert und umhegt werden musste. Jillian wollte egoistisch sein, ihm sagen, dass er recht hatte und sie eine Beziehung vielleicht hinkriegen könnten. Aber es wäre Zoey gegenüber nicht fair, wenn sie es erst versuchen würden und es dann nicht funktionierte. Sie konnte nicht egoistisch sein, wenn Zoey im Spiel war.

Sie schaute zu ihm auf und sagte, was sie sagen musste. »Doch, ich denke, das muss es. Unsere Leben finden zu weit entfernt voneinander statt und führen in verschiedene Richtungen. Du musst für Zoey da sein, während sie ihren Weg in ihrem neuen Leben findet, und du musst dich auch um deine Band, deine geschäftlichen Dinge und das ganze Chaos kümmern, das Dick hinterlassen hat. Kane regelt das vielleicht, aber du bist immer noch der Star. Du musst herausfinden, ob du auf Tour gehst und wie du das Leben als Rockstar mit Zoey in Einklang bringst. Du kannst es dir nicht leisten, dir zusätzlich noch darüber Sorgen zu machen, ob du deiner Freundin, die hunderte Meilen entfernt ist, schreiben oder sie anrufen sollst. Und ich hab auch eine Menge um die Ohren. Wenn du deine Tour verschiebst, werde ich ›Wanderlust‹ aus der Schublade holen, und ich freue mich auf die Teenager-Kollektion, an die ich mich möglichst bald setzen will.«

»Jillian …«

Der Kummer, der aus seiner Stimme herauszuhören war, machte es ihr schwer, an ihrem Entschluss festzuhalten, aber sie wusste, dass es keinen anderen Weg gab. »Überleg doch mal, Johnny. Du hast gerade erst herausgefunden, dass du Vater bist, und du und Zoey seid überall auf Social Media. Wenn wir ein Paar werden würden, würde das auch überall ausgeschlachtet werden, und wenn es zwischen uns nicht klappt, dann wäre das noch ein Albtraum, den du und Zoey durchstehen müsstet. Das wäre weder dir noch ihr gegenüber fair.« Sie versuchte, den Kloß in ihrem Hals loszuwerden. »Unsere Beziehung steht unter einem schlechten Stern, und solche Beziehungen bekommen kein Happy End.«

Er zog sie noch fester an sich. »Irgendwann wird sich das alles beruhigen, Zoey und ich finden unseren Weg, und dann können wir beide *uns* eine Chance geben.«

»Ja. *Vielleicht.*« Sie wünschte es sich, aber sie wagte es nicht, darauf zu hoffen. Wenn er erst einmal in sein Leben zurückgekehrt war, würden die Gedanken an sie womöglich schwinden.

»Ich wünschte, ich hätte meine Tour vor einem Jahr nicht abgesagt, dann wären wir zusammen gewesen, wenn ich das mit Zoey herausgefunden hätte.«

Während sie gegen die Emotionen ankämpfte, die ihr die Kehle zuschnürten, tat sie das, was das Beste für Zoey war. Sie löste sich aus seiner Umarmung und durchtrennte so das Band der Hoffnung – für sie ebenso wie für ihn. »Das würde nichts an der Tatsache ändern, dass ich fürs Mutterdasein nicht geschaffen bin, während du eindeutig dazu bestimmt bist, Vater zu sein. Du solltest lieber mal nach Zoey sehen.«

Sie eilte ins Badezimmer, damit er nicht die Tränen sah, die ihr über die Wangen liefen.

Johnny dachte über diese Bemerkung nach, als er sich auf den Weg machte, um Zoey zu finden. Erleichtert stellte er fest, dass er nicht lange suchen musste. Bandit begrüßte ihn am Scheunentor. »Hey, Kumpel.« Zoey streichelte Spice.

Er schaute zu den Heuballen, als er die Scheune betrat. Nach Jillians und seinem ersten mitternächtlichen Treffen hatte er die Heuballen wieder dorthin gelegt, wo er sie gefunden hatte. Nie würde er auch nur eine einzige Sekunde dieser Nacht vergessen. Verdammt, es gab so viele Momente dieser Reise, die er nie vergessen würde – und dazu gehörte auch dieser. Er sah die hängenden Schultern seiner Tochter und wusste, dass er für ihre Traurigkeit verantwortlich war.

Dare hatte ihm gesagt, dass eine der problematischsten Verhaltensweisen von Eltern war, wenn sie vergaßen, dass sie Eltern waren, und zu sehr versuchten, Freunde ihres Kindes zu sein. In diesem Moment wünschte Johnny sich, er könnte ihr Freund sein und mit ihr darüber reden, wie mies es von ihrem Vater war, sie zu einer früheren Abreise zu zwingen. Aber auch wenn es vielleicht genau das war, was sie hören wollte, so war es doch nicht das, was sie brauchte.

Er ging zu ihr und küsste sie auf den Kopf. »Hey, Kleines, können wir reden?«

Sie antwortete nicht.

»Es wird schwer sein, sich von den Pferden zu verabschieden, stimmt's?«

Sie wandte den Blick ab.

»Ich weiß, dass diese Übergangsphase nicht leicht sein wird, und es jagt dir wahrscheinlich eine Höllenangst ein, wieder von vorn anfangen zu müssen, aber ich verspreche dir, dass ich alles in meiner Macht Stehende tun werde, um es für uns beide einfacher zu machen.« Er schwieg kurz, um ihr die Gelegenheit zu geben, etwas zu erwidern, aber sie schaute weiterhin in die andere Richtung. »Sunshine, ich möchte nicht so ein Dad sein, mit dem du nicht reden kannst.«

»Ich hab es satt, das zu verlieren, was ich liebe.« Sie drehte sich zu ihm um und Wut und Schmerz brachen aus ihr heraus. »Zuerst Grandma, dann Charlie und jetzt Jillian! Und ich werde die Pferde nie wiedersehen, und Bandit und Beau und Char auch nicht. Nicht einmal ihr Baby werde ich kennenlernen.« Tränen liefen ihr über die Wangen. »Es tut so weh! Ich wünschte, ich hätte keinen von ihnen je gesehen.«

Er zog sie in seine Arme und wünschte sich, er könnte ihr die Traurigkeit nehmen. »Du wirst niemanden verlieren, Kleines.« Seine Gedanken rasten. Wer war Charlie? Würde sie jemals wieder zulassen, von jemandem geliebt zu werden? Wie konnte er ihr den Schmerz nehmen? Er versuchte, seine Gedanken zu sortieren. »Wer ist Charlie?«

»Mein Hund!« Schluchzend sackte sie zu Boden und zog die Knie an die Brust.

Verwirrt setzte er sich neben sie. »Du hattest einen Hund?« Warum hatte Kane ihm nichts davon erzählt?

»Er hat nicht wirklich mir gehört. Sondern unseren Nachbarn, aber sie haben ihn immer draußen gelassen. Ich hab ihn gefüttert und er hat hinten auf unserer Veranda geschlafen. Sie wollten ihn ins Tierheim bringen, weil der Mann allergisch war, aber als Grandma starb, meinten sie, ich könnte ihn nehmen.«

»Okay, und wo ist er jetzt?«

Sie zuckte mit den Schultern. »Meine blöde Mutter wollte nicht, dass ich ihn nehme.«

Ihre verdammte Mutter sollte in der Hölle schmoren. Er presste die Zähne zusammen in dem Versuch, seine Wut im Zaum zu halten. »Das tut mir leid, Sunshine. Das ist echt schlimm, und ich weiß, dass du das Gefühl hast, Jillian zu verlieren, aber das stimmt nicht.« *Zumindest hoffe ich, dass wir sie nicht verlieren.* »Ihr beide designt ›Rocker Girlz‹ mit *z* zusammen, vergiss das nicht. Aber Jillian hat ein Leben und ihre Arbeit in Maryland, zu denen sie zurückkehren muss, und ich verspreche dir, dass du mit ihr in Kontakt bleiben kannst. Wir können auch Beau und Char fragen, ob es für sie in Ordnung ist, wenn du Kontakt zu ihnen hältst, und wenn ein wenig Ruhe eingekehrt ist, dann können wir wieder eine Reise hierher planen, damit du Bandit sehen und ausreiten kannst.«

»Kommt Jillian dann auch?« Ihr versagte fast die Stimme.

»Ich kann nicht für sie antworten, aber wenn wir so weit sind, dass wir den Trip planen, dann können wir sie fragen.« Er legte den Arm um sie. »Die Abreise wird mir auch schwerfallen, aber manchmal müssen wir schwierige Dinge tun und schwere Entscheidungen treffen, um auf die Zukunft vorbereitet zu sein.«

»Ich find's scheiße.«

»Ich auch«, gab er zu.

Einige Minuten saßen sie schweigend beieinander. Zoey hatte den Kopf auf seine Schulter gelegt. »Wirst du Jillian vermissen?«

Seine Brust zog sich zusammen. »Mehr, als du dir vorstellen kannst.«

Bandit bellte und rannte aus der Scheune. Johnny hörte Jillian mit dem Hund reden, und dann stand sie da, in Beaus Flanellhemd – das in ihm den Wunsch aufkommen ließ, er hätte ein Flanellhemd, das er ihr geben könnte –, mit Gummistiefeln und einem leeren Korb in der Hand. Sie sah aus wie ein Engel, als sie sie mitfühlend anlächelte.

»Ich hatte schon Angst, ihr seid vielleicht beide weggerannt.« Sie kam herein und bei einem kurzen Blick zu den Heuballen nahmen ihre Wangen eine hübsche rosa Farbe an.

»Ich hab doch gesagt, dass ich dir nicht mehr so einen Schrecken einjagen werde«, sagte Zoey leise.

»Dann kann ich wohl die Bestellung für den GPS-Tracker, die ich gerade aufgegeben habe, stornieren.« Jillian ging vor Zoey auf die Knie, stellte den Korb ab und schaute zu Johnny. »Alles in Ordnung bei euch?«

Er bemerkte, dass auch sie rote Ränder unter den Augen hatte, was sein ohnehin schon großes schlechtes Gewissen noch mehr anwachsen ließ. »Wird schon …«

Jillian nahm seine und Zoeys Hand. »Wir haben den Tag heute, und ich weiß, dass es nicht so viel ist, wie wir gerne hätten, aber ich hab gehofft, dass wir einen Teil davon zusammen verbringen könnten.« Sie schüttelte kurz Zoeys Hand. »Ich kann mir vorstellen, dass Channing und Jason sich eine ordentliche Verabschiedung von dir wünschen.«

»Was meinst du, Sunshine? Möchtest du das Magic-Mike-Team noch einmal sehen?«

»Denke schon, aber ich fass keine Eier an, auf denen Hühnerkacke ist.«

»Dafür ist dein Dad da.« Leiser fügte Jillian hinzu: »Was

glaubst du denn, warum ich möchte, dass er mitkommt?«

Zoey lächelte, und Johnny half ihr beim Aufstehen, um sie dann zu umarmen. »Ich hab dich lieb, Kleine.«

Sie erwiderte nichts darauf, aber sie umarmte ihn auch, und das reichte für den Moment. Er schloss das Tor, als sie die Scheune verließen, und folgte Jillian und Zoey zum Hühnergehege.

Was sie sagten, konnte er nicht hören, aber als Zoey Jillians Hand nahm, blieb sein Herz fast stehen. Wie in Trance holte er sein Handy heraus und machte ein Foto von ihnen. Das Bedürfnis, Erinnerungen festzuhalten, war ihm neu, aber als Jillian ihm erzählt hatte, dass Zoeys Mutter alle Fotos ihrer Tochter zurückgelassen hatte, hatte er den Entschluss gefasst, das mit einer Fülle von neuen Erinnerungen wiedergutzumachen.

Während er ihnen durch den Wald folgte und von ihrem Geflüster und Gekicher geleitet wurde, ging ihm durch den Kopf, was Jillian zuvor gesagt hatte. Sie hatte recht, dass er dazu bestimmt war, ein Vater zu sein. Er bekam den Dreh raus, und auch wenn es das Schwierigste war, was er je zu bewältigen hatte, und er sich noch nie in seinem Leben so schlecht vorbereitet gefühlt hatte, so lernte er doch aus den Kämpfen und genoss die kleinen Siege. Doch sie irrte sich vollkommen, wenn sie sagte, sie wäre fürs Mutterdasein nicht geschaffen. Sie gehörte vielleicht nicht zu den Frauen, die Kuchen backten oder sich übermäßig um andere kümmerten, aber Jillian Bradens Zuneigung war so entschlossen und stark wie die einer Löwin, und sie drückte sich aus in liebevoller Strenge, sanften Anstupsern und einer sexy frechen Haltung.

Wenn sie das doch nur erkennen würde.

Siebzehn

Ich mache das Richtige.

Das versuchte Jillian sich am Freitagabend einzureden, als sie eigentlich packen sollte und nachdem sie Johnny gesagt hatte, dass sie es für besser hielt, wenn sie sich in dieser Nacht nicht hinausschlichen. Es war eine der herzzerreißendsten Entscheidungen, die sie je getroffen hatte. Sie war schon den ganzen Tag ein emotionales Wrack gewesen und hatte Zoey und Johnny schon vermisst, obwohl sie jeden Moment mit ihnen verbracht hatte. Die meiste Zeit über war es ihr gelungen, ihre Gefühle für sich zu behalten, denn er sollte nicht sehen, dass sie zusammenbrach. Wenn sie ihm heute Abend nah sein würde, wenn er sie in den Armen halten und so lieben würde, wie nur er es vermochte, dann würde sie – da war sie sich absolut sicher – die Beherrschung verlieren.

Dies war nicht der Zeitpunkt, um schwach zu sein. Johnny musste sich auf Zoey konzentrieren und konnte es nicht gebrauchen, sich um Jillian Sorgen zu machen. Als sie am Nachmittag mit Zoey im Gasthof gewesen war, um die geliehenen Bücher zurückzugeben, war Zoey beim bloßen Anblick von Charlotte in Tränen ausgebrochen. Es hatte Jillian das Herz gebrochen. Das Mädchen, das vierzehn Jahre lang mit ihrer Großmutter in einer kleinen Blase gelebt hatte, hatte in weniger als zwei Wochen so tiefe Bindungen entwickelt, während ihr Leben ein einziger Trümmerhaufen war. Wenn das kein Zeugnis von Zoeys Fähigkeit zu lieben war, dann wusste Jillian es auch nicht.

Sie wollte da sein und miterleben, zu welch anderen unglaublichen Dingen Zoey fähig sein würde. Sie würde zu gern ihr Gesicht sehen, wenn sie das erste Mal ihr Zimmer betrat, und beobachten, wie ihre Beziehung zu Johnny aufblühte. Sie wollte beiden auf diesem Weg helfen. Doch jetzt war nicht der Zeitpunkt, um sich nach dem Unmöglichen zu sehnen.

Jillian war entschlossen, dies alles ohne einen emotionalen Zusammenbruch durchzustehen. Sie atmete tief durch, straffte die Schultern, zog in Gedanken ihre Girl-Boss-Rüstung an und schickte eine Nachricht in ihre Familiengruppe, um alle wissen zu lassen, dass sie morgen wieder zu Hause wäre. Dann konzentrierte sie sich auf die grauenhafte Aufgabe des Packens.

Sie legte eine Hose und eine Bluse heraus, die sie auf dem Flug anziehen wollte, und trug dann ihre restliche schickere Kleidung zum Bett, um sie in ihrer Kleidertasche zu verstauen. Mit den Fingern glitt sie über die umwerfenden Designs, in deren Entwürfe sie ihr Herzblut gesteckt hatte und die sie sorgfältig für ihre zwei Wochen mit Johnny in New York ausgesucht hatte. Sie war davon ausgegangen, die Tage damit zu verbringen, seinen Stil kennenzulernen, Ideen zu verfolgen, sein Feedback zu bekommen, in schicken Restaurants zu essen und vielleicht mit einem ihrer Cousins oder mit Kunden ins Theater oder auf ein Konzert zu gehen. Nie hätte sie sich vorgestellt, in dieser Zeit auszureiten, Spiele auf dem Rasen zu spielen, glitschige Hackbällchen zuzubereiten und dem Charme eines mürrischen Teenagers zu verfallen, dessen Lächeln sie innerlich strahlen ließ, und ebenso dem großspurigen Rockstar-Dad, dessen bloße Anwesenheit sie verrückt machte. Und schon gar nicht hatte sie damit gerechnet, sich nachts aus dem Haus zu schleichen, um Sex an abwegigen Orten zu haben, wie zwei notleidende Liebende, die ihren linken Arm für eine weitere gemeinsame Stunde opfern würden.

Als sie die Schränke leerte, kam ihr mit jedem Teil eine Erinnerung entgegen. Der Pyjama, den sie in ihrer ersten gemeinsamen Nacht getragen hatte, und das herrliche Gefühl, als diese ersten Küsse Regionen in ihr geweckt hatten, die sie gar nicht gekannt hatte. Das T-Shirt, das sie in der Nacht getragen hatte, in der sie einander im Schuppen verschlungen hatten, und der Spitzenslip, den er ihr nach einem ihrer Grillabende mit Beau und Charlotte mit den Zähnen ausgezogen hatte.

Das war *nicht* hilfreich.

Ihr Handy klingelte und Trixies Name poppte auf dem Bildschirm auf. Jillian war dankbar für die Ablenkung. »Hi, Trix.«

»Hallo. Ich hab deine Nachricht gesehen. Du kommst morgen nach Hause.«

»Ja, wir reisen am Vormittag ab«, sagte sie so munter wie möglich, um dem Schmerz in ihrer Brust keinen Raum zu geben. Sie hatte noch nie an den Spruch *Durch Schein zum Sein* geglaubt, doch nun wurde er plötzlich zu ihrem neuen Mantra.

»Und …?«

Jillian ignorierte den wissenden Unterton in Trixies Stimme. »Und es wird wunderbar, zurück in mein Atelier zu kommen, mich mit den Mädels in der Boutique auf den neuesten Stand zu bringen und zu meinen normalen Kundenterminen zurückzukehren. Ich kann es nicht abwarten, wieder loszulegen.« Das war die Wahrheit und auch wieder nicht, denn wenn zwei weitere Wochen mit Johnny und Zoey in Colorado möglich wären, würde sie Himmel und Hölle in Bewegung setzen, um hierzubleiben.

»Das ist *wunderbar* …«, sagte Trixie mit hörbarer Neugier. »Und was ist mit dir und Johnny?«

Jillian hatte Trixie neulich Abend von sich und Johnny erzählt, auch wenn sie keine Details preisgegeben hatte. »Was soll mit uns sein? Wir wussten beide, dass es eine zeitlich begrenzte Sache war, und es ist ja auch nicht so, als ob ich einen viel beschäftigten Rockstar mit einem Kind bräuchte, um mein Leben noch komplizierter zu machen. Ich werde kaum Zeit haben, mal Luft zu holen, wenn ich nach Hause komme. Hier habe ich nicht viel geschafft.« Und das bedeutete, dass sie in der nächsten Zeit sehr viel arbeiten musste, was perfekt war. Je weniger Freizeit, umso besser. Zeit, um ihren Gedanken freien Lauf zu lassen, konnte sie nicht gebrauchen. »Ich habe angefangen, an Ideen für eine Kollektion für junge Teenager zu arbeiten, von der ich begeistert bin und die ich wirklich irgendwie noch in meinen Plan hineinorganisieren will.«

»Und wie? Indem du überhaupt nicht mehr schläfst?«

»Du kennst mich doch. Ich schaffe das irgendwie.«

»Genau das macht mir Sorgen«, sagte Trixie leise. »Jilly, ich hatte den Eindruck, dass du Johnny wirklich magst und dass du eine Bindung zu Zoey aufbaust.«

»Was ist an dem nicht zu mögen? Ich bin mir ziemlich sicher, dass der Mann einer Toten glorreiche Orgasmen bescheren könnte, und ja, unsere Chemie ist jenseits von Gut und Böse, er bringt mich zum Lachen, und er ist der einzige Mensch, der je versucht hat, mir das Kochen beizubringen, aber er nervt mich auch. Immer will er mir ein Frühstück aufzwingen und er macht bissige Bemerkungen.« Das war nicht ganz gelogen. Er hatte Spaß daran, sie zu übertrumpfen, und mit einem einzigen Blick konnte er sie in einen völligen Erregungszustand versetzen. Das war auf schönste Weise nervig, aber das musste Trixie ja nicht wissen.

»Ja, da hast du natürlich recht. Und es ist ja nicht so, als wäre so eine Art von Chemie selten oder so. Ich bin sicher, du kannst hier in Pleasant Hill Dutzende Kerle finden, mit denen du so dermaßen auf einer Wellenlänge bist. Du wirst sie wie Fliegen abwimmeln müssen.«

»Ganz genau.« Trixies Sarkasmus entging Jillian nicht, aber auch den wollte sie ignorieren. »Und Zoey ist toll, aber sie ist ein Teenager, und du weißt ja, wie launisch die sind. Nach allem, was sie durchgemacht hat, wird es ewig Dramen geben.« Sie hatte ein schlechtes Gewissen, weil sie so redete. Doch sie war im Selbsterhaltungsmodus und konnte es sich nicht leisten, den zu verlassen. »Aber genug über die beiden. Ambers Hochzeit ist nächsten Monat und ich habe noch kein Geschenk für sie. Willst du am Sonntag mit mir shoppen gehen?«

»Klar, aber, Jilly, *ich* bin's! Du brauchst deine Gefühle nicht vor mir zu verstecken. Ich bin wie du in einem Haus voller Brüder aufgewachsen. Ich weiß, wie es ist, tough zu sein und alles für sich zu behalten, damit ja keiner merkt, wie weh es tut. Doch das Problem dabei ist, dass es so nur noch mehr wehtut.«

Jillian ging zum Fenster, und ihr Blick fiel auf den bunten Schuppen und direkt dahinter auf die Stelle, wo Johnny mit Zoey aus dem Wald gekommen war, als sie in jener Nacht davongelaufen war. Zu viele Gefühle brachen über Jillian herein, und als sie die Angst und die Erleichterung dieser Nacht noch einmal durchlebte, schloss sie die Augen, um die Tränen zurückzuhalten.

»Komm schon, Jilly«, drängte Trixie. »Du weißt, dass ich

deine Geheimnisse für mich behalte.«

Sie vertraute Trixie bedingungslos, aber sie vertraute nicht darauf, dass sie über ihre Gefühle sprechen konnte, ohne zusammenzubrechen, und sie war sich nicht sicher, ob sie sich wieder aufrappeln konnte, wenn erst einmal alles aus ihr herausplatzte. »Ich bin dir wirklich sehr dankbar dafür, aber ich kann nicht, Trix. Ich kann es einfach nicht.«

Nachdem sie gepackt hatte, machte Jillian sich daran, das Haus von oben bis unten zu putzen, um sich von den Dingen abzulenken, an die zu denken sie nicht ertragen konnte, und um zu vermeiden, mit Johnny allein zu sein.

Leider hatte er darauf bestanden zu helfen, was darauf hinauslief, dass er beim Staubsaugen verstohlen mit der Hand über ihren Hintern glitt und sie zum Knutschen in den begehbaren Kleiderschrank im Schlafzimmer zerrte. Schließlich hatte sie ihn gebeten, sich ein anderes Zimmer vorzunehmen, woraufhin er geantwortet hatte: *Ich würde mir dich gern in jedem einzelnen Zimmer dieses Hauses vornehmen.* Das war zu verlockend gewesen, also war sie hinuntergegangen, um im Erdgeschoss sauber zu machen, und hatte ihm verboten, ihr zu folgen. Dann hatte sie Zoey nach oben geschickt, um ihm zu helfen, damit sie allein sein und sich die Finger wund putzen konnte. Sie hatte jede Oberfläche geschrubbt, bis alles glänzte. Das allein war schon eine Meisterleistung, da sie nicht einmal in ihrem eigenen Haus putzte. Sie überließ das immer ihrer wunderbaren Haushälterin, die sie üppig bezahlte und die nun eine Gehaltserhöhung bekommen und wie eine Königin bezahlt werden würde.

Sie hatte geduscht, gearbeitet, gelesen und sogar einen Spaziergang im Garten gemacht, doch Stunden später, als die Uhr fast Mitternacht anzeigte, lag sie im Bett und war ein einziges Nervenbündel. Ihr Handy brummte, und sie ermahnte sich, nicht darauf zu schauen, doch so stark war sie nicht.

Sie las Johnnys Nachricht. *Es ist 0:01 Uhr, und du bist nicht hier.* Ihr Herz klopfte schneller, als sie tippte. *Ich darf nach Mitternacht nicht mehr raus.* Seine Antwort kam sofort. *Ich helf dir, aus dem Fenster zu klettern, wenn es sein muss. Unterhalb des Badezimmerfensters soll ein tolles Spalier sein.* Trotz ihres Kummers musste sie lächeln, und dann kam auch schon die nächste Nachricht. *Ich vermisse dich, und ich weiß, dass du mich auch vermisst.*

Mehr, als er erfahren würde, und sie hoffte, dass es dabei blieb.

Sie schrieb: *Du machst es nur noch schwerer.* Er schickte ein Teufel-Emoji, ein Herzaugen-Emoji und ein Zwinker-Emoji. *Ein Emoji hätte gereicht*, tippte sie. *Angeber.* Ihr Daumen schwebte über dem Pfeil, doch sie spürte einen schmerzhaft sehnsuchtsvollen Stich. Immer legte er sich ins Zeug für sie, wie in der Nacht in der Scheune und mit all den süßen Nachrichten, die er geschrieben hatte, den Blumen, die er ihr hingelegt hatte, und den unzähligen anderen Dingen, die er für sie und Zoey getan hatte.

Der Kloß in ihrer Kehle wurde unerträglich, sodass sie die Nachricht löschte, das Handy weglegte und sich innerlich so zerrissen fühlte, dass sie nur noch weinen wollte.

Doch das kam gar nicht infrage.

Sie warf die Bettdecke beiseite und ging ins Badezimmer, um noch einmal zu duschen und so ihre innere Anspannung loszuwerden, damit sie nicht in Tränen ausbrach. Sie schaltete das Licht an und stolperte fast über ihre eigenen Füße, als sie Wildblumen auf dem Waschtisch entdeckte. Wann und wie hatte er sie dort hingelegt? Unter den Stielen lag eine Nachricht. *Ich werde warten*, stand in Johnnys unsauberer Handschrift darauf, unterschrieben mit einem Herzen statt seines Namens. Sie schloss die Augen, um die Tränen zurückzuhalten. Wieder hörte sie ihr Handy im Schlafzimmer, und das Geräusch allein vermochte, die Schleusen zu öffnen.

Was war das denn? Dreißig Jahre hatte sie nie wegen eines Kerls geweint und jetzt plötzlich konnte sie mit den Niagarafällen mithalten? Sie stellte die Dusche an, zog sich aus und hoffte, den Strom der Tränen unter dem warmen Wasser abstellen zu können. Doch was sie eigentlich entspannen sollte, hatte die entgegengesetzte Wirkung und ließ nur noch mehr Tränen fließen. Sie war emotional so erschöpft, dass sie nicht mehr dagegen ankämpfte.

Sie hatte sich selbst immer als eine starke Frau gesehen, doch zum ersten Mal in ihrem Leben wünschte sie, sie wäre stärker. Die Arme um sich geschlungen, schloss sie die Augen und ließ die Tränen von dem Wasser fortspülen. Zitternd stand sie unter dem warmen Wasser, während ihre gemeinsame Zeit wie ein Film vor ihrem geistigen Auge ablief, was nicht dazu beitrug, den Strom der Tränen aufzuhalten.

Die Tür der Dusche wurde geöffnet, und durch ihren Tränenschleier sah sie Johnny hereintreten, der seine starken Arme beschützend um sie legte und sie an seinen nackten Körper zog. Er legte die Wange auf ihren Kopf, und sie spürte, dass sein Herz so heftig schlug wie ihres. Warm und vertraut fühlte er sich an – wie all das, von dem sie sich wünschte, dass sie es nicht brauchte.

»Du solltest nicht hier sein«, sagte sie mit zittriger Stimme. »Das ist zu riskant mit Zoey nebenan.«

Seine Augen waren voller Emotionen, als er ihr Gesicht umfasste. »Lass mich nur noch das hier haben.«

Er küsste sie so zärtlich, dass sie sich unweigerlich an ihn schmiegte, von Erleichterung, Dankbarkeit und so überwältigenden Gefühlen erfasst, dass sie Angst hatte, diese zu analysieren. Seine Hände glitten über ihre Schultern, an ihren Armen hinab und wieder aufwärts, und sorgten sowohl für Schauer des Begehrens wie auch für eine Fülle von diesen warmen, wohligen Gefühlen, die ihr einst so fremd gewesen waren. Ihr ganzer Körper vibrierte in freudiger Erwartung, als seine vertrauten und erregenden Hände an ihrem Rücken hinunterglitten. Sie schlang die Arme um seine Taille und legte die Hände auf seinen herrlich festen Hintern, während er ihren umfasste, ihre Körper eng aneinanderdrückte und den Kuss vertiefte. Seine harte Länge drückte verlockend an ihren Bauch und ihr Herz bettelte nach mehr. Sie löste sich aus dem Kuss und beugte sich hinunter, um seinen kräftigen Schaft in den Mund zu nehmen.

»Aah, Baby!« Seine Stimme war erfüllt von so viel mehr als nur Lust. Sie wurde schneller, wollte mehr. Er schob die Hände in ihre Haare, stieß immer wieder die Hüfte vor, während sie um seine Länge aufstöhnte und mit einem tiefen Knurren belohnt wurde. Sie streichelte ihn fester, schneller, leckte und saugte, und spürte, wie er – fast unmöglich – noch mehr anschwoll.

Er stöhnte – »Fuck!« – und zog sie sanft nach oben, um seinen Mund auf ihren zu drücken. Mit atemberaubender Genauigkeit strebten seine Hände zu ihrer Perle. Mit dem Rücken an der Wand klammerte sie sich an ihn, und all ihre

Gedanken stoben davon, als er sie in die Höhen trieb und ihr Körper zitternd, pulsierend nach mehr bettelte. Mit einer Mischung aus Stöhnen und Wimmern ließ sie den Kopf in den Nacken fallen, während er auf die Knie ging, ihre Beine auseinanderschob und ihre Mitte mit dem Mund bedeckte. Mit Zähnen und Zunge labte er sich an ihr, nicht ohne seine Finger zum Einsatz zu bringen. Sie schloss den Mund, um ihre sehnsuchtsvollen Laute nicht entweichen zu lassen, und presste die Hände an die Wand, krallte sie in seine Haare und seine Schultern. Er schob die Finger in sie, krümmte sie immer wieder, nahm behutsam ihre Perle zwischen die Zähne und ließ den Höhepunkt in ihr explodieren. Sie schloss die Augen, während die Wellen der Lust sie trugen. Und dann küsste er sie wieder, kraftvoll und gierig. Sie rissen ihre Münder voneinander los und forderten gleichzeitig: »Ich brauche dich.« Er drehte sie herum, drang mit einem harten Stoß in sie ein und ließ nicht nach. Seine Stöße waren so kraftvoll wie vorher seine Küsse, er befreite sie und ergriff gleichzeitig Besitz von ihr, und führte sie sofort wieder an den Rand des Wahnsinns. Er vergrub die Hände in ihren Haaren, zog ihren Kopf zur Seite und schmiegte sich an ihren Rücken, während seine Hüften immer wieder vordrängten und er seine Hand um ihre Taille und zwischen ihre Beine schob. »Du gehörst mir, Jilly. *Mir.*« Er liebkoste mit dem Mund ihren Hals, spielte gnadenlos mit ihrer Perle und jagte Blitze der Lust durch ihren Körper, bis sie vollkommen von Funken sprühenden elektrischen Schlägen erfasst wurde.

Als sie von ihrem Höhepunkt herabschwebte, raunte er ihr ins Ohr: »Ich brauche noch *mehr* von dir.« Er zog sich aus ihr zurück, drehte sie herum und hob sie hoch. Sie sank auf seine Härte, nahm ihn vollständig in sich auf, und beide schrien auf, bevor er ihren Mund wieder eroberte. Ihr Rücken prallte gegen die kalten, nassen Kacheln, was ihm den perfekten Halt gab, um sie wieder in andere Sphären zu katapultieren. Von so viel Lust erfasst, konnte sie kaum atmen, als sich ihre inneren Muskeln wie ein Schraubstock um ihn legten.

»Fuck, Baby, ich muss –« Er zog sich heraus, und ihre Füße hatten kaum den Boden berührt, als er seine Härte umfasste und warme Spritzer auf ihren Bauch trafen, während er ihren Mund mit einem weiteren leidenschaftlichen Kuss eroberte. Er gab einen kehligen, zufriedenen Laut von sich und legte die Arme um sie, sodass sein Körper eng an ihrem lag und sein Saft sie verband. Sein warmer Atem strömte über ihre Schulter, die er zärtlich küsste. »Ich möchte immer in dir sein.«

Seine Worte ließen sie ebenso erschaudern wie seine Berührung. »Das könnte etwas peinlich sein, wenn du auf der Bühne stehst.«

Er knabberte an ihrem Hals. »Pech.« Sein sexy Lächeln traf mitten in ihr Herz. »Wie gesagt, du gehörst mir. *Mir.*«

Diese zwei Wochen waren wie ein grausamer Witz. Richtiger Mensch, falscher Zeitpunkt. Sie küsste ihn auf die Brust und zwang sich – um ihrer beider willen –, die Wahrheit auszusprechen. »Du weißt, dass das nicht möglich ist.«

Er nahm ihr Kinn zwischen Zeigefinger und Daumen, hob ihr Gesicht sachte an und schaute ihr tief in die Augen. »Heute Nacht ist es möglich.«

Viel später lagen sie beide in Jillians Bett, ihr Kopf auf Johnnys Arm und die Beine ineinander verschlungen. Er wusste, dass er in sein Zimmer zurückkehren sollte, doch er wollte nicht fort.

Sie hatten einander zwei Mal ebenso leidenschaftlich geliebt wie in der Dusche, wenn auch geschützt, und doch war es noch nicht genug. Er sehnte sich nicht nach mehr wildem Sex. Er wollte einfach nur noch mehr von *ihr*. Sie war so verletzlich gewesen, als er zu ihr in die Dusche gekommen war, ihre Gefühle so unverfälscht, dass er sich wünschte, sie hätte ihm erzählt, was sie empfand, anstatt nur zu versuchen, ihn von sich zu weisen. Aber warum sollte sie, wenn morgen ohnehin alles anders wäre? Sie war mitunter zu stark, als es gut für sie war. Sie so traurig zu sehen, erinnerte ihn daran, wie klein das Stück Leben war, das sie miteinander geteilt hatten. Er wollte so viel mehr. Er wollte sie so in den Armen halten wie in diesem Moment, als gehörte sie ihm. Er wollte, dass sie ihm all die Seiten von sich offenbarte, die sie gewohnt war zu verbergen. Er wusste, dass er für Zoey das Richtige tat, aber, verdammt, er wollte alles haben.

Mit den Fingern fuhr er durch ihre Haare, während er an all die Veränderungen dachte, die er durchgemacht hatte, seit sie nach Colorado gekommen waren. Geschäftlich herrschte bei ihm immer noch ein großes Chaos, und doch war er so glücklich und erfüllt wie seit Langem nicht. Er freute sich darauf, Zeit mit Zoey zu verbringen und herauszufinden, was jeder Tag bringen würde, egal welche emotionale Achterbahn ihre Situation in sich bergen würde. Zweifellos war er dank Jillians Einfluss ein geduldigerer Vater und er schrieb sogar neue Musik. *Gute* Musik, nachdem er sich lange Sorgen gemacht hatte, dass ihm das vielleicht nie wieder gelingen würde.

Er schaute die Frau an, die in so kurzer Zeit eine so große Wirkung auf sein und auf Zoeys Leben gehabt hatte, und er fragte sich, wie es wohl wäre, wenn die Umstände andere gewesen wären.

Jillian legte ihren Zeigefinger zwischen seine Augenbrauen. »Was ist das denn? Wenn du nicht aufpasst, brauchst du noch vor mir Botox.«

Sie wusste immer, wie sie ihn zum Lächeln brachte. »Mir spukt einfach nur viel im Kopf herum. Der Tag morgen wird grauenhaft.« Er kuschelte sich an ihren Hals. »Ich möchte heute Nacht hierbleiben und dich in den Armen halten.«

»Zoey hat genug Traumata, die sie verarbeiten muss. Sie muss uns nicht noch zusammen in der Kiste finden.«

»Ich habe nicht gesagt, dass ich bleibe, sondern nur, dass ich es möchte.« Er küsste sie sanft. »Aber ich werde dieses Bett erst verlassen, wenn ich jeden Zentimeter deines Körpers gewürdigt und dich so geliebt habe, wie du es verdienst.«

Er drehte sie auf den Rücken und sie sah ihn eindringlich an. »Das sind ziemlich große Worte, mit denen du um dich wirfst.«

»Ich will das, was wir gleich tun werden, nur von dem fantastischen Sex unterscheiden, den wir bisher hatten.«

Sie lächelte ihn verschmitzt an. »Willst du damit sagen, dass du noch andere verborgene sexuelle Talente hast? Denn du hast bereits jeden Mann übertroffen, der vor dir gekommen ist.« Sie zog die Nase kraus. »Das Wortspiel war nicht beabsichtigt.«

»Und jetzt werde ich dir alle anderen Männer auf Erden vermiesen.« Ein Schauer von Küssen regnete auf ihren Hals und ihre Brüste hinab.

»Und wie genau planst du, das zu tun?«

Er ließ die Zunge um ihren Nippel kreisen, während er mit zwei Fingern in ihre feuchte Hitze eindrang. Ihre Blicke trafen mit dem Ausdruck unfassbaren Hungers und bedürftiger Sehnsucht aufeinander.

»Mit allem, was ich habe.«

Achtzehn

Jillian hatte gedacht, sich von Johnny und Zoey zu verabschieden, würde das Härteste werden, das sie heute überstehen müsste. Aber zu beobachten, wie Zoey krampfhaft versuchte, sich nichts anmerken zu lassen, als sie Beau und Charlotte auf Wiedersehen sagte, haute sie schon fast um. Ihre Anstrengung war vollends gescheitert, als Zoey sich von Bandit verabschiedet hatte. Sie war auf die Knie gegangen, hatte die Arme um seinen Hals geschlungen und Rotz und Wasser geheult, woraufhin auch Jillian und Charlotte in Tränen ausbrachen. Jillian hatte in den letzten beiden Tagen wahrscheinlich mehr geweint als in den letzten Jahren, aber sie war entschlossen, mit diesem Blödsinn nun endlich aufzuhören.

Und so war sie diejenige, die auf dem Heimflug krampfhaft versuchte, sich nichts anmerken zu lassen.

Von dem Bedürfnis, im Flugzeug möglichst weit weg von den anderen zu sitzen, war nichts übriggeblieben. Heute hatten sie alle drei den Wunsch, einander nah zu sein. Jillian saß den beiden gegenüber. Zunächst hatten sie versucht, über Belanglosigkeiten zu reden, aber das Gespräch verebbte mit dem Bemühen, manche Dinge nicht zu sagen. Seit Stunden waren sie nun schon in der Luft, und das Schweigen war sogar noch ohrenbetäubender als auf dem Hinflug nach Colorado, als sie sich kaum gekannt hatten.

Zoey hörte Musik mit Johnnys Handy und blickte geistesabwesend aus dem Fenster. Der Behälter mit den Fischen stand auf dem Boden zwischen ihren Füßen. Sie trug den Hoodie, den Johnny ihr gegeben hatte, und hatte sich die Kapuze über den Kopf gezogen. Wenn Jillian gekonnt hätte, hätte sie sich auch unter einer Kapuze versteckt. Aber ihr Vater holte sie vom Flughafen ab, und wenn er sie so angezogen sah, wüsste er sofort, dass etwas nicht stimmte. Johnnys Blick lag mal auf ihnen, mal ließ er den Kopf an die Rückenlehne fallen und schloss die Augen. Er war sicher vollkommen erschöpft. Sie waren bis zum Morgengrauen immer mal wieder eingedöst, bis er schließlich – widerwillig – zurück in sein Zimmer gegangen war.

Als die Landebahn von Washington in Sichtweite kam, zog sich in Jillian alles zusammen. Sie würde dort aussteigen, und Johnny und Zoey mussten ohne sie weiter nach New York fliegen.

Sie schaute zu Johnny mit seinem dichter gewordenen Bart, den verwuschelten Haaren und sonnengebräunten Wangen, und sie musste gar nicht erst versuchen, sich dieses Gesicht einzuprägen, das ihr einst so arrogant erschienen war. Es war in ihr Herz eingebrannt.

Er zwinkerte ihr zu und zwang sich zu einem kleinen Lächeln, doch seine Finger, die er verkrampft in sein Bein krallte, verrieten ihr, dass auch er zu kämpfen hatte. *Wir machen das Richtige.* Das war ihr neues Mantra. Das musste es sein, wenn sie ihr Versprechen einhalten und Zoey wiedersehen wollte, um an ihrem Outfit zu arbeiten, ohne vollkommen zusammenzubrechen.

Ein ganzer Bienenschwarm schwirrte in ihrem Bauch, als das Flugzeug landete, und die Minuten fühlten sich an wie Stunden, bis die Maschine endlich hielt. Johnny und Zoey sahen sie beide an, als wollten sie sich auch nicht bewegen, aber es war sinnlos, so zu tun, als würde das hier irgendeine andere Wendung nehmen. Jillian nahm all ihre positive Energie zusammen und sagte: »Dann ist es jetzt wohl so weit.«

Alle drei standen gleichzeitig auf. Jillian hätte am liebsten die Arme um Johnny geschlungen, ihn ein letztes Mal geküsst und seine warmen Lippen auf ihren gespürt. Doch sie stand stocksteif da und versuchte, sich professionell zu geben, denn das war wesentlich einfacher, als wenn sie jetzt die Beherrschung verlieren würde. »Ich bin wirklich froh, dass ich euch begleitet habe. Ich halte dich auf dem Laufenden, wie ich mit den Entwürfen für die Tour-Kostüme vorankomme, und du kannst mir sagen, bis wann du sie brauchst, sobald du mehr weißt.«

Er nahm ihre Hand, so wie er es auf dem Hinflug und hunderte Male seitdem getan hatte, und zog sie in seine Arme. »Mach ich«, sagte er beherrscht.

Sie schloss die Augen, nahm seine Berührung in sich auf, den vertrauten Duft und das schnelle Schlagen seines Herzens an ihrem.

»Das hier ist nicht das Ende«, flüsterte er und küsste sie auf die Wange, um dann ihre Hand noch ein letztes Mal fest zu drücken, bevor er sie losließ. »Danke, dass du mit uns gekommen bist und mir gezeigt hast, wer ich sein könnte und wie das Leben sein könnte, wenn ich nicht so arrogant und egoistisch wäre.«

Sie war ihm dankbar für den Humor und lachte leise — immer noch fest entschlossen, die Tränen zurückzuhalten. »Zoey wird dafür sorgen müssen, dass du dich benimmst.« Sie wandte sich dem Mädchen zu, das in ihr die Frage aufkommen ließ, wie viel sie wirklich über sich selbst wusste, und das sie am liebsten in die Arme genommen und dem sie gern gesagt hätte, wie sehr sie es liebte. Aber sie wollte es nicht noch schwerer machen. »Meinst du, du schaffst das, Zo?«

Zoeys Blick huschte zu Johnny und ihre Unterlippe zitterte. »Ich pass auf, dass er sich benimmt.« Sie schlang die Arme um Jillian. »Du wirst mir fehlen.«

Die Worte, die sie zurückhalten wollte, sprudelten aus ihr heraus. »Ich hab dich lieb und du wirst mir auch fehlen. Du bist ein wunderbarer Mensch, und ich weiß, dass du ein tolles Leben mit Johnny und deiner neuen Familie haben wirst.«

Zoey drückte sie noch fester an sich als ihr Vater zuvor, und ihre Tränen liefen feucht über Jillians Wange. »Sehen wir uns denn nicht wieder? Um die Kollektion zu machen?«

»Doch, das hoffe ich, aber fühl dich nicht dazu verpflichtet. Du wirst sicher jede Menge neue Freunde kennenlernen und mit denen Spaß haben wollen. Und du wirst Zeit mit deinen Großeltern und Tanten und Onkeln verbringen. Das wünsche ich mir für dich, Zoey. Ich möchte, dass du glücklich bist.«

»Aber ich will *dich* auch sehen«, sagte Zoey mit Panik in der Stimme.

Jillian löste sich ein wenig aus der Umarmung, und der Anblick der weinenden Zoey ließ fast ihre eigenen Tränen fallen, doch sie kämpfte mit aller Macht dagegen an. »Ich werde immer für dich da sein, aber das Wichtigste ist, dass du weiterhin die Dinge machst, die du liebst. Dass du mit deinem Vater Gitarre spielst, dass du reitest und dass du offen für Neues bleibst, denn ich weiß, dass du großartige Sachen machen wirst. Versprich mir das.«

Zoey nickte unter Tränen. »Versprochen.«

Jillian wandte sich zu Johnny um, und der Schmerz in ihrer Brust wurde noch einmal heftiger, als sie ein letztes »Tschüss« von sich gab, aus dem Flugzeug stieg und zwei große Teile ihres Selbst hinter sich ließ.

Die Tränen standen ihr in den Augen, aber sie weigerte sich, sie fließen zu lassen. Sie würde dies durchstehen, wie sie alle schwierigen Situationen in ihrem Leben durchgestanden hatte. Sie drückte den Rücken durch, straffte die Schultern, hielt den Kopf trotz des Schmerzes in der Brust hoch und erinnerte sich daran, dass sie Jillian Braden war, die Frau, die im Alleingang ein Modeimperium aufgebaut hatte – und die nicht die geringste Ahnung hatte, was sie mit den Gefühlen anstellen sollte, die sie mitrissen.

Ihr Vater lud bereits ihr Gepäck in den Kofferraum, als sie aus dem Flugzeug stieg. Er lächelte und winkte. Es spielte keine Rolle, was sie durchmachte. Der Anblick seines herzlichen Lächelns tröstete sie immer. *Das* wünschte sie sich für Zoey. Dieses Gefühl der Sicherheit, der Gewissheit, dass Johnny jeden Schmerz von ihr lindern würde, und Jillian wusste, dass Johnny nur vollkommen für seine Tochter da sein konnte, wenn er nicht gleichzeitig versuchte, auch für sie da zu sein.

»Da ist ja meine Kleine.« Ihr Vater umarmte sie fest. »Wie war der Flug?«

»Großartig. Danke, dass du mich abholst.« *Nicht weinen. Nicht weinen. Nicht weinen.*

Er hielt ihr die Tür auf, und nachdem sie eingestiegen war, setzte er sich mit zusammengezogenen Augenbrauen hinters Lenkrad. »Alles in Ordnung? Du klingst ein wenig deprimiert.«

»Ja … Hab mich nur ein bisschen zu sehr mit …« Sie hielt kurz inne, bevor sie fast *den beiden* gesagt hätte. »… Zoey angefreundet. Ich hatte nicht erwartet, dass es so schwer werden würde, mich von ihr zu verabschieden.«

Als er vom Rollfeld fuhr, sagte er: »Beau hat erwähnt, wie gut ihr euch verstanden habt. Ich hab mich schon gefragt, wie du mit dem Abschied zurechtkommst.«

»Anscheinend nicht so gut, und das verstehe ich nicht. Ich kenne die beiden keine zwei Wochen, und ich bin ja sonst auch niemand, der sich so schnell jemandem verbunden fühlt. Warum also ihr? Sie ist ein Teenager und ich hab's nicht so mit Kindern. In der einen Minute tut sie so, als könnte nichts und niemand ihr etwas anhaben, und mein Hirn schaltet auf liebevolle Strenge, und im nächsten Atemzug kommt all ihre Verletzlichkeit zum Vorschein, sie weint, und ich will nichts anderes mehr, als es leichter für sie zu machen.«

»Hört sich an, als wäre sie wirklich etwas Besonderes.«

»Das ist sie«, bestätigte sie mit sanfter Stimme. Sie fuhren vom Flugplatz. »Und du hättest Johnny sehen sollen. Er war vollkommen in Panik, als ich in seine Wohnung kam, und das war, kurz nachdem er von Zoey erfahren hatte, aber dann hat er sich *so* ins Zeug gelegt, um eine Beziehung mit ihr aufzubauen. Der arme Kerl hat *mich* um Rat gefragt. Kannst du dir das vorstellen? Was weiß denn ich über die Erziehung von Kindern? Ich hab ja selbst kaum das typische Leben als Kind erlebt, als ich im Teenageralter war. Ich war so darauf versessen, die nächste große Designerin zu werden, dass ich Kinder in meinem Alter kaum beachtet habe. Wahrscheinlich war ich ihm keine große Hilfe, aber er hat den Dreh rausbekommen. Er ist zu ihr durchgedrungen, und jeder kann sehen, wie sehr er sie liebt. Sie foppen sich gern gegenseitig, aber er weiß, wann er durchgreifen muss und wie er es mit Gefühl macht.«

»Hört sich so an, als wäre auch Johnny *Arschgesicht* etwas ganz Besonderes, und ehrlich gesagt scheint er dir sehr ähnlich zu sein.«

»Wir haben tatsächlich viel mehr Gemeinsamkeiten, als ich mir hätte vorstellen können. Ich hab ihn wirklich falsch eingeschätzt. Bevor er von Zoey erfuhr, hatte er eine Menge anderer Familienangelegenheiten am Hals, und dann war plötzlich sein ganzes Leben auf den Kopf gestellt, aber, Dad, er ist zu einem Vater geworden, auf den sie stolz sein und auf den sie zählen kann – so wie du einer bist.«

»Kinder und die Menschen, die wir lieben, schaffen es immer, uns zu erden. Ich wette, er wird dir auch fehlen.«

Sie nickte und der Kloß in ihrem Hals wurde wieder größer. »Aber sollte ich nicht in der Lage sein, dem Ganzen einfach den Rücken zu kehren, ohne das Gefühl zu haben, dass mir das Herz aus der Brust gerissen wird?«

»Das ist das Komische an der Liebe, mein Schatz. Im Laufe seines Lebens trifft man Tausende Leute, und vielleicht baut man zu einigen von ihnen eine Bindung auf. Aber wenn die *richtigen* Menschen in unser Leben treten, die dazu bestimmt sind, für immer zu bleiben, dann ist das eine Art von Verbindung, die größer ist als wir. Wir können ihr nicht entkommen, und meistens verstehen wir sie nicht, aber genau das macht sie so besonders. Diese Art von Liebe hält ewig.«

»Aber ich gehe solche Bindungen nicht ein. Ich habe zu viel zu tun, und ich weiß nicht einmal, wie man anderen das warme Gefühl vermittelt, dass sie willkommen sind, so wie andere Frauen es können. Ich denke dann eher: *Du hast es gerade nicht leicht? Okay, dann lass uns eine Lösung finden und nach vorn schauen.* Warm und wohlig sind Fremdwörter für mich.«

»Siehst du dich wirklich so?«

»Ja, und du weißt, dass es stimmt.«

Er schüttelte den Kopf. »Nein, weiß ich nicht. Du kannst

tough sein, und du sagst, was du denkst, und darauf kannst du stolz sein, aber du machst es, weil dir die Menschen wichtig sind. Und du kämpfst für ihr Glück, auch wenn das bedeutet, dass du es ihnen sagen musst, wenn sie Mist bauen.«

»Das macht das Zusammensein mit mir schwer.«

»Vielleicht für manche, aber das bedeutet nur, dass sie nicht deine Menschen sind. Du nimmst die Liebe nicht leicht, und du vergeudest deine Zeit nicht mit Leuten, die es nicht wert sind. Davon könnte Zoey lernen. Aber denen, die es wert sind, meine Kleine, gibst du *alles*, was du hast. Du verhätschelst und umsorgst andere vielleicht nicht, aber das musst du auch nicht. Deine Liebe zeigt sich in dem, was du sagst, und in dem, was du gibst.«

»Meinst du das wirklich?«

»Absolut. Seit dem Tag, an dem du das Laufen gelernt hast, bist du nicht mehr aufzuhalten. Als uns klar wurde, dass die Mode nicht nur eine Phase für dich ist, haben deine Mutter und ich gesagt: *Pass auf, Welt! Dieses Mädchen wird unglaubliche Dinge schaffen und nichts wird ihr im Wege stehen.* Du hast gezeigt, dass wir recht hatten. Du hast nie einen langsameren Gang eingelegt, seit du deine erste Fashionshow in unserem Garten veranstaltet hast. Aber wie ich gehört habe, hast du die letzten zwei Wochen damit verbracht, Spiele zu spielen und das Leben zu leben, anstatt von zehn Uhr morgens bis zwei Uhr nachts über deinen Entwürfen zu sitzen. Stimmt das?«

»Ja. Ich hab versucht, Zoey und Johnny dabei zu helfen, eine Beziehung aufzubauen.«

»Die Tatsache, dass du einen Gang heruntergeschaltet und das Leben genossen hast – wahrscheinlich das erste Mal, seit du vier Jahre alt warst –, verrät mir, wie besonders die beiden sind. Und es hört sich so an, als hättest du einen großen Anteil daran gehabt, dass Johnny zu dem Vater geworden ist, den Zoey braucht. Morgyn würde dir sagen, dass es einen Grund dafür gegeben hat, dass das Universum dich an diesem Morgen in das Penthouse geführt hat, und ich neige zu der Annahme, dass an dem Tag auch eine gewisse Magie ihre Finger im Spiel hatte.«

Jillian schaute aus dem Fenster und dachte darüber nach. Sie kämpfte tatsächlich für Zoeys Glück und auch für das von Johnny als Vater. Sie wusste, dass sie das Richtige tat. Als hätte er einen sechsten Sinn, ging in genau diesem Moment eine Nachricht von Johnny auf ihrem Handy ein. Mit angehaltenem Atem las sie, was er geschrieben hatte: *Wir vermissen dich jetzt schon.* Ein Foto von ihm und Zoey erschien. Zoeys Augen waren feucht, und Johnnys waren so voller Emotionen, dass Jillians Tränen sich endlich ihren Weg bahnten.

Als Jillian das Flugzeug verließ, hatte Johnny das Gefühl, das Herz würde ihm aus der Brust gerissen. Aber es war nicht der Moment, darüber nachzudenken, wenn seine Tochter in Tränen aufgelöst neben ihm stand. Er zog sie in die Arme und versprach ihr, dass alles gut werden würde. Zoey behauptete, dass alles in Ordnung war – mit einem Tonfall, der alles andere als in Ordnung war, und mit allzu vielen Tränen. Als er Jillian schließlich eine Nachricht schickte, fühlte Zoey sich offenbar ein wenig besser, aber dennoch war sie den Rest der Reise über schweigsam geblieben.

Was ihm auch gelegen kam, denn er hatte auch damit zu kämpfen, wie sehr er Jillian vermisste.

Während sie durch Manhattan gefahren wurden, betrachtete Johnny die Wolkenkratzer, die über den verstopften Straßen in den Himmel ragten, und die Menschen, die die überfüllten Gehwege entlanghasteten und dabei auf ihre Handys starrten. Der Verkehrslärm war selbst auf dem Rücksitz des Autos ohrenbetäubend. Er musste gar nicht erst die Fensterscheibe herunterlassen, um zu wissen, dass er die kühle, klare Luft und die Ruhe der Natur vermisste ... ach, verdammt, dass er am meisten seine freche, feuerspuckende Schönheit vermisste.

Draußen vor dem Gebäude, in dem sich seine Wohnung befand, entdeckte er Paparazzi. Diesen Teil des Ruhms verabscheute er zutiefst, und er hasste es nun umso mehr, da er Zoey beschützen musste. »Zoey, um unser Gebäude herum sind Paparazzi. Es kann sein, dass die irgendetwas rufen oder dem Auto hinterherlaufen. Aber du brauchst keine Angst zu haben. Sie kommen weder an dich ran noch sehen sie dich, in Ordnung?«

Sie nickte und schaute nervös aus dem Fenster, als sie um die Ecke bogen und langsam auf die Einfahrt zum Autoaufzug zufuhren. Die Paparazzi entdeckten sie, rannten zum Auto, die Kameras vor dem Gesicht, und riefen etwas. »Bist du sicher, dass sie uns nicht sehen können?« Die Sorge in Zoeys Stimme war greifbar.

»Ja.« Die Tür zum Aufzug ging auf und der Fahrer fuhr hinein, woraufhin die Rufe der Paparazzi leiser wurden. Die Fahrstuhltür schloss sich hinter ihnen.

»Haben die nichts Besseres zu tun, als zwei Wochen lang hier zu warten?«, schnauzte Zoey. »Warum bist du nicht einfach ausgestiegen und hast denen gesagt, dass sie abhauen sollen?«

»Weil sie für die Fotos, die sie machen, bezahlt werden, und das würde ihnen nur die Gelegenheit geben, Fotos von mir zu verkaufen, auf denen man sieht, wie ich die Beherrschung verliere. Das wiederum führt nur zu Schlagzeilen, die uns ärgern sollen. Zum Beispiel: *Johnny Bad greift Fotografen an, während Tochter im Auto sitzt. Ist er überhaupt fähig, ein Vater zu sein?*«

»Die sind fies«, sagte sie wütend. Und fügte dann leiser hinzu: »Du bist ein guter Vater.«

Er hatte keine Ahnung, dass ihm diese fünf Worte aus ihrem Mund so viel bedeuten konnten. »Danke, Sunshine. Und du bist eine gute Tochter. Die beste.«

Als der Fahrstuhl sich in Gang setzte, klammerte Zoey sich an den Sitz und schaute sich panisch um. »Was passiert hier gerade?«

»Das ist ein Autoaufzug. Damit fahren wir direkt in die Garage vom Penthouse, damit wir den Paparazzi aus dem Weg gehen.«

»Wow! Du musst ja echt reich sein.«

Er lächelte. »Ein bisschen was haben wir auf der hohen Kante.«

Sie senkte den Blick und fummelte am Loch in ihrer Jeans herum. »Danke.«

»Wofür?«

»Dass du für meine Sicherheit sorgst und Jillian gebeten hast, mit uns nach Colorado zu kommen.«

Er legte seine Hand auf ihre und drückte sie. Er wünschte, er hätte Jillian gebeten, mit ihnen nach New York zu kommen, und gleichzeitig wusste er, dass sie beide zu viel um die Ohren hatten, als dass es funktionieren konnte. »Es gibt nichts, was ich nicht für dich tun würde. Aber Jillian hätte aus der Nummer herauskommen können. Ich bin mir ziemlich sicher, dass sie uns begleitet hat, weil sie für *dich* da sein wollte.«

»Ich werde sie vermissen.« Ihre Stimme schien fast zu versagen, was ihm nur noch mehr zusetzte.

»Ich auch, Sunshine. Wir werden sie wiedersehen, keine Sorge.«

Als sie in der Garage ankamen, nahm Johnny ihr Gepäck und bedankte sich beim Fahrer, während Zoey die Fische und den Plüschbären trug, den er für sie gewonnen hatte. Sie gingen ins Penthouse.

»Willkommen zu Hause, Sunshine. Komm, ich zeig dir alles.« Er stellte seine Taschen ab und trug Zoeys den Flur entlang. Zoey schaute zögerlich zur Wohnküche und dem riesigen Esszimmer. Er hatte das Penthouse vor über zehn Jahren gekauft, als ihm sein Finanzberater empfohlen hatte, sein Geld in Immobilien zu investieren. Es war zu seinem Zufluchtsort fernab vom Rest der Welt geworden, aber Zoey schien sich beim Anblick des protzigen handgeschnitzten Tisches so unwohl zu fühlen, dass ihm bewusst wurde, wie einschüchternd es auf sie wirken musste. Jetzt kam es ihm auch seltsam vor.

»Müssen wir hier drinnen essen?«, fragte sie.

»Natürlich, und der Butler wird dich jeden Abend zum Tisch geleiten«, sagte er so ernst wie möglich, um die Stimmung etwas aufzulockern.

Sie sah ihn ausdruckslos an.

»Denk doch mal nach, Sunshine. Du hast zwei Wochen lang abends mit mir zusammen gegessen. Bin ich dir in der Zeit als jemand aufgefallen, der gern in einem förmlichen Esszimmer isst?«

Sie zuckte mit den Schultern.

»Die Antwort lautet Nein. Ich habe nur ein paar Mal an diesem Tisch gegessen, wenn meine Familie in der Stadt war und wenn meine Bandkollegen mit ihren Familien zum Essen hier waren. Normalerweise esse ich am Küchentisch oder auf dem Sofa, wenn ich mir ein Spiel anschaue. Das hier ist dein Zuhause, und ich hoffe, dass du dich hier wohlfühlst. Komm, wir sehen uns mal dein Zimmer an.«

»*Mein* Zimmer?«

»Ja, aber es gibt kein Zimmermädchen, du musst es also selbst sauberhalten.«

»Das ist in Ordnung. Bei meiner Grandma hab ich das ganze Haus geputzt.«

»Wirklich?«

Sie nickte. »So hab ich mir mein Taschengeld verdient.«

Dare hatte ihm gesagt, dass es gut wäre, einige Gewohnheiten beizubehalten, die Zoey mit ihrer Großmutter gehabt hatte, aber Johnny war nicht einmal in den Sinn gekommen, ihr ein Taschengeld zu bezahlen. Er war davon ausgegangen, ihr einfach Geld zu geben, wenn sie es brauchte. Aber auch er hatte Taschengeld bekommen, bevor er entdeckt worden war, und es hatte ihm dabei geholfen, den Umgang mit Geld zu lernen. *Hätte ich doch nur weiterhin den Umgang mit meinem Geld im Auge behalten. Vielleicht wäre Dick dann nicht mit so viel durchgekommen.* Er schüttelte diesen aberwitzigen Gedanken ab. Es bestand ein großer Unterschied zwischen dem Umgang mit ein paar Dollars und der Kontrolle über Millionen. Musik war sein Ding. Finanzen und alles Geschäftliche waren Kanes.

»Erzähl mir von deinem Taschengeld.«

Zoey schaute sich um. »Soll ich etwa die ganze Wohnung hier putzen? Denn die vierzehn Dollar, die meine Grandma mir gegeben hat, reichen dafür nicht.«

Er schmunzelte. »Das mit dem Zimmermädchen war ein Witz. Eine wunderbare Frau namens Terri kommt alle zwei Wochen, um uns im Haushalt zu unterstützen. Ich erwarte nur von dir, dass du deine Sachen aufräumst, nicht meine. Aber mir gefällt die Idee mit dem Taschengeld. Lass uns mal überlegen, wie das gehen könnte.«

»Ich kann mein Zimmer in Ordnung halten, meine Wäsche waschen und beim Abwasch nach dem Abendessen helfen.«

»Hört sich gut an.«

Sie gingen ins schicke Wohnzimmer beim Haupteingang und Zoey trat an die bodentiefen Fenster. »Wow! Du wohnst ja am Wasser.«

Erinnerungen an den Moment, in dem Jillian in diesem sexy Etuikleid aus dem Aufzug gestiegen war, kamen in ihm auf. Meine Güte, wie sich alles verändert hatte. Er räusperte sich, um einen klaren Kopf zu bekommen, und sah auch aus dem Fenster. »*Wir* wohnen am Wasser. Das ist der Hudson River. Magst du das Wasser?«

Sie nickte. »Ich mag Strände. Meine Grandma und ich waren jeden Sommer eine Woche lang in Cape May bei John, einem Freund von ihr. Aber er war wirklich alt und ist vor zwei Jahren gestorben. Das war das letzte Mal, dass wir dort waren.«

»Ich bin am Strand von Cape Cod aufgewachsen, das ist in Massachusetts. Ich … *wir* haben ein Haus dort, also werden wir sicher auch mal dorthin fahren.«

»Ist das so groß wie die Wohnung hier?«, fragte sie mit einem Hauch von Widerwillen.

»Nein, das ist ein kleines Cottage mit drei Zimmern.«

»Klingt cool.« Mit einem unsicheren Gesichtsausdruck betrachtete sie die schwarz-weißen Sofas und die Couchtische aus Stahl und Glas. »Darf ich mich hier hinsetzen?«

Er stellte ihre Koffer ab. »Sunshine, das hier ist dein Zuhause. Du darfst jedes Zimmer benutzen, dich hinsetzen, hinlegen, wo immer du willst, aber mir wäre es lieb, wenn du nicht ohne mich in mein Tonstudio gehen würdest, weil da teure Aufnahmegeräte drin sind.«

»Du hast *hier* ein Tonstudio?«

»Ja. Wenn du jemals mitten in der Nacht aufwachst und ich nicht in meinem Zimmer bin, dann findest du mich wahrscheinlich im Studio.« Er zeigte zum anderen Ende des Raumes zu einem Glasboden. »Das Glas öffnet sich per Knopfdruck, und darunter ist eine Treppe, die zum Tonstudio und zu einem Gästezimmer führt. Ich zeig's dir, nachdem wir deine Sachen in dein Zimmer gebracht haben.«

Mit großen Augen schaute sie ihn an. »Der Boden lässt sich öffnen? Das ist ja cool!«

»Ja, genauso wie du.« Er nahm ihre Koffer – den alten und den neuen, den er ihr für ihre neue Kleidung gekauft hatte. »Komm, ich bring dich zu deinem Zimmer.«

»Augenblick.« Sie ging zum Kamin und stellte das Fischglas auf den Sims. »Ist das in Ordnung?«

»Klar. Willst du sie nicht in deinem Zimmer haben?«

Sie schüttelte den Kopf. »Ich dachte mir, du willst sie vielleicht auch sehen. Du weißt schon, als Erinnerung an diese Nacht mit Jillian.«

Das war eine Nacht, die er nie vergessen würde. »Danke.«

Er führte sie den Flur hinunter zu ihrem Zimmer. »Ich hoffe, es gefällt dir. Jillian hat mir beim Aussuchen geholfen, denn … tja, ich war nun mal nie ein junges Mädchen. Wir können alles ändern, wenn es dir nicht gefällt.« Er schaltete das Licht an und trat beiseite, damit sie zuerst hineingehen konnte.

Sie sagte kein Wort, als sie das Zimmer betrat. Ihr Blick glitt über die felsgrauen Kommoden und den weißen Tisch und Stuhl, über die Leseecke mit einem runden pinkfarbenen Sessel und einem fast quadratischen petrolfarbenen Sessel und zur Wand dahinter, an der ihr Name in riesigen matt silbernen

Buchstaben hing. Sie schaute auf den bunten Teppich unter ihren Füßen und dann zu dem Bücherregal, das Jillian mit Büchern und anderen Dingen hatte bestücken lassen, die sie in der Hoffnung bestellt hatte, dass sie Zoey gefielen.

»Jilly hat Bücher ausgesucht, einen E-Reader, Hefte, Tagebücher, die du vollschreiben kannst, und Skizzenblöcke für deine Entwürfe.«

Zoey presste die Lippen aufeinander, und es war nicht zu erkennen, ob sie lächeln oder weinen wollte. Sie setzte ihren Plüschbären in den pinken Sessel und berührte die pink- und petrolfarbenen Vorhänge, während sie zum Fenster hinaus auf das Wasser sah. Als sie zum Bett ging, schaute sie nicht zu Johnny, sondern ließ die Finger über die dicke weiße Steppdecke mit den bunten Schmetterlingen, Blumen und Totenschädeln darauf gleiten. Ihr Blick erfasste das petrolfarbene Kopfteil und die knalligen Kissen mit den pink- und petrolfarbenen Akzenten, die Jillian unbedingt für Zoey hatte kaufen wollen. *Das eigene Zimmer ist der Rückzugsort für ein Mädchen. Sie wird dort in ihre Kissen weinen, wenn ein Junge ihr das Herz bricht, und sie wird sich lachend mit ihren Freundinnen in eben diese Kissen werfen.* Er hatte erwidert, dass er jeden Jungen umbringen würde, der Zoey das Herz brach, und sie hatte gelacht und ihn ermahnt, dass er diesen Drang lieber unterdrücken sollte. Wenn sie doch nur jetzt bei ihnen gewesen wäre. Sie hätte gewusst, was sie sagen musste, um es für sie alle leichter zu machen.

Zoey sah zu den drei Lichterketten auf, die an der Wand über ihrem Kopfteil angebracht waren, und kletterte auf das Bett, um sich die Fotos anzuschauen, die an der Lichterkette hingen. Ein Schauer lief ihm über den Rücken, als sie die Fotos von sich und ihrer Großmutter berührte. Tränen liefen ihr über die Wangen, als sie dann die anderen Fotos von sich und Jillian auf den Pferden, beim Spielen im Garten, von sich und ihm mit der Gitarre und lachend beim Kochen betrachtete. *Danke, Jillian.* Zoey lächelte, als sie die Bilder von ihrem letzten Grillabend mit Beau und Charlotte sah, und sie berührte die Fotos von sich mit Bandit, auf denen sie unter einem Baum saß und las oder neben ihm auf ihrem Bett lag.

Sie drehte sich herum und entdeckte das Schmuckkästchen auf dem Nachttisch. Sie setzte sich und nahm das Holzkästchen auf ihren Schoß. Ihr Kopf sank nach vorne und Tränen fielen, als sie es öffnete und die winzige Ballerina sich zu der Musik drehte.

Er setzte sich neben sie und legte den Arm um sie.

»Du hast es gefunden«, flüsterte sie.

»Ich möchte, dass du dich immer an die Frau erinnerst, die dich aufgezogen hat und die dich geliebt hat, und auch an all die Menschen und Dinge, die dir wichtig sind. Deshalb habe ich Kane gebeten, alles, was er konnte, aus dem Haus aufzutreiben, in dem du mit deiner Großmutter gelebt hast. Ich konnte auch die Asche deiner Großmutter finden. Wir haben sie, Sunshine.«

Ihr stockte der Atem und sie blickte unter Tränen zu ihm auf. »Wo?«

»In einer Urne in meinem Safe, und wenn du irgendwann so weit bist, kannst du entscheiden, was du damit tun möchtest. Wir können sie beerdigen oder an einem besonderen Ort verstreuen. Was du willst.«

»Ist es seltsam, wenn ich sie behalten will?«, fragte sie mit zittriger Stimme.

»Überhaupt nicht. Es ist vielleicht schön für dich, zu wissen, dass sie in deiner Nähe ist.«

Ein Lächeln begleitete ihre Tränen, und er zog sie an sich und hielt sie, während Schluchzer aus ihr herausbrachen, die sie wahrscheinlich seit Wochen zurückgehalten hatte. Als ihre Tränen schließlich verebbten, wischte sie sie fort und sagte: »Danke. Vielen, vielen Dank.«

»Eines muss ich dir noch zeigen.« Er stand auf und legte die Hand auf den Türgriff des absurd großen Ankleidezimmers, das er in ein riesiges Schrank- und Nähzimmer hatte umbauen lassen. Er öffnete die Tür und der Blick wurde frei auf die hell erleuchtete Nähecke mit den langen weißen Arbeitsflächen an zwei Wänden und ihren Schubladen und Regalen darunter. An einer Werkzeugwand hingen Körbe mit verschiedenen Nähutensilien und Korkbretter, damit Zoey ihre Skizzen über den Arbeitsflächen aufhängen konnte. Ein Zeichentisch mit einem silber- und pinkfarbenen Stuhl und eine Modepuppe befanden sich auch in dem Raum, und gegenüber von der Tür stand die Nähmaschine ihrer Großmutter. »Jillian hat dieses Zimmer für dich entworfen. Du musst es nicht benutzen, aber da du so gern mit Klamotten herumprobierst, dachten wir, dass es dir gefallen könnte.«

Sie stellte das Schmuckkästchen auf den Nachttisch und kam zur Tür.

»Oh mein Gott!« Tränen liefen ihr über die Wange, als sie durch den Raum eilte, die alte Nähmaschine berührte und mit dem Finger ihren Namen nachfuhr, der in den antiken Nähtisch eingraviert war. »Wie hast du die gefunden? Ich dachte, die wäre für immer weg.«

»Die Rileys, deine Nachbarn, denen der Hund Charlie gehörte, haben die Nähmaschine und das Schmuckkästchen bei der Haushaltsauflösung gekauft. Sie haben gesagt, falls du je zurückkommen würdest, hättest du es sicher gern wieder. Wir haben auch versucht, Charlie zu finden, aber er war bereits aus dem Tierheim adoptiert worden.«

»Du hast versucht, Charlie zu bekommen?«, fragte sie ungläubig und wischte sich die Tränen fort.

»Ich habe auch versucht, Bandit zu adoptieren, aber Beau wollte ihn nicht abgeben. Er meinte, es wäre ein guter Grund für uns, sie wieder zu besuchen.«

Zoey lachte und weinte und schlang wieder die Arme um Johnny, um ihn fest zu drücken. »Vielen Dank! Ich kann es kaum glauben, dass du und Jillian das *alles* für mich getan habt.«

»Wir haben dich lieb, Sunshine. Das heißt dann wohl, dass es dir gefällt?«

»Ich *liebe* es.« Sie wischte sich mit dem Ärmel über die Augen. »Kann ich mir mal dein Handy ausleihen, damit ich Jillian anrufen kann? Ich möchte mich bei ihr bedanken.«

»Ich denke nicht«, sagte er wie beiläufig und ging ins Zimmer zurück.

»Aber du hast gesagt, ich könnte weiterhin mit ihr telefonieren«, beschwerte sie sich. »Sie muss wissen, wie sehr mir das alles gefällt.«

Er öffnete den Nachttisch und holte das Handy heraus, das er ihr gekauft hatte. »Du kannst auch mit ihr telefonieren. Aber mit deinem *eigenen* Handy.«

Nach noch mehr Umarmungen und Dankesworten rief sie Jillian an.

»Zoey! Wie geht es dir? Bist du zu Hause?«

Der Klang von Jillians freudiger Stimme brachte den tief sitzenden Schmerz wieder hervor, den er versucht hatte zu ignorieren.

»Ja, und ich habe gerade mein Zimmer gesehen! Und das

Nähzimmer! Danke! Können wir die Kamera einschalten?«

Er wollte sich in das Gespräch drängen, um Jillians schönes Gesicht zu sehen und ihr zu sagen, wie sehr er sie vermisste, aber er wusste, er würde seine Gefühle nicht verbergen können. Daher verließ er das Zimmer, um den beiden etwas Privatsphäre zu geben und sich selbst die Gelegenheit, seine Emotionen in den Griff zu kriegen.

Er konzentrierte sich auf die Bewegungsabläufe beim Kochen und war froh, dass Zoey ihre Hilfe anbot. Sie würde ihn von seinen Gedanken ablenken, hoffte er, doch sie redete immerzu davon, wie sehr sie Jillian vermisste.

»Ich weiß, dass du sie auch vermisst«, sagte Zoey, als sie den Tisch deckte.

Er hielt es für das Beste, nicht zu antworten, und holte zwei Gläser aus dem Schrank.

»Sie hat gefragt, wie es dir geht.«

»Ach ja? Das ist nett.« Er stellte die Gläser auf den Tisch.

»Willst du gar nicht wissen, wie es ihr geht?«, fragte Zoey verärgert.

Er sah das Mädchen an, das sich vielleicht nie wieder der Liebe gegenüber öffnen würde, und ihm wurde klar, dass er ihr vorlebte, wie man sich seinen eigenen Gefühlen gegenüber verschloss. »Doch, Zoey. Ich will wissen, wie es ihr geht, aber ich habe mich etwas zu sehr daran gewöhnt, sie um mich zu haben. Ich werde einfach etwas Zeit brauchen, mich daran zu gewöhnen, sie nicht mehr um mich zu haben.«

»Also, sie hat gesagt, es geht ihr gut, aber ich weiß, dass sie uns vermisst. Das hab ich ihr angesehen.«

»Ich glaube, wir werden uns alle eine Zeit lang vermissen.«

Sie hatten ein schönes Essen, und Zoey war erleichtert, dass er sie erst nächsten Montag das erste Mal zu ihrer neuen Schule bringen würde, damit die Aufregung um ihre Rückkehr in die Stadt und seine anstehenden Interviews sich legen konnte. Nachdem sie aufgegessen hatten, sagte er: »Am Wochenende werden wir meine Familie im Haus meiner Eltern in Boston treffen.«

»Okay«, sagte sie etwas nervös. »Wird Kane da sein?«

»Ja, und Harlow und Aria auch, und alle freuen sich darauf, dich kennenzulernen. Ich möchte nicht, dass du dir Gedanken darüber machst, ob sie dich mögen oder nicht, denn ich weiß, dass sie dich mögen werden. Aber eines muss ich dir vorher noch erzählen.« Er rückte seinen Stuhl zurecht, damit er ihre Hand nehmen konnte. »Ich will dir keine Angst machen, aber ich möchte ehrlich zu dir sein, auch wenn es schwer ist.«

»Jetzt machst du mir aber Angst.«

»Es tut mir leid, aber du musst es wissen. Meine Mutter hat Krebs, aber sie hält sich wunderbar, und die Ärzte glauben, dass alles gut wird. Sie macht eine Chemo, und dadurch wird der Tumor kleiner, damit er im Januar bei einer Operation ganz entfernt werden kann. Doch sie hat viele Haare verloren und wird vielleicht schnell müde, wenn wir dort sind.«

Traurigkeit erfasste ihr Gesicht. »Im letzten Jahr hatte die Mom von einem Mädchen auf meiner Schule Krebs, ihr sind die Haare ausgefallen und sie musste operiert werden, aber danach ging es ihr wieder gut.«

»Das ist schön, und wir gehen davon aus, dass es bei meiner Mom auch so sein wird.«

»Hat *sie* Angst?«

»Sie ist eine wirklich starke Frau, und ich denke, sie ist zuversichtlich, dass sie gesund wird, aber ich bin mir sicher, dass sie manchmal Angst hat.«

»Was ist mit dir? Hast du Angst?«

»Das Wort Krebs macht einem Angst, doch ich halte mich an der Hoffnung fest, dass die Ärzte recht haben und sie gesund wird.«

Er erzählte ihr auch von der ersten Krebserkrankung seiner Mutter, beantwortete all ihre Fragen und nahm ihr hoffentlich die Sorgen. »Es ist viel, was du jetzt zu verarbeiten hast, insbesondere nachdem du deine Großmutter verloren hast.«

»Ich wünschte, meine Grandma wäre an Krebs gestorben und nicht an einem Aneurysma. Dann hätte ich zumindest gewusst, dass ihr etwas zustoßen könnte.«

»Das hätte es vielleicht leichter gemacht. Aber vielleicht auch schwerer. Jemanden, den man liebt, leiden zu sehen, ist nicht einfach.«

Sie unterhielten sich noch eine Weile, und nachdem sie nach dem Abendessen aufgeräumt hatten, zeigte er ihr sein Studio. Sie war fasziniert, stellte tausend Fragen und wollte mehr denn je Gitarre lernen. Er gab ihr eine seiner Gitarren zum Üben. Sie bekam wirklich schnell den Bogen raus, und Johnny war begeistert, dass sie sich so für Musik interessierte.

Nachdem sie zu Bett gegangen war, brachte Johnny seine Familie auf den neuesten Stand und sprach auch noch mit seinem Assistenten Jerry und seinen Bandkollegen. Es gab viele Entscheidungen, die sie im Hinblick auf Geschäftliches und die Tour treffen mussten, und sie machten Termine mit Kane und Victory aus, die in seiner Wohnung stattfinden sollten, damit er Zoey nicht allein lassen musste.

Um Mitternacht ging er unruhig im Wohnzimmer auf und ab, weil sich seine Gedanken im Kreis drehten und die Sehnsucht nach Jillian ihn plagte. Immer wieder war er versucht gewesen, ihr zu schreiben, wie sehr er sie vermisste und dass er unbedingt alles dafür tun wollte, damit es zwischen ihnen funktionierte, auch wenn es bedeutete, sechs Monate oder ein Jahr lang warten zu müssen. Aber sie hatte nicht auf die Nachricht geantwortet, die er geschickt hatte, nachdem sie aus dem Flugzeug gestiegen war, und keine Antwort war ja auch eine Antwort, oder?

Er ging zum Kaminsims und betrachtete die beiden Fische. An Jillians Gesichtsausdruck, als sie sie gewonnen hatte, erinnerte er sich noch genau. »Was meint ihr? Ich sollte sie gehen lassen, aber das kann ich nicht.« Er wollte Jillian bitten, so lange auf ihn zu warten, bis Zoey und er sich in ihrem neuen Leben eingerichtet hatten, aber das wäre nicht fair. Er wollte nicht der Mann sein, der sie enttäuschte oder vergaß, zu schreiben oder anzurufen. Aber das Bedürfnis, Kontakt zu ihr zu haben, sie wissen zu lassen, was er fühlte, saß unfassbar tief. Er zog sein Handy heraus und setzte sich auf das Sofa. Er tippte – *Es ist 00:01 Uhr. Ich wünschte, du wärst hier* – und starrte dann aufs Display. Sein Daumen schwebte über dem Pfeil, als ihre Stimme leise in seinem Kopf widerhallte. *Pass auf, dass du nicht vollends meinem Charme erliegst, Johnny. Du bist auf der Familienschiene, und so sehr ich Zoey auch mag, die Richtung kann ich nur schwer einschlagen.*

»Zu spät, verdammt noch mal.«

Er löschte die Nachricht, aber er konnte nicht das Bedürfnis abschütteln, sie zu kontaktieren. *Danke, dass du mit Zoeys Zimmer geholfen hast. Ist es gut, wieder zu Hause zu sein?* Er stand auf und tigerte hin und her, während er auf eine Antwort wartete, die ein paar Minuten später kam. *Ich bin froh, dass es ihr gefällt. Die Sachen von ihrer Grandma haben ihr so viel bedeutet. Gut gemacht, Daddy Bad. Es ist schön, zu Hause zu sein, aber ich vermisse es, einen eigenen Koch zu haben.* Er las die Nachricht mehrere Male und grübelte darüber nach, dass sie *einen eigenen Koch* geschrieben hatte und nicht *meinen eigenen Koch*. Die drei Punkte tanzten wieder, als würde sie etwas schreiben, und sein verdammter Puls raste, während er wartete, doch dann erstarrten die Punkte und verschwanden ganz. Er fühlte sich, als hätte man ihm einen Schlag in die Magengrube verpasst.

Doch er *kannte* sie. Sie hatte ihre Beziehung jetzt ebenso wenig abgehakt wie gestern Abend, als er sie weinend unter der Dusche gefunden hatte. Die Frage war, ob diese Gefühle so lange anhielten, wie er und Zoey brauchten, um gemeinsam Fuß zu fassen.

Als würde sie auf seiner Schulter sitzen, hörte er wieder ihre Stimme leise durch seinen Kopf huschen. *Unsere Beziehung steht unter einem schlechten Stern, und solche Beziehungen bekommen kein Happy End.*

Wer auch immer sich diesen Quatsch ausgedacht hatte, dem sollte man dem Kopf abreißen. *Es ist 00:01 Uhr, und ich wünschte, du wärst hier*, hallte wie eine Textzeile in ihm wider, und schon reihte er mehr Worte aneinander, Gefühle, die er zurückgehalten hatte, während er mit dem Fuß zu einer unbekannten Melodie wippte.

Verdammt! Das ist ein Song!

Ein echt guter Song!

Er marschierte quer durchs Zimmer, drückte auf die Taste und eilte hinunter in sein Studio.

Neunzehn

»Du siehst scheiße aus«, sagte Kane, als er früh am Montagmorgen eintraf.

»Freu mich auch, dich zu sehen, Bruderherz«, sagte Johnny sarkastisch, als Kane ihn in eine Umarmung zog und ihm auf den Rücken klopfte.

»Ich wollte fragen, wie es mit Zoey läuft, aber wenn dein Aussehen etwas zu sagen hat, dann nehme ich an, es läuft nicht so gut. Du siehst aus, als hättest du die ganze Nacht einen draufgemacht.«

»Du kennst mich besser. Ich habe die beiden letzten Nächte an einem Song gearbeitet.«

»Echt? Einem heißen Hintern hinterherzuschmachten, bringt dich also dazu?«

Leise und mit wütendem Blick sagte Johnny: »Sprich noch einmal so von Jillian und wir bekommen Ärger miteinander. Und pass auf, wie du redest. Zoey muss so was nicht hören.«

Kane grinste. »Das heißt dann wohl, dass du endlich mal auf deine Kosten gekommen bist.«

»Willst du dir unbedingt ein blaues Auge einhandeln, du Arsch? Denn ich würde dir nur zu gern dein hübsches Gesicht verunstalten.«

»Ich versuche nur, herauszufinden, wie ernst die Lage ist, mehr nicht. Ich bin froh, dass Jillian sich dir endlich geöffnet hat.«

Johnny sprang auf ihn zu und Kane rannte lachend ums Sofa herum. Johnny packte ihn am Hemd, drehte ihn herum und hielt die Faust in die Höhe, doch Kane schlug mit dem Fuß gegen Johnnys Knöchel und beide gingen zu Boden. Mit einem dumpfen Knall und ebensolchem Stöhnen landeten sie auf dem Teppich und rangen ausgelassen miteinander.

Zoey betrat den Raum. »Besorgt euch ein Zimmer, ihr Perverslinge.«

Sie ließen sich auf den Rücken fallen und lachten.

»Dein Vater brauchte mal einen Tritt in den Hintern«, sagte Kane, als sie aufstanden, und Johnny wurde klar, warum sein Bruder ihn zu einem Kampf herausgefordert hatte. Kane wusste immer, wann Johnny Dampf ablassen musste.

Zoey verschränkte die Arme und sah die beiden finster an. »Worüber streitet ihr euch?«

Beide murmelten: »Nichts.«

»Wer hat angefangen?«, wollte sie wissen.

Sie zeigten aufeinander und lachten erneut.

»Pass auf, Kane. Du bist alt. Mein Dad kann dich jederzeit fertigmachen.«

Johnny war überrascht, mit welcher Selbstverständlichkeit sie *mein Dad* gesagt hatte, und so, wie Kane ihn ansah, schien er ebenso zu staunen. »Und wie ich das kann!« Johnny fuhr sich durchs Haar.

»Achtunddreißig ist nicht alt, Kleines«, widersprach Kane.

»Na ja, jung ist es nicht.« Zoey verschränkte die Arme, doch ein Lächeln zeigte sich. »Aber wahrscheinlich sollte ich lieb zu dir sein, da du so viel auf dich genommen hast, um meinen

Kram aufzutreiben. Das war echt nett von dir. Danke, aber trotzdem setze ich mein Geld lieber auf Johnny.«

Kane lachte, leise und verhalten. »Und das solltest du auch. Willkommen in der Familie, Kleines. Du passt wunderbar hinein.«

Als Johnny zu seinem letzten Interview eintraf, hatte er genug von den ewig gleichen Fragen zu Dick und darüber, wie die Situation mit Zoey bekannt geworden war, genug von dem Gefühl, sich verteidigen zu müssen, und genug davon, gegen Menschenmengen ankämpfen zu müssen, um zu seinem wartenden Auto zu gelangen. Aber es gelang ihm, ruhig zu bleiben, denn jede einzelne seiner Bewegungen und seiner Äußerungen hatte Auswirkungen darauf, wie die Welt seine Tochter wahrnahm, und das würde in der Folge die Beziehung von Zoey zu ihren Lehrern und Mitschülern beeinflussen. Ganz zu schweigen von der Art, wie seine Tochter ihn wahrnahm. Zoey hatte gefragt, ob sie die Ausstrahlung der Interviews verfolgen könnte, und er stimmte zu, solange Kane bei ihr war. Er vertraute Kane vollkommen, doch er wünschte sich, Jillian könnte auch bei ihr sein. Kane würde sicherstellen, dass Zoey verstand, was Johnny mit seinen Antworten beabsichtigte, aber Jillian schaffte es immer, Dinge so zu erklären, dass Zoey leichter das große Ganze dahinter verstand, und normalerweise gelang ihr das mit nur wenigen Worten. Er fragte sich, ob sie die Interviews verfolgte und ob sie ihr ebenso fehlten wie sie ihnen.

»Gibt es noch irgendetwas, das Sie Ihren Fans sagen wollen?«, fragte der Moderator und forderte damit wieder Johnnys Aufmerksamkeit ein.

»Ja.« Er schaute direkt in die Kamera und dieses Mal hielt er sich nicht zurück. »Dies ist für meine Tochter und mich eine wichtige Zeit, und ich habe eine Bitte an die Fans und die Presse. Ich bin im Rampenlicht aufgewachsen, aber das war *meine* Entscheidung. Zoey hat sich nicht ein Leben ausgesucht, in dem alles, was sie tut, unter die Lupe genommen oder in Schlagzeilen kommentiert wird. Meine Tochter stammt nicht aus einer heimlichen Liebschaft. Ich habe sie nicht geheim gehalten und sie ist mit Sicherheit kein Fehltritt. Sie ist ein kluges, liebevolles vierzehn Jahre altes Mädchen, das jemanden verloren hat, den sie sehr geliebt hat, und sie muss mit großen Veränderungen in ihrem Leben zurechtkommen. Ich bitte Sie, dass Sie unsere Privatsphäre respektieren und keinerlei Falschinformationen über meine Familie verbreiten, und ich gebe Ihnen mein Wort darauf, dass ich gegen jeden vorgehen werde, der meiner Bitte nicht nachkommt.«

Auf dem Weg nach Hause checkte Johnny seine Nachrichten und hoffte auf eine von Jillian. Er scrollte die Kommentare von seinen Eltern, Schwestern, Bandkollegen, Victory, Shea und gut einem Dutzend anderer Menschen durch, doch die eine Nachricht, auf die er gehofft hatte, fand er nicht.

Er beantwortete die eingegangenen Kommentare gerade, als Jillians Name aufpoppte. Sein Herz raste wie bei einem dämlichen verknallten Teenager, als er die Nachricht las. *Du warst genial! Hast deine Kleine toll beschützt!* Sie hatte ein rosa

Herzemoji hinzugefügt.

Er tippte: *Niemand ärgert meine Mini Bad. Sag, dass du mein Mädchen bist, und ich beschütze dich auch.*

Ihre Antwort kam sofort. *Johnny …*

Er hob eine Augenbraue und schrieb: *Du wolltest sicher schreiben »Oh, Johnny!«, damit ich im Geiste deine raue Stimme höre, die du immer hast, wenn ich tief in dir bin.* Eine Nachricht poppte auf. *Ich bin bei der Arbeit!* Er konnte der Versuchung nicht widerstehen. *Und ich wette, du denkst daran, wie ich dich über den Tisch lege.* Sie antwortete mit einem schockierten Emoji. Er lachte und noch eine Nachricht kam an. *Tja, JETZT denke ich daran, und in zehn Minuten hab ich eine Besprechung mit einem Kunden. Vielen Dank auch.* Er tippte: *Ich sorg nur dafür, dass du deinen Kerl nicht vergisst*, dazu ein Flammen-Emoji. Sie schickte ein Augen-roll-Gesicht und *Ich bin weg. Versuch, dich zu benehmen.* »Das hier hast du herausgefordert, Baby«, sagte er, als er tippte: *Warum soll ich mich benehmen, wenn du mich unanständig magst?*

Als er nach Hause kam, saßen Zoey und Kane am Esstisch und spielten Karten. Sein Bruder hatte eine finstere Miene aufgesetzt, doch Zoey grinste. Sie sprang auf und umarmte ihn. »Danke, für das, was du gesagt hast. Das war ziemlich krass.«

Es hatte etwas Großartiges an sich, von seiner Tochter krass genannt zu werden. »Ich nehme an, du hast das letzte Interview gehört?«

Sie nickte. »Wir haben alle gesehen.«

»Ich werde dich immer unterstützen, Sunshine.«

»Tja, heute unterstütze ich *dich*.« Sie zog einen Stapel Geldscheine aus ihrer Gesäßtasche. »Das Essen geht auf mich!«

Er beäugte das Bargeld und dann Kane. »Woher kommt das?«

»Hab ich beim Poker gewonnen«, sagte sie stolz und ging zu Kane, um ihm gönnerhaft auf die Schulter zu klopfen. »Danke, dass du auf mich aufgepasst hast, du Loser.«

»Gern geschehen, du Betrügerin.«

Sie grinste von einem Ohr zum anderen. »Ich muss Jillian schreiben und ihr erzählen, dass ich Kane ausgenommen hab!«

Als sie zu ihrem Zimmer rannte, rief Johnny ihr hinterher: »Ich bin mir nicht so sicher, ob du stolz darauf sein solltest, um Geld gespielt zu haben.«

»Wenn du meinst …«

Sie schloss die Tür und Johnny drehte sich zu Kane um. »Hast du meiner Tochter Poker beigebracht?«

»Nein, mein Lieber. Sie hat es *mir* gezeigt. Ihre Großmutter hat es ihr beigebracht, als sie zehn war, und anscheinend hat ihre Grandma alle Tricks draufgehabt, denn deine Kleine hat mich richtig an die Wand gespielt.«

Zwanzig

Am späten Donnerstagvormittag saß Jillian über Entwürfen und versuchte, sich zu konzentrieren, als eine Nachricht von Zoey eintraf. *Kannst du reden?*

Wie konnte eine einzige Nachricht Jillians ganze Welt wieder ins Gleichgewicht bringen?

Die komplette Woche war sie neben der Spur gewesen. Sie hatte behauptet, zu müde zu sein, um am Samstagabend mit ihren Eltern zu essen, und ebenso am Sonntag, woraufhin ihre Mutter dann am Montagabend mit dem Essen in der Hand vor ihrer Haustür gestanden hatte. Sie war sich ziemlich sicher, dass ihre Mutter ihr die Ausreden nicht abgenommen hatte, aber es war sinnlos, ihr Herz auszuschütten, denn es würde ja ohnehin nichts bringen. Sie hatte versucht, sich mit Kundenterminen abzulenken und in die Arbeit zu stürzen, doch es war vergeblich. Die einzigen Entwürfe, an denen sie inspiriert arbeiten konnte, waren die aus der Kollektion für junge Teenager, durch die sie sich Zoey und Johnny näher fühlte, und das war nicht gut. Sie musste wirklich damit aufhören, sich in Gedanken an die beiden zu verlieren, und anfangen, sich wieder auf ihre Kunden zu konzentrieren. Insbesondere weil sie abgesehen von den unanständigen Nachrichten, die sie am Montag von Johnny bekommen hatte, überhaupt nichts von ihm gehört hatte. Zoey dagegen hatte täglich Nachrichten geschickt oder im Videocall mit ihr geredet, um ihr zu sagen, dass sie sie vermisste, und um ihr alle Neuigkeiten aus ihrem Leben mitzuteilen.

Jillian schaute auf die Uhr. Es war Viertel vor zwölf und sie traf sich gleich mit Trixie und Jordan zum Mittagessen. Sie hatte sich aus einer Shoppingtour mit Trixie am Sonntag winden können und außerdem ein Treffen mit ihr und Jordan zu Beginn der Woche verschoben, aber gestern hatte Trixie mit Konsequenzen gedroht, wenn sie sich nicht einverstanden erklärt hätte, sie heute zum Mittagessen zu treffen. Und das war auch gut so. Jillian musste einen klaren Kopf bekommen, und sie hoffte, ein Treffen mit ihren Freundinnen würde ihr dabei helfen.

Sie schrieb Zoey: *Klar, bin auf dem Weg zum Mittagessen.*

Sie schnappte sich ihre Handtasche und die Sonnenbrille, als sie Zoeys Anruf annahm und ihr Atelier verließ, um nach unten in ihre Boutique zu gehen. »Hey, Zo. Wie geht's dir?«

»Ganz okay. Johnny bringt mir das Notenlesen bei und ich bin schon ziemlich gut darin.«

»Großartig. Vielleicht kannst du mir irgendwann mal etwas vorspielen.« Sie steckte kurz den Kopf in Lizas Büro und gab ihr lautlos zu verstehen, dass sie zum Mittagessen ging. Dann durchquerte sie die Boutique und winkte auf dem Weg hinaus der liebenswerten Blondine Annabelle zu, die den Laden führte.

»So gut bin ich noch nicht«, sagte Zoey.

»Du bist bestimmt besser, als du denkst.« Sie setzte die Sonnenbrille auf und spazierte den gepflasterten Gehweg entlang zum Café ihrer Kindheitsfreundin Emmaline, in dem sie Trixie und Jordan treffen wollte.

»Johnny sagt, ich bin talentiert, aber das muss er ja sagen. Er ist mein Dad.«

Jillian überkam ein wohliges Gefühl bei der Art, wie sie *Dad* sagte. Sie ermahnte sich, nicht nach ihm zu fragen, aber das wäre, als würde sie versuchen, keine Cola Light zu trinken. »Wie geht's deinem Dad?«

»Ganz okay, denke ich. Er hat viel von zu Hause aus gearbeitet. Im Moment ist er in einer Besprechung mit Kane und Victory. Sie ist echt nett. Sie hat mir erzählt, dass sie deine Cousine ist, und … Mann, ey, sie ist *so* hübsch! Aber es ist komisch, dass sie so groß ist und du so winzig.«

»Zierlich, Zoey, nicht winzig. Klingt besser.«

»Gut. Egal. Und ich hab gestern Abend auch die Typen aus seiner Band kennengelernt, und die sind echt cool und ziemlich witzig.«

»Ich bin froh, dass du sie magst.« Sie spürte einen kleinen Stich der Eifersucht. *Er ist wieder zurück in seinem Alltag, warum fällt es mir nur so schwer?*

»Ich auch. Sie haben mich bei ihrer Arbeit an einem Song im Studio zugucken lassen. Das war cool. Ich glaub, die haben sich den Text gerade erst ausgedacht, als wäre das total leicht, und dann sind sie ins Studio gegangen, haben einfach gespielt und aufgenommen. Aber an manchen Stellen im Lied wussten sie nicht mal, was sie singen sollten oder wie die Melodie sein sollte, und dann haben sie es zusammen überlegt. Einer hat dann vielleicht etwas gesagt, Johnny hat zugestimmt, ›Genau so!‹, und dann aber etwas ganz anderes gesagt, als würden ihm die Zeilen einfach aus dem Nichts zufallen.«

»Ihre Kommentare haben ihn wahrscheinlich inspiriert. Das funktioniert, glaube ich, bei jeder Art von Kunst so. Auch bei dir, wenn du dich entscheidest, was du mit deiner Kleidung machst. Du siehst ein Bild oder denkst darüber nach, wie du aussehen willst, und dann weißt du es einfach, oder?«

»Wahrscheinlich. Aber es war cool, das zu beobachten, und Johnny hat jeden Abend, nachdem ich zu Bett gegangen bin, in seinem Studio gearbeitet. Ich kann es nicht abwarten, die Songs zu hören, wenn sie fertig sind.«

»Geht mir auch so«, sagte sie und wünschte, sie wäre dort, um ihn bei der Arbeit zu sehen und diese Seite seines Lebens mit den beiden zu teilen. »Bist du draußen unterwegs gewesen?«

»Nicht so richtig. Da lungern immer noch Fotografen rum. Nicht so viele, aber ich mag das nicht. Ist irgendwie unheimlich, wenn man weiß, dass die Leute das Haus beobachten.«

»Das tut mir leid für dich, aber wahrscheinlich hört es auf, sobald die nächste große Story kommt. Ich glaube nicht, dass die dich ewig verfolgen werden. Bist du noch nervös wegen des Treffens mit Johnnys Familie am Wochenende oder geht es dir besser damit?« Zu Beginn der Woche hatte Zoey ihr erzählt, dass Johnny ihr von der Krebserkrankung seiner Mutter berichtet hatte und dass sie mit ihm das Lied »I Want to Hold Your Hand« geübt hatte, damit sie es für seine Mutter spielen konnte.

»Deshalb wollte ich mit dir reden. Ich bin nervös, aber Johnny und Kane haben so viel über sie geredet, dass ich mich irgendwie darauf freue, sie kennenzulernen.«

»Das kannst du auch. Das ist gut, Zoey.«

»Wahrscheinlich, aber irgendwie habe ich auch ein schlechtes Gewissen. Es fühlt sich so an, als wäre es falsch, wenn ich mich darauf freue, eine andere Großmutter kennenzulernen. Ich weiß nicht so richtig, was ich glaube … ob meine Großmutter mich sehen kann oder nicht, aber ich will nicht, dass sie glaubt, ich könnte jemals jemanden mehr lieben als sie.«

Zum tausendsten Mal wünschte Jillian sich, sie könnte dort

bei ihr sein. »Zoey, Liebe ist kein Wettstreit. Ich kannte deine Großmutter nicht, aber wenn du einen Menschen liebst, willst du, dass er glücklich ist, und ich glaube, dass deine Großmutter auf dich aufpasst und dass sie stolz darauf ist, wer du bist und wie du alles schaffst. Ich wette, sie *hofft*, dass du den Rest der Familie ebenso sehr liebst, wie du sie geliebt hast.«

»Bist du sicher?«, fragte Zoey mit dünner, hoffnungsvoller Stimme.

»Absolut.«

Zoey seufzte laut auf. »Ich wünschte, du könntest mitkommen, um sie kennenzulernen.«

Ich auch. »Du brauchst mich nicht, Schatz. Es gibt nichts, was du nicht schaffen kannst, und du hast deinen Dad an deiner Seite.«

»Ich bin mir auch nicht sicher, ob ich das nächste Woche mit der Schule schaffe.«

»Natürlich schaffst du das. Ich weiß, dass es Angst macht, neue Leute kennenzulernen, und du machst dir Sorgen, weil du woanders aufgewachsen bist, ohne deinen Vater zu kennen, aber der Einfluss deiner Großmutter ist einer der Gründe dafür, warum du so ein wunderbarer Mensch bist. Sei einfach du selbst, Schatz. Versuch nicht, jemand zu sein, der du glaubst, für die anderen sein zu müssen.«

»Das mache ich nicht. Ich kann unechte Menschen nicht ausstehen.«

»Ich auch nicht. Denk dran: Kopf hoch. Du bist die Tochter von Johnny Bad und du hattest eine wundervolle Großmutter. Die Kids können von Glück sagen, wenn sie deine Freunde werden.«

»Und was ist, wenn sie nach meiner Mutter fragen?«

Jillian überquerte die Straße und blieb auf dem Gehweg vor

dem Café stehen. »Was möchtest du ihnen erzählen?«

»Dass sie eine miserable Mutter war und ich froh bin, wenn ich sie nicht mehr sehen muss.«

»Dann sag es ihnen, meine Süße.«

»Im Ernst?«

»Du weißt schon, wen du gerade fragst, oder?«

Zoey kicherte.

»Um sicherzugehen, solltest du vielleicht auch deinen Dad fragen, was er darüber denkt, aber ich glaube, du machst das schon. Du bist die coolste Teenagerin, die ich kenne, und wenn dir jemand doof kommt, stehe ich auf der Matte und bläue demjenigen mal ein wenig Verstand ein.«

Zoey lachte. »Das würde den Paparazzi gefallen. *Modedesignerin lässt ihre Fäuste an Highschool sprechen.*«

»Du denkst dir schon Schlagzeilen aus! Hörst dich an wie dein Vater«, sagte sie mit einem Lächeln.

»Das machen wir oft. Macht Spaß. Hast du die ganzen blöden Memes gesehen mit den Tussen, die sich als *Tribut* anbieten, um meine Stiefmutter zu werden?«

»Was? Nein!« Sie war absichtlich den sozialen Medien ferngeblieben, seit sie nach Hause zurückgekehrt war. Sie wollte nicht lesen, was über Johnny und Zoey geredet wurde. »Du meinst, wie das Mädchen in ›Die Tribute von Panem‹?«

»Ja, das ist so blöd.«

»Das tut mir leid. Es ist bestimmt unangenehm für dich.« Jillian verspürte wieder diesen Stich der Eifersucht und fragte sich, ob Ramona sich bei Johnny gemeldet hatte.

»Es ist mir eigentlich egal. Johnny wird ja keine Fremde heiraten oder so. Ich sollte jetzt mal lieber Schluss machen. Ich arbeite an einer Idee für Shorts, die du vielleicht für die Kollektion ›Rocker Girlz‹ verwenden könntest.«

»Wirklich?« Das gefiel Jillian.

»Ja. Wenn es gut wird, zeige ich es dir. Danke, dass du mir zugehört hast. Es geht mir schon besser.«

»Jederzeit. Hab dich lieb.« Das kam ihr so leicht über die Lippen wie bei ihrer Familie.

»Ich dich auch.«

Jillian beendete das Gespräch und scrollte sich mit einer Suche nach Johnnys Namen durch die sozialen Medien. Seiten voller Posts und Tweets von alleinstehenden Frauen tauchten auf, die sich ihm anboten. Eifersucht brodelte in ihr.

»Wen willst du denn um die Ecke bringen?«

Jillian schaute auf, als Trixie und Jordan auf sie zukamen. »Alle alleinstehenden Frauen auf dem Planeten!« Sie steckte das Handy weg. *Sich freiwillig als Tribut anbieten?* Was für ein Mist ist das denn?« Sie schaute Trixie, deren lange dunkle Haare in Stufen über ihre Schultern fielen, wütend an. »Und warum hast du mir nichts gesagt?«

»Weil du immer gleich aufgelegt hast, wenn ich dich auf Johnny angesprochen habe«, fuhr Trixie sie an. Das Logo von Rising Hope, ihrem Unternehmen für Therapien mithilfe von Minipferden, lugte auf dem T-Shirt unter einem offenen Flanellhemd hervor, zu dem sie Jeans und Cowboystiefel trug, was ihre übliche Kleidung bei kaltem Wetter war.

»Warum wolltest du nicht über Johnny reden?«, fragte Jordan. Sie hätte als Doppelgängerin von Kate Bosworth durchgehen können, und sie trug – auch für ihre Arbeit – einen blauen A-Linien-Rock, eine weiße Bluse und einen süßen Blazer. »Ich dachte, du arbeitest an seinen Kostümen.«

»Ja, daran, wie sie sie ihm auszieht«, meinte Trixie schnippisch.

Jordan riss die Augen auf. »Du und *Johnny*? Wieso wusste

ich davon nichts?«

»Weil es nichts war«, entgegnete Jillian heftig und versuchte, die Schärfe in ihrer Lüge zu ignorieren.

»Ja, und ich kann Orgasmen nicht ausstehen«, sagte Trixie sarkastisch und öffnete die Tür zum Café. »Wir müssen beim Essen reden, denn Jordan ist in ihrer Mittagspause und ich hab heute Nachmittag einen Termin mit dem Hufschmied.«

Sie fanden einen Tisch im hinteren Teil des Cafés und sofort fragte Jordan flüsternd nach: »Ich dachte, du warst in Colorado, um für Zoey da zu sein und Johnnys Kostüme zu entwerfen. Was ist passiert?«

»Ich war für Zoey da, und ich habe angefangen, an den Entwürfen zu arbeiten. Keine Ahnung, was passiert ist. Kennengelernt habe ich ihn, gleich nachdem er seinen Manager gefeuert und herausgefunden hat, dass er Vater ist, und nachdem er wegen all dem kurz ausgerastet ist, hat er sich entschlossen, Zoey an erste Stelle zu setzen. Es war ziemlich erstaunlich, ihm dabei zuzusehen, wie er vom wütenden Mistkerl plötzlich zum Vater wurde, der sich dachte: *Oh, verdammt, ich bin jetzt ein Dad und muss das Richtige tun.* Und dann hab ich ihn besser kennengelernt und er hat Zoey kennengelernt. Dabei war er aufmerksam, witzig, und er hat sich um seine Tochter Sorgen gemacht, deren Existenz allein schon sein Leben komplett auf den Kopf gestellt hat, deren eigenes Leben aber in tausend Stücke zersprungen war. Wir haben uns irgendwie zusammengetan, um ihr zu helfen, und ich kann euch nicht mal sagen, wie das passiert ist. In einem Augenblick verbringen wir Zeit zusammen, er bekocht uns von morgens bis abends, und im nächsten treiben wir es in Beaus Schuppen.«

»Im *Schuppen*?«, fragte Trixie erstaunt.

»Das kann ich mir bei dir gar nicht vorstellen«, sagte Jordan.

»Konnte ich auch nicht – bis es dazu kam. Und es war auch noch *meine* Idee. Ich wollte ihn unbedingt, ich hätte ihn da hineingezerrt, wenn er nicht freiwillig mitgekommen wäre.« *Und er beherrscht diesen unanständigen Kram so gut! Er übernimmt die Regie und macht all die Dinge, die ich mir immer von einem Mann erhofft habe. Er hat an meinen Haaren gezogen, mich von hinten genommen und so scharfe Sachen gesagt.* Ihr wurde ganz warm bei dem Gedanken an ihre gemeinsamen Nächte, doch sie behielt all das für sich und sagte stattdessen: »Ich konnte einfach nicht genug von ihm bekommen, und erzählt es nicht Beau, aber wir haben es in seinem Schuppen getrieben, in seiner Scheune, seiner Werkstatt und am Bach. Kein Ort war tabu, solange Zoey schlief.«

»Heiliger Bimbam«, sagte Jordan.

Trixies Augen funkelten verschmitzt. »Gab es Champagner in der Scheune?«

»Nein, warum?«

»Das willst du nicht wissen«, sagte Trixie rasch. »Aber das war *so* schön.«

»Du auch?«, flüsterte Jordan. »Mensch, und ich dachte, Jax und ich wären kreativ. Wir haben's im Pool und auf dem Balkon von einem Hotel getan.«

»Stop!« Jillian hielt die Hand hoch. »Das hier ist keine Podiumsdiskussion über Sexkapaden meiner Brüder.«

Jordan und Trixie lachten, als Emmaline an ihren Tisch kam.

»Hallo, Mädels.« Emmaline tippte Jillians Schulter an. »Wurde auch Zeit, dass du mal wieder hier vorbeischaust, Jilly. Wie war es in New York? Ich hab dich lange nicht gesehen.«

»Ach, du weißt ja, es wird nicht langweilig in der Stadt, die nie schläft.«

»Der perfekte Ort also für eine Frau wie dich, die immer die ganze Nacht durchmacht«, sagte Emmaline.

»Das kannst du laut sagen«, warf Trixie grinsend ein.

Jillian starrte sie kurz wütend an und lächelte dann zu Emmaline auf. »Ich brauche deinen stärksten Latte, bitte.«

»In Ordnung, der Bad-Tribut-Latte kommt sofort.«

»Du meine Güte! Das ist nicht dein Ernst!« Jillian sah sie ungläubig an.

»Doch! Ich nutze das Johnny-Bad-Drama schamlos aus«, sagte Emmaline.

»Du weißt schon, dass das echte Menschen mit echten Gefühlen sind, oder?«, fragte Jillian.

»Tut mir leid, Jilly«, sagte Emmaline. »Ich weiß, dass du mit ihm arbeitest, aber die verkaufen sich wie warme Semmeln, und Frau muss nun mal ihren Lebensunterhalt verdienen.«

»Ich nehme auch einen«, sagte Jordan schüchtern.

»Bring uns drei davon«, sagte Trixie. »Und wir sollten etwas zu essen bestellen, sonst vergessen wir das vor lauter Quatscherei.«

»Nehmt ihr das Übliche, oder fühlt ihr euch unanständig und wollt etwas super Leckeres, das richtig schlecht für euch ist?« Emmaline hob die Augenbrauen. »Wir haben uns an einem neuen himmlischen Croissant mit Speck, Salat und Tomate, umgeben von herrlich klebrigem Käse, versucht.«

Jillian hob die Hände. »Überzeugt. Gib mir dieses unanständig-schlechte Teil. Mit anderen unanständigen Aktionen meinerseits ist nicht zu rechnen.«

»Geht mir genauso«, sagte Emmaline. »Ehrlich, der Pool an verfügbaren Dates hier ist vollkommen ausgetrocknet. Wie sieht's bei euch aus, Trix? Jordan?«

Sie bestellten das Gleiche und Jillian sagte: »Du wirst uns hinausrollen müssen.«

»Das macht mir nichts aus«, erwiderte Emmaline.

Als sie fortging, sagte Trixie: »Rollt mich in Nicks Bett. Er wird mir das abtrainieren.«

Jillian presste die Handflächen aneinander und schaute zur Decke. »Bitte, lass es aufhören.«

Alle lachten.

»Warum glaubt Emmaline, dass du in New York warst?«, fragte Jordan leise.

»Weil wir Johnnys Aufenthaltsort geheim halten mussten, glauben alle außerhalb der Familie, dass ich in New York zum Shoppen und Arbeiten war. Aber, Leute, ich brauche wirklich dringend Hilfe, bevor Liza bei meiner Familie anruft und die bittet, etwas zu unternehmen.«

»Warum? Was ist los?« Jordan versuchte, ihre Ungeduld zu verschleiern.

»Wisst ihr noch, dass ich gesagt habe, ich möchte, dass das Schicksal sich meldet und mich mit seinem Zauber erfasst? Tja, das war ein Irrtum. Jetzt hab ich meinen Daryl Magnum gefunden und weiß nicht, was ich tun soll.«

»Wer ist Daryl Magnum?«, fragte Jordan.

»Einer der heißesten fiktiven Lover auf Erden«, erklärte Trixie. »Er ist der Held in Charlottes Buch *Crazy, sexy, sinful.*«

»Johnny ist besser als Daryl, weil er real ist, und blöd, wie ich nun mal bin, hab ich mich in ihn und Zoey verliebt, was vollkommen seltsam ist, oder? Alleinerziehende Väter waren für mich immer tabu. Da gab's keine Diskussion.«

»Das kann Travis Helms bestätigen«, sagte Trixie über einen ihrer engen Freunde.

»Genau. Travis gleicht einem großen, dunklen Glas Champagner, aber er ist auch ein alleinstehender Vater, und auch wenn seine Tochter unfassbar süß ist, so wollte ich doch diesen Schritt nie gehen. Und genau deshalb hat mich das jetzt vollkommen aus der Bahn geworfen. Sogar bei der Arbeit habe ich Probleme, mich zu konzentrieren. Die arme Liza denkt wahrscheinlich, ich bin verrückt geworden. Sie ist es gewohnt, dass ich immer auf Zack bin. Nie schiebe ich irgendetwas auf, und jetzt komme ich ihr mit so was wie *Die Veröffentlichung meiner Kollektion planen? Ach, das kann warten.* Was *ist* das, verdammt? Und das Schlimmste ist, ich denke nicht nur an Johnny. Sondern auch an seine *Tochter.*« Sie erzählte ihnen von Zoey, die Johnnys Familie in ein paar Tagen kennenlernen und auf eine neue Schule gehen würde, und dass sie sich so sehr wünschte, für sie da zu sein.

»Es ist schön, dass du so eine Bindung zu ihr aufbauen konntest«, sagte Jordan.

»Das finde ich auch, aber es macht mich ganz kirre. Sie ist ein tolles Mädchen und sie ist durch die Hölle gegangen. Es ist schwer, so viel mit den beiden durchgestanden zu haben und sich dann zurücklehnen zu müssen und zu wissen, dass ich außer Telefonaten nichts für sie tun kann. Sie hat auch ein tolles Auge für Teenagermode, was ich niemals gedacht hätte, als wir uns kennengelernt haben, aber das war, weil ihre miserable Mutter all ihre Klamotten und alles andere von ihr zurückgelassen hat.« Sie erzählte ihnen in Kürze, was passiert war. »Als wir shoppen waren, war sie total wählerisch, und als wir dem auf den Grund gingen, wurde mir auch klar, warum. Ihre Groß-mutter hatte nicht viel Geld, also hat sie billige Sachen gekauft und sie selbst abgeändert.« Sie berichtete, was Zoey mit ihren Klamotten gemacht hatte und wie sie sie zu der Kollektion ›Rocker Girlz‹ inspiriert hatte. »Ich freue mich so über die neue

Kollektion und möchte am liebsten gerade nur daran arbeiten, aber ihr wisst ja, dass ich eigentlich dringendere Arbeit zu erledigen habe. ›Wanderlust‹ wartet darauf, auf den Markt zu kommen, und ich hab Kunden, die Schlange stehen, aber ich kann ständig nur daran denken, dass ich Johnny und Zoey sehen will und zusammen mit Zoey ihr Pferdeoberteil machen möchte.«

»Keine Ahnung, was das ist, aber ich brauche eins«, sagte Trixie.

»Das ist ein Sweatshirt aus der Kollektion ›Rocker Girlz‹, aber ich könnte auch eine Version für Erwachsene machen.« Sie zeigte ihnen Bilder auf ihrem Handy von den Entwürfen, die sie bisher gemacht hatte. Emmaline brachte ihre Lattes und schaute sich auch ein paar der Designs an, die ihr sehr gefielen. Nachdem Emmaline gegangen war, sagte Jillian: »Zoey und ich arbeiten an einigen Entwürfen zusammen.«

»Eine Zusammenarbeit mit einem Teenager? Das ist interessant!«, sagte Trixie.

»Es hört sich so an, als würdet ihr gut zusammenpassen, Johnny und du, und offensichtlich kommst du gut mit Zoey aus. Wo also liegt das Problem?«, fragte Jordan.

»Das Problem ist, dass er der Richtige zur falschen Zeit ist.« Jillian nahm einen Schluck. »Er und Zoey haben große Veränderungen zu bewältigen, und sie braucht die Aufmerksamkeit ihres Vaters, während sie eine Familie kennenlernen muss, von der sie gar nichts wusste, auf einer neuen Schule anfangen und in einer neuen Stadt leben muss. Sie fängt also in allen Bereichen ganz von vorne an. Und er muss seine geschäftlichen Dinge in den Griff bekommen und einen Weg finden, wie er das Leben als Rockstar und als Daddy miteinander vereinen kann. Das Letzte, was er jetzt gebrauchen kann, ist eine komplizierte neue Beziehung mit einer Frau, die hunderte Meilen entfernt lebt. Außerdem muss ich mich auch auf bestimmte Dinge konzentrieren. Ich werde nie die Art von Frau sein, die ihn im Tourbus quer durchs Land begleitet und Mommy spielt. Unsere Leben sind einfach zu verschieden.«

»Das war's also?«, fragte Jordan. »Du verliebst dich in einen Typen, von dem du glaubst, dass er derjenige welche ist, und du willst ihn einfach vergessen?«

»Ich bin offensichtlich nicht besonders gut im Vergessen, aber ich weiß, dass ich es muss. Überleg doch mal! Wenn wir es versuchen würden und es nicht funktioniert, was wäre dann mit Zoey? Du weißt, wie kompliziert neue Beziehungen sein können, und ich bin mir sicher, dass es bei Fernbeziehungen noch um ein Vielfaches schwieriger ist. Abgesehen davon, dass ich keine einfache Partnerin bin. Ich bin ein Nachtmensch, keine Brote schmierende Mommy.«

»Wer will denn verdammt noch mal geschmierte Brote?«, fragte Trixie. »Sie ist ein Teenager. Sie kann sich ihre eigenen Brote schmieren. Es ist viel wichtiger, dass sie geliebt und unterstützt wird.«

»Da stimme ich Trixie zu«, sagte Jordan.

»Was sagt Johnny zu all dem?«, fragte Trixie.

»Dass er sich auf Zoey konzentrieren muss und nicht will, dass es zu Ende ist. Aber ich hab seit Montag nichts mehr von ihm gehört, also glaube ich, es wird ihm bewusst, dass es nicht machbar ist.«

»Also wenn er dich so einfach aufgibt, dann ist er sowieso nicht gut genug für dich«, sagte Trixie entschieden.

»Trixie!« Jordan schüttelte den Kopf.

Trixie lehnte sich zurück und verschränkte die Arme. »Er ist ein Idiot, wenn er sie gehen lässt.«

»Aber nach allem, was sie uns gerade erzählt hat, findest du nicht, dass er es verdient hat, etwas Zeit zu bekommen?«, fragte Jordan mitfühlend. »Vielleicht ist es ja wirklich zu viel für ihn im Moment, aber das heißt ja nicht, dass es endgültig zu Ende sein muss. Man kann nie wissen, was die Zukunft bringt. Guckt mich und Jax an. Ich wollte acht Monate lang nichts anderes, als mit ihm zusammen zu sein, aber ich hatte keine Ahnung, wie das laufen sollte, weil mein Privatleben ein einziges Chaos war. Doch ich habe nie aufgehört, an ihn zu denken, und jetzt guckt euch an, wo wir nun stehen. Vielleicht hätte ich auch nie Sully gefunden, wenn er nicht gewesen wäre.«

»Ich hasse es, wenn du recht hast«, sagte Trixie gerade, als Emmaline ihre Croissants brachte.

Während Jordan und Trixie das fabelhaft aussehende Essen mit *Uuhs* und *Aahs* begrüßten, schalt sich Jillian dafür, dass sie sich über ihre privaten Probleme beklagte, nachdem Jordan endlich ihre Schwester wiedergefunden hatte. Das war nicht *die* Jillian. Sie hatte anscheinend so etwas wie einen *Johnny-Kater* und suchte nach jemandem, der ihr ein Heilmittel geben konnte.

Sie hatte noch nie einen Menschen gebraucht, der sie rettete, und auch jetzt brauchte sie niemanden. Schluss mit dem schmachtenden Gejammer und dem Selbstmitleid.

Vielleicht hatte Jordan recht, und Jillian hatte das Glück, dass Johnnys und ihre Zeit auch irgendwann kommen würde. *Oder vielleicht kommt er wieder mit Ramona zusammen oder mit einer dieser Tausenden Frauen, die um seine Aufmerksamkeit buhlen.* Ihre Brust zog sich zusammen, und wieder hatte sie dieses gut aussehende Gesicht vor sich und seinen Blick, als er zu ihr in die Dusche gekommen war, und das Verlangen in seinen ehrlichen dunklen Augen, als sie sich im Flugzeug voneinander verabschiedet hatten. Vielleicht hatte er tatsächlich nur zu viel zu tun, und sie war zu bedürftig – was auch ein Novum für sie war.

Es war an der Zeit, sich am Riemen zu reißen und das zu tun, was sie vor Jahren auch getan hatte, als Beau und Zev fortgegangen waren. Sie verstaute im Geiste all ihre Gefühle in einem gepanzerten Koffer und stellte sich vor, wie sie sich daraufsetzte, um ihn verschließen zu können. Immer mit der Hoffnung, dass dieser übervolle Koffer nicht wieder aufsprang.

»Dafür gibt es keine Worte«, schwärmte Trixie mit vollem Mund und beäugte Jillians unberührtes Croissant. »Willst du weiter dem gefallenen König der Orgasmen hinterhertrauern oder lieber etwas essen, das dich ebenso laut stöhnen lässt wie er?«

»Ich bezweifle, dass das möglich ist, aber du kannst dich abregen. Jetzt ist Schluss mit der Schmachterei.« Sie nahm das Sandwich und biss herzhaft hinein. Die köstlichen Zutaten schmolzen in ihrem Mund und sie stöhnte tatsächlich auf. »Vielleicht ist das hier doch besser als alle Orgasmen der Welt.«

Trixie und Jordan sahen sich an, als hätte sie den Verstand verloren, und dann brachen alle drei in Gelächter aus.

»Helft mir lieber mal. Ich versuche, von dem Johnny-Trip runterzukommen.« Jillian nahm einen Schluck von ihrem Latte und quittierte den köstlichen Geschmack ebenfalls mit einem Stöhnen. »Jordan, es tut mir leid, dass ich das Gespräch an mich gerissen hab. Jax hat mir erzählt, was ihr durchgemacht habt, aber wie war es für dich, deine Schwester nach all den Jahren wiederzusehen?«

»Es war vollkommen surreal. Sully ist lieb und wunderbar, und es ist toll, den Menschen kennenzulernen, der sie geworden ist.« Jordans Stimme waren die Emotionen anzumerken. »Sie erinnert sich nicht an unsere Familie. Es besteht die Möglichkeit, dass sie im Laufe der Zeit ihr Erinnerungsvermögen zurückbekommt, aber selbst wenn das nicht der Fall ist, bin ich überglücklich, sie endlich wieder in meinem Leben zu haben.«

»Ich freue mich so für dich.« Jillian beugte sich vor, um sie zu umarmen.

Jordan nickte, und Jillian sah ihr an, dass sie gerührt war.

»Ein ziemlich heißer Cowboy kümmert sich um sie«, warf Trixie ein.

Jordan lächelte. »In der Tat. Callahan Whiskey, aber er wird von allen Cowboy genannt. Er scheint total nett zu sein und passt gut auf sie auf, und sie wirkt wirklich glücklich.« Sie seufzte. »Irgendwie fasse ich es immer noch nicht ganz, dass sie am Leben und in Sicherheit ist.«

»Wunder geschehen immer wieder«, sagte Trixie.

»Ja«, sagte Jordan. »Sie ist mutiger, als ich es je sein könnte.«

»Zweifellos verfügt Sully über ein Maß an Stärke, das wir uns gar nicht vorstellen können, aber wir sind alle auf unsere eigene Art und Weise stark, und ich denke, dass wir alle uns im Fall der Fälle auch selbst retten könnten.« Jillian erinnerte ebenso sich selbst wie auch die anderen an ihre Stärke, und noch während sie es aussprach, wurde ihr bewusst, was sie zu tun hatte, um nach vorne schauen zu können. Sie speicherte diesen Gedanken für später ab.

»Ich bin nicht so stark«, sagte Jordan.

»Doch, bist du«, widersprach Jillian. »Du bist aus einer langen Beziehung ausgebrochen, die dich zurückgehalten hat, die dir aber auch Halt gegeben hat, nachdem du deine ganze Familie verloren hattest. Das hinter dir zu lassen, hat großen Mut erfordert. Wir sind alle stark. Sieh dir Trixie an. Sie muss jeden Tag mit Nick auskommen. Das ist bestimmt nicht so einfach.«

Trixie verdrehte die Augen, aber Jordan lächelte, und genau das hatte sie sich erhofft.

»Ich möchte euch wissen lassen, dass mein Liebster, der Mann, der nie etwas für Partys übrighatte, nicht nur die erste jährliche Braden-Halloween-Feier veranstaltet, da ich zum ersten Mal in meinem Leben die Scheunenfete meiner Familie verpassen werde, sondern dass er sich vor Eifer sogar überschlägt. Er wollte, dass ich als Catwoman gehe, damit er sich als Batman verkleiden kann.«

»Das kann nicht sein!«, sagte Jillian lachend. »Du hast meinen Bruder dazu gebracht, dass er Strumpfhosen trägt?«

Trixie nahm einen Schluck von ihrem Latte und schüttelte den Kopf. »Schwarze Jeans, aber *vielleicht* habe ich ihm ja sexy Batman-Unterwäsche gekauft und das Versprechen abgeluchst, nach der Party Rollenspiele zu veranstalten.«

Jordan erzählte, dass sie und Jax sich als das Phantom der Oper und Christine verkleiden würden, und dadurch vermisste Jillian Johnny nur noch mehr. Aber wieder verstaute sie diese Gefühle, und die drei unterhielten sich weiter, bis sie aufbrechen mussten. Sie verabschiedeten sich mit dem Versprechen, sich nächste Woche wiederzusehen und gemeinsam ein Hochzeitsgeschenk für Amber und Dash zu kaufen.

Jillian ging zurück zur Arbeit und fühlte sich entschlossener als die ganze Woche zuvor. Daher marschierte sie direkt in Lizas Büro und verkündete: »Wir bringen ›Wanderlust‹ im Februar auf den Markt.«

Ihre stets effiziente und motivierte Assistentin schaute von ihrem Computer auf und kniff die wachen grünen Augen hinter dem schwarzen Brillengestell etwas zusammen. »Februar?«

»Mitte Februar, um genau zu sein, und ich will das volle

Programm. Plakate in allen großen Städten. Die Leute sollen ›Wanderlust‹ überall sehen, wohin sie auch gucken. Times Square, Chicago, L. A. und auf jedem mobilen Endgerät.« Sie tigerte auf und ab. »Wir brauchen eine Modenschau, aber die muss stimmig sein. Bei dieser Kollektion geht es um Freiheit und die Befreiung von allem, was Frauen zurückhält, und wir müssen das vom ersten Moment an deutlich machen. Wenn Frauen diese Kollektion sehen, sollen sie denken: *Das ist wie für mich gemacht.* Vergiss unsere üblichen Models. Wir brauchen echte Frauen in allen Größen, Figuren und Hautfarben. Frauen mit Behinderungen. Frauen mit Hüftspeck und wabbeligen Armen. Kleine Frauen und große Frauen, toughe Frauen und schwache Frauen. Ich werde auch meine Schwägerinnen bitten zu modeln, weil sie mich so sehr inspiriert haben.«

»Die Modenschau wird sich sehr von dem unterscheiden, was die Kunden gewöhnt sind. Du weißt, was unsere Marketing- und PR-Leute dazu sagen werden.«

»Ich hab es in diesem Geschäft nicht zu etwas gebracht, indem ich mich angepasst habe. Wir folgen den Trends nicht, Liza. Wir schaffen sie.«

»Ja, das tun wir. Ich will nur sichergehen, dass du weißt, was auf uns zukommt. Ich denke, April wäre als Termin für den Launch realistischer«, sagte Liza streng. »Digitale Werbung ist Monate im Voraus ausgebucht. Wenn es noch freie Slots gibt, werden sie wegen des Valentinstags überteuert sein, und außerdem brauchen Händler und Einkäufer auch ihre Zeit.«

Jillian blieb stehen. »Wir machen es im März. Alle arbeiten mit Feuer unterm Hintern besser, und wir können die bestehenden Marketingverträge nutzen.«

»Es wäre sehr schade, wenn diese Sache frühzeitig an die Presse durchgestochen würde«, sagte Liza vielsagend und stand auf.

»Ja, das wäre wirklich doof«, meinte Jillian sarkastisch.

Liza ging um den Schreibtisch herum und baute sich vor ihr auf. Sie war deutlich größer als Jillian. Ihre langen silbernen Haare waren über eine Schulter ihres eleganten grauen Hemdkleides zusammengefasst und das Grün in ihrem Seidenschal betonte ihre Augen. »Wurde auch Zeit, dass du deinen Hintern hochkriegst.« Sie streckte die Hand aus. »Willkommen zurück, Chefin. Machen wir uns an die Arbeit.«

Jillian arbeitete, was das Zeug hielt, und war so glücklich, sich endlich wieder konzentrieren zu können, dass sie keinesfalls riskieren wollte, wieder aus dem Tritt zu geraten. Daher arbeitete sie bis weit nach elf Uhr in ihrem Atelier über der Boutique.

Als sie später ihre ruhige Straße entlangfuhr und vor ihrem Haus anhielt, schwand ihre Energie etwas. Sie liebte ihr Haus mit den weiß gestrichenen Backsteinen, den schwarzen Zierstreifen und der gläsernen Eingangstür mit den zwei Seitenlampen. Es war einzigartig, schick und einladend, hatte eine Fenstertür auf der rechten Seite unterhalb eines Spitzdaches und große Fenster sowie einen bogenförmigen Eingang auf der linken Seite. Im Obergeschoss darüber gab es eine riesige Gaube mit sechs Fenstern, durch die viel natürliches Licht in ihr Atelier fiel. Die Inneneinrichtung war von klaren Linien und Farbtupfern geprägt, hatte bogenförmige Türöffnungen, einen gemauerten Kamin, ein Gästezimmer unterhalb ihres Ateliers sowie ein großes Schlafzimmer und zwei weitere Gästezimmer im Obergeschoss.

Es war alles, was sie sich wünschen konnte, doch seit sie aus Colorado zurückgekehrt war, fiel es ihr schwer, sich wieder an die Stille zu gewöhnen. Ihr fehlte das Gitarrenspiel von Johnny und von Zoey, die vor sich hin übte. Sie vermisste das Lachen und die Wortgefechte, mit denen sie sich geneckt hatten, als gehörten sie zu einem geheimen Dreierbund.

Sie ging ins Haus und aß eine Schüssel Cornflakes, um dann oben in ihrem Atelier weiterzuarbeiten. Dort knipste sie das Licht an, und sofort fiel ihr Blick sowohl auf das Plüscheinhorn, das Zoey ihr geschenkt hatte, als auch auf das eingerahmte Foto daneben von ihnen drei, das Beau gemacht hatte. Die Freude darüber, Jillian Braden zu sein, die außergewöhnliche Modedesignerin, die kurz vor dem Launch einer aufregenden neuen Kollektion stand, trat angesichts der Gedanken an Johnny und Zoey in den Hintergrund.

Nachdem sie dieselben Notizen wieder und wieder gelesen hatte, ohne auch nur irgendetwas davon zu behalten, gab sie auf und ging wieder nach unten. Sie schenkte sich ein Glas Wein ein und ließ sich aufs Sofa fallen, doch sie war zu frustriert, um sich zu entspannen, und so machte sie sich wieder auf den Weg nach oben, um ein Bad zu nehmen. Sie schnappte sich den Roman, den sie in Colorado nicht geschafft hatte, von der Kommode und legte das Handy auf die Ablage neben der Badewanne. Während sie das Wasser einlaufen ließ, gab sie ihre Lieblingsbadeperlen hinein. Sie sank ins warme Wasser und schloss die Augen. Johnnys Gesicht tauchte vor ihr auf und löste eine Sehnsucht tief in ihr aus, als sie sich an seine letzte Nachricht erinnerte. *Ich sorg nur dafür, dass du deinen Kerl nicht vergisst.*

»Das gelingt dir etwas zu gut«, sagte sie leise.

Die Gedanken an ihn und Zoey waren allgegenwärtig. Sie waren eine permanente Erinnerung an das, was sie wirklich wollte. Genauso wie sie ihre Ziele in der Modewelt nie aus dem Kopf bekommen hatte, seit ihr klar geworden war, dass sie eine geborene Fashionista war. Sie wusste nicht, warum er sich als *ihren Kerl* bezeichnete, dann aber drei Tage lang keine einzige Nachricht schickte, doch sie war den Männern noch nie hinterhergelaufen und würde auch jetzt nicht damit anfangen.

Jemanden so sehr zu mögen, ist echt Mist. Seufzend schnappte sie sich ihr Buch und hoffte, dass ein heißer fiktiver Mann sie von ihrem sehr realen und viel zu weit entfernten Rockstar ablenken würde.

Sie schlug das Buch auf und mehrere Wildblumen fielen zwischen den Seiten heraus und landeten im Wasser. Ein Lächeln trat in ihr Gesicht, als sie die hübschen Blüten auf dem Schaum treiben sah – wie Dutzende kleine Erinnerungen an das, was sie gehabt hatten. Warum wurde der Schmerz in ihrem Herzen dadurch nur noch größer?

Sie legte das Buch neben die Wanne und machte mit dem Handy ein Foto von den Blumen auf dem Wasser. Zusammen mit einem rosa Herz-Emoji schickte sie es Johnny. Nur eine Minute später kam seine Antwort. *In Sachen Mode bist du vielleicht unschlagbar, aber bei deinen Sexting-Fähigkeiten brauchst du Nachhilfe. Halt die Kamera in die andere Richtung, damit ich all das von dir sehen kann, was ich verschlingen möchte.*

Ihr Herzschlag wurde schneller, und sie konnte gar nicht anders, als ihn zu ärgern. *Die Frauen, die sich freiwillig als Tribut anbieten, stehen doch bei dir Schlange. Ich wette, dass jede einzelne von denen dir gern unanständige Nachrichten schicken würde.* Ihr Handy klingelte und sein Name erschien auf dem Bildschirm. Tausende Gedanken schossen ihr durch den Kopf, als sie das

Telefon an ihr Ohr hielt. »Ja, Mr. Bad?«

Er stöhnte auf. »Deine Stimme bringt mich um.«

Und dein Stöhnen hat die gleiche Wirkung auf mich. »Kann nicht behaupten, dass es mir leid tut.«

»Oh, Jilly! Es gibt nur eine, von der ich will, dass sie sich freiwillig anbietet, mir unanständige Nachrichten zu schicken, und das ist dieselbe Frau, die meinen Schwanz lecken und mich nehmen soll.«

Ihr ganzer Körper loderte bei seinen Worten auf und plötzlich spielten die vergangenen drei Tage ohne Nachricht von ihm keine Rolle mehr. Sie genoss es, ihn zu erregen, und sie musste wissen, wo sie standen, ohne danach zu fragen. »Warum rufst du mich dann an? Du hast doch sicher Ramonas Nummer.«

»Du kannst von Glück sagen, dass du gerade nicht hier bist, sonst würde ich dich übers Knie legen und dir dafür eine Lektion erteilen.«

Er hatte ja keine Ahnung, wie sehr sie sich das wünschte.

»Ich will nicht sie«, knurrte er. »Ich will mein Mädchen mit dem losen Mundwerk, das sich nicht davor scheut, mich in die Knie zu zwingen.«

Himmel, wie sehr sie ihn vermisste! Aber sie musste wissen, ob er *sie* wollte, oder ob ihn einfach nur das Foto erregt hatte. »Wieso bist du so drauf? Guckst du Pornos?«

»Wer braucht Pornos, wenn das Bild von dir nackt unter mir in meinen Kopf eingebrannt ist? Ich habe versucht, einen kalten Entzug durchzuziehen, um es uns beiden leichter zu machen, aber verdammt, Jilly! Das eine Foto reichte, und jetzt kann ich an nichts anderes mehr denken, als dass du in dieser Wanne auf mir sitzt und ich eine deiner perfekten Brüste im Mund habe.«

Sie schloss die Augen, als sie von einer heißen Welle erfasst wurde. »Mir gefällt dieser Gedankengang.«

»Das dachte ich mir«, sagte er mit rauer Stimme. »Fünf Tage, ohne dich zu sehen, dich zu berühren … das ist zu lang. Berühr dich, Baby. Fass dich da an, wo ich dich anfassen würde.«

Sie schob die Hand über ihren Bauch und zwischen ihre Beine, und ihr stockte der Atem, als sie ihre Perle berührte und die Finger tiefer gleiten ließ.

»Genau, du sexy Lady. Bist du bereit für mich?«

»*So* bereit.« Sie vernahm ein vertrautes Geräusch. »War das dein Reißverschluss?«

»Und ob er das war. Diese Jeans müssen weg.«

Die erregte Frau in ihr jubelte. *Ja!* Doch die vernünftige Erwachsene drängte sich energisch vor. »Wo bist du gerade? Wo ist Zoey?«

»Sie schläft und ich bin in meinem Tonstudio. Es ist schalldicht und ich muss dich sehen.«

Er schaltete die Kamera dazu, und kurz überlegte sie, ob sie das durchziehen konnte, wenn er sie beobachtete. Aber die Vorstellung, dass sie ihm zusehen konnte, nahm ihr die Entscheidung ab, und als sie dann sein gebräuntes Gesicht sah, seine glühenden Augen, war es fast um sie geschehen. Er fuhr sich mit der Zunge über die Lippen, und sie sehnte sich danach, sie zu spüren.

»Himmel, Jilly. Ich hab dein Gesicht so vermisst.«

Ihr Herzschlag setzte kurz aus.

»Stell dein Handy so hin, dass ich dich ganz sehen kann.«

Sie erschauderte. »Nur, wenn du es auch machst.«

»Du bekommst einen Platz in der ersten Reihe, Baby, und ich erwarte das Gleiche.«

Er positionierte sein Handy vor einem Ledersofa, zog sich

das T-Shirt aus und streckte sich – vollkommen nackt – auf dem Sofa aus. Seine beeindruckende Erektion ließ ihr das Wasser im Mund zusammenlaufen. Sie stellte ihr Handy auch so auf, dass er sie sehen konnte. Es war ihr ein wenig unangenehm, aber gleichzeitig hatte sie noch nie etwas so sehr gewollt, wie das hier mit ihm.

Er strich über seine Länge. »Du bist so verdammt schön. Berühr dich, Baby.«

Sie schob ihre Hand wieder zwischen ihre Beine und versuchte, ihm in die Augen zu schauen, doch ihr Blick huschte immer wieder zu seiner Hand, die seine Härte umfasste.

»Stell dir vor, ich berühre dich. Leg die andere Hand auf deine Brüste.«

Sie tat es und ein bedürftiger Laut entwich ihr.

»Ich liebe diese verdammten Töne, die du von dir gibst. Spiel mit deiner Perle und stell dir vor, es wäre meine Zunge.«

Sie gehorchte und die Lust schoss durch sie hindurch. »Ich wünschte, du wärst es«, keuchte sie. »Ich kann mich innerhalb von Sekunden zum Orgasmus bringen.«

»Heute Abend nicht«, sagte er mit Autorität. »Ich will, dass es lang dauert. Ich will, dass du an meine Finger denkst, wenn du deine in deine Mitte schiebst.« Er sah sie eindringlich an.

Sie tat, was er sagte, und atmete heftig. »Wenn du mich vorgewarnt hättest, hätte ich mir ein Spielzeug besorgt.«

»Ah, verdammt!« Er packte seinen Schaft am Ansatz. »Das kommt aber noch.«

»Ich werde jetzt *nicht* aufstehen.«

Ein dreistes Grinsen breitete sich auf seinem Gesicht aus. »Dann hab ich etwas, auf das ich mich freuen kann. Wie fühlt es sich an, deine Finger in dir zu spüren?«

»Gut. Eng.« Sie sah ihm in die Augen und wollte ihn ebenso

verrückt machen. »Spürst du meinen Mund auf deinem Schwanz?« Er gab einen kehligen Laut von sich, der so heiß war, dass sie auch ihre zweite Hand zwischen ihre Beine schob. »Ich will jeden Zentimeter von dir lecken«, sagte sie und genoss das Verruchte in seinen Augen, als er schneller über seine beeindruckende Härte rieb. Sie machte den Mund weit auf, ließ die Zunge einmal genüsslich über die Lippen gleiten, und er stöhnte auf.

»Fuck!«, stieß er hervor. »Ich will dich verschlingen, bis du kommst, und dann an deiner Perle saugen, bis du mich anflehst, dich richtig zu nehmen.«

Sie stöhnte auf, während die Anspannung in ihr anwuchs.

»Ich will sehen, wie du es mit dem Spielzeug treibst, während ich meinen Schwanz in deinem Hintern vergrabe.«

»*Omeingott*«, hauchte sie und presste ihre Beine zusammen.

»Das gefällt meinem unanständigen Mädchen, stimmt's?« Er sah sie mit dunklen Augen an. »Spreiz die Beine, Baby, und lass mich sehen, wie du es mit dir treibst.«

Ihre Knie fielen auseinander. »Ich brauch dich«, keuchte sie in verzweifeltem Verlangen. »Ich will dich in mir spüren.«

»Ist dein Spielzeug wasserdicht?«

»Mhm.«

»Hol's«, forderte er.

Dieses Mal zögerte sie nicht, denn sie brauchte es ebenso sehr wie er. Sie stieg aus der Wanne und rannte in ihr Schlafzimmer, wo sie sich den größten Vibrator schnappte, den sie hatte, denn mit ihm konnte nichts und niemand mithalten, und wenige Sekunden später war sie schon wieder in der Badewanne. Sein Lächeln war so schamlos, wie sie sich fühlte, und das törnte sie gleich noch mehr an.

»Geh auf die Knie, so als würdest du auf mir sitzen.«

Sie tat es.

»Schalte ihn ein.« Nachdem sie es getan hatte, sagte er: »Sieh mich an, Baby, und steck ihn langsam hinein.« Seine Bewegungen wurden schneller, während er ihr zusah. »Du bist so verdammt heiß. Ich will sehen, wie du ihn langsam in dich aufnimmst. Stell dir vor, dass meine Hände auf deiner Hüfte liegen und ich dich langsam auf meinen Schwanz setze.«

»Drück ihn fest, während ich das mache«, befahl sie ihm, und ihm zuzusehen, steigerte ihre Lust noch mehr, als sie sich qualvoll langsam bewegte und der Druck und die Vibration sie in immer höhere Sphären trug. »Ich muss mich hinlegen.«

»Noch nicht. Guck nur, wie schön du bist. Drück deine Nippel und stell dir vor, ich würde daran saugen.«

Als sie das tat, kamen ihr sündige Laute über die Lippen. Sie schloss die Augen und trieb es immer schneller, bis der Dildo sie fast um den Verstand brachte. Sie hielt sich mit einer Hand am Badewannenrand fest, machte die Augen auf und sah zu, wie er über seine Härte rieb. »Verdammt!« Sie legte sich hin und wurde schneller.

»Denk an meinen Mund zwischen deinen Beinen, wie ich lecke, sauge, beiße.«

Ihre Atemzüge wurden schneller, stockender. »Gleich!«

»Genau so, Baby. Denk an uns beide in dem Schuppen. Spürst du, wie ich von hinten in dich stoße?«

»Jaa«, brachte sie nur heraus.

»Ich bin so kurz davor. Ich will auf deinen Brüsten kommen.«

»Ja!«, flehte sie.

»Komm mit mir, Baby. Stell dir vor, wie ich in der Badewanne auf dir bin, dich so hart nehme, dass du deine Fingernägel in mich krallst.«

»*Oh Gott!*« Sie schrie auf und er stieß eine Reihe von Flüchen aus. Als sie die Augen öffnete, sah sie, wie er kam und das Feuer in seinen Augen loderte, während sie in Tausende lustvolle Stücke zerbarst.

Sie wurde ganz schwer und zog den Vibrator mit einem Wimmern heraus. Keuchend lag sie in dem lauwarmen Wasser, eingehüllt in ein Gefühl der Verbundenheit und umgeben von Wildblumen. Sie sah ihn mit zurückgelegtem Kopf schwer atmend auf dem Sofa liegen, eine Hand auf seiner Brust. »*Johnny.*«

Er drehte den Kopf zu ihr, ein zufriedenes Lächeln breitete sich in seinem Gesicht aus und sein von Emotionen erfüllter Blick nahm sie gefangen. »Hey, Baby. Das war umwerfend.«

»Was machst du nur mit mir?«, fragte sie leise, ohne jedoch wirklich eine Antwort zu erwarten.

»Es könnte lange dauern, bis sich meine Situation etwas geklärt hat.« Er zuckte lässig mit den Schultern, als wäre die Antwort offensichtlich. »Ich sorge einfach nur dafür, dass mein Mädchen zufrieden ist und sich nicht anderweitig umschaut.«

Johnny Bad, du könntest das Warten tatsächlich wert sein.

Einundzwanzig

Johnny schaute zu Zoey hinüber, als sie am Samstagnachmittag durch das Tor auf das kleine Anwesen seiner Eltern fuhren. Sie starrte aus dem Beifahrerfenster und fummelte dabei an ihren Jeans herum. Während der fünfstündigen Fahrt hatte sie kaum geredet. Sie war so nervös gewesen, dass sie sich morgens fünf Mal umgezogen und alle hübschen Pullover, Hosen und Röcke anprobiert hatte, die sie und Jillian gekauft hatten. Sie sah in allem absolut süß aus, und er hatte ihr gesagt, dass sie einfach das anziehen sollte, in dem sie sich am wohlsten fühlte, denn *sie* war ihnen wichtig, nicht ihre Klamotten. Letztendlich hatte sie sich für die Jeans entschieden, in die sie die letzten Abende viel Arbeit gesteckt hatte. Sie hatte einen Stoff mit schwarzen Totenschädeln, den sie und Jillian auf ihrer Shoppingtour gekauft hatten, von innen in die eingerissenen Löcher genäht. Sie trug sie hochgekrempelt mit einem langärmeligen schwarzen Crop Top und ihren roten Chucks.

Als er vor dem Haus, das aussah wie ein Landsitz, anhielt, wünschte er sich, er könnte ihr die Sorgen nehmen. »Hey.«

Sie sah ihn mit bangem Blick an.

Er nahm ihre Hand und drückte sie beruhigend. »Es wird wunderbar laufen, du wirst sehen.«

»Ich bin so nervös. Die werden bestimmt merken, wie nervös ich bin, und Harlow ist ein Filmstar. Ich hab gar keine Ahnung, wie ich mit ihr reden soll.«

»Ich bin einer der größten Rockstars, und du hast keine Probleme, mit mir zu reden. Sei einfach entspannt. Harlow ist nicht anders als ich. Nur viel hübscher.«

»Aber du bist mein Dad.«

Verdammt, das klang gut. »Ja, das bin ich. Hör zu, als ich kaum älter war als du und nervös war, weil ich vor Publikum spielen sollte, hat mein Dad mir geraten, mir vorzustellen, dass sich alle in der Nase bohrten. Wenn du das mit Harlow machst, wird sie dir schon viel weniger wie ein Filmstar vorkommen. Und ich bin sicher, dass alle anderen ebenso nervös sind, weil *sie* wollen, dass *du* sie magst. Mann, Zo, *ich* bin auch nervös.«

»Echt?«, fragte sie beunruhigt. »Warum? Glaubst du, dass sie mich vielleicht nicht mögen?«

»Ich weiß, dass sie dich lieben werden, und ich bin mir zu neunundneunzig Prozent sicher, dass du sie lieben wirst, aber du bist meine Tochter, deshalb ist das alles trotzdem nervenaufreibend. Eines musst du wissen: Es wird zu Anfang sicher etwas überwältigend werden. In meiner Familie umarmen sich alle gern, außer Aria. Sie wird sich vielleicht etwas zurückhalten.«

»Wegen ihrer Ängste?«

»Genau, und das darfst du nicht persönlich nehmen. Aber wenn es nach einer Stunde noch immer alles zu viel für dich ist, dann sag es mir und wir gehen. Wir müssen nicht über Nacht bleiben.«

Sie sah ihn mit großen Augen an. »Das würdest du machen, nachdem du den ganzen Weg hergefahren bist?«

»Ich will auf keinen Fall, dass du dich unwohl fühlst oder so, als würdest du hier festsitzen. Wir können es jederzeit noch einmal in Angriff nehmen.«

Erleichtert atmete sie aus. »Okay, danke.« Sie schaute zum Haus. »Es ist riesig.«

»Hier in der Gegend ist es schwer, ein kleines Haus auf einem privaten Grundstück zu finden. Aber ich denke, es wird dir gefallen. Drinnen ist es überhaupt nicht spießig und es gibt einen großen Garten mit einem Pool. Komm, wir sagen dem Haufen mal Hallo.«

Er stieg aus und ging um das Auto herum, um ihre Tür zu öffnen, aber sie war bereits ausgestiegen. Als sie Richtung Haustür gingen, nahm sie seine Hand. Das war neu, und wie gut sich das anfühlte! Sie vertraute darauf, dass er auf sie aufpasste. »Du packst das, Sunshine.«

Noch bevor sie am Haus ankamen, ging die Tür auf und Kane kam in schwarzen Hosen, einem weißen Button-down-Hemd und mit einem breiten Grinsen heraus. Über die Schulter rief er ins Haus: »Bringt lieber euer Geld in Sicherheit! Die Betrügerin ist hier und sie hat ihren alten Herrn mitgebracht.«

Zoey lachte.

Johnny nickte ihm dankbar zu.

»Wir beide nehmen uns nachher Zeit für eine Revanche«, sagte Kane und nahm sie in die Arme. »Hab dich vermisst, Kleine.«

Harlow kam zur Tür heraus. »Zoey! Ich konnt's nicht abwarten, dich kennenzulernen.«

Zoey erstarrte mit aufgerissenen Augen.

Harlows Lächeln verschwand und flüsternd wandte sie sich an Johnny. »Hab ich was Falsches gesagt?«

»Nein.« Johnny hatte diesen Blick oft genug bei Fans gesehen, um zu wissen, dass Zoey beim Anblick des Stars einfach nur sprachlos war. Er stupste sie an und tippte sich an die Nase.

Zoey zwinkerte mehrere Male. »Hallo. Du bist Harlow.«

»Genau, und ich finde deine Jeans einfach genial«, sagte sie begeistert.

»Echt?«, fragte Zoey erstaunt, und Johnny sah, dass sie es gar nicht fassen konnte, ein Kompliment von seiner Schwester bekommen zu haben.

»Klar! Wo hast du die her?«, fragte Harlow, während ihre Eltern und Aria aus dem Haus kamen.

»Die hab ich gemacht«, antwortete Zoey etwas verschämt. »Also, nicht die Jeans, aber da waren keine Löcher oder so drin, als ich sie gekauft hab.«

Harlow war beeindruckt. »Im Ernst? Mädel, du musst unbedingt mal in meinen Kleiderschrank gucken. Ich hab ein paar Jeans, die etwas Nachhilfe brauchen könnten.«

»Wirklich? Du willst, dass *ich* dir helfe?« Zoey strahlte Johnny an.

»Sie erkennt ein Talent, wenn sie es sieht, Sunshine«, sagte Johnny. Die anderen kamen zu ihnen. Seine Mutter war mit ihrer hellbraunen Hose und dem weißen Pullover ungezwungen und hübsch gekleidet und sein Vater hatte sein übliches Ensemble aus Jeans und einem seiner vielen Pullover mit V-Ausschnitt an. Aria trug einen goldenen Ring in der Nase, eine Distressed Jeans und ein graues langärmeliges Shirt mit »Wicked Ink«-Aufdruck, bei dem sie die Ärmel bis zu den Ellbogen hochgeschoben hatte, sodass ihre schlanken tätowierten Unterarme zu sehen waren.

Johnny legte eine Hand auf Zoeys Schulter. »Mom, Dad, Aria, das ist Zoey. Zoey, dies sind deine Großeltern Jan und Bruce und deine Tante Aria.«

Seine Mutter lächelte sie herzlich an. »Hallo, Kleines. Wir freuen uns so, dich endlich kennenzulernen. Johnny hat uns wundervolle Dinge von dir erzählt.« Behutsam umarmte sie Zoey.

»Bist du sicher, dass er über *mich* gesprochen hat?«, fragte Zoey.

Harlow lachte. »Du passt perfekt in unsere Familie.«

»Du bist eindeutig Johnnys Tochter«, sagte sein Vater und umarmte Zoey ebenfalls.

»Er und Kane haben mir auch viel von euch erzählt.«

»Tja, das könnte Positives oder Negatives gewesen sein, stimmt's, John?« Sein Vater zog ihn an seine Brust.

»Ich hab ihr nur die guten Sachen erzählt.«

»Und ich den Rest«, sagte Kane und entlockte Zoey damit wieder ein Lächeln.

»Da gibt es nichts Schlechtes zu erzählen.« Aria trat näher. »Hallo, Zoey. Mir gefällt deine Jeans.«

»Danke. Deine Tattoos sind cool.«

»Danke.«

»Und ich mag deinen Nasenring. Kannst du mir auch so ein Piercing machen?« Zoey schaute zu Johnny. »Kann sie mir ein Tattoo machen, während wir hier sind?«

»Nein, das kann sie nicht, und ein Nasenpiercing bekommst du heute auch nicht.« Johnny schüttelte den Kopf und alle lachten.

»Sie hat dich tätowiert«, merkte Zoey an.

Kane schmunzelte. »Ja, Johnny, das hat sie.«

Johnny warf ihm einen finsteren Blick zu.

»Bevor du achtzehn bist, darf ich dir kein Tattoo stechen«, sagte Aria. »Aber ich kann dir was Cooles auf den Arm oder auf deine Sneaker zeichnen, wenn du möchtest.«

»Echt? Okay, dann auf meine Sneaker!«, rief Zoey aus. »Dann geht es nicht so schnell ab. Danke!«

»Lasst uns doch hineingehen, du kannst dir alles anschauen und wir lernen uns ein wenig kennen, in Ordnung?«, schlug seine Mutter vor. »Aria und ich wollten gerade Kekse backen, aber wir haben gemerkt, dass wir gar nicht wissen, welche du magst.«

»Ich mag alle Kekse und ich backe total gern«, sagte Zoey. »Ich hab immer meiner Oma beim Backen geholfen.«

Mitfühlend sah seine Mutter Zoey an. »Es tut uns allen so leid, dass du deine Großmutter verloren hast. Ich weiß, dass es dafür vielleicht zu früh ist, aber wir freuen uns, deine Großeltern zu sein, und wenn du magst, kannst du uns Grandma und Grandpa nennen, oder Bruce und Jan, oder was immer für dich angenehm ist.«

»Danke«, sagte Zoey leise und sichtbar gerührt. Johnny legte ihr eine Hand auf den Rücken.

»Würdest du uns gern beim Backen helfen?«, fragte seine Mutter.

Zoey schaute zu Johnny auf. »Darf ich?«

»Natürlich.«

»Ich helfe auch! Komm, Aria.« Harlow hakte sich bei den beiden unter und zog sie eilig zum Haus.

»Harlow Elizabeth, iss nicht alle Schokostückchen!«, rief ihre Mutter ihr hinterher.

Kichernd rannten die Mädels ins Haus.

»Das ist aussichtslos, Mom«, sagte Kane.

»Erinnert ihr euch noch, als Harlow letztes Jahr zu Weihnachten die ganze Tüte Schokostückchen gegessen hat, die eure Mutter für das Kürbisbrot benutzen wollte? Ihr war den Rest des Tages übel.« Sein Vater schüttelte den Kopf. »Man sollte glauben, dass sie daraus gelernt hat.«

Kane klopfte Johnny auf die Schulter. »Deine Tochter wird

nach dem heutigen Tag eine andere sein.«

»Aria wird dafür sorgen, dass Harlow nicht übertreibt«, sagte sein Vater.

»Ich habe das Gefühl, dass Zoey für sich selbst eintreten kann«, meinte seine Mutter und umarmte ihn. »Ich hab dich vermisst, Schatz.«

»Ich dich auch, Mom. Wie geht es dir?«

»Mir geht es gut. Ich hab mich den ganzen Vormittag ausgeruht.«

»Okay, gut. Aber wenn es mit uns allen hier zu viel für dich wird, dann sag mir einfach, wie ich helfen kann.«

»Danke, mein Junge.« Sie tätschelte seine Wange. »Das Leben als Vater bekommt dir. Zoey ist ein pfiffiges junges Mädchen, oder?«

Er atmete aus und hatte plötzlich das Gefühl, seit Stunden die Luft angehalten zu haben. »Das ist sie wirklich. Aber sie mag das Leben in der Stadt nicht.«

»Das gefällt nicht jedem«, sagte seine Mutter. »Gib ihr etwas Zeit, sich einzugewöhnen, und in der Zwischenzeit machst du einfach so weiter. Solang sie weiß, dass sie geliebt wird und gewollt ist, wird sich alles andere schon ergeben. Und wenn sie die Stadt wirklich nicht ausstehen kann, dann ist da ja immer noch das Cape. Ich geh lieber mal hinein, bevor sie alle Bauchweh haben.«

Ihr Vater zog sie zu einem kurzen Kuss an sich, und als sie ins Haus ging, fragte er: »Was meint ihr, Jungs? In die Männerhöhle?«

»Nur wenn du dir eine schmerzliche Niederlage am Billardtisch einhandeln willst«, sagte Kane.

»Immer noch besser, als von einer Teenagerin beim Poker über den Tisch gezogen zu werden«, sagte ihr Vater.

Johnny lachte. »Den Makel wirst du nicht mehr los, Kane.«

Sie gingen hinein, und als sein Vater und Kane sich auf den Weg nach unten machten, sagte Johnny. »Ich komme gleich.« Er wollte nach Zoey sehen, blieb aber vor der Küche stehen und hörte zu, wie sie den anderen von ihren Vormittagen in Colorado erzählte.

»Jillian kocht nicht und sie ist auch keine Frühaufsteherin, also haben Johnny und ich immer Frühstück gemacht und Lunchpakete gepackt, und dann sind wir ausgeritten. Für Jillian hat er immer etwas mehr eingepackt, weil sie nie viel frühstückt. Manchmal hat sie sogar etwas von *seinem* Lunchpaket gegessen. Er hat so getan, als würde es ihn stören, aber ich weiß, dass es nicht so war.«

»Mein Bruder ist geritten?«, fragte Harlow.

»Ja, das hat Spaß gemacht. Sie haben sich immer gegenseitig geärgert, und Jillian und ich haben uns die ganze Zeit unterhalten, während wir geritten sind.«

»Du vermisst sie bestimmt«, sagte Aria.

»Ja, total. Aber ich rede jeden Tag mit ihr. Ich darf ihr bei einer neuen Kollektion helfen …«

Ich vermisse sie auch, Sunshine. Während Zoey die anderen auf den neuesten Stand brachte, dachte er an Jillian. Er hatte sie gestern Abend angerufen, um ihr zu erzählen, dass er ein Paket von Beau mit Zoeys fehlenden T-Shirts und Socken erhalten hatte, die Bandit anscheinend verschleppt hatte. Jillian hatte sich köstlich darüber amüsiert. Außerdem hatte er gemerkt, dass sie sich tatsächlich voll in ihre geliebte Arbeit kniete. Es war bereits zehn Uhr, als er sie angerufen hatte, und sie war immer noch in ihrem Büro gewesen. Sie hatte vierzig Minuten lang von ihrer Kollektion ›Wanderlust‹ erzählt, die sie nun endlich auf den Markt bringen wollte. Er genoss es, an ihrer Begeisterung teilzuhaben, aber er wünschte sich so sehr, dass er hätte bei ihr sein können. Sie hatten auch über Zoey gesprochen und angestrengt versucht, nicht die Tatsache zu erwähnen, dass es Monate dauern konnte, bis sie sich wiedersahen. Es spielte keine Rolle, dass sie erst am Abend zuvor nach ihrer leidenschaftlichen Badewannenepisode miteinander geredet hatten. Er hörte gern ihre Stimme, und er erfuhr neue Dinge über sie, wie zum Beispiel, dass Burgunderrot – die Farbe ihrer Haare – ihre Lieblingsfarbe war, weil es sie an ihre liebste Jahreszeit, den Herbst, erinnerte. Und dass sie eingelegtes Gemüse mochte, allerdings nur Gurken, und wenn sie einen Teil ihres Lebens wiederholen könnte, dann wäre es der Tag, an dem Beau und Zev von zu Hause weggegangen waren. Sie würde die beiden davon abhalten und die folgenden zehn Jahre gemeinsam mit ihnen erleben. Er empfand so viel für sie, dass er sich fragte, wie er sein ganzes Leben ohne derartige Gefühle hatte verbringen können.

Er schrieb ihr eine Nachricht. *Der Vogel ist gelandet und scheint das Nest zu mögen.* Dann tippte er weiter: *Wir vermissen dich*, löschte es aber gleich wieder, weil er ihr nicht das Herz schwer machen wollte.

Ihre Antwort kam, als er zur Treppe ging. *Super! Ich wusste, dass alle sie lieben würden. Sie ist ein tolles Mädchen. Es ist bestimmt schön, deine Familie zu sehen.* Er lehnte sich an die Wand und schrieb: *Das ist es.* Verdammt! Es war sowieso schon schwer, und seine Gefühle für sich zu behalten, war eine Tortur, also tippte er: *Aber ich wünschte, du wärst hier. Ich vermisse dich.* Er wartete und nahm an, dass diese drei tanzenden Punkte verschwinden würden, doch die Antwort kam: *Du kannst mir heute Abend zeigen, wie sehr.* Drei Flammen-Emojis folgten. Hektisch schrieb er zurück: *Wir übernachten bei meinen Eltern.*

Vielleicht habe ich hier nicht genügend Privatsphäre. Sofort kam ihre Antwort, eingeleitet mit einem stirnrunzelnden Emoji. *Schade. Ich habe ein neues Spielzeug namens Leckmeister. Ich lass dich wissen, ob es seinem Namen gerecht wird.*

»Das werde ich verdammt noch mal nicht verpassen.« Wie wild tippte er auf seinem Handy herum. *Ich mach einen Mitternachtsspaziergang. Fang NICHT ohne mich an.* Wie sollte er es Wochen oder Monate schaffen, jedes Mal, wenn Zoey Jillian erwähnte, so zu tun, als würde er sich nicht schmerzhaft danach sehnen, bei ihr zu sein und sie morgens um zehn verschlafen und wunderschön aus dem Schlafzimmer stolpern zu sehen? Oder als würde er sich nicht danach verzehren, sie in den Armen zu halten? Oder auch nur ihre Hand zu halten und dieses Funkeln in ihren Augen zu sehen, das sich innerhalb von einer Sekunde von einem frechen zu einem sexy Blick verwandeln konnte?

Das war doch verrückt. Er war ein Rockstar, verdammt! Er brauchte nur mit den Fingern zu schnipsen und bekam alles, was er wollte – nur nicht die Frau, die sein Herz in Brand gesetzt hatte.

Er versuchte, diese Gedanken beiseitezuschieben, als er sich unten zu seinem Vater und seinem Bruder gesellte. Kane holte gerade Bier aus dem Kühlschrank neben dem Tresen und sein Vater baute die Billardkugeln auf.

»Alles in Ordnung mit Zoey?« Kane gab ihm ein Bier und nahm sich einen Billardqueue.

»Scheint so. Sie quasseln in der Küche und Zoey hörte sich glücklich an. Ich wollte nicht da reinplatzen und alles durcheinanderbringen.«

»Das war schlau. Wie hältst du dich?«, fragte ihr Vater und nahm sich auch einen Queue. »Und was sagen die Jungs zur verschobenen Tour?«

»Mir geht's gut, und die Jungs ziehen mit. Sie wissen, dass Zoey an erster Stelle stehen muss, und dank Kane kommt auch der ganze Mist, den Dick verbockt hat, wieder in Ordnung. Aber wie es aussieht, werde ich sehr damit beschäftigt sein, bei vielen Leuten etwas wiedergutzumachen, sobald Zoey in der Schule ist und ich Zeit für Besprechungen hab. Eines kann ich dir sagen, Dad. Mehr als je zuvor weiß ich jetzt zu schätzen, was du und Mom für uns getan habt. Jede einzelne Entscheidung, die ich fälle, wirkt sich irgendwie auf Zoey aus.«

»Das ist wohl wahr«, sagte sein Vater. »Wie lebt sie sich zu Hause ein?«

»Ich glaube, zu Hause geht es ihr gut, aber kann ich mir da so sicher sein? Manchmal hab ich das Gefühl, alles, was ich sage oder tue, ist falsch, und dann wieder kommt es mir wie ein Lottogewinn vor, wenn sie gelächelt hat oder mir bei etwas zugestimmt hat.«

»Willkommen im Leben eines Vaters, Junge.« Sein Vater klopfte ihm auf den Rücken. »Meiner Erfahrung nach sind Mädchen etwas schwieriger zu lesen als Jungs. Wenn wir etwas getan haben, was dir oder Kane nicht gefiel, dann habt ihr uns das gesagt. Du hast widersprochen oder die Fäuste geballt, als würdest du jeden Moment explodieren. Damals haben wir oft Baseball gespielt. Aber als die Mädchen in Zoeys Alter waren, war das vollkommen anders. Ich glaube, Harlow hat ein Jahr lang nichts anderes als *Wie du meinst* oder *Nichts* auf alles geantwortet, was wir zu sagen hatten, und Aria hat die ganze Zeit zeichnend in ihrem Zimmer verbracht. Wenn wir gefragt haben, ob etwas nicht in Ordnung ist, hat sie nur den Kopf geschüttelt, ohne auch nur aufzuschauen. Irgendwann wurde Harlow bewusst, dass sie ihre schauspielerischen Fähigkeiten ausbauen konnte, wenn sie sich mit ihren Eltern abgab. Das war ziemlich witzig. Und Aria ist einfach immer mehr aufgeblüht, hat sich uns Stück für Stück weiter geöffnet, hat uns an ihrer Kunst teilhaben lassen und damit auch gezeigt, was sie wollte und was nicht.«

»Ich wünschte, ich hätte Zoey gekannt, als sie noch kleiner war«, sagte Johnny, während Kane um den Billardtisch herumging, um zu spielen. »Manchmal hat sie plötzlich diesen sorgenvollen Blick, sagt mir aber nicht, was los ist. Meistens dauert es nicht lange, aber ich frage mich, ob ich jemals wirklich wissen werde, was sie alles denkt oder fühlt, oder ob sie sich einfach als die gibt, von der sie denkt, dass ich sie gern hätte.«

»Die Kleine macht *nichts*, um anderen zu gefallen«, erwiderte Kane. »Und das ist gut. Sie muss stark sein, denn da draußen gibt es eine Menge Arschlöcher, und sie muss in der Lage sein, sich zu behaupten.«

»Ja, das hat Jilly gestern Abend auch gesagt.«

»Die Designerin, von der du uns erzählt hast?« Sein Vater hob eine Augenbraue. »Du redest mit ihr noch über Zoey?«

»Unter anderem«, gestand Johnny. »Wir sind uns nähergekommen, während wir dort waren, und Zoey mag sie sehr.«

»Ist das schlecht? Du klingst deswegen irgendwie beunruhigt«, sagte sein Vater.

»Es ist gut für Zoey.«

»Er mag Jillian, aber er muss sich auf Zoey konzentrieren und sein Leben wieder auf die Reihe kriegen«, sagte Kane. »Du bist dran, Dad.«

Ihr Vater schaute über den Billardtisch hinweg zu ihm. »Willst du darüber reden, John?«

»Wir haben einfach so viel Zeit zusammen verbracht, dass ich das Gefühl habe, ein Teil von mir ist mir jetzt abhandengekommen. Und wenn ich über sie rede, wird es nur noch schlimmer, also lieber nicht. Aber du darfst mir gern Ratschläge dazu geben, wie ich mit Zoey umgehen soll.«

»Ganz offensichtlich respektiert sie dich«, sagte sein Vater, als er seinen Stoß ausführte. »Das konnte man sehen, als sie dich erst gefragt hat, bevor sie mit den Mädels losgezogen ist. Sorg einfach dafür, dass alle Kommunikationskanäle offen bleiben. Vierzehn ist ein schwieriges Alter. Ich nehme an, sie hat bereits ihre Periode, also musst du dafür sorgen, dass du alle entsprechenden Hygieneartikel vorrätig hast, und du musst mit ihr über Geschlechtsverkehr und das Ganze reden.«

»Mist!« Johnny ging auf und ab. »Daran hab ich nicht gedacht. Woher soll ich wissen, was ich kaufen soll? Ich kann sie doch nicht fragen, ob sie Binden oder Tampons benutzt. Das ist ihr sicher peinlich.«

»Es wird ihr peinlicher sein, wenn sie mit Blutflecken in der Unterwäsche zu dir kommen muss, und vielleicht versucht sie dann auch, allein damit zurechtzukommen, so wie es bei Aria war. Aber du willst ja nicht, dass sie beim Klauen erwischt wird«, sagte sein Vater. »Ich denke, du könntest deine Mutter oder deine Schwestern mit ihr reden lassen.«

»Nein. Sie ist *meine* Tochter. Ich sollte in der Lage sein, mit ihr darüber zu reden. Das ist etwas ganz Natürliches, nichts, wofür man sich schämen muss.«

»Vergiss nicht das mit den Bienen und den Blümchen«, feixte Kane und machte sich für seinen Stoß bereit.

»Sie ist vierzehn. Ich bin mir sicher, sie weiß darüber Bescheid. Nehmen die das nicht in der Schule durch?« Johnny blieb stehen.

»Sag nicht, dass du einer von diesen Vätern sein willst, die sich darauf verlassen, dass die Schule ihren Kindern alles über das Leben beibringt!«, meinte Kane streng.

»Mist, du hast recht. Irgendwelche Ratschläge dazu, Dad?«

»Ich hab mich um euch Jungs gekümmert. Die Mädchen gehörten zum Aufgabenbereich eurer Mutter.«

»Ich werde mit ihr reden, und ich werde Dare fragen, ob es irgendetwas gibt, worauf ich aufpassen sollte, nach allem, was sie durchgemacht hat.«

»Sieh einfach zu, dass du alles Mögliche an Frauenkram da hast«, sagte Kane. »Und sorg dafür, dass immer Schokolade vorrätig ist. Für den Fall, dass sie unter PMS leidet.«

Johnny tigerte wieder hin und her. »Meine Güte! Was hab ich denn sonst noch alles nicht bedacht?«

»Du musst ihre Freunde kennenlernen. Wissen, mit wem sie Zeit verbringt«, sagte sein Vater. »Die Kids sind raffiniert. Du musst auf dem Laufenden sein, mit den anderen Eltern reden, und wenn dir etwas komisch vorkommt, ist es das wahrscheinlich auch.«

»Sollten wir mit ihm darüber reden, wie es ist, wenn sie mit dem Daten anfängt?«, fragte Kane.

»Nein, du Arsch!«, fuhr Johnny ihn an. »Sie wird niemals daten. Ein Date führt zu Sex und –«

Kane und sein Vater brachen in schallendes Gelächter aus.

Johnny blieb stehen und verschränkte die Arme. »Das ist überhaupt nicht witzig.«

»Wenn du dein Gesicht sehen könntest, würdest du auch lachen«, sagte Kane.

»Ach, Mann, du nervst.« Wieder ging er auf und ab. »Ich meine, du hast recht. Das sind wichtige Sachen, die ich bedenken muss, aber jetzt hört schon auf zu lachen.«

Sein Vater klopfte ihm noch einmal auf die Schulter. »Jetzt mal im Ernst, John, du bist jetzt Zoeys Mom und Dad, also solltest du vielleicht mal mit deiner Mutter über das reden, was du wissen musst. Aber ich kann dir ein paar handfeste Tipps geben. Ein gemeinsames Interesse zu finden, ist hilfreich. Irgendetwas, das euch verbinden kann.«

Musik und Jillian fielen ihm ein.

»Jugendliche wissen es zu schätzen, wenn man ehrlich ist«, sagte sein Vater und zog damit wieder Johnnys Aufmerksamkeit auf sich. »Sie merkt es, wenn du sie veräppelst.«

»Frauen haben einen angeborenen Lügendetektor, den Männer nicht haben«, warf Kane ein.

»Genau«, stimmte sein Vater zu. »Mädchen brauchen Väter, die nicht vor schwierigen Themen zurückschrecken. Wenn du sie vermeidest, wird sie dir nie ganz vertrauen. Deine Mutter hat all die Pubertätsgespräche mit den Mädchen geführt, aber ich hatte einige andere schwierige Themen mit ihnen zu besprechen. Und wenn du Zoeys Vertrauen willst, dann musst du ihre Meinung respektieren und ihr auch vertrauen. Das heißt nicht, dass du immer ihrer Meinung sein oder nachgeben musst, aber wenn sich eine Teenagerin die Zeit nimmt, mehr als *Wie du meinst* oder *Nichts* von sich zu geben, dann hat sie beschlossen, dir einen Blick in ihren Kopf zu gewähren. Vielleicht schreit sie, oder sie weint oder murmelt etwas vor sich hin, und dann ist es an dir, einen Schritt zurückzutreten und zu überlegen, *warum* sie weint oder schreit, wenn sie dir irgendetwas erzählt. Frag dich selbst, ob du ihr vielleicht nicht gut genug zugehört hast oder ob sie wegen irgendetwas, das von außen auf sie einwirkt, traurig ist. Wegen einer Freundin, einem Jungen, dem Verlust ihrer Großmutter. Bei Zoey kann die Geschichte mit ihrer Mutter noch Jahre später wieder aufkommen, vielleicht wenn du überhaupt nicht mehr damit rechnest. Das musst du immer im Hinterkopf behalten. So wie Aria mit ihren Albträumen.

Soweit ich weiß, hat sie keine Albträume mehr, aber sie ist noch immer belastet, und das zeigt sich auf eine andere Art. Behalt das immer im Auge, damit du sie auffangen kannst, wenn sie ins Stolpern gerät.«

Sein Vater ging um den Billardtisch herum und suchte nach einer guten Möglichkeit für einen Stoß, während er weitersprach. »Als wir Harlow adoptiert haben, hat deine Mutter etwas zu mir gesagt, das ich für das Wichtigste bei der Erziehung von Mädchen halte. Wie du sie behandelst, wird ausschlaggebend dafür sein, wie sie erwartet, von jedem anderen Mann in ihrem Leben behandelt zu werden. Wenn du das bei jedem Gespräch mit ihr im Kopf behältst, bei jedem Gesichtsausdruck, den du machst, dann kriegst du das schon hin.«

»Nicht, dass Dad dich unter Druck setzen will oder so«, sagte Kane mitfühlend.

»Ich glaube, ich brauche jetzt etwas Stärkeres als ein Bier.« Johnny fuhr sich mit der Hand übers Gesicht.

»Du packst das schon«, sagte Kane.

»Muss ich, für Zoey.«

Nach ein paar Runden Poolbillard und einigem Gelächter sagte Johnny: »Ich schau mal nach Zoey und hol unsere Sachen aus dem Auto. Was haltet ihr von einem Lagerfeuer heute Abend?«

»Das Holz liegt schon bereit«, sagte sein Vater, als er und Kane noch ein letztes Spiel anfingen.

»Darf ich die mal ausleihen?« Er deutete auf die Gitarre – die erste in Standardgröße, die seine Mutter ihm geschenkt hatte –, die neben Kanes Abschlusszeugnissen, Harlows Fotos auf roten Teppichen und Arias Auszeichnungen für ihre Arbeiten an der Wand hing. Die Gitarre hatte seiner Mutter gehört, und sie hatte sie ihm gegeben, als er zwölf geworden war.

»Klar. Hast du deine Gitarre vergessen?«, fragte sein Vater.

»Nein. Zoey hat angefangen zu spielen.« Er nahm die Gitarre von der Wand und ging nach oben. Seine Mutter kam gerade mit einem Teller voller Cookies aus der Küche. »Hey, Mom. Wie hältst du dich?« Er stibitzte sich einen Keks und biss hinein.

»Mir geht es gut, mein Schatz. Danke, dass du dir Sorgen machst, aber es ist wirklich in Ordnung. Ich ruhe mich aus, wenn es nötig ist.«

»Gut. Wo ist Zoey?«

»Harlow hat sich mit ihr und Aria verdrückt. Sie sind im Wohnzimmer, und übrigens, Schatz, wir haben sie total lieb. Dein Mädchen hat wirklich Mumm. Sie hat uns von ihrer Mutter erzählt und dabei nicht mit ihren Gefühlen für sie hinterm Berg gehalten.«

»Ja, ich bin froh, dass ich Zoey habe, aber damals hab ich eindeutig nicht klar gedacht.«

»Du bist so schnell berühmt geworden und hattest so viel, mit dem du fertig werden musstest. Uns war klar, dass es auf dem Weg einige fragwürdige Entscheidungen geben würde. Aber sieh nur, zu was für einem wunderbaren Mann du geworden bist, und jetzt hast du auch noch eine Tochter, die dich cool findet. Ihre Worte, nicht meine.«

Er grinste stolz. »Das hat sie gesagt?«

»Ich glaube, der genaue Wortlaut war: ›Mein Dad und Jillian sind cool.‹ Sie mag Jillian wirklich sehr.«

»Das geht uns beiden so.«

»Das habe ich mir gedacht, nach allem, was Zoey uns erzählt hat. Wirst du sie wiedersehen?«

Das hoffe ich doch! »Irgendwann. Sie und Zoey wollen zusammen ein Outfit entwerfen.«

»Das hat Zoey auch erwähnt, und Harlow war etwas neidisch, also hat Zoey Jillian angerufen, um sie zu fragen, ob sie etwas für Harlow designen kann. Wir haben alle in einem Videocall mit ihr geredet. Sie ist so reizend.«

»*Was* habt ihr?« Du meine Güte. Er konnte sich gut vorstellen, welches Verhör Harlow mit ihr veranstaltet hatte.

»Es war in Ordnung, wirklich. Jillian hat sich gefreut, mit Zoey zu reden, und sie und die Mädchen haben sich richtig gut verstanden. Sie scheint nicht auf den Kopf gefallen zu sein, und es ist offensichtlich, dass Zoey ihr am Herzen liegt. Ich bin froh, dass Zoey jemanden wie sie hat, zu dem sie aufschauen kann. Sie haben auch kurz über den anstehenden Schulbesuch geredet, von dem Zoey nicht gerade begeistert ist.«

»Ich weiß, aber wir haben eine Abmachung. Es ist ein Anfang.«

»Wir haben von eurem Ein-Monat-Deal gehört«, sagte seine Mutter.

»Sie scheint sich mit euch richtig wohlzufühlen, wenn sie euch das alles erzählt hat.«

»Es kam mir so vor, ja.« Sie lächelte. »Sie hat auch erzählt, dass du wieder Musik schreibst.«

»Ja. Mein Leben musste wohl erst einmal in sich zusammenfallen, damit ich endlich wieder inspiriert bin.«

»Klingt so, als wäre die Zeit mit Jillian fernab von allem für euch beide gut gewesen. Ich weiß, dass dein Leben gerade chaotisch ist, und ich bin mir sicher, dass du endlos viele Dinge zu regeln hast, aber wir wissen beide, wie wertvoll Zeit ist.

Vielleicht möchtest du Zoey doch früher Jillian besuchen lassen.«

Wenn es nach ihm ginge, wäre Jillian jetzt hier an seiner Seite. »Ich behalte das im Kopf, Mom. Ich möchte nach Zoey schauen. Würde es dir etwas ausmachen, wenn ich ihr die hier gebe?« Er hielt die Gitarre hoch. »Sie lernt gerade zu spielen. Ich sorge dafür, dass sie gut darauf aufpasst.«

»Natürlich, das wäre wunderbar.«

Er fand Zoey im Wohnzimmer neben Harlow sitzen, und beide schauten sich gerade etwas auf Harlows Handy an, während Aria auf Zoeys Sneaker zeichnete. Er nahm sein Handy heraus und machte ein Foto. Als er eintrat, schauten sie auf und er machte gleich noch ein Foto.

»Warte«, sagte Harlow und legte einen Arm um Zoey. »Aria, komm aufs Sofa, damit Johnny uns fotografieren kann.«

Aria setzte sich auf die andere Seite von Zoey und lehnte sich zu ihr hinüber, während Zoey strahlte und er das Foto machte.

»Jetzt eins mit Grimassen«, drängte Harlow.

Sie verzogen die Gesichter und er fotografierte noch einmal.

»Johnny, guck mal!« Zoey sprang auf und streckte ihren Arm aus, auf den Aria das Logo der Bad Intentions gezeichnet hatte.

»Das ist toll. Vielleicht haben wir eines Tages das gleiche Tattoo.« Wieder strahlte sie ihn an.

»Und guck mal, meine Sneaker.« Sie hob einen Fuß und zeigte ihm, was Aria auf den Schuh gezeichnet hatte.

»Das gefällt mir total. Gute Arbeit, Aria.«

»Danke«, sagte Aria leise.

»Würde es euch etwas ausmachen, wenn ich Zoey kurz entführe?«

»Aber wir sind noch nicht fertig«, beschwerte sich Zoey.

»Ich möchte nur eine Minute mit dir reden. Du kannst dann gleich zurückkommen«, versprach er.

»Okay.« Sie drehte sich zu den Frauen um. »Bin gleich wieder da.« Als sie in den Flur gingen, fragte sie: »Habe ich etwas falsch gemacht?«

»Nein, Sunshine. Ich wollte nur sehen, wie es dir geht, und herausfinden, ob du über Nacht bleiben willst oder nicht, bevor ich unsere Sachen ins Haus hole.«

»Ich will! Harlow und Aria haben gesagt, wir könnten einen Film zusammen schauen, und deine Mom hat gesagt, wir könnten Popcorn machen. Wir wollen zusammen in Harlows altem Zimmer schlafen, und sie meinten, sie würden eine Deckenhöhle bauen, wie sie es als Kinder gemacht haben. Willst du dort mit uns schlafen?«

»Klingt nach einer Menge Spaß, aber ich denke, ich bleibe lieber in meinem eigenen Bett. Nach dem Essen machen wir ein Lagerfeuer. Willst du noch versuchen, ›I Want to Hold Your Hand‹ zu spielen?«

»Du weißt, dass ich die Barrégriffe noch nicht kann«, sagte sie leise. Barrégriffe waren für Anfänger schwer zu spielen.

»Dann machen wir es so, wie wir es geübt haben, und lassen alle H-Dur-Akkorde weg.«

»Du lässt sie auch weg?«, fragte sie hoffnungsvoll.

»Aber klar doch. Wir sind ein Team, weißt du doch.«

»Okay, dann mach ich's.«

»Braves Mädchen.« Er hielt die Gitarre hoch. »Das war meine erste Erwachsenengitarre, und ich möchte, dass du sie jetzt bekommst.«

Voller Staunen riss sie die Augen auf. »Ist das die, die deine Mom dir gegeben hat?«

»Genau.«

»Bist du sicher?«

»Es gibt niemanden, den ich lieber in meine Fußstapfen treten sehen möchte. Versprich mir nur, dass du gut auf sie aufpasst. Sie ist nicht zu ersetzen.«

»Ich würde niemals zulassen, dass etwas damit passiert. Du hast mir erzählt, dass es das Wertvollste in deinem Leben ist.«

»Das war es, aber jetzt habe ich ja dich.« Sein Herz schrie: *und Jillian*, aber nur falls sie auf ihn warten würde.

Zoey lächelte ihn mit zitternder Unterlippe an und umarmte ihn dann ganz fest. »Vielen, vielen Dank! Darf ich sie Harlow und Aria zeigen?«

»Sie gehört dir. Du kannst damit tun, was du möchtest.«

Er gab ihr die Gitarre, sie flitzte damit ins Wohnzimmer zurück und rief: »Guckt mal, was mein Dad mir gegeben hat!«

Kane und Bruce kamen den Flur entlang.

»Wie fühlt es sich an?«, fragte sein Vater.

Als würde ein wichtiger Mensch einen bedeutenden Augenblick verpassen.

Zweiundzwanzig

»Ich hab die Budgeterhöhungen markiert und die Einsparungen bei den Deals, die ich aushandeln konnte, gekennzeichnet.« Liza legte einen Ordner auf Jillians Schreibtisch. Es war Freitagnachmittag, fast drei Wochen nach Jillians Rückkehr aus Colorado, und sie beendeten gerade ihre Besprechung zum Launch der Kollektion.

Die vergangenen zwei Wochen waren in einem chaotischen Rausch aus Vorbereitungen für den Startschuss der Kollektion und Kundenterminen an ihr vorübergezogen. Liza bewirkte alle möglichen Wunder, um den Launch von ›Wanderlust‹ Anfang März Wirklichkeit werden zu lassen, und die Tatsache, dass schon frühzeitig Informationen über die Kollektion durchgesickert waren, hatte zu einem großen Interesse an der Kollektion geführt. Die gesamte Modebranche wartete gespannt, und die breite Öffentlichkeit war fasziniert von der Vorstellung, alle Modenormen zu ignorieren und eine High-End-Kollektion zu mittleren Preisen zu bekommen, die für die verschiedensten Körperformen designt war. Den Launch voranzutreiben, war in jeglicher Hinsicht eine kluge Entscheidung gewesen. Und sich in die Arbeit zu stürzen, war genau das, was sie gebraucht hatte, um sich tagsüber konzentrieren zu können. Dabei telefonierte sie täglich mit Zoey, die Probleme bei der Eingewöhnung in der Schule hatte, und abends mit Johnny, der alles in seiner Macht Stehende tat, um Zoey zu helfen, während er gleichzeitig versuchte, die Geschäftsbeziehungen, die Dick an die Wand gefahren hatte, zu retten, und sein eigenes Leben zu organisieren – und es dennoch schaffte, Jillian das Gefühl zu geben, besonders und begehrt zu sein. All das ließ sie mit der gleichen zwiespältigen Empfindung wie seine Nachrichten in Colorado zurück: Sie war zufrieden und sehnte sich doch nach viel mehr.

»Was steht unterm Strich?«, fragte Jillian.

»Es wird etwa dreiundzwanzigtausend mehr kosten als unser Spielraum von fünf Prozent, selbst mit den Preisnachlässen.«

»Das ist weitaus weniger, als ich angenommen hatte. Du musst deine Seele verkauft haben, um so viel herausgeholt zu haben.«

»Ich hab vielleicht die eine oder andere Beziehung spielen lassen. Übrigens füllt sich dein Kalender mit Presseterminen. Ich denke, es war ein guter Schachzug von dir, eine große neue Richtung einzuschlagen. Das Interesse an ›Wanderlust‹ in den sozialen Medien wächst und wächst, und bisher wurde kein einziges Stück gezeigt.«

»Hoffen wir nur, dass die Leute nicht enttäuscht sind, wenn es denn so weit ist.«

»Auf keinen Fall. Das ist bisher deine beste Kollektion. Meine Töchter können es nicht abwarten, etwas davon in die Finger zu kriegen.« Liza hatte drei Töchter, vier Enkelinnen und zwei Enkel.

»Bestell ihnen, was immer sie möchten. Das geht aufs Haus.«

»Großzügig wie immer. Danke. Wie wär's, wenn ich es ihnen einen Monat vor dem Launch schicke, mit dem Hinweis

Teilen macht Freude, liebe Grüße, Mom?«

»Kein Wunder, dass ich dich so mag. Klingt perfekt.« Sie hatte für Liza bereits ein Exemplar von jedem Stück bestellt und wollte es ihr zu Weihnachten zusammen mit den anderen Geschenken geben. Jillian stand auf. »Danke für die Updates. Ich bin im Atelier, falls du mich brauchst.«

Sie ging nach oben. Die Spätnachmittagssonne strömte durchs Fenster, fiel auf die Entwürfe auf ihrem Zeichentisch und erhellte das Atelier, in dem sie so viel Zeit verbrachte. Anstatt sich direkt an die Arbeit zu machen, wie sie es in diesen letzten zwei Wochen versucht hatte, nahm sie sich einen Augenblick und betrachtete die vielen Schneiderpuppen mit den Kleidern in ihren unterschiedlichen Stadien, die Tische, die mit Stoffen und anderen Utensilien bedeckt waren, und die großen schwarzen Bretter, an denen Ideen und Entwürfe befestigt waren, um sich daran zu erinnern, wie weit sie gekommen war. So wie sie es im Laufe der Jahre schon manches Mal getan hatte, wenn sie sich einsam gefühlt hatte.

Das Gefühl der Einsamkeit hatte sie am Abend zuvor mit bisher unbekannter Wucht überkommen, als sie zum Essen zu ihren Eltern gefahren war, wo sie auch Jax und Jordan, Nick und Trixie, Graham und Morgyn getroffen hatte. Ihre Familie betonte immer wieder, wie sehr sie sich über ihre Entscheidung freute, ›Wanderlust‹ endlich herauszubringen, und ihre Schwägerinnen und Jordan waren begeistert davon, bei der Modenschau als Model über den Steg zu laufen. Jillian hoffte, dass sie genauso begeistert wirkte, aber umgeben von verliebten Paaren hatte sie Johnny nur noch mehr vermisst. Sie hatte überlegt, wie es wäre, wenn er und Zoey mit ihr dort an diesem Tisch sitzen würden. Es war leicht gewesen, sich vorzustellen, wie er mit ihren Brüdern Witze riss und Zoey mit ihr, ihrer

Mutter und den Mädels über ihre Probleme in der Schule sprach und dabei all die Liebe und Unterstützung erfuhr, die sie verdiente. Jillian wusste, dass sie all das bei Johnnys Familie bekam. Zoey hatte ihr erzählt, dass Harlow, Aria und ihre Grandma Jan Kontakt mit ihr hielten und dass sie angefangen hatte, zu einem Therapeuten zu gehen, den sie zu mögen schien. Aber trotzdem. Zu viel Unterstützung gab es nun mal nicht.

Sie hörte Schritte auf der Treppe und drehte sich um, als Jax – in seinem Designeranzug mit Krawatte stylish wie immer – hereinkam. Er trug seine hellbraunen Haare kurz, und seine dunklen Augen strahlten viel mehr, seit er und Jordan ein Paar geworden waren.

»Suhlst du dich im Ruhm des anstehenden Launches?«, fragte er, als er zu ihr herüberschlenderte.

»Ach, oh ja, ja, genau.« Sie seufzte theatralisch. »Es ist ein furchtbar hartes Leben. Aber irgendjemand muss es ja tun. Was treibst du hier?«

»Wollte nur mal nach dir sehen.«

Sie schnaubte und ging zu ihrem Zeichentisch. »Du meinst, dass du hoffst, etwas von meinem Erfolg könnte auf dich abfärben?« Sie scherzte natürlich. Jax war lange vor ihr ins Rampenlicht getreten. Er war ein renommierter Brautmodendesigner und hervorragender Geschäftsmann, und er konnte praktisch all ihre Gedanken lesen. Oft beendeten sie die Sätze des anderen, und da sie nun unter sich waren, beunruhigte sie das ein wenig.

»Schön wär's«, sagte er und warf einen Blick auf die Skizzen. »Sind die für die ›Rocker Girlz‹-Kollektion?«

»Mhm. Gefallen sie dir?«

Prüfend betrachtete er die Skizzen. »Ja. Sie sind gewagt.«

»Gewagt?« Sie hob eine Augenbraue. »Alles klar, alter

Mann.«

»Was ist an gewagt so falsch?«

»Nichts, wenn du ein Opa bist.«

»*Gewagt* ist ein passender Begriff, finde ich. Sie sind nicht süß, weil junge Teenager nicht süß genannt werden wollen, und sie sind aus gutem Grund nicht sexy. Sie sind ausgefallen mit einem ganz eigenen Touch. *Gewagt* eben.«

»Okay, Blödmann.« Ihr wurde bewusst, dass sie das Wort von Zoey übernommen hatte, wollte das jetzt aber gerade nicht analysieren. »Ich hab zu arbeiten, also wolltet du und dein neuer Wortschatz etwas Bestimmtes?«

»Nur Antworten.« Er lehnte sich mit der Hüfte an den Zeichentisch und verschränkte die Arme.

»Worauf?«

»Auf die Frage, warum du bei Mom und Dad kaum etwas gegessen hast und überzogen begeistert wegen ›Wanderlust‹ warst.«

»Ich wusste nicht, dass es eine Obergrenze für Begeisterung gibt. Und findest du nicht, dass ich mich freuen sollte?« Sie marschierte durch den Raum.

»Ja, ich finde, du solltest guter Stimmung sein, und deshalb hat mir deine aufgesetzte, übertriebene Freude Sorgen bereitet. Ich kenne dich, Jilly. Wir haben uns einen Mutterleib geteilt. Ich weiß, wenn etwas nicht stimmt.«

»Es gibt nichts, was *nicht stimmt*.«

»Du willst mir also wirklich nichts über diesen Typen erzählen, wegen dem du so drauf bist?«

»Was für ein Typ?« Sie hatte ihren Brüdern gegenüber nichts von Johnny erzählt, was über das hinausging, womit er gerade zurechtkommen musste. Sie drehte sich herum, erwiderte seinen Blick und versuchte, herauszufinden, ob er ihr etwas entlocken wollte und … *Oh mein Gott!* Er wusste es. »Ich bring Jordan um!«

»Gib ihr nicht die Schuld. Ich habe es aus ihr herausgepresst.«

»Du Mistkerl! Du hast sie dazu gebracht, den Mädelscode zu brechen.«

»Was soll ich sagen? Ich hab nun mal ein gewisses Talent mit meinem Mund.«

»Iieeh! Jetzt muss ich mir die Ohren auswaschen.« Sie marschierte weiter durch den Raum in dem Versuch, seinem Röntgenblick zu entkommen.

Er lachte, aber seine Vergnügtheit war von kurzer Dauer. »Raus mit der Sprache, Jilly.«

Er holte sie ein und trat um sie herum, sodass ihr nichts anderes übrig blieb, als ihn anzuschauen oder sich wieder wie ein Kind abzuwenden. Sie hob das Kinn, hielt seinem Blick stand und überlegte, was sie sagen sollte. »Was soll ich denn erzählen?«

»Dass du jemanden gefunden hast, der dir viel bedeutet, und dass du ohne ihn leidest.«

Sie hatte keine Ahnung, warum es ihr die Tränen in die Augen trieb, wenn sie das von Jax hörte, doch sie schaute zur Decke auf, um die Beherrschung wiederzuerlangen, bevor sie ihn wieder ansah.

»Wenn jemand weiß, wie sich das anfühlt, dann ich«, sagte er mitfühlend. »Ich habe mich bei der ersten Begegnung in Jordan verliebt und sie war mit jemand anderem verlobt. Acht Monate lang habe ich sie aus der Ferne geliebt, ohne zu wissen, ob ich sie je wiedersehen würde.«

»Ich weiß, und du warst ein einziges Häufchen Elend. Die ganze Zeit vollkommen neben der Spur. Du hast immer so über alles die Kontrolle gehabt, dass ich nie verstanden hab, wie das passieren konnte. Bis jetzt«, sagte sie leise. »Aber ich hab mich nicht in Johnny verliebt, als wir uns das erste Mal gesehen haben. Ich hab ihm die Hölle heiß gemacht. Ich weiß nicht einmal, wann ich anfing, mehr für ihn zu empfinden. Es hat sich an mich herangeschlichen, so wie bei einem Design. Du weißt doch, wie dir beim Anfang einer Skizze jede Linie, die du zeichnest, ein ganz besonderes Gefühl gibt? Es gefällt dir, und dann bist du dir nicht so sicher, aber je mehr du sie ausarbeitest und zum Leben erweckst, umso mehr *fühlst* du sie?«

»Und dann fügt eine Linie oder ein Stückchen Stoff oder ein Muster alles zusammen, und plötzlich ist es das Perfekteste, was du je gesehen hast, und du kannst es dir gar nicht mehr anders vorstellen.«

»Ja! Genau so ist es passiert. Ich habe es überhaupt nicht kommen sehen, und doch kann ich mir nicht mehr vorstellen, jemand anderem nah zu sein.«

»Klingt für mich so, als hättest du deine Cola Light gefunden.«

»So kannst auch nur du ihn nennen«, sagte sie lachend.

»Das ist das Einzige, nach dem du abgesehen von der Mode jemals süchtig warst.«

»Du hast recht. Aber das Timing ist für uns so mies, und weißt du was, Jax? Es ist in Ordnung. Mir geht es gut. Es ist wirklich lieb von dir, dass du dir meinetwegen Sorgen machst, und ich weiß, du meinst es gut, aber ich konzentriere mich auf die Arbeit, und ehrlich, ich hab so viel zu tun, dass ich kaum Zeit habe, an Johnny und Zoey zu denken.«

»Tja, *das* enttäuscht mich aber.«

Johnny? Jillians Herzschlag setzte kurz aus. Sie drehte sich abrupt um und ihr blieb die Luft weg, als sie ihn und Zoey sah.

Er hielt einen riesigen Strauß Wildblumen in der Hand und beide schienen ihre Worte hart getroffen zu haben. »Was macht ihr denn hier?«

»Dich anscheinend *stören*«, zischte Zoey, die aussah, als würde sie gleich weinen.

»Nein, das tut ihr nicht.« Jillian trat zu ihr und zog sie in ihre Arme. »Ich kann es nicht glauben, dass ihr hier seid. Ich hab das nur gesagt, weil ich nicht wollte, dass Jax sich Sorgen um mich macht.«

»Du musst mich gar nicht erst anlügen«, sagte sie und versuchte, sich aus Jillians Umarmung zu befreien.

Diesen Kampf wollte Jillian auf keinen Fall verlieren. Sie hielt sie fest. »Ich würde dich *niemals* anlügen. Nehme ich mir nicht jeden Tag Zeit für dich?« Eine Antwort wartete sie nicht ab. »Ja, das mache ich, weil du mir wichtig bist und weil ich dich lieb habe. Aber es ist schwer, jemanden zu vermissen, den man lieb hat, und ich dachte, ich hätte alle davon überzeugt, dass es mir gut ging, aber Jax ist mein Zwilling, und er hat mich durchschaut und ist hergekommen, um nach mir zu sehen. Ich verspreche dir, Zoey, ich *habe* Zeit für dich, und wenn ich sie nicht habe, dann nehme ich sie mir.«

Die Anspannung in Johnnys Kiefermuskeln löste sich.

Als Jillian sie losließ, schaute Zoey noch immer misstrauisch zu Jax.

»Sie sagt die Wahrheit«, sagte Jax. »Meine Schwester kann einfach niemanden anlügen. Vor allem mich nicht, aber ich habe es ihr auch keine Sekunde lang abgenommen. Das wollte ich ihr gerade sagen, als dein Vater gesprochen hat.«

Zoey presste die Lippen aufeinander, und Jillian sah ihr an, dass es ihr peinlich war, also zog sie sie wieder in ihre Arme. »Ich brauche eine Umarmung, sonst weine ich, und dann verschmiert mein Make-up, und glaub mir, das sieht echt nicht schön aus.«

»Das kann ich bezeugen.« Jax streckte die Hand aus. »Du bist sicher der berühmt-berüchtigte Johnny Arschgesicht. Ich bin Jax.«

»Jax!«, schimpfte Jillian.

Johnny lachte und gab ihm die Hand. »Schön, dich kennenzulernen.« Er legte die Hand auf Zoeys Rücken. »Und das hier ist natürlich meine Tochter Zoey.«

»Hallo«, sagte sie etwas verschämt. »Tut mir leid wegen dem Ganzen.«

»Wegen was? Ich hab nichts mitgekriegt.« Jax zwinkerte ihr zu.

Jillian hätte sich zu gern Johnny in die Arme geworfen, doch sie hielt sich wegen Zoey zurück. »Aber ich weiß immer noch nicht, was ihr hier macht.«

»Wir mussten einfach kommen, um uns das unglaubliche Kürbisfest anzuschauen, von dem du uns erzählt hast.« Johnny zog sie in seine Arme und schaute ihr tief in die Augen. »Deswegen, und weil du uns gefehlt hast.«

Er drückte seine Lippen auf ihre und sie zog sich erschrocken zurück. »Johnny ...?«

»Sie weiß es«, sagte er lächelnd.

Jillian war sich sicher, dass sie sich verhört hatte. »Was?«

»Ich weiß, dass ihr euch mögt und ein Paar sein wollt«, erklärte Zoey. »Und ich weiß, dass es vielleicht nicht funktioniert, aber ich hoffe es wirklich, denn ich hab dich genauso vermisst wie er. Aber wenn es nicht klappt, dann können wir immer noch Freunde sein, hat er gesagt. Also, wenn du willst.«

Jillian fand keine Worte und hatte Angst, in Tränen auszubrechen, so glücklich war sie. Zum Glück rettete Jax sie.

»Zoey, wie ich gehört habe, hast du einen Blick für Mode. Lass uns doch rüber in die Eisdiele gehen und deinem Dad und Jillian etwas Zeit geben, um zu reden. Wir könnten uns bei einem Eis unterhalten.«

»Kann ich mit ihm gehen?«, fragte Zoey mit großen Augen.

»Klar. Ich geb dir etwas Bargeld mit.« Johnny griff nach seinem Portemonnaie.

»Ich mach das schon«, sagte Jax. »Kümmere du dich lieber um die drohende Tränenflut.«

Als die beiden nach unten gingen, fragte Jillian noch einmal: »Du hast es ihr erzählt?«

»Ich musste. Diese letzten Wochen waren die reinste Hölle. Es war schrecklich, meine Gefühle verstecken zu müssen und so zu tun, als würdest du mir nicht jede einzelne Sekunde am Tag fehlen. Ich bin echt nicht gut darin. Zoey hat gemerkt, dass ich nicht glücklich war. Sie hat mich ein paar Mal gefragt, ob etwas nicht stimmt, also hab ich mit Dare darüber gesprochen, und er hat mir geraten, ihr gegenüber in allen Dingen ehrlich zu sein.«

Ihr Herz quoll über vor Emotionen und schlug so schnell, dass es sie überraschte, überhaupt ein Wort herausbringen zu können. »Wie hat sie es aufgenommen?«

»Ziemlich begeistert. Sie meinte, sie hätte schon das Gefühl gehabt, wir beide würden uns mögen. Dass ihr in Colorado aufgefallen ist, wie ich dich angeschaut habe, und dass ich deine Hand oft berührt habe.«

»Unter anderem. Warum hast du mir nicht erzählt, dass du es ihr sagen willst?«

»Ich war mir nicht sicher, ob ich es durchziehen würde, doch als sie dich dann Anfang der Woche wegen der Schule angerufen hat, konnte ich es nicht mehr leugnen. Ich wollte es weder vor ihr noch vor sonst jemandem weiter verheimlichen.«

»Trotzdem kann ich es kaum glauben, dass du es ihr erzählt hast. Ich hab dich so vermisst, und immer wenn ich mit Zoey gesprochen habe, wollte ich auch mit dir reden. Ich bin wirklich froh, dass du sie eingeweiht hast, aber das war vor drei Tagen und wir haben jeden Abend telefoniert. Warum hast du nichts gesagt?«

»Um dann dein überraschtes Gesicht zu verpassen? Wie wär's, wenn du mal aufhörst, Fragen zu stellen, und deinen sexy Mund für etwas Besseres verwendest, bevor ich den Verstand verliere?«

Er senkte seine Lippen auf ihre, küsste sie langsam und sinnlich, als würde er es ebenso genießen, sie zu spüren und zu schmecken, wie sie es genoss, ihn bei sich zu haben. »Himmel, du hast mir so gefehlt«, sagte er an ihren Lippen. »Ich habe das Gefühl, endlich wieder atmen zu können.«

Sie öffnete den Mund, um zu sagen, dass sie dann schon zwei wären, doch seine Lippen verschlossen ihre und Worte spielten keine Rolle mehr.

Jillian fühlte sich wie in einem Traum. Niemals hätte sie gewagt, sich das in allen Einzelheiten auszumalen.

Nachdem Jax mit Zoey zurückgekommen war, hatte er Jillian beiseitegenommen und gesagt: *Was für ein tolles Mädchen. Sie ist ein tougher kleiner Vogel. Erinnert mich an dich. Wie du hält sie mit ihrer Meinung nicht hinterm Berg und tritt auch dafür ein.* Jillian war sich nicht sicher, ob das so ein gutes Kompliment war, aber sie war froh, dass er Zoey mochte. Sie stellte Johnny und Zoey Liza vor, die sofort ganz vernarrt in beide war, und machte sie auch mit Annabelle bekannt, die sich immer verhaspelte, sobald Johnny in ihrer Nähe war, und den anderen Mädels, die in ihrer Boutique arbeiteten. Zoey ging jedes einzelne Regal im Laden durch und machte Bemerkungen zu ihren Designs, während Jillian kaum zu mehr in der Lage war, als zu lächeln, und noch immer nicht glauben konnte, dass sie und Johnny tatsächlich da waren.

Johnny und Zoey hatten Unikum und Rocker Boy mitgebracht, die Zoey nun auf den Küchentresen stellte. Jillian war überrascht, wie viel es ihr bedeutete, die beiden Fische zu sehen. Sie bestellten sich etwas zu essen, und während sie aßen, bekräftigte Zoey, dass sie sich in der Schule fehl am Platze fühlte. Jillian fragte sie, ob es irgendwelche AGs in der Schule gäbe, in denen sie andere Jugendliche mit ähnlichen Interessen kennenlernen könnte. Doch Zoey meinte, die Kids wären einfach ganz anders als sie. Aber sie hielt durch, so wie sie es versprochen hatte, und das erfüllte Jillian mit Stolz, auch wenn sie sich wünschte, dass sie es leichter hätte.

Nach dem Essen zeigte sie ihnen das Haus und Zoey stellte unzählige Fragen in ihrem Atelier. Später nahm Zoey das Gästezimmer im Erdgeschoss in Beschlag, und dann genossen sie einen ruhigen Abend, machten es sich auf dem Sofa gemütlich, um *Hocus Pocus 2* zu schauen und Popcorn zu essen. Jillian hatte nie viel fürs Kuscheln übriggehabt und sich schon gar nicht mit anderen Menschen in ihrem Haus wohlgefühlt. Aber mit Johnnys Arm um sich und Zoeys Kopf in ihrem Schoß fühlte es sich ganz natürlich an, so als hätte sie den Ort gefunden, an dem sie schon immer hätte sein sollen.

Als der Film zu Ende ging, stand Zoey auf und fragte: »Können wir nächstes Jahr zu Halloween nach Salem? Die feiern dort doch einen ganzen Monat lang richtig krass

Halloween.«

Johnny hob eine Augenbraue. »Mal sehen.«

»Hast du Angst?«, neckte ihn Zoey.

»Vor ein paar Gespenstern und Hexen? Nee, mir macht nichts Angst, Sunshine.«

Sie betrachtete ihre Hände. »Es wäre so cool, wenn ich magische Kräfte hätte.«

»Okay, *das* würde mir vielleicht schon Angst machen«, scherzte Johnny, was Zoey mit verdrehten Augen quittierte.

»Was für Kräfte hättest du denn gern?«, wollte Jillian wissen.

Zoey zuckte mit den Schultern. »Die Kraft, Paparazzi wegzuzaubern und jeden in der Stadt langsamer laufen oder zumindest lächeln zu lassen. Alle rennen sie mit diesen mürrischen Gesichtern rum.«

Jillian hatte gehofft, Zoey hätte sich mittlerweile an die Stadt gewöhnt, und so versuchte sie, es herunterzuspielen. »Die sind alle nur konzentriert. Viele Leute denken über etwas nach, wenn sie von A nach B gehen. Aber wenn du magische Kräfte bekommst, dann musst du mich in deinen Hexenzirkel aufnehmen, denn ich will auch welche haben. Ich würde gern mit der Nase wackeln oder einen Stab schwingen können, damit der Abwasch dann wie von Zauberhand erledigt wäre.« Sie wackelte mit der Nase und schaute zu den leeren Popcornschalen. »Das hat ja wohl nicht funktioniert.«

Sie trug das Geschirr in die Küche und warf Unikum und Rocker Boy, die in ihrem Glas auf dem Tresen schwammen, ein munteres Hallo zu. Der Anblick der beiden brachte Erinnerungen an die Kirmes zurück. Sie hatte gerade fertig abgewaschen, als Johnny hereinkam. Er legte von hinten die Arme um sie und küsste sie auf den Hals. Den ganzen Abend war er unverhohlen liebevoll gewesen, hatte ihre Hand gehalten und sie immer wieder mal geküsst. Er achtete darauf, sich zu benehmen, was ihre Vorfreude auf das, was hoffentlich später kam, nur noch steigerte. Das Thema, wo er schlafen würde, hatte sie nicht angesprochen. Sie nahm an, dass er zunächst in ihrem Bett landen und dann später in eines der anderen Gästezimmer umziehen würde.

Er knabberte an ihrem Ohrläppchen und sie drehte sich in seinen Armen herum. »Wo ist Zoey?«

»Macht sich bettfertig, was wir hoffentlich auch bald tun werden.« Er glitt mit den Fingern durch ihre Haare und küsste sie leidenschaftlich.

»Johnny!«, warnte sie ihn atemlos. »Sie könnte uns erwischen.«

»Ich mach doch nichts Unanständiges.« Er packte ihren Hintern und flüsterte: »Noch nicht.«

Sie erschauderte voller Vorfreude.

Er nahm ihre Hand. »Komm, wir sagen ihr Gute Nacht.« Sie fanden Zoey im Gästezimmer, wo sie gerade die Vorhänge zuzog. »Fertig, um ins Bett zu gehen, Sunshine?«

»Fast. Wann fängt das Fest morgen an?«

»Gegen elf, du kannst also ruhig ausschlafen«, sagte Jillian. »Es wird ein langer Tag mit dem Kürbisfest und der Halloween-Party danach bei Nick und Trixie. Wir müssen uns noch Kostüme für die Party für euch überlegen.«

»Gibt es einen Kostümladen in der Nähe?«, fragte Johnny.

Jillian schnaubte verächtlich. »Hast du vergessen, mit wem du redest? Ich zaubere euch ein schönes Kostüm.«

»Für mich musst du keins machen«, sagte Zoey. »Ich weiß, was ich sein will, und Jax hat gesagt, er und Jordan helfen mir, mich fertigzumachen. Ihr müsst mich nur vor der Party bei ihnen absetzen, und sie nehmen mich dann mit.«

»Das hat er gesagt? Das wird bestimmt witzig. Und wie willst du dich verkleiden?«, fragte Jillian.

»Das ist ein Geheimnis. Er hat mir auch alles über eure Familie erzählt. Er meinte, eure Eltern sind richtig nett, dass Graham und Zev lustig sind und dass Nick ein harter Brocken ist, doch auch wenn er so aussieht, als wäre er sauer, ist er es normalerweise nicht.«

»Das ist eine ziemlich gute Zusammenfassung«, sagte Jillian. »Wahrscheinlich treffen wir einige von ihnen auf dem Fest. Trixies Minipferde laufen bei dem Umzug mit.«

»Das hat Jax auch gesagt. Ich kann es nicht abwarten, alle kennenzulernen. Ich bin echt froh, dass wir hier sind. Ich wünschte nur, Beau und Char hätten auch kommen können.«

»Ich auch.«

»Also gut, Kleines. Versuch, etwas Schlaf zu bekommen.« Johnny zog sie in seine Arme und küsste sie auf den Kopf. »Hab dich lieb.«

»Ich dich auch.« Sie umarmte Jillian. »Gute Nacht. Hab dich lieb.«

Jillian hatte das Gefühl, ihr Herz könnte gar nicht voller werden. »Ich hab dich auch lieb, Zoey.«

Zoey legte sich ins Bett, sie zogen die Tür hinter sich zu und gingen dann ins Wohnzimmer.

»Macht dich dieses ganze häusliche Leben wahnsinnig?« Johnny zog sie in seine Arme.

Es rührte sie, dass er danach fragte. »Noch nicht.«

»Mir ist bewusst, dass wir heute ungefragt in dein Leben geplatzt sind.« Er strich mit den Lippen über ihren Mund, während seine Hände hinunter zu ihrem Hintern glitten. »Musst du heute Abend noch Arbeit nachholen?«

Sie merkte, dass sie nicht an die Arbeit gedacht hatte, seit die beiden angekommen waren, und es war ihr egal. »Jetzt, wo du es sagst …« Sie küsste ihn auf die Brust. »Ich muss noch einige Recherchen für deine Tour-Kostüme anstellen.« Sie schob eine Hand in seinen Schritt.

Er gab einen tiefen, kehligen Laut von sich, bedeckte ihre Hand mit seiner und drückte zu, während er seinen Mund auf ihren senkte. Sie küssten sich langsam und zärtlich, doch schnell wurde der Kuss leidenschaftlich. Sie stöhnte, und seine Hüfte drängte vorwärts, während er mit der Hand fester zudrückte und seine Länge unter ihrer Berührung härter wurde. Er knurrte an ihren Lippen. »Ich muss in dir sein.«

»Was ist mit Zoey? Sollten wir nicht warten, bis sie schläft?«

»Sie ist mit Sicherheit schon bald eingeschlafen. Sie hat sich so darauf gefreut, dich wiederzusehen, dass sie um fünf Uhr aufgestanden ist, um noch vor der Schule zu packen.« Er küsste sie erneut. »Außerdem hat sie uns die Erlaubnis für eine Pyjamaparty gegeben.«

»Dein Ernst?«

»Ja. Auf der Fahrt hierher hat sie mich darüber in Kenntnis gesetzt, dass sie schließlich weiß, dass Erwachsene Sex haben, und dass ich nicht ihretwegen so tun muss, als würde ich in einem Gästezimmer schlafen.«

»*Omeingott!*« Sie musste lächeln, als sie die Treppe hinaufgingen. »Was ist mit dir? Hast du dich auch so darauf gefreut, mich zu sehen, dass du um fünf Uhr aufgestanden bist?«

»Was glaubst du?« Oben an der Treppe angekommen, schaute er den Flur entlang zu ihrem Atelier.

»Das geht nicht. Es liegt über ihrem Zimmer«, warnte sie ihn und führte ihn zu ihrem Schlafzimmer. »Da hört sie uns.«

»Dann morgen, wenn sie zu Jax geht.«

Erregung packte sie, als sie ihr Zimmer betraten. Während

sie beobachtete, wie sein Blick über die Möbel glitt, versuchte sie, ihren persönlichen Bereich mit seinen Augen zu sehen. Er war aufwendig gestaltet, aber elegant, mit weichen Linien, und farblich in Gold, Taupe und Creme gehalten mit einigen Farbtupfern.

»Genau so habe ich es mir vorgestellt«, sagte er mit rauer Stimme, bevor er sein Hemd und die Socken auszog. »Ebenso schön wie du.« Er verschloss die Tür und wandte den Blick nicht von ihr ab, während er seinen Gürtel öffnete und wie ein Löwe auf der Jagd auf sie zukam. Er schob die Hand in ihre Haare und zog ihren Kopf zurück. »Es ist zu lang her, verdammt, dass ich dich für mich hatte.«

»Dann küss mich«, forderte sie.

»Ich werde viel mehr als das tun.« Er fuhr mit der Zunge über ihre Unterlippe. Sie versuchte, auf die Zehenspitzen zu gehen und seinen Mund zu erobern, doch er hielt ihre Haare zu fest. Er stellte sich hinter sie und öffnete den Reißverschluss ihres Kleides, das zu Boden fiel. »So verdammt umwerfend.« Er küsste sie auf die Schulter, während er ihren BH löste und auch den auf den Boden fallen ließ. Eine Gänsehaut legte sich über ihren ganzen Körper. Seine Hand glitt über ihre Taille, er kam um sie herum und dann war sein Mund auf ihrem, und er küsste sie so intensiv, dass ihre Knie fast einknickten. Er lächelte an ihren Lippen, nahm ihre Unterlippe zwischen die Zähne und zog gerade so fest daran, dass ihr der Atem stockte. »Seit Wochen habe ich Fantasievorstellungen von dir.«

»Dann wird es Zeit, dass du dich ganz ausziehst.« Voller Begehren zerrte sie an seinem T-Shirt.

Er zog es sich über den Kopf, riss sie dann an sich und rieb mit seinem Bart über ihre Wange. »Aufs Bett, meine Süße.« Er gab ihr einen Klaps auf den Hintern und jagte einen lusterfüllten Blitz durch ihren Körper.

Jillians herausfordernder Blick war das Erregendste, was Johnny je gesehen hatte. »Baby, zwei Dinge werde ich dir im Schlafzimmer niemals antun. Dich teilen oder dich enttäuschen.« Er setzte sich rittlings auf sie und zog seinen Gürtel aus den Schlaufen.

»Uh, Mr. Bad«, sagte sie verführerisch. »Was hast du denn damit vor?«

»Dich dafür bestrafen, dass ich mir gewünscht habe, ein Spielzeug in deiner Badewanne zu sein.« Er spürte, wie sie unter ihm erschauderte, und sah ihren glühend heißen Blick.

»Das hat dir gefallen.«

»Und ob, verdammt, und dir wird das hier gefallen.« Er hob ihre Hand und küsste sie in die Handfläche. Dann nahm er ihre andere Hand, ließ sie über seine Brust hinuntergleiten und genoss es, ihre Finger zu spüren und den Hunger in ihren Augen zu sehen, bis er dann ihre Hände zusammenführte und den Gürtel darum wickelte. Er beugte sich vor und band ihre Handgelenke mit dem Gürtel an die gusseisernen Verzierungen am Kopfende. Er schaute auf sie hinab. »Das tut nicht weh, oder?«

»Nur auf angenehme Weise«, sagte sie leise.

»Oh, ich bin so verrückt nach dir.« Er eroberte sie mit einem tiefen, aber qualvoll langsamen Kuss, denn er wollte ihr Begehren steigern, auch wenn er sie beide damit folterte. Aber er liebte es, sie zu küssen. Er liebte ihre Art, sich nach mehr zu sehnen. Er labte sich an ihrem Körper, glitt über ihre weiche, seidige Haut hin zu ihren Brüsten. Er reizte ihre Nippel, drückte einen, während er mit den Zähnen über den anderen streifte. Sie wand sich unter ihm und stöhnte, drückte sich von der Matratze ab, als er den Nippel in den Mund nahm.

»Johnny …«

Die Lust und das Begehren in ihrer Stimme verlockten ihn dazu, sich an ihrer Mitte zu reiben, während er nun die andere Brust eroberte, wobei er seine Zähne noch mehr einsetzte und mit heftigen, sexy Atemzügen belohnt wurde. »Ich liebe deine Brüste, verdammt!« Er berührte und leckte, knabberte und küsste jeden Zentimeter von ihr, während er weiter nach unten wanderte, bis sie keuchte, die Fersen in die Matratze stemmte und eine Flut von geflüsterten Bitten hervorstieß. Er fuhr mit der Zunge um ihren Nabel und umfasste ihre Taille. »Ich will dich überall auf einmal berühren.« Er leckte, biss und saugte sich weiter nach unten und ließ die Zunge über ihren Slip an ihrer Mitte entlanggleiten. Ihre Hüfte drängte sich ihm entgegen, und er reizte sie weiter, bis sie so feucht war, dass er sie durch den dünnen Stoff schmeckte, dann grub er seine Zähne in die sensible Haut zwischen ihrer Mitte und dem Oberschenkel und saugte fest.

»Ah …!«

»Ich stecke nur mein Revier ab.«

Sie keuchte und wand sich, als er den feuchten Spitzenstoff hinunterzog und ihre schimmernde Mitte frohlockte. »Sieh mich an, meine Schöne.« Er hielt ihren Blick gefangen, als er mit der Zungenspitze ihre Perle neckte und gleichzeitig mit den Fingern durch ihre Feuchte strich, mit jeder Bewegung weiter nach unten glitt. Sie stieß gegen seine Hand, bis er mit zwei Fingern in sie eindrang, sie krümmte und über ihren geheimen Punkt strich, sodass sich ihr Becken unvermittelt hob. »Gefällt dir das, Baby?«

»Oh … ja!«

»Dann wirst du das hier lieben.« Er brachte seine andere Hand ins Spiel, befeuchtete seinen Zeigefinger und reizte ihre verbotene Pforte, während er die andere mit seinem Finger vögelte, und dann, alles zugleich, nahm er ihre Perle zwischen die Zähne und schob einen Finger in ihren Hintern.

»*Omeingott …*«

Sie wand sich genüsslich auf seinen Fingern, stöhnte und wimmerte mit zusammengepressten Kiefern. »Genau, Baby. So unfassbar schön bist du. Komm für mich.« Wieder senkte er seinen Mund auf ihre Perle und wurde schneller, bis sie jegliche Kontrolle verlor, mit aller Macht zuckte und stöhnte. Ihre inneren Muskeln pulsierten um seine Finger, doch das reichte nicht. Er zog die zwei Finger zurück, den einen noch immer in ihrem Hintern, und verschlang ihre süße Mitte.

»John–« Sie keuchte. »Johnny!«

Er trieb sie weiter in den Wahnsinn, bis sie erneut zerbarst, aufschrie und rasch wieder den Mund schloss, um dann zu wimmern, während sie auf der Welle der Lust trieb, bis sie erschöpft, nach Luft schnappend und bebend dalag. Erst dann zog er sich aus ihr zurück und entledigte sich seiner restlichen Kleidung. Was für einen wunderschönen Anblick sie bot, während sie ihn beobachtete, als er sich einen Schutz überstreifte und ihre Handgelenke losband. Ihre Augen waren so erfüllt von ihrem Beisammensein, dass er quasi spürte, wie sich ihre Emotionen um ihn legten und ihn wie absolut perfekte Textzeilen in den Bann zogen, als er auf sie hinabsank.

Sie streckte die Arme nach ihm aus. »Ich brauche *dich*.«

»Du hast mich, Baby.« Er umfasste sie unter sich, als ihre Körper zueinanderfanden, und als er völlig in ihr versunken war, verschränkte er ihre Hände miteinander und schaute ihr in die Augen. »Ich hab dich so unfassbar vermisst.«

»Zeig's mir.« Sie hob den Kopf, um ihn zu küssen, und dann fanden sie in ihren Bewegungen rasch einen Rhythmus. Ihre inneren Muskeln schlossen sich fest um ihn. »Schneller!«

Er stieß schneller in sie. Sie fühlte sich so gut an, so eng und willig und perfekt, dass er merkte, wie er sich in ihr verlor. Er zwang sich, langsamer zu werden. »Himmel, Baby! Du fühlst dich so verdammt gut an. Ich verliere den Verstand.«

Mit Feuer in den Augen sah sie ihn an. »Ich will, dass du den Verstand verlierst.«

Ihre Münder prallten aufeinander, sie stießen und drängten aneinander, berührten und küssten sich. Er schob die Hände unter ihren Hintern, hob sie an und nahm sie noch tiefer, während er all ihre bedürftigen Laute verschluckte. Sie war hier, bei ihm, so nah es nur ging, und seine Gefühle zogen sich zu einem pochenden Knäuel zusammen. Er spürte, wie die Anspannung in ihr wuchs, und riss seinen Mund von ihr los, um ihn in ihre Halsbeuge zu legen und ihr enges Loch mit seinen Fingern zu reizen.

Ihre Fingernägel gruben sich in seine Haut. »Hör nicht auf!«, flehte sie ihn an und klammerte sich dabei so fest an ihn, dass ihr ganzer Körper zitterte. Er schob den Finger in ihren Hintern, sie schrie auf – »Ja!« – und biss ihm in die Schulter, während sie beide fast in die Besinnungslosigkeit taumelten. Heftige Wogen der Lust erfassten ihn, sie stießen und drängten, stöhnten und fluchten und die Wonnen der Leidenschaft übernahmen die Kontrolle.

Herrlich erschöpft und unendlich zufrieden sanken sie schließlich eng umschlungen aneinander. Er drehte sie beide auf die Seite und küsste sie sanft, während ihre Herzen im gleichen hektischen Rhythmus schlugen.

Er hielt sie fest, bis er keine andere Wahl hatte, als sich um das Kondom zu kümmern. Anschließend huschte sie ins Badezimmer, und als sie zurückkam, zog sie sein T-Shirt an, und er streckte die Arme nach ihr aus und zog sie an sich. Den Kopf auf seine Schulter gelegt, kuschelte sie sich an ihn. Er küsste sie auf die Stirn, drückte sie noch fester an sich und war einfach so verdammt glücklich, sie in seinen Armen zu halten. Sie fuhr mit den Fingern über seine Wange, und ihre Berührung war in diesem Moment ebenso beruhigend, wie sie zuvor erregend gewesen war.

Zögernd öffnete sie ihre sinnlichen Tigeraugen und schnurrte wie eine Katze. »Darf ich wirklich mit dir in meinem Bett aufwachen? Oder ist das hier irgendein grausamer Witz oder ein unglaublicher Traum?«

Er drückte sie fest an sich. Sie war alles, was er sich je wünschen konnte – ein Rocksong und eine Ballade vereint in einem bissigen, sinnlichen und wunderschönen Wesen –, und hier mit ihr in seinen Armen zu liegen, mit seiner Tochter unter demselben Dach, war alles, was er je brauchen würde. »Es ist ein unglaublicher Traum, der wahr geworden ist. Einer, aus dem wir hoffentlich nie wieder aufwachen müssen.«

Dreiundzwanzig

Der Morgen schlich sich herein und mit ihm der Duft eines sinnlichen Mannes und von purem Glück. Jillian kuschelte sich enger an Johnnys warmen, festen Körper, und zum ersten Mal überhaupt wünschte sie sich, sie könnte im Bett bleiben und ihn den ganzen Tag lieben und vor sich hin dösen. Es ergab keinen Sinn, da sie es gewohnt war, mit wenig Schlaf auszukommen, aber anscheinend verbrauchte sie bei wenig Schlaf und viel Arbeit weitaus weniger Energie, als wenn sie die halbe Nacht wach blieb und sich mit einem Mann vergnügte, den sie liebte.

»Du bist wirklich hier«, murmelte sie an seiner Brust.

»Bin ich, Baby, und nirgends wäre ich lieber. Aber du bist zu weit weg.« Seine Hand glitt über ihren Rücken und er zog sie näher an sich.

Er klang so wach, dass sie zu ihm aufschaute, und als sie all die Gefühle in seinen Augen sah, setzte ihr Herzschlag kurz aus. Wie konnte allein sein Anblick das anrichten? »Bist du sicher, dass das hier in Ordnung ist und du nicht so tun solltest, als hättest du im Gästezimmer geschlafen?« Sie schaute zu den Vorhängen, durch die nur sehr wenig Licht drang. Es konnte nicht später als sechs Uhr sein. Zoey schlief sicher noch.

»Die letzten drei Wochen habe ich mir gewünscht, dich in

den Armen halten zu können. Wenn du denkst, dass ich jetzt dein Bett verlasse, dann irrst du dich gewaltig.« Er strich mit den Lippen über ihre Wange. »Wie kann es sein, dass du in meinen Armen liegst, und ich dich trotzdem vermisse?«

»Wie könnte das nicht so sein?«, scherzte sie gähnend.

Er lachte leise und kuschelte sich an ihren Hals. Während er ihr über den Rücken strich, flüsterte er: »Ich will mehr davon.«

»*Mhm.* Ich auch.«

»Ich meine es ernst, Baby. Ich möchte alles dafür tun, dass es mit uns funktioniert. Ich will nicht wieder drei Wochen ohne dich verbringen.«

»Ich auch nicht. Ich bin fast verrückt geworden, so sehr habt ihr beide mir gefehlt.«

»Ich weiß, dass du die Präsentation deiner Kollektion vorbereitest, und unser November ist auch ziemlich prall gefüllt. Nächsten Samstag findet in Maryland die jährliche Wohltätigkeitsveranstaltung meiner Familie zu Ehren von Lorelei statt, um Spenden für das Ronald-McDonald-Haus zu sammeln. Es werden auserlesene Pressevertreter dort sein, und damit wäre es die beste Gelegenheit, alle Welt wissen zu lassen, dass wir zusammen sind. Besteht irgendwie die Möglichkeit, dass du dabei sein könntest?«

»Ich denke schon, aber bist du sicher, dass du dazu bereit bist? Wird es Zoey Probleme bereiten?«

»Wir haben auf dem Weg hierher darüber geredet. Ich will unsere Beziehung nicht verstecken, und ich möchte nicht, dass sie das Gefühl hat, nicht offen über uns reden zu können. Sie will das hier ebenso sehr wie ich. Die eigentliche Frage ist: Kommst du damit zurecht?«

»Mit all den Paparazzi, die in Maryland herumhängen werden?«, fragte sie sarkastisch. »Natürlich. Braucht Zoey ein Kleid für das Event?«

»Sie wird ein Outfit brauchen, ja. Es gibt immer ein Motto, und in diesem Jahr ist es Disco.«

»Klingt witzig.« Sie gähnte. »Ich bin mir sicher, dass uns tolle Outfits einfallen werden.«

»Wenn du Zeit hast, können wir an dem Wochenende danach wiederkommen, aber am dritten Wochenende im November finden die American Music Awards in Los Angeles statt. Zoey kommt mit, und ich hatte gehofft, ich könnte dich überreden, auch mitzukommen.«

»Für das Wochenende, an dem ihr herkommt, kann ich mir freinehmen, und ich wünschte, ich könnte mit nach L. A. fliegen, aber da bin ich in Virginia auf der Hochzeit meiner Freundin Amber. Ich glaube, du hast sie und ihren Verlobten Dash letztes Jahr auf der Spendengala kennengelernt.«

»Dash Pennington? Die Frau meines Cousins Dylan, Tiffany, ist Spieleragentin. Sie vertritt Dash und einige seiner Kumpel. Ich erinnere mich noch an Amber. Sie war wirklich nett.«

»Ich hatte gehofft, du könntest mich begleiten, aber das wird wohl nichts.«

»Tut mir leid, Baby, ich wünschte, ich könnte mitkommen. Wie sieht es in der darauffolgenden Woche mit Thanksgiving aus? Es wäre das erste Mal für Zoey mit meiner Familie. Kannst du dir vorstellen, zu uns zu kommen, um das Thanksgiving-Wochenende mit unserer Familie zu verbringen?«

Sie kuschelte sich noch enger an ihn. »Klingt perfekt. Wenn ich nächstes Wochenende komme, können Zoey und ich shoppen gehen und ein Kleid für sie suchen, das sie bei den Music Awards tragen kann, und während ihrer Ferien zu Thanksgiving können wir ihr Outfit aus der ›Rocker Girlz‹-

Kollektion machen.«

»Ich bin sicher, dass ihr das gefallen wird.«

»Unglaublich, was wir für Pläne schmieden!«

»Fühlt sich gut an.« Er küsste sie auf die Stirn, und während sie das sichere Gefühl genoss, in seinen Armen zu liegen, und sein stetiger Herzschlag sie schläfrig machte, flüsterte er: »Ich verliebe mich immer mehr in dich, Baby, und ich werde alles tun, damit wir mehr solcher Momente genießen können.«

Seine Worte suchten sich ihren Platz tief in ihrem Inneren, so wie es er und Zoey schon vor Wochen getan hatten.

Als Jillian aufwachte, war das Bett leer und die Sonne schien durch einen schmalen Spalt zwischen den Vorhängen ins Zimmer. Sie hatte das Gefühl, einen Monat lang geschlafen zu haben, doch ein Blick auf die Uhr verriet ihr, dass es mit Viertel vor zehn nicht spät für sie war. Sie tapste ins Badezimmer, ging auf die Toilette und putzte sich die Zähne, um dann nach unten zu gehen.

Ein köstlicher Duft und die Stimmen von Zoey und Johnny, die sich in der Küche unterhielten, begrüßten sie. Was für herrliche Geräusche am Morgen. Als sie eintrat, entdeckte sie auf dem Tisch eine Vase mit wunderschönen Blumen, die gestern Abend noch nicht da gewesen waren, und der Tisch war mit Platzdeckchen und Gläsern gedeckt, die Jillian nicht mehr gesehen hatte, seit sie hier eingezogen war und Emmaline sie zum Kauf überredet hatte.

»Es ist mir egal, was du sagst. Ich werde es dir *nicht* verraten.« Zoey klang verärgert, als sie ein Blech mit Muffins abstellte.

»Ich bin dein Vater«, sagte Johnny. »Ich bin der Erste, der es erfahren sollte.«

»Ah gut, du bist wach«, sagte Zoey, als Jillian die Küche betrat. Sie sah entzückend aus in ihrem grauen Hoodie mit den blauen Sternen darauf, den sie zusammen gekauft hatten, und den Jeans mit den Flicken in Schmetterlingsform auf einem Oberschenkel und den Nieten auf den Taschen, die sie wohl selbst angebracht hatte.

»Tut mir leid, dass ich so lange geschlafen habe. Keine Ahnung, warum ich so müde bin.«

Johnny, der am Herd gerade Eier auf Teller verteilte, drehte sich um. In seinem blauen Henley-Shirt und mit diesem *wissenden* Funkeln in seinen Augen sah er absolut atemberaubend aus und seine Lippen zeigten ein verführerisches Lächeln. »Guten Morgen, meine Schöne. Du kommst genau rechtzeitig zum Frühstück.« Er beugte sich zu einem Kuss zu ihr.

»Du weißt doch, dass ich nie frühstücke.«

»Ja, ja, ich weiß«, erwiderte er mit einem Grinsen.

»Jemand muss sich doch um dich kümmern, damit du nicht verhungerst«, sagte Zoey, nahm eine Cola Light aus dem Kühlschrank und gab sie ihr.

»Danke.« Warum gab es ihr nur so ein gutes Gefühl, dass die beiden sich ausgerechnet um ihre Ernährung solche Sorgen machten? »Du könntest mich vielleicht zu einem von diesen köstlich duftenden Muffins überreden.«

»Das sind Chocolate-Chip-Muffins, die mag ich am liebsten.« Zoey reichte ihr einen.

Jillian biss hinein. »*Mmh.* Woher habt ihr das ganze Essen und die Blumen? Die sind wunderschön.«

»Wir waren im Ort und haben ein bisschen eingekauft«,

sagte Johnny.

»Es ist so *sauber* hier im Ort«, sagte Zoey. »Und die Leute lächeln, wenn sie einen sehen. Ich verstehe, warum es dir hier so gut gefällt.«

»In New York ist es auch schön. Du brauchst sicher nur ein bisschen Zeit, um dich daran zu gewöhnen«, sprach Jillian ihr gut zu. »Wurdet ihr von irgendwelchen Fans belästigt?«

»Die Frauen haben ihn angestarrt«, sagte Zoey.

»Aus respektvoller Distanz«, fügte er hinzu.

»Ich wusste, dass du hier keine großen Probleme haben würdest.«

»Die bauen schon alles für das Fest auf«, sagte Zoey. »Wir haben Schilder für einen Kürbisstand und ein Maislabyrinth gesehen, und Johnny meinte, wir könnten dorthin gehen.«

»Ich wette, er verirrt sich in dem Labyrinth«, ärgerte Jillian ihn.

»Im Leben nicht«, entgegnete er.

»Das werden wir ja sehen«, sagte sie. »Willst du versuchen, auf dem Fest inkognito zu bleiben?«

Johnny schüttelte den Kopf. »Auf keinen Fall. Ich hab mich zur Genüge versteckt. Alle sollen wissen, dass ich mit meinen Mädels unterwegs bin, und wenn ich Grenzen setzen muss, dann werde ich das tun. Aber ich will nicht, dass Zoey das Gefühl hat, eingesperrt zu sein.«

»Zum Glück!«, sagte Zoey genervt.

Jillian trank von ihrer Cola und war fast ein wenig überwältigt von all dem und von *ihnen*, während sie über den Tag sprachen, Frühstück machten und Unikum und Rocker Boy fütterten. Sie schaute sich in der Küche um, in der sie kaum Zeit verbrachte, sah die Platzdeckchen, die schmutzigen Backschüsseln in der Spüle, die Mehlreste auf der Arbeitsfläche, und eine neue Art von Glücksgefühl überkam sie. Eines, das sie niemals erwartet hätte. »Ihr habt euch heute Morgen richtig ins Zeug gelegt. Ich glaube, ich habe meinen Mixer noch nie benutzt, und der Tisch sieht wunderschön aus. Ich hatte sogar vergessen, dass ich diese Platzdeckchen habe.«

»Hätten wir sie nicht nehmen sollen?«, fragte Zoey.

»Doch, doch! Ihr könnt alles benutzen«, versicherte Jillian ihr.

»Ich weiß, dass du es nicht magst, wenn Leute bei dir zu Hause um dich herum sind, und es tut mir leid, dass wir gestritten haben, als du hereingekommen bist«, sagte Zoey. »Aber er nervt mich ständig damit, dass ich ihm sagen soll, als was ich mich heute Abend auf der Party verkleide.«

Jillian musste lächeln. »Ich dachte, dass ich keine Leute bei mir um mich herum haben mag, aber das war ein Irrtum. Ich mag es nicht, wenn es viele Leute sind, aber ich mag es, wenn ihr beide hier seid, und um ehrlich zu sein … Eure Zankerei habe ich vermisst.«

Zoey strahlte, als hätte man ihr gerade gesagt, dass sie die Privatschule an den Nagel hängen dürfte, und Johnny sah aus, als hätte er eine Auszeichnung für das beste Album des Jahres erhalten.

Als sie die Teller mit dem Essen auf den Tisch stellten und Zoey aufgeregt erzählte, was sie im Ort alles gesehen hatten, fühlte sich die Küche, die Jillian eher eingebaut hatte, um den Wiederverkaufswert des Hauses zu steigern, wie ein Geschenk an – und die Menschen darin gaben ihr das Gefühl, ebenfalls etwas gewonnen zu haben.

Etwas, das man vielleicht nur einmal im Leben gewann.

Johnny dachte, ihm wäre klar gewesen, wie sehr er Jillian vermisst hatte, aber als sie in die Küche gekommen war, schlaftrunken und mit einem Lächeln, hatte es ihn aufs Neue getroffen, und diese Euphorie darüber, endlich mit ihr zusammen zu sein, haftete an ihm wie eine zweite Haut, als sie später an dem Vormittag in den Ort gingen. Pleasant Hill wirkte überhaupt nicht mehr wie das verschlafene Städtchen, durch das sie am Abend zuvor gefahren waren. Über der Straße hing ein Transparent, auf dem das Kürbisfest angekündigt wurde. Maisstängel waren mit orangenen Schleifen an jedem Laternenpfahl befestigt, herbstliche Fahnen wehten über Eingängen, und die Schaufenster waren dekoriert mit Herbstblumen, Kürbissen und anderen Dingen. Auf den Gehwegen und in den Läden an der Main Street tummelten sich Menschen und im Park am Ende der Straße drängten sich die Leute um Dutzende Verkaufsstände.

Während sie sich durch die Menge schoben, hielt Johnny Jillians Hand, doch als er den Arm um Zoey legen wollte, um sie in seiner Nähe zu behalten, duckte sie sich weg und sah ihn missbilligend an. Anscheinend war es nicht cool, sich so mit seinem Vater zu zeigen, auch wenn er ein Rockstar war. Ihm war ein paar Mal aufgefallen, dass Leute sie verstohlen angesehen hatten, doch bisher waren sie auf Abstand geblieben, was er als sehr erfrischend empfand.

»Jilly!« Eine hübsche Blondine winkte ihnen von der anderen Straßenseite aus zu, um dann zusammen mit einem großen, athletisch wirkenden Typ mit längeren braunen Haaren auf sie zuzulaufen.

»Das sind Zev und Carly«, sagte Jillian und lief ihnen entgegen.

»Ich hab noch nie jemanden in High Heels so rennen sehen wie sie«, sagte Zoey.

Er sah zu, wie Jillian von ihrem Bruder mitten auf der Straße herumgewirbelt wurde. Sie sah hinreißend aus in dem kürbisfarbenen Pullover, den Jeans mit einem Riss an einem Hosenbein und den kniehohen braunen Lederstiefeln, doch es war ihr strahlendes Lächeln, das sich tief in Johnnys Herz bohrte. »Sie ist schon etwas Besonderes, oder?«

Jillian umarmte Carly, eine hübsche Frau mit Sommersprossen auf der Nase und zum Pullover passenden strahlend blauen Augen, die sie mit einem offenen Lächeln begrüßte. Während sie näherkamen, plapperten sie munter.

»Johnny, Zoey, das sind mein Bruder Zev und seine Frau Carly.«

Der Stolz in Jillians Stimme löste ein gewaltiges Glücksgefühl in Johnny aus. »Jillian hat mir viel von euch erzählt. Ihr seid die Goonies im wahren Leben, stimmt's?« Er begrüßte Zev mit Handschlag und nickte Carly zu.

»Ganz genau. Und wir lieben deine Musik«, sagte Zev. Mit seinen zotteligen Haaren, den vielen Lederarmbändern und einem Baja-Hoodie sah er aus wie ein Surfer. »Was treibst du hier? Arbeitet Jilly an diesem Wochenende an deinen Kostümen?«

»Ähm, nicht ganz«, sagte Jilly. »Wir sind irgendwie zusammen.«

»Ihr habt im selben Bett geschlafen. Das ist mehr als nur *irgendwie*, oder?«, fragte Zoey.

»Zoey!« Johnny schüttelte den Kopf.

Zev lachte lauthals. »Kindermund. Mir gefällt deine Ehrlichkeit, Kleine.«

Jillian sah Johnny verliebt an. »Sie hat recht. Es ist mehr als *irgendwie.*«

»Viel mehr.« Johnny nahm ihre Hand. »Ich bin verrückt nach deiner Schwester.«

»Ich auch«, sagte Zoey.

»Und das solltet ihr auch«, sagte Carly. »Sie ist ein ganz unglaublicher Mensch.«

»Das ist sie.« Johnny zog Jillian an sich.

Als er sich zu einem Kuss zu ihr hinunterbeugte, sagte sie: »Tut mir leid. Ich hätte meine Familie wohl vorwarnen sollen.«

Zev schaute an Carly vorbei zu einem Berg von Mann mit Cowboyhut und -stiefeln, der gerade die Straße entlanglief, und brüllte: »Siehst mal wieder gut aus, Junge!«

Der Typ blieb stehen und sein Blick landete auf Johnny und Jillian. Seine Kiefermuskeln zuckten und mit seinen Beinen wie Baumstämmen legte er die Entfernung zwischen ihnen in kürzester Zeit zurück. Das musste ein Bodybuilder sein, denn auch seine Oberarme waren so kräftig, dass sie seitlich abstanden. Johnny richtete sich auf.

»Jilly!«, gab der Typ mürrisch von sich. »Was ist hier los?«

»Sei nett, Nicky«, sagte Zev amüsiert. »Johnny ist Jillians neuer Freund, und das hier ist Zoey, seine Tochter, die jetzt ganz genau aufpassen wird, was sie sagt.«

Zev zwinkerte Zoey verschwörerisch zu, und Johnny hoffte, dass seine Tochter es bemerkt hatte. Wahrscheinlich sollte er von Nick eingeschüchtert sein, aber es war ihm verdammt egal, was der Typ sagte oder versuchte. Er würde nicht von Jillians Seite weichen.

Johnny streckte die Hand aus. »Johnny Bad. Freut mich, dich kennenzulernen.«

Nick sah ihn skeptisch an. »Du bist der Kerl, mit dem sie in Colorado war?«

»Ja, und sie mögen sich wirklich sehr«, sagte Zoey. »Mein Vater hat vor niemandem Angst, also brauchst du dich gar nicht erst mit ihm anlegen.«

»Zoey!«, schimpfte Johnny. »Lass mich das regeln.«

»Aber Jax hat mir gesagt, wenn Nick rumstänkert, soll ich einfach dagegenhalten«, beharrte Zoey.

»Ach, das hat er gesagt?«, fragte Nick ernst.

Zoey verschränkte die Arme und hielt seinem Blick stand. »Ganz genau.«

»Tja, dann kennt er mich wohl ziemlich gut.« Nick sah Johnny finster an. »Nett, dich kennenzulernen, Bad. Wenn du meiner Schwester wehtust, haben wir beide ein Problem.«

»Das nennt man Mobbing, nur damit du's weißt«, sagte Zoey.

»Nein, kleine Lady. Das nennt man beschützen«, entgegnete Nick. »Und ich bin mir sicher, dein Vater wird das Gleiche für dich tun, wenn du älter bist.«

»Absolut«, sagte Johnny. »Ich verstehe dich, Nick, aber wie ich Zev schon gesagt habe, bin ich verrückt nach Jillian. Sie ist in guten Händen.«

»Das will ich hoffen.«

»So, das reicht jetzt.« Jillian stemmte die Hände in die Hüfte. »Nick, muss ich erst dein Schockhalsband holen oder kannst du auch nett sein?«

Nick grinste. »Das wird sich zeigen.« Er wandte sich wieder Zoey zu. »Beau hat mir erzählt, dass du Pferde liebst. Stimmt das?«

»Ja, stimmt«, sagte sie.

Nick schaute zu Johnny. »Trixie und ich könnten beim

Festumzug Hilfe mit den Minis gebrauchen. Ich würde deine kleine Lady gern mitnehmen.«

»Wirklich?« Zoey riss die Augen auf. »Aber warte, kannst du nett sein?«

Jillian und Zev lachten.

»Das kann ich, aber wenn dich jemand ärgert, werde ich zu dem nicht so nett sein«, sagte Nick.

Zoey lächelte und schaute zu Johnny auf. »Kann ich mitgehen?«

Zoey war bisher noch nirgendwohin ohne ihn gegangen, und auf dem Fest war so ein Getümmel, dass er Angst hatte, sie könnte verloren gehen. Aber er hatte auch das Gefühl, dass dies Nicks Art war, ihm ein Friedensangebot zu unterbreiten.

Nick schien seine Gedanken lesen zu können. »Sie ist bei mir sicher. Die Pferde zu führen, ist eine ganz besondere Aufgabe, die wir nicht auf die leichte Schulter nehmen. Ich werde nicht von ihrer Seite weichen.«

»Bitte!«, flehte Zoey ihn an. »Ich verspreche auch, immer bei ihnen zu bleiben.«

»In Ordnung, Sunshine. Aber du hörst auf ihn und Trixie und gehst ohne Nick nirgendwohin, verstanden?«

»Ja! Danke!« Sie umarmte ihn.

»Ich schreib Jilly eine Nachricht, damit wir uns im Anschluss treffen können«, versprach Nick und wandte sich dann wieder Zoey zu. »Kannst du mit diesen kleinen Beinen rennen?«

»Was glaubst du denn?«, fragte Zoey zurück.

»Wenn die nur halb so stark sind wie deine Persönlichkeit, dann legen wir eine Rekordzeit hin.«

Nick nahm ihre Hand, und als er und Zoey auf der Straße davonrannten, schlug Zev Johnny auf den Rücken. »Das lief ja besser als gedacht.«

»Was dachtest du denn, wie es laufen würde?«, wollte Johnny wissen.

»Sagen wir einfach, ich bin froh, dass du noch auf deinen zwei Beinen stehst.« Zev zog Carly zu sich. »Wir suchen uns lieber mal einen guten Platz, um den Festumzug zu sehen.«

Johnny legte den Arm um Jillian, als sie ihnen durch die Menge folgten. »Gibt es hier noch irgendwelche Neandertaler, von denen ich wissen sollte?«

»Nein.« Verführerisch leise sprach sie weiter: »Aber wie ich gehört habe, gibt es da eine sexy Höhlenbewohnerin, die dich unbedingt in ihren Unterschlupf zerren will.«

Der Festumzug bestand aus einer Abfolge von herbstlich geschmückten Umzugswagen, Traktoren mit angehängten Heuwagen, auf denen Leute in Halloween-Kostümen saßen, großen und kleinen Pferden, einer Highschool-Musikkapelle, Kinder-Baseballteams, Männern und Frauen allen Alters mit Fahnen in Herbstfarben und einem aufwendig geschmückten Feuerwehrauto. Inmitten all der Musik und des Jubels lief Zoey, die der Menge zuwinkte und mit einem Cowboyhut und einem stolzen Lächeln die Zügel eines Minipferdes hielt, das mit Flügeln und einem gewundenen Horn als Einhorn verkleidet war und eine pinke Decke mit der Aufschrift *Ich bin ein RISING-HOPE-Therapiepferd* trug. Nick lief zwischen Zoey und Trixie und hatte ein wachsames Auge auf beide.

Johnny hatte mit Sicherheit gut fünfzig Fotos von dem gemacht, was wohl einer der Höhepunkte in Zoeys bisherigem Leben war.

Zev und Carly machten sich nach dem Umzug auf die Suche nach Carlys Eltern. Zwei Stunden später trug Zoey noch immer den Hut, den Nick und Trixie ihr gegeben hatten, und redete unaufhörlich davon, wie sehr sie die Minipferde liebte, während sie weiter über die festliche Main Street bummelten. Beziehungsweise sich ihren Weg durch die Straße *aßen*. Gefühlt an jedem Stand gab es irgendwelche Kürbisköstlichkeiten zu kaufen. Beim Café von Jillians Freundin Emmaline trafen sie auf Jax und Jordan, mit denen sie sich zum Lunch zusammensetzten. Als die temperamentvolle Brünette Emmaline Johnny sah, verschüttete sie den Kaffee, den sie gerade zubereitete, und rief: *Mein Latte hat funktioniert!* Jillian berichtete ihm von dem Bad-Tribut-Latte, den Emmaline erfunden hatte, und alle lachten herzlich. Er gab ein paar Autogramme, aber während sie aßen, wurden sie von allen in Ruhe gelassen. Auf dem Weg hinaus machte Johnny Emmaline deutlich, dass er keinerlei Interesse an irgendwelchen Tributen hatte.

Jax und Jordan wollten die Main Street entlangschlendern, und Johnny, Jillian und Zoey gingen in den Park, in dem die Kinder mit Eiswaffeln herumliefen und sich schminken ließen. Menschen spazierten von Zelt zu Zelt und sahen sich Kunsthandwerk, Schmuck, Kleidung, Backwaren und jede Menge andere Dinge an.

»Hey, Zo, sollen wir zum Kinderschminken?«, fragte Johnny.

Sie verdrehte die Augen. »Ich bin keine fünf mehr.«

Er legte den Arm um sie und zog sie an seine Seite. »Sei nachsichtig mit mir. Ich muss noch lernen, was wirklich cool ist.«

Sie hielt ihren Cowboyhut fest und duckte sich unter seinem Arm weg.

»Da sind meine Eltern.« Jillian zeigte auf ein attraktives Paar mittleren Alters, das bei einem Zelt stand. »Kommt, wir sagen mal Hallo.« Sie nahm Johnnys Hand.

Ihre Mutter war schlank und hatte glatte blonde Haare, die ihr bis zu den Schultern reichten. Als sie die drei sah, strahlte sie, während ihr Vater, ein großer, breitschultriger Mann mit überwiegend grauen Haaren, so aussah, als versuchte er, die Situation zu verstehen. Johnny fragte sich, was und ob überhaupt sie ihren Eltern etwas erzählt hatte.

»Jilly! Wir hatten gehofft, dass wir euch sehen würden«, sagte ihre Mutter. »Jax hat erwähnt, dass du übers Wochenende Überraschungsgäste hast, und wie ich sehe, hältst du mit einem davon Händchen.«

»Sehr diskret, Mom.« Jillian lachte, lehnte sich enger an Johnny und legte eine Hand auf Zoeys Schulter. »Mom, Dad, das sind Johnny Bad und seine Tochter Zoey, und ja, Johnny und ich sind zusammen.«

»Ach, das ist doch nett!« Das Lächeln ihrer Mutter war so strahlend und schön wie das ihrer Tochter. »Ich bin Lily, und dies ist mein Mann Clint. Schön, euch beide kennenzulernen.«

»Danke! Freut mich auch sehr«, sagte Johnny und schüttelte Clint die Hand.

»Hallo«, sagte Zoey.

»Hallo, Kleines«, sagte Lily. »Jilly hat uns schon so viel über dich erzählt.«

»Ach ja?«, fragte Zoey.

»Natürlich!«, sagte Jillian, woraufhin Zoey sie anlächelte.

»Wir haben dich beim Umzug gesehen«, sagte Clint. »Da hast du eine ziemlich gute Figur abgegeben.«

»Danke. Es hat Spaß gemacht. Nick war viel netter, nachdem er erst einmal herausgefunden hatte, dass er meinen Dad nicht von Jillian verjagen kann«, sagte Zoey.

Clint lachte. »Dahinter steckt bestimmt eine interessante Geschichte.«

»Wir reden hier von Nick«, sagte Jillian. »Da gibt es immer eine interessante Geschichte.«

»Er hat gesagt, ich kann auf einem seiner großen Pferde reiten, während wir hier sind«, sagte Zoey.

»Dann musst du ja Eindruck auf ihn gemacht haben. Er lässt nicht jeden einfach so auf seinen Lieblingen reiten«, sagte Lily. »Wir wollten gerade zu Morgyns Stand gehen. Erzähl uns doch auf dem Weg dorthin, wie es war, in dem Umzug mitzulaufen.«

Jillian und Zoey liefen neben Lily, während Clint und Johnny ihnen folgten und Zoey von ihrer ersten Begegnung mit Nick berichtete.

»Ich würde mich ja für Nicks Benehmen entschuldigen, aber es klingt so, als hätte Zoey ihn schon in die Schranken verwiesen«, sagte Clint.

»Wahrscheinlich sollte ich mit ihr darüber reden, damit sie sich nicht in Schwierigkeiten bringt, wenn sie mit dem Falschen einen Streit vom Zaun bricht.«

»Nach allem, was sie durchgemacht hat, ist es keine Überraschung, dass sie dich in Schutz nimmt. Wie geht es dir mit all diesen Veränderungen?«, fragte Clint. »Es gab ja wirklich wilde Spekulationen in der Presse, bis du an die Öffentlichkeit gegangen bist. Ich war beeindruckt, als du so klar Stellung bezogen hast.«

»Danke. Ich habe wirklich Glück. Mein älterer Bruder Kane ist der beste Geschäftsmann, den ich kenne, und er kümmert sich um all die juristischen Angelegenheiten und darum, dass alles wieder in Ordnung kommt, damit ich mich auf Zoey konzentrieren kann. Und was Zoey und mich angeht, so nehmen wir einen Tag nach dem anderen in Angriff.«

»Scheint, als würdest du es gut hinkriegen, sonst hättest du Jillys Aufmerksamkeit nicht erregt.«

»Ich muss mich bei ihr bedanken. Zurückhaltung ist nicht ihr Ding, oder?«

Clint schmunzelte. »Das stimmt. Sie ist mit einer Horde Brüder aufgewachsen. Sie musste tough sein, ansonsten hätten Nick und Beau darüber entschieden, wohin sie ging oder was sie tat.«

»Auf alle Fälle hat sie mich oft in die richtige Richtung gestupst, wenn es um Zoey ging, und sie hilft uns noch immer dabei, besser miteinander zu kommunizieren und Dinge zu erkennen. Ich nehme an, dafür müssen wir uns auch bei dir und deiner Frau bedanken. Irgendwo muss sie es gelernt haben.«

»Das war ihre Mutter ganz allein. Ich war nur dabei.«

Das nahm ihm Johnny nicht ab.

Sie kamen zu einem bunten Batik-Zelt, das inmitten all der weißen Zelte stand und über dessen Eingang ein Transparent mit der Aufschrift LIFE REIMAGINED hing. Etwa ein Dutzend Leute standen um die Tische herum und bestaunten Schmuck, Lampen, Schuhe, Vasen und andere einzigartige Upcycling-Werke. Herbstliche Kränze, antike Möbel mit wunderschönen handgemalten Mustern und andere auserlesene Gegenstände waren ausgestellt. Zoey marschierte direkt in den hinteren Bereich des Zeltes auf eine Auslage mit Pullovern zu, die mit Aufnähern, seltsam und gleichzeitig interessant platzierten Knöpfen und anderen Details verschönert worden waren. Zwei andere junge Mädchen schauten sich die Sachen auch gerade an und sagten etwas zu Zoey, das sie lächeln ließ. Sie berührte die Aufnäher auf ihrem Oberschenkel und streckte den Arm aus, um ihnen das Bündchen von ihrem Hoodie zu zeigen, das sie abgeändert hatte.

Johnny nahm die anderen Mädchen in Augenschein. Sie wirkten freundlich. Die Brünette trug die Haare fast bis zu den Schultern, die Blonde hatte längere Haare. Beide trugen Jeans und ein Sweatshirt. Johnny beobachtete Zoey genau, um notfalls sofort auf Anzeichen von Unbehagen zu reagieren, doch es schien ihr gut zu gehen.

»Das sind Ginny und Cara, die Enkelinnen von Jillys Assistentin Liza«, sagte Clint. »Nette Mädchen. Ginny ist in Zoeys Alter und Cara ist ein Jahr jünger.«

»Man merkt wahrscheinlich, dass ich es nicht gewohnt bin, Zoey von der Leine zu lassen.«

»Das ist bei Töchtern wohl so. Ich bin es immer noch nicht gewohnt, dabei ist Jilly erwachsen. Aber wenn man sie nicht ihre Flügel ausbreiten lässt, rebellieren sie, und dann hast du richtig Probleme.«

»Ich weiß, wovon du redest. Meine Schwester Harlow war als Teenagerin nicht einfach.«

Clint deutete auf eine hübsche Blondine in einem geblümten Kleid mit Blumenmuster und bunten Cowboystiefeln, die gerade Kunden bediente. »Das ist unsere Schwiegertochter Morgyn, die Frau von Graham.«

»Jillian hat mir von ihr erzählt. Wie es aussieht, ist sie sehr begabt.«

»Absolut! Und da ist auch Graham.« Er nickte einem groß gewachsenen Mann zu, der mit einem Karton auf dem Arm um die Seite des Zeltes herumkam. Er trug eine MIT-Basecap und ein dunkles langärmeliges T-Shirt. Um den Hals hatte er eine Reihe von Halsketten, einige mit Perlen, andere mit besonderen Anhängern, und mehrere Armbänder aus Leder oder Perlen zierten seine Handgelenke.

Graham entdeckte Jillian und zeigte sofort ein umwerfendes Lächeln. »Wurde auch Zeit, dass du hier mal auftauchst.« Er stellte den Karton ab und umarmte sie, um dann seine Mutter mit einem Kuss auf die Wange zu begrüßen.

»Du siehst ja toll aus. Die sind genial!« Jillian berührte seine Halsketten.

»Muss ja mein Mädchen repräsentieren«, sagte Graham. »Du wirst Morgyns neue Sachen lieben.«

»Ich will mir unbedingt etwas kaufen. Aber zuerst möchte ich, dass du Johnny kennenlernst.« Sie drehte sich herum, nahm Johnnys Hand und gab sich nun so ganz anders als vorhin, als sie noch gesagt hatte, sie wären *irgendwie* zusammen. »Johnny, das hier ist mein Bruder Graham.«

»Mann, ey, das ist der Hammer!«, sagte Graham. »Johnny Bad in Fleisch und Blut, und dann hält er auch noch die Hand meiner Schwester.«

Johnny lachte.

»Ich bin seit meiner Teenagerzeit ein Fan deiner Musik«, sagte Graham. »Ich will ja hier nicht den Fanboy geben, aber Mann, das ist echt ein großer Moment für mich.«

»Danke. Jillian hat mir von der tollen Arbeit erzählt, die du an der Westküste machst.«

»Versuche nur, unsere Erde davon abzuhalten, den Bach runterzugehen«, erwiderte Graham bescheiden. »Ich hab von deiner Tochter gehört. Wie geht es ihr? Ist sie mit dir hier?«

»Zoey ist ein tolles Mädchen. Sie macht mich zu einem besseren Mann, genau wie deine Schwester.« Er deutete auf Zoey, die sich jetzt mit den anderen Mädchen und mit Morgyn unterhielt. »Sie ist da hinten, die in dem grauen Hoodie mit den Sternen darauf. Wahrscheinlich fragt sie Morgyn nach all ihren

Tricks.«

»Sie hat also ein Faible für Klamotten?«, fragte Graham.

»Sie hat ein gutes Auge dafür«, sagte Jillian, als Zoey, Morgyn und die beiden anderen Mädchen herüberkamen.

»Dad, das sind Ginny und Cara, und das hier ist Morgyn. Sie hat *alles* hier drinnen gemacht«, schwärmte Zoey.

»Hallo«, sagten die beiden Mädchen.

Die Selbstverständlichkeit, mit der Zoey *Dad* sagte, brachte Johnny kurz aus dem Konzept, und nach Jillians Gesichtsausdruck zu urteilen, hatte sie es auch bemerkt. Er fragte sich, ob Zoey selbst gemerkt hatte, was ihr herausgerutscht war, aber sie war in das Gespräch mit ihren neuen Freundinnen vertieft. Die Tatsache, dass sie einfach so mit den beiden Kontakt geknüpft hatte, fühlte sich wie ein weiterer Meilenstein an, daher unterbrach er sie nicht, sondern wandte sich stattdessen Morgyn zu. »Hi, ich bin Johnny.«

»Ich glaube, die ganze Welt weiß, wer du bist«, sagte Morgyn. »Schön, dich kennenzulernen. Zoey hat mir gezeigt, was sie mit ihren Klamotten gemacht hat. Wir werden auf der Party heute Abend wohl mal ein paar Geheimnisse austauschen.«

»Das ist großartig.«

»Wir lassen uns schminken und dann sehen wir uns das Kuchenwettessen an«, sagte Ginny gerade zu Zoey. »Hast du Lust mitzukommen?«

Hoffnungsvoll schaute Zoey zu ihm auf. »Darf ich?«

»Du willst dich schminken lassen?«, fragte er.

Sie nickte und in ihrem Blick lag die lautlose Botschaft: *Bitte stell mich jetzt nicht bloß, indem du verrätst, was ich vorhin gesagt habe!*

»Ich fühle mich nicht ganz wohl bei der Tatsache, dass du

ohne einen Erwachsenen unterwegs bist«, sagte Johnny. »Wie wär's, wenn ich mitkomme?«

»Meine Großmutter Liza ist dabei«, sagte Ginny. »Sie steht da drüben mit meiner kleinen Schwester. Sehen Sie sie da in der Schlange beim Kinderschminken?«

»Ja, aber ich möchte es zuerst mit ihr besprechen.«

Zoey verdrehte die Augen.

»Tut mir leid, Sunshine, aber wenn du mit ihnen losziehen willst, muss ich mit Liza reden und sichergehen, dass sie im Notfall meine Nummer hat.«

»Sunshine?«, fragte Morgyn. »So nennt Graham mich auch.«

»Wirklich?« Johnny lächelte.

»Ein schönes Kosewort für schöne Mädchen.« Graham nickte Zoey zu. »Hi, Zoey. Ich bin Jillians Bruder Graham, und unser Dad hat das auch immer gemacht, wenn wir mit Freunden losziehen wollten. Das machen Eltern nun mal.«

»Ich weiß.« Zoey klang genervt, doch dann trat ein Strahlen in ihre Augen. »Jax hat mir erzählt, dass ihr in einem Baumhaus lebt. Kann ich mir das irgendwann mal ansehen? Wo geht ihr auf Toilette? Gibt es da viele Käfer und Spinnen?«

»Ein *richtiges* Baumhaus?«, fragte Cara ungläubig.

Während Graham und Morgyn von ihrem Baumhaus erzählten, flüsterte Jillian: »Ihre *Wenn-du-meinst*-Phase, in der sie bloß nichts an sich heranlassen wollte, scheint sie beendet zu haben.«

»So wie wir auch«, sagte Johnny und küsste sie.

Liza freute sich, dass Zoey sich ihnen anschließen wollte, und so verbrachten Johnny und Jillian Zeit mit ihren Eltern. Sie schlenderten gemeinsam durch den Park, sahen sich die verschiedenen Stände an und lernten sich besser kennen. Lily und Clint waren freundlich, einfühlsam und wie ihre Tochter scheuten sie sich nicht, schwierige Fragen zu stellen oder kleine Ratschläge zu geben. Sie neckten sich und Jillian, so wie es Familien taten, und es war offensichtlich, warum Jillian gerne in ihrer Nähe wohnte.

Nach dem Kuchenwettessen gingen Jillians Eltern nach Hause und Johnny und Jillian gesellten sich zu Liza und den Mädchen. Zoey und ihre Freundinnen wollten noch mehr Zeit miteinander verbringen, daher gingen sie alle zusammen zum Kürbisstand. Sie suchten sich Kürbisse aus, und Jillian schnitzte ihren mit langen Wimpern und vollen Lippen, während Johnny seinem ein Zwinkern und Grinsen verpasste. Die Mädchen schnitzten dreieckige Augen und Fangzähne in ihren Kürbis, und Liza gestaltete ihren mit einem O-förmigen Mund, als hätte er einen Geist gesehen.

Johnny verirrte sich im Maislabyrinth, und Zoey und Jillian hatten großen Spaß dabei, ihn damit aufzuziehen.

Sie erreichten die Scheune gerade rechtzeitig, um zur letzten Fahrt mit dem Heuwagen aufzubrechen. Während der Anhänger über die Wiese rumpelte, er Jillian im Arm hielt und Zoey mit ihren Freundinnen beobachtete, hatte Johnny das Gefühl, dass alles in seinem Leben plötzlich Sinn ergab, und er konnte sich keinen besseren Abschluss für ihren Nachmittag vorstellen.

Vierundzwanzig

Jillian sah noch ein letztes Mal in den Spiegel und klappte dann die Sonnenblende hoch, als Johnny ihr die Beifahrertür öffnete. Musik drang von Nicks Scheune herüber. Sie waren spät dran und alle anderen waren schon dort. »Die werden es merken.«

»Wovon redest du?«

»Du weißt, wovon ich rede. Meine Haut ist gerötet und guck dir meine Augen an!« Sie riss die Augen auf und zeigte mit dem Finger darauf. »Ich sehe total orgasmisch verausgabt aus.« Was nicht verwunderlich war, denn nachdem sie Zoey bei Jax abgesetzt hatten, hatten sie und Johnny ihr Atelier eingeweiht, waren unter der Dusche noch einmal richtig unanständig gewesen, und als hätten sie noch immer nicht genug voneinander gehabt, waren sie auf dem Weg zur Party noch einmal übermütig geworden, und Johnny hatte sie am Straßenrand erneut um den Verstand gebracht. Jillian war noch einmal in einem Damen-WC verschwunden, und sie hatte gehofft, dass dieser frische zufriedene Ausdruck in ihren Augen mittlerweile verschwunden gewesen wäre, aber man sah es ihr immer noch an.

Er lachte, zog sie in seine Arme und schaute sie an, als wäre es ihm egal, dass alle Welt es merken würde. »Wenn du nicht wie die verführerischste aller ägyptischen Göttinnen aussehen würdest, hätte ich vielleicht die Finger von dir lassen können.«

Sie musste lächeln. Ihr war nicht bewusst gewesen, wie sexy ihr Kostüm war, bis er sie darin gesehen hatte und vor Begehren fast gesabbert hatte. Das Minikleid war ultrakurz, hatte ein ärmelloses Bustier mit seitlichen Netzeinsätzen, eine Schärpe aus gerafftem Strickmesh und dazu einen goldenen Gürtel aus Lederimitat, dessen Ende wie eine Krawatte mittig herunterhing. Sie trug Armstulpen in Metallic und goldene Sandalen, die über ihren Schienbeinen geschnürt waren. Der breite Perlenschmuck um den Hals und die goldenen Schlangen, die sich um ihre Oberarme wanden, waren die perfekten Accessoires.

»Worüber machst du dir Sorgen, Baby?«, fragte er schmeichelnd. »Dass sie wissen, wie gut sich dein Kerl um dich kümmert? Ich bin mir ziemlich sicher, dass sie das schon wissen. Du hast heute nicht einmal aufgehört zu lächeln. Selbst als Nick sich wie *Nick* aufgeführt hat, hast du gestrahlt wie ein Honigkuchenpferd.«

»Gar nicht!« Das war natürlich gelogen. Seit er und Zoey gekommen waren, schwebte sie auf Wolke sieben, und schon jetzt wünschte sie, sie könnte die Zeit anhalten, damit die beiden nie wieder abreisen müssten.

Er hob eine Augenbraue. »Du hättest dich als Pinocchio verkleiden sollen.« Er küsste sie langsam und süß. »Hör auf, dir Sorgen zu machen. Ich bin hier der Kerl, der einen Rock trägt, und du weißt, dass die Jungs mir zusetzen werden.«

»Du bist ein Gladiator, und du hast bessere Beine als all die Männer im Film *300*. Du siehst heiß aus!« In weniger als einer Stunde hatte sie sein Kostüm geschneidert, mit einer Rüstung und Rockstücken aus Kunstleder, die er über einem schwarzen

T-Shirt und einem weißen Rock trug. Sie hatte vier schwarze Ledergürtel um seinen Oberkörper geschlungen und an einer Schulter einen burgunderroten Umhang mit einem schicken schwarz-goldenen Schulterschutz befestigt. Um seine Oberarme und Handgelenke hatte sie schwarze Lederbänder geschnürt, und sie hatte ihm sogar noch lederne Schienbeinschützer gemacht, die das Bild des kampfbereiten Gladiators vervollständigten.

Er wölbte eine Augenbraue. »Nur für dich, Baby.«

Nach einem weiteren Kuss gingen sie einen Pfad entlang, der von falschen Grabsteinen und Skeletten gesäumt war, die aus dem Boden gekrochen kamen. An Ästen hingen Fledermäuse, und über den Weidezäunen und auf den Reitplätzen waren Spinnweben und Geister verteilt. Aufgeschichtete Holzscheite lagen für ein Lagerfeuer bereit, eine riesige Leinwand und eine Karaokebühne waren vorbereitet, hölzerne Hexen in schwarzen Kleidern und mit spitzen Hüten standen um einen schwarzen Kessel herum, aus dem sich lilafarbener Rauch kräuselte, und daneben standen lange Tische mit einer Fülle von Köstlichkeiten, die mit Spinnweben, Spinnen und Raben dekoriert waren. Weitere Skelette, Geister und gruselige Gestalten waren auf dem Boden vor den großen grauweißen Scheunen versammelt.

Nicks Golden Retriever Goldie und Rowdy rannten mit Löwenmähnen umher. Graham – als Tarzan verkleidet – und Jax – das perfekte Phantom der Oper – stachelten sich gegenseitig an, während sie Bohnensäcke in einen riesigen Holzkürbis mit dreieckigen Löchern als Augen und Nase und einem Kreis als Mund warfen. Nick alias Batman stand bei ihnen, war aber mehr damit beschäftigt, Trixie in ihrem sexy Outfit als Catwoman zu beobachten. Sie und ein paar andere standen unter einem Baum und versuchten, mit gefesselten Händen etwas zu essen, das an einem Seil baumelte, während Fred und Wilma Feuerstein sie anfeuerten.

»Konzentrier dich aufs Spiel, Nick.« Graham warf mit einem Bohnensack nach ihm.

»Oh je«, sagte Johnny, als sich Nick auf Graham stürzte. Graham entkam nur knapp und lachte, während Nick mit fliegendem Batman-Umhang hinter ihm herjagte. Jax ging zum Tisch, wo sich seine Christine – Jordan in einem langen, eleganten Kleid – mit Morgyn unterhielt, die als Tarzans Jane einen Bikini mit Leoprint und darüber eine lange Strickjacke trug. Morgyn hatte Pugsly auf dem Arm, Nicks alten Mops, der Teufelshörner auf dem Kopf hatte.

»Wir haben eine Gewinnerin!«, rief ihre Mutter von der Gruppe bei den Bäumen herüber und es wurde laut gejubelt.

»Wo ist Zoey?«, rief Jillian Jax zu.

Er deutete auf die jubelnde Gruppe und rief laut: »Achtung! Jilly ist hier!«

Sie entdeckte Zoey, die mit den anderen im Gefolge auf sie zuschritt wie ein Model auf dem Laufsteg. Sie trug eines von Jillians bunten Minikleidern aus der ›Facettenreich‹-Kollektion und dazu kniehohe Stiefel mit Mörderabsätzen. Sie stolperte, fing sich jedoch und murmelte nur: »Dämliche Absätze.« Ihre Haare waren geglättet, ihr Make-up war perfekt und sie hielt eine Cola Light in der Hand. Sie straffte die Schultern und hob das Kinn, als sie mit unfassbar ernstem Gesichtsausdruck sagte: »Schön, dass Sie auch noch mal auftauchen, Mr. *Bad*.«

»Nicht dein Ernst!« Johnny lachte laut auf.

»Du meine Güte! Bist du etwa *ich*?«, fragte Jillian.

Theatralisch warf Zoey sich die Haare zurück. »Sagt Ihnen der Name *Jillian Braden* etwas? Mir ist egal, wie viel Geld Sie mir bieten. Diese Party werde ich *niemals* verlassen.«

Jillian prustete vor Lachen, so wie alle anderen, und umarmte Zoey. »Du siehst toll aus! Woher hast du das Kleid?«

»Jax und Jordan haben mich in deine Boutique mitgenommen, und dann hat Jax es abgeändert, damit es passt. Guckt euch mal die Stiefel an, die Jordan mir geliehen hat.« Sie hob ein Bein und zeigte ihnen die Stiefel. »Ich kann kaum darauf laufen. Gefallen euch meine Haare? Die hat Jordan mir gemacht. Kann ich ein Glätteisen haben?«

»Oh, Mann! Und darauf soll ich mich freuen?«, stöhnte Johnny und alle lachten noch mehr.

Jillian gab ihm einen Klaps. »Hey! Du bist verrückt nach mir, und außerdem habe ich gerade ein neues Level an Berühmtheit erlangt. Ich habe den Status eines Halloweenkostüms erreicht.«

»Dein Freund trägt einen Rock. Vielleicht solltest du nicht so dick auftragen, Jilly«, meinte Nick schmunzelnd.

»Neidisch, dass du mit deinen Beinen so etwas nicht tragen kannst?«, hielt Johnny dagegen.

»Richtig so, Baby«, sagte Jillian. Ihr Vater, der als Fred Feuerstein verkleidet war, und Graham mit seinem Leoprint-Lendenschurz stellten sich neben Johnny, verschränkten die Arme und schauten Nick finster an.

»Hast du ein Problem mit Männern in Röcken, mein Junge?«

Nick hob beschwichtigend die Hände. »Nein, Sir. War nur Spaß.«

»Von drei Kerlen in Röcken in seine Schranken verwiesen«, sagte Zev und schlug Graham, ihren Vater und Johnny ab. Zev war als Chunk aus dem Film *Die Goonies* verkleidet und trug eine rote Jacke, karierte Hosen und ein Hawaiihemd. Er legte den Arm um Carly, die sehr niedlich als Data aus demselben

Film herausgeputzt war, eine kurze schwarze Perücke und einen grauen Pullover mit weißem Kragen trug und einen Computer aus Karton mit aufgeklebten Tasten und herunterhängenden Kabeln um ihren Bauch befestigt hatte. In die Nullen ihrer 007-Gürtelschnalle hatte sie Augen gemalt und über allem trug sie einen langen grauen Regenmantel, der von Flicken übersät war.

»Hey, Bad!«, sagte Nick. »Wie gut bist du im Hexenhut-Ringewerfen? Ich stelle meine Mannschaft zusammen.«

Wieder lachten alle.

Nick wandte sich an Trixie. »Ich hab doch gesagt, wir hätten lieber Axtwerfen machen sollen.«

Lachend und kichernd folgten alle Nick zu den Hexenhüten. Jillian schloss zu Jax auf. »Danke, dass du Zoey mit ihrem Kostüm geholfen hast.«

»Sie wusste genau, was sie sein wollte. Sie ist total in dich vernarrt, Jilly.«

Sie schaute zu Zoey, die neben Johnny, Zev und Carly ging. »Das beruht auf Gegenseitigkeit.«

»Sie hat uns von dem Outfit erzählt, das ihr zusammen entwerfen wollt, und sie hat uns gefragt, ob wir es seltsam finden, dass sie das Gefühl hat, du wärst ihre beste Freundin, nur eben *alt*.« Er lachte.

»Alt? Da muss ich wohl mal ein Wörtchen mit ihr reden, aber es ist schön, dass sie mir so sehr vertraut.«

»Wenn sie noch mehr Zeit mit Ginny und Cara verbringt, könntest du deinen Platz in der Rangliste verlieren. Sie hat auch viel über die beiden geredet.«

»Das wäre gut. Sie braucht Freunde in ihrem Alter, Leute, bei denen sie sich beschweren kann und mit denen sie Dinge herausfinden kann.«

»Beeilt euch!« Zoey winkte sie herbei.

Sie stellten sich zu den anderen, spielten Hexenhut-Ringewerfen, das sich zu einem Trinkspiel für die entwickelte, die nicht mehr fahren mussten. Zoey ging in die Scheune, um sich Jeans und Sneaker anzuziehen, während die Paare ihre Partner um die Wette in Toilettenpapier einwickelten. Die Mädels witzelten, dass die Männer nur wussten, wie man sie auszog, aber nicht anzog. Graham gewann, und dann schlugen Zoey und Johnny alle anderen um Längen beim Sackhüpfen, und als sie um die Heuballen, die die Männer aufgestellt hatten, um die Wette rannten, stellten Jax und Zev alle in den Schatten. Abwechselnd schlugen sie auf eine riesige Kürbis-Piñata ein, und als Nick sie schließlich zerschlug und Geschenkekarten und Bonbons durch die Luft flogen, hatte auch er einen Grund anzugeben.

Jillian gewann einen Limbo-Wettstreit und sang anschließend mit den anderen Frauen »It's Raining Men« ins Karaokemikrofon. Zwischen all den Aktivitäten aßen sie viel zu viele leckere Köstlichkeiten. Nick und Trixie hatten Würstchen in Blätterteig zubereitet, bei denen sie den Teig in Form von Mumien geformt hatten, außerdem gab es Spaghettinester, die Gehirnen viel zu ähnlich waren, Skelette aus Gemüse, Hamburger mit seltsamen Augen auf den Brötchen und gefüllte orangene Paprika, die wie Halloween-Kürbisse zugeschnitten waren. Doch für Jillian war das Beste an dem Abend, dass sie ihn mit Johnny und Zoey erleben durfte.

Nick entzündete schließlich das Lagerfeuer, und als Zev und Carly »Life is a Highway« zum Besten gaben, schenkte Jillian sich ein Glas mit blutrotem Punsch ein, in dem Gummiaugen herumtrieben.

»Was für eine Party!« Ihre Mutter in ihrem weißen Wilma-Feuerstein-Kleid und mit der roten Perücke trat neben sie.

»Nick und Trixie haben sich unglaublich ins Zeug gelegt. Und alle sehen toll aus, stimmt's?«

»Absolut. Und Zoey ist zum Schreien«, sagte ihre Mutter. »Als sie mit Jax und Jordan hier eintraf, hat sie dich so toll nachgemacht, Jilly! So sehr hab ich noch nie gelacht.«

»Sollte ich beleidigt sein?«

»Du meine Güte, nein! Sie hat deinen typischen Morgen nachgespielt, wie du kein Wort sagst, bis du nicht deine Cola Light gehabt hast, und ist über den Rasen stolziert und hat so getan, als würde sie Johnny sagen, er soll sich beeilen oder verschwinden.« Ihre Mutter lächelte. »Sie hat wirklich Charakter! Und wie ihr Daddy dich ansieht ... Sehe ich da, was ich glaube zu sehen, mein Schatz?«

Jillian schaute über den Rasen zu Johnny, der sich mit ihrem Vater und Graham unterhielt, und in ihrer Brust flatterten die Schmetterlinge. »Wahrscheinlich«, gab sie zu. »Ich habe mich noch nie so gefühlt. Die ganze Zeit denke ich an die beiden. Ich weiß, dass Johnny alles bewältigen kann, was die beiden erleben werden, aber ich möchte bei ihnen sein und ich möchte helfen, wie auch immer, aber gleichzeitig habe ich eine Kollektion, die ich bald präsentieren werde, und ich will nicht, dass meine Firma zurückstehen muss.« Sie schaute in die von Liebe erfüllten Augen ihrer Mutter. »Als sie gestern plötzlich vor mir standen, war meine ganze Welt auf einmal viel heller, und ich habe überhaupt nicht gezögert, alles stehen und liegen zu lassen, um Zeit mit ihnen zu verbringen.«

»Die Liebe vermag allem irgendwie einen Sinn zu verleihen.«

Liebe. Ein Schauer lief ihr über den Rücken.

»Ist er so gut zu dir, wie es den Anschein hat?«, fragte ihre Mutter.

Jillian lächelte. »Ja, er behandelt mich wundervoll. Er unterstützt mich in meiner Arbeit, und er versucht nie, mich zu verändern. Er macht auch diese kleinen Dinge, die mir das Gefühl geben, etwas Besonderes zu sein. Zum Beispiel schenkt er mir Blumen und schickt mir Nachrichten, nur um zu sagen, dass er an mich denkt.« Die anzüglichen Nachrichten, die ihr Herz zum Rasen brachten, sprach sie nicht an, aber für sie waren sie ebenso wichtig. »Und er bekocht mich, Mom, und gibt mir nicht das Gefühl, eine Niete zu sein, nur weil Kochen nicht mein Ding ist, und er macht mir Frühstück.«

Ihre Mutter zog die Augenbrauen zusammen. »Aber du frühstückst doch nie.«

»Genau, und trotzdem macht er es. Richtig seltsam ist es, dass ich mich dabei ertappe, wie ich beim Frühstück von seinem Teller esse.«

»Ach, Kleines, dich hat es richtig erwischt.«

»Und das macht mir ein wenig Angst. Ich hab immer gewusst, was ich wollte und wie ich es bekomme, und plötzlich haben dieser Kerl und seine Tochter meinen Weg gekreuzt, und ich weiß nicht mehr, was ich ohne sie machen soll.«

»Vielleicht sollst du es auch gar nicht. Dinge geschehen aus einem bestimmten Grund, mein Schatz.«

»Ich weiß. Immer wieder denke ich an unsere Zeit in Colorado. Ich dachte, ich würde ihnen helfen, aber wir alle drei haben Neues entdeckt und uns gegenseitig auf eine Art geholfen, von der wahrscheinlich keiner von uns wusste, wie sehr er es brauchte. Es ist, als hätte ich mich von der geschäftigen, energiegeladenen Modedesignerin in eine Frau verwandelt, von der ich gar nicht wusste, dass ich sie sein konnte, und mir gefiel diese Frau. Es gefiel mir, mal einen Gang runterzuschalten, und auch wenn ich normalerweise nichts mag, was mit

Sport zu tun hat, habe ich mich auf alles gefreut, was wir gemacht haben. Seit ihrer Ankunft gestern habe ich diesen gleichen Wandel gespürt. Gestern Abend haben wir einen Film geschaut, und obwohl ich früh nach Hause gekommen bin, hab ich nicht daran gedacht, wie viel Arbeit ich noch habe oder welche Entwürfe ich machen wollte. Ich war einfach nur *glücklich*.«

»Und trotzdem bringst du ›Wanderlust‹ raus *und* kreierst eine neue Kollektion. Ich würde sagen, du hast womöglich eine neue Art von Muse gefunden. Eine … oder zwei, die ebenso gut für dein Herz wie für deine Kreativität sind.«

Jubel und Applaus war zu hören und lenkte ihre Aufmerksamkeit auf Johnny, der mit Nicks Gitarre ans Mikrofon trat.

»Wie es aussieht, bekommen wir eine Privatvorführung«, sagte ihre Mutter.

Johnnys Blick landete auf Jillian, und dieses geheime Lächeln, das nur ihr galt, trat in sein Gesicht. »Dies ist ein kleines Stück, an dem ich gearbeitet habe, seit wir aus Colorado zurückgekommen sind. Es heißt ›Schlechter Stern‹.«

Ihr Herzschlag setzte kurz aus, als er einen rockigen Rhythmus anstimmte und sang.

Es ist null Uhr eins und du bist nicht hier

Aber du bist in meinem Kopf, in meinem Kopf

Ich sehe dich neben mir

Sehe dein Lächeln, dein Gesicht

Höre deine bissigen Worte

Verdammt, du bist zu weit weg

Ich glaub, auf meinem Herz sind deine Fingerabdrücke

Du hast gesagt, unsere Liebe steht unter einem schlechten Stern
Wir sind bestimmt, getrennt zu sein
Ich sehe ein anderes Ende, gebe dich nicht auf
Lass uns die Uhr zurückdrehen
Und diese Zeit noch mal erleben
Lass uns noch mal die Liebe finden
Zurück auf Start, Baby, bis es unsere Wahrheit wird

Der Kloß in Jillians Hals wurde immer größer. Sie spürte, wie ihr Vater sich neben sie stellte und ihr eine Hand auf den Rücken legte.

Ich werde verrückt, bin süchtig nach deiner Stimme
Meine Kleine ist ohne dich nicht sie selbst
Sie vermisst dich und ich noch viel mehr
Verdammt! Du bist zu weit weg

Eine Träne lief Jillians Wange hinunter.

Du hast eine Ader geöffnet
Ich verblute
Doch so wird es nicht enden
Ich brauch dich nah, nah bei mir
Du bist in meinem Kopf, in meinem Kopf
Ich brauch dich in meinem Bett

Nick sah ihn missmutig an und alle lachten.

Die Nachrichten die ganze Nacht
Sind nicht genug, nur Worte auf dem Display
Ich will dich berühren, küssen, lieben

Ins Flugzeug steigen, dich in die Arme schließen
Und nie wieder loslassen

Johnnys Blick war in ihrem versunken, als er all das noch einmal sang, und Jillian hatte das Gefühl, ihr Herz würde zerspringen, als er die letzten Verse sang.

Du hast gesagt, unsere Liebe steht unter einem schlechten Stern

Aber ich sehe ein anderes Ende

Lass uns die Zeit zurückdrehen

Und diese Zeit noch mal erleben

Bis sie

Unsere Wahrheit wird

Jubel, Applaus, Pfiffe waren zu hören. Johnny zwinkerte Zoey zu, die Pugsly auf dem Arm hielt und mit allen jubelte, während er zu Jillian ging.

»Der Mann ist wirklich verrückt nach meinem Mädchen.« Ihr Vater gab ihr einen Kuss auf die Wange, nickte dann Johnny zu, und als er beiseitetrat, nahm Johnny sie in die Arme.

»Was machst du nur mit mir, Johnny Bad? Das Lied war …« Sie schüttelte den Kopf, suchte nach Worten und faselte nervös herum. »Ein Rocksong ist das aber nicht gerade, oder?«

»Doch, aber das war die brave Version. Ich dachte mir, deine Familie muss nicht unbedingt die rockigere Variante hören, in der es heißt: *Ich sehe dich vor mir auf Knien.*«

Sie grinste. »Die möchte ich aber gern hören.«

»Wenn du deine Karten richtig ausspielst, setzen wir es in die Tat um.« Er besiegelte das verlockende Angebot mit einem Kuss. »Du bist meine Muse, Baby. Du hast meine Liebe zur

Musik wieder neu entfacht. Die Jungs und ich haben an fünf neuen Songs für ein Album gearbeitet.«

»Im Ernst? Das ist ja wunderbar! Heißt das, dass ihr mit eurem letzten Album auf Tour geht? Denn dann muss ich unbedingt an euren Kostümen arbeiten.«

»Dann leg los! Wir müssen die Brutally-Bad-Tour machen. Wir dürfen unsere Fans nicht enttäuschen. Wahrscheinlich geht es nächsten Sommer los, wenn Zoey Ferien hat. Vorausgesetzt, dass ich die richtige Schule für sie finden kann und sie sich bis dahin eingelebt hat. Es gibt eine Menge zu regeln, und ich muss auch noch meine Freundin davon überzeugen, das Tourleben mit uns zu genießen.«

»Das Tourleben? Du meinst, mit euch im Tourbus unterwegs sein? Hast du irgendwo anders noch eine Freundin versteckt? Denn ich bin kein Tourbus-Groupie.«

»In meinen Bus kommt kein Groupie.« Er strich mit seinen Lippen über ihre. »Der Platz ist für dich reserviert.«

»Johnny, ich habe eine Firma zu leiten. Ich kann nicht einfach …«

Mit einem tiefen, köstlichen Kuss brachte er sie zum Schweigen.

»Besorgt euch ein Zimmer!«, rief Zev, als er und Carly an ihnen vorbeigingen.

»Wir passen für euch auf Zoey auf«, bot Carly an.

Johnny grinste. »Bin ich ein schlechter Vater, weil ich das annehmen würde?«

Als er wieder die Lippen auf ihre senkte, rief Nick: »Hey, Bad, reiß dich von meiner Schwester los. Es ist Zeit für einen Film.«

Johnnys Kiefermuskeln zuckten. »Wieso hab ich das Gefühl, dass sich das niemals ändern wird?«

»Weil es wahrscheinlich so bleibt.«

»Tja, dann wird er mich wohl nicht ausstehen können.« Johnny küsste sie noch einmal, als sie sich zu den anderen gesellten.

Als alle Decken um das Lagerfeuer ausbreiteten, fragte Nick: »Wer ist morgen früh bei einem Ausritt dabei?«

»Wir«, sagten ihre Eltern.

»Du kannst uns einplanen«, sagte Graham.

»Uns auch«, sagten Zev und Jax gleichzeitig.

»Können wir auch mit?«, fragte Zoey.

»Tut mir leid, Sunshine, aber wir reisen morgen ab«, erinnerte Johnny sie.

»Können wir nicht später los?«, bettelte sie. »Er hat morgen früh gesagt. Bitte!«

Johnny sah zu Jillian. »Würde es dir etwas ausmachen, wenn wir noch blieben?«

»Ach, ich weiß nicht.« Sie stöhnte gespielt genervt auf. »Wenn ich euch noch länger sehen muss, muss ich wohl *irgendwie* damit zurechtkommen.«

»Also? Können wir?«, fragte Zoey erneut.

»Klar«, sagte Johnny. »Wir bleiben noch.«

»Ja! Kann ich Ginny und Cara fragen, ob sie mitkommen?«, fragte Zoey.

»Das müssen Nick und Trixie entscheiden«, sagte Johnny.

Mit Pugsly auf dem Arm rannte Zoey zu Nick. Was auch immer sie sagte, es verwandelte Nicks ernsten Ausdruck in ein herzliches Lächeln. Er schaute über den Rasen zu Jillian und zwinkerte ihr zu, als Zoey zurückrannte und rief: »Er hat gesagt, dass ich sie fragen darf!« Sie setzte sich auf die Decke und mit Pugsly auf dem Schoß schrieb sie gleich ihren Freundinnen.

Johnny setzte sich ebenfalls und zog Jillian zu sich hinunter, platzierte sie zwischen seine Beine und schlang die Arme um sie. Sie schaute über die Schulter und flüsterte ihm zu: »Bist du sicher, dass du dir nicht ein Studio in Maryland einrichten willst?«

»Bist du sicher, dass du nicht eine Boutique in New York eröffnen willst?«

So verlockend es auch war, sie konnte es sich ebenso wenig vorstellen, aus Maryland wegzuziehen, wie sie sich vorstellen konnte, dass er aus New York wegzog. Diese Erkenntnis war von einem Gefühl der Sehnsucht begleitet, doch sie schob den Gedanken weit weg, denn selbst wenn eine Fernbeziehung die einzige Möglichkeit für sie war, so würde sie es auf sich nehmen. Abgesehen von der Zeit mit ihrer Familie waren die Momente, die sie mit Johnny und Zoey verbringen konnte, von mehr Glück erfüllt, als es ihr irgendjemand anders hätte bescheren können.

Fünfundzwanzig

Bei dem Ausritt kamen Erinnerungen an ihre Zeit in Colorado auf, auch wenn die Umgebung und die Gesellschaft vollkommen anders waren. Johnny genoss es, Jillian mit ihrer Familie zu sehen und zuzuhören, wie sie und ihre Brüder sich neckten, und es war eine unglaubliche Freude, Zoey mit ihren Freundinnen zu beobachten, wie sie kicherten und Pläne für ihr Wiedersehen schmiedeten. Johnny sollte nach dem Morgen, den er und Jillian miteinander verbracht hatten, eigentlich auf Wolke sieben schweben. Nicht nur ihr Liebesspiel hatte die Stunden so unvergesslich gemacht. Sondern auch die Art, wie sie ihn ansah und ihn berührte, als wollte sie ihn niemals gehen lassen. Und ihm ging es doch genauso!

Die Abreise würde grauenhaft werden. Das Wochenende war viel zu schnell vergangen, und er wusste, wie der nächste Tag aussehen würde. Er würde in einem leeren Bett aufwachen und sich wünschen, Jilly wäre bei ihm. Zoey würde sich darüber beschweren, dass sie zur Schule musste, und wenn sie nachmittags zurückkäme, würde sie ihm eine endlose Reihe von Gründen nennen, warum sie es dort nicht aushielt. Er und Jillian würden sich den Tag über schreiben, und nachdem Zoey ins Bett gegangen wäre, würden sie stundenlang miteinander telefonieren. Sie hatten gerade erst beschlossen, eine Fernbeziehung wirklich in Angriff zu nehmen, doch er hatte jetzt schon die Schnauze voll davon.

Aber als sie die Pferde in die Scheune führten, legte er einen Arm um Jillian und schwor sich, sich von diesen Gedanken nicht die wenige Zeit kaputtmachen zu lassen, die ihnen noch blieb.

»Aus dem Weg!« Zoey rannte mit Ginny und Cara und den Hunden im Gefolge kichernd an ihnen vorbei.

»Zoey braucht einen Hund«, sagte Carly, als sie und Zev zu ihnen kamen.

Und Freunde, die in ihrer Nähe wohnen. »Vielleicht irgendwann«, sagte Johnny.

»Was du heute kannst besorgen …«, sagte Zev.

»Im Moment überlege ich noch, wie ich eure Schwester kidnappen kann, ohne im Gefängnis zu landen.«

»Wie gesagt, was du heute kannst besorgen …«, wiederholte Zev.

»Hallo?«, beschwerte sich Jillian. »Ich lebe hier und muss mich um meine Firma kümmern. Außerdem könnte es Leuten auffallen, wenn ich von der Bildfläche verschwinde.«

»Mom würde auffallen, wenn mehr vom Essen übrig bliebe«, neckte Zev sie.

»Ach, halt den Mund.« Jillian verpasste ihm einen Klaps. »Du solltest wissen, dass ich mittlerweile Spaghetti mit Fleischklößchen kochen kann.«

Zev hob eine Augenbraue. »Mikrowellenessen zählt nicht.«

Und so verging der Vormittag mit Lachen und unbeschwerten Gesprächen, bis es für Johnny und Zoey Zeit zum Aufbruch wurde. Zoey umarmte Jillian gefühlt eine Ewigkeit, schwärmte davon, wie viel Spaß sie gehabt hatte, und rang ihr Versprechen von weiteren solchen Momenten ab.

Als Zoey sich ins Auto setzte, zog Johnny Jillian in den Arm und schaute ihr in die Augen, von denen er wusste, dass sie ihn selbst aus einer Entfernung von Hunderten von Meilen verzauberten. »Danke, dass wir dein Wochenende kapern durften.«

»Ich habe jede einzelne Sekunde davon genossen. Danke, dass du es nicht geschafft hast, wegzubleiben.«

Er lachte und küsste sie, während er sich sagte, dass dies nicht das Ende eines wunderschönen Wochenendes, sondern der Beginn von einer wunderbaren Zukunft war.

Sechsundzwanzig

Jillian war noch nie so dankbar für einen übervollen Terminkalender gewesen wie in dieser Woche. Sie hatte es sogar geschafft, ein Essen und eine Shoppingtour für Ambers Hochzeitsgeschenk mit Trixie und Jordan möglich zu machen, und da Morgyn noch in der Stadt war, gesellte sie sich dazu. Sie hatten viel Spaß miteinander, aber mit ihnen über Johnny und Zoey und das wunderschöne Wochenende zu reden, führte nur dazu, dass Jillian die beiden noch mehr vermisste. Allerdings war Johnny ein sehr aufmerksamer Freund, der ihre Sehnsucht nie lange andauern ließ.

Jeden Morgen wachte sie mit einer neuen Nachricht von ihm auf. Manchmal erotisch, manchmal süß, aber immer stimmig und liebevoll, und abgesehen davon, in seinen Armen aufzuwachen, schenkten sie ihr den bestmöglichen Start in den Morgen. Beide waren sie den Tag über sehr beschäftigt, und sie schrieben sich, wann immer es ihnen möglich war, sodass ihr Herz wie bei einer verknallten Jugendlichen immer gleich schneller schlug, wenn sein Name auf ihrem Handybildschirm auftauchte. Videoanrufe waren zu ihrem abendlichen Ritual geworden – und das nicht nur für lustvolle Erlebnisse. Sein attraktives Gesicht war das Letzte, was sie jeden Abend sah.

Doch nach ihren Telefonaten lag sie immer noch grübelnd wach, und dann stand sie normalerweise auf und arbeitete bis zwei oder drei Uhr morgens.

Die Müdigkeit machte ihr mehr zu schaffen als sonst, aber Trixie schob das darauf, dass sie mit vollem Einsatz an dem Launch ihrer Kollektion arbeitete, dass sie die Bestände ihrer Boutique für die Feiertage auffüllte und dass sie noch nie so viel emotionale Energie dafür aufgewendet hatte, jemanden zu vermissen. Jillian wusste, dass sie recht hatte, und sie vermisste ja nicht nur Johnny. Zoey hatte sich die ganze Woche über mit Ginny und Cara geschrieben, und Jillian hatte etwa alle zwei Tage Nachrichten von ihr erhalten. Sie war froh, dass Zoey Freundinnen gefunden hatte, doch auch wenn der öffentliche Rummel um sie und Johnny aufgehört hatte, so fand Zoey trotzdem noch keine Freunde in der Schule, und dem Leben in New York konnte sie auch nichts abgewinnen. Johnny tat, was er konnte, um ihr eine möglichst normale Kindheit zu ermöglichen. Er versuchte, sie dazu zu bewegen, mehr hinauszugehen, und er hielt Fans auf Distanz, wenn sie in der Öffentlichkeit waren, um ihr Unbehagen zu lindern. Auch wenn Jillian wusste, dass er das Richtige tat, so machte sie sich doch um beide Sorgen. Ständig auf der Hut zu sein, setzte Johnny zu, und sie wusste, dass es für Zoey ebenso schwer war. Als es Freitagabend wurde, konnte sie es nicht mehr abwarten, beide in die Arme zu schließen.

Sie stellte ihr Auto in der Garage von Johnnys Gebäude ab und schrieb ihm. *Gerade angekommen. Wir sehen uns in ein paar Minuten.* Sie hatten eine große Überraschung für Zoey geplant, und Jillian freute sich darauf, ihre Reaktion zu sehen.

Als sie ihr Handy wegsteckte, drehte sie sich um und schaute Ginny und Cara an. Sie und Johnny hofften, dass Zoey durch einen Besuch ihrer Freundinnen in New York vielleicht erkannte, wie viel Spaß das Leben in der Stadt machen konnte, und dass sie das wiederum ermutigen würde, in der Schule Ausschau nach Freunden zu halten.

»Bereit für die große Überraschung?« Ginny und Cara waren großartige Reisepartnerinnen. Sie hatten sich fast während der ganzen Fahrt über Musik, Schule, Klamotten, Jungs und darüber unterhalten, wie sehr sie sich darauf freuten, Zoey zu sehen und mit zur Spendengala zu gehen. Johnny hatte mit ihren Eltern über die Presse gesprochen und was die Mädchen zu erwarten hatten, und Jillian hatte für sie fünf fantastische Outfits gekauft, die sie vorab zu Johnny geschickt hatte.

»Ja!«, sagten sie aufgeregt.

Sie nahmen ihr Gepäck aus dem Kofferraum und machten sich auf den Weg hinauf ins Penthouse. Als sich die Aufzugtüren öffneten, stand Johnny da – so unfassbar umwerfend in einem schwarzen Henley-Shirt und Jeans. Die Haare sahen so aus, als hätte er sie nur mit den Fingern durchgekämmt, und seine Augen strahlten so viele Emotionen aus, dass sie sich ihm fast in die Arme gestürzt hätte. Doch sie schaffte es, sich zurückzuhalten und ihren Plan durchzuziehen. Er legte den Finger auf die Lippen, damit die Mädels leise waren. »Sie ist in ihrem Zimmer, den Flur dort entlang«, flüsterte er.

Als die Mädchen über den Flur eilten, zog Johnny Jillian an sich. »Fünf Tage waren zu lang.« Er senkte seine Lippen auf ihre, und schon war ein Gekreische und Gekicher aus Zoeys Zimmer zu hören, das ihnen beiden ein Lächeln entlockte. »Wie ist es möglich, dass so ein Lärm mich ebenso glücklich macht, wie dich in den Armen zu halten?«

Zoey und ihre Freundinnen kamen über den Flur zu ihnen gerannt und Zoey warf sich Jillian in die Arme. »Danke!

Unglaublich, dass du sie hergebracht hast! Ich bin so froh, dass du hier bist. Ich hab dich vermisst.«

»Du hast mir auch gefehlt. Ich bin beeindruckt, dass Ginny und Cara es geschafft haben, ihren Besuch geheimzuhalten.«

»Wir mussten es Grandma versprechen«, sagte Ginny.

»Dafür muss ich mich bei ihr bedanken«, sagte Johnny.

Zoey schlang die Arme um ihn. »Vielen, vielen Dank! Es ist so toll, dass sie das ganze Wochenende hier sind. Können sie morgen mit uns shoppen gehen, wenn wir mein Kleid für die Music Awards kaufen?«

»Das ist der Plan«, sagte Johnny. »Wie sieht's aus, Mädels? Habt ihr Hunger? Ich habe in einem von Zoeys Lieblingsrestaurants einen Tisch reserviert.«

»Ja!«, ertönte es von allen gleichzeitig.

»Zoey, zieh dir doch Schuhe an und dann gehen wir.«

Er nahm Jillians Hand. »Und was ist mit dir, meine Schöne? Geht es deinem Magen besser?«

Sie war vor ihrem Wiedersehen so aufgeregt gewesen, dass sie den ganzen Tag nichts hatte essen können. »Viel besser. Es ist erstaunlich, was es mit mir macht, wenn ich dich sehe. Ich habe einen Riesenhunger.« Sie ging auf Zehenspitzen und küsste ihn. »Auf das Essen und den *Nachtisch*.«

»Mhm, wie ich sehe, hast du mein unanständiges Mädchen mitgebracht.« Er gab ihr noch einen Kuss, und gerade als er ihn vertiefte, kamen die Mädchen wieder ins Zimmer gerannt. Er flüsterte: »Ist es schon Bettzeit?«, und zeigte seiner sehr aufgeregten Tochter und ihren Freundinnen ein gewinnendes Lächeln. »Okay, Ladys, lasst uns losziehen.«

Sie gingen in ein italienisches Restaurant, das nicht zu schick und perfekt für die aufgedrehten Mädchen war. Mehrere Leute schauten immer mal wieder zu ihnen herüber, und Jillian bemerkte, dass Johnny mit einer annähernd arroganten Selbstsicherheit auftrat, die auf Fremde sicher etwas distanziert wirkte. Das machte er offenbar absichtlich, um Grenzen aufzuzeigen. Die Mädchen schienen die auf sie gerichteten Blicke zum Glück nicht wahrzunehmen. Sie plapperten glücklich drauflos, kicherten und aßen alles, was sie in die Finger bekamen. *Bravo, Daddy Bad.* Es war erstaunlich, wie weit die beiden es gebracht hatten, und Jillian war froh, dass sie am Beginn von all dem dabei gewesen war, denn sonst hätte sie nie geahnt, wie sehr er dafür gekämpft hatte, gemeinsam so weit zu kommen.

Nach dem Essen gingen sie zum Times Square, um den Mädchen die Lichter der Stadt zu zeigen. Johnny hielt Jillians Hand, während er aufmerksam ihr Umfeld im Auge behielt. Ginny und Cara staunten, waren ausgelassen und zeigten beeindruckt auf die Leuchtreklamen und Geschäfte. Zoey war zurückhaltender als noch im Restaurant und nicht annähernd so unbekümmert, wie sie es auf dem Kürbisfest gewesen war. Sie hielt sich immer ganz in der Nähe von Johnny und Jillian.

»Kaum zu glauben, dass es dir hier nicht gefällt«, sagte Ginny. »Das ist doch aufregend.«

»Ich liebe all diese Lichter«, sagte Cara. »Ist es hier jeden Tag so?«

»Mhm«, machte Zoey.

»Aber du hattest recht, es ist wirklich sehr voll hier«, sagte Cara. »Und laut. Warum hupen die alle ständig? Die Autos vor ihnen können ja auch nicht schneller fahren.«

»Das macht es doch auch gerade so toll«, sagte Ginny. »Alle

müssen irgendwohin.«

»Aber wohin wollen die alle?«, fragte Cara. »Hier sind ja nirgends Wohnhäuser oder Wohnviertel.«

»Keine Ahnung. Zu Hotels oder Partys, nehme ich an«, sagte Ginny.

»Vielleicht treffen die berühmte Leute«, überlegte Cara.

»Mein Dad ist berühmt, und zu ihm kommen nur Leute, mit denen er zusammenarbeitet, und Jillian.« Zoey schaute zu Johnny auf. »Stimmt's, Dad?«

Johnny drückte Jillians Hand. Sie wusste, wie viel es ihm bedeutete, wenn Zoey ihn Dad nannte. Er hatte ihr erzählt, dass sie ihn seit dem Kürbisfest nur wenige Male so genannt hatte.

»Die Jungs aus der Band sind meine Freunde.«

»Die zählen nicht, weil sie mit dir arbeiten«, sagte Zoey.

»Für mich zählen sie«, widersprach Johnny. »Wenn sie die Band verlassen würden, wären wir trotzdem noch Freunde.« Er deutete auf einen Laden vor ihnen. »Wer will ein Eis?«

Die Mädels jubelten zustimmend.

Johnny spendierte Eisbecher und überraschte dann alle mit einer Kutschfahrt durch den Central Park. Die Kutsche war schwarz, hatte lilafarbene Sitze und war mit einer lila Lichterkette geschmückt. Das Geschirr des Pferdes war ebenfalls lila, so wie auch die Federn, die an seinem Zaumzeug angebracht waren. Der Fahrer gab ihnen Decken, da es mittlerweile recht kühl war, und dann ging es auch schon los durch den vom Mond erleuchteten Park.

Johnny legte den Arm um Jillian und zog sie an sich. »Ich bin so froh, dass du hier bist, Baby. Es ist mir egal, was wir machen. Ich möchte dich einfach nur bei mir haben.«

Wusste er nicht, dass sie sich wünschte, sie wäre immer bei ihm?

»Das ist klasse«, sagte Zoey und machte Fotos mit ihrem Handy.

»In Pleasant Hill kann man das zu Weihnachten auch machen. Da fährt man mitten durch den Ort«, sagte Ginny. »Unsere Grandma hat uns mal mitgenommen.«

»Echt?«, fragte Zoey aufgeregt. »Können wir das machen? Können wir in der Weihnachtszeit zu Jilly?«

»Ich denke, das lässt sich einrichten«, sagte er und erwiderte Jillians Lächeln.

Innerlich feierte Jillian bei der Aussicht darauf, die beiden zu Weihnachten zu sehen.

Zoey jubelte. »Jilly, wenn wir während der Ferien zu Thanksgiving das Outfit fertigstellen, können wir dann in den Weihnachtsferien noch eines machen?«

»Wir können es versuchen. Du musst dich nur vorher für eines entscheiden, damit ich die Materialien vorrätig hab.«

»Können wir helfen?«, fragte Ginny.

»Grandma hat uns das Nähen beigebracht«, fügte Cara hinzu.

»Mir hat's auch meine Grandma beigebracht«, sagte Zoey. »Können sie, Jillian?«

»Warum nicht? Wir gehen in mein Atelier im Büro und machen ein Mädels-Wochenende daraus.«

Die Mädchen plapperten alle gleichzeitig drauflos und ihre Begeisterung war ansteckend. Johnny spielte mit Jillians Haarspitzen und flüsterte ihr zu: »Ach ja, und du bist nicht fürs Mutterdasein geschaffen, wie?«

Sie sah ihn ausdruckslos an.

»Ich hätte auch nicht gedacht, dass ich fürs Vaterdasein geschaffen wäre«, flüsterte er. »Und jetzt sieh mich an! Ich krieg's super auf die Reihe.«

Sie lachte leise. »Und das macht dich nur noch heißer, was ein Problem ist. Jetzt kann ich nicht mehr aufhören, dich anzusehen.«

Er zuckte vielsagend mit den Brauen.

Während sie am Karussell, am Teich, am See und an der Bow Bridge vorbeifuhren, stellten die Mädchen unzählige Fragen und machten Tausende Fotos. Bei jeder Sehenswürdigkeit flüsterte Johnny Jillian etwas ins Ohr. »Ich will dich auf der Brücke küssen … Ich will dich auf dem Karussell küssen … Ich will dich an dem Teich dort lieben …«

»Das klingt fast nach einem immer wiederkehrenden Motiv«, sagte Jillian.

Er zog sie noch näher an sich, küsste sie auf die Wange und flüsterte: »Wurde auch Zeit, dass du das merkst. Wir werden hier jeden einzelnen Platz einweihen.«

Oh, der Gedanke gefiel ihr sehr!

Er flüsterte ihr weiter süße Dinge zu. Selbst mit den drei quasselnden Mädchen war die Fahrt durch den Park dicht an Johnny gekuschelt magisch. Vielleicht war es sogar noch magischer, gerade weil sie es mit Zoey erleben durften. Während sie und ihre Freundinnen von allem schwärmten, was sie sahen, und fragten, ob sie am nächsten Tag wiederkommen und den Park bei Tageslicht sehen durften, dachte Jillian wieder über Johnnys Bemerkung am letzten Wochenende nach, ob sie nicht eine Boutique in New York eröffnen wollte.

Sie versuchte, sich ein Leben hier vorzustellen. Wie wäre es wohl, wenn sie das Zuhause, das sie immer gekannt hatte, verließ, um bei den beiden zu sein? Konnte sie so weit weg von ihrer Familie glücklich sein? In der lauten, geschäftigen Stadt leben? Konnte sie aus der Ferne mit Liza zusammenarbeiten? Würde ihre Anwesenheit Zoey dabei helfen, mehr Gefallen an der Stadt zu finden oder eine Schule aufzutun, die ihr mehr Spaß machen würde? Oder war Zoey – so wie Jillian – einfach kein Stadtmädchen?

Ganz schön viele Fragen, aber im Moment spielte es auch keine Rolle. Sie und Johnny waren noch nicht an diesem Punkt angelangt, auch wenn es sich schon so anfühlte. Sie schaute auf zum Sternenhimmel und suchte sich den hellsten Stern heraus, um sich etwas zu wünschen. Aber sie wusste nicht, was sie sich wünschen sollte. Ihre Liebe war echt, auch wenn sie diese ganz besonderen drei Worte nicht ausgesprochen hatten. Sie spürte es jedes Mal, wenn er sie anschaute, spürte, wie ihre Liebe zu ihm und zu Zoey mit jedem Tag tiefer wurde. Also wünschte sie sich das, was das Wichtigste war: dass Zoey glücklich war.

Sie legte den Kopf auf Johnnys Schulter, war dankbar für die Zeit, die sie sich füreinander genommen hatten, und freute sich auf Thanksgiving und auf Weihnachten.

Siebenundzwanzig

Es war erstaunlich, wie viel Leben drei Teenagermädels in einen Raum bringen konnten. Am Morgen herrschten Lärm und Aufregung, als sie die Küche in Beschlag nahmen, um für alle Frühstück zu machen und anschließend aufzuräumen, bevor sie in Zoeys Zimmer verschwanden, bis es Zeit wurde, zum Shoppen aufzubrechen.

Johnny hatte mit einem kurzen Unterfangen für den Kauf von Zoeys Kleid für die Preisverleihung gerechnet, doch es wurde zu einem Tagesausflug. Nachdem er mit drei Teenagern durch die Stadt gerannt war, war Johnny vollkommen erledigt, aber er hatte sich als perfekter Vater erwiesen, hatte die Einkäufe getragen, Zoey gesagt, wie schön sie in allem aussah, was sie anprobierte, und auf sie aufgepasst. Während sie und ihre Freundinnen in der Umkleidekabine gewesen waren, hatte er Jillian für heiß ersehnte Küsse an sich gezogen. Es war unglaublich, wie sie mit den Mädchen umzugehen wusste, und sie war unendlich geduldig. Geschickt führte sie sie von Klamotten weg, die zu freizügig oder einfach nicht das Richtige waren, und sie konnte problemlos Outfits am anderen Ende des Ladens entdecken, bei denen sie auf einen Blick sah, dass sie perfekt zu ihnen passten.

Die Mädels liebten es, mit ihr shoppen zu gehen, und nach Jillians strahlenden Augen zu urteilen, genoss auch sie es. Ihre Ausbeute war ziemlich gut: Zoey hatte mehrere süße Outfits bekommen, ein umwerfendes Kleid für die Preisverleihung, ein Paar Sandalen mit hohem Keilabsatz und Stiefel mit kleinem Absatz, und dazu noch alle möglichen Accessoires. Er kaufte auch für ihre Freundinnen ein paar hübsche Sachen, worüber sie sich sehr freuten, und für Jillian suchte er einige sexy Kleidungsstücke aus. Seine Lieblingserrungenschaft war ein Pyjama, der sogar noch winziger war als das Ensemble, das sie in Colorado getragen hatte.

Als sie nach Hause kamen, verkrümelten die Mädchen sich wieder in Zoeys Zimmer, und Jillian brachte ihre Sachen in sein Schlafzimmer. Johnny setzte sich auf das Sofa und war froh über diesen ruhigen Moment.

Zwanzig Minuten später sah er nach Jillian und fand sie tief und fest schlafend auf seinem Bett vor. Sie sah so friedlich aus, wie sie so auf der Decke lag, in Seitenlage und mit einem Arm unterm Kissen. Seinem Duracell-Häschen war am Ende doch die Energie ausgegangen, und das war wahrscheinlich seine Schuld. Sie hatte unmenschlich viel gearbeitet, stundenlang hinter dem Steuer gesessen, um sie beide zu sehen, und dann hatte er sie gestern Nacht noch lange wachgehalten. Sie hatten gewartet, bis sie sicher waren, dass die Mädchen schliefen, und sie hatten sich qualvoll langsam geliebt, um nur nicht gehört zu werden. Ihr Liebesspiel war dadurch unheimlich intensiv geworden. Er hatte sie ganz fest gehalten, als sie gekommen war und seine eigene Erlösung bevorstand, während sie beide versucht hatten, keinen Laut von sich zu geben. Er hatte jedes Zusammenziehen gespürt, jedes Keuchen und Seufzen, und er hatte das Begehren in ihren Augen gesehen, als er langsam und tief in sie stieß und sie sich wahrhaft eins gefühlt hatten. Sein ganzer Körper erhitzte sich bei der Erinnerung daran, wie er sie gleich ein zweites Mal in die Höhen trieb, sie dort verharren ließ und ihrer beider Körper vor Begehren zitterten, während er seine Hüften bewegte und seine Muskeln vor Zurückhaltung schmerzten.

Verdammt! Allein der Gedanke daran erregte ihn schon. Sie hatte eine Wirkung auf ihn, wie er es noch nie erlebt hatte. Er wollte sie umsorgen, sich hinter sie legen und sie festhalten, damit sie sich sicher fühlen und tief schlafen konnte, und ebenso wollte er tief in ihr versunken sein und all die unanständigen Dinge tun, die sie beide so liebten.

Er hauchte einen Kuss auf ihre Stirn und verließ leise das Zimmer. Er hörte Stimmen und Gekicher hinter Zoeys Zimmertür und klopfte. Als sie aufmachte, sah er Ginny und Cara auf dem Bett sitzen, umgeben von all den Kleidungsstücken, die die drei bekommen hatten.

»Hey, Zo. Jilly hat sich kurz hingelegt, und ich bin im Studio, falls du mich brauchst.«

»Okay.«

Er ging nach unten und fühlte sich auf eine Weise komplett, wie er es noch nie erlebt hatte. Zoey war glücklich, Jillian war bei ihm, und das Penthouse, das einst sein Rückzugsort gewesen war und in dem es dann zu still gewesen war, fühlte sich endlich an wie ein Zuhause.

Zwei Stunden später, als er wieder nach oben ging, kicherten die Mädchen noch immer. Er klopfte erneut und hörte Zoey

»Herein« rufen. Als er die Tür öffnete, kam ein: »Wir sind hier hinten.«

Er ging in ihr Nähzimmer.

»Guck mal, was wir gemacht haben«, sagte Zoey aufgeregt.

Ginny und Cara hielten die gelben und pinken bauchfreien Hoodies hoch, die er ihnen gekauft hatte. Die Vordertasche von Ginnys Pullover hatten sie mit einer Tasche aus einem Stoff mit Herzen darauf ersetzt, und für Caras hatten sie einen Stoff mit Totenschädeln genommen.

»Die sehen toll aus!«

»Und auf meinem Rücken sieht's so aus.« Ginny drehte ihren Hoodie herum und zeigte ihm eine zackige Linie aus winzigen Totenschädeln, die sie knapp über dem Saum aufgenäht hatten.

»Und hier!« Cara hielt den Ärmel ihres Hoodies hoch und deutete auf eine Reihe von Herzen, die von der Schulter bis hin zum Armbündchen reichte.

Was Zoey mit ihren Klamotten anstellte, beeindruckte ihn oft, und auch dieses Mal war es nicht anders. Diese kleinen Veränderungen machten die Sachen zu etwas Besonderem. So langsam glaubte er, dass es sich vielleicht nicht nur um eine vorübergehende Phase handelte, sondern dass sie ihre Berufung gefunden haben könnte. »Das sieht alles unglaublich aus. Ihr Mädels habt wirklich ein Talent dafür.«

»Danke!«, sagten sie gleichzeitig.

»Es wird Zeit, sich für die Spendengala fertigzumachen.«

Die drei hielten kurz die Luft an und kreischten dann los.

Er ließ sie allein, damit sie sich fertigmachen konnten, und ging zu seinem Schlafzimmer, wo er die Tür hinter sich schloss. Jillian schlief noch. Er setzte sich neben sie, streichelte ihr über den Rücken und küsste sie dann auf die Wange. »Hallo, du musst aus deinem Dornröschen-Schlaf aufwachen.«

Langsam öffnete sie die Augen. »Tschuldige, muss eingeschlafen sein. Wie spät ist es?«

»So spät, dass du dich jetzt für die Spendengala fertigmachen solltest.«

Sie setzte sich auf. »Was? Wie lange hab ich denn geschlafen?«

»Ein paar Stunden.«

»Du meine Güte! Das tut mir so leid. Die Mädchen …«

Er stand mit ihr auf und zog sie in seine Arme. »Die machen sich fertig.«

»Okay, ich brauche nicht lang unter der Dusche.«

»Ich auch nicht.« Er küsste sie tief und drückte seinen Körper an ihren. »Die Frage ist nur, ob du *leise* sein kannst.«

»Es gibt nur eine Möglichkeit, dafür zu sorgen.« Verführerisch sah sie ihn an. »Mit vollem Mund spricht man nicht.« Sie grinste unfassbar frech und schlenderte dann Richtung Badezimmer. »Komm schon, Mr. Bad. Die Zeit läuft uns davon.«

In Rekordzeit standen sie nackt unter der Dusche. Er eroberte ihren Mund mit einem fordernden Kuss und schob zwei Finger in sie, um gleichzeitig mit seinem Daumen ihre bedürftigste Stelle zu liebkosen. »Ich liebe deinen Körper, verdammt!«, knurrte er an ihren Lippen.

»Und ich liebe deinen unanständigen Mund. Jetzt halt die Klappe und küss mich.«

Unter dem warmen Duschregen zog sie seinen Mund auf ihren, und wie er das liebte! Er kannte ihren Körper auswendig, wusste genau, wie er ihn ins Schwingen brachte, und er war entschlossen, ihr die Beherrschung zu entreißen. Es dauerte nicht lang, bis sie sich an seiner Hand rieb und in ihre Küsse wimmerte. Er drückte ihre Perle, sie keuchte in seinen Mund und ihr Becken zuckte wild, bis sie in seinen Armen zusammensank und den Kopf in den Nacken fallen ließ. »Wie schaffst du es, mich immer so schnell um den Verstand zu bringen?«

»Die Motivation stimmt einfach.« Er fuhr mit den Zähnen über ihren Nippel, und sie presste ganz fest die Lippen aufeinander, als sie nach seiner Härte griff. »Ich will in deinem hübschen Mund versinken.«

Mit einem schelmischen Grinsen schob sie ihn gegen die gekachelte Wand und beugte sich hinunter, um ihn in den Mund zu nehmen, zu saugen und so perfekt zu streicheln, während das Wasser über ihren hinreißenden Körper rann. Mit einer Hand umfasste er ihr Kinn, strich mit dem Daumen über ihren Mundwinkel und spürte seine Härte immer wieder daran vorbeigleiten, während er mit der anderen Hand ihre Brust streichelte. Die Lippen um seine Länge gelegt, stöhnte sie auf, und die Vibration ließ seinen ganzen Körper pulsieren.

»Berühr dich.«

Lustvoll schaute sie zu ihm auf und fasste sich zwischen die Beine.

»Das ist mein Mädchen, so sexy.«

Sie streichelte ihn schneller. Was für einen wunderschönen Anblick sie bot. Er presste die Kiefer aufeinander, um gegen das Bedürfnis nach Erlösung anzukämpfen und um *ihr* noch mehr Lust zu bereiten. Er verspürte das unbändige Verlangen, sie zu lieben, doch die Zeit hatten sie nicht. »Wir gehen heute Abend nach unten in mein Studio, und ich werde dich so nehmen, dass du auf keinen Fall leise bleiben kannst.«

Sie riss die Augen auf.

»Es ist schalldicht.«

Sie lächelte mit den Lippen um seine Härte und er streichelte ihr über den Kiefer. »Wir müssen uns beeilen, Baby. Soll ich in deinem Mund kommen oder auf deinem Bauch, während ich dir noch einen Höhepunkt beschere?«

Sie zog seine Länge langsam aus ihrem Mund und zwinkerte mit großen Augen zu ihm auf. »Was glaubst du wohl?«

Ihre Lippen waren rosa und geschwollen und so verdammt sexy, dass er es kaum aushielt. Das Bedürfnis, ihr Lust zu bereiten, war größer, als seine Fantasien auszuleben. Er zog sie hoch und ging dann selbst auf die Knie, streichelte sich mit einer Hand und vergrub sein Gesicht zwischen ihren Beinen. Er leckte, saugte und labte sich an ihr. Gerade als sie der völligen Ekstase entgegenraste, schoss die Hitze in seine Lenden. Seine Hand legte sich auf ihre Mitte, als er aufstand und sie ungezügelt küsste, während sie auf der Welle der Lust schwebte und er sich seiner eigenen Erlösung hingab.

Johnny zog die schwarzen Schlaghosen an, das schwarz glitzernde Mesh-Hemd und die silbernen Plateauschuhe, die Jillian ihm gekauft hatte, und ging ins Badezimmer. Jillian beugte sich in schwarzem BH und Slip über den Waschtisch und schminkte sich die Augen.

Von hinten legte er die Arme um sie und küsste sie auf die Schulter. »Hast du eine Ahnung, wie verrückt ich nach dir bin?«

»So verrückt, dass du mir um drei Uhr morgens Nachrichten schreibst?« Sie drehte sich in seinen Armen um. »Dass du mir getrocknete Blumen in meine Bücher legst?« Sie knöpfte sein Hemd fast bis zu seinem Bauchnabel auf und küsste ihn auf die Brust. »Dass du mir multiple Orgasmen bescherst?«

»Ja, all dem stimme ich zu, und heute Abend wird es die ganze Welt erfahren.« Er küsste sie sanft. Er freute sich darauf, sie seiner Familie vorzustellen, auch wenn seine Mutter und seine Schwestern schon bei einem Videocall mit ihr geplaudert hatten, und er konnte es nicht abwarten, sie mit den Jungs aus der Band bekanntzumachen.

»Für uns alle wird das ein großer Abend werden.« Sie lächelte. »Du passt inmitten all der Fotografen auf Zoey auf und ich kümmere mich um Ginny und Cara. Das schaffen wir schon.«

»Natürlich schaffen wir das. Ich seh mal nach den Mädchen. Meinst du, du bist bald fertig?«

»Ich muss mich nur noch zu Ende schminken und dann in meinen Jumpsuit schlüpfen.« Sie hatte ihre Outfits bis hin zu ihren silbernen Heels perfekt aufeinander abgestimmt. Ihr Einteiler hatte dünne Streifen aus glitzerndem Stoff und Mesh, einen tiefen Ausschnitt und einen breiten schwarzen Gürtel.

»Ich kann es nicht abwarten, dich wieder aus diesem Jumpsuit zu befreien.«

»Das will ich doch hoffen.« Sie ging auf die Zehenspitzen, um ihn zu küssen. »Jetzt raus mit dir. Du hältst mich auf.«

Er gab ihr einen Klaps auf den Hintern und ging hinaus.

Die Mädels schauten zum Wohnzimmerfenster hinaus und sahen allesamt unglaublich süß aus. Zu allen drei Outfits hatte Jillian Stiefel im 70er-Jahre-Stil geschickt. Zoey trug einen glitzernden schulterfreien Jumpsuit in Blau und Lila mit einem silbernen Gürtel, der perfekt für ein Mädchen war, das nichts für Röcke oder Kleider übrighatte. Cara trug ein Minikleid im Hippiestil mit Glockenärmeln und einem passenden Tuch im Haar, während Ginny violette Schlaghosen zu einer über dem Bauch verknoteten orange-rosa-gelben Bluse mit Glockenärmeln kombiniert hatte.

Zoey drehte sich herum und sah ihn staunend an. »Wow! Dad, du siehst toll aus.«

Jedes Mal, wenn sie ihn Dad nannte – und das schien ihr immer unbewusst zu entschlüpfen –, traf es ihn wie ein Pfeil ins Herz. *Dad* fühlte sich wie die höchste Auszeichnung an, die ein Mann erreichen konnte, und er fragte sich, ob er sich wohl je daran gewöhnen würde.

Ihre Freundinnen drehten sich ebenfalls um und stimmten ihr in der Begeisterung für sein Outfit zu.

»Danke! Ihr seht auch großartig aus. Ich wollte noch einmal mit euch darüber reden, was euch bei der Veranstaltung erwarten wird.« Er wiederholte, was er ihnen schon beim Frühstück gesagt hatte, und zwar dass Fotografen dort sein würden, wo sie aus dem Wagen ausstiegen, und was sie tun sollten. Seine Cousins hatten beim Hotel für ausreichend Sicherheitskräfte gesorgt, und nur ausgewählten Pressevertretern war der Zugang zum Festsaal gestattet. »Die Presse steht hinter einer Absperrung und wird Fotos machen, während wir hineingehen. Bleibt einfach nah bei mir und Jillian, dann kann nichts passieren. In Ordnung?«

Sie nickten.

»Habt ihr noch Fragen?«

Sie schüttelten den Kopf.

Er legte Zoey eine Hand auf die Schulter. »Sunshine, kann ich dich kurz unter vier Augen sprechen?«

Sie ging mit ihm in den Flur.

»Ich weiß, dass du das Blitzlichtgewitter ebenso wenig magst wie ich. Ist es für dich immer noch in Ordnung, dass wir da hingehen?«

Sie nickte. »Ja.«

»Wenn du unsicher oder nervös wirst, nimm einfach meine

Hand.«

»Das brauche ich nicht. Ich komm zurecht«, sagte sie selbstbewusst.

»Okay, drinnen werden keine Fotografen mehr sein und an jedem Eingang zum Festsaal stehen Security-Mitarbeiter, da kannst du dich dann entspannen und einfach Spaß haben.«

»Ich weiß. Das hast du mir gesagt.«

»Stimmt.« Er umarmte sie. »Du siehst wunderschön aus. Wir werden einen tollen Abend haben.«

Eine halbe Stunde später saßen die Mädchen aufgeregt in der Limousine, als sie vor dem Hotel vorfuhren. Johnny drückte Jillians Hand. »Bereit für unser Debüt, meine Schöne?«

»Zu hundert Prozent!«

Er sah die Mädchen an. »Bereit für euren großen Auftritt, meine Damen?«

»Ja!«, antworteten Ginny und Cara lebhaft, während Zoeys Reaktion etwas unsicherer war.

Der Fahrer öffnete die Tür und Johnny stieg aus. Er nahm Jillians Hand, half zuerst ihr heraus und anschließend auch Zoey und ihren Freundinnen. Als er die Hände auf Jillians und Zoeys Rücken legte, ergriff Zoey stattdessen seine Hand. Er drückte sie beruhigend und zwinkerte ihr zu.

Jillian legte die Arme um die beiden anderen Mädchen. Zoeys Hand krallte sich um Johnnys, während sie in die Kameras lächelten und ins Hotel hineingingen. Ihre Mäntel wurden diskret in eine Garderobe entführt, und sie schritten über einen roten Teppich in einen Festsaal, in dem sich Menschen in bunten Outfits im Stil der 70er-Jahre tummelten. Nachdem sich die Türen hinter ihnen geschlossen hatten, lockerte sich Zoeys Griff endlich ein wenig. Jillian hatte ein wachsames Auge und sorgte dafür, dass die Mädchen sich wohlfühlten, während Johnny mit Zoey sprach.

»Alles in Ordnung, Sunshine?«

»Ja. Da waren so viele Fotografen.«

»Ich weiß. Und du hast das toll gemacht. Ich bin stolz auf dich.«

Sie schaute an ihm vorbei. »Wow! Guck dir die ganzen Lichter an.«

Von der Decke hingen riesige Discokugeln herab, die die Tänzer und die plaudernden Gäste in schimmerndes Licht hüllten. Eine Band in 70er-Klamotten spielte auf einer Bühne am anderen Ende des Raumes. Bilder von Lorelei Bad und anderen Kindern, die im Ronald-McDonald-Haus gewohnt hatten, zierten die Wände, und riesige Lava-Lampen und durchsichtige Röhren mit goldenen und silbernen Kugeln ragten aus der Mitte von großen runden Tischen mit goldenen Tischdecken in die Höhe.

»Das war cool, oder?«, sagte Ginny.

»Ja«, stimmte Zoey zu. »Aber schon etwas irre mit all diesen Blitzlichtern.«

»Vor meinen Augen flackert es immer noch«, sagte Cara.

»Hey, Leute! Zoey!«

Zoey strahlte, als sie Harlow in einem bunten Minikleid mit einem Ausschnitt um ihren Bauchnabel und einem silbernen Ring zwischen ihren Brüsten auf sie zueilen sah.

»Ach du Scheiße, das ist Harlow Bad!«, sagte Ginny aufgeregt.

»Hallo, Süße.« Johnny umarmte Harlow.

»Du siehst beeindruckend aus, Mr. Disco«, scherzte Harlow. »Und du hast einen Haufen umwerfender Ladys dabei. Zoey, du siehst toll aus.«

»Danke. Du auch.« Zoey umarmte sie.

»Und endlich lerne ich Jillian persönlich kennen.« Harlows Blick wanderte an ihr auf und ab. »Mädel, das Outfit ist *heiß*.«

»Deines auch!« Jillian umarmte sie. »Harlow, dies sind Zoeys Freundinnen Ginny und Cara.«

»Hallo«, sagte Harlow. »Ihr beiden seht fantastisch aus.«

»Ich hab all deine Filme gesehen«, sagte Ginny. »Na ja, zumindest die, die meine Mom mich sehen lässt.«

»Ich auch«, sagte Cara.

Harlow lächelte. »Ich mag euch Mädels jetzt schon.«

»Ist Aria auch hier?«, fragte Zoey.

»Nein, das ist ihr hier etwas zu viel«, sagte Harlow. »Normalerweise spendet sie Tattoos für die Auktion, anstatt hierherzukommen.« Ein freudiges Funkeln trat in ihre Augen. »Was haltet ihr Mädels davon, mal all die coolen Discotänze zu lernen?«

Drei begeisterte und hoffnungsvolle Blicke richteten sich in diesem Moment auf Johnny. »In Ordnung, aber ich wollte Zoey auch noch mit Mick und den anderen bekanntmachen.«

»Ich sorge schon dafür, dass sie sie kennenlernt«, versprach Harlow.

»Komm schon, Dad. Bitte!«, drängelte Zoey.

Sie hatte ihn unwissentlich schon lange um den kleinen Finger gewickelt. »In Ordnung, aber bleibt in Harlows Nähe.«

»Machen wir!« Sie umarmte ihn, und die Mädels plapperten alle gleichzeitig, als sie Harlow strahlend folgten.

»Du hast gerade drei Mädchen sehr glücklich gemacht«, sagte Jillian.

Johnny zog sie in die Arme. »Und jetzt habe ich dich für mich allein, was mich wiederum sehr glücklich macht.«

»Allein, zusammen mit etwa zweihundert anderen Menschen.«

»Soll mir recht sein.« Er drückte seine Lippen auf ihre, als Dion und Adrian gerade zu ihnen kamen.

Dion war eins neunzig und hatte kurze Dreadlocks, von denen einige blond gefärbt waren. Er trug eine Lederhose und ein funkelndes schwarzes Hemd mit transparenten Ärmeln. Seine Haut war so dunkel, wie Adrians blass war. Adrian sah aus wie Kurt Cobain, und auch er hatte blonde Haare, die ihm ins Gesicht fielen. Er war etwas kleiner als Dion und trug immer dunklen Eyeliner. Im Moment hatte er einen gepflegten Kinnbart und war mit einem weißen Polyesteranzug und hellblauen Hemd perfekt gestylt.

»Das ist also die Lady, die das Herz unseres Kumpels erobert hat.« Dion taxierte Jillian und pfiff anerkennend.

»Glotz mein Mädchen nicht an, Alter«, scherzte Johnny. »Jillian, das sind Dion und Adrian.«

»Schön, euch kennenzulernen. Ich habe viel von euch gehört.«

»Alles nur Lügen«, sagte Adrian. »Und wir haben gehört, dass du nicht davor zurückschreckst, dem Jungen die Meinung zu sagen.«

Sie legte den Arm um Johnnys Taille. »Irgendjemand muss ihn ja auf Spur halten.«

»Wenn du es satthast, ihn an der Leine zu führen, dann melde dich bei mir, schöne Frau. Ich werde dich so behandeln, wie du es verdient hast«, sagte Dion.

»Tut mir leid, aber ich glaube, Johnny hat mir alle anderen Männer vermiest.«

Mein Mädel kann sich eindeutig behaupten.

Dion grinste frech. »Das sagst du jetzt, aber du hast das hier noch nicht probiert.« Er deutete auf seinen Körper.

Johnny schüttelte leise lachend den Kopf.

»Wo ist Mini-Bad?«, wollte Adrian wissen.

»Harlow hat sich mit ihr und Zoeys Freundinnen unter die Leute gemischt.« Johnny schaute zur Tanzfläche und sah die Mädchen dort mit seiner Schwester tanzen.

»Ach, übrigens, Johnny, ich werde Harlow heute Abend nach Hause bringen.« Dion grinste ihn an.

»Viel Glück dabei«, sagte er.

»Ach, und schon ist die nächste interessant«, scherzte Jillian.

»Keine Sorge, meine Süße.« Dion lächelte vielsagend. »Für eine Dritte ist immer noch Platz.«

Jillian hob die Augenbrauen. »Wie ich sehe, kommt da viel Spaß auf mich zu, wenn ich eure Klamotten entwerfe.«

»Dir die Klamotten auszuziehen, könnte noch viel besser sein«, erwiderte Dion.

»Okay, Romeo, lass uns lieber abhauen, bevor Johnny dich aus der Band wirft.« Adrian schob Dion weiter.

»Du weißt ja, dass ich dich lieb habe, Kumpel«, rief Dion ihm noch über die Schulter zu.

»Sie sind wirklich nett. Ist Chad auch hier?«

»Nein. Er verbringt das Wochenende mit seiner Ex und den Kindern. Ich habe das Gefühl, sie könnten sich versöhnen.«

»Wirklich? Wäre das gut?«

»Denke schon. Er hat nie aufgehört, sie zu lieben.« Er zog sie zu einem Kuss an sich. »Bist du bereit, meine Eltern persönlich kennenzulernen?«

»Wenn du dir sicher bist, dass du bereit bist.«

Baby, ich bin zu allem bereit. »Was glaubst du denn? Ich möchte vor allen mit dir angeben.«

Sie schlenderten durch den Saal und Johnny stellte Jillian seinen Cousins vor. Als sie weitergingen, zog er sie in die Arme und schaute in ihre wundervollen Augen. »Habe ich dir schon gesagt, wie froh ich bin, dass du mit uns hier bist?« Er drückte seine Lippen auf ihre.

»Vielleicht ein oder zwei Mal.«

»Jilly!« Victory, die aussah wie eine Gogo-Tänzerin aus einer James-Bond-Parodie, eilte zu ihnen herüber.

»Vic! Du siehst umwerfend aus.« Jillian umarmte sie. »Ich wusste nicht, dass du hier bist.«

»Und ich wusste nicht, dass du mit Johnny zusammen bist.« Sie sah Johnny missbilligend an. »Warum erfährt deine Agentin das als Letzte? Ich denke, da ist ein Verkuppelungshonorar fällig.«

»Ich bezahle dich nur zu gern dafür.« Er zog Jillian an seine Seite. »Jilly ist das Beste, was mir und Zoey passieren konnte.«

»Das ist so schön. Wenn jemand weiß, dass der richtige Mensch im Leben des anderen den entscheidenden Unterschied machen kann, dann bin ich es.« Victory hatte vor ein paar Jahren ihren Mann Ivan Bauer, der Blank Space Entertainment gegründet hatte, verloren und dann das Unternehmen übernommen. »Ich hab gesehen, wie dein Teenie auf der Tanzfläche die Hüften schwingt. Hat sie dein musikalisches Talent geerbt?«

»Ach! Bist du mal wieder auf der Suche nach neuen Deals?«, fragte Jillian.

»Hey, irgendjemand muss ja unsere jungen Leute vertreten und sie zu Stars machen.«

»Und du bist absolut die Richtige dafür«, bestätigte Johnny. »Zoey spielt gut Gitarre und sie hat eine Hammerstimme, aber ich glaube, ihre Leidenschaft ist die Mode.«

»Sie hat ein gutes Auge.« Jillian erzählte ihr von Zoeys Vorschlägen für die »Rocker Girlz«-Kollektion.

»Super!«, sagte Victory. »Dann hat sie die Beste in der Branche schon auf ihrer Seite.«

Sie unterhielten sich noch ein paar Minuten, und als sie anschließend durch den Saal gingen und seine Eltern suchten, machte er Jillian mit fast der Hälfte der Leute bekannt. Sie war herzlich, freundlich, witzig und so entspannt allen gegenüber, dass sich jeder – ebenso wie er – zu ihr hingezogen fühlte. Als sie schließlich seine Eltern fanden, war er sicher, dass jeder seine Liebe zu ihr erkennen konnte.

Seine Mutter sah in einem roten Discokleid, mit den goldenen Creolen und der braunen Perücke umwerfend aus, und sein Vater war mit einer Travolta-Perücke, einem weißen Anzug und einem schwarzen Hemd ebenso perfekt gestylt.

»Mom, du hast Jillian ja schon kennengelernt.«

»Ja! Hallo, Liebes. Ich freue mich so, dich endlich in echt zu sehen.« Sie umarmte Jillian und dann Johnny. »Ihr beide seht wunderbar aus.«

»Danke«, sagte Jillian. »Sie auch! *Saturday Night Fever*, stimmt's? Tony und Stephanie?«

»Ganz genau«, sagte sein Vater. »Und du musst uns unbedingt duzen. Ich bin Bruce, und ich habe von meiner Familie schon so viele nette Dinge über dich gehört, dass ich das Gefühl habe, dich schon zu kennen.« Er umarmte sie. »Danke für alles, was du getan hast, um Johnny und Zoey in dieser wirklich schwierigen Zeit zu helfen.«

»Ach, ich hab nicht viel getan«, sagte sie.

»Wie ich sehe, bist du ebenso bescheiden wie schön.«

»Danke, aber ganz ehrlich, ich habe nur ein paar Vorschläge gemacht. Euer Sohn hat sich sehr angestrengt, der Vater zu sein, den Zoey brauchte, und Zoey hat einen langen schwierigen Weg zurückgelegt. Den beiden gebührt die ganze Anerkennung.«

»Die beiden wissen schon genau, dass es nicht so ist.« Johnny küsste sie auf die Wange.

»Harlow hat Zoey und ihre Freundinnen allen vorgestellt«, sagte seine Mutter. »Sie haben uns ausführlich von der Kutschfahrt durch den Central Park und der Shoppingtour heute Nachmittag berichtet. Wie es scheint, sind Zoey und ihre Freundinnen richtig eng miteinander. Kaum zu glauben, dass sie sich erst vor Kurzem kennengelernt haben.«

Johnny sah Jillian an. »Manche Menschen sind einfach füreinander bestimmt.«

»Selbst wenn sie sich anfangs an die Gurgel gehen«, fügte sie verschmitzt hinzu.

»Da können wir auch mitreden«, sagte sein Vater.

»Wir haben uns am College kennengelernt und Bruce hielt mich für eine hochnäsige Tussi«, erklärte seine Mutter.

»Diese Worte habe ich nie benutzt«, widersprach sein Vater und zog seine Frau an seine Seite. »Ich meine mich daran zu erinnern, dass ich gesagt habe, du wärst nicht meine Liga.«

»Du hast gesagt, ich wäre die Art von Frau, die erwartet, in teure Restaurants ausgeführt zu werden.« Sie sah Jillian an. »Und das war überhaupt nicht so. Wir waren auf dem College. Ich habe erwartet, zu Bier und Pizza eingeladen zu werden, und das war er nicht gewohnt. Bruce war damals ein ziemlicher Frauenheld. Er dachte, er könnte mir einfach Komplimente machen und mich so auf den Rücksitz seines Autos kriegen.«

Johnny lachte. »Dad, du Halunke!«

»Jetzt weiß ich ja, von wem du das hast.«

»Was redest du denn da? Du hast *mich* zuerst angebaggert.«

»Hab ich *nicht*! Du bist mit freiem Oberkörper runtergekommen und hast versucht, etwas von meinem Schokoriegel abzubekommen.«

»Das hat er nicht von mir«, warf sein Vater ein. »Meine

Strategie geht weit über Schokoriegel hinaus.«

Alle lachten und dann stimmte die Band das Lied »Ring my Bell« an. »Bruce, das ist unser Lied. Wollt ihr jungen Leute uns auf die Tanzfläche begleiten?«, fragte seine Mutter.

»Was meinst du, Baby? Sollen wir meinen Eltern mal zeigen, wie das geht?«

»Meine Freunde nennen mich nicht ohne Grund Dancing Queen«, sagte Jillian. »Oh, Mist, so nennen sie mich ja gar nicht.«

Gemeinsam mit seinen Eltern lachten und tanzten sie. Nach dem ersten Tanz setzten sich seine Eltern, aber er und Jillian blieben auf der Tanzfläche. Sie beherrschte alle Disco-Schritte und Moves vom ausgestreckten Finger bis hin zum Bump. Johnny bemerkte, dass sie von nicht wenigen Männern beobachtet wurde. *Schmachtet nur. Sie gehört mir.* Harlow, Zoey und ihre Freundinnen kamen zu ihnen herüber, und sie tanzten, bis die Band verkündete, dass das Essen serviert wurde.

Sie setzten sich zu seiner Familie und genossen das vorzügliche Essen. Jillian und Kane scherzten miteinander, worüber seine Eltern sich köstlich amüsierten. Harlow fragte Jillian nach Einzelheiten über ihre Beziehung aus, und Zoey und ihre Freundinnen schwärmten davon, wie viel Spaß sie hatten, und schmiedeten auch schon Pläne für eine gemeinsame Übernachtung am nächsten Wochenende in Maryland. Jillian erzählte ihnen, dass sie ihnen gern mal ihre neuen Entwürfe für die ›Rocker Girlz‹-Kollektion zeigen würde, worüber die Mädchen sich unglaublich freuten, und das führte dann zu einem Gespräch über den anstehenden Launch von ›Wanderlust‹. Sie berichtete, wie die Idee zu der Kollektion entstanden war und welche Models sie präsentieren würden.

Später am Abend fand die Auktion statt. Seine Cousins

sprachen in einer Rede über ihre verstorbene Schwester und darüber, wie dankbar sie allen Anwesenden für die Unterstützung des Ronald-McDonald-Hauses waren. Johnny und Jillian mischten sich unter die Leute, bis Harlow und die Mädchen Jillian wieder auf die Tanzfläche zerrten, und Johnny und Kane sich mit ihren Cousins Mick, Carson und Dylan unterhielten.

Dylan schlug Johnny auf die Schulter. »Du bist der einzige Kerl, der es schafft, dass ihm sein ganzes Leben auf den Kopf gestellt wird und er am Ende trotzdem noch als Sieger vom Platz geht.«

»Noch dazu mit einer schönen Lady an seiner Seite«, fügte Mick hinzu.

»Und wieder bleibt ein Junggeselle auf der Strecke«, sagte Kane.

»Ist Big Daddy Kane etwa neidisch?«, scherzte Carson, und alle außer Kane schmunzelten.

»Keine Frau auf der Welt könnte mit mir mithalten«, höhnte Kane. »Soll ich dafür etwa etliche Gänge runterschalten?« Er deutete auf Brett, der mit seiner kleinen Tochter Brenna und seiner schwangeren Frau Sophie tanzte.

»Hast du etwas gegen Familie?«, fragte Dylan. Er und seine Frau Tiffany hatten einen zehn Monate alten Sohn.

»Pass auf, was du sagst«, warnte ihn Mick. Seine Frau Amanda und Carsons Frau Tawny waren schwanger, und Carson und Tawny hatten auch noch eine Tochter adoptiert.

»Ihr wisst, dass mir die Familie heilig ist«, sagte Kane. »Aber, kommt schon, Jungs. Wie ist es dazu gekommen? Ich wusste, dass Dylan sich verlieben würde. Er war schon immer etwas weich.«

»Meine Frau sagt, meine Standhaftigkeit ist überragend, also solltest du deine Behauptung wohl mal überdenken«, widersprach Dylan mit einem Grinsen.

»Du hast ein weiches Herz, meine ich«, stellte Kane klar. »Und, Carson, ich hatte immer das Gefühl, dass es jemanden in deiner Vergangenheit gab, über den du nie hinweggekommen bist. Tawny passt zu dir wie die Faust aufs Auge. Und ich liebe Amanda und Sophie, aber Mick, du und Brett, ihr wart eingefleischte Junggesellen und dann seid ihr wie Dominosteine gefallen.«

Mick nickte. »Und ich verfalle meiner Frau jeden Tag aufs Neue. Wenn du das gefunden hast, gibt es kein Zurück mehr. Frag deinen Bruder.«

»Da hast du vollkommen recht.« Johnny schaute zur Tanzfläche und war ganz gebannt von Jillian, die Dylans kleinen Jungen auf dem Arm hatte und mit Tiffany, Harlow, Zoey und ihren Freundinnen tanzte. Jillian kitzelte das Baby am Fuß und drehte sich so herum, dass Zoey es sehen konnte.

»John, ich kann mich nicht daran erinnern, dass du jemals eine Frau zu dieser Veranstaltung mitgenommen hast«, sagte Carson. »Muss was Ernstes sein.«

»Du siehst doch, wie er sie anguckt«, sagte Dylan. »Amor hat ihn mit einem Dutzend Pfeile in den Hintern geschossen.«

»Wirst du ihr einen Ring an den Finger stecken?«, fragte Mick.

Oh ja! Er würde ihr sofort einen Ring an den Finger stecken, wenn er glauben würde, dass sie ihn annähme. Aber er bezweifelte, dass irgendeine Frau darauf brennen würde, sich auf eine Fernbeziehungsehe einzulassen. Insbesondere nicht die Frau, die es verdient hatte, dass man ihr die Welt zu Füßen legte – und die dachte, dass sie die auch allein erbauen konnte.

Jillian konnte sich nicht daran erinnern, wann sie das letzte Mal auf einer Veranstaltung so einen Spaß gehabt hatte. Johnny war unglaublich aufmerksam, hielt ihre Hand, flüsterte ihr süße und unanständige Dinge zu, tanzte mit ihr und machte sie mit allen bekannt. Seine Familie war so herzlich und wunderbar, wie sie es erwartet hatte. Kanes Herzlichkeit war sehr speziell, aber sie mochte seine Arroganz und seine geistreiche Art, und sie war ihm unendlich dankbar für alles, was er tat, um Johnny zu helfen. Sie bedauerte, dass sie Aria nicht persönlich kennengelernt hatte, aber das würde sie in ein paar Wochen zu Thanksgiving nachholen, und sie freute sich, dann auch alle anderen dort zu sehen.

Sie kamen erst nach Mitternacht nach Hause, und nachdem die Mädchen auf der ganzen Heimfahrt geredet hatten, waren sie – als sie erst einmal im Bett lagen – sofort eingeschlafen. Jillian setzte sich auf Johnnys Bett, um ihre High Heels auszuziehen, wobei ihr Blick auf das Bild von ihnen beiden im Riesenrad fiel, das auf dem Nachttisch stand. Das Herz ging ihr auf, und auf dieses Glücksgefühl folgte sofort die bittere Erkenntnis, dass sie morgen schon wieder abreiste. Sie schluckte die aufkommende Traurigkeit hinunter, und wieder ging ihr der Gedanke durch den Kopf, nach New York zu ziehen und wie es wohl wäre, immer in Johnnys Armen aufzuwachen und Zoey jeden Morgen zu sehen. Sie stellte sich vor, wie sie an ihren Entwürfen arbeitete, während Johnny Musik aufnahm. Sie hatte sogar vor Augen, dass sie *im* Studio arbeitete, während er aufnahm. Sie hörte gern laute Musik bei der Arbeit, und was wäre besser, als von dem Mann ein Ständchen zu bekommen, der klammheimlich ihr Herz gestohlen hatte?

Sie griff nach ihren High Heels, um sie in den Schrank zu stellen, als genau dieser Mann hereinkam.

»Da ist ja meine Schöne.« Er nahm ihre Hand, zog sie zu sich hoch und küsste sie. »Bist du erschöpft?«

»Für dich bin ich niemals zu müde.«

»Danke, Baby. Ich möchte dir nämlich etwas zeigen.«

Als er sie aus dem Schlafzimmer führte, erinnerte sie sich an das, was er unter der Dusche gesagt hatte. »Ist dieses Etwas in deinem Studio?«

Er antwortete nicht und war fast ein wenig schüchtern, als sie nach unten gingen. Er hatte ihr sein Studio einmal abends bei einem Videocall gezeigt, doch als sie es jetzt betrat, merkte sie, dass es viel größer als erwartet war. Ledersofas und -sessel und ein Tisch aus Holz und Stahl auf einem schönen Teppich ergaben eine Sitzecke zu ihrer Linken. Leicht konnte sie sich ihn dort mit seinen Bandkollegen vorstellen, wie sie Songs ausarbeiteten. Rechts befand sich eine kleine Bühne mit einem Schlagzeug, Mikros, einem Keyboard, Verstärkern und gut einem Dutzend Gitarren, die an der Wand hingen. Weiteres Equipment stand auf dem Boden. Sie konnte sich ihn auch dort vorstellen, wie er mit seiner Band spielte und die Musik aus den Lautsprechern dröhnte.

Direkt gegenüber von ihnen befand sich ein Mischpult, ein riesiger Tisch voller Elektronik, an dem der Produzent mit dem Gesicht zum Fenster des Aufnahmestudios saß. In die Wände war ein Lautsprechersystem eingebaut.

»Hier geschehen also all die magischen Dinge.«

»Das hatte ich zumindest geglaubt.« Er schaute auf sie hinunter und diese dunklen Augen zogen sie in seinen Bann. »Aber dann geschah es in Colorado.« Er drückte seine Lippen auf ihre.

»Und in Maryland.« Er küsste sie erneut. »Und hier in New York.«

Ihr Herz schlug schneller. »Wir reden aber schon über die Musik, oder?«

Er hob die Augenbrauen. »Ich dachte, wir reden über Magie.« Er ging zum Mischpult. »Wir haben das hier für unser Album aufgenommen, und ich wollte, dass du es als Erste hörst.«

Er legte ein paar Schalter um, und das Lied, das er auf Nicks Party gesungen hatte, war zu hören – allerdings die unanständige, rockigere Version mit seiner Band. Der anregende Beat und seine raue Singstimme ließen ihr einen Schauer über den Rücken laufen. »*Omeingott*, Johnny! Das ist genial. Es ist heftig und verführerisch und explosiv.«

»Genau wie wir, Baby.« Er zog sie in seine Arme. »Ich habe noch einige Songs in Arbeit, die ebenso stark sind, und das alles habe ich dir zu verdanken, meine schöne Muse. In den letzten Jahren hatte ich das Gefühl, die Liebe zur Musik zu verlieren, und auch die Lust, mich reinzuhängen. Und dann wurde meine Mutter krank, ich hab von Zoey erfahren und von all dem, was Dick verbrochen hat, und gleich im Anschluss an diesen Weckruf bist du in mein Leben gestürmt, hast Feuer gespuckt und warst bereit, mich in Stücke zu reißen. Da dachte ich, dass das das Ende ist. Dass das Universum mir sagt, der musikalische Teil meines Lebens wäre vorbei. Aber dieser Weckruf war nichts im Vergleich zu der Fülle von Emotionen und der Entschlossenheit, die du in mir hervorgerufen hast. Ich habe die Zeichen falsch gelesen, Baby, und ich habe mich falsch gelesen. Ich habe nicht die Liebe zur Musik verloren, und das Universum hat mir auch nicht mitgeteilt, dass der musikalische Teil meines Lebens vorbei sein sollte. Es hat mir die fehlenden Bestandteile meines

Lebens präsentiert, die ich brauchte, um tiefer in mich zu gehen und etwas wiederzuentdecken: nicht nur die Liebe zur Musik, sondern auch zu mir selbst. Damit ich der Mann werden konnte, der ich schon immer sein sollte. Du hast dich in mein Herz geschlichen, Baby, mit deiner liebevollen Strenge, deinem Temperament und deinem schönen Inneren, das wahrscheinlich im dunkelsten Kerker einen Sonnenstrahl finden würde. Meine Welt, unsere Welt ist besser, wenn du darin bist, und ich hoffe, deine ist besser mit uns darin, denn ich weiß, wer ich jetzt sein soll. Die Musik ist ein Teil von mir so wie du und Zoey, und ich bin erfüllt von einer verrückten, leidenschaftlichen Liebe zu dir.«

Tränen schossen ihr in die Augen. »Wirklich?«

»Ja, Baby, und ich wünschte, ich wüsste, wie wir immer zusammen sein könnten, aber da ich dich nicht davon überzeugen kann, bei uns einzuziehen, während wir uns überlegen, wie es für Zoey weitergeht, habe ich keine Antwort. Aber eines Tages habe ich sie, und dann werden wir jede Nacht zusammen sein.«

Sie hatte das Gefühl, ihr Herz würde platzen vor Emotionen. »Das hoffe ich, denn du hast dich auch in mein Herz geschlichen, Rocker Boy, mit deinen Kerzen in der Scheune, deinen unanständigen Anspielungen und den getrockneten Blumen. Mit dir und Zoey habe ich niemals gerechnet, und als ich erst einmal anfing, mich zu verlieben, wollte ich nicht mehr aufhören.«

Ein verschmitztes Funkeln trat in seine Augen. »Erzähl mir was Neues.«

»Hey«, sagte sie lachend. »Tu nicht so, als könntest du dir meiner so sicher sein.«

Er strich mit seinen Lippen über ihre. »Baby, ich konnte

mir deiner sicher sein, seit wir uns das erste Mal geküsst haben.«

»Du glaubst, du kennst mich, oder?«

»Ich kenne dich verdammt gut.«

»Ach ja?« Sie ging auf die Zehenspitzen, flüsterte: »Ich wette, du wusstest nicht, dass ich keinen Slip trage«, und schlenderte von ihm weg.

Von hinten schlang er den Arm um sie. Sie kreischte auf, als er sie zurück an seine Brust zog. »Wohin gedenkst du zu gehen?« Er küsste ihren Hals, und seine Bartstoppeln kitzelten auf ihrer Haut, als er ihren Gürtel löste.

»Wohin es mir gefällt«, erwiderte sie keck.

Er packte beide Seiten ihres tiefen Ausschnitts und riss den Jumpsuit in der Mitte entzwei. Heiliger, das war heiß! Sie lachte, als er sie mit einer Hand fest umschlang und die andere Hand zwischen ihre Beine schob, sodass ihr Lachen sich in ein hungriges Stöhnen verwandelte.

»Wohin will mein sexy Mädchen?« Seine tiefe, raue Stimme war pure Verführung.

Sie schob die Finger in seinen Schopf und führte seinen Mund zurück auf ihren Hals. »Nirgendwohin. Mein Plan hat funktioniert. Ich bin genau dort, wo ich sein wollte.«

Achtundzwanzig

Jillian befestigte die letzte Schleife auf Ambers Hochzeitsgeschenken und rümpfte die Nase, da sich ihr bei dem Geruch der verbrannten Pancakes der Magen umdrehte. Sie beäugte die schwarzen Kreise, als wären sie ihr Feind. Sie wusste nicht einmal, warum sie sie überhaupt gemacht hatte. Hunger hatte sie nicht. Sie vermisste Johnny und Zoey einfach, und es hatte ihr das Gefühl gegeben, als wären sie nicht so weit weg. Als sie aufwachte, hatte sie eine Nachricht von ihm entdeckt, die er bei Tagesanbruch geschickt hatte. *Ohne dich aufzuwachen, ist grauenhaft. Wünschte, du könntest mitkommen.* Die Spendengala lag zwei Wochen zurück, und er und Zoey brachen heute Morgen mit seinen Bandkollegen nach Los Angeles zu den Music Awards auf.

»Guten Morgen, ihr beiden.« Sie streute Fischfutter in das Aquarium von Unikum und Rocker Boy. Johnny und Zoey hatten sie dagelassen, als sie das letzte Wochenende zu Besuch gewesen waren. Es überraschte Jillian, dass ihr die Gesellschaft gefiel. »Liza wird euch füttern, während ich bei Ambers Hochzeit bin, also benehmt euch.« Rocker Boy kam an die Oberfläche, knabberte an den Flocken und schwamm dann wieder weg. »Kann ich dir nicht übel nehmen. Ich mag den

Geruch von verbrannten Pancakes auch nicht.«

Ihr Handy klingelte und kündigte einen Videocall von Johnny an. Von unbändiger Freude erfasst, antwortete sie. »Hi! Ich dachte nicht, dass ich vor eurer Landung in L. A. von dir höre.«

»Hast du wirklich gedacht, dass ich abfliegen würde, ohne vorher deine Stimme gehört zu haben? Wir steigen gleich in die Maschine. Wie geht es dir heute Morgen? Besser?«

Sie hatte sich in letzter Zeit etwas schlapp gefühlt und ihr Magen hatte in den letzten zwei Wochen etwas verrückt gespielt. Sie war sich ziemlich sicher, dass es am Stress lag, aber sie hatte sich auch Sorgen gemacht, dass sie die Hochzeit verpassen könnte, falls sie etwas ausbrütete. Gestern Abend war sie früh ins Bett gegangen und heute fühlte sie sich zum Glück schon besser. »Viel besser. Es geht mir gut. Aber die Pancakes, die ich machen wollte, hatten leider nicht so viel Glück.« Sie nahm den Teller und verfrachtete die steinharten runden Teile in den Müll.

»Ach, Baby. Deshalb musst du bei uns sein.«

»Ich habe tausend Gründe dafür, warum ich bei euch sein will, aber ich bin vollkommen dazu in der Lage, mich selbst zu verpflegen, vielen Dank.« Sie war offensichtlich kein Kochtalent, aber das musste sie ja nicht zugeben. »Ich war nur abgelenkt, als ich sie gemacht hab. Ich bin nach oben gegangen, um Ambers Geschenke zu holen, dann hab ich mich umgezogen und ein paar Nachrichten beantwortet. Wenn der Rauchmelder nicht Alarm geschlagen hätte, wäre ich wahrscheinlich gar nicht zurück in die Küche gegangen. Echt, mein Gehirn lässt mich in letzter Zeit ständig im Stich.«

»Ist doch klar. Du schläfst sogar noch weniger als damals, als ich dich kennengelernt habe. Wir sollten darüber reden, dass du dich am letzten Wochenende aus dem Bett geschlichen hast!«

Als sie am vergangenen Wochenende bei ihr gewesen waren, hatten sie den Samstagvormittag bei Nick verbracht, um zu reiten, am Abend waren sie bei Jillians Eltern zum Essen gewesen und dann hatten Ginny und Cara bei Zoey im Zimmer übernachtet. Jillian hätte um nichts auf der Welt auf diese Zeit mit ihnen verzichten wollen, aber die Arbeit, die sie normalerweise während der Woche an den Abenden – die sie jetzt oft am Telefon mit Johnny verbrachte – und am Wochenende erledigte, musste irgendwann getan werden. Sie kam kaum hinterher. »Ich hab doch gesagt, dass ich einfach nicht schlafen konnte.«

»Und das ist meine Schuld. Wegen mir bist du fix und fertig.«

»Ich liebe es, wie du mich fix und fertig machst.«

»Jilly«, sagte er nachdenklich. »Ich mache mir Sorgen um dich. Du warst ein Nachtmensch, als wir uns kennengelernt haben, und ich bin mir sehr wohl bewusst, wie viel von deiner Arbeitszeit du für Zoey und mich aufgibst. Auf keinen Fall will ich, dass dein Beruf darunter leidet. Wenn du mehr Zeit für die Arbeit brauchst, dann sag es. Vielleicht sollten wir uns nicht mehr jedes Wochenende sehen.«

»Wage es ja nicht! Ich würde Entzugserscheinungen bekommen.«

»Zum Glück, ich nämlich auch. Aber wir müssen etwas tun. Versprich mir, dass du dich dieses Wochenende etwas ausruhst.«

»Das könnte mit der Hochzeit ziemlich schwierig werden.« Sie fuhr heute zu dem Ort, wo die Hochzeit stattfinden würde, etwa eine Stunde außerhalb von Oak Falls in Virginia, und würde dort übernachten. Vor morgen Mittag wäre sie nicht zurück, und dann musste sie noch eine Reihe von Änderungen an Entwürfen vornehmen, die schon letzte Woche fällig gewesen wären, und an Aufträgen arbeiten, die sie angenommen hatte, bevor sie entschieden hatte, ›Wanderlust‹ so bald herauszubringen. »Aber mir geht es gut, wirklich. Ich ruhe mich nächste Woche aus.«

»Während Thanksgiving?«

»Ist dann schon Thanksgiving? Dann ruhe ich mich nach Weihnachten aus.« Sie trug Ambers Geschenke in den Eingangsbereich und stellte die Kartons neben die Tür.

»Vor deinem Launch? Du weißt, dass das nicht passieren wird.« Die Sorge war aus seiner Stimme herauszuhören. »Muss ich dich kidnappen und zwingen, mal freizunehmen? Wenn das nötig ist, um dich dazu zu bringen, dass du dich mal um dich kümmerst, mache ich es.«

»Das ist eine fantastische Idee. Nach meinem Launch brauche ich ungefähr einen Monat, um alle Probleme zu managen, die aufkommen werden, aber danach können wir auf eine tropische Insel abhauen, uns mit Palmenblättern Luft zufächeln, dabei Margaritas trinken und in der Sonne liegen.«

»Das klingt nicht schlecht. Tragen wir dabei Klamotten?«

»Nur, wenn Zoey in der Nähe ist.«

Er schmunzelte. »Das würde ich sofort machen, aber ich habe heute Morgen eine Nachricht von den Jungs bekommen und alle sind mit einer Sommertour einverstanden. Wir treffen uns heute Abend direkt nach der Preisverleihung, um die Daten abzustimmen, und dann bringen wir alles ins Rollen.«

»Das ist toll! Und es heißt, dass ich eure Kostüme fertigmachen muss. Kannst du organisieren, dass die Jungs sich mit mir treffen, wenn ich das nächste Mal in New York bin? Ich glaube, das ist das erste Wochenende im Dezember.«

»Klar. Hast du noch mal darüber nachgedacht, uns auf der

Tour zu begleiten? Du könntest dich währenddessen ausruhen und Zeit mit Zoey und mir verbringen.«

Mehr als alles andere wollte sie Zeit mit ihnen verbringen, aber sie musste realistisch sein. »Sich auszuruhen und auf Tour zu gehen, klingt für mich nach einem Widerspruch.«

»So schlimm ist es nicht.«

»Ich habe Dokus über Touren gesehen, und es ist ganz genau so schlimm.«

»Blöde Dokus. Aber im Ernst, ich wünschte, du wärst die ganze Zeit dabei. Ich sorge dafür, dass du in jeder Stadt, in der wir auftreten, ein Hotelzimmer hast, voll ausgestattet mit allen Designerutensilien, die du brauchen könntest.«

Himmel, die Liebe dieses Mannes kannte keine Grenzen. Sie hatte keinen Zweifel daran, dass er das und noch vieles mehr für sie tun würde. »Ich werde darüber nachdenken.«

»Mach es mir nicht so schwer, Baby.«

»Mache ich nicht. Hotelzimmer sind nicht so verlockend wie Palmenwedel und Margaritas, aber du und Zoey übertrefft das bei Weitem. Wie lange geht ihr auf Tour?«

»Sechs oder sieben Wochen in den USA im Sommer, damit ich Zoey mitnehmen kann, und dann machen wir im November eine Tour in Europa, wenn sie Herbstferien hat. Ich werde einen Nachhilfelehrer für unterwegs anstellen.«

»Heißt das, dass Zoey sich mit der Schule wohler fühlt und im Herbst weiter hingeht?«

»Nein, sie findet es noch immer grauenhaft, aber wir haben noch keine neue Schule gefunden. Bei der letzten, die ich mir angeguckt habe, mochte ich den Direktor nicht. Aber Herbstferien gibt es an jeder Schule, also verpasst sie nur etwa drei Wochen.«

»Aber das wäre wirklich schwer für sie, wenn sie an einer

neuen Schule anfängt und zwei Monate später schon so viel verpasst.«

»Ich weiß, aber ich werde keinen Fremden anstellen, der mit ihr zu Hause bleibt, und meinen Eltern will ich das nicht aufhalsen.«

»Und wenn es eine andere Möglichkeit gäbe?« Ihr Herz raste bei dem Gedanken an das, was sie ihm vorschlagen wollte. »Ich habe über unsere Situation nachgedacht und darüber, dass du meintest, mich von einem Umzug nach New York überzeugen zu wollen. Es ist nicht realistisch, dass du nach Maryland ziehst. Du hast deine Band und dein Tonstudio, und Zoey hat schon genug Turbulenzen durchgemacht. Aber ich kann von überall aus arbeiten, also bräuchte Zoey vielleicht gar nicht den Unterricht verpassen.«

»Sagst du das, was ich denke, dass du sagst?«

»Ich sage, dass ich mit dem Gedanken spiele, zu euch zu ziehen, wenn du das noch möchtest.«

»Machst du Witze?« Er schrie fast. »Baby, ich schick dir heute noch einen Umzugswagen vorbei.«

Sie lachte. »Jetzt lass uns mal nichts überstürzen. Ich weiß noch nicht, wie das alles mit meiner Arbeit und mit Liza funktionieren kann, aber es würde tatsächlich bedeuten, dass Zoey im November nicht den Unterricht verpassen müsste.«

»Jilly, Baby! Mann, ich bin so verdammt glücklich! Aber was ist mit deiner Familie? Und du hattest doch gesagt, du magst New York nicht so sehr, dass du hier gern leben würdest.«

Sie war sich nicht sicher, was sie davon hielt, von ihrer Familie weg und in die große Stadt zu ziehen, aber sie war sich ihrer Liebe zu ihm und Zoey sicher. »Die Vorstellung, von dir und Zoey getrennt zu sein, ist grauenhafter als der Gedanke, in New York zu wohnen, und wenn ich nicht in der Nähe meiner

Familie bin, müssen sie nicht so viel kochen.«

Er lachte. »Meine Güte, Baby, ich wünschte, du wärst jetzt hier, damit ich dir zeigen könnte, wie froh ich bin, dass du überhaupt darüber nachdenkst. Warte kurz.« Er sprach mit jemand anderem, bevor er sich wieder an sie wandte. »Ich muss los. Kanes Pilot ist bereit. Ich liebe dich, Baby, und ich werde Zoey nichts sagen, bis du dir sicher bist.«

»Ich liebe dich auch. Umarme sie ganz fest von mir, und schick mir ein Bild von euch beiden, wenn ihr euch aufgebrezelt habt. Es tut mir leid, dass ich nicht bei euch sein kann. Viel Glück.«

»Glück brauche ich nicht. Ich hab meine beiden Mädels. Alles Weitere ist die Kirsche auf dem Sahnehäubchen.«

Die Hochzeit von Amber und Dash fand auf Chaverly Hall statt, einem Anwesen, das direkt aus »Stolz und Vorurteil« hätte stammen können und das somit absolut perfekt Ambers Liebe zur Literatur entsprach. Das vornehme und beeindruckende zweistöckige Landhaus wachte über gepflegte Rasenflächen und wunderschöne Gartenanlagen. Die Trauung war berührend und schön, und Jillian bezweifelte, dass auch nur ein Gast trockenen Auges davonkam. Amber und Dash gaben einander ihr Eheversprechen unter den Sternen in einem entzückenden kleinen Pavillon, der mit weißen und rosa Lilien und funkelnden Lichtern geschmückt war, vor einer efeubewachsenen Steinmauer und mit Bogengängen in Herzform zu beiden Seiten des Pavillons. In dem mit Perlen bestickten Hochzeitskleid, das Jax für sie gemacht hatte, war Amber der Inbegriff anmutiger Eleganz, und Dash war der vollkommene schicke Bräutigam in seinem schwarzen Smoking und mit dem – wie seine Schwestern es nannten – Riesenbabylächeln, das so breit war, dass es auf Fremde aufgesetzt wirken konnte, doch bei Dash war es einfach nur aufrichtig.

In den letzten Jahren hatte Jillian mit Neid beobachtet, wie ihre Freundinnen und Brüder geheiratet hatten, und sich gefragt, wann sie wohl an der Reihe war. Doch während sie das alles auf sich wirken ließ – Amber und Dash, die sich in die Augen schauten, als sie zu Mann und Frau erklärt wurden, Ambers Assistenzhund Reno, der beim geringsten Anzeichen eines drohenden Epilepsieanfalls Alarm schlagen würde und nun pflichtbewusst mit seiner schwarzen Fliege zu ihren Füßen saß, ihre fünf Schwestern und ihre Brautjungfer, die in ihren wunderschönen Kleidern in Herbstfarben bei ihr standen, und Dashs gut aussehende Trauzeugen in ihren dunklen Smokings neben ihm –, da versuchte sie sich vorzustellen, wie sie selbst und Johnny vor den Menschen standen, die sie liebten, und sich mit Zoey an ihrer Seite das Jawort gaben. So sehr sie das wollte, so gab es doch Dinge, die sie viel mehr wollte, wie zum Beispiel einfach mit ihnen *zusammen* sein. Das Kleid, die Zeremonie, das Versprechen, für immer und in guten wie in schlechten Zeiten … all das stand nicht mehr ganz oben auf der Liste ihrer Hoffnungen.

Mit dem Mann, der sie liebte und respektierte, und seiner wunderbaren Tochter zusammen zu sein, wäre genug, und wenn sie nach New York ziehen musste, damit es wahr wurde, dann war das nur ein kleiner Preis, den sie für ihr Glück bezahlen musste. Sie schaute auf ihr Handy und hoffte, eine Nachricht von Johnny zu entdecken. Bevor sie ihr Zimmer im Herrenhaus verlassen hatte, hatte sie ihm noch ein Foto von sich in dem Kleid geschickt. Noch hatte er nicht geantwortet, aber sie wusste, dass sein Tag ziemlich hektisch sein würde. Sie stellte sich vor, wie er und Zoey ins Hotel eincheckten und Zoey sich aufgeregt alles ansehen würde, bevor sie sich für ihren großen Abend fertigmachten.

Nach dem Kuss des Jahrhunderts wurden Amber und Dash von seinem Bruder Hawk, einem renommierten Fotografen, entführt, um die Hochzeitsfotos zu machen, und später gesellten sie sich beim Empfang, der jetzt in einem Festsaal mit großen Vasen voller bunter Blumensträuße in vollem Gange war, zu allen anderen. Auf den Tischen mit den weißen Tischdecken standen große gläserne Vasen, die mit Eicheln und funkelnden Lichterketten gefüllt waren, und edle Kronleuchter, geschmückt mit Blattwerk und Lilien, erleuchteten eine Tanzfläche in Gold und Weiß.

Ambers Bruder Axsel und seine Band spielten »Rewrite the Stars« für Ambers und Dashs Hochzeitstanz und anschließend spielten sie ausgelassene Partymusik. Jillian tanzte mit Trixie, einigen von Ambers Schwestern und Ambers bester Freundin Lindsay Roberts, einer professionellen Hochzeitsplanerin, die diesen magischen Abend organisiert hatte. Nach einigen Liedern war Jillian etwas schwindelig, daher besorgte sie sich ein Glas Eiswasser. Trixie und Brindle folgten ihr an die Bar, wo sie auf Ambers ältere Schwester Pepper trafen. Sie war Naturwissenschaftlerin und hatte bereits während des Studiums eine Signalkette mit GPS-Tracker und Notfallknopf entwickelt, die nun weltweit verkauft wurde. Pepper war auch die Zwillingsschwester von Sable, auch wenn sie das genaue Gegenteil von ihr war. Während Sable brünett, ungestüm und störrisch war, hatte Pepper goldbraune Haare und war lieb und freundlich.

Brindle und Trixie bestellten sich Mixgetränke. Jillian bekam ihr Eiswasser und hielt sich das kalte Glas an die Wange. »Ist es heiß hier drinnen?«

»Eigentlich nicht, aber du hast getanzt«, sagte Pepper. »Wahrscheinlich hast du dich dabei aufgeheizt.«

»Wahrscheinlich denkst du an deinen heißen Rockstar«, fügte Brindle hinzu. »Schade, dass Johnny nicht kommen konnte. Ich konnte es gar nicht glauben, als ich die Fotos von dir bei der Spendengala mit ihm gesehen hab. Das war echt so: *Was?! Jillian und Johnny Arschgesicht?*«

»Brindle, das ist nicht nett«, sagte Pepper.

»Ach, keine Sorge, Jillian ist ganz verrückt nach seinem Gesicht, seinem Arsch und einigem anderen.« Trixie zuckte vielsagend mit den Brauen.

»Stimmt genau. Mein Kerl ist nicht nur auf der Bühne sehr talentiert.«

Jillians Cousin Clay schlenderte vorbei. Er sah in seinem Smoking und den dunklen, zurückgekämmten Haaren unverschämt gut aus. Der Starting Quarterback der New York Giants, bei denen Dash bis zum Ende seiner aktiven Karriere gespielt hatte, war einer von Dashs engsten Freunden. Sein Blick ruhte auf Pepper, die hochrot anlief.

»Ladys«, begrüßte er die Frauen und ging dann weiter an der Bar entlang zu seinen Teamkollegen Troy und Tyrell.

»Wirklich, die Braden-Männer sind mit guten Genen gesegnet«, sagte Pepper.

»Das ist jetzt deine Chance«, sagte Brindle. »Mach dich an ihn ran. Flirte mit ihm.«

Pepper schaute weg. »Ich hab's nicht so mit Football-Spielern. Ich finde einfach nur, dass er gut aussieht.«

»Dein Ernst? Dash ist der Hammer«, sagte Trixie.

»Ja, aber er ist auch nicht der typische Sportler«, sagte Pepper. »Er spielt nicht einmal mehr Football. Er ist jetzt Schriftsteller.«

Brindle seufzte verzweifelt auf. »Du denkst zu viel nach. Du musst nicht *in ihn* verknallt sein, damit du ihn dazu bringst, *in dir* zu sein, wenn du verstehst, was ich meine.«

Pepper verzog die Lippen. »Wir haben keine Gemeinsamkeiten. Nichts, worüber wir uns unterhalten können.«

»Woher willst du das wissen?«, fragte Jillian. »Clay hat mehr im Kopf als nur Football. Er ist mein Cousin, er ist ein toller Kerl.«

»Außerdem müsst ihr euch ja nicht unterhalten, Pep«, drängte Brindle. »Du kannst seinen Mund auf andere Art zum Einsatz bringen.«

»Brindle!«, fuhr Pepper sie an.

Brindle verdrehte die Augen. »Ich will nur, dass du glücklich bist. Du bist ein unglaublich toller Mensch, und du wirst nie jemanden kennenlernen, wenn du die ganze Zeit in deinem Labor hockst und herumforschst.«

»Sag das nicht«, widersprach Trixie. »Sie wird jemanden kennenlernen, wenn die Zeit dafür reif ist. Obwohl ich auch für eine ausschweifende Nacht mit Clay bin.«

Pepper sah sie mürrisch an.

»Wenn ich eines in letzter Zeit gelernt habe, dann dass die Liebe zu einem kommt, wenn man nicht nach ihr Ausschau hält«, sagte Jillian aufmunternd. »Seht euch nur Johnny und mich an.«

»Char schwört, dass die Magie des Gasthofes euch beide zusammengebracht hat«, sagte Pepper. »Aber es gibt keinerlei Beweise dafür, dass dieser Ort Leuten dabei helfen kann, sich zu verlieben.«

»Vielleicht nicht, aber ich glaube daran«, sagte Jillian. »Und ich bin froh, dass es dort mit uns angefangen hat, denn diese Art von Magie endet nie.«

»Genau das ist auch bei Nick und mir passiert«, sagte Trixie.

»Ihr habt euch auf dem Gasthof verliebt?«, wollte Pepper wissen.

»Nein, aber die Magie des Gasthofes hat uns erfasst«, sagte Trixie. »Das war vor etwas mehr als zwei Jahren, nachdem ich am Mad-Prix-Wettkampf teilgenommen hatte.«

»Daran erinnere ich mich. Du warst ziemlich betrunken«, sagte Jillian.

»Etwas beschwipst«, korrigierte Trixie sie. »Nick hat mich zu meinem Zimmer begleitet und die ganze Nacht bei mir gesessen. Ich wusste nicht einmal, dass er geblieben war, und er schwört, dass er mich nach dieser Nacht nicht mehr aus dem Kopf bekommen hat.«

»Das ist der Zauber des Gasthofs.« Jillian nippte an ihrem Wasser.

»Tja, Trace und ich brauchten keinen Gasthof«, sagte Brindle. »Ich liebe diesen Mann, seit ich dreizehn war.« Brindle war mit einem von Trixies älteren Brüdern verheiratet.

»Und ebenso lang ist er auch verrückt nach dir«, sagte Trixie.

»Ich wünschte, ich würde Johnny schon so lang kennen, aber bei seiner Berühmtheit und meinem Fokus auf Mode hätten wir nie zueinandergefunden.«

»Das kannst du nicht wissen«, sagte Brindle.

»Doch. Ich hatte außer Modedesign nichts anderes im Kopf, seit ich so groß war.« Jillian hielt die Hand auf Hüfthöhe.

»Bis Johnny auftauchte«, warf Trixie ein.

»Genau. Ich glaube, wir sind uns zur richtigen Zeit begegnet«, sagte Jillian. »Ich denke tatsächlich darüber nach, zu den beiden nach New York zu ziehen.«

»Machst du Witze?«, fragte Brindle.

»Was?« Der Schock in Trixies Stimme war unüberhörbar.

»Du musst dir ziemlich sicher bei ihm sein, wenn du mit deinem Unternehmen umziehen und von deiner Familie wegziehen willst«, sagte Pepper.

»Das bin ich auch, und ich weiß, dass er und Zoey nicht nach Maryland ziehen können. Ich muss mir noch einige Gedanken machen, aber ich will mit ihnen zusammenleben.«

Trixie tat so, als würde sie weinen, und umarmte sie. »Ich würde gern egoistisch sein und dir sagen, dass du bleiben sollst, aber ich bin für Nick umgezogen, und du warst in diesen letzten Wochen glücklicher, als ich dich je gesehen habe. Ich hab dich lieb.«

»Ich dich auch, und danke, dass du mir keine Schuldgefühle machst, damit ich bleibe.«

»Ich würde dir sofort Schuldgefühle machen, wenn ich in Pleasant Hill leben würde«, scherzte Brindle. »Aber es ist wahr, ich würde für Trace auch überall hinziehen.«

Jillian lächelte. »Wo ist denn dein hübscher Cowboy? Normalerweise weicht er dir doch nicht von der Seite.«

»Er wollte Emma Lou frisch wickeln, aber das ist schon eine Weile her.« Emma Lou war ihre Tochter. Brindle schaute sich um und lächelte, als sie Trace auf der anderen Seite des Raumes im Gespräch mit ihrer älteren Schwester Grace und ihrem Mann Reed sah. Grace hatte Emma Lou auf dem Arm. »Da sind sie ja. Ich hoffe, Gracie wird bald schwanger. Es tut mir so leid, dass sie Probleme damit haben.«

»Ich bin sicher, die Verkündung von Char und Beau war auch nicht gerade hilfreich«, sagte Jillian. Charlotte und Beau hatten ihren Familien und Freunden direkt vor der Hochzeit von der Schwangerschaft erzählt. Alle waren begeistert, und Jillians Eltern waren außer sich vor Freude, dass ihr erstes Enkelkind unterwegs war.

»Es schien ihr nichts auszumachen«, sagte Brindle.

»Du weißt ja, wie Grace ist«, meinte Pepper. »Sie freut sich für sie. Außerdem sind sie und Reed in einer Kinderwunschklinik gewesen. Sie sind zuversichtlich, dass es bald klappt.«

»Wir sollten alle unsere positiven Schwangerschaftsvibes in ihre Richtung schicken«, schlug Trixie vor.

»Die können sie gern *alle* haben«, sagte Jillian, als die Band zu einem von Trixies Lieblingsliedern ansetzte.

»Lasst uns tanzen gehen!«, rief Trixie und versuchte, sie alle zur Tanzfläche zu ziehen, aber Pepper hob abwinkend die Hände.

Jillians Schwindel hatte sich etwas gelegt, aber jetzt hatte sie ein flaues Gefühl im Magen. »Ich denke, den Tanz lasse ich mal aus.«

Sie mischten sich unter die Menge, bis alle zum Essen Platz nahmen. Jillian saß bei ihrer Familie, abgesehen von Graham, der mit Morgyn am Kopfende bei der Brautfamilie saß. Die Tischreden waren herzerwärmend, und Amber und Dash wirkten so verliebt, dass Jillian Johnny noch mehr vermisste.

Sie lauschte den Gesprächen um sie herum und überlegte gleichzeitig nervös, wie sie ihrer Familie am besten beibringen sollte, dass sie über einen Umzug nachdachte. Beau und Char planten ihr Kinderzimmer, und Zev und Carly hatten vor, sich direkt auf den Weg von Virginia nach Colorado zu machen, um dort den Winter zu verbringen. Jax und Jordan wollten Sully bald wieder besuchen, und Nick und Trixie erzählten von einem Pferd, das sie vielleicht kaufen wollten. Jillian aß ein paar Happen, während sie auf eine Pause in den Gesprächen wartete, aber bei dem Geruch von Essen wurde ihr übel.

Blöde Nerven. Sie schob den Teller von sich und lehnte sich zurück.

»Schmeckt es dir nicht, mein Schatz?«, fragte ihre Mutter, deren zimtfarbenes Kleid zur Krawatte ihres Vaters passte.

»Doch, aber ich hab keinen großen Hunger.«

»Geht es dir gut?«, hakte ihre Mutter nach.

»Mhm.« Sie nippte an ihrem Wasser, doch selbst das kam ihr fast wieder hoch.

»Die letzten beiden Male, die du bei uns zum Essen warst, hast du dich auch schon nicht gut gefühlt«, sagte ihr Vater. »Und du siehst ein wenig grün um die Nase aus. Bist du sicher, dass alles in Ordnung ist?«

»Mir geht es gut.« *Lügnerin.* Sie hasste es zu lügen. »Nein, eigentlich geht es mir nicht gut, Dad.«

»Das dachte ich mir«, sagte er. »Machen sich die vielen Arbeitsstunden bemerkbar?«

»Ich denke, das liegt eher daran, dass sie Johnny und Zoey vermisst«, warf Jax von der anderen Seite des Tisches ein.

Natürlich wusste er Bescheid. Er wusste immer Bescheid.

»Ist es das, mein Schatz?«, fragte ihre Mutter.

»Ja, und sie nur am Wochenende zu sehen, ist unerträglich.« Sie atmete tief durch. »Ich glaube, ich will nach New York ziehen.«

Das brachte die Unterhaltung am Tisch zum absoluten Stillstand. Nick zog die Augenbrauen zusammen, aber zum Glück lächelten alle anderen – mit Ausnahme ihres Vaters, der sie mit unvoreingenommener Sorge betrachtete.

»Woher kommt das denn so plötzlich?«, fragte Nick.

»Das kommt nicht *plötzlich*«, sagte Jillian. »Ich denke schon seit ein paar Wochen darüber nach, und sag nicht, du wärst nicht nach Virginia gezogen, um bei Trixie zu sein, denn ich weiß genau, dass du alles getan hättest, um nicht getrennt von ihr zu sein.«

Trixie legte den Arm um Nick. »Sie hat recht und das weißt du auch.«

»Ich habe ja nicht gesagt, dass ich dagegen bin«, erklärte er mürrisch. »Ich will nur wissen, was in ihrem Kopf vorgeht.«

»Das hat nichts mit ihrem Kopf zu tun«, sagte ihr Vater. »Sondern einzig und allein mit ihrem Herzen. Jilly, du weißt, dass wir dich unterstützen, egal, wie du dich entscheidest. Aber was ist mit deinem Unternehmen?«

»Ich muss mit Liza und Annabelle reden, aber es könnte gehen, wenn Liza einverstanden ist, aus der Ferne mit mir zu arbeiten, und wenn sie vor Ort im Büro ist, kann sie Annabelle in der Boutique bei allem unterstützen, worin sie vielleicht Hilfe braucht. Es gibt vieles, was ich bedenken muss, aber ich würde gern diese Richtung einschlagen.«

»Versteh mich nicht falsch, aber bist du sicher, dass du bereit dazu bist, eine Stiefmutter zu sein?«, wollte Nick wissen.

»Zoey ist ein Teenager und kein Baby«, erwiderte Jillian heftig. »Sie braucht mich nicht zum Überleben. Was sie braucht, ist Liebe und emotionaler Halt, und darin bin ich gut.«

»Darin bist du sehr gut«, stimmte Nick ihr zu, »und ich bin froh, dass du das erkennst. Aber du liebst New York ebenso wenig wie sie. Wie wollt ihr beide damit zurechtkommen?«

»Nick!«, warnte sein Vater.

»Was denn? Ich freue mich für sie. Ich unterstütze sie bei allem, was sie vorhat«, beharrte Nick. »Johnny ist ein Typ, auf den man sich verlassen kann, und er und Zoey lieben sie ganz offensichtlich. Aber sie redet davon, das Unternehmen, für das sie sich den Arsch aufgerissen hat, in eine andere Stadt zu verlagern, und es ist mir egal, wie sehr hier jemand einen anderen liebt. Es ändert nichts an den Dingen, die sie an New York nicht mag. Die Stadt bleibt chaotisch und anonym.«

»Schon gut, Dad«, sagte Jillian, die Nicks sorgenvoller Ausbruch berührte. »Du hast recht, Nick, aber ich habe das Gefühl, ich könnte mit Johnny und Zoey in der Gosse leben und wäre trotzdem noch glücklich.«

Nick hob eine Augenbraue.

»Okay, nicht in der Gosse. In einem Zelt«, sagte Jillian. »Mit Bad, Heizung und Klimaanlage. Du weißt, was ich meine. Der Ort ist egal. Die Menschen sind wichtig und ich liebe die beiden.«

»Und das allein zählt. Mir wird es nicht gefallen, wenn du so weit weg bist«, sagte Nick mit einer solchen Aufrichtigkeit, dass Jillian gegen Tränen ankämpfen musste. »Aber wenn es das ist, was du willst, dann helfe ich dir beim Umzug.«

»Danke.« Sie versuchte, die Tränen wegzublinzeln.

»Ich finde es großartig, Jilly«, sagte Beau. »Ich habe dich noch nie so glücklich gesehen wie in der Zeit, in der du mit ihnen in Colorado warst.«

»Dem stimme ich eindeutig zu«, sagte Char.

»Ich freue mich auch für dich«, sagte Zev. »Abgesehen von Geschäftsreisen bist du nie wirklich unterwegs gewesen. Ein Tapetenwechsel könnte gut für deine Kreativität sein.«

»Kann Johnny kochen?«, fragte Carly und alle lachten.

»Ja«, antwortete Jillian. »Und Zoey auch.« Sie sah Jax an. »Keine weisen Worte von meinem Zwilling?«

»Ich versuche nur, mir mein Leben ohne dich gleich um die Ecke vorzustellen.«

»Das wird seltsam«, sagte sie.

»Oder wundervoll«, ärgerte Jax sie.

»Hey!«

»Du weißt, dass ich dich lieb habe.« Er zog sie in eine Umarmung. »Ich freue mich unendlich für dich. Schon an dem Tag, als er in deinem Büro aufgetaucht ist, war mir klar, dass ihr beide nicht lange ohneeinander aushalten würdet.«

»Ich glaube, mir ging es genauso.«

Ihr Vater hob das Glas zu einem Toast. »Auf das Glück all unserer Kinder.«

»Hört, hört!«, riefen die Männer und alle stießen miteinander an.

Jillian nahm einen kleinen Schluck, als gerade der Kellner mit einem Tablett vorbeikam, was bei allen *Mhmmms* hervorrief, aber ihren Magen zusammenzucken ließ. Sie stand auf. »Entschuldigt mich kurz. Bin nur mal für kleine Mädchen.«

Sie versuchte, trotz der Woge der Übelkeit, die über sie hereinbrach, normal zu gehen, doch sobald sie den Festsaal verlassen hatte, rannte sie zur nächsten Damentoilette und stürzte sich in eine Kabine. Gerade noch rechtzeitig, denn das Wenige, was sie im Laufe des Tages gegessen hatte, bahnte sich seinen Weg hinaus. Sie wischte sich den Mund ab, lehnte sich gegen die Kabinenwand und versuchte, wieder zu Atem zu kommen, bevor sie sich die Hände waschen wollte.

Als sie die Kabinentür öffnete, stand Sable vor ihr – absolut hinreißend in einem zimtfarbenen schulterfreien Kleid mit Knotenausschnitt und einem Schlitz an ihrem rechten Bein. Sie trug ein professionelles Make-up und ihre langen braunen Haare waren über eine Schulter frisiert und von einer Schleife zusammengehalten. Sie war das komplette Gegenstück zu der Jeans, Stiefel und Cowboyhut tragenden Mechanikerin, die Jillian kannte.

Sable war einige Zentimeter größer als Jillian und ihr Gesichtsausdruck so ernst, dass Jillian sich vorkam wie ein Kind, das beim Schwänzen erwischt worden war. »Na großartig. Publikum.«

»Du siehst übel aus«, sagte Sable. »Wie viel hast du getrunken?«

»Nur ein paar Schluck Champagner zum Anstoßen.« Jillian ging an ihr vorbei, wusch sich die Hände und spülte sich den Mund aus. Ein kurzer Blick in den Spiegel bestätigte Sables Einschätzung. Sie wandte sich vom Spiegel ab und griff nach ein paar Papiertüchern, um sich die Schweißperlen von der Stirn zu wischen.

»Hast du Fieber?«

Jillian schüttelte den Kopf. »Bin nur erschöpft, nicht krank.«

»Wenn man erschöpft ist, kotzt man nicht.« Sable verschränkte die Arme.

»Tja, ich anscheinend doch. Außerdem war ich den ganzen Abend über nervös. Das hat auch nicht gerade geholfen.« Sie warf die Papiertücher in einen Eimer, lehnte sich gegen das Waschbecken und legte die Hand auf ihren rumorenden Magen.

»Sicher, dass du nicht krank bist?« Sable berührte Jillians Stirn. Sie zog die Augenbrauen zusammen. »Hast du dich in letzter Zeit oft erbrochen?«

»Ein oder zwei Mal in den letzten Wochen.«

»Ist das normal bei dir? Du leidest doch nicht an Bulimie, oder?«

»Dein Ernst?« Jillian schüttelte den Kopf.

»Frag ja nur. Besteht die Möglichkeit, dass du schwanger bist?«

»Meine Güte, du bist auch ziemlich di–« *Oh Mist! Wann*

war meine letzte Periode?

»*Dann* ist einem manchmal übel.«

»Ich bin nicht schwanger. Geht gar nicht. Wir passen immer auf.« Sie erinnerte sich an den Abend in dem Schuppen, und unter der Dusche, und dann kam die Panik auf. »Oh nein! Neinneinnein! Wir haben meistens aufgepasst, aber er ... er hat rausgezogen.«

»Himmel noch mal! Jetzt hörst du dich an wie eine Sechzehnjährige, die auf dem Rücksitz eines Autos nicht aufhören wollte. Nur zur Information, die Spitze zählt auch.«

Jillian sah sie wütend an.

»Wann war deine letzte Periode?«

»Keine Ahnung!« Sie marschierte hin und her, knetete die Hände und versuchte, sich zu erinnern. »Ich hab sie nicht regelmäßig. Alle vier oder sechs Wochen. Ich nehm's einfach, wie's kommt.«

»Tja, *diesen* Monat ist anscheinend alles anders.«

»Du bist keine große Hilfe. Ich kann einfach nicht schwanger sein. Was würde das für Zoey bedeuten? Ich hab den Launch meiner Kollektion anstehen, muss die Kostüme für die Band machen, und Johnny hat seine Tour. *Omeingott*, Sable! Ich hab total vergessen, dir zu erzählen, dass du auf seiner Tour als Vorband spielst.«

»*Was* mache ich?« Sable sah sie finster an.

»Es wurde alles schriftlich festgelegt. Du kannst dich später bei mir bedanken.« Sie ging weiter auf und ab. Ihr Herz und ihre Gedanken rasten.

»Ans Bedanken hatte ich gerade nicht gedacht, aber das Gespräch können wir ein anderes Mal führen. Du brauchst einen Schwangerschaftstest. Soll ich dir einen besorgen?«

»Nein! Du musst auf der Feier bleiben, und ich sage dir: Ich bin nicht schwanger! Das Universum würde niemals ein Baby in mich reinsetzen. Ich bin nicht fürs Mutterdasein geschaffen.«

»Was zum Teufel soll das denn heißen?«, blaffte Sable.

»Keine Ahnung. Ich bin's jedenfalls nicht.« Tränen stiegen Jillian in die Augen. »Das ist eine, die das Baby an erste Stelle stellt und nicht vergisst, es zu füttern, zu wickeln und impfen zu lassen. Eine, die so weit runterschalten kann, dass sie es wiegen und hegen und pflegen kann. Ich dagegen *verbrenne* Pancakes, verdammt noch mal!«

»Wen interessieren Pancakes?«

»Das Baby, wenn es steinharte Dinger essen oder verhungern muss. Ich *kann* kein Baby bekommen. Johnny hat gerade erst Zoey bekommen und das könnte schlecht für ihre Beziehung sein. Du meine Güte, Sable! Was soll ich machen?«

Sable packte sie an den Schultern und sah sie todernst an. »Atme, Jillian! Atme einfach, verdammt noch mal.«

Jillian atmete tief ein und stockend wieder aus, während ihr die Tränen über die Wangen liefen.

»So, und jetzt hörst du auf zu weinen. *Warum* müssen Frauen ständig weinen? Tränen haben noch nie geholfen.«

»Ich weine nicht ständig.«

Sables Blick sagte nur: *Ja, klar!* »Um die Ecke ist eine Drogerie. Du gehst nach oben auf dein Zimmer und machst dich etwas frisch, und ich besorge dir einen Test.«

»Nein. Vielen Dank für deine Hilfe, aber das ist die Hochzeit deiner Schwester.«

»Meine Schwester ist so hin und weg von Dash, dass sie es nicht einmal merken würde, wenn der ganze Saal auf einmal leer wäre.«

»Trotzdem. Ich möchte nicht, dass du wegen mir gehst. Ich krieg das hin.« Sie nahm sich noch ein Papiertuch, tupfte sich die Tränen fort und hoffte, dass sie recht hatte. »Ich reg mich hier wegen nichts und wieder nichts auf. Ich bin mir sicher, dass es nur am Stress liegt.« *Das muss es.* »Danke, dass ich kurz ausflippen konnte.«

Sable seufzte. »Hatte ich eine Wahl?«

»Na ja, du hast mir keine verpasst, was ich vielleicht getan hätte, wenn du so durchgedreht wärst.« Jillian umarmte sie, und mit einem weiteren tiefen Atemzug straffte sie die Schultern, hob das Kinn und ging aus der Damentoilette hinaus.

Nach Glückwünschen und Verabschiedungen teilte sie Amber, Dash und ihrer Familie mit, dass sie erschöpft war und früh zu Bett gehen wollte. Auf ihrem Zimmer putzte sie sich die Zähne, wusch sich das Gesicht und zog sich um. Sie kam sich wie eine Teenagerin vor, die sich aus dem Haus der Eltern schlich, als sie loszog, um einen Schwangerschaftstest zu kaufen, und inständig hoffte, dass niemand sie sah, als sie wieder zurückkehrte.

Neunundzwanzig

Jillian starrte auf das kleine Plus-Zeichen und konnte den Tränenstrom nicht aufhalten, als sie ein Klopfen an ihrer Tür hörte. Wer zum Teufel suchte sie, und warum schrieb der oder die nicht einfach eine Nachricht? Sie legte den Test auf die Ablage im Bad und schaute durch den Spion, hinter dem sie eine sehr ernste Sable entdeckte.

Als Jillian die Tür öffnete, marschierte Sable forsch herein. »Hast du ihn schon gemacht?« Sie drehte sich herum und sah Jillians Tränen. »Oh Mist.« Als hätte sie die Sorge in ihrer eigenen Stimme gehört, fügte sie sofort hinzu: »Das ist okay. Alles wird gut.«

»Nein, ist es *nicht*. Nichts wird je wieder gut sein.« Jillian tigerte hin und her. »Du solltest zurück zur Feier gehen, bevor sie sich fragen, wo du bist.«

Sable stemmte eine Hand in die Hüfte. »Ich werde dich das hier nicht allein durchmachen lassen.«

Wieder klopfte es an der Tür. »Wer ist das?«, flüsterte Jillian.

»Woher soll ich das wissen?«

Jillian spähte wieder durch den Spion, und ihre Brust zog sich zusammen, als sie ihre beste Freundin sah. »Es ist Trixie.«

Sie atmete tief durch, wischte sich die Tränen fort und versuchte, sich zusammenzureißen, bevor sie die Tür öffnete. Doch Trixie erkannte auf den ersten Blick, dass etwas nicht stimmte. »Was ist los?« Damit brach der Damm.

»Alles!« Jillian packte sie am Handgelenk, zog sie ins Zimmer und schloss die Tür. »Mir wurde vorhin schlecht, und Sable hat gefragt, ob ich vielleicht schwanger bin, und …«

Trixie riss die Augen auf. »*Omeingott*, Jilly! Du bist schwanger?«

Mehr als ein Nicken unter Tränen brachte sie nicht zustande.

»Ich gehe mal davon aus, dass das keine Freudentränen sind.« Trixie zog sie in ihre Arme. »Alles ist gut. Wir kriegen das schon hin.«

Sie befreite sich aus Trixies Umarmung und tigerte wieder auf und ab. »Wie konnte ich so unvorsichtig sein? Ich bin nicht bereit dazu. Er ist nicht bereit dazu. Ich sollte eigentlich nach New York ziehen. Was soll ich nur machen?« Ihr Handy meldete sich mit einem Klingeln aus dem Badezimmer und sie ging hin. Ihr Blick landete auf dem Schwangerschaftstest und versetzte ihr einen Stich. *Ein Baby. Unser Baby.* Liebe und Sorge vermischten sich zu einem einzigen Gefühlswirrwarr. Johnnys Name stand auf dem Bildschirm. Panik breitete sich wie ein Lauffeuer in ihrer Brust aus und löste einen weiteren Strom von Tränen aus, während sie zurück ins Schlafzimmer ging. »Er ist es. Vor der Preisverleihung kann ich es ihm nicht erzählen.«

»Doch, kannst du. Das ist auch sein Problem«, sagte Sable.

Jillian schüttelte den Kopf. »Nicht heute Abend.«

»Schwachsinn. Genau darum mag ich Promis nicht. Verdammte Egomanen. Eine blöde Auszeichnung sollte *nicht* wichtiger sein als das hier.«

»Sable!«, ermahnte Trixie sie. »Jilly, mach das, was sich für dich richtig anfühlt. Wenn du es ihm jetzt nicht sagen willst, dann warte bis morgen. Sollen wir bleiben, während du mit ihm redest?«

»Nein, es wäre nur noch schwerer. Aber danke.« Sie umarmte sie und versprach ihnen, sie wissen zu lassen, wie es gelaufen war. Als sie das Zimmer verlassen hatten, nahm sie den Anruf an. »Hallo«, brachte sie heraus.

»Ich hab gerade deine Nachricht mit dem Bild gesehen. Du siehst umwerfend aus, Baby. Es tut mir leid, dass ich mich nicht früher melden konnte. Wir waren unterwegs und dann mussten wir uns fertigmachen. Ich hab dir gerade auch ein paar Bilder von allen geschickt. Zoey sieht wunderschön aus und kommt super mit den Jungs klar. Chad hat seine Ex mitgebracht. Sie werden es noch mal miteinander versuchen. Wie ist die Hochzeit? Ich wünschte, ich könnte bei dir sein.«

Seine Fröhlichkeit ließ noch mehr Tränen laufen. Sie standen gerade erst am Anfang und dieses Baby könnte alles ändern. »Es ist wunderbar.« Ihre Stimme zitterte und sie kniff die Augen zu.

»Jilly, was ist los?«

»Nichts. Alles in Ordnung. Bin nur etwas emotional nach der Trauung.«

»Das muss doch schon über eine Stunde her sein. Rede mit mir, Baby.«

Sie schüttelte den Kopf, obwohl er sie nicht sehen konnte. »Alles gut. Wir können morgen reden.« Der Schmerz in ihrer Stimme war unüberhörbar. »Amüsier dich und umarme Zoey von mir.«

»Baby, ich werde nichts dergleichen tun, bis du mir nicht gesagt hast, was los ist.«

»Johnny, ich kann nicht«, flehte sie ihn an.

»Du *kannst*, Baby. Du kannst mir alles sagen. Das weißt du.«

Nicht so.

»Jillian, du machst mir Angst. Was ist passiert?«

»Nichts.« Sie versuchte, nicht mehr zu weinen, aber die Tränen flossen unaufhaltsam.

»Ich lege nicht auf, bis du mir sagst, was los ist.«

Ein Videoanruf von ihm poppte auf, und sie schloss die Augen, um all ihren Mut zusammenzunehmen. Sie wischte sich über die Augen und tippte auf das grüne Feld. Sein schönes Gesicht und seine liebevollen dunklen Augen lösten gleich wieder einen neuen Strom von Tränen aus.

»Oh, Baby! Was kann denn so schlimm sein? Hat dir jemand wehgetan? Geht es deiner Familie gut?«

Sie schüttelte den Kopf. Bei ihm war ein Klopfen zu hören und er schaute nach rechts. »Komme gleich.« Dann sah er sie flehend an. »Ich liebe dich, Jilly. Was immer es auch ist, wir bewältigen es.«

»Ich will es dir nicht so sagen.«

»Mir was sagen? Komm, Baby. Alle warten auf mich, aber ich werde dieses Gespräch nicht beenden, bevor ich weiß, was los ist. Ich werde hier die ganze Nacht stehen bleiben, wenn es sein muss.«

»Ich bin …« Sie konnte es nicht und ließ sich auf die Bettkante sinken.

»Verdammt, Jillian, ich meine es ernst! Du machst mir Angst. Jetzt sag, was los ist.«

»Ich bin *schwanger*.« Schluchzer brachen aus ihr hervor, und durch den Tränenschleier sah sie, wie ihm die Gesichtszüge entglitten und ein ungläubiger Blick in seine Augen trat. Die nächsten Sekunden vergingen wie in Zeitlupe, und sie spürte die Veränderung in ihm, als fände sie in ihr selbst statt. Ein Tornado aus Verwirrung und Sorge fegte den Unglauben beiseite und er biss die Zähne zusammen.

Sie hörte Zoeys Stimme: »Dad! Der Fotograf wartet. Kane hat gesagt, wir müssen *jetzt* los!«

Zoey Dad rufen zu hören, ließ eine Flutwelle von Tränen heranrauschen. »Geh! Es tut mir leid. Ich liebe dich. Wir reden morgen.« Sie beendete das Gespräch und legte sich aufs Bett. Ihr Handy vibrierte und eine Nachricht poppte auf. Mit zittrigem Finger öffnete sie sie und sah die Fotos, die er vor ihrem Gespräch geschickt hatte. Das erste zeigte Johnny und Zoey in ihren Outfits für das Event. Johnny hatte den Arm um Zoey gelegt und beide strahlten übers ganze Gesicht. *Wir wünschten, du wärst hier. Haben dich lieb*, stand darunter. Sie schaute die anderen Fotos mit seinen Bandmitgliedern und Chads Ex durch. Alle sahen so glücklich aus, und jetzt hatte sie seinen Abend ruiniert.

Sie wusste, dass Sable und Trixie vor ihrer Tür stehen würden, wenn sie sich nicht meldete, also schrieb sie ihnen kurz, dass sie und Johnny morgen reden würden und sie jetzt ins Bett ging. Sie schloss die Augen, um die heißen Tränen zurückzuhalten, und kauerte sich auf der Seite zusammen. Das Handy vibrierte mehrmals hintereinander, und sie zwang sich, die Nachrichten anzusehen. Trixie hatte ein Herz-Emoji und *Ich bin hier, falls du mich brauchst* geschickt, und Sable, die Meisterin der strengen Liebe, hatte geschrieben: *Du bist stärker, als du denkst. Was immer du auch entscheidest, muss für DICH die richtige Entscheidung sein, und wenn Bad dich nervt, kümmere ich mich um ihn.*

Noch eine Nachricht poppte auf, und ihre Brust zog sich

zusammen, als sie Johnnys Namen sah. Sie öffnete die Nachricht und las die drei einfachen Worte, die ihr so guttaten und noch mehr schmerzten: *Ich liebe dich.*

Johnnys Herz hämmerte wie wild, als er an die Tür klopfte. Mann, es hatte nicht aufgehört zu hämmern, seit er diese *anderen* drei lebensverändernden Worte – *Ich bin schwanger* – vernommen hatte. Zu ungeduldig, um noch länger zu warten, klopfte er noch einmal lauter. Er hörte eine gedämpfte Stimme und Schritte.

Die Tür ging auf und Jillian blinzelte ihn verschlafen an. »Es ist vier Uhr morgens. Was machst du hier?« Ihre Haare waren verstrubbelt, die Augen geschwollen und rot, und sie trug sein Lieblingsschlafoutfit – die Shorts und das Top, das sie auch an dem ersten Morgen in Colorado getragen hatte.

Er ging ins Zimmer und nahm sie in die Arme, um sie ganz fest zu halten. »Ich wäre durch die Telefonleitung gekrochen, wenn ich gekonnt hätte.«

»Wo ist Zoey? Wie bist du so schnell hergekommen? Ich dachte, die Preisverleihung ging bis elf Uhr.«

»Ich habe hier eine Suite reserviert. Sie ist mit Kane dort. Wir sind nicht zur Preisverleihung gegangen. Die Jungs haben den Preis entgegengenommen.«

»Du hast gewonnen.« Sie löste sich aus seiner Umarmung. »Das ist genau das, was ich nicht wollte. Es sollte ein großer Abend für dich werden, und ich hab alles kaputtgemacht.«

»Du hast gar nichts kaputtgemacht.« Er nahm ihr Gesicht zwischen die Hände und sah ihr eindringlich in die Augen. »Ich habe so viele Auszeichnungen entgegengenommen, die reichen für ein ganzes Leben, aber dich gibt es nur einmal, und wenn du glaubst, ich könnte auf die Bühne gehen und so tun, als wäre alles in bester Ordnung, während du am anderen Ende des Landes leidest, dann kennst du mich kein bisschen.«

»Johnny! Was ist mit Zoey? Sie hat sich so darauf gefreut. Was hast du ihr erzählt, warum ihr die Preisverleihung verpasst?«

»Ich habe ihr gesagt, dass es dir wegen etwas nicht gut geht und dass ich deshalb gerne bei dir wäre. Kane hat angeboten, sie zu der Veranstaltung zu begleiten, aber sie hat gesagt, wenn es dir nicht gut geht, würde sie lieber auch für dich da sein.«

Sie ließ die Schultern sacken und Tränen liefen ihr über die Wangen. »Sie ist die Beste, oder? Es tut mir leid, dass das alles so ein Chaos ist. Ich hätte es dir nicht vor der Veranstaltung sagen sollen.«

»Doch, unbedingt! Es gibt nichts, womit wir nicht zurechtkommen, und ich wäre nirgendwo anders lieber als jetzt hier bei dir.« Er nahm ihre Hand und führte sie zum Bett, um sich dann neben sie zu setzen. »Ich liebe dich, Jilly, und bevor wir über alles reden, musst du wissen, dass ich mittrage, was immer du auch entscheidest.«

»Selbst wenn ich nicht bereit für ein Baby bin? Ich sage nicht, dass ich irgendetwas entschieden habe, aber ich habe Bedenken, angefangen mit Zoey. Wäre es fair, zu diesem Zeitpunkt ein anderes Kind in ihr Leben zu bringen?«

»Ich kenne kein einziges Kind, das eine Wahl hat, wenn seine Familie wächst, und die meisten scheinen das in Ordnung zu finden. Vielleicht ist es schwer für sie, aber vielleicht macht es sie auch glücklich, einen Bruder oder eine Schwester zu haben, den oder die sie lieben kann. Das können wir nicht wissen, weil es nicht ihre Entscheidung ist, und sie wird nichts davon erfahren, es sei denn, wir entscheiden uns dafür, das Kind zu behalten. Wenn wir das tun, dann werden wir uns doppelt so sehr anstrengen, damit sie immer weiß, dass unsere Liebe für sie nicht davon abhängt, ob sie das einzige Kind ist.«

»Du hast recht. Ich mach mir nur Gedanken um sie.«

»Ich auch. Aber im Moment mache ich mir mehr Sorgen um dich. Willst du darüber reden, was du gerade denkst?«

»Ich weiß nicht einmal, was ich gerade denke. Es gibt Dinge, die will ich erreichen, und ich kann mir nicht vorstellen, wie ich das mit einem Baby schaffen kann. Ich weiß, es klingt egoistisch, aber ich bin noch nicht damit fertig, *Ich* zu sein.«

»Und du hast das Gefühl, einen Teil von dir zu verlieren, wenn wir ein Kind hätten?«

»Ich habe keine Ahnung, was ich denken soll. Ich habe Angst, bin verwirrt, und du hast gerade erst aus heiterem Himmel ein Kind bekommen.«

»Das war etwas ganz anderes, und wie ich dir schon gesagt habe, seid Zoey und du das Beste, was mir je passiert ist, egal, wie es dazu kam. Wenn wir uns dafür entscheiden, machen wir es zusammen, und wir überlegen zusammen, so wie wir es auch bei Zoey gemacht haben. Ich wäre immer an deiner Seite, ob zum Füttern, Wickeln, Kinderwagenschieben oder bei Kleinkindwutanfällen. Aber die größere Sorge ist, ob du das Gefühl hast, dass dich deine Beziehung zu mir und Zoey etwas gekostet hat.«

»Nur Arbeitszeit, aber ich glaube, wenn wir zusammenwohnen, wird das besser, denn im Moment haben wir nur die Wochenenden und wir sehnen uns nach gemeinsamer Zeit. Aber wenn wir ein Baby haben, werde ich nicht von meiner Familie wegziehen wollen. Ich brauche ihre Unterstützung, und meine Mom kann mir all die Dinge beibringen, die ich wissen muss.«

»Dann werden wir in Maryland leben. Mir ist es egal, wo wir wohnen, solange wir zusammen sind, und Zoey hasst New York sowieso. Ihre Freundinnen leben in deiner Nähe, und sie weint, wenn wir abfahren.«

»Wirklich?«

»Ja. Sie hat auch geweint, als du aus New York abgereist bist, aber dieses Mal war es schlimmer. Ich musste schwören, dass ich es dir nicht erzähle, also verrate mich bitte nicht.«

»Mach ich nicht. Ich hatte keine Ahnung, dass die Reisen hin und her so schwer für sie waren. Aber du kannst nicht umziehen. Was ist mit deiner Band und Kane und deinen Eltern in der Nähe?«

»Was die Band angeht, da müssen wir sowieso Änderungen vornehmen. Chad hat uns gesagt, dass er nach Virginia zieht, um bei seiner Familie zu sein. Und Kane und meine Eltern sind nur ein paar Stunden entfernt von Maryland. Baby, wenn du das willst, dann finden wir einen Weg, der für uns alle gut ist. Ich weiß, wie wichtig dir dein Unternehmen ist. Es ist auch nicht so, als könnten wir es uns nicht leisten, eine Hilfe einzustellen, und wenn wir in Maryland sind, kann ich mir vorstellen, dass deine Eltern sich als Erste anbieten, um uns mit dem Baby zu unterstützen.«

»Sie würden es uns wahrscheinlich niemals zurückgeben«, sagte sie mit einem Lächeln, doch das verschwand schnell und die Sorge kehrte in ihr Gesicht zurück. »Ich habe Angst, Johnny. Was ist, wenn ich nicht gut darin bin, Mutter zu sein?«

»Ich weiß, dass dich das beunruhigt, aber ich glaube, du kannst gar nicht anders, als eine gute Mutter zu sein. Es spielt keine Rolle, ob du kochst oder putzt oder sonst irgend so einen

Mist machst. Du wirst es nicht vergessen, ein Baby zu füttern oder zu wickeln. Die weinen und teilen dir mit, wenn sie etwas brauchen. Rede dich nicht schlechter, als du bist, Jilly. Du denkst daran, Unikum und Rocker Boy zu füttern, und das sind Fische. Sie können dir nicht sagen, wenn sie Hunger haben, und sie müssen zwei oder drei Mal am Tag gefüttert werden. Aus meiner beschränkten Erfahrung kann ich außerdem sagen, dass die Fähigkeit, ein Kind großzuziehen, wohl zu achtzig Prozent daraus besteht, dass man es liebt und sein Bestes gibt. Du hast dich in Zoey verliebt, und sie ist nicht einmal dein eigen Fleisch und Blut.«

»Ich liebe sie so, wie sie ist.«

»Genau das meine ich. Und stell dir nun vor, ein Baby auf dem Arm zu haben, das du und ich geschaffen haben.«

Tränen stiegen ihr in die Augen.

»Bei dieser Art von Liebe kommt der Rest wie von selbst.«

»Das hat bei Zoeys Mom nicht funktioniert.«

»Wir wissen beide, dass mit der Frau etwas nicht stimmt. Aber das bist nicht du. Du liebst mit deinem ganzen Herzen. Ich verstehe, warum du Angst hast, aber du hast mich ja an dem Tag gesehen, als wir uns kennengelernt haben. Ich war nicht bereit dazu, Vater zu sein, und jetzt? Ich gebe mein Bestes. Selbst an unfassbar frustrierenden Tagen, an denen ich das Gefühl habe, alles falsch zu machen, bereue ich es nicht, Zoeys Dad zu sein. Ich liebe sie genug, um herausfinden zu wollen, wie ich es richtig mache, und du hast mir dabei immer geholfen. Das sagt mir, dass du eine wunderbare Mutter sein wirst. Aber wenn du nicht bereit dazu bist, dann wird diese Entscheidung nichts an meinen Gefühlen für dich ändern.«

Er hob ihr Kinn und fuhr mit dem Daumen über ihre Unterlippe. »Ich liebe *dich*, Jillian. Ich werde unsere Kinder lieben, egal, ob wir sie jetzt oder in ein paar Jahren bekommen, und ich werde dich lieben, auch wenn wir nie Kinder haben.«

Ihre Augen wurden feucht. »Ich liebe dich auch.« Sie musste schlucken, und dann legte sie eine Hand auf sein Bein. »Möchtest *du* jetzt ein Kind haben?«

»Ich dachte, dass ich es nicht will. Ich konnte es mir nicht vorstellen, ein Kind in unser Leben zu bringen, wenn wir weit davon entfernt sind, uns unser gemeinsames Leben irgendwo einzurichten, und ich habe keine Ahnung, ob und wann sich alles ergeben wird. Aber auf dem Flug hierher habe ich über uns und Zoey nachgedacht und darüber, was wir alle schon bewältigt haben. Ich weiß, dass du glaubst, nicht für das Mutterdasein geschaffen zu sein, aber vom ersten Moment unserer Begegnung an hast du das Gegenteil bewiesen. Du hast die Wut, die du auf mich gehabt hast, beiseitegeschoben, als du keine Ahnung hattest, wer ich wirklich war, und hast alles stehen und liegen gelassen, um einem Mädchen zu helfen, das du gerade mal fünf Minuten kanntest. Ich frage mich die ganze Zeit, wie wir so viel Glück haben konnten, dass du zu dem Zeitpunkt in unser Leben getreten bist.«

»Ich weiß nicht, ob das Glück war. Du hast gesagt, ich hab Feuer gespuckt, weißt du noch?«

»Wie könnte ich das je vergessen? Ich hab noch immer Brandwunden.«

Sie lächelte, und er beugte sich zu ihr, um sie zu küssen. Er nahm ihre Hand und strich mit dem Daumen darüber. »Keiner von uns hatte eine Ahnung, was passieren würde, als wir in dieses Flugzeug stiegen, aber wir alle sind das Risiko eingegangen.«

»Ich war mir nicht sicher, ob du mit dem Leben davonkommst, wenn ich nicht mitgehe.«

»Ich auch nicht. Aber in dem Moment setzte mein Glück ein. Es war dir egal, dass ich in diesem Flugzeug Mauern um mich herum hochgezogen hatte. Du hast dir einen Weg hindurchgebahnt, dich neben mich gesetzt und mich gezwungen, mit dir zu reden. Niemand zwingt mich je zu etwas. Für die meisten bin ich Johnny Bad, der unantastbare, unnahbare Rockstar, aber du hast mich nie als diesen Kerl gesehen, oder?«

»Nur wenn ich an dich als Johnny Arschgesicht gedacht habe.«

»Ach ja, der gute alte Johnny Arschgesicht. Der Mistkerl, der dich zu oft versetzt hat. Aber du hast das außer Acht gelassen, bevor du überhaupt meine Gründe kanntest, und du hast mich so genommen, wie ich bin, mit all meinen Fehlern. Als den Mann, der Zoeys Dad werden musste. Du warst nervig und bissig und so verdammt liebenswert, dass du Seiten und Fähigkeiten in mir zutage gefördert hast, von denen ich gar nichts wusste.«

»Ich habe nichts Besonderes gemacht. Ich war einfach nur da.« Ihr Herz raste.

»Alles an dir ist besonders, und Zoey und ich können von Glück sagen, dass wir dich in unserem Leben haben. Baby, du hast in mir gesehen, was ich selbst nicht gesehen habe, und ich sehe in dir, was du selbst nicht siehst. Ich sehe hinter deinen Ängsten und Unsicherheiten eine unglaubliche Frau, die gar nicht anders kann, als andere zu lieben und ihnen zu helfen. Du verstellst dich nicht oder versteckst dich hinter irgendetwas, und du lässt auch nicht zu, dass irgendjemand sonst seine wahren Gefühle versteckt. Das ist schön und besonders und so verdammt echt, und darum geht es im Leben von Eltern. Du liebst und sorgst dich so aufrichtig, dass du den Dingen auf den Grund gehst, auch wenn niemand sonst es will, und du findest immer einen Weg, die Dinge zu bewältigen. All das wird dich zu einer großartigen Mutter machen.«

»Glaubst du das wirklich?« Eine Träne rann über ihre Wange und er wischte sie fort.

»Wie könnte ich das nicht glauben? Ich habe es mit eigenen Augen gesehen? Ich habe deine Liebe zu Zoey und zu mir in allem, was du getan hast, gespürt. Aber ich will dich nicht unter Druck setzen. Du sollst nur wissen, dass du niemandem gerecht werden musst. Du bist perfekt, so wie du bist.«

Noch mehr Tränen flossen. »Aber das Timing ist grauenhaft. Du gehst auf Tour und ich bringe eine neue Kollektion heraus.«

»Das Timing für uns war auch nicht super, aber wir haben dafür gesorgt, dass es funktioniert. Ich verschiebe die Tour in den April, direkt nach deinem Launch, und dann könnt Zoey und du mitkommen, oder wenn es in der Schwangerschaft zu anstrengend ist, dann behelfen wir uns mit Videocalls, während ich unterwegs bin. Ich nehme an, das Baby kommt irgendwann im Juli, und dann hätten wir ein paar Monate Zeit, um uns als neue Familie einzurichten, bevor wir die Europatour machen.«

»Macht dir das keine Angst?«

»Doch, klar, so wie es allen Angst macht, die Eltern werden, aber du und ich sind zusammen phänomenal. Ich glaube, ehrlich gesagt, nicht, dass es irgendetwas gibt, womit wir nicht zurechtkommen.« Er nahm ihre Hand in seine und wischte ihre Tränen mit dem Daumen fort. »Auf dem Flug nach Los Angeles heute Morgen habe ich Zoey, Kane und den Jungs gesagt, dass ich nach dieser Tour ein paar Jahre lang nicht mehr auf Tour gehen werde. Ich werde weiter Musik machen, aber ich will für Zoey da sein, in den wenigen Jahren, die sie noch hat, bevor sie ans College geht oder macht, was immer sie vorhat, und ich will mir ein Leben mit *dir* aufbauen, Jillian, ob mit oder ohne weitere Kinder. Ich will am Lagerfeuer sitzen und zu Kürbisfesten gehen – mit oder ohne Babytrage.«

Sie lachte leise.

»Ich will euch beiden gerecht werden. Ich möchte sehen, wie Zoey gern zur Schule geht, mit ihren Freundinnen Spaß hat und Outfits macht, die ihr beide zusammen entwerft, und ich will dir zujubeln, wenn du ›Wanderlust‹ oder ›Rocker Girlz‹ oder wovon du sonst noch träumst, auf den Markt bringst. Wenn Zoey loszieht, um ihren eigenen Weg einzuschlagen, dann will ich wissen, dass ich alles getan habe, um ihr dabei zu helfen, die Wunden heilen zu lassen, die ihre Mutter zurückgelassen hat. Und wenn wir Kinder haben, will ich all die Dinge erleben, die ich bei Zoey verpasst habe. Ich will sehen, wie sie ihre ersten Schritte machen und ihre erste Modenschau in einem aberwitzig jungen Alter auf die Beine stellen. Ich möchte ihnen beibringen, ein Instrument zu spielen, und ich möchte Zahnfee und Nikolaus sein. Von all dem möchte ich ein Teil sein. Zwanzig Jahre lang habe ich in diesem Hamsterrad verbracht, Baby. Jetzt sind *wir* dran.«

Sie atmete langsam aus. »Ich hatte solche Angst, dass du sauer sein würdest.«

»Ich war schockiert, und ich gebe zu, dass meine ersten Gedanken auch einige Flüche enthielten, doch selbst bevor du es mir erzählt hast, sah ich meine Zukunft mit dir und Zoey, und bei dem, was ich sah, war noch viel Platz für mehr.« Er beugte sich vor und küsste sie. »Es ist spät, und wir müssen heute Abend keine Entscheidung treffen. Sollen wir nicht schlafen gehen und morgen früh weiterreden?«

»Okay.«

Sie standen auf und sie ging zur Tür. Er nahm ihre Hand

und zog sie wieder in seine Arme. »Ich bleibe heute Nacht bei dir.«

»Was ist mit Zoey?«

»Kane ist bei ihr. Es geht ihr gut, und sie weiß, dass wir sie morgen sehen. Komm, ich bring dich zurück ins Bett. Und ich geh kurz unter die Dusche.«

Jillian schlief schon fast, als er zu ihr ins Bett kroch und sie in seine Arme zog. Sie kuschelte sich an ihn und flüsterte: »Danke, dass du gekommen bist. Es tut mir leid, dass du die Veranstaltung verpasst hast.«

»Es tut mir leid, dass ich dich in diese Lage gebracht habe.«

»Nicht *du*. *Wir* waren das, und auch wenn es passiert ist, so würde ich doch nichts daran ändern wollen, wie wir zusammengekommen sind. Ich liebe uns.«

Sein Herz schlug einen Purzelbaum. »Ich liebe uns auch, Baby.«

Dreißig

Jillian wachte vor Johnny auf, und sie lag regungslos mit dem Kopf auf seinem Arm und der Hand auf seiner Brust, um ihn nicht zu wecken. Sie konnte es nicht glauben, dass er die Veranstaltung hatte sausen lassen und die weite Reise auf sich genommen hatte, um bei ihr zu sein. Aber andererseits verwunderte es sie auch nicht, denn Johnny hatte sie und Zoey immer an erste Stelle gestellt.

Sie dachte an Zoey, und es brach ihr das Herz, dass sie geweint hatte, als sie abgereist waren. Würde sie in Maryland leben wollen? Was würde sie von einem Baby halten? Würde sie Johnny teilen wollen? Oder würde es schon wieder ihre ganze Welt auf den Kopf stellen? Könnte Jillian ihr und einem Baby genug Aufmerksamkeit schenken? Könnte sie Johnny genug Aufmerksamkeit schenken?

Jillian liebte die Babys von anderen. Sie wusste nicht, warum sie so große Angst davor hatte, sich nicht um ihr eigenes kümmern zu können. Nie hatte sie gedacht, dass sie ihren Beruf für irgendjemanden aufgeben würde, und doch waren jetzt Johnny und Zoey jedes Wochenende vorrangig, und sie nahm Zoeys Anrufe zu jeder Tages- und Nachtzeit an. Sie wollte auf diese Zeit mit ihnen nicht verzichten und mit einem Baby hätte sie sogar noch weniger Zeit für die Arbeit. Ein überraschender Gedanke schlich sich heran. Sie *könnte* weniger Aufträge annehmen, seltener Kollektionen herausbringen, so wie Johnny es mit seinen Touren vorhatte. Wäre sie damit glücklich, oder wäre sie immer einer dieser Menschen, die ihren Beruf über die Familie stellten?

Sie drehte sich auf den Rücken und legte die Hand auf den Bauch, während sie versuchte, sich ein Leben mit einem Baby vorzustellen. Sie sah chaotische Morgen vor sich, die viel zu früh anfingen und zu denen volle Windeln und Bäuerchen gehörten, die für Milchflecken auf ihren Schultern sorgen würden. Sie könnte eine Nanny anstellen, die auf das Baby aufpasste, wenn sie arbeitete, aber könnte sie ihr winziges Baby jemand anderem überlassen? Auf keinen Fall. Sie wusste, dass sie nicht dazu in der Lage wäre. Sie würde das Baby mit ins Büro bringen müssen. Sie konnte dort einen Babysitter beschäftigen, oder? Würde sie jemandem vertrauen, den sie nicht kannte? Wie machten andere Leute das? Zoey war vierzehn und Johnny würde sie niemand anderem als Familienmitgliedern anvertrauen.

Sie schloss die Augen und stellte sich einen kleinen Jungen mit Johnnys dunklen Augen und den dichten dunklen Haaren vor. Dieses winzige Baby auf Johnnys Arm … Das Bild rührte sie fast zu Tränen. Vielleicht würden sie auch ein Mädchen bekommen, das alles, was mit Mode zu tun hatte, nicht ausstehen konnte. Wäre das nicht witzig? Vielleicht würde es Sport lieben und Jillian müsste einiges lernen, um mit ihm mithalten zu können. Sie lachte leise und spürte Johnnys Hand auf ihrer, bevor seine Fingerspitzen über ihren Bauch streichelten und seine Lippen ihre berührten. Sie machte die Augen auf und sah sein Lächeln.

»Worüber hast du gelacht?«

»Ich dachte nur gerade daran, wie es wäre, wenn wir ein Mädchen bekämen, das Sport liebt und Mode nicht ausstehen kann.«

Er lachte. »Oder einen Jungen, der Musik hasst.«

»Es ist mir egal, was unsere Kinder mögen und was nicht, solange sie glücklich sind und andere gut behandeln.«

»Mir auch, Baby.«

»Ich *glaube* nicht, dass ich die Arbeit über ein Baby stellen würde, weil ich das mit dir und Zoey auch nicht mache, aber glaubst du, dass ich das machen würde?«

»Manchmal wirst du es vielleicht machen müssen, wenn du vor einem Launch stehst oder kurze Fristen einhalten musst, aber das ist in Ordnung«, sagte er beruhigend. »Ich werde da sein, um das aufzufangen.«

Wie aus dem Nichts wurde ihre Liebe zu ihm noch einmal um ein Vielfaches größer. Die Worte ihres Vaters fielen ihr wieder ein. *Wenn die richtigen Menschen in unser Leben treten, die dazu bestimmt sind, für immer zu bleiben, dann ist das eine Art von Verbindung, die größer ist als wir. Wir können ihr nicht entkommen, und meistens verstehen wir sie nicht, aber genau das macht sie so besonders. Diese Art von Liebe hält ewig.*

Mit diesem Gedanken im Herzen sagte sie: »Was ist, wenn wir uns für dieses Baby entscheiden, Zoey aber nicht umziehen will?«

»Darauf habe ich keine gute Antwort. Wir werden uns wohl mit der Frage beschäftigen, wenn es so weit ist. Machst du dir Sorgen, weil du deine Familie vermissen würdest?«

»Schon, aber ich mache mir noch mehr Sorgen darüber, niemanden zu haben, der mir hilft, alles richtig zu machen.«

»Will mein improvisierendes Unikum etwa eine Planerin

werden?«

»Johnny, ich meine es ernst.«

»Ich weiß, und ich hätte es nicht für möglich gehalten, dich noch mehr zu lieben, als ich es ohnehin schon tue, aber dafür liebe ich dich einfach noch mehr. Ich bin mir ziemlich sicher, dass wir zusammen alles hinkriegen werden, egal, wo wir wohnen, aber wir können jederzeit eine Hebamme engagieren, damit sie uns zeigen kann, was wir wissen müssen. Falls wir in New York leben, haben wir ein großes Penthouse, und deine Eltern könnten für ein paar Wochen am Stück kommen, und wenn das nicht reicht oder sie keine Zeit haben, dann fragen wir meine Eltern um Hilfe oder stellen eine Nanny ein, die bei uns wohnt.«

Sie liebte es, dass er solch ein Vertrauen in sie beide hatte und bereit war, alles zu tun, was nötig sein würde.

»Wir müssen uns keinen Druck machen, Baby.«

»Ich weiß, aber ich bin gerade dreißig geworden, und ich weiß, dass wir diese Schwangerschaft nicht geplant haben, aber ich habe auch nicht geplant, mich in dich und Zoey zu verlieben, und ich liebe euch so sehr, dass es manchmal körperlich wehtut, und dann wünsche ich mir, ich könnte deine Arme um mich spüren oder ich könnte Zoey umarmen, wenn es ihr nicht gut geht.«

»So geht es mir mit dir auch.«

»Gestern Abend, als ich den Schwangerschaftstest gemacht hab, bin ich wirklich durchgedreht. Aber heute Morgen empfinde ich diese Panik nicht mehr. Ich habe Angst, aber ich weiß, dass du da sein wirst. Ich mache mir Sorgen um Zoey, aber wie du gesagt hast, wir werden sie einfach noch mehr lieben.«

Er zog die Augenbrauen zusammen. »Willst du damit sagen,

dass du dieses Baby mit mir haben möchtest?«

Sie nickte und Tränen stiegen ihr in die Augen. »Ich will dieses Baby mit dir haben.«

Beide lachten, als er sie küsste. »Baby, wir werden ein *Baby* haben.«

»Könnte sein, dass es Feuer spuckt«, scherzte sie.

Er rutschte weiter hinunter und sprach mit ihrem Bauch. »Hey, Kleines, hier spricht dein Daddy. Nur damit du's weißt: Ich werde in feuerfeste Anzüge investieren, also spucke Feuer, so viel du willst, denn uns wird nichts davon abhalten, dich zu lieben.«

Jillian lachte und weinte, während er ihren Bauch küsste und sich an ihrem Körper weiter hinaufküsste, bis er ihr von Liebe erfüllt in die Augen sah.

»Sollten wir warten, bis wir es Zoey erzählen? Dir etwas Zeit geben, bis du dir sicher bist?«

»Das wird meine Meinung nicht ändern. Wir haben dieses Baby geschaffen, und vielleicht waren wir zu dem Zeitpunkt noch nicht durch Liebe verbunden, aber jetzt sind wir es. Unser Baby wurde auch von der Magie des Gasthofes erfasst, und ich bin mir sicher, dass es schon einen Platz in meinem Herzen erobert hat, so wie du und Zoey. Aber ich denke, wir sollten damit warten, es Zoey oder sonst jemandem zu erzählen, bis ich beim Arzt war und wir wissen, dass alles in Ordnung ist. Vielleicht bis ich das erste Drittel geschafft habe, nur für den Fall?«

»In Ordnung.« Er küsste sie erneut. »Ich liebe dich, Jillian.« Er verschränkte ihre Hände. »Eines Tages werde ich diesem Finger einen Ring anstecken.«

Sie konnte nicht widerstehen. »Sei dir meiner nicht zu sicher, Mr. Bad.«

»Sei du, was du willst, solang du zu mir gehörst.«

Als sie ihre Körper vereinten, senkte er seine Lippen auf ihre, atmete Luft in ihre müde Lunge und Liebe in ihr überquellendes Herz.

Einunddreißig

Die nächsten vier Wochen waren ein turbulentes Auf und Ab mit einer Schwangerschaftsübelkeit, die immer wie aus heiterem Himmel kam und wieder verschwand. Jillian hatte wie verrückt gearbeitet, war zwischen Maryland und New York hin- und hergependelt, hatte Besuch von Johnny und Zoey erhalten, war mit Trixie und Jordan zu einer weihnachtlichen Shoppingtour unterwegs gewesen und hatte zwei wunderbare Thanksgiving-Feiern genossen, während sie bei all dem krampfhaft ihre Schwangerschaft und die Übelkeit geheim gehalten hatte, obwohl sie und Johnny es nicht abwarten konnten, allen die Neuigkeit mitzuteilen.

Thanksgiving mit Johnnys Familie war ein absolutes Highlight gewesen, und an dem Wochenende danach hatten sie eine zweite Feier mit Jillians Familie genossen. Es gab vieles, für das sie dankbar waren. Jillian war vor zwei Wochen bei ihrem Arzt gewesen und vor ein paar Tagen hatte sie eine Ultraschalluntersuchung machen lassen. Heute war Samstag und sie war offiziell in der zwölften Woche schwanger mit Zwillingen. Die Nachricht hatte sie umgehauen, und dann hatten sie gelacht, weil sie jetzt all ihre Babypläne verdoppeln mussten. Heute wollten sie es Zoey erzählen, und wenn alles gut lief, würden sie es ihren Familien am nächsten Wochenende mitteilen, wenn sie sie über die Weihnachtsfeiertage besuchten.

Jillian schaute ein letztes Mal in den Spiegel. Ihr Oversize-Pullover verdeckte ihren kleinen Babybauch. Sie sah eher so aus, als hätte sie eine ordentliche Mahlzeit zu sich genommen, nicht, als wäre sie schwanger. »Guten Morgen, meine Kleinen.« Sie und Johnny redeten oft mit ihren Babys, und wie bei den Fischen genoss Jillian ihre Gesellschaft, auch wenn sie ihr nicht antworten konnten. »Heute erzählen wir eurer Schwester von euch, also strengt euch an, Mamas Magen in Ruhe zu lassen, okay?«

Das bevorstehende Gespräch mit Zoey machte sie nervös, obwohl sie mit Johnny alle möglichen Szenarien und Reaktionen öfter durchgegangen war, als sie es sich eingestehen wollte. Sie hatte alles über Schwangerschaft gelesen, was ihr in die Finger gekommen war, darüber, wie man Geschwistern von der Schwangerschaft erzählte und was man über die Babypflege wissen musste. Sie hatten beschlossen, offen und ehrlich mit Zoey zu reden. Jillian merkte, dass sie oft Seiten im Baby-Ratgeber überschlug. Vieles, was in dem Buch stand, wusste sie bereits. Aber sie wollte wie in der Mode alles richtig machen, also blätterte sie jedes Mal zurück zu diesen Seiten und las sie doch – *nur für den Fall.*

Sie machte sich auf den Weg nach unten und hörte Johnny und Zoey in der Küche. Es erinnerte sie daran, wie sie das erste Mal aufgewacht und sie dann zusammen in der Küche gesehen hatte. Das war an ihrem zweiten Tag in Colorado gewesen. Johnny hatte damals so sehr versucht, zu Zoey durchzudringen, und jetzt scherzten sie miteinander herum. Glaubte sie jedenfalls. Vielleicht stritten sie auch. Das war bei ihnen manchmal schwer zu sagen.

»Jilly soll es entscheiden.« Zoey lehnte an der Arbeitsfläche und schälte eine Mandarine. Sie sah süß aus in dem gestreiften Minirock und dem grauen bauchfreien Pullover, der grauen Strumpfhose und den schwarzen flachen Stiefeln. »Jilly, Dad hat gesagt, dass wir keinen Hund haben können, weil es zu schwierig wäre, damit hin- und herzureisen. Aber viele Hunde reisen ständig mit ihren Familien.«

Zoey nannte ihn jetzt meistens Dad, und seit ein paar Wochen wollte sie unbedingt einen Hund. Sie hatten bereits beschlossen, sie zu Weihnachten mit einem zu überraschen. Johnny hob eine Augenbraue und sein verstohlenes Lächeln sagte ihr nicht nur: *Ich liebe dich. Sie hat mich Dad genannt* — wovon er noch immer nicht genug bekommen konnte —, sondern auch: *Es ist so weit, Baby, unser großer Tag ist gekommen.* »Ich habe dir einen Tee gekocht.« Er gab ihr die Tasse und holte sich einen Kuss ab.

»Danke.« Sie hatte ihre geliebte Cola Light gegen Pfefferminztee und Mineralwasser eingetauscht. Beides begeisterte sie nicht gerade, aber sie hatte gelesen, dass Pfefferminze gut gegen Übelkeit war, und es half ihr sehr.

»Manche würden das Bestechung nennen.« Zoey schob sich ein Mandarinenstück in den Mund.

»Ich würde dir auch ohne den Tee die gleiche Antwort geben. Die Entscheidung über einen Hund muss ich leider deinem Vater überlassen, weil er derjenige ist, der mit ihm fahren müsste.«

Zoey verdrehte die Augen.

»Aria und Kane haben wegen der Silvesterparty geschrieben. Beide können kommen«, sagte Johnny. Sie hatten beschlossen, in Jillians Haus eine Silvesterfeier zu veranstalten, damit sich ihre Familien kennenlernen konnten.

»Macht es Aria nichts aus, so weit zu fahren?«, fragte Jillian.

»Ihr Kumpel Zeke Wicked kommt mit. Er lässt sie nie im Stich. Kane wird anschließend nach Oak Falls fahren, um Sable spielen zu hören«, erklärte Johnny. »Wir sollen es ihr aber nicht sagen, weil es besser ist, wenn sie nicht weiß, dass sie begutachtet wird.«

»Gute Idee. Er wird von ihrer Band begeistert sein.« Jillian würde Sable und Trixie auf ewig dankbar dafür sein, dass sie an dem Abend, an dem sie von ihrer Schwangerschaft erfahren hatte, für sie da gewesen waren, und dass sie das Geheimnis bewahrt hatten. Auch wenn Sable nicht angetan von der Idee war, bei seiner Tour als Vorband aufzutreten, so hatte sie sich doch einverstanden erklärt, darüber nachzudenken. Groß herauszukommen stand anscheinend nicht sehr hoch auf ihrer Prioritätenliste. Aber Jillian ging davon aus, dass Sable einfach nur Angst hatte, nicht gut genug zu sein, was sie jedoch absolut war. Sie und ihre Band waren zu gut, um nicht entdeckt zu werden, und Jillian hoffte, dass Kane die Band mögen und Sable davon überzeugen würde, den Gig anzunehmen.

Zoey aß noch ein Stück Mandarine. »Ginny hat gefragt, ob ich mit ihr, Cara und Caras Mom mitkommen kann, um Weihnachtsgeschenke für euch beide zu kaufen.«

»Du musst uns nichts schenken«, sagte Johnny.

»Das weiß ich, aber ich möchte es. Ich hab mein Taschengeld gespart.«

»Das ist nett von dir«, sagte Jillian. »Hast du die Mädels gefragt, ob sie vorbeikommen können, damit wir später an euren Outfits arbeiten können?«

»Ja, nach dem Shoppen haben sie Zeit. Können sie über Nacht bleiben?«

Johnny sah Jillian an, um ihre Zustimmung zu erhalten. Sie

nickte, und er sagte: »Klar, Sunshine, aber Jilly und ich möchten zuerst noch etwas mit dir besprechen.«

»Was?« Zoey steckte sich noch ein Stück in den Mund.

»Vielleicht sollten wir uns setzen«, schlug Johnny vor.

»Stimmt etwas nicht?«, fragte Zoey, als sich alle an den Tisch setzten. In ihrem Blick war aufkommende Sorge zu erkennen.

»Nein, aber es ist wichtig. Du weißt, wie sehr wir dich lieben, und das wird sich niemals ändern, egal was kommt.«

»Ihr macht mich nervös«, sagte Zoey. »Seid ihr sicher, dass nichts Schlimmes passiert ist? Ist Jilly krank? Trinkst du deshalb in letzter Zeit Tee statt Cola?«

»Krank bin ich nicht«, sagte Jillian und warf einen kurzen Blick zu Johnny. Er nickte fast unmerklich und sie hoffte das Beste. »Ich bin schwanger.«

Zoey atmete hörbar aus. »Ah, zum Glück.« Mit der Hand auf die Brust gelegt lehnte sie sich zurück. »Ich dachte schon, du sagst, du musst sterben oder so.«

»Nein, Sunshine«, sagte Johnny im selben Moment, in dem Jillian sagte: »Nein, Schatz.«

»Heißt das, ihr heiratet?«, fragte Zoey aufgeregt.

»Irgendwann«, antwortete Johnny. »Ist es für dich in Ordnung, wenn unsere Familie größer wird?«

Zoey zuckte mit den Schultern. »Ich mag Babys. Warum sollte es nicht in Ordnung sein?«

»Keine Ahnung.« Er sah liebenswert verwirrt aus. »Willst du darüber reden? Hast du Fragen?«

»Ich weiß, wie Babys gemacht werden«, sagte sie altklug, plötzlich wieder ganz Teenie.

»Zoey, wir bekommen Zwillinge«, platzte es aus Jillian heraus, die es nicht mehr für sich behalten konnte.

»Zwillinge?«, rief sie aus. »Kann ich helfen, Namen auszusuchen? Können wir eins nach meiner Grandma benennen?«

»Wir haben noch etwas Zeit, bis wir uns um die Namen Gedanken machen müssen«, sagte Johnny. »Sie kommen erst im Juli auf die Welt.«

»Wir wissen noch nicht, was wir bekommen, aber wir können darüber nachdenken«, sagte Jillian.

»Danke.« Zoey zog die Augenbrauen zusammen. »Augenblick mal. Werden sie *hier* leben, bei Jilly?«

»Das ist noch etwas, was wir mit dir besprechen wollten«, sagte Johnny. »Wir dachten, es wäre besser, wenn wir hierherziehen, damit wir alle zusammenwohnen können, und du könntest mit Ginny zur Schule gehen.«

»Wirklich? Oh, Mann! Ja!« Sie sprang auf und umarmte ihn. »Danke! Dieses Manifestieren funktioniert tatsächlich!« Dann fiel sie Jillian um den Hals. »Wann können wir umziehen?«

Johnny lachte. »Bald. *Manifestieren?*«

»Ja, davon hab ich gehört, als wir im Gasthof waren. Char hat Jillian erzählt, dass sie eine Beziehung zwischen ihren Figuren manifestieren wollte, und ich hab gehofft, dass ihr beide heiraten würdet, seit ihr mir erzählt habt, dass ihr zusammen seid.« Sie redete so schnell, dass sie gar nicht zu Wort kamen. »Ich weiß, dass ihr noch nicht heiratet, aber zusammenleben ist doch das Gleiche. Kann ich Ginny und Cara anrufen?«

»Na klar, Sunshine.« Als sie aus der Küche rannte, nahm Johnny Jillians Hand und zog sie in seine Arme. »Meine Tochter hat uns manifestiert.«

»Sei froh, dass sie nur das aus dem Gespräch mitbekommen hat. Char und ich haben uns indirekt über ein paar ziemlich versaute Dinge unterhalten.«

»Ach ja? Dinge, die wir mal ausprobieren sollten?« Seine

Hand glitt zu ihrem Hintern hinunter.

»Dinge, die wir schon ausprobiert haben, aber ich bin immer für lustvolle Wiederholungen zu haben.«

Zweiunddreißig

Der Winter hatte die Ostküste mit peitschendem Wind und großen Schneeverwehungen fest im Griff. Aber Jillian und Johnny mussten Engel auf den Schultern gehabt haben, denn sie schafften es nach Boston, um ihre Neuigkeit zu verkünden und mit Johnnys Familie Weihnachten zu feiern, und anschließend nach Maryland, um dasselbe dort mit Jillians Familie zu tun. Alle freuten sich für sie, auch wenn Nick zu Johnny gesagt hatte, dass er Jillian zuerst einen Ring an den Finger hätte stecken sollen, bevor sie die Schwangerschaft und den Umzug verkündeten. Ihr altmodischer Bruder würde sie wahrscheinlich noch beschützen, wenn sie sechzig war, aber das machte Johnny nichts aus. Nick hatte sie beschützt, lange bevor Johnny auf der Bildfläche erschienen war, und nun hatte er auch Zoey unter seine Fittiche genommen, und das bedeutete, dass sie noch einen Menschen mehr hatte, der auf sie aufpasste.

Zoey hatte sich so über die Neuigkeit, dass sie umziehen würden, gefreut, dass sie schon einen Großteil ihrer Sachen zu Jillians – *ihrem* – Haus gebracht hatten. Zoey sollte gleich nach den Ferien auf der staatlichen Schule anfangen, aber Johnny wollte die Zügel nicht gleich loslassen, nur weil sie in einer sicheren Kleinstadt wohnten. Er hatte einen privaten Sicherheitsdienst organisiert, der aus einiger Entfernung auf sie achten sollte, damit Zoey sich endlich eingewöhnen und einfach wieder ein Kind sein konnte. Sie hatte auch schon mit Nick vereinbart, dass sie ihm an ein paar Tagen in der Woche nach der Schule mit den Pferden helfen durfte.

Es war verrückt, wie viel sich in wenigen Monaten verändern konnte.

Jetzt war es bereits Silvester und die Party in vollem Gange. Ihrer beider Familien und Zoeys Freundinnen und ihre Familien waren gekommen. Funkelnde Lichter schimmerten am Tannenbaum. Die Weihnachtsstrümpfe hingen noch am Kaminsims, auf dem auch Fotos von ihnen drei und ihren Familien standen sowie das dekorative neue Fischglas für Unikum und Rocker Boy, auf dem Jillian bestanden hatte – *Unsere Fische brauchen auch etwas Luxus.*

Im Wohnzimmer herrschte freudige Erwartung, als Mitternacht immer näher rückte. Johnny schaute auf die andere Seite des Raumes, wo sich seine wunderschöne Liebste mit ihren Müttern unterhielt. Sie war vollkommen in ihrem Element, umgeben von den Menschen, die sie liebte, und mit den Babys in ihrem größer werdenden Bauch, die sie beide geschaffen hatten.

»Wie mir scheint, hast du mit eurem Umzug nach Maryland die richtige Entscheidung getroffen«, sagte Clint, der sich neben Johnny stellte. »Bedauerst du es?«

Johnny folgte seinem Blick zu Zoey, die mit ihren Freundinnen bei der Terrassentür auf dem Boden saß. Die Mädchen trugen ihre neuen Outfits, die sie mit Jillian gemacht hatten, und kicherten, als Zoey ihre Nase an die ihres neuen Hundewelpen hielt. Sie hatten ihn Manny genannt, als Abkürzung für *Manifestieren.* Johnny fragte sich, wie sie diese Gabe wohl in der

Zukunft nutzen würde.

»Es ist schwer, irgendetwas zu bedauern, wenn ich jeden Abend mit der Frau, die ich liebe, zu Bett gehe, und meine Tochter glücklicher ist, als ich sie je gesehen habe.« Er fühlte sich wieder zu Jillian hingezogen, und als spürte sie die Hitze seines Blickes, schaute sie herüber, und schon wurde dieses hinreißende Lächeln unfassbar verführerisch. Er hatte das Gefühl, dass sie ihn auch noch in zwanzig Jahren allein mit diesem Lächeln verführen könnte. »Aber etwas bedaure ich doch.«

»Und das wäre?«, fragte Clint.

»Ein Leben lang mit Jillian scheint mir nicht lang genug zu sein. Ich wünschte, ich hätte sie schon vor Jahren kennengelernt.«

»Gemessen an dem Blick meiner Tochter würde ich sagen, dass sie es genauso sieht. Sie hat mir erzählt, dass du eines der Zimmer in ein Nähzimmer für Zoey umbaust, anstatt sie das Atelier von Jilly teilen zu lassen.«

»Stimmt. Das Atelier ist Jillys Rückzugsort, seit sie das Haus gekauft hat. Wenn die Babys erst einmal da sind, wird genug von ihnen eingenommen werden. Ich möchte nicht, dass sie das auch noch verliert. Wir haben auch schon darüber geredet, in einem Nebengebäude ein Tonstudio einzurichten.«

»Damit du einen Zufluchtsort hast?«

»Zum Teil, aber so hätte ich auch die Möglichkeit, dass die Jungs hierherkommen und ich nicht nach New York muss.«

Clint lächelte. »Du bist ein kluger Mann, Johnny. Witzig, wie die Prioritäten sich ändern, oder?«

»Das kannst du laut sagen.«

»Es ist gleich Mitternacht!«, verkündete Harlow. »Wenn ihr vorhabt, jemanden zu küssen, wenn es so weit ist, dann solltet ihr jetzt zu dem Menschen gehen.«

Inmitten der aufgeregten Menge machte Johnny sich auf den Weg zu Jillian.

Jillians Herz raste, als Johnny, der in seinem schwarzen Hemd und der schwarzen Hose so unverschämt gut aussah, auf sie zukam. Sein Blick glitt an ihr hinab und ließ einen Schauer über ihren ganzen Körper laufen. Wie war es möglich, dass er ihr immer noch den Atem raubte?

Er streckte die Hand nach ihr aus und sie hob eine Augenbraue. »Was wünschen Sie, Mr. Bad?«

Er zog sie in seine Arme. »Dass dieses Kleid auf dem Boden und du nackt unter mir liegst.«

Ja, bitte! »Damit könnten unsere Gäste vielleicht ein Problem haben.«

Nach einem Kuss auf die Wange flüsterte er: »Wir könnten uns nach oben davonschleichen.«

Wie sie seine Leidenschaft liebte! »In einer Minute ist es Mitternacht.«

»Ein Quickie zu Silvester.«

Sie lachte.

»Noch sechzig Sekunden!«, rief Trixie.

Johnny hielt sie ganz fest. »Bist du glücklich?«

»Ich könnte nicht glücklicher sein.«

»Bedauerst du irgendetwas?«

»Das Stück Käsekuchen verträgt sich nicht so gut mit den Zwillingen, aber mehr auch nicht.«

Er schmunzelte, als alle anfingen herunterzuzählen und sich

umdrehten, um auf dem großen Fernsehbildschirm den »Ball Drop« am Times Square zu verfolgen, den riesigen Leuchtball, der in der letzten Minute des alten Jahres an einem Fahnenmast herunterglitt, bis Mitternacht erreicht war. »Zehn. Neun. Acht. ... Vier. Drei. Zwei. Eins! Frohes neues Jahr!« Jillian drehte sich herum, um Johnny zu küssen, und ihr stockte der Atem, als sie ihn vor ihr kniend mit einem überwältigenden Ring in der Hand sah.

»Baby, ich wollte das schon nach der Preisverleihung machen, aber dann haben wir erfahren, dass du schwanger bist, und ich wollte nicht, dass du denkst, ich mache es nur deswegen.«

Ein nervöses Lachen brach aus ihr hervor und Tränen stiegen ihr in die Augen.

»Alles an uns, von Anfang an, war unkonventionell. Die Art unseres Kennenlernens, die Orte, an denen wir uns geliebt haben, oder die Tatsache, dass ich die Schürze in der Familie trage. Aber ich würde nichts an uns ändern wollen, denn, Baby, ich liebe deine feuerspeiende Leidenschaft und deine unerschütterliche Liebe zu Zoey und mir. Ich liebe deinen brillanten Kopf, deinen kreativen Geist, deinen wunderschönen Körper und die Art, mit der du aus voller Überzeugung glaubst, dass du selbstständig für deine Ernährung sorgen kannst, indem du deine Eltern für dich kochen lässt.«

Um sie herum wurde gelacht, als er aufstand und ihr in die Augen schaute.

»Ich möchte Zoey und unsere Babys großziehen und in fünfzig Jahren auf all die albernen Dinge, die sie gemacht haben, und auf all die lächerlichen Streitereien zurückblicken. Ich möchte dich ein Leben lang lieben und dir dabei helfen, deine Träume wahr werden zu lassen. Du sollst mir auch noch nach sechzig Jahren Ehe sagen, dass ich mir deiner nicht sicher sein soll.«

Sie lachte und die Tränen liefen nun unaufhaltsam.

»Es ist mir egal, ob wir vor oder nach der Geburt der Zwillinge heiraten, solange ich dich eines Tages auf den Altar zuschreiten sehe und weiß, dass wir Mann und Frau werden und den gleichen Nachnamen tragen. Mit oder ohne Bindestrich.«

»Ich auch!«, rief Zoey dazwischen.

Jillian schluchzte auf, und Johnny brachte erstickt hervor: »Wirklich?«

Zoey nickte. »Ich will eine richtige Familie sein. Ich will den gleichen Namen tragen wie ihr beide.«

»Das wäre schön«, sagte Jillian. Trixie gab ihr ein Taschentuch, um dem Strom von Tränen Einhalt zu gebieten.

Johnny zwinkerte Zoey zu, dann nahm er Jillians linke Hand und schaute ihr tief in die Augen. »Jillian Marielle Braden, erweist du mir die Ehre, meine Frau zu werden, und darf ich dich lieben, verwöhnen und für dich kochen bis ans Ende unserer Tage?«

»Ja! Tausendmal ja!«

Er schob den Ring auf ihren Finger, und sie warf sich ihm in die Arme und hörte gar nicht mehr auf, ihn zu küssen, während um sie herum Jubel und Glückwünsche ertönten. Sie wurden von einer liebevollen Umarmung in die nächste gereicht, und als Jillian endlich wieder in Johnnys starken Armen landete, von Glück erfüllt und voller leidenschaftlicher Liebe, dankte sie dem Universum, dass sie vor all diesen Wochen in sein Penthouse marschiert war.

Kennen Sie die Whiskeys von der Redemption Ranch schon?

Verlieben Sie sich mit Dare Whiskey und Billie Mancini in
Immer Ärger mit Whiskey

Sie ist die einzige Frau, die er je geliebt hat, und die einzige, die er nie haben konnte …

Jahre, nachdem sie beide ihren besten Freund bei einer schiefgelaufenen Wette verloren haben, macht Devlin »Dare« Whiskey seinem Namen noch immer alle Ehre – er ist und bleibt ein Daredevil, ein waghalsiger Draufgänger, und fordert das Schicksal bei jeder sich bietenden Gelegenheit heraus – während Billie Mancini ihre besten Seiten vergraben hat. Billie ist schön und zäh und kämpft gegen Dämonen, von deren Existenz Dare keine Ahnung hat. Aber er hat genug davon, mit anzusehen, wie sie vorgibt, jemand zu sein, der sie nicht ist, und lässt sich auf die wichtigste Herausforderung seines Lebens ein: der Frau, die er liebt, zu beweisen, dass einige Wagnisse das Risiko wert sind.

Lust auf Herz, Humor und Sommerhitze?
Verlieben Sie sich in der Serie *Seaside Summers* mit einer Gruppe von Freunden, die **jedes Jahr den Sommer gemeinsam in ihren Ferienhäusern am Cape Cod verbringen.** Sie sind witzig, sexy und so sympathisch unvollkommen, dass man am liebsten gleich dazugehören würde.

Bella Abbascia ist wie jeden Sommer in die Ferienhaussiedlung Seaside in Wellfleet am Cape Cod zurückgekehrt. Doch in diesem Jahr hat Bella mehr vor, als mit ihren Freundinnen in der Sonne zu liegen und sich beim Nacktbaden zu vergnügen. Sie hat ihren Job gekündigt, ihr Haus in Connecticut verkauft und jeglichen Männergeschichten abgeschworen, um sich an ihrem Lieblingsort auf Erden ein neues Leben aufzubauen. Der Plan steht – zumindest bis ein Streich der stets zu Scherzen aufgelegten Bella eine böse Wendung nimmt und ein sündhaft attraktiver Police Officer vor ihr steht.

Der alleinerziehende Vater und Polizist Caden Grant hat

Boston den Rücken gekehrt, nachdem sein Partner im Dienst getötet wurde. In dem kleinen Ferienort Wellfleet hofft er auf ein sichereres Leben mit seinem vierzehnjährigen Sohn Evan. Als er während einer nächtlichen Streife Bella kennenlernt, wird ihm bewusst, dass er plötzlich gefunden hat, was er sich nie zu erträumen erlaubte – und von dem er nie wusste, dass es ihm fehlt.

Nachdem er sich vierzehn Jahre lang nur auf seinen Sohn konzentriert hat, kann Caden der starken Anziehungskraft der schönen Bella nicht widerstehen, und Bella ist der Intensität ihrer aufkeimenden Liebe ebenso machtlos ausgeliefert. Aber der Neuanfang gestaltet sich schwieriger, als sie beide es sich ausgemalt haben, und dann gerät Evan an die falschen Freunde. Cadens Loyalität wird auf eine harte Probe gestellt. Wird er alles aufgeben, um seinen Sohn zu beschützen – sogar Bella?

Neu bei »Love in Bloom – Herzen im Aufbruch«?

Falls dies Ihr erstes Buch aus der Reihe »Love in Bloom –
Herzen im Aufbruch« ist, warten noch jede Menge Geschichten
über unsere sexy, selbstbewussten und loyalen Heldinnen und
Helden auf Sie. *Die Bradens & Montgomerys (Pleasant Hill –
Oak Falls)* ist nur eine der Serien aus meiner großen Sammlung
von Liebesromanen mit Tiefgang, Humor und Happy-End-
Garantie. In allen Büchern finden Sie eine abgeschlossene
Geschichte, die auch für sich allein gelesen werden kann.
Figuren aus den einzelnen Serien und Büchern der weitver-
zweigten »Love in Bloom – Herzen im Aufbruch«-Familien
tauchen aber immer wieder auch in den anderen Bänden auf. So
verpassen Sie nie eine Verlobung, eine Hochzeit oder eine
Geburt.

Zur vollständigen Reihe »Love in Bloom – Herzen im
Aufbruch«:
www.MelissaFoster.com/Herzen-im-Aufbruch

Danksagung

Es gab so viele Fäden, die in dieser Geschichte zusammengesponnen werden mussten, dass es wahrscheinlich eine der schwierigsten war, die ich je geschrieben habe. Vielen Dank an meine gute Freundin und Assistentin Lisa Filipe, die mich aufgefangen hat, wenn ich ins Stolpern geriet, und mir einen Tritt verpasste, um wieder in Gang zu kommen. Es war die langen Abende und Wochenenden wert. Ich habe mich unendlich in Jillian, Johnny und Zoey verliebt, und ich hoffe, Sie auch. Es war schön, Johnnys Familie kennenzulernen und wieder einmal auf Mick und seine Brüder zu treffen. Ich freue mich darauf, die Geschichten von Johnnys Geschwistern zu schreiben, angefangen mit *Verliebt in Mr. Bad*, der Liebesgeschichte von Kane Bad und Sable Montgomery.

Täglich inspirieren mich meine Fans und Freunde, von denen viele Mitglied in meinem Fanclub auf Facebook sind. Wenn Sie noch nicht dabei sind, gesellen Sie sich doch zu uns. Wir haben viel Spaß bei unseren Chats über die starken Helden und frechen Heldinnen aus unserer »Love in Bloom – Herzen im Aufbruch«-Familie. Und Sie können nie wissen, ob Sie mich nicht vielleicht zu einer Geschichte oder Figur inspirieren, oder Sie tauchen womöglich in einem meiner Bücher auf, wie es einigen meiner Fanclub-Mitglieder schon passiert ist. www.Facebook.com/groups/MelissaFosterFans

Um auf dem Laufenden zu bleiben, was in der Welt unserer fiktionalen Freunde so passiert und wann es Schnäppchenangebote gibt, folgen Sie mir doch auf meiner Facebook-Seite: www.Facebook.com/MelissaFosterAuthor

Abonnieren Sie meinen Newsletter, um sich über Neuerscheinungen und besondere Angebote und Veranstaltungen zu informieren.
www.MelissaFoster.com/Newsletter_German

Und vergessen Sie nicht, Ihre kostenlosen Reader Goodies herunterzuladen! Hier finden Sie kostenlose E-Books, Familienstammbäume, Erscheinungstermine, Checklisten und vieles mehr!
www.MelissaFoster.com/Checklisten_und_Stammbaume

Wie immer einen großen Dank an mein unglaubliches Redaktionsteam: Kristen Weber, Penina Lopez, Elaini Caruso, Juliette Hill, Lynn Mullan, Justinn Harrison, Lee Fisher sowie auf deutscher Seite Janet König, Stephanie Schottenhamel und Judith Zimmer. Meiner Familie, meinen Assistentinnen und Freunden, die für mich zur Familie geworden sind, bin ich für ihre endlose Unterstützung und Freundschaft ewig dankbar. Danke, dass ihr mir immer den Rücken stärkt, auch wenn ich tief in der Deadline-Zone stecke und wahrscheinlich unerträglich nervig bin.

Die Bradens (Trusty, Colorado)

Bei Heimkehr Liebe

Bei Ankunft Liebe

Im Zweifel Liebe

Bei Rückkehr Liebe

Trotz allem Liebe

Bei Aufprall Liebe

Die Bradens (Peaceful Harbor)

Geheilte Herzen

Voller Einsatz für die Liebe

Liebe gegen den Strom

Vereinte Herzen

Melodie der Liebe

Sieg für die Liebe

Endlich Liebe – ein Braden-Flirt

Die Bradens & Montgomerys (Pleasant Hill – Oak Falls)

Von der Liebe umarmt

Alles für die Liebe

Pfade der Liebe

Wilde Herzen

Schenk mir dein Herz

Der Liebe auf der Spur

Verrückt nach Liebe

Liebe süß und sündig

Und dann kam die Liebe

Eine unerwartete Liebe

Verliebt in Mr. Bad

Die Remingtons

Spiel der Herzen

Im Dschungel der Liebe

Herzen in Flammen

Herzen im Schnee

Liebe zwischen den Zeilen

Von der Liebe berührt

Die Ryders

Von der Liebe bestimmt
Von der Liebe erobert
Von der Liebe verführt
Von der Liebe gerettet
Von der Liebe gefunden

Seaside Summers

Träume in Seaside
Herzen in Seaside
Hoffnung in Seaside
Geheimnisse in Seaside
Nächte in Seaside
Herzklopfen in Seaside
Sehnsucht in Seaside
Geflüster in Seaside
Sternenhimmel über Seaside

Die Whiskeys: Dark Knights aus Peaceful Harbor

Tru Blue – Im Herzen stark
Truly, Madly, Whiskey – Für immer und ganz
Driving Whiskey Wild – Herz über Kopf
Wicked Whiskey Love – Ganz und gar Liebe
Mad About Moon – Verrückt nach dir
Taming My Whiskey – Im Herzen wild
The Gritty Truth – Kein Blick zurück
In For A Penny – Süßes Glück
Running on Diesel – Harte Zeiten für die Liebe

Die Whiskeys: Dark Knights von der Redemption Ranch

Immer Ärger mit Whiskey
Um Whiskeys willen

…

Entdecken Sie Melissa Fosters Bücher auch auf:
www.MelissaFoster.com/Herzen-im-Aufbruch